SCIENCE-FICTION

Collection dirigée par Jacques Goimard

TAD WILLIAM

L'ARCANE DES ÉPÉES :

II. LA ROUTE DES RÊVES

LA PIERRE DE L'ADIEU

RIVAGES/FANTASY

Titre original :
STONE OF FAREWELL

Traduit de l'américain
par Jacques Collin

ISBN : 2-266-07890-9

Cette série est dédiée à ma mère, Barbara Jean Evans, à qui je dois ma profonde affection pour la Salle des Crapauds, la forêt de Mille Arpents, le Comté Magique, et bien d'autres endroits secrets et pays cachés au-delà de notre monde. Je lui dois également l'envie de faire mes propres découvertes et de les partager ensuite. Je voudrais partager ces livres avec elle.

SEPTANTRIE
URMSHEIM
YIQANUC
RIMMERSGARD
LES MARCHES GELÉES
LE WEALDHELM
HERNYSTIR
ALDHEORTE
LE HAYHOLT
ERKYNÉE

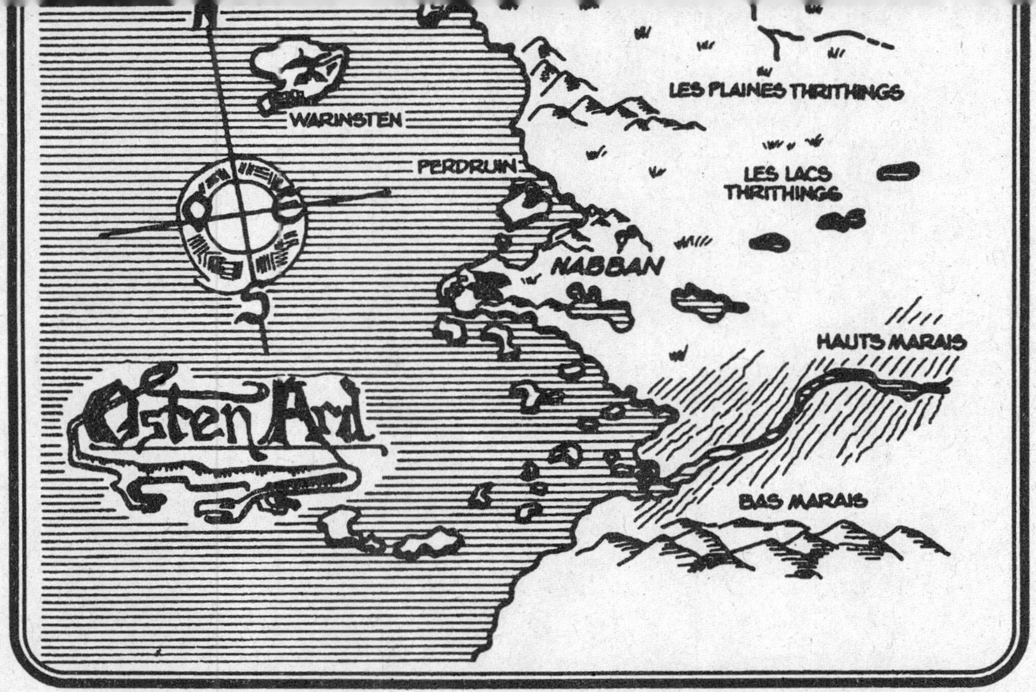
Osten Ard
WARINSTEN
PERDRUIN
LES PLAINES THRITHINGS
LES LACS THRITHINGS
NABBAN
HAUTS MARAIS
BAS MARAIS

TAD WILLIAMS
CYCLE DE L'ARCANE DES ÉPÉES

RÉSUMÉ DES VOLUMES PRÉCÉDENTS

TOME I – LA LIGUE DU PARCHEMIN
VOLUME 1. LE TRÔNE DU DRAGON

Jean Presbytère, Roi souverain des nations humaines d'Osten Ard, règne depuis plusieurs décennies sur un royaume en paix depuis son trône squelettique, le Trône du Dragon, sis au cœur de la citadelle du Hayholt, ancienne forteresse des immortels Sithis.

Simon, un orphelin de quatorze ans, est l'un des serviteurs du Hayholt. Peu intéressé par ses tâches subalternes, il devient l'apprenti du savant excentrique du château, le docteur *Morgénès.* Mais le garçon découvre bientôt que Morgénès préfère lui apprendre à lire et à écrire plutôt que de lui enseigner la magie.

Lorsque meurt le roi Jean, *Élias,* l'aîné de ses deux fils, se prépare à prendre la succession de son père. *Josua,* son frère à l'humeur taciturne, et que l'on surnomme « Mainmorte » à cause d'une blessure, se dispute violemment avec le futur roi au sujet de *Pryrates,* un prêtre de très mauvaise réputation devenu l'un des conseillers les plus influents d'Élias.

Le règne d'Élias débute bien, mais le royaume est bientôt frappé par la sécheresse, puis par la peste et par d'étranges disparitions. Alors que la vague de mécontentement s'amplifie à travers tout le royaume, Josua disparaît, et d'aucuns prétendent qu'il organise la rébellion.

La dérive du règne d'Élias inquiète particulièrement le duc *Isgrimnur* de Rimmersgard et le comte Éolair, émissaire d'Hernystir, un royaume de l'ouest d'Osten Ard. Ce malaise touche jusqu'à la propre fille du roi Élias, *Miriamélé,* qui se défie tout particulièrement de Pryrates, le conseiller du roi.

Cependant, Simon s'efforce, malgré sa nature distraite, de suivre l'enseignement du vieil homme, qui persiste dans son refus de l'initier à toute magie. Durant l'une de ses escapades dans le labyrinthe des couloirs et des corridors plus ou moins dissimulés du Hayholt, Simon découvre un passage secret et une geôle souterraine dans laquelle Josua est retenu prisonnier par Pryrates. Simon avertit le docteur Morgénès, et tous deux réussissent à organiser l'évasion du prince en lui faisant emprunter un tunnel qui passe sous le Hayholt. Peu après, tandis que Morgénès envoie des oiseaux messagers portant la nouvelle à de mystérieux correspondants, Pryrates et la garde royale se présentent pour arrêter le docteur et son apprenti. Morgénès meurt en combattant Pryrates, mais son sacrifice permet à Simon de s'échapper par le tunnel, qui s'effondre derrière lui.

Simon refait surface dans le cimetière au-delà des murs de la ville et s'éloigne, avant d'être attiré par la lueur d'un feu. Il assiste alors à une scène étonnante : une cérémonie rituelle dans laquelle sont engagés Pryrates et le roi Élias, ainsi que des créatures aux robes sombres et à la peau aussi blanche que l'ivoire. Les officiants remettent à Élias une étrange épée grise aux pouvoirs inquiétants, dont le nom est *Peine*. Simon s'enfuit.

Au bout de quelques semaines, le garçon est presque mort de faim et d'épuisement, mais encore très loin de sa destination, Naglimund, la place forte de Josua, au nord du royaume. Dans la forêt Aldhéorte, il découvre une étrange créature prisonnière d'un piège : un Sithi, représentant d'une race qu'il croyait mythique, ou du moins éteinte. Arrive alors un bûcheron qui tente de tuer le Sithi, mais Simon l'en empêche. Le Sithi, une fois libre, ne s'arrête que le temps de tirer une flèche blanche en direction du garçon, puis disparaît. Une voix se fait alors entendre, qui dit à Simon de prendre la flèche blanche, un cadeau sithi.

Le nouveau venu, de la taille d'un nain, est un troll du nom de *Binabik*, monté sur une grande louve grise. Binabik propose de marcher avec Simon vers Naglimund. En chemin, ils tentent une halte à l'abbaye de Saint Hodérund, mais découvrent que le monastère a été le lieu d'un carnage. Alors qu'ils en explorent les ruines, Simon est capturé et emmené au campement du duc Isgrimnur. Durant la nuit, les Rimmersleutes sont attaqués par des *fouisseurs.* Simon réussit à s'enfuir grâce à l'aide de Binabik, qui lui révèle alors que sa présence est due à un message du docteur Morgénès.

VOLUME 2. LE ROI DE L'ORAGE

Simon et Binabik poursuivent leur chemin vers Naglimund, mais les événements étranges qui se succèdent leur font peu à peu comprendre qu'ils sont confrontés à une menace bien plus grande que la seule colère d'un roi. Poursuivie par une meute de molosses blancs surnaturels portant la marque du Pic de l'Orage, une montagne du nord à la réputation maléfique, ils s'enfoncent dans la forêt et cherchent refuge dans la maison de *Géloé,* en compagnie de deux autres voyageurs qu'ils ont arrachés aux chiens. Géloé, une femme franche et directe, censée être une sorcière, s'entretient avec eux de la situation; la somme de leurs informations respectives leur fait supposer que les anciens Norns, des êtres aigris apparentés aux Sithis, sont dorénavant impliqués dans le devenir du royaume de Jean Presbytère.

Leurs poursuivants, pas tous humains, continuent de les traquer sur la route de Naglimund. Binabik est frappé par une flèche; Simon et une jeune servante qu'ils ont sauvée entament alors une lutte acharnée pour finir de traverser la forêt. Attaqués par un géant hirsute, ils ne doivent leur salut qu'à l'apparition de Josua et de son groupe de chasse.

Le prince les emmène à Naglimund, où on soigne Binabik. Il se confirme que des événements terrifiants s'annoncent. Le siège de Naglimund par Élias et ses armées est imminent. La servante sauvée par Simon est en fait la princesse Miriamélé, qui cachait son identité après avoir fui son père, devenu fou sous l'influence de son conseiller Pryrates. De tout le pays affluent des gens apeurés qui espèrent que Naglimund et le prince Josua les protégeront d'un roi dément.

Tandis que le prince et d'autres débattent de la bataille à venir, un étrange vieillard rimmersleute du nom de *Jarnauga* fait son apparition dans la salle du conseil. C'est un membre de la *Ligue du Parchemin,* un cercle de lettrés et d'initiés, auquel appartenaient également Morgénès et le maître de Binabik. Il est porteur de nouvelles plus sombres encore. Leur ennemi, annonce-t-il, n'est pas simplement Élias : le roi est aidé par *Ineluki, le Roi de l'Orage*, prince des Sithis mort depuis plus de cinq siècles, dont l'esprit immatériel règne maintenant sur les Norns du Pic de l'Orage, parents du peuple banni des Sithis.

La terrible magie de l'épée grise, Peine, est la cause de la mort d'Ineluki, ainsi que la guerre que menèrent les humains aux Sithis. La Ligue du Parchemin pense qu'Élias a reçu Peine dans le cadre d'un impénétrable projet de vengeance nourri par Ineluki, un plan qui devrait permettre au Roi de l'Orage mort vivant d'asservir le monde entier. Leur seul espoir réside en un poème prophétique qui suggère que « trois épées » pourront peut-être mettre en échec la puissante magie d'Ineluki.

L'une des épées est celle du Roi de l'Orage, *Peine*, qui se trouve déjà dans les mains de leur ennemi, le roi Élias. La deuxième est une épée de Rimmersgard, *Minneyar*, que l'on a su un temps au Hayholt, mais dont la trace s'est depuis bien longtemps perdue. La troisième est *Épine*, l'épée noire du plus grand chevalier du roi Jean, sire *Camaris*. Jarrauga et d'autres pensent l'avoir localisée dans le Grand Nord gelé. C'est sur cet espoir ténu que Josua envoie Binabik, Simon et quelques soldats à la recherche d'Épine, tandis que la place forte se prépare au siège.

La princesse Miriamélé, frustrée d'être trop protégée par son oncle Josua, s'enfuit de Naglimund, déguisée et accompagnée d'un mystérieux moine, frère *Cadrach*. Elle espère parvenir jusqu'à Nabban, dans le sud d'Osten Ard, et convaincre les membres de sa famille de venir en aide à Josua. Le vieux duc Isgrimnur, à la demande de Josua, se déguise à son tour pour partir à sa recherche et la protéger. *Tiamak*, un lettré salanais vivant dans les marais du Wran, reçoit un étrange message de son vieux mentor Morgénès, annonçant de grands dangers et sous-entendant que Tiamak aurait bientôt un rôle à jouer. *Maegwin*, fille du roi d'Hernystir, assiste impuissante aux événements qui entraînent sa famille et son pays dans la tourmente causée par la trahison d'Élias.

Simon, Binabik et leurs compagnons tombent dans une embuscade montée par *Ingen Jegger*, chasseur du

Pic de l'Orage, et par ses serviteurs. Ils ne doivent leur salut qu'à la réapparition du Sithi *Jiriki*, que Simon avait sauvé dans la forêt. Informé de leur quête, Jiriki décide de les accompagner jusqu'à la montagne Urmsheim, demeure légendaire de l'un des grands dragons, à la recherche d'Épine.

Tandis que Simon et ses compagnons progressent vers la montagne, Élias et ses armées avancent sur Naglimund. Le siège commence bientôt. Les premiers assauts sont repoussés, mais les assiégés subissent de lourdes pertes. Enfin, les troupes d'Élias semblent se retirer et abandonner le siège. Alors, un orage surnaturel se forme à l'horizon septentrional, et avance sur Naglimund. La tempête dissimule en fait les armées d'Ineluki, composées de Norns et de géants. Lorsque la Main Rouge, les maîtres-serviteurs du Roi de l'Orage, abat les portes de la place forte, un terrible massacre commence. Josua et quelques autres réussissent à fuir les ruines du château. Avant de s'enfoncer dans l'immense forêt, le prince Josua maudit Élias pour avoir scellé ce pacte abominable avec le Roi de l'Orage et jure de lui reprendre la couronne de leur père.

Parvenus au sommet d'Urmsheim, Simon et ses compagnons trouvent l'Arbre d'Udun, une titanesque chute d'eau gelée. Ils découvrent alors Épine, dans une grotte funèbre. Avant qu'ils n'aient le temps de prendre l'épée et de s'enfuir, Ingen Jegger réapparaît et les attaque. La bataille éveille *Igjarjuk*, le dragon blanc, qui dormait depuis des lustres sous les glaces. Les pertes sont importantes des deux côtés. Simon reste bientôt seul, acculé au bord d'une falaise ; alors que le dragon s'abat sur lui, il soulève Épine et frappe. Le sang brûlant du dragon jaillit sur lui, et il perd connaissance.

Simon s'éveille dans une cave des montagnes trolls de Yiqanuc. Jiriki et *Haestan*, un soldat erkynéen, le soignent et le remettent sur pied. Épine a bien été ramenée d'Urmsheim, mais Binabik est retenu prisonnier par son propre peuple, ainsi que *Sludig* le Rimmersleute, et tous deux risquent la mort. Le visage de Simon porte maintenant une balafre surmontée d'une mèche blanche à l'endroit où le sang du dragon l'a touché. Jiriki donne à Simon le surnom de « Mècheblanche », et lui annonce que, pour le meilleur et pour le pire, il a été irrévocablement marqué.

TOME II. LA ROUTE DES RÊVES
VOLUME 1. LA MAISON DE L'ANCÊTRE

Simon, Jiriki et Haestan restent les invités d'honneur de la cité qanuqe, mais Sludig et Binabik risquent la condamnation à mort. Une audience devant *le Pâtre* et *la Chasseresse*, les seigneurs qanucs, révèle qu'il est reproché à Binabik non seulement d'avoir abandonné sa tribu, mais aussi d'avoir trahi le vœux de mariage fait à *Sisqi*, la fille cadette de la famille régnante. Simon supplie Jiriki d'intercéder en la faveur du troll et du Rimmersleute, mais le prince se refuse à entraver le cours de la justice qanuqe. Jiriki, tenu par des obligations envers sa propre famille, doit retourner vers son peuple.

Blessée par l'apparente inconstance de Binabik, Sisqi ne peut toutefois se résoudre à le voir exécuté. Avec l'aide de Simon et de Haestan, elle organise donc l'évasion des deux prisonniers. Alors qu'ils recherchent dans la cave du maître de Binabik un parchemin indiquant le chemin d'un endroit appelé la Pierre de l'Adieu (dont Simon a appris l'existence dans une vision), ils sont repris par les seigneurs qanucs furieux. Mais le testament du maître de Binabik confirme l'explication que le troll avait donnée de son absence. Le pardon est accordé aux prisonniers : Simon et ses compagnons sont autorisés à quitter Yiqanuc et à apporter la puissante épée Épine au prince exilé Josua. Sisqi et d'autres trolls les accompagneront jusqu'au pied des montagnes.

Pendant ce temps, Josua et les quelques autres survivants ayant échappé à la destruction de Naglimund errent dans la forêt Aldhéorte, pourchassés par les Norns du Roi de l'Orage. Ils sont finalement rejoints par Géloé, la femme-sage, et par *Leleth*, l'enfant muette que Simon avait sauvé des terribles molosses du Pic de l'Orage. Géloé conduit Josua et son groupe à travers la forêt, jusqu'à un endroit ayant autrefois appartenu aux Sithis, dans lequel les Norns n'osent les poursuivre, de crainte de briser le pacte ancien qui lie les branches de cette famille éclatée. Géloé leur annonce alors qu'ils doivent se rendre en un autre endroit plus sacré encore pour les Sithis, cette même Pierre de l'Adieu vers laquelle elle a déjà dirigé Simon par une vision.

Miriamélé, fille du Roi souverain, Élias, et nièce de Josua, poursuit sa route vers Nabban avec le moine dissolu Cadrach. Tous deux sont capturés par le comte *Streàwe* de Perdruin, un homme rusé et cupide, qui annonce à Miriamélé qu'il va la livrer à un homme dont il préfère taire le nom, et envers lequel il a une dette. Pour la plus grande joie de Miriamélé, ce personnage mystérieux s'avère être un ami, le prêtre *Dinivan,* qui est aussi le secrétaire du *Lecteur Ranéssin,* le maître de la Sainte Église. Dinivan est secrètement membre de la Ligue du Parchemin, et il espère que Miriamélé saura convaincre le Lecteur de dénoncer Élias et son conseiller, le prêtre renégat Pryrates. La Sainte Église subit non seulement les assauts d'Élias, qui lui demande de ne pas s'immiscer dans ses projets, mais aussi ceux des *Danseurs de Feu,* des fanatiques religieux qui prétendent que le Roi de l'Orage vient à eux dans leurs rêves. Ranéssin écoute ce que Miriamélé a à lui dire, et en est très troublé.

Simon et ses compagnons sont attaqués par des géants des neiges, alors qu'ils redescendent des montagnes ; durant le combat, le soldat Haestan et de nombreux trolls sont tués. Peu après, alors qu'il songe mélancoliquement aux injustices de la vie et de la mort, Simon éveille par inadvertance le miroir sithi que Jiriki lui avait offert et s'aventure sur la Route des Rêves, où il rencontre d'abord la matriarche sithie *Amerasu,* puis la terrible reine des Norns, *Utuk'ku.* Amerasu cherche à comprendre les intrigues d'Utuk'ku et du Roi de l'Orage, et explore la Route des Rêves à la recherche d'informations et d'alliés.

Josua et le reste de son groupe quittent enfin la forêt pour les plaines des Hauts Thrithings, où ils sont presque aussitôt capturés par les gardes-rande du clan nomade que dirige le thane *Fikolmij,* le père de *Vorzheva,* promise de Josua. Fikolmij nourrit une rancune tenace à l'encontre du prince qui lui a pris sa fille. Après l'avoir roué de coups, Fikolmij organise un duel destiné à achever son prisonnier ; mais son plan échoue et le prince en sort vainqueur. Fikolmij doit alors tenir sa parole, et équiper en chevaux toute la compagnie de Josua. Le prince, profondément affecté par la honte que ressent Vorzheva face à sa famille, l'épouse devant Fikolmij et tout le clan rassemblé. Lorsque le thane annonce en jubilant l'arrivée imminente des soldats du roi Élias qui viennent pour les capturer, le prince et ses compagnons s'enfuient précipitamment à travers les plaines, en direction de la Pierre de l'Adieu.

Dans la lointaine Hernystir, Maegwin est la dernière de sa lignée. Son père, le roi, et son frère ont tous deux été tués en combattant *Skali*, âme damnée d'Élias ; elle et son peuple ont dû se réfugier dans les cavernes des monts Grianspogs. Maegwin, hantée par des rêves étranges, est attirée par les vieilles mines et cavernes des profondeurs du Grianspog. Le comte Éolair, le plus fidèle des hommes liges de son père, part à sa recherche ; ensemble, ils découvrent l'immense cité souterraine de Mezutù'a. Maegwin est convaincue qu'il s'agit de l'endroit où vivent les Sithis, et que ceux-ci vont venir en aide aux Hernystiris, comme ils l'ont déjà fait de par le passé ; mais les seuls habitants de la cité en ruine sont les *Dwarrows*, un groupe d'excavateurs étranges et timides, lointains cousins des immortels. Les Dwarrows, qui maîtrisent le fer aussi bien que la pierre, révèlent que l'épée Minneyar, que recherchent Josua et ses compagnons, est en fait *Clou-Radieux*, l'arme qui a été enterrée avec Jean Presbytère, le père de Josua et d'Élias. Cette information ne présente que peu d'intérêt pour Maegwin, désespérée de voir que ses visions n'ont été d'aucun secours à son peuple. Par ailleurs troublée par son amour pour Éolair, sentiment qu'elle juge insensé, elle lui confie une mission afin de l'éloigner : porter à Josua et à ses compagnons les informations sur Minneyar et les plans des excavations des Dwarrows, qui ont creusé tous les tunnels qui courent sous la place forte d'Élias, le Hayholt. Éolair est surpris et furieux d'être ainsi écarté, mais il obéit.

Une fois arrivés au pied de la montagne, Simon, Binabik et Sludig quittent Sisqi et les autres trolls pour poursuivre leur route à travers les étendues glacées du désert Blanc. Lorsqu'ils atteignent la limite nord de la grande forêt, ils y découvrent une ancienne abbaye habitée par des enfants et leur protectrice, une jeune fille à peine plus âgée du nom de *Skodi*. Ils acceptent de passer la nuit dans l'abbaye, heureux d'avoir trouvé un abri, mais Skodi révèle alors son vrai visage : dans l'obscurité, elle les emprisonne tous trois par magie, et tente d'invoquer le Roi de l'Orage pour lui annoncer qu'elle est en possession de l'épée Épine.

15

DANS LES MURS DE DIEU

Le père Dinivan jouait avec sa nourriture, les yeux plongés dans le fond de son bol comme si quelque message utile pouvait y être inscrit en noyaux d'olives et miettes de pain. Des chandelles éclairaient violemment toute la table. La voix de Pryrates était aussi tonitruante et sévère qu'un gong de cuivre.

« ... Ainsi, voyez-vous, Votre Sainteté, tout ce que désire le Roi Élias n'est que votre reconnaissance d'un simple fait : la Sainte Église est peut-être la providence des âmes humaines, mais elle n'est pas fondée à intervenir dans la disposition de l'enveloppe corporelle des hommes, qui appartient à leur monarque légitime. » Le prêtre glabre esquissa un sourire empreint de suffisance. Dinivan sentit son cœur se serrer de voir le Lecteur sourire mollement en retour. Ranéssin devait pourtant bien s'apercevoir que la déclaration d'Élias équivalait à dire que l'autorité du berger de Dieu sur terre était subordonnée à celle d'un roi mortel ! Pourquoi ne réagissait-il pas ?

Le Lecteur hocha lentement la tête. Son regard se posa sur Pryrates, de l'autre côté de la table, puis brièvement sur Bénigaris, le nouveau maître de Nabban, qui parut embarrassé par l'attention du Lecteur et essuya précipitamment du revers d'une manche de brocart la graisse qui tachait son menton. La célébration de la veille d'Hlafmansa n'était habituellement qu'un événement religieux et cérémonial. Bien que Dinivan l'eût su être la créature soumise du maître de Pryrates, Élias, le duc semblait en cet instant souhaiter une situation plus solennelle et moins conflictuelle.

« Le Roi souverain et son émissaire ne souhaitent que le bien de la Sainte Église, Votre Sainteté », grommela Bénigaris, incapable de soutenir le regard de Ranéssin, comme si les yeux du Lecteur risquaient de refléter la rumeur qui l'accusait de parricide. « Nous devrions écouter ce que dit Pryrates. » Il reporta son attention sur son tranchoir, qui était pour lui d'une compagnie plus conviviale.

« Nous prenons en considération tout ce que Pryrates a à dire », répondit doucement le Lecteur. Le silence retomba une fois de plus sur la tablée. Le gros Velligis et les autres escritors présents revinrent à leur repas, visiblement satisfaits de voir que la confrontation longtemps redoutée avait apparemment été évitée.

Dinivan baissa les yeux vers les restes de son souper. Un jeune prêtre s'avança discrètement pour remplir d'eau le gobelet de Dinivan (dans de telles circonstances, il avait semblé judicieux d'éviter le vin), puis voulut le débarrasser de son bol, mais celui-ci lui fit signe de n'en faire rien. Il était préférable de conserver un centre d'attention permettant au moins d'éviter de regarder le vénéneux Pryrates, qui ne cherchait même pas à dissimuler le plaisir qu'il prenait à déconfire la hiérarchie ecclésiastique.

En déplaçant distraitement des miettes de pain de la pointe de son couteau, Dinivan s'étonna de voir à quel point se combinaient le crucial et le commun. Cet ultimatum du Roi Élias et la réponse du Lecteur seraient peut-être un jour considérés comme un événement capital, comme ce jour ancien où le troisième Larexès déclara le seigneur Sulis hérétique et apostat, imposant l'exil à cet homme magnifique et troublé. Mais même lors d'un événement d'une importance aussi capitale, se dit Dinivan, il avait dû se trouver des prêtres qui se grattaient le nez, ou regardaient le plafond, ou se lamentaient en silence de leurs articulations douloureuses tandis que devant eux s'écrivait l'Histoire ; et aujourd'hui, Dinivan contemplait les restes de son souper, et le duc Bénigaris rotait en desserrant sa ceinture. Les hommes seraient toujours ainsi, singe et ange mêlés, leur nature animale bravant les contraintes de la civilisation alors même qu'ils tendaient vers le Paradis ou l'Enfer. C'était amusant, vraiment... ou aurait dû l'être.

Alors que l'escritor Velligis s'efforçait de ramener la conversation vers des propos plus sereins, Dinivan ressentit soudain un étrange frémissement dans ses doigts : la table tremblait doucement sous ses mains. *Un tremblement de terre,* fut sa première pensée, mais les noyaux d'olives au fond de son bol commencèrent bientôt à se mouvoir pour former des runes sous ses yeux étonnés. Il regarda autour de lui, surpris, mais personne à table ne semblait avoir remarqué la moindre anomalie. Velligis discourait imperturbablement, son visage joufflu brillant de sueur ; les autres convives l'observaient, feignant poliment l'intérêt.

Rampant comme des insectes, les restes du bol de Dinivan s'étaient combinés pour former deux runes, l'une étant celle de la Ligue du Parchemin, et l'autre signifiant « porc ». Indigné, il releva la tête pour fixer les noirs yeux de requin de Pryrates. L'alchimiste arborait un sourire ravi. L'un de ses doigts blancs dansait au-dessus de la nappe comme s'il dessinait dans l'air. Puis, sous les yeux de Dinivan, Pryrates bougea tous ses doigts d'un coup. Les miettes et les noyaux d'olive du bol de Dinivan retombèrent brusquement, la force qui les avait assemblés s'étant dissipée.

La main de Dinivan recula en un geste défensif vers la chaîne qui pendait sous sa soutane, pour sentir le parchemin caché ; le sourire de Pryrates s'élargit pour afficher une joie presque puérile. Dinivan sentit son optimisme coutumier fondre devant la confiance manifeste du prêtre rouge. Il réalisa soudain à quel point sa vie n'était qu'un fil fragile et ténu.

« ... Ils ne sont pas, à mon avis, réellement dangereux... » ânonnait Velligis, « ... mais ils constituent une terrible insulte à la dignité de la Sainte Église, ces barbares qui s'immolent sur les places publiques, une terrible insulte. Comme s'ils défiaient l'Église de les en empêcher ! C'est une sorte de folie contagieuse, m'a-t-on dit, portée par un mauvais air. Je ne sors plus sans une étoffe pour couvrir mon nez et ma bouche... »

« Mais peut-être que les Danseurs de Feu ne sont pas fous », répondit Pryrates avec légèreté. « Peut-être que leurs rêves sont plus... *réels*... que vous aimeriez le croire. »

« C'est... c'est... » s'étouffa Velligis, mais Pryrates l'ignora, ses yeux immondément vides toujours fixés sur Dinivan.

Il n'hésite plus devant aucun excès, réalisa Dinivan. Cette pensée fut pour lui comme un fardeau insupportable. *Plus rien ne le retient. Son effrayante curiosité est devenue une faim irraisonnée et insatiable.*

Cela avait-il débuté lorsque la fatalité avait commencé à s'abattre sur le monde ? Ou lorsque Dinivan et les autres Porteurs du Parchemin avaient accueilli Pryrates en leurs assemblées secrètes ? Ils avaient ouvert leurs cœurs et leurs archives vénérées au jeune prêtre, respectant longtemps la finesse d'esprit de Pryrates, jusqu'à ce que la corruption en son cœur devînt indéniable. Ils l'avaient alors exclu de leur sein, mais trop tard, semblait-il. Comme Dinivan, le prêtre s'asseyait maintenant à la table des puissants, mais l'étoile rouge de Pryrates était en pleine ascension, alors que la voie de Dinivan paraissait confuse et malaisée.

Y avait-il autre chose qu'il pût faire ? Il avait envoyé des messages aux deux Porteurs du Parchemin encore vivants, Jarnauga et l'apprenti d'Ookequk, quoiqu'il n'eût pas reçu de leurs nouvelles depuis assez longtemps. Il avait également fait parvenir des suggestions ou des instructions à d'autres personnes de bonne volonté, comme la femme de la forêt Géloé et le petit Tiamak des marais du Wran. Il avait mis la princesse Miriamélé en sécurité au Sancellan Aedonitis, et lui avait fait raconter son histoire au Lecteur. Il avait soigné tous les arbres, comme Morgénès l'aurait voulu ; il ne lui restait plus qu'à attendre et à voir quel fruit cela pourrait porter...

Échappant au regard troublant de Pryrates, Dinivan parcourut la salle à manger du Lecteur du regard, s'efforçant de noter des détails. Si cette nuit devait entrer dans l'Histoire, en bien ou en mal, il pourrait n'être pas superflu de la graver dans sa mémoire. Peut-être qu'en un jour meilleur, dans un avenir plus brillant que ce qu'il pouvait pour l'instant envisager, il deviendrait un vieil homme penché sur l'épaule de quelque jeune artisan, apportant des corrections : « Non, ce n'était pas comme ça du tout ! *J'y étais...* » Il sourit, oubliant un instant ses préoccupations. Quelle pensée délicieuse : survivre aux tracas de ces jours sombres, pour vivre sans autre responsabilité que d'embarrasser un pauvre artiste qui s'évertue à réaliser un travail de commande !

Sa rêverie cessa subitement, interrompue par la vision d'un visage familier dans la porte voûtée qui menait aux cuisines. Que faisait Cadrach en cet endroit ? Il se trouvait dans le Sancellan Aedonitis depuis à peine une semaine, et rien dans ses affaires ne justifiait sa présence à proximité des quartiers du Lecteur ; il ne pouvait donc que se trouver là pour espionner les invités du Lecteur. N'était-ce que de la curiosité, ou Cadrach... Padréic... se sentait-il tiraillé par d'anciennes allégeances ? Par des allégeances peut-être *contradictoires* ?

Alors même que ces pensées traversaient l'esprit de Dinivan, le visage du moine disparut, s'effaçant dans l'ombre de la porte. Un instant plus tard, un serviteur chargé d'un large plateau entra, attestant que Cadrach s'était volatilisé.

À cet instant, comme pour répondre à la confusion de Dinivan, le Lecteur se leva soudain de sa chaise haute en tête de table. Le visage aimable de Ranéssin était sombre ; les ombres dues à l'éclat des chandeliers le faisaient paraître vieux et tourmenté.

Il fit cesser le verbiage de Velligis d'un seul geste de la main. « Nous avons réfléchi », dit lentement le Lecteur. Sa tête aux cheveux blancs semblait aussi lointaine qu'une montagne couronnée de neige. « Votre vision du monde, Pryrates, a une cohérence indéniable. Sa logique a un certain poids. Nous avons déjà entendu des choses similaires de la part du duc Bénigaris et de son fréquent émissaire, le comte Aspitis. »

« Le marquis Aspitis », coupa brusquement Bénigaris, son visage épais devenu écarlate. Il avait abondamment profité du vin du Lecteur. « Marquis, poursuivit-il éhontément. Le Roi l'a fait marquis à ma demande. En signe d'amitié pour Nabban. »

Les traits fins de Ranéssin se crispèrent en une expression de dégoût difficilement contenue. « Nous savons que vous et le Roi souverain êtes proches, Bénigaris. Et nous savons que vous dirigez Nabban. Mais vous êtes assis à notre table, dans la maison de Dieu – à *ma* table – et nous vous enjoignons de garder le silence jusqu'à ce que le Souverain prêtre de la Sainte Église ait fini de parler. »

Dinivan fut stupéfait par le ton cassant du Lecteur – Ranéssin était habituellement le plus doux des hommes – mais il fut également rasséréné par cette intensité inattendue. La moustache de Bénigaris frémit sous l'effet de la colère, mais il se retourna vers son gobelet de vin avec la gaucherie d'un enfant.

Les yeux bleus de Ranéssin étaient maintenant fixés sur Pryrates. Il poursuivit sur ce ton solennel dont il usait si rarement, mais qui semblait parfaitement naturel lorsqu'il le faisait. « Comme nous l'avons dit, le monde que vous et Élias et Bénigaris appelez de vos vœux a une certaine logique. C'est un monde où les alchimistes et les monarques décident du sort non seulement des enveloppes charnelles des hommes, mais aussi de leurs âmes ; où les laquais du Roi encouragent des esprits malléables à s'immoler pour la gloire de fausses idoles lorsque cela sied à leurs desseins. Un monde où l'incertitude d'un Dieu invisible est remplacée par la certitude d'un esprit noir et brûlant qui réside sur cette terre, dans le cœur d'une montagne de glace. »

Les sourcils glabres de Pryrates réagirent à ces mots ; Dinivan fut pour un temps parcouru d'une joie froide. Bien. Ainsi, cette créature pouvait encore être surprise.

« *Écoutez-moi !* » La voix de Ranéssin prit de l'ampleur, si bien qu'il sembla un temps que le silence ne s'était pas simplement abattu sur la pièce, mais aussi sur tout le reste du monde, comme si la table qu'éclairaient des chandeliers se fût trouvée à la cuspide de la Création.

« Ce monde – votre monde, celui que vous prônez en des termes retors – n'est pas le monde de la Sainte Église. Nous avons depuis longtemps conscience d'un ange noir qui arpente notre terre, dont la main froide veut troubler tous les cœurs d'Osten Ard – mais notre adversaire est l'Esprit du mal lui-même, l'ennemi de la lumière de Dieu. Que votre allié soit l'adversaire de temps immémorial ou un simple nouveau laquais des ténèbres, la Sainte Église s'est toujours dressée contre ceux de sa sorte... et le fera toujours. »

Tout le monde dans la pièce parut retenir sa respiration durant un temps infini.

« Vous ne savez pas ce que vous dites, vieil homme. » La voix de Pryrates n'était plus qu'un sifflement sulfureux. « Vous devenez sénile et votre esprit s'égare... »

Étrangement, pas un seul escritor n'éleva la voix pour exprimer son désaccord ou sa désapprobation. Ils restèrent cois, les yeux éberlués, tandis que Ranéssin se penchait en avant, soutenant calmement le regard furieux du prêtre. La lumière parut vaciller et presque disparaître de la salle de banquet, n'éclairant plus qu'eux deux, l'un rouge et l'autre blanc, leur ombre s'allongeant, s'allongeant...

« Mensonges, haine et envie, dit doucement le Lecteur. Ils nous sont familiers : ce sont nos ennemis de toujours. La bannière sous laquelle ils marchent n'a pas d'importance. » Il se dressa, silhouette mince et pâle, et leva une main. Dinivan ressentit une nouvelle fois cet amour puissant et incontrôlable qui l'avait poussé à courber le dos pour prier devant le mystère du divin dessein de l'Homme, et à vouer son existence au service de cet homme humble et merveilleux, ainsi qu'à l'Église qu'il incarnait.

Avec une résolution glaciale, Ranéssin dessina le signe de l'Arbre dans l'air devant lui. La table semblait trembler de nouveau sous les mains de Dinivan ; cette fois, il lui parut improbable que ce fût l'œuvre de Pryrates. « Vous avez ouvert des portes qui auraient dû rester éternellement closes, Pryrates, proclama le Lecteur. Dans votre orgueil et votre folie, vous et le Roi souverain avez infligé un terrible fléau à un monde qui ployait déjà sous le fardeau de trop nombreux tourments. Notre Église – *mon* Église – vous disputera chaque âme jusqu'à l'aube du Jour de la Bien-Pesée. Je vous déclare *excommunié*, et le Roi Élias avec vous, et je bannis également du sein de l'Église tous ceux qui tombent avec vous dans l'obscurité et dans l'erreur. » Son bras s'abattit, une fois, deux fois. « *Duos Onenpondensis, Feata Vorum Lexeran. Duos Onenpondensis, Feata Vorum Lexeran !* »

Les paroles retentissantes du Lecteur ne furent suivies d'aucun roulement de tonnerre ou corne du jugement ; seulement du timbre distant de la cloche Clavéenne qui sonnait l'heure. Pryrates se leva lentement, le visage aussi pâle que la cire, la bouche déformée par une grimace tremblante.

« Vous venez de faire une atroce erreur, grinça-t-il. Vous êtes un vieil homme stupide et votre Sainte Église est un jouet d'enfant fait de parchemin et de colle... » Il tremblait de fureur et de stupéfaction. « ... un jouet que nous passerons à la torche avant peu. Les hurlements seront grands lorsqu'il brûlera. *Vous avez fait une erreur.* »

Il fit demi-tour et s'éloigna de la salle de banquet, ses talons claquant sur les dalles de pierre, ses robes tournoyant comme une flamme. Dinivan crut entendre les terribles prémices d'un holocauste dans le bruit des pas du prêtre, le signe d'une conflagration immense et irrévocable, une brûlure noire sur les pages de l'Histoire.

Miriamélé cousait un bouton de bois sur sa cape lorsque quelqu'un frappa à la porte. Surprise, elle descendit du lit et s'avança pour répondre, ses pieds nus glacés sur le sol froid.

« Qui est-ce ? »

« Ouvrez la porte, Prin... Malachias. S'il vous plaît, ouvrez la porte. »

Elle tira le verrou. Cadrach se tenait dans le couloir mal éclairé, son visage couvert de sueur luisant dans la lumière des chandelles. Il pénétra précipitamment dans la petite cellule et referma la porte d'un geste du coude si vif que Miriamélé en sentit le souffle lorsque celle-ci frôla son nez.

« Êtes-vous devenu fou ? » demanda-t-elle. « Vous ne pouvez pas entrer comme ça ! »

« S'il vous plaît, Princesse... »

« Sortez immédiatement ! »

« Madame... » Incroyablement, Cadrach tomba à genoux. Son visage habituellement rougeâtre était livide. « Nous devons fuir le Sancellan Aedonitis. Ce soir. »

Elle baissa les yeux vers lui. « Vous êtes effectivement devenu fou. » Son ton était impérieux. « De quoi parlez-vous ? Vous avez volé quelque chose ? Je ne suis pas certaine de devoir encore vous protéger, et je ne vais certainement pas détaler comme... »

Il l'interrompit au milieu de sa phrase. « Non. Ce n'est pas quelque chose que j'ai fait – en tout cas rien que j'ai fait aujourd'hui, et le danger n'est pas tant pour moi que pour vous. Mais ce danger est immense. Nous devons fuir ! »

Miriamélé resta un long moment sans pouvoir trouver ses mots. Cadrach paraissait réellement effrayé ; il ne restait plus trace sur son visage de son indifférence coutumière.

Il brisa enfin le silence. « S'il vous plaît, Madame, je sais que j'ai été un compagnon déloyal, mais il m'est aussi arrivé de bien agir. Croyez-moi cette fois-ci, s'il vous plaît. Vous courez un grave danger. »

« Lequel ? »

« Pryrates est ici. »

Elle sentit une vague de soulagement l'envahir. Le ton paniqué de Cadrach avait effectivement réussi à l'effrayer. « Imbécile. Je sais cela. J'ai parlé au Lecteur hier. Je sais tout, en ce qui concerne Pryrates. »

Le moine trapu se releva. Sa détermination se lisait dans sa mâchoire. « C'est une des choses les plus ineptes que vous ayez jamais dites, Princesse. Vous ne savez presque rien de lui, et c'est une chose dont vous devriez être reconnaissante ! » Il tendit la main et l'attrapa par le bras.

« Cessez cela ! Comment osez-vous ? » Elle tenta de le gifler, mais Cadrach esquiva le coup, sans lâcher prise. Il était étonnamment fort.

« Par les os de Saint Muirfath ! » siffla-t-il. « Ne soyez pas aussi entêtée, Miriamélé ! » Il se pencha vers elle, soutenant son regard de ses yeux écarquillés. Elle remarqua au passage qu'il ne dégageait pas la moindre odeur de vin. « S'il faut vous traiter comme une enfant, je le ferai », gronda le moine. Il la repoussa en arrière jusqu'à la faire trébucher et tomber assise sur le lit. Puis il se dressa devant elle, furieux mais toujours effrayé. « Le Lecteur a prononcé l'excommunication de Pryrates et de votre père. Savez-vous ce que cela signifie ? »

« Oui ! » répondit-elle, criant presque. « Que je suis heureuse ! »

« Mais Pryrates n'est *pas* heureux, et quelque chose de mauvais va se passer. Cela va se passer très bientôt. Et vous devriez ne plus être là lorsque cela arrivera. »

« Mauvais ? Que voulez-vous dire ? Pryrates est seul dans le Sancellan. Il est venu avec une demi-douzaine des gardes de mon père. Que peut-il faire ? »

« Et vous prétendez tout savoir de lui. » Cadrach secoua la tête de dégoût, puis se détourna et commença à jeter les quelques vêtements et possessions de Miriamélé dans son sac de voyage. « Pour ma part, dit-il, je ne veux vraiment pas attendre pour voir ce qu'il prépare. »

Elle l'observa un instant, stupéfaite. Qui était cette personne qui avait l'apparence de Cadrach mais haussait la voix, donnait des ordres et l'attrapait par le bras comme un batelier sur un chaland? « Je n'irai nulle part tant que je n'aurai pas parlé au père Dinivan », dit-elle enfin. Sa voix avait perdu un peu de sa superbe.

« Splendide, répondit Cadrach. Tout ce que vous voulez, tant que vous vous préparez à partir. Je suis certain que Dinivan sera d'accord avec moi – si nous pouvons le trouver. »

À contrecœur, elle se pencha pour l'aider. « Dites-moi simplement une chose, demanda-t-elle. Est-ce que vous pouvez me jurer que nous sommes en danger? Que ce n'est pas à cause de quelque chose que vous avez fait? »

Il interrompit son geste. Pour la première fois depuis son entrée dans la pièce, l'étrange sourire en coin de Cadrach réapparut, mais cela n'ajouta à son visage que l'expression d'une tristesse terrible. « Nous avons tous fait des choses que nous regrettons, Miriamélé. J'ai fait des erreurs qui font éclater en sanglots Dieu Tout-Puissant sur Son grand trône. » Il secoua la tête, furieux de perdre du temps en palabres. « Mais ce danger est réel et immédiat, et il n'est rien que vous ou moi puissions faire pour l'atténuer. Donc nous devons fuir. Les poltrons survivent toujours. »

Au vu de son visage, Miriamélé ressentit soudain l'envie irrépressible de n'absolument jamais savoir ce que Cadrach avait pu faire qui justifiât un tel dégoût de soi-même. Elle frissonna et se détourna pour attraper ses bottes.

Le Sancellan Aedonitis paraissait étrangement désert, même pour une heure aussi tardive. Quelques prêtres étaient assis dans les diverses salles communes et devisaient à voix basse; une poignée d'autres arpentaient les couloirs, bougie en main, chargés de quelque tâche. À l'exception de ces rares passants, les couloirs étaient déserts. Les torches brûlaient de façon saccadée dans leurs supports, comme troublées par des brises agitées.

Cadrach et Miriamélé se trouvaient dans une galerie désertée, qui menait des cellules où logeaient les hommes d'Église de passage vers le cœur administratif et cérémonial de la maison de Dieu, lorsque le moine tira Miriamélé dans une alcôve sombre percée d'une fenêtre.

« Éteignez la chandelle et venez voir », dit-il doucement. Elle enfonça la mèche dans une crevasse entre deux pierres et se pencha en avant. L'air froid lui frappa le visage comme une gifle.

« Que devrais-je regarder ? »

« Là, en bas. Vous voyez ces hommes avec des torches ? » Il s'efforça de les montrer du doigt dans l'espace confiné de l'étroite fenêtre. Miriamélé put apercevoir au moins deux douzaines d'hommes en cape et armure, portant des lances sur leurs épaules.

« Oui », dit-elle lentement. Les soldats ne semblaient pas faire grand-chose d'autre que de se réchauffer les mains devant les feux qui brûlaient dans la cour. « Et alors ? »

« Ces hommes font partie de la garde personnelle du duc Bénigaris. Quelqu'un s'attend à ce qu'il se passe quelque chose ce soir, et que cela se passe ici. »

« Mais je pensais qu'il était impossible aux soldats d'entrer armés dans le Sancellan Aedonitis. » Le reflet de la lumière des torches sur la pointe des lances formait des langues de flamme.

« Ah, mais le duc Bénigaris fait partie des invités ce soir, puisqu'il a participe au banquet du Lecteur. »

« Pourquoi n'est-il pas rentré au Sancellan Mahistrevis ? » Elle s'écarta de la fenêtre et de ses courants d'air. « Ce n'est pas très loin. »

« Une excellente question », répondit Cadrach, un sourire amer déformant son visage à demi dissimulé dans l'ombre. « Pourquoi ? »

Le duc Isgrimnur éprouva le tranchant de Kvalnir du pouce, et acquiesça d'un air satisfait. Il rangea sa pierre à aiguiser et sa flasque d'huile dans son sac. Il y avait quelque chose d'apaisant dans le fait d'affûter son épée. Il regrettait de devoir la laisser derrière lui. Il soupira et l'enveloppa une fois de plus dans ses chiffons, puis la glissa sous sa paillasse.

Je ne peux pas aller voir le Lecteur armé d'une épée, pensa-t-il, *quel que soit le confort que cela me procure. Ses gardes n'en seraient certainement pas amusés.*

Ce n'était pas que Isgrimnur pensât se présenter directement au Lecteur. Il était fort peu probable qu'un moine étrange fût accueilli dans la chambre à coucher du Berger de la Sainte Église, mais les quartiers de Dinivan étaient voisins. Le secrétaire du Lecteur n'avait pas de gardes. Par ailleurs, Dinivan connaissait Isgrimnur, et le portait en haute estime. Lorsque le prêtre réaliserait qui était son visiteur nocturne, il écouterait avec attention ce que le duc avait à lui dire.

Pourtant, Isgrimnur sentait son estomac se nouer, comme cela avait été le cas avant d'innombrables batailles. C'est pour cela qu'il avait sorti son épée : il n'avait pas tiré Kvalnir plus de deux fois de son fourreau depuis son départ de Naglimund, et n'avait certes rien fait qui eût pu émousser une lame forgée par les Dvernings, mais aiguiser son épée donnait à un homme quelque chose à faire lorsque l'attente se faisait trop insupportable. Il y avait quelque chose dans l'air ce soir, une expectative malsaine qui rappelait à Isgrimnur les rives du Clodu durant la Bataille des Grands Lacs.

Même le Roi Jean, tout foudre de guerre sanglant qu'il était, avait été nerveux ce soir-là, sachant que dix mille hommes des Thrithings attendaient quelque part dans l'obscurité au-delà des feux des sentinelles, et sachant également que les peuples des plaines ne respectaient pas l'ordonnancement habituel qui voulait que le combat ne commençât pas avant l'aube, ni aucune autre des conventions des guerres civilisées.

Jean Presbytère était venu rejoindre son ami rimmersleute – Isgrimnur n'avait pas encore hérité du duché de son père – devant son feu cette nuit-là, pour partager quelques mots et une cruche de vin. Pendant qu'ils conversaient, le Roi avait pris sa pierre et son chiffon pour affûter la légendaire épée Clou-Radieux. Ils passèrent la nuit à parler ; inquiets, tout d'abord, et faisant de nombreuses pauses pour épier tous les bruits suspects ; puis plus confiants, à mesure que l'aube approchait et qu'il devenait évident que les hommes des Thrithings ne tenteraient pas de les surprendre durant la nuit.

Jean narra à Isgrimnur des histoires de sa jeunesse à Warinsten, qu'il décrivit comme une île peuplée d'arriérés superstitieux, et de ses premiers voyages sur les terres d'Osten Ard. Isgrimnur avait été fasciné par ces révélations inattendues sur la jeunesse du Roi : Jean Presbytère avait déjà presque cinquante ans lorsqu'il s'était assis devant le feu du lac Clodu et, dans les yeux du jeune Rimmersleute, aurait tout aussi bien pu être roi depuis la nuit des temps. Mais lorsque avait été évoquée sa légendaire destruction du ver rouge Shurakaï, il avait repoussé les questions comme autant de mouches importunes. Il ne s'était pas montré plus loquace sur la façon dont il avait reçu Clou-Radieux, arguant qu'il s'agissait d'histoires ressassées et lassantes.

Maintenant, quarante années plus tard, dans une cellule de moine du Sancellan Aedonitis, Isgrimnur se souvenait et souriait. L'aiguisage nerveux de Clou-Radieux avait été ce que le duc avait vu de plus approchant de la peur chez son suzerain ; de la peur du combat, au moins.

Le duc renâcla. Son vieil ami était enterré depuis deux ans, et Isgrimnur évoquait mélancoliquement l'époque où des tâches devaient être accomplies pour le bien du royaume de Jean.

Si Dieu le veut, Dinivan sera mon messager. C'est un homme brillant. Il mettra le Lecteur Ranéssin de mon côté, et nous retrouverons Miriamélé.

Il mit sa capuche et la tira très avant, puis ouvrit la porte, laissant la lumière des torches le baigner depuis le couloir. Il retraversa sa cellule pour aller éteindre la chandelle. Il était inutile de la laisser tomber sur la paillasse et y mettre le feu.

Cadrach se faisait de plus en plus nerveux. Ils attendaient à l'intérieur de l'étude de Dinivan depuis quelque temps ; bien au-dessus d'eux, la cloche Clavéenne venait de sonner la onzième heure.

« Il ne revient pas, Princesse, et je ne sais pas où se trouvent ses quartiers privés. Nous devons partir. »

Miriamélé scrutait la salle d'audience du Lecteur par le côté de la tenture suspendue au fond de la salle de travail du secrétaire. Éclairés par une unique torche, les personnages peints sur les hauts plafonds semblaient nager dans des eaux troubles. « Connaissant Dinivan, ses quartiers sont certainement proches de l'endroit où il travaille », dit-elle. Le ton inquiet du moine la faisait se sentir une nouvelle fois un peu supérieure. « Il va revenir ici : il n'aurait pas laissé brûler toutes ses chandelles, sans cela. Pourquoi êtes-vous si inquiet ? »

Cadrach releva les yeux des papiers de Dinivan, qu'il examinait subrepticement. « J'étais au banquet, ce soir. J'ai vu le visage de Pryrates. Il n'est pas homme à tolérer quelque opposition que ce soit. »

« Comment le savez-vous ? Et que faisiez-vous au banquet ? »

« Ce qui doit être fait. Garder les yeux ouverts. »

Miriamélé laissa retomber le pan de tenture. « Vous avez de nombreux talents cachés, n'est-ce pas? Où avez-vous appris à ouvrir une porte sans la clef, comme vous l'avez fait pour entrer ici? »

Cadrach parut piqué au vif. « Vous disiez que vous vouliez le voir, Madame. Vous avez insisté pour venir ici. J'ai pensé qu'il serait préférable d'entrer, plutôt que d'attendre dans un couloir où passent les gardes du Lecteur ou d'autres prêtres, qui auraient pu se demander ce que nous faisions dans cette partie du Sancellan. »

« Crochetage, espionnage, enlèvement... des talents rares, chez un moine. »

« Vous pouvez en rire si vous le voulez, Princesse. » Il paraissait presque honteux. « Je n'ai pas eu la vie que j'aurais choisie; ou plutôt, je suppose, mes choix n'ont pas été les plus judicieux. Mais épargnez-moi vos piques jusqu'à ce que nous soyons hors d'ici et en lieu sûr. »

Elle se glissa dans le fauteuil de Dinivan et frotta ses mains froides l'une contre l'autre, dévisageant posément le moine. « D'où venez-vous, Cadrach? »

Il fit un signe négatif de la tête. « Je ne désire pas parler de telles choses. Je doute de plus en plus d'un éventuel retour de Dinivan. Nous devons partir. »

« Non. Et si vous ne cessez pas de dire cela, je vais hurler. Nous saurons ainsi quelles questions les gardes du Lecteur ont vraiment envie de poser, n'est-ce pas? »

Cadrach jeta un œil dans le couloir, puis referma rapidement la porte. Malgré le froid, ses cheveux tonsurés pendaient sur les côtés de son crâne en mèches ruisselantes de sueur. « Madame, je vous en prie, je vous en supplie, pour votre survie et votre sécurité, quittons ces lieux dès maintenant. Minuit approche et le danger s'accroît à chaque instant. S'il vous plaît... croyez-moi! » Le ton de sa voix était presque désespéré. « Nous ne pouvons attendre plus longtemps... »

« Vous vous trompez. » Miriamélé éprouvait une certaine satisfaction à voir les choses tourner en sa faveur. Elle posa ses pieds bottés sur la table encombrée de Dinivan. « Je peux attendre toute la nuit si nécessaire. » Elle voulut adresser un regard arrogant à Cadrach, mais il faisait les cent pas derrière elle, hors de sa vue. « Et nous n'allons pas nous enfuir au milieu de la nuit comme des idiots sans parler d'abord à Dinivan. J'ai confiance en lui, et ce bien plus qu'en vous. »

« Un sentiment tout à fait justifié, je suppose », soupira Cadrach. Il dessina le signe de l'Arbre dans l'air, puis souleva l'un des lourds livres de Dinivan et l'abattit sur le sommet du crâne de Miriamélé ; elle s'affala sur le tapis qui recouvrait le sol. En se maudissant, il se pencha pour la soulever, mais s'interrompit lorsqu'il entendit des voix dans le couloir.

« Il est temps que tu partes », dit le Lecteur d'une voix ensommeillée. Il était presque assis dans son large lit, un exemplaire ouvert de *En Semblis Aedonitis* posé sur ses cuisses. « Je vais lire un peu. Tu as besoin de repos, Dinivan. Cette journée a été harassante pour nous tous. »

Son secrétaire s'arracha à l'observation des panneaux peints des murs. « Très bien. Mais ne lisez pas trop longtemps, Votre Sainteté. »

« Non. Mes yeux fatiguent vite à la lumière des chandelles. »

Dinivan dévisagea un instant le vieil homme, puis, impulsivement, mit un genou à terre et prit la main du Lecteur, pour baiser l'anneau d'ilénite qu'il portait. « Soyez béni, Votre Sainteté. »

Ranéssin le regarda avec une tendresse baignée d'inquiétude. « Tu dois vraiment être épuisé, très cher ami. Ton comportement est assez inhabituel. »

Dinivan se releva. « Vous venez d'excommunier le Roi souverain, Votre Sainteté. Ce n'est donc pas tout à fait un jour comme les autres, n'est-ce pas ? »

Le Lecteur eut un geste désabusé. « Mais cela ne changera rien. Le Roi et Pryrates feront comme ils l'entendent. Le peuple attendra de voir ce qui se passe. Élias n'est pas le premier monarque à souffrir la censure de l'Église. »

« Alors pourquoi le faire ? Pourquoi nous opposer à lui ? »

Ranéssin le fixa d'un air sagace. « Tu parles comme si cette excommunication n'était pas ton plus grand espoir. Toi et tous les autres savez bien pourquoi, Dinivan : nous devons parler lorsque le Mal se montre, quel que soit notre espoir de réussite. » Il referma le livre qui se trouvait devant lui. « Je suis trop fatigué, même pour lire. Dis-moi la vérité, Dinivan. Y a-t-il un espoir ? »

Le prêtre le regarda, surpris. « Pourquoi me demander cela à moi, Votre Sainteté ? »

« Une nouvelle réponse tout aussi pleine de finesse, mon fils. Mais je n'ignore pas qu'il est de nombreuses choses avec lesquelles tu n'ennuies pas un vieil homme fatigué. Je n'ignore pas non plus que tu as de bonnes raisons pour cela. Alors dis-moi, d'après ce que tu sais, y a-t-il un espoir ? »

« Il y a toujours un espoir, Votre Sainteté. C'est vous qui m'avez enseigné cela. »

« Ah ! » Ranéssin eut un sourire étrangement satisfait. Il s'adossa à ses coussins.

Dinivan se tourna vers le jeune acolyte qui dormait au pied du lit du Lecteur. « Assure-toi que la porte est bien verrouillée après mon départ. » Le garçon, qui avait sommeillé, hocha la tête. « Et ne laisse entrer personne dans la chambre de ton maître ce soir. »

« Oui, mon père, personne. »

« Bien. » Dinivan se dirigea vers la lourde porte. « Bonne nuit, Votre Sainteté. Que Dieu soit avec vous. »

« Qu'Il te protège », répondit Ranéssin, sa voix assourdie par ses oreillers. Lorsque Dinivan sortit, l'acolyte se précipita pour refermer la porte.

Le couloir était encore plus mal éclairé que la chambre du Lecteur. Dinivan plissa les yeux avec inquiétude jusqu'au moment où il vit enfin les quatre gardes du Lecteur dressés contre le mur sombre, l'épée au fourreau à leur côté et la pique serrée dans leurs mains gantées de métal. Il soupira de soulagement, puis descendit le long couloir au haut plafond voûté dans leur direction. Il faudrait peut-être faire doubler la garde. Il ne serait pas certain de la sécurité du Lecteur tant que Pryrates ne serait pas retourné au Hayholt et ce traître de Bénigaris au palais ducal.

À quelques pas des gardes, il se frotta les yeux. Il était effectivement plus qu'épuisé. Il allait se contenter de prendre quelques affaires dans sa salle de travail, puis se coucher. Les services du matin n'étaient plus qu'à quelques heures...

« Ho, capitaine », dit-il à celui dont le casque exhibait une plume blanche. « Je pense qu'il vaudrait mieux que vous appeliez... appeliez du... » Il s'interrompit, éberlué. Les yeux du garde brillaient comme deux étoiles dans les profondeurs de son casque, mais leur regard fixe se perdait derrière Dinivan, tout comme celui de ses compagnons. Ils étaient tous aussi immobiles que des statues. « Capitaine ? » Il toucha le bras de l'homme : il était aussi dur que la pierre. « Par le nom d'Usires Aédon, murmura-t-il, que s'est-il passé ici ? »

« Ils ne te voient ni ne t'entendent. »

La voix grinçante était familière. Dinivan fit brusquement volte-face, pour apercevoir un reflet rouge à l'autre bout du couloir.

« Démon ! Qu'as-tu fait ? »

« Ils dorment, dit Pryrates en riant. Au matin, ils ne se souviendront de rien. La façon dont les criminels ont franchi la garde pour assassiner le Lecteur restera un mystère. Certains, comme les Danseurs de Feu, y verront peut-être une sorte de... *miracle noir.* »

Une peur venimeuse remonta lentement de l'estomac de Dinivan, se mêlant à sa colère. « *Tu ne feras pas de mal au Lecteur.* »

« Et qui m'arrêtera ? Toi ? » Le rire de Pryrates tourna au mépris. « Tu peux essayer tout ce que tu veux, petit homme. Hurle, si tu en as envie : personne n'entendra rien de ce qui se passe ici jusqu'à mon départ. »

« Alors je t'en empêcherai moi-même. » Dinivan plongea la main dans sa soutane et en tira l'Arbre qui pendait autour de son cou.

« Oh, Dinivan, tu as raté ta vocation. » L'alchimiste s'avança, la lumière de la torche lustrant son crâne chauve. « Plutôt que d'être secrétaire du Lecteur, tu aurais dû chercher à devenir le bouffon de Dieu. Tu ne peux pas m'arrêter. Tu n'as aucune idée de la sagesse qui est mienne, des pouvoirs que je commande. »

Dinivan resta fermement campé sur ses jambes tandis que Pryrates avançait, le claquement de ses talons résonnant dans le couloir. « Si la sagesse est de vendre son âme immortelle pour presque rien, alors je suis heureux de ne pas en avoir. » Sa peur s'accroissait, mais il s'efforçait de conserver un ton égal.

Le sourire reptilien de Pryrates s'élargit. « C'est bien là ton erreur ; la tienne et celle de tous ces timides imbéciles qui se disent Porteurs du Parchemin. La Ligue du Parchemin ! Un ramassis de bavards pleurnicheurs et chicaniers qui se veulent érudits ! Et toi, Dinivan, tu es le pire de tous. Tu t'es contenté pour prix de ton âme de superstitions et de quelques promesses. Au lieu d'ouvrir tes yeux aux mystères de l'infini, tu t'es caché au milieu des lécheurs d'anneau prosternés de l'Église. »

La rage envahit tout le corps de Dinivan, refoulant momentanément la vague de peur. *« Recule ! »* hurla-t-il, en tendant son Arbre devant lui. Celui-ci semblait briller, comme si le bois lui-même se consumait. « Tu n'iras pas plus avant, laquais de puissances maléfiques, à moins de me tuer d'abord. »

Les yeux de Pryrates s'ouvrirent grand, en une expression de fausse surprise. « Ah ! Ainsi, le petit prêtre a des griffes ! Eh bien, nous allons jouer selon tes règles... Mais tu verras que je ne suis pas tout à fait sans défense moi-même. » Il éleva ses mains au-dessus de sa tête. Les robes écarlates de l'alchimiste se soulevèrent comme si un vent puissant s'était engouffré dans le couloir. Les torches tremblèrent dans leurs supports, puis s'éteignirent.

« Et souviens-toi d'une chose, siffla Pryrates dans l'obscurité. Je commande maintenant Les Mots de Transformation ! *Je ne suis le laquais de personne !* »

L'Arbre dans la main de Dinivan brillait plus fort, mais Pryrates restait plongé dans les ténèbres. La voix de l'alchimiste s'éleva, psalmodiant dans une langue dont le son même blessait les oreilles de Dinivan et tissait autour de sa gorge un bandeau d'agonie.

« Au nom de Dieu le Tout-Puissant... » cria Dinivan, mais ses mots, avant même qu'ils eussent franchi ses lèvres, semblaient réduits à néant par le chant de Pryrates qui progressait vers un paroxysme triomphal. Dinivan s'étrangla. « Au nom de... » Sa voix se tut. Dans l'obscurité qui s'étendait devant le prêtre, l'incantation de Pryrates devenait un grondement oppressant perdant tout lien avec la parole à mesure que l'alchimiste subissait une terrifiante transformation.

Là où s'était trouvé Pryrates tournoyait maintenant une ombre méconnaissable formant des volutes incohérentes, qui grandit jusqu'à aveugler la lumière des étoiles et plonger le couloir dans une noirceur absolue. De lourds poumons exhalaient laborieusement comme des soufflets de forge. Un froid ancien et engourdissant recouvrit le couloir d'un givre invisible.

Dinivan se projeta en avant avec un hurlement de rage terrifiée pour frapper la chose invisible avec son Arbre Saint, mais ne réussit qu'à se retrouver prisonnier d'un appendice massif et pourtant horriblement immatériel. Ils luttèrent, perdus dans l'obscurité glaciale. Dinivan suffoqua lorsqu'il sentit quelque chose tenter de s'infiltrer dans ses pensées terrifiées, explorant son crâne avec des doigts brûlants, cherchant à ouvrir son esprit comme un pot de confiture. Il se défendit de toutes ses forces, s'efforçant de conserver l'image d'Usires Aédon au centre de ses pensées vacillantes ; il eut l'impression d'entendre la chose qui l'immobilisait pousser un grondement de douleur.

Mais l'ombre ne fit que gagner en substance. Son étreinte se resserra sur lui, poing écrasant de confiture et de plomb. Un souffle froid et âcre frôla sa joue comme le baiser d'un cauchemar.

« Au nom de Dieu... et de la Ligue... » gémit Dinivan. Les bruits animaux et les terribles exhalaisons laborieuses commencèrent à s'effacer. Les anges d'une lumière brûlante et douloureuse envahirent son crâne, dansant pour accueillir l'obscurité, l'assourdissant de leur chant silencieux.

Cadrach traîna le corps inanimé de Miriamélé jusque dans le couloir en jurant dans l'affolement par tous les saints, dieux et démons. Bien qu'il y eût pour seule lumière le faible éclat bleuté des étoiles qui perçait à travers les fenêtres haut perchées, il était difficile de ne pas voir la forme recroquevillée du prêtre qui gisait comme une poupée abandonnée au milieu du couloir, à quelques pas de là. Il était tout aussi impossible de ne pas entendre les cris et hurlements atroces qui s'échappaient de la chambre du Lecteur au bout du couloir, devant laquelle étaient éparpillés les restes de l'épaisse porte de bois réduite en miettes.

Le bruit cessa subitement, après qu'un long gémissement désespéré eut décru jusqu'à un gargouillis sifflant. Le visage de Cadrach se couvrit d'une expression horrifiée. Il se pencha et souleva la princesse qu'il hissa sur son épaule, puis s'accroupit maladroitement pour ramasser le sac qui contenait leurs maigres possessions. Il se redressa et s'éloigna d'un pas chancelant dans la direction opposée à cette scène de dévastation, réunissant toutes ses forces pour rester sur pied.

Après le coin, le passage s'élargit, mais les torches étaient toujours éteintes. Il crut distinguer dans les ténèbres les silhouettes d'hommes en armes montant la garde, mais ils étaient aussi inertes que des reliques. Le claquement de bottes marquant un pas tranquille et régulier résonna derrière lui. Cadrach s'efforça de marcher plus vite, en maudissant les dalles glissantes.

Le couloir tourna encore une fois, puis ouvrit sur un large vestibule, mais alors qu'il allait en franchir l'arche, Cadrach heurta quelque chose d'aussi solide qu'un mur de plomb, bien qu'il n'eût rien vu d'autre dans le passage que de l'air. Surpris, il vacilla en arrière. Miriamélé glissa de son épaule et tomba par terre.

Le bruit de bottes se rapprocha. Pris de panique, Cadrach tendit la main en avant et rencontra un mur artificiel, un obstacle invisible mais inébranlable. Plus transparent que le cristal, il ne masquait pas le moindre détail de cette pièce qu'éclairaient des torches.

« Par pitié, ne le laissez pas la capturer », murmura le moine en tâtonnant désespérément à la recherche d'un défaut dans cette barrière invisible. « S'il vous plaît ! »

Sa requête fut vaine. La paroi ne présentait pas la moindre brèche.

Cadrach s'agenouilla devant le passage, son menton glissant doucement vers sa poitrine, alors que le bruit de pas prenait de l'ampleur. Le moine immobile aurait tout aussi bien pu être un prisonnier attendant sur le billot. Soudain, il releva les yeux.

« Attends, siffla-t-il. Réfléchis, pauvre idiot ; réfléchis ! » Il secoua la tête et inspira profondément, puis expira et respira une nouvelle fois. Il tendit sa paume vers le passage et prononça doucement un seul mot. Une bouffée d'air froid le dépassa, soulevant les tentures du vestibule. La barrière avait disparu.

Il tira Miriamélé à travers la pièce et l'entraîna vers l'un des couloirs sur lesquels ouvrait cette pièce. Ils disparurent hors de vue au moment même où la silhouette vêtue de rouge de Pryrates apparaissait dans le passage où s'était trouvé l'obstacle invisible. Les premiers signes d'alerte commencèrent à se faire entendre dans les couloirs.

Le prêtre rouge marqua un temps d'arrêt, peut-être surpris de voir que sa barrière avait disparu. Il se retourna néanmoins, et esquissa un geste en direction de l'endroit d'où il venait, comme pour effacer toute trace de sa présence qui pût encore subsister.

Sa voix tonna, se répercutant le long des couloirs dans toutes les directions. « Au meurtre ! » hurla-t-il. « Il y a des meurtriers dans la maison de Dieu ! » Alors que disparaissaient les derniers échos de ses cris, il sourit brièvement, puis partit vers les quartiers qu'il occupait en tant qu'invité du Lecteur.

Semblant frappé par une idée soudaine, il s'immobilisa, puis fit volte-face pour examiner le vestibule du regard. Il leva une nouvelle fois la main, et fit jouer ses doigts. L'une des torches cracha des étincelles, puis projeta une langue de feu qui bondit jusqu'à une rangée de tapisseries suspendues au mur. Les tissages anciens s'embrasèrent, le feu léchant les poutres du plafond et se propageant rapidement de mur en mur. Dans le couloir au loin, d'autres flammes apparaissaient déjà.

L'alchimiste sourit. « L'on doit respecter les présages », dit-il, ne s'adressant à personne en particulier ; puis il s'éloigna en gloussant. Partout, le brouhaha des voix confuses et apeurées envahit les murs du Sancellan Aedonitis.

Le duc Isgrimnur se félicita d'avoir pensé à emmener une chandelle. Le couloir était aussi sombre que du goudron. Où étaient les sentinelles ? Pourquoi les torches n'étaient-elles pas allumées ?

Pour quelque problème que ce fût, le Sancellan s'éveillait tout autour de lui. Il entendit crier au meurtre, ce qui fit battre son cœur plus fort ; ce cri en entraîna d'autres, plus distants. Un instant, il envisagea de retourner vers sa petite cellule, puis décida qu'il pourrait tirer parti de la confusion. Quelle que fût la cause de cette alerte, et il doutait que ce fût réellement un meurtre, cela lui permettrait peut-être de trouver le secrétaire du Lecteur sans avoir d'abord à répondre aux questions ennuyeuses des sentinelles.

La chandelle dans son support de bois projetait l'ombre d'Isgrimnur haut contre les murs du grand vestibule. Tandis que la clameur se rapprochait, il hésita entre les couloirs qui partaient de la pièce. Il choisit celui qui lui parut le plus logique.

Peu après avoir tourné deux fois, il entra dans une galerie plus large. Une silhouette en robe était étendue sur le sol dans un amas de tapisseries, sous le regard imperturbable de plusieurs gardes armés.

Serait-ce donc des statues? se demanda-t-il. *Mais, Dieu me damne, les statues n'ont jamais ressemblé à cela. Regarde : celle-là est penchée comme si elle chuchotait dans l'oreille de l'autre.* Il observa les yeux aveugles qui brillaient sous les casques et sentit un frisson le parcourir. *Qu'Aédon nous protège. De la sorcellerie, voilà ce que c'est.*

Pour son plus grand désespoir, il reconnut le corps étendu sur le sol à la seconde où il le retourna. Le visage de Dinivan semblait bleui, même dans la faible lumière d'une chandelle. De fins ruisselets de sang s'étaient échappés de ses oreilles, séchant sur ses joues comme des larmes rouges. Son corps avait la consistance d'un sac de brindilles brisées.

« Elysia, mère de Dieu, qu'est-il arrivé ici? » gronda le duc.

Les yeux de Dinivan s'entrouvrirent, surprenant à tel point Isgrimnur qu'il manqua laisser retomber la tête du prêtre sur les dalles de pierre. Le regard de Dinivan flotta un moment avant de se fixer sur lui. Cela venait peut-être de la chandelle qu'Isgrimnur tenait maladroitement, mais les yeux du prêtre semblaient briller d'une étrange lumière. Isgrimnur savait que cette lumière ne durerait pas longtemps.

« Le Lecteur... » souffla Dinivan. Isgrimnur se pencha plus près. « Allez... voir... le Lecteur. »

« Dinivan, c'est moi, dit-il. Le duc Isgrimnur. Je suis à la recherche de Miriamélé. »

« Le Lecteur », répéta obstinément le prêtre, ses lèvres ensanglantées formant difficilement ces mots. Isgrimnur se redressa.

« Très bien. » Il rechercha désespérément du regard quelque chose à placer sous la tête blessée du prêtre, mais ne trouva rien. Il laissa donc doucement reposer Dinivan, puis se releva et marcha vers le bout du couloir. L'emplacement de la chambre du Lecteur ne faisait aucun doute : la porte avait été mise en pièces, et même le linteau de marbre était roussi et effrité. Le sort du

Lecteur Ranéssin faisait moins de doute encore. Isgrimnur jeta un coup d'œil dans la pièce dévastée, puis fit demi-tour et retourna dans le couloir. Le sang couvrait tous les murs comme s'il y avait été étalé au pinceau. Les corps mutilés du patriarche de la Sainte Église et de son serviteur ressemblaient à peine à des formes humaines : aucune atrocité ne leur avait été épargnée. Même un vieux guerrier comme Isgrimnur frémit à la vue de tant de sang.

Des flammes luisaient au bout du couloir lorsque le duc revint, mais il s'efforça de les ignorer pour un moment. Il aurait le temps de penser à sa fuite plus tard. Il saisit la main froide de Dinivan.

« Le Lecteur est mort. Pouvez-vous m'aider à trouver la princesse Miriamélé ? »

Durant un instant, le prêtre ne put laisser échapper plus qu'un halètement saccadé. La lueur dans ses yeux pâlissait. « Elle est... ici », dit-il lentement. « Appelée... Malachias. Demandez... sa chambre... à l'intendant. » Il hoqueta, cherchant désespérément son souffle. « Emmenez-la... à... Kwanitupul... à *La Coupe de Pélippa*... Tiamak est... là-bas. »

Les yeux d'Isgrimnur s'emplirent de larmes. Cet homme devrait être mort. Rien d'autre ne pouvait plus le maintenir en vie que sa pure volonté. « Je la trouverai, dit-il. Je la protégerai. »

Dinivan sembla soudain le reconnaître. « Dites à Josua... » haleta-t-il. « Je crains... *les faux messagers.* »

« Qu'est-ce que cela veut dire ? » demanda Isgrimnur, mais Dinivan resta silencieux ; sa main libre rampait sur sa poitrine comme une araignée agonisante, fouillant désespérément dans le col de sa soutane. Isgrimnur souleva gentiment l'Arbre Saint de Dinivan et le posa sur son cœur, mais le prêtre secoua faiblement la tête et chercha une nouvelle fois à glisser la main dans sa robe. Isgrimnur en tira un pendentif d'or représentant un parchemin et une plume, suspendu à une chaîne. L'attache céda lorsqu'il le prit : la chaîne se mêla aux cheveux humides dans la nuque de Dinivan comme un petit serpent brillant.

« Donnez... à Tiamak », grinça Dinivan d'une voix rauque. Isgrimnur put à peine l'entendre par-dessus la clameur des voix qui s'approchaient et les craquements des flammes au bout du couloir. Le duc glissa le pendentif dans la poche de sa robe de bure, puis releva les yeux, surpris par un mouvement inattendu. L'un des gardes immobiles, éclairé par la lumière des flammes, vacillait. Un instant après, il tomba en avant, son casque rebondissant sur les dalles de pierre. Le soldat étendu grommela.

Lorsque le regard d'Isgrimnur se baissa de nouveau, la lueur avait quitté les yeux de Dinivan.

16

LES EXILÉS

L'obscurité dans l'abbaye était totale, et le silence n'était troublé que par la respiration rauque de Simon. Puis Skodi parla de nouveau, d'une voix qui n'était plus un doux murmure.

« Debout. »

Quelque force étrange sembla le soulever, une pression aussi délicate qu'une toile d'araignée, mais aussi robuste que l'acier. Ses muscles se tendirent contre sa volonté, mais il résista. Peu auparavant, il luttait pour se lever ; maintenant, il s'efforçait de s'en empêcher.

« Pourquoi me combats-tu ? » demanda Skodi d'un ton irrité. Ses mains glaciales parcoururent la poitrine de Simon puis glissèrent sur la peau frémissante de son ventre. Il tressaillit, puis le contrôle de ses membres lui échappa lorsque la volonté de la jeune fille se referma sur lui comme un poing. Une traction puissante mais intangible le mit sur ses pieds. Il tituba dans l'obscurité, incapable de trouver son équilibre. « Nous allons leur donner l'épée, susurra Skodi, l'épée noire... Oh, nous recevrons de si beaux cadeaux... »

« Où... sont... mes amis ? » croassa Simon.

« Chhhut, méchant garçon. Va dans la cour. »

Sans pouvoir réagir, il traversa la pièce obscure en chancelant, se cognant les tibias contre des obstacles invisibles, avançant par à-coups comme une marionnette maladroitement manipulée.

« C'est mieux », dit Skodi. La grande porte de l'abbaye s'ouvrit sur des charnières grinçantes, emplissant la pièce d'une sinistre lumière rougeâtre. Elle se tint dans l'embrasure, ses cheveux blancs soulevés par le vent tourbillonnant. « Viens, maintenant, Simon. Quelle nuit nous vivons ! Une nuit *sauvage !* »

Le grand feu au milieu de la cour brûlait plus haut encore que lorsque les voyageurs étaient arrivés, un brasier dont les flammes s'élevaient jusqu'à la hauteur du toit en pente, et teintait de rouge les murs craquelés de l'abbaye. Les enfants de Skodi, des plus jeunes aux plus âgés, nourrissaient le feu d'une multitude d'objets étranges : des chaises cassées et d'autres bouts de meubles abîmés, ou du bois mort provenant de la forêt alentour, qui brûlait en dégageant un sifflement de vapeur incessant. En fait, les servants du brasier semblaient jeter tout ce qu'ils pouvaient dans les flammes, sans se soucier d'une quelconque pertinence : des pierres et des os d'animaux, des poteries craquelées, et des éclats de verre colorés provenant des vitraux brisés de l'abbaye. Alors que les flammes ronflaient et bondissaient dans le vent, les yeux des enfants en reflétaient la lumière, et brillaient comme les orbites jaunes de renards.

Simon s'engagea en titubant dans la cour enneigée, suivi de près par Skodi. Un hurlement déchirant s'éleva dans la nuit, solitaire et poignant. Lent comme une tortue au soleil, Simon tourna la tête vers la silhouette aux yeux verts accroupie au sommet de la colline qui dominait la clairière. Un instant, Simon retrouva l'espoir lorsque la louve leva son museau et hurla de nouveau.

« Qantaqa ! » cria-t-il ; sa mâchoire raidie et ses lèvres inertes donnèrent à ce nom un effet étrange. La louve ne dépassa pas la crête de la colline. Elle hurla une nouvelle fois, un cri de peur et de frustration aussi clair que s'il avait été articulé par une bouche humaine.

« Méchant animal, lâcha Skodi avec dégoût. Mangeur d'enfant. Hurleur à la Lune. Il n'approchera pas de la maison de Skodi. Il ne brisera pas mon charme. » Elle plissa les paupières et plongea son regard dans les yeux verts de la louve ; le hurlement de Qantaqa se mua en un murmure de douleur. Quelques instants plus tard, la louve fit demi-tour et disparut hors de vue. Simon jura en silence et tenta une nouvelle fois de se libérer, mais il était aussi désarmé qu'un chaton tenu par la peau du cou. Seule sa tête semblait lui appartenir, et chaque mouvement était affreusement difficile. Il la tourna lentement, cherchant Binabik et Sludig du regard, puis s'immobilisa, les yeux écarquillés.

Deux formes prostrées, l'une petite et l'autre grande, étaient étendues sur le sol gelé contre la façade au mortier craquelé de l'abbaye. Les larmes de Simon gelèrent sur ses joues, tandis que quelque chose ramenait sa tête en place et le forçait à faire un pas de plus vers le feu.

« Attends », dit Skodi. Sa volumineuse chemise de nuit blanche flottait dans le vent. Ses pieds étaient nus. « Je ne veux pas que tu ailles trop près. Tu pourrais te brûler, et tu serais gâché. Attends là. » Elle montra de son bras épais un endroit situé à deux ou trois pas. Comme s'il n'était qu'une extension de sa main, Simon se vit patauger maladroitement dans la boue vers le point qu'elle avait indiqué.

« Vren ! » cria Skodi. Elle semblait possédée par une joie maladive. « Où est cette corde ? Où es-tu ? »

Le garçon aux cheveux sombres apparut dans l'embrasure de la porte de l'abbaye. « Ici, Skodi. »

« Attache ses jolis poignets. »

Vren bondit en avant, glissant sur le sol glacé. Il attrapa les mains inertes de Simon et les tira derrière son dos, puis les lia avec une corde.

« Pourquoi fais-tu cela, Vren ? » haleta Simon. « Nous avons été gentils avec toi. »

Le jeune Hyrka l'ignora, serrant fort les nœuds. Lorsqu'il eut terminé, il posa la main sur les reins de Simon et le poussa vers l'endroit où étaient recroquevillés Binabik et Sludig.

Comme Simon, tous deux avaient les mains liées derrière leur dos. Les yeux de Binabik se tournèrent pour rencontrer ceux de Simon, le blanc brillant de la lueur du feu. Sludig respirait mais était inanimé, un filet de salive gelé dans sa barbe blonde.

« Ami-Simon », articula le troll, chaque mot nécessitant un effort douloureux. Le petit homme inspira comme pour se préparer à en dire plus, mais retomba dans son silence.

À l'autre bout de la cour, Skodi s'était penchée pour dessiner un cercle dans la neige fondante, laissant couler de son poing un filet de poudre rouge. Lorsque cela fut terminé, elle se mit à dessiner des runes dans le sol boueux, sa langue serrée entre ses dents comme un enfant studieux. Vren se tenait non loin, son regard courant incessamment de Skodi à Simon et inversement, le visage dénué de toute émotion, excepté une sorte de vigilance animale.

Ayant fini d'alimenter le feu, les enfants s'étaient pelotonnés contre le mur de l'abbaye. L'une des plus jeunes filles était assise dans la neige dans sa maigre robe, un garçon plus âgé lui tapotant la tête d'un geste négligent qui se voulait réconfortant. Ils observaient tous les mouvements de Skodi avec fascination. Le vent avait attisé le feu en une colonne ondoyante, qui peignait leurs petits visages impavides d'une lumière vermillon.

« Maintenant, où est Honsa ? » appela Skodi, en resserrant contre elle sa chemise de nuit alors qu'elle se redressait. « Honsa ! ? »

« Je vais la chercher, Skodi », dit Vren. Il s'enfonça dans l'ombre au coin de l'abbaye, disparaissant hors de vue, puis réapparut quelques instants plus tard, accompagné d'une jeune fille Hyrka aux cheveux noirs d'un an ou deux son aînée. Un lourd panier se balançait entre eux, rebondissant au gré des inégalités du sol. Ils le déposèrent devant les pieds gonflés de Skodi, puis coururent rejoindre les autres enfants. Vren se plaça alors devant le petit groupe et tira un couteau de sa ceinture, avec lequel il commença à taillader nerveusement l'extrémité du bout de corde qui lui restait. Simon pouvait sentir la tension du jeune garçon depuis l'autre bout de la cour. Il se demanda faiblement quelle pouvait en être la cause.

Skodi plongea la main dans le panier, et en tira un crâne dont la mâchoire pendante n'était plus attachée que par quelques lambeaux de chair séchée, ce qui donnait à ce visage sans yeux une expression de surprise. Simon pouvait maintenant voir que le panier rebondi était plein de crânes. Il eut soudain la certitude de savoir ce qui était arrivé aux parents de tous ces enfants. Son corps engourdi tressaillit par réflexe, mais il ne perçut que vaguement ce mouvement, comme s'il avait été le fait d'une autre personne placée à quelque distance de là. Non loin, Vren aux yeux noirs détruisait méthodiquement son bout de corde de la pointe de son couteau, ses traits dessinant une grimace boudeuse. Simon se souvint avec accablement de la façon dont Skodi avait dit qu'il s'occupait pour elle, entre autres tâches, de l'abattage et de la cuisine.

Skodi tendit le crâne devant elle, son visage étrangement agréable totalement concentré, tel un érudit penché sur une table de formules mathématiques complexes. Elle se balançait de gauche à droite comme un bateau dans le vent, sa chemise de nuit claquant, et commença à chanter de sa voix aiguë d'enfant.

« Dans le sol, dans le sol, dans un trou »,

pépia-t-elle,

« Dans le sol, dans un trou, là où vivent les vers,
La taupe au vilain nez en creusant chante un air ;
Dans cette obscurité, où pondent les scarabées,
Elle chante le rocher, la boue et l'os séché.

« Dans de petits œufs blancs, des insectes naissent ;
Aussitôt ils creusent, et creusent sans cesse.
Et les morts dorment tous, les yeux pleins de terre ;
Et l'obscurité, comme une cape, les enserre.

« Généreuse, elle recouvre sans distinction
Leur vie, leur abjection, leurs vices et leur nom ;
Le nom des morts, partis, dissimulés, enfuis,
Tandis qu'au-dessus d'eux la vie se poursuit.

« Rien ne subsiste de ce qu'ils ont connu,
Alors ils couinent et pleurent ce qu'ils ont perdu.
Ils sanglotent et gémissent dans les profondeurs :
Ils n'ont plus d'yeux, mais dans leur sommeil ils [pleurent.

« La tombe ne connaît ni maître ni valet,
Ni gloire ni misère, ni peine ni succès ;
Mais ils veulent revenir, et cherchent dans les sillons
Du soleil dont ils rêvent, à voir un rayon.

« Et bien que maudissant de la vie les atours,
Les malheurs des enfants, les morsures de l'amour,
Les épreuves cruelles, tous les fléaux qui blessent,
Les disputes et querelles, et toutes les détresses.

« Ils brûlent de revenir, revenir, revenir,
Ils brûlent de revenir,
Revenir !

« Dans le sol, dans un trou, sous de vieux tombeaux
Où se forme une boue faite de chair et d'os,
Les corps se putréfiant en partant chantent un air... »

La chanson de Skodi se poursuivit, avec les circonvolutions d'un tourbillon noir dans une mare stagnante envahie par les algues. Simon se sentit entraîné par cette mélopée, aspiré par son rythme insistant jusqu'à ce que les flammes et les étoiles du ciel et les yeux brillants des enfants ne fussent plus qu'un amas indistinct de lumières et que son cœur s'enfonçât dans l'obscurité. Son esprit ne ressentait plus aucun lien avec le corps dont il était l'hôte, ni avec les actions de ceux qui l'entouraient. Un sifflement débilitant et monotone envahit ses pensées. Des formes indistinctes se mouvaient dans la cour enneigée, aussi négligeables que des fourmis.

L'une des silhouettes jeta dans le feu l'objet pâle et rond qu'elle tenait dans la main, puis une poignée de poudre. Une volute de fumée écarlate en jaillit, s'élevant dans les airs et obscurcissant la vision de Simon. Lorsque tout s'éclaircit, le feu brûlait avec la même intensité qu'auparavant, mais une obscurité plus épaisse semblait s'être abattue sur la cour. La lumière rouge qui baignait les constructions avait pâli, comme une fin de crépuscule sur un monde agonisant. Le vent était retombé, mais un froid plus intense avait envahi les terres de l'abbaye. Bien que son corps ne lui appartînt plus tout à fait, Simon pouvait encore ressentir l'extrême froidure qui s'immisçait jusque dans ses os.

« Venez à moi, Dame Masque d'Argent ! » s'exclama la plus haute silhouette. « Parlez-moi, Seigneur Yeux Rouges ! Je désire faire commerce ! Je détiens un bel objet qui vous plaira ! »

Sans que le vent fût revenu, les flammes commencèrent à danser, se renflant et palpitant comme un grand animal se débattant au fond d'un sac. Le froid se fit plus fort. Les étoiles pâlirent. Une bouche ténébreuse et deux orbites vides et noires se formèrent dans les flammes.

« J'ai un cadeau pour vous », cria joyeusement la silhouette. Simon, alangui, se souvint qu'elle avait pour nom Skodi. Plusieurs enfants pleuraient, leur voix curieusement étouffée malgré le silence.

Le visage dans le feu se crispa. Un puissant grondement guttural s'échappa de la bouche béante, lent et profond comme le craquement des fondements d'une montagne. Si des mots faisaient partie de ce ronflement, ils étaient inintelligibles. Un instant plus tard, l'image commença à vaciller et à s'effacer.

« Restez ! » hurla Skodi. « Pourquoi partez-vous ? » Elle regarda sauvagement autour d'elle, en battant l'air de ses bras épais ; son expression extatique avait disparu. « L'épée ! » vagit-elle en direction du groupe d'enfants. « Cessez de pleurer, bande de veaux stupides ! Où est l'épée ? Vren ! »

« À l'intérieur, Skodi », dit le jeune garçon. Il tenait l'un des plus jeunes enfants contre lui. Malgré le décalage qui l'avait saisi, ou peut-être à cause de lui, Simon ne put s'empêcher de remarquer que les bras de Vren étaient nus et maigres sous ses haillons.

« Alors va la chercher, imbécile ! » cria-t-elle, trépignant dans un colossal accès de rage. Le visage dans les flammes était maintenant à peine discernable. « Vite ! »

Vren se releva rapidement, laissant l'enfant qu'il tenait glisser par terre, où il joignit ses pleurs à la cacophonie ambiante. Vren courut vers l'abbaye, et Skodi se tourna une nouvelle fois vers les flammes tourbillonnantes. « Revenez, revenez », plaida-t-elle. « J'ai un cadeau pour mon Seigneur et ma Dame. »

L'ascendant qu'avait sur lui Skodi parut diminuer quelque peu. Simon eut l'impression de rejoindre son corps ; une sensation étrange, comme s'il se glissait dans une cape faite de plumes douillettes et légèrement picotantes.

Vren réapparut dans l'embrasure de la porte, une expression solennelle peinte sur son visage pâle. « Trop lourde ! » cria-t-il. « Honsa, Endë, et vous, là, venez ici ! venez m'aider ! » Plusieurs enfants s'engagèrent dans la neige à son appel en direction de l'abbaye, observant par-dessus leur épaule le feu ronflant et les gesticulations de leur protectrice. Ils suivirent Vren dans l'obscurité de l'intérieur comme une file d'oisons nerveux.

Skodi se retourna une nouvelle fois, ses joues rebondies rougissantes, ses lèvres roses tremblantes. « Vren ! Apporte-moi l'épée, petit paresseux ! Dépêche-toi ! »

Celui-ci glissa la tête dans l'embrasure de la porte. « Elle est lourde, Skodi ! Elle est lourde comme la pierre ! »

Skodi tourna soudain ses yeux fous vers Simon. « C'est *ton* épée, n'est-ce pas ? » Le visage avait disparu des flammes, mais les étoiles, aussi pâles que des morceaux de glace, ne brillaient encore que d'un très faible éclat dans le ciel ; le feu continuait de ronfler et de danser sans le moindre soupçon de vent. « Tu sais comment la déplacer, n'est-ce pas ? » Son regard était presque insupportable.

Simon resta muet, luttant de toutes ses forces en son for intérieur pour s'empêcher de bredouiller comme un soûlard, de livrer à ces yeux envoûtants toutes les pensées qu'il avait jamais eues.

« Il *faut* que je la leur donne, siffla-t-elle. Ils la cherchent, je le sais ! Mes rêves me l'ont dit. Le Seigneur et la Dame feront de moi... *un pouvoir.* » Elle se mit à rire, d'une trille de petite fille qui lui fit aussi peur que tout ce qui s'était passé depuis le coucher du soleil. « Oh, joli Simon, gloussa-t-elle, quelle nuit ! Va me chercher ton épée noire. » Elle se tourna, et cria en direction de la porte ouverte. « Vren, viens le détacher ! »

Vren surgit à l'extérieur, les yeux écarquillés et furieux. « Non ! » hurla-t-il. « Il est mauvais ! Il s'enfuira ! Il te fera du mal ! »

Le visage de Skodi se glaça en un masque déplaisant. « Fais ce que je dis, Vren. Détache-le. »

Le garçon bondit en avant, raide de rage, les larmes aux yeux. Il tira violemment les mains de Simon en arrière, et glissa son couteau dans les liens. Vren haletait en tranchant les cordes ; lorsque les mains de Simon furent libres, le garçon fit volte-face et repartit en courant vers l'abbaye.

Simon resta sur place, se frottant lentement les poignets, et envisagea de simplement s'enfuir en courant. Skodi lui tournait le dos et poursuivait ses suppliques devant le feu. Il regarda du coin de l'œil en direction de Binabik et de Sludig. Le Rimmersleute était toujours inerte, mais le troll luttait pour se dégager de ses liens.

« Prends... prends l'épée et la fuite, Ami-Simon ! » murmura Binabik. « Aie la certaineté que nous trouverons ensuite... le moyen de notre fuite. »

La voix de Skodi trancha l'obscurité. « L'épée ! » Simon se sentit s'éloigner de ses amis sans pouvoir réagir, contraint au-delà de toute possibilité de résistance. Il avança vers l'abbaye comme poussé par une main invisible.

À l'intérieur, les enfants étaient penchés du côté de l'âtre, s'efforçant toujours, et sans plus de succès, de soulever Épine. Vren eut un regard brûlant lorsque Simon entra, mais s'écarta de son chemin. Simon s'agenouilla devant l'épée, un paquet dur et anguleux enveloppé de chiffons et de peaux. Il la déballa avec des mains qui lui paraissaient curieusement engourdies.

Lorsqu'il saisit la poignée enveloppée de corde, la lueur du feu qui se déversait à travers la porte ouverte peignit une bande de rouge brillant sur toute la longueur noire d'Épine. L'épée vibra sous ses doigts d'une façon qu'il n'avait jamais ressentie auparavant, et ressemblait à un tremblement de faim ou d'impatience. Pour la première fois, Simon sentit qu'Épine était une chose totalement et horriblement inhumaine, mais il ne pouvait pas plus la lâcher qu'il ne pouvait s'enfuir. Il la souleva. L'épée n'était plus ce fardeau déchirant qu'elle était parfois, mais elle conservait une lourdeur étrange, comme s'il la tirait de la vase du fond d'une mare.

Il se sentit entraîné vers la porte. Étrangement, bien qu'elle ne pût le voir, Skodi pouvait encore le manœuvrer comme une poupée de paille. Il se laissa porter jusqu'à la cour éclairée de rouge.

« Viens ici, Simon », dit-elle lorsqu'il émergea, en ouvrant les bras comme une mère aimante. « Viens dans le cercle avec moi. »

« Il a une épée ! » glapit Vren depuis la porte. « Il va te faire du mal ! »

Skodi gloussa dédaigneusement. « Il ne me fera rien. Skodi est trop forte. Et puis c'est mon nouveau jouet. Il m'aime, n'est-ce pas ? » Elle tendit la main vers Simon. Épine semblait gorgée d'une vie informe et terrifiante. « Ne brise pas le cercle », lui dit-elle d'un ton insouciant, comme si tous deux se livraient à un jeu. Skodi le prit par le bras et le tira vers elle, pour aider son corps hésitant à enjamber le cercle de poussière rougeâtre. « Cette fois, ils pourront voir l'épée ! » Son triomphe la fit rougir de plaisir. L'une de ses chaudes mains rosées tenait celle de Simon sur la poignée de l'épée, tandis que l'autre lui enserrait le cou, le maintenant contre sa poitrine et son ventre massifs. La chaleur du feu le ramollissait comme de la cire ; la pression du corps de Skodi contre le sien évoquait la torpeur brûlante d'un rêve de fièvre. Il faisait une demi-tête de plus, mais n'avait pas plus la possibilité de lui résister que s'il avait été un enfant. Quel genre de sorcière était cette fille ?

Skodi se mit à hurler dans un Rimmerspakk aigu tout en se penchant contre lui. Les traits d'un visage commencèrent à se reformer dans le feu. À travers les pleurs que la chaleur imposait à ses yeux, Simon vit la bouche noire indistincte s'ouvrir et se fermer comme celle d'un requin. Une présence froide et terrible s'imposa à eux, scrutant, furetant, reniflant avec une patience de prédateur.

La voix tonna dans leur direction. Cette fois, Simon put discerner des paroles dans cette masse sonore, des mots incompréhensibles qui provoquaient dans tout son corps un tel rejet que ses mâchoires en étaient douloureuses.

Skodi trépignait d'excitation. « C'est l'un des maîtres-serviteurs de Seigneur Yeux Rouges, comme je l'avais espéré ! Regardez, messire, regardez ! Le cadeau que vous vouliez ! » Elle força Simon à soulever Épine, puis regarda avidement la chose ténébreuse qui bougeait dans les flammes lorsqu'elle s'exprima de nouveau. Son sourire exalté retomba. « Il ne me comprend pas, murmura-t-elle dans le cou de Simon avec la familiarité naturelle d'une amante. Il n'arrive pas à trouver la bonne route. Je craignais cela. Mon charme seul n'est pas assez puissant. Skodi va devoir faire quelque chose qu'elle ne voulait pas faire. » Elle détourna la tête. « Vren ! Il nous faut du sang ! Va chercher un bol et apporte-moi le sang du grand. »

Simon essaya de crier, mais ne le put pas. La chaleur à l'intérieur du cercle soulevait les cheveux fins de Skodi comme des rubans de fumée. Ses yeux paraissaient aussi plats et inhumains que des tessons de poterie. « Du sang, Vren ! »

Vren était dressé au-dessus de Sludig, un bol en terre cuite à la main. La lame de son couteau, qui semblait immense dans ses petits doigts, reposait sur le cou du Rimmersleute. Vren se retourna pour regarder Skodi, sans faire plus attention à Binabik, qui se débattait sur le sol, non loin de lui.

« C'est ça, oui, le grand ! » cria Skodi. « Je veux garder le petit ! Dépêche-toi, Vren, pauvre âne ! J'ai besoin du sang tout de suite pour le feu ! Le messager va disparaître ! »

Vren souleva son couteau.

« Et fais attention en l'apportant ! » cria Skodi. « N'en renverse pas à l'intérieur du cercle ! Tu sais comment les petites créatures affluent dès qu'on lance un sort, et à quel point elles sont affamées ! »

Le jeune Hyrka fit soudain volte-face, et bondit vers Skodi et Simon, le visage déformé par la peur et la colère. « Non ! » hurla-t-il. Durant un instant, Simon connut de nouveau l'espoir, imaginant que Vren allait frapper Skodi. « Non ! » s'exclama-t-il une nouvelle fois, en agitant son couteau dans l'air alors que des larmes coulaient sur ses joues. « Pourquoi veux-tu les garder ? Pourquoi veux-tu le garder lui !? » Il pointa sa lame dans la direction de Simon. « Il est trop vieux, Skodi ! Il est mauvais ! Pas comme moi ! »

« Que fais-tu, Vren ? » Skodi plissa les yeux d'inquiétude lorsque le garçon se précipita vers le cercle. La lumière rouge se reflétait sur la lame du couteau levé. Simon sentit tous ses muscles le brûler lorsqu'il voulut imposer à son corps de s'écarter de la trajectoire de Vren, et ce en pure perte : il était maintenu en place par un gant de fer. Des gouttes de sueur envahirent ses yeux.

« Il ne peut pas te plaire ! » glapit Vren d'une voix suraiguë. Avec un hurlement d'agonie, Simon réussit à se mouvoir juste assez pour que la lame qui visait ses côtes manquât sa cible et se contentât de glisser sur son dos, laissant derrière elle un long trait de douleur glacée. Quelque chose dans le feu se renfla comme un taureau, puis les ténèbres s'abattirent sur Simon, obscurcissant les étoiles affadies.

Éolair l'avait laissée seule un moment, le temps de retourner derrière la grande porte chercher une nouvelle lampe.

En attendant le retour du comte de Nad Mullach, Maegwin observait joyeusement la vaste cité de pierre de la caverne en contrebas. Elle venait d'être débarrassée d'un grand poids. Devant elle s'étendait la cité des

Sithis, la ville des anciens alliés d'Hernystir. Elle l'avait trouvée ! Un temps, Maegwin s'était crue aussi folle que le pensaient Éolair et les autres, mais la cité était bien là.

Cela lui était tout d'abord venu sous la forme d'un désordre dans ses rêves ; des rêves troublés, sombres et chaotiques, remplis des visages déchirants de tous ceux qu'elle aimait et qui avaient disparu. Puis d'autres images avaient commencé à s'insinuer. Ces nouveaux rêves lui montraient une ville magnifique débordant de bannières, une cité de fleurs et de musique fascinante, loin de la guerre et des bains de sang. Mais ces visions, qui n'apparaissaient que dans les derniers instants fugitifs de son sommeil, bien que préférables à ses cauchemars, ne l'avaient pas apaisée. Bien au contraire : par leur richesse et leur exotisme merveilleux, elles avaient instillé dans l'esprit de Maegwin des craintes pour son âme troublée. Peu après, lors de ses incursions dans les tunnels du Grianspog, elle avait également commencé à entendre des murmures provenant des entrailles de la terre, des voix chantantes qui ne ressemblaient à rien de ce qu'elle avait jamais entendu.

L'idée de l'ancienne cité avait grandi et s'était épanouie jusqu'à l'emporter en importance sur tout ce qui pouvait se passer à portée de la lumière du jour. La lumière du jour apportait le mal : l'astre était un fanal pour le désastre, une lanterne que les ennemis d'Hernystir utilisaient pour trouver et détruire son peuple. La sécurité ne se concevait que dans les profondeurs, au sein des racines du monde, là ou les héros et dieux des temps anciens vivaient encore, où le terrible hiver ne s'aventurerait pas.

Maintenant, alors qu'elle surplombait cette fantastique cité de pierre, *sa* cité, elle ressentait une immense satisfaction. Pour la première fois depuis le jour où son père le roi Lluth était parti combattre Skali Neztranchant, elle se sentait en paix. C'est vrai, les tours et les dômes de pierre qui pavaient ce défilé rocheux ne ressemblaient pas tout à fait à la cité estivale aérienne de ses rêves, mais il était indéniable que les mains qui avaient bâti cette cité n'étaient pas humaines, et qu'elle se trouvait en un endroit qu'aucun Hernystiri n'avait foulé depuis des temps immémoriaux. S'il ne s'agissait pas du refuge caché des immortels Sithis, alors qu'était-ce ? Ce ne pouvait être que leur cité. C'était une évidence d'une limpidité risible.

« Maegwin ? » appela Éolair, en se glissant à travers la porte entrouverte. « Où êtes-vous ? » L'inquiétude sur son visage la fit sourire, mais elle le lui dissimula.

« Je suis ici, bien évidemment, comte. Là où vous m'avez priée d'attendre. »

Il la rejoignit et se tint à ses côtés, fasciné par ce qu'il voyait. « Dieux du bétail et de la pierre, s'exclama-t-il en agitant la tête. C'est réellement miraculeux. »

Le sourire de Maegwin réapparut. « À quoi d'autre pouvait-on s'attendre ? Descendons, et cherchons qui vit ici. Notre peuple a besoin d'aide, vous savez. »

Éolair la dévisagea lentement. « Princesse, je doute très fortement que quiconque vive ici. Avez-vous vu le moindre mouvement ? Et aucune lumière ne brûle, sinon les nôtres. »

« Qu'est-ce qui vous fait penser que les Êtres Paisibles ne peuvent pas voir dans le noir ? » demanda-t-elle, souriant de l'ingénuité des hommes en général et des hommes intelligents comme le comte en particulier. Son cœur battait si fort qu'elle menaçait de se laisser aller à une franche hilarité. La sécurité ! C'était une pensée bouleversante. Qui pourrait encore leur faire du mal une fois dans le giron des anciens protecteurs d'Hernystir ?

« Très bien, madame, répondit lentement Éolair. Nous allons descendre un peu, si ces escaliers le permettent. Mais votre peuple va s'inquiéter à votre sujet – il grimaça – et moi aussi, avant longtemps. Nous devrons bientôt rentrer. Nous pourrons toujours revenir, en plus nombreuse compagnie. »

« Certes. » Elle agita la main pour exprimer le peu d'importance qu'elle accordait à de telles préoccupations. Ils allaient revenir avec *tout* son peuple, évidemment. C'était l'endroit où ils allaient vivre pour toujours, hors de portée de Skali et d'Élias et de tous les fous assoiffés de sang de la surface.

Éolair la prit par le coude, la guidant avec une prudence presque risible. Elle avait, elle, envie de dévaler ces escaliers taillés dans la roche aussi vite que le permettraient ses jambes. Que pouvait-on craindre ici ?

Ils descendirent telles deux minuscules étoiles tombant dans un immense abîme, la lueur de leurs lampes se reflétant sur les toits de pierre pâle en contrebas. Le son de leurs pas résonnait dans la vaste caverne, et se répercutait sur le plafond invisible qui en renvoyait de multiples échos, formant un battement indistinct qui ressemblait au crépitement des ailes feutrées d'un million de chauves-souris.

Bien qu'achevée, la cité paraissait squelettique. Ses constructions interconnectées étaient faites de pierre pâle de mille couleurs, allant du blanc des premières neiges à d'infinies variétés de nuances de sable et de perle et de gris. Les fenêtres rondes observaient comme des yeux aveugles. Des rues de pierre polie luisaient comme les traces d'escargots aventureux.

Ils avaient descendu la moitié des escaliers lorsque Éolair s'arrêta brusquement, serrant le bras de Maegwin près de lui. Dans la lumière de la lampe, son visage inquiet semblait presque transparent : elle eut soudain envie de pouvoir lire toutes ses pensées.

« Nous sommes allés assez loin, Madame. Votre peuple a déjà dû partir à notre recherche. »

« Mon peuple ? » demanda-t-elle en se dégageant de son emprise. « N'est-il pas également le vôtre ? À moins que vous ne soyez maintenant d'un rang trop élevé pour une tribu de troglodytes craintifs, comte ? »

« Ce n'est pas ce que j'ai voulu dire, Maegwin, et vous le savez », répondit-il sèchement.

On dirait de la douleur dans vos yeux, Éolair, pensa-t-elle. *Cela vous est-il si douloureux d'être inféodé à une folle ? Comment ai-je pu être assez stupide pour vous aimer quand je ne pouvais espérer plus qu'une indifférence polie en retour* ?

Elle reprit la parole : « Vous êtes libre d'aller où vous le voulez, comte. Vous avez douté de moi. Vous êtes peut-être maintenant effrayé à l'idée de devoir faire face à ceux dont vous niiez l'existence. Moi, par contre, je n'irai nulle part ailleurs que dans cette cité. »

Les traits fins d'Éolair s'assombrirent de frustration. Tandis que, d'un geste, il étalait sans le savoir une tache de noir de fumée sur son menton, Maegwin se demanda soudain à quoi elle pouvait elle-même ressembler. Les heures obsessionnellement passées à chercher et creuser et sectionner le verrou lui revinrent à l'esprit comme un rêve à moitié oublié. Depuis combien de temps se trouvait-elle dans ces profondeurs ? Elle observa ses mains maculées avec horreur – elle devait effectivement ressembler à une folle – puis repoussa cette idée. Quelle importance pouvaient avoir ces choses en un tel instant ?

« Je ne puis vous laisser vous égarer en cet endroit, Madame ; », dit finalement Éolair.

« Alors venez avec moi ou ramenez-moi de force vers votre campement délabré, noble comte. » Elle regretta soudain le ton sur lequel elle avait parlé, mais cela était dit et elle ne le retirerait pas.

Éolair ne céda pas à la colère qu'elle attendait ; au lieu de cela, un air de résignation fatigué se peignit sur son visage. La douleur qu'elle avait devinée un peu auparavant ne disparut pas, mais parut plutôt s'enfoncer plus profond, s'étendant aux traits mêmes de son visage.

« Vous m'aviez fait une promesse, Maegwin. Avant que je n'ouvre la porte, vous avez dit que vous vous en remettriez à ma décision. Je ne savais pas que vous n'aviez pas de parole. Je sais que votre père n'a jamais trahi la sienne. »

Maegwin se redressa, piquée au vif. « N'utilisez pas ainsi le nom de mon père. »

Éolair secoua la tête. « Néanmoins, Madame, vous avez promis. »

Maegwin le dévisagea. Quelque chose dans ce visage sagace et prudent la retint de simplement dévaler l'escalier comme elle avait envisagé de le faire. Une voix à l'intérieur d'elle-même railla sa stupidité, mais elle lui fit résolument face.

« Vous n'avez que partiellement raison, comte Éolair, dit-elle lentement. Vous n'avez pas réussi à l'ouvrir seul, si vous vous en souvenez. J'ai dû vous aider. »

Il la regarda plus précisément. « Alors quoi ? »

« Alors nous trouverons un compromis. Je sais que vous me pensez têtue ou pire, mais je tiens à conserver votre amitié, Éolair. Vous avez fidèlement servi la maison de mon père. »

« Un marché, Maegwin ? » demanda-t-il, impassible.

« Si vous acceptez que nous descendions jusqu'au bas des escaliers, que nous posions simplement le pied sur le pavé de la cité, je ferai demi-tour et rentrerai avec vous... Si c'est encore ce que vous désirez. Je le promets. »

Un sourire fatigué s'esquissa sur les lèvres d'Éolair. « Vous le promettez, n'est-ce pas ? »

« Je le jure par la Horde de Bagba. » Elle posa sa main maculée sur sa poitrine.

« Vous feriez mieux de jurer par Cuamh le Noir, en un tel endroit. » Il grimaça de frustration. Ses longs cheveux s'étaient dénoués, et flottaient sur ses épaules. « Très bien. Je n'aime pas l'idée d'essayer de vous porter jusques en haut de ces escaliers contre votre volonté. »

« Vous ne le pourriez pas », ajouta Maegwin, satisfaite. « Je suis trop forte. Allons, descendons plus vite. Comme vous l'avez dit, on nous attend. »

Ils descendirent les marches en silence, Maegwin se délectant de la sécurité des ténèbres et des montagnes de pierre, Éolair perdu dans ses propres pensées. Ils regardaient leurs pieds, par crainte d'un faux pas malgré la confortable largeur de l'escalier. Les marches étaient creusées, et craquelées comme si la terre avait bougé dans son sommeil, mais leur façon était superbe et subtile. La lumière de la lampe révélait des motifs complexes qui serpentaient autour des marches et le long du mur, des gravures aussi délicates que les feuilles de jeunes fougères ou que le dessin des plumes d'un colibri. Maegwin ne put s'empêcher de se retourner vers Éolair avec un sourire de satisfaction.

« Vous voyez ? » Elle approcha la lampe du mur. « Comment cela pourrait-il être l'œuvre de simples mortels ? »

« Je le vois, Madame », répondit Éolair d'un air sombre. « Mais il n'y a pas de mur de l'autre côté de l'escalier. » Il indiqua l'à-pic qui plongeait vers la cité. Malgré la distance déjà parcourue, ils se trouvaient encore assez haut pour que toute chute soit mortelle. « S'il vous plaît, ne vous intéressez pas à ces gravures au point de tomber. »

Maegwin fit une révérence. « Je serai prudente, comte. »

Éolair fronça les sourcils, peut-être devant sa frivolité, mais se contenta de hocher la tête.

Le grand escalier s'ouvrait à son extrémité comme un éventail, se déployant sur le sol de pierre. Loin du mur de la caverne, l'intensité de leurs lampes parut diminuer, la lumière n'étant pas assez forte pour disperser l'obscurité profonde et envahissante. Les bâtiments, qui paraissaient aussi gracieux que des jouets sculptés depuis les hauteurs, les surplombaient maintenant, fantastique déploiement de dômes ténébreux et de tours s'enfonçant dans l'obscurité comme d'impossibles stalagmites. Des ponts taillés à même le roc couraient des murs de la caverne vers les tours, s'enroulant autour de leurs spires comme des rubans. Toutes ses parties étant liées par d'étroits téguments de pierre, la cité ressemblait plus à un unique organisme vivant qu'à un arrangement de roche inerte, mais elle était à l'évidence déserte.

« Les Sithis sont partis depuis bien longtemps, Madame, s'ils ont jamais vécu ici. » Le ton d'Éolair était solennel, mais Maegwin crut déceler une certaine satisfaction dans sa voix. « Il est temps de rentrer. »

Maegwin lui jeta un regard dégoûté. Cet homme n'avait-il aucune curiosité ? « Alors qu'est-ce que cela ? » demanda-t-elle, en montrant du doigt une faible lueur près du centre de la cité obscure. « Si ce n'est pas une lampe, alors je suis un Rimmersleute. »

Le comte plissa les yeux pour mieux voir. « Cela y ressemble, dit-il prudemment, mais c'est peut-être autre chose. La lumière du soleil pénétrant par une fissure. »

« Je suis dans ces tunnels depuis bien longtemps, répondit Maegwin. Le soleil est très certainement déjà couché, en surface. » Elle se retourna et lui toucha le bras. « Allez, Éolair, s'il vous plaît ! Ne vous conduisez pas comme un vieillard ! Comment pourriez-vous partir d'ici sans savoir ? »

Le comte de Nad Mullach fronça les sourcils, mais elle put voir d'autres émotions luttant sous la surface. Il avait effectivement envie de savoir, c'était évident. C'était justement cette transparence qui avait touché son cœur. Comment pouvait-il agir en émissaire dans toutes les cours d'Osten Ard, tout en étant parfois aussi ingénu qu'un enfant ?

« S'il vous plaît ! » plaida-t-elle.

Il vérifia l'huile dans les lampes avant de répondre. « Très bien. Mais uniquement pour vous apaiser. Je ne doute pas que vous ayez trouvé une cité ayant appartenu aux Sithis, ou à des hommes des temps anciens possédant des talents que nous avons perdus, mais ils ont disparu depuis bien longtemps. Ils ne pourront pas nous sauver. »

« Tout ce que vous voulez, comte. Mais dépêchez-vous ! »

Elle l'entraîna vers la cité.

Malgré l'assurance avec laquelle elle avait parlé, les allées de pierre semblaient effectivement abandonnées depuis fort longtemps. Leurs pieds soulevaient une poussière qui voletait mollement. Lorsqu'ils eurent parcouru quelque distance, Maegwin sentit fondre son enthousiasme, ses pensées tournant à la mélancolie tandis que la lumière de la lampe donnait un relief grotesque aux tours culminantes et aux travées plongeantes. L'image des os lui revint une nouvelle fois à l'esprit, comme s'ils marchaient à l'intérieur de la cage thoracique de quelque bête impossible, un immense squelette que le temps aurait curé. À mesure qu'elle progressait le long des rues sinueuses qui s'enfonçaient dans la cité, croissait chez elle l'impression d'être engloutie. Pour la première fois, la perception de ces profondeurs, de l'incroyable épaisseur de pierre qui la séparait du soleil, commença à l'oppresser.

Ils dépassèrent d'innombrables ouvertures béantes dans les façades de pierre, des ouvertures dont les bords lisses avaient autrefois été épousés par des portes. Maegwin imaginait des yeux la regardant depuis ces trous sombres ; non pas des yeux menaçants, mais des yeux tristes, des yeux qui observaient les intrus avec plus de regret que de colère.

Entourée par ces ruines magistrales, la fille de Lluth se sentit accablée par tout ce que son peuple n'était pas devenu, tout ce qu'il ne serait jamais. Malgré l'immensité des terres illuminées par le soleil, les tribus hernystiries s'étaient laissé acculer dans des cavernes au fond des montagnes. Même leurs dieux les avaient abandonnés. Au moins, ces Sithis avaient laissé un mémorial de picrre magnifiquement taillée. Les constructions du peuple de Maegwin étaient en bois, et même les squelettes des guerriers d'Hernystir, qui blanchissaient déjà sur l'Inniscrich, disparaîtraient avec le temps. Bientôt, il ne resterait plus rien de son peuple.

À moins que quelqu'un ne les sauvât. Mais les Sithis ne pouvaient sûrement plus le faire ; et où étaient-ils ? Éolair avait-il raison ? Étaient-ils effectivement morts ? Elle avait été certaine qu'ils s'étaient enfoncés sous la terre, mais peut-être étaient-ils partis ailleurs.

Elle regarda Éolair du coin de l'œil. Le comte marchait en silence à ses côtés, contemplant les tours splendides de la cité avec l'air fasciné d'un fermier des confins du Circoille découvrant Hernysadharc. Au vu de ce visage au nez fin, de ces longs cheveux noirs ébouriffés, elle sentit remonter en elle l'amour qu'elle lui portait et pensait avoir su emprisonner, un amour incontrôlable, aussi douloureux et impérieux que la détresse. L'esprit de Maegwin s'évada, remontant de près de vingt ans vers le jour où elle l'avait vu pour la première fois.

Elle n'était qu'une jeune fille, mais était déjà aussi grande qu'une femme, se souvint-elle avec dégoût. Elle se tenait debout derrière le fauteuil de son père dans la grande salle du Taig lorsque le nouveau comte de Nad Mullach était venu prêter son serment d'allégeance rituel. Éolair lui avait paru tellement jeune ce jour-là ; mince, les yeux aussi brillants que ceux d'un renard, nerveux mais d'une fierté resplendissante. *Avait paru* jeune ? Il l'était : à peine plus de vingt-deux ans, le cœur plein d'allégresse, d'un rire qui ne demandait qu'à retentir. Leurs regards s'étaient croisés alors qu'elle le dévisageait avec curiosité de derrière le haut dossier du fauteuil de Lluth. Ses joues étaient devenues aussi rouges qu'un fruit mûr. Éolair avait alors souri, dévoilant ses petites dents fines et brillantes : elle avait eu l'impression qu'il lui avait mordillé le cœur.

Cela n'avait rien signifié pour lui, bien sûr. Maegwin le savait. Elle était jeune, mais déjà destinée à devenir une vieille fille empruntée une femme aux petits soins avec les porcs et les chevaux et les oiseaux blessés, mais qui renversait tout parce que incapable de marcher et de s'asseoir et de se tenir comme une dame doit le faire. Non, cela n'avait rien signifié pour lui de plus qu'un sourire gêné adressé à une jeune ingénue, même si Éolair avait par ce sourire mis son cœur à jamais en cage...

Elle revint à la réalité lorsque la rue pavée qu'ils avaient choisie arriva à sa fin devant une large tour trapue dont la surface était recouverte d'une délicate vigne de pierre et de fleurs de pierre translucides. Une large entrée ténébreuse béait devant eux comme une bouche édentée. Éolair observa suspicieusement l'ouverture sombre avant de s'avancer pour regarder à l'intérieur.

L'intérieur de la tour semblait étonnamment spacieux, malgré l'obscurité environnante. Un escalier envahi par les gravats s'élevait en spirale le long d'une paroi, tandis qu'un autre s'enfonçait en longeant le mur de la tour dans le sens inverse. Lorsqu'ils ramenèrent leurs lampes à l'extérieur, un faible éclat de lumière, la plus ténue des lueurs, sembla briller dans l'air à l'endroit où cet escalier descendant disparaissait de la vue.

Maegwin inspira profondément. À sa grande surprise, elle ne ressentait aucune peur à se trouver en un endroit aussi étrange. « Nous rebrousserons chemin dès que vous le voudrez. »

« Ces escaliers sont extrêmement traîtres », répondit Éolair. « Nous devrions rentrer dès maintenant. » Il hésita, déchiré entre curiosité et responsabilité. Il y avait effectivement une lueur indéniable en bas des marches. Maegwin gardait les yeux fixés sur elle, mais ne disait rien. Éolair soupira. « Nous allons tout de même descendre un petit peu. »

Ils s'enfoncèrent dans les profondeurs, suivant les marches sur ce qui leur parut être plus d'une centaine de toises jusqu'à ce que l'escalier devînt un large passage horizontal assez bas de plafond. Les parois et la voûte étaient sculptées d'un lacis de vignes et d'herbe et de fleurs qui ne pouvaient pousser que bien plus haut, sous le ciel et le soleil. Les branches entrelacées des plantes et des vignes couraient sans fin sur les murs, comme une tapisserie de pierre. Malgré l'immensité des panneaux, aucune partie ne semblait décorée exactement du même motif qu'une autre. Ces grandes sculptures elles-mêmes étaient composées de nombreux types de roches, d'une variété presque infinie de teintes et de textures, sans que les panneaux fussent pour autant une mosaïque de dalles individuelles comme l'était le sol. La picrre semblait plutôt avoir poussé en des formes plaisantes et exactes, comme une haie taillée et modeléc par des jardiniers peut prendre la forme d'un animal ou d'un oiseau.

« Par les dieux de la Terre et du Ciel », souffla-t-elle.

« Il est temps de rebrousser chemin, Maegwin. » Il y avait bien peu de conviction dans la voix d'Éolair. Dans ces profondeurs, le temps semblait s'être presque arrêté.

Ils avancèrent, contemplant les magnifiques sculptures en silence. Enfin, la lumière de leurs lampes se trouva complétée par une lueur diffuse provenant du bout du tunnel. Maegwin et le comte sortirent de ce couloir pour se trouver à l'air libre, le plafond obscur d'une caverne les surplombant de nouveau à une certaine distance.

Ils se trouvaient au sommet d'un ample amphithéâtre pavé, qui dominait une vaste cuvette de pierre.

L'arène, large de trois jets de pierre, était bordée de rangées de gradins de schiste pâle effrité, comme si cet endroit déserté avait servi de lieu de culte ou de spectacle. Une lumière blanche brumeuse brillait au centre de l'arène, comme un soleil infirme.

« Par Cuamh et Brynioch ! » jura doucement Éolair. Sa voix avait une tonalité distante et anxieuse. « Qu'est-ce que cela peut-il être ? »

Un grand cristal anguleux reposait sur un autel de granit terne au centre de l'arène, produisant une lumière sourde. La pierre était d'un blanc laiteux ; ses facettes étaient lisses, mais ses arêtes semblaient aussi affûtées qu'un quartz brisé. Sa lueur étrange et subtile grandissait puis s'éteignait puis grandissait de nouveau, si bien que les gradins qui en étaient les plus proches semblaient presque disparaître et renaître à chaque scintillement.

La lumière pale les baigna lorsqu'ils approchèrent de l'étrange objet ; l'air frais parut se réchauffer sensiblement. Maegwin fut un temps ébahie devant la pure splendeur de la chose. Ses yeux et ceux d'Éolair restèrent plongés dans cet éclat neigeux, fascinés par ce spectacle de couleurs subtiles se chassant l'une l'autre au cœur de la pierre, rose, corail et lavande, se mouvant comme du vif-argent.

« C'est magnifique », dit-elle enfin.

« Oui. »

Ils s'attardèrent un temps, envoûtés. Enfin, visiblement à contrecœur, le comte de Nad Mullach s'en détourna. « Mais il n'y a rien d'autre ici, Madame. Rien. »

Avant que Maegwin n'ait pu répondre, la pierre blanche flamboya soudain, enflant et resplendissant comme une étoile naissante, jusqu'à ce que son éclat aveuglant parut emplir la caverne. Maegwin chercha désespérément à s'orienter dans cette terrifiante mer de lumière. Elle tendit la main vers le comte de Nad Mullach.

L'intense rayonnement estompait ses traits, et faisait de son visage une masse indistincte. La partie de son corps opposée à la pierre avait disparu dans une obscurité absolue, si bien qu'il paraissait être un demi-homme.

« Que se passe-t-il ? cria-t-elle. La pierre se consume-t-elle ? »

Éolair l'attrapa par le bras, tentant de l'écarter de la lumière. « Êtes-vous blessée ? »

« *Enfants de Ruyan !* »

Maegwin recula sous le choc, titubant sans s'en apercevoir jusque dans l'étreinte protectrice d'Éolair. La pierre avait parlé avec la voix d'une femme, une voix qui les entourait comme si elle provenait de bouches disposées dans toutes les directions.

« *Pourquoi ne me répondez-vous pas ? Je vous ai déjà invoqués à trois reprises. Je n'en ai plus la force ! Je ne pourrai pas le faire une nouvelle fois !* »

Ces mots étaient articulés dans une langue que Maegwin n'avait jamais entendue, mais ils étaient aussi clairs que s'ils avaient été prononcés dans son Hernystiri, et aussi puissants que si la voix de la femme s'était exprimée dans sa tête. Était-ce la folie qu'elle avait si longtemps redoutée ? Mais Éolair avait lui aussi porté les mains à ses oreilles, en réaction à la même voix surnaturelle.

« *Peuple de Ruyan ! Je vous en supplie, oubliez nos anciennes querelles, le mal qui a été fait ! Un ennemi plus dangereux nous menace tous deux !* »

La voix semblait s'exprimer avec grande difficulté. Elle portait en elle épuisement et tristesse, mais aussi quelque chose d'une immense puissance, une force qui donna la chair de poule à Maegwin. Elle maintint ses mains à plat devant ses yeux, et écarta légèrement ses doigts pour tenter d'en discerner la source, mais ne put rien voir. Le martèlement de lumière qui s'en échappait faisait pression sur elle comme un vent puissant. Une personne pouvait-elle se trouver au milieu de cette étourdissante incandescence ? Ou était-ce la pierre qui avait parlé ? Elle se surprit à ressentir une profonde compassion pour quiconque pouvait implorer avec un tel désespoir, tout en rejetant l'idée folle d'une pierre hurlante.

« Qui êtes-vous ? cria Maegwin. Pourquoi êtes-vous dans la pierre ? Sortez de ma tête ! »

« *Quoi ? Quelqu'un est là, enfin ? Que le Jardin en soit remercié !* » Un espoir inattendu réchauffa la voix, supplantant un instant la fatigue. « *Oh, vous qui partagez notre sang, un mal atroce menace notre terre adoptive ! J'ai besoin de réponses à mes questions... des réponses qui nous sauveront peut-être tous !* »

« Madame ! »

Maegwin remarqua finalement qu'Éolair la tenait fermement par la taille. « Elle ne me fera pas de mal ! » lui répondit-elle. Elle s'approcha un peu de la pierre, résistant à ses bras puissants. « Quelles questions ? » cria-t-elle. « Nous somme des Hernystiris. Je suis la fille du roi Lluthubh-Llythinn ! Qui êtes-vous ? Êtes-vous dans la pierre ? Êtes-vous ici dans la cité ? »

La lumière faiblit, et commença à trembler. Il y eut une pause avant que la voix ne revint, plus feutrée qu'auparavant. « *Êtes-vous Tinukeda'ya ? Je ne vous perçois que très faiblement,* dit la femme. *Il est trop tard ! Vous disparaissez déjà ! Si vous m'entendez encore et désirez nous aider contre un ennemi commun, venez nous rejoindre à Jao é-Tinukai'i. Certains d'entre vous doivent encore savoir où cela se trouve.* » Sa voix se fit plus sourde encore, jusqu'à n'être plus qu'un murmure titillant l'intérieur des oreilles de Maegwin. La lumière n'était plus qu'une lueur intermittente. « *Certains sont à la recherche de trois grandes épées. Écoutez-moi ! Cela peut signifier notre salut, ou notre destruction.* » La pierre scintilla. « *Le Bosquet de l'Année-dansante n'a pu m'en apprendre plus; toutes les feuilles chantaient leur...* » Le désespoir envahit sa voix. « *J'ai failli. Je suis devenue trop faible. La Prime-aïeule a failli... Je ne peux voir venir que les ténèbres...* »

Puis même le murmure eut disparu. La lumière de la pierre parlante redevint sous les yeux de Maegwin une pâle lueur. « Je n'ai pas pu l'aider, Éolair. » Elle sentait un grand vide en elle. « Nous n'avons rien fait. Et elle était si triste ! »

Éolair relâcha doucement son étreinte. « Nous n'en savons pas assez pour aider quiconque, Madame, dit-il doucement. Nous avons nous-mêmes grand besoin d'aide. »

Maegwin s'éloigna de lui, réprimant des larmes de colère. N'avait-il donc pas ressenti la bonté de cette femme, et sa tristesse ? Elle avait l'impression d'avoir vu un oiseau magnifique tomber dans un piège devant elle, juste hors de portée.

En se retournant vers Éolair, elle eut la surprise d'apercevoir des étincelles mouvantes au sein de l'obscurité, dans la distance. Elle cligna des yeux, mais ce n'était pas une illusion due à la fatigue. Une rangée de points faiblement lumineux avançait, cheminant vers eux le long des travées de l'arène obscure.

Éolair suivit son regard. « Par le Bouclier de Murhagh ! » jura-t-il. « Je savais que j'avais raison de ne pas avoir confiance en cet endroit ! » Il porta la main à son épée. « Derrière moi, Maegwin ! »

« Me cacher de ceux qui vont nous sauver ? »

Elle esquiva son bras protecteur d'un geste agile tandis que les lumières ballottantes progressaient vers eux. « Ce sont les Sithis, enfin ! » Les lumières roses et blanches scintillaient comme des lucioles ; elle fit un pas en avant. « Êtres Paisibles ! » cria-t-elle. « Vos anciens alliés ont besoin de vous ! »

Le murmure qui s'échappa des ténèbres n'aurait pu provenir d'une gorge humaine. Maegwin se sentit emplie d'un espoir fou, certaine maintenant que ses rêves avaient dit vrai. La voix parlait un hernystiri ancien que l'on n'avait plus entendu sous le soleil depuis des siècles. Bizarrement, elle semblait contenir une note de peur.

« Nos alliés sont devenus os et poussière, maintenant, comme la plupart d'entre nous. Quel genre de créatures êtes-vous, pour ne pas craindre le Têt ? »

Celui qui avait parlé ainsi que ses compagnons s'avancèrent dans la lumière. Maegwin, qui s'était crue prête à tout, eut l'impression que le sol rocheux se dérobait sous elle. Elle se cramponna au bras d'Éolair tandis que le comte de Nad Mullach sifflait de surprise.

Ce furent d'abord leurs yeux qui leur parurent le plus étranges : de grands yeux ronds sans blancs. Les quatre nouveaux venus, dont les paupières battaient à un rythme accéléré sous l'effet des lampes, ressemblaient à des créatures forestières nocturnes effarouchées. Aussi hauts que des hommes mais d'une maigreur insoutenable, ils tenaient des barres faites de quelque pierre translucide dans leurs longs doigts arachnides. Une chevelure pâle et fine pendait autour de leurs visages osseux ; leurs traits étaient délicats, mais ils portaient des vêtements grossiers faits de fourrure et de cuir pelé, usés aux genoux et aux coudes.

L'épée d'Éolair vola hors de son fourreau, rendant des reflets rosés dans la lumière des barres de cristal. « N'approchez pas ! Qui êtes-vous ? »

L'être le plus proche fit un pas en arrière, puis se redressa, son visage mince exprimant une surprise teintée de nervosité. « Mais vous êtes les intrus céans. Ah ! Vous êtes effectivement des Enfants de Hern, comme nous l'avions supposé. Des mortels. » Il détourna la tête et dit quelque chose à ses compagnons dans une langue semblable au murmure d'une chanson. Ceux-ci acquiescèrent gravement, puis les quatre paires d'yeux en soucoupe revinrent à Maegwin et Éolair. « Non, nous avons délibéré de tout cela, et notre point d'accord est que vous vous nommiez d'abord. »

Troublée par ce qu'il advenait de son rêve, Maegwin prit appui sur le bras d'Éolair et parla. « Nous... nous sommes... Je suis Maegwin, fille du roi Lluth. Et voici Éolair, comte de Nad Mullach. »

Les têtes de ces êtres étranges dodelinèrent sur leurs cous étroits ; ils s'exprimèrent mélodiquement entre eux une nouvelle fois. Maegwin et le comte échangèrent un regard incrédule et décontenancé, puis se retournèrent lorsque celui qui avait parlé émit un discret bruit de gorge.

« Vous vous exprimez avec grâce. Vous êtes donc de bonne famille dans votre peuple, en vérité ? Et promettez de n'avoir point de mauvaises intentions ? Malheureusement, il a passé bien du temps depuis nos derniers rapports avec le peuple de Hern, et nous n'avons rien su de leurs lendemains. Nous avons été effrayés lorsque vous avez parlé au Têt. »

Éolair déglutit. « Qui êtes-vous ? Et quel est cet endroit ? »

La première des créatures le dévisagea longuement, ses grands yeux reflétant la lumière de la lampe. « Yis-fidri est mon nom. Et mes compagnons sont Shovennae, Imaï-an, et Yis-hadra, qui est également mon épouse. » Chacun inclina la tête à mesure qu'on le nommait. « Cette cité s'appelle Mezutu'a. »

Maegwin était fascinée par Yis-fidri et ses amis, mais un doute persistant lui hantait l'esprit. Ils étaient certainement étranges, mais ne correspondaient pas à ses attentes...

« Vous ne pouvez pas être les Sithis, dit-elle. Où sont-ils ? Êtes-vous leurs serviteurs ? »

Les étrangers l'observèrent d'un air alarmé, puis reculèrent de quelques pas et se replongèrent brièvement dans un colloque mélodieux. Après quelques instants, Yis-fidri se retourna et s'exprima d'un ton plus dur que celui employé précédemment.

« Il nous est arrivé de servir, mais cette époque est révolue depuis fort longtemps. Vous ont-ils envoyés à notre recherche ? Nous ne reviendrons pas. » Malgré toute la défiance dans sa voix, il y avait quelque chose de pathétique dans la tête dodelinante de Yis-fidri et dans ses immenses yeux tristes. « Que vous a dit le Têt ? »

Éolair secoua la tête, déconcerté. « Pardonnez-nous si nous vous avons heurtés, mais nous n'avions jamais rencontré personne comme vous. Nous n'avons pas été envoyés à votre recherche. Nous ne savions même pas que vous existiez. »

« Le Têt ? Vous voulez dire la pierre ? » demanda Maegwin. « Elle a dit beaucoup de choses. Je vais essayer de m'en souvenir. Mais qui êtes-vous, si vous n'êtes pas les Sithis ? »

Yis-fidri ne répondit pas, mais éleva lentement son cristal, tendant son bras chétif jusqu'à ce que la lumière rosée de la barre brûlât sans chaleur à côté du visage de Maegwin. « Si l'on en croit votre aspect, votre peuple semble n'avoir pas beaucoup changé depuis que nous, Tinukeda'ya des montagnes, vous avons connus, dit-il d'un ton mélancolique. Comment se fait-il que nous soyons déjà oubliés ? Tant de générations de mortels se seraient-elles déjà succédé ? La terre ne peut pourtant pas avoir beaucoup tourné depuis l'époque où les hommes barbus de vos tribus du nord nous connaissaient ! » Son expression se fit plus distante. « Les hommes du nord nous appelaient Dvernings, et nous apportaient des cadeaux pour faire appel à nos talents. »

Éolair s'avança. « Vous êtes ceux que nos ancêtres appelaient *Domhaini ?* Mais nous pensions que vous n'étiez qu'une légende, ou pour le moins que vous aviez disparu depuis longtemps. Vous êtes... des dwarrows ? »

Yis-fidri fit une petite grimace. « Une légende ? Vous êtes pourtant bien des enfants de Hern, n'est-ce pas ? Qui, d'après vous, a enseigné à vos lointains ancêtres l'art d'exploiter le cœur des montagnes ? Nous. Quant aux noms, quelle importance ? Dwarrows pour certains mortels, Dvernings ou Domhaini pour d'autres... » Il agita ses longs doigts, lentement, tristement. « Ce ne sont que des mots. Nous sommes le Tinuked'aya. Nous venons du Jardin et ne pourrons jamais y retourner. »

Éolair rengaina son épée avec un claquement qui résonna à travers la caverne. « Vous recherchiez les Êtres Paisibles, Princesse, mais ceci est au moins aussi étrange ! Une cité au cœur de la montagne ! Les dwarrows de nos plus anciennes légendes ! Le monde souterrain est donc devenu aussi fou que celui de la surface ? »

Maegwin, à peine moins surprise qu'Éolair, ne trouva rien à répondre. Tout en observant les dwarrows, elle se lamenta en silence : les nuages noirs qui semblaient s'être un instant levés s'abattaient de nouveau sur son esprit.

« Mais vous n'êtes pas les Sithis, dit-elle enfin d'une voix blanche. Ils ne sont pas ici. Ils ne nous aideront pas. »

Les compagnons de Yis-fidri montèrent d'une rangée de gradins, pour former un demi-cercle autour des deux étrangers. Observant Maegwin et Éolair de leurs grands yeux inquiets, ils paraissaient prêts à déguerpir.

« Si vous êtes venus à la recherche du Zida'ya, ceux que vous appelez Sithis, dit Yis-fidri avec circonspection, alors cela nous intéresse tout particulièrement, puisque nous nous sommes réfugiés ici pour nous cacher d'eux. » Il hocha lentement la tête. « Un jour, il y a bien longtemps, nous avons décidé de refuser de nous plier à leur volonté, à leur intolérable injustice, et nous nous sommes échappés. Nous pensions qu'ils nous avaient oubliés, mais ce n'était pas le cas. Maintenant que nous sommes faibles et peu nombreux, ils cherchent à nous reprendre. » Une lueur indistincte brillait dans les yeux de Yis-fidri. « Ils vont jusqu'à nous parler par l'intermédiaire du Têt, le Témoin qui était resté muet durant tant d'années. Ils se moquent de nous avec leurs artifices flagrants, leurs stratagèmes censés nous ramener dans leur giron. »

« Vous vous cachez des Sithis ? » demanda Éolair, éberlué. « Mais pourquoi ? »

« Nous étions à leur service, Enfants de Hern. Nous nous sommes enfuis. Maintenant, ils voudraient nous faire revenir. Ils parlent d'épées pour nous leurrer, parce qu'ils savent que la fabrication de tels objets a toujours été notre délice, et que les Grandes Épées font partie de nos plus belles œuvres. Ils nous parlent de mortels que nous n'avons jamais rencontrés, dont nous n'avons jamais entendu parler : quel commerce pourrions-nous bien avoir avec les mortels maintenant ? Vous êtes les premiers que nous voyons depuis fort longtemps. »

Le comte de Nad Mullach attendit que Yis-fidri poursuivît. Lorsqu'il fut évident que ce ne serait pas le cas, Éolair demanda : « Des mortels ? Comme nous ? De quels mortels parlent-ils ? »

« La femme Zida'ya, celle qui est appelée la Primeaïeule, a parlé plusieurs fois de... » Le dwarrow s'interrompit pour conférer quelques instants avec ses compagnons. « ... de Josua Sansmain. »

« Sansmain... ! Dieux de la terre et des torrents, voulez-vous dire *Josua Mainmorte ?!* » Éolair, abasourdi, ouvrit grand les yeux. « Oh ! mon Dieu, tout cela est vraiment folie ! » Il s'assit lourdement sur l'un des gradins en ruine.

Maegwin se laissa tomber à côté de lui. Son esprit avait déjà été envahi par tant de fatigue et de déception qu'elle n'avait plus la force d'être surprise, mais lorsque son regard quitta enfin les grands yeux doux des dwarrows stupéfaits pour se tourner vers Éolair, le visage du comte était celui d'un homme frappé par la foudre dans sa propre maison.

Simon émergea d'une longue plongée dans des espaces obscurs balayés par la tempête. Le vent continua de hurler, mais une lumière rougeâtre grandit devant ses yeux à mesure que les ténèbres se dissipaient.

« Vren, petit imbécile ! » s'exclama une voix près de lui. « Il y a du sang dans le cercle ! »

Lorsqu'il essaya de respirer, Simon sentit une force qui l'oppressait, si bien que ses poumons durent lutter pour inspirer. Il se demanda brièvement si un toit s'était effondré sur lui. Le feu ? La lumière rouge dansait et tourbillonnait. Le Hayholt était-il en feu ?

Il pouvait maintenant distinguer une large silhouette, amplement vêtue de blanc. Celle-ci semblait être devenue aussi haute que les arbres, s'élevant vers les cieux. Il lui fallut de longs instants pour réaliser qu'il était étendu sur le sol gelé, que Skodi se dressait au-dessus de lui, et s'époumonait contre quelqu'un. Combien de temps... ?

Vren se débattait violemment au sol à quelques coudées de là, ses mains serrées sur sa gorge, les yeux exorbités. Personne ne le touchait ni n'était même près de lui, mais il battait sauvagement des jambes, frappant la boue gelée de ses talons. Quelque part dans la distance, Qantaqa poussait de lugubres hurlements.

« C'est mal ! » criait Skodi, le visage rouge de rage. « Méchant Vren ! Tu as versé du sang ! Ils vont grouiller ! C'est mal ! » Elle prit une profonde inspiration et hurla. « *Punition !* » Le petit garçon se contorsionna comme un serpent blessé.

Derrière Skodi, un visage ténébreux observait depuis le centre d'un brasier. Sa bouche instable tremblait de rire. Aussitôt après, les yeux noirs sans fond se fixèrent sur Simon, un contact soudain qui lui fit penser à une langue glacée se posant sur son visage. Il tenta de crier, mais la force qui comprimait sa poitrine l'en empêcha.

Moucheron, murmura dans sa tête une voix aussi lourde et sombre que de la boue. C'était une voix qui avait hanté nombre de ses cauchemars, une voix d'yeux rouges et d'obscurité brûlante. *Nous nous retrouvons dans les endroits les plus étranges... Et tu as cette épée ? Nous allons devoir parler de toi au maître... Il sera très intéressé.* Il y eut une pause ; la chose dans le feu parut croître, ses yeux de froids trous noirs au cœur des flammes. *Mais regarde-toi, fils-des-hommes*, susurra-t-il. Tu *saignes...*

Simon tira sa main tremblante de sous son corps, s'étonnant de sa surprise à la voir répondre à ses ordres. Lorsqu'il la détacha de la poignée d'Épine, il vit que ses doigts étaient effectivement couverts d'un épais sang rouge.

« Puni ! » glapissait Skodi, perdant tout contrôle sur sa voix d'enfant. « Tout le monde sera puni ! Nous devions offrir des cadeaux à mon Seigneur et à ma Dame ! » La louve hurla une nouvelle fois, plus proche.

Vren s'était immobilisé, le visage dans la boue, aux pieds de Skodi. Alors que Simon regardait distraitement, le sol parut se bosseler, masquant la forme pâle et recroquevillée du garçon à sa vue. Un instant plus tard, une autre bosse apparut non loin, tremblotante ; la terre à moitié dégelée se fendit avec un bruit de craquement et de succion. Un mince bras sombre et une main aux longs ongles s'échappèrent de la terre mouvante, s'élevant vers les étoiles blafardes avec leurs doigts ouverts comme les pétales d'une fleur noire. Une autre main louvoya juste à côté, suivie bientôt d'une tête aux yeux pâles à peine plus grosse qu'une pomme. Un sourire fendit ce visage ratatiné, découvrant des dents aiguisées et agitant une maigre barbe noire.

Simon se tortilla, incapable de crier. Une douzaine de bosses boursoufla le sol de la cour, puis une autre douzaine. En quelques instants les fouisseurs s'échappèrent du sol comme des vers d'un cadavre fendu.

« Le Bukken ! » glapit Skodi. « Le Bukken ! Vren, pauvre idiot, je t'avais dit de ne pas verser de sang dans le cercle de conjuration ! » Elle agita ses bras gras en direction des fouisseurs, qui s'agglutinaient sur les enfants hurlants comme une volée de rats pépiants. « Il a été puni ! » hurla-t-elle en désignant l'enfant immobile. « Allez-vous-en ! » Elle se tourna vers le brasier. « Faites-les partir, Seigneur ; faites-les partir ! »

Les flammes dansèrent dans le vent froid, mais le visage se contenta d'observer.

« À l'aide ! Simon ! » La voix de Binabik était déformée par la peur « Viens à notre aide ! Nous sommes toujours attachés ! »

Simon roula douloureusement sur le côté, essayant de ramener ses genoux sous lui. Son dos était pris en un nœud inflexible, comme s'il avait été frappé par le sabot d'un cheval. L'air devant ses yeux semblait empli de flocons de neige brillants.

« Binabik ! » gémit-il. Une nuée de petites silhouettes pépiantes se sépara de la masse principale, délaissant les enfants pour se diriger vers le mur de l'abbaye au pied duquel Sludig et le troll étaient étendus

« Arrêtez ! Je vous l'ordonne ! » Skodi serrait ses mains sur ses oreilles, comme pour se protéger des cris déchirants des enfants. Un petit pied, aussi blafard qu'un champignon, émergea brièvement de la masse de fouisseurs, mais il fut très vite réenglouti. « *Arrêtez !* »

Le sol entra soudain en éruption autour d'elle, éclaboussant sa robe blanche d'une boue gélatineuse. Un tourbillon de bras arachnides s'enroula autour de ses épais mollets, puis une volée de fouisseurs grimpa le long de ses jambes comme s'il se fut agi de troncs d'arbres.

Sa chemise de nuit gonfla à mesure qu'ils se glissaient à l'intérieur en nombre toujours croissant, jusqu'à ce que la toile se déchirât comme un sac trop plein, révélant une masse grouillante d'yeux et de jambes décharnées et de mains griffues qui recouvrait presque entièrement sa chair flasque. La bouche de Skodi s'ouvrit pour hurler, mais un bras serpentin se glissa aussitôt à l'intérieur, s'enfonçant jusqu'à l'épaule. Les yeux pâles de la jeune fille s'écarquillèrent.

Simon avait finalement réussi à se recroqueviller lorsqu'une silhouette grise passa comme une flèche près de lui, bondit sur la masse qui avait été Skodi, et la renversa à terre. Les piaillements des fouisseurs se firent plus aigus et se muèrent en cris de terreur tandis que Qantaqa brisait des nuques et fracassait des crânes, projetant sans retenue des petits corps dans les airs. Un instant plus tard, la louve s'était frayé un chemin et filait vers le groupe qui avançait sur Binabik et Sludig.

Le feu avait pris de l'ampleur. La chose informe qu'il contenait riait. Simon pouvait sentir cet amusement le ronger, l'affaiblir, comme si elle absorbait sa vie petit à petit.

C'est amusant; n'est-ce pas, moucheron ? Pourquoi ne te rapproches-tu pas de moi pour que nous regardions ensemble ?

Simon tenta d'échapper à l'attraction qu'exerçait cette voix, au pouvoir pressant de ces mots. Il se releva lentement, au prix d'une douleur effroyable, et s'éloigna en titubant du feu et de la créature qu'il contenait. Il se servit d'Épine comme d'une béquille, s'appuyant dessus bien que la poignée glissât traîtreusement dans ses mains trempées de sang. L'estafilade que Vren lui avait faite dans le dos était une souffrance froide, une sorte d'engourdissement qui restait néanmoins douloureux.

La chose que Skodi avait invoquée continuait de l'éprouver, sa voix résonnant dans sa tête, jouant avec lui comme un enfant cruel avec un insecte prisonnier.

Moucheron, où vas-tu ? Reviens. Le maître va vouloir te rencontrer...

Chaque pas dans la direction opposée nécessitait un effort terrifiant ; sa vie semblait s'échapper de son corps comme du sable. Les couinements des fouisseurs et les grondements exaltés de Qantaqa ne formaient plus qu'un bourdonnement ténu dans ses oreilles.

Durant un long moment, il ne remarqua même pas les doigts qui s'accrochaient à ses jambes ; et lorsque son regard se baissa enfin vers les yeux en œufs de serpent du Bukken, ce fut comme s'il regardait un autre monde à travers une fenêtre, un endroit horrible que le sort avait placé là. Ce ne fut que lorsque les griffes tâtonnantes commencèrent à déchirer les jambes de ses chausses et à égratigner sa chair que son apathie se dissipa. Avec un cri d'horreur, il frappa violemment du poing le visage ridé. Il les écarta à grands coups de pied avec un grognement de dégoût, mais ils semblaient aussi innombrables que des termites.

Une fois de plus, Épine frémit dans ses mains. Sans plus réfléchir, Simon la souleva et la fit siffler à travers un groupe de créatures sautillantes. Il la sentit vibrer, comme si elle chantait en silence. Devenue merveilleusement légère, Épine tranchait les têtes et les bras comme des brins d'herbe, jusqu'à être recouverte d'un torrent d'ichor noir. Une douleur atroce parcourait le dos de Simon à chaque coup d'épée mais, dans le même temps, une folle exaltation l'avait envahi. Longtemps après que les fouisseurs autour de lui eurent été tous morts ou enfuis, il s'acharnait encore sur les corps emmêlés.

Eh ! bien, tu es un moucheron féroce ! Viens nous rejoindre. La voix semblait entrer dans sa tête comme dans une plaie ouverte, et il frémit de dégoût. *Cette nuit est une nuit folle, une nuit d'orage.*

« Simon ! » Le cri étouffé de Binabik parvint enfin à supplanter sa frénésie et sa rage. « Simon ! Détache-nous ! »

Tu sais que nous serons les vainqueurs, moucherons. En cet instant même, loin au sud, l'un de vos plus grands alliés tombe... perd espoir... meurt...

Simon se retourna et tituba vers le troll. Qantaqa, son museau trempé de sang jusqu'aux oreilles, tenait à distance une masse de fouisseurs sautillants et piaillants. Simon souleva Épine une nouvelle fois et commença à se tailler un chemin à travers le Bukken, les fracassant par gerbes jusqu'à ce qu'ils s'écartassent de son chemin. La voix dans sa tête semblait le cajoler sans mots distincts. La cour, éclairée par le feu, scintillait devant ses yeux.

Il se pencha pour trancher les liens du troll, et un violent vertige manqua le faire basculer en avant. Binabik frotta la corde contre le tranchant d'Épine, qui finit par en venir à bout. Le petit homme se frotta les poignets un court instant pour les ramener à la vie, puis se tourna vers Sludig. Après avoir tenté de dénouer les liens, il se retourna vers Simon.

« Simon, apporte la contribution de ton épée au tranchement... » commença-t-il, puis il écarquilla les yeux. « *Par les Osselets de Chukku !* Ton dos est avec completeté en sang ! »

Le sang ouvrira le portail, fils-des-hommes. Viens avec nous !

Simon tenta de parler à Binabik, mais en fut incapable. En lieu de cela, il plongea Épine en avant, écorchant maladroitement le dos de Sludig de la pointe. Le Rimmersleute, qui revenait lentement à lui, grogna.

« Pendant son sommeil, ils lui ont frappé la tête avec une pierre, dit Binabik d'un ton lugubre. À cause de sa grandeté, j'ai l'opinion. Moi, m'attacher leur a suffi. » Il trancha les liens de Sludig sur le fil d'Épine, jusqu'à ce qu'ils retombassent eux aussi sur le sol enneigé. « Nous devons marcher avec précipitation vers les chevaux, dit le troll à Simon. As-tu de la force avec suffisance ? »

Il acquiesça. Sa tête lui semblait bien trop lourde pour son cou, et la tourmente dans ses pensées faisait peu à peu place à un vide angoissant. Pour la deuxième fois cette nuit, il sentit son esprit commencer à se détacher de la coquille dans laquelle il était confiné, mais il craignait qu'il n'y eût pas, cette fois, de retour. Il se força à rester debout tandis que Binabik aidait le Rimmersleute encore étourdi à se mettre sur pied.

Le maître attend dans la Chambre du Puits...

« Notre possibilité est de courir vers l'étable », cria Binabik par-dessus le grondement menaçant de la louve. Elle avait forcé les fouisseurs à reculer, si bien que plusieurs toises de terrain découvert séparaient le cercle de Bukken des compagnons de Simon. « Avec Qantaqa en tête, nous pourrons avec possibilité y parvenir, mais avec l'impossibilité de ralentissement et d'hésitation. »

Simon chancela. « Il faut récupérer nos sacs de selle, dit-il. Dans l'abbaye. »

Le petit homme le dévisagea avec incrédulité. « Folie ! »

« Non. » Simon balançait la tête comme s'il était ivre. « Je ne partirai pas... sans... la flèche Blanche. Elle... ils... ne me prendront pas ça. » Son regard se porta plus loin dans la cour, vers l'essaim de fouisseurs qui se tenaient à l'endroit où s'était dressée Skodi

Tu te trouveras en présence de la Harpe Vivante, tu entendras Sa douce voix...

« Simon... » commença Binabik, puis il fit brièvement tourner ses mains pour former le charme contre les fous. « Tu as à peine la capacité du maintien debout, grommela-t-il. J'irai. »

Avant que Simon eût pu répondre, le troll s'était glissé à travers la porte vers l'intérieur obscur de l'abbaye. De longs instants plus tard, il revint, tirant derrière lui les sacs de selle.

« Nous les emporterons sur les épaules de Sludig », dit-il en observant avec appréhension les fouisseurs qui les guettaient. « Il a trop d'engourdisseté en lui pour se battre, alors il sera notre bélier de bât. »

Viens avec nous !

Tandis que le troll plaçait les sacs sur les épaules du Rimmersleute abasourdi, Simon regarda le cercle d'yeux pâles. Les fouisseurs cliquetaient et gazouillaient doucement, comme s'ils conversaient à voix basse. Nombre d'entre eux portaient des vêtements frustes en guenilles, et certains serraient des couteaux au tranchant fragmenté dans leurs poings grêles. Ils lui rendaient son regard, se balançant comme des rangées de coquelicots noirs.

« Es-tu prêt, Simon ? » murmura Binabik. Simon acquiesça, levant Épine devant lui. L'épée avait été aussi légère qu'une badine ; elle semblait maintenant aussi lourde que de la pierre. Toutes ses forces suffisaient à peine à la maintenir devant lui.

« *Nihut,* Qantaqa ! » cria le troll. La louve bondit en avant, gueule grande ouverte. Les fouisseurs pépièrent de peur, tandis que Qantaqa traçait un sillon à travers les battements de bras et les grincements de dents. Simon suivit, faisant difficilement tourner l'épée d'un côté et de l'autre.

Viens. Il y a d'innombrables salles froides sous Nakkiga. Les Ténébreux chantent, et sont prêts à t'accueillir. Viens avec nous !

Le temps sembla se replier sur lui-même. Le monde se referma pour ne former plus qu'un tunnel de lumière rouge et d'yeux blancs. Les élancements de douleur dans son dos paraissaient avoir pris le rythme des battements de son cœur, et sa vision disparaissait et revenait alternativement à mesure qu'il poursuivait sa difficile progression. Un rugissement aussi régulier que la mer s'abattit sur lui, des voix qui proliféraient tant à l'intérieur qu'à l'extérieur. Il donna un grand coup d'épée, la sentit mordre, la libéra, puis frappa encore. Des choses essayaient de l'attraper au passage. Certaines réussissaient, et lacéraient sa peau.

Le tunnel se fit étroit et sombre, puis s'élargit de nouveau un peu plus tard. Sludig, qui prononçait des mots, mais trop bas pour que Simon pût les entendre, aida celui-ci à se hisser sur le dos de Monretour, puis glissa Épine dans les boucles de sa selle. Ils étaient entourés par des murs de pierre, mais lorsque Simon talonna son cheval, les murs disparurent et il se retrouva sous le ciel nocturne rayé de branchages, sous les étoiles.

Il est temps maintenant, fils-des-hommes. Le sang a ouvert la porte ! Viens te joindre à nos libations !

« Non ! » s'entendit crier Simon. « Laissez-moi seul ! »

Il se précipita droit devant, s'enfonçant dans la forêt. Binabik et Sludig, pas encore montés, crièrent après lui, mais leurs appels se perdirent dans le tumulte qui avait envahi sa tête.

La porte est ouverte ! Viens avec nous !

Les étoiles lui parlaient, lui disaient de s'endormir, qu'il s'éveillerait loin... des yeux dans le feu... de Skodi... des doigts griffus... de... il s'éveillerait loin de...

La porte est ouverte ! Viens avec nous !

Il galopa à travers les bois enneigés, pour distancer la terrible voix. Des branches giflaient son visage. Les étoiles l'observaient froidement à travers le feuillage. Le temps passa : il s'écoula peut-être des heures, et pourtant il continuait de galoper. Monretour semblait avoir senti sa frénésie. Ses sabots projetaient des nuages de neige en martelant l'obscurité. Simon était seul, ses amis loin derrière, et pourtant la chose de feu parlait encore dans sa tête avec allégresse.

Viens, fils-des-hommes ! Viens, toi qui portes la marque du dragon ! C'est une nuit d'orage ! Nous t'attendons sous la montagne de glace...

Les mots dans le crâne de Simon étaient un essaim d'abeilles furieuses. Il se recroquevilla sur sa selle et se frappa, giflant son visage et ses oreilles pour tenter de chasser cette voix. Alors qu'il battait des bras, il vit quelque chose fondre sur lui, une masse ténébreuse plus obscure que la nuit. Un court instant, il sentit son cœur se glacer, mais ce n'était qu'un arbre. Un arbre !

Sa fuite éperdue était trop follement rapide pour qu'il pût éviter l'obstacle. Il fut frappé comme par la main d'un géant, et fut projeté hors de selle, vers le vide. Il tombait. Les étoiles s'amenuisaient.

Une nuit noire tomba et recouvrit tout.

17

UN PARI ANODIN

L'après midi s'était enfui. Le ciel creusé par les vents surplombait les prairies comme un auvent pourpre. Les premières étoiles faisaient leur apparition. Déornoth, enveloppé dans une couverture grossière, regardait les frêles points lumineux et se demandait si Dieu avait finalement détourné Son regard.

Les compagnons de Josua étaient blottis les uns contre les autres dans un enclos à taureaux, une bande de terre longue et étroite ceinte d'une palissade de bois ancrée dans le sol et liée par des cordes. Malgré son apparente précarité (en de nombreux endroits, les trous étaient si grands qu'il pouvait y glisser le bras et presque toute l'épaule), la clôture était aussi solide qu'un mur fait à chaux et à mortier.

Déornoth parcourut les autres prisonniers de l'œil, et son regard s'arrêta sur Géloé. La femme-sorcière tenait Leleth contre elle, chantant doucement dans l'oreille de l'enfant alors que toutes deux regardaient le ciel qui s'obscurcissait.

« Il serait impensable que nous ayons échappé aux Norns et aux fouisseurs pour finir ici. » Déornoth ne pouvait dissimuler l'affliction qui affectait sa voix. « Géloé, vous connaissez des charmes et des sortilèges. Ne pouviez-vous pas en quelque sorte ensorceler nos ravisseurs, les faire dormir, ou vous changer en bête féroce et les attaquer ? »

« Déornoth », admonesta Josua, mais la femme de la forêt n'avait pas besoin de protecteur.

« Vous savez bien peu de choses, Sire Déornoth, de la façon dont fonctionne l'Art », répondit vertement Géloé. « D'abord, ce que vous appelez " magie " a un coût. Si cela pouvait défaire douze hommes armés avec une telle facilité, les armées des princes seraient remplies de sorciers mercenaires. Ensuite, nous n'avons pas encore été blessés. Je ne suis pas Pryrates : je ne gâche pas mes forces en spectacles de marionnettes pour les blasés et les curieux. J'ai un ennemi bien plus puissant en tête, un ennemi bien plus dangereux que n'importe qui dans ce campement. »

Comme pour montrer que donner une réponse aussi longue l'exaspérait, elle qui effectivement parlait rarement autant en une seule fois, Géloé se tut et reporta son attention sur le firmament.

Furieux contre lui-même, Déornoth rejeta sa couverture et se leva. En était-il arrivé là ? Quelle sorte de chevalier était-il, pour reprocher à une vieille femme de ne pas l'avoir sauvé du danger ? Un frisson de colère et de dégoût le parcourut ; il serra et desserra ses poings d'impuissance. Que pouvait-il faire ? Quelle capacité avait encore quiconque dans ce groupe dépenaillé à agir ?

Isorn réconfortait sa mère. Le courage remarquable de la duchesse Gutrun l'avait supportée durant de terribles épreuves, mais semblait avoir atteint sa limite. Sangfugol était estropié. Towser s'était presque abandonné à la folie. Le vieil homme était couché en boule sur le sol, les yeux perdus dans le vague, les lèvres fermées et tremblantes, tandis que le père Strangyeard s'efforçait de l'aider à boire dans un bol d'eau. Déornoth sentit une nouvelle vague de désespoir monter en lui et se libérer alors qu'il marchait lentement vers le rondin boueux sur lequel était assis le prince Josua, le menton posé sur le poing.

Le bracelet de fer qui avait autrefois emprisonné le prince dans les geôles d'Élias pendait toujours sur son mince poignet. Le visage émacié de Josua baignait dans les ombres, mais le blanc de ses yeux brilla lorsqu'il regarda Déornoth se laisser tomber sur le rondin à ses côtés. Durant un long moment, ils restèrent tous deux silencieux. Les mugissements du bétail et les cris et bruits des cavaliers résonnaient dans le campement tandis que les hommes des Thrithings rentraient les troupeaux pour la nuit.

« Eh bien, mon ami, dit enfin le prince. J'avais dit que la partie était mal engagée, n'est-ce pas? »

« Nous avons fait tout ce qui était en notre pouvoir, Sire. Personne n'aurait pu en faire plus que vous. »

« Quelqu'un a fait mieux. » Durant un temps, Josua sembla avoir recouvré son sens de l'humour. « Il est assis sur son trône squelettique au cœur du Hayholt, mangeant et buvant devant un bon feu, alors que nous attendons misérablement dans un enclos d'abattage. »

« Il s'est engagé dans un pacte de dupes, Prince. Le roi regrettera son choix. »

« Mais je crains que nous ne soyons plus là lorsque sonnera l'heure des regrets, soupira Josua. J'en suis tout particulièrement désolé pour toi, Déornoth. Tu as été le plus fidèle des chevaliers. Si seulement tu avais trouvé un meilleur seigneur auquel être fidèle... »

« S'il vous plaît, Votre Majesté... » Dans son état d'esprit du moment, de tels mots provoquaient chez Déornoth une douleur profonde. « Il n'y a personne que j'aurais préféré servir en dehors du Royaume des Cieux. »

Josua le dévisagea du coin de l'œil, mais ne répondit pas. Un groupe de cavaliers longea l'enclos, le fracas de leurs montures faisant trembler la palissade.

« Nous sommes bien loin de ce royaume, Déornoth, dit enfin le prince, et n'en sommes dans le même temps séparés que par un souffle. » Son visage avait entièrement disparu dans l'ombre. « Mais la mort ne me fait pas peur. Ce sont les espoirs que j'ai réduits à néant qui pèsent sur mon âme. »

« Josua », commença Déornoth, mais la main du prince sur son bras le fit s'interrompre.

« Ne dis rien. Ce n'est rien de plus que la vérité. J'ai été une source de désastre depuis mon premier souffle. Ma mère est morte en me donnant la vie, et le meilleur ami de mon père, Camaris, est mort peu après. L'épouse de mon frère est morte sous ma responsabilité. Sa seule enfant a échappé à ma garde pour subir Aédon sait quel sort. Sous mon commandement, Naglimund, une place forte construite pour supporter des années de siège est tombée en quelques semaines; et d'innombrables innocents sont morts d'une manière horrible. »

« Je ne puis écouter de telles choses, mon prince. Allez-vous endosser la responsabilité de toutes les trahisons du monde ? Vous avez fait tout ce qu'il vous était possible ! »

« Fut-ce vraiment le cas ? » demanda Josua, aussi sérieusement que s'il débattait d'un point de théologie avec les frères Usiréens. « Je me le demande. Si tout est écrit, alors je ne suis peut-être qu'un triste fil dans la tapisserie du Dieu Tout-Puissant. Mais certains disent que l'on est libre de ses choix, et même des mauvais. »

« Folie. »

« Peut-être. Mais il ne fait aucun doute qu'une mauvaise étoile a pesé sur tout ce que j'ai entrepris. Ah ! Comme les anges et les démons ont dû rire lorsque j'ai juré de reprendre le Trône du Dragon ! Moi et mon armée dépenaillée de prêtres, de femmes et de jongleurs ! » Le prince laissa échapper un petit rire amer.

Déornoth sentit de nouveau la colère bouillir en lui, mais son seigneur en était cette fois la cause. Sa fureur lui coupait presque le souffle. Il n'avait jamais imaginé pouvoir ressentir une telle émotion.

« Mon Prince, dit-il entre ses dents serrées, vous êtes un fou, un maudit fou. Des prêtres, des femmes et des jongleurs ! Une armée de chevaliers aurait difficilement pu faire plus que vos femmes et vos jongleurs, et n'aurait certainement pas fait preuve de plus de courage ! » Tremblant de rage, il se leva et s'éloigna à travers l'enclos boueux. Les étoiles semblaient presque vaciller dans le ciel.

Une main se referma sur son épaule, et le força à se retourner avec une force surprenante. Le prince se dressait avec raideur en maintenant Déornoth à longueur de bras. Le prince pencha la tête sur son long cou, un oiseau de proie se préparant à plonger.

« Et que t'ai je fait, Déornoth, pour que tu me parles ainsi ? » Sa voix était tendue.

À n'importe quel autre moment, Déornoth serait tombé à genoux, honteux de son manque de respect. Mais en cet instant, il maîtrisa le tremblement de ses muscles et prit une longue inspiration avant de répondre. « Je peux vous aimer, Josua, et haïr ce que vous dites. »

Le prince le dévisagea, son expression indéchiffrable dans la pénombre. « J'ai médit de nos compagnons, ce que je n'aurais pas dû faire. Mais je ne me suis pas plaint de toi, Sire Déornoth... »

« Elysia Mère de Dieu, Josua ! » Déornoth sanglotait presque. « Je me soucie bien peu de mon sort ! Quant à ce que vous avez dit des autres, ce n'était qu'une remarque maladroite due à la fatigue. Je sais que vous n'en pensiez rien. Non, c'est vous qui êtes la victime de ce supplice que vous assenez ! C'est là qu'est votre folie ! »

Josua se raidit. « Pardon ? »

Déornoth tendit les bras vers le ciel, cédant au genre d'ivresse que l'on ressent à la veille de la mi-été, lorsque tous portent des masques et disent la vérité. Mais là, dans cet enclos à taureaux, personne ne portait de masques. « Vous êtes un bien pire ennemi pour vous-même qu'Élias ne le sera jamais, tonna-t-il sans plus s'inquiéter de qui pourrait l'entendre. Vos fautes, vos erreurs, vos devoirs trahis ! Si Usires Aédon revenait à Nabban aujourd'hui et était de nouveau pendu sur l'Arbre dans le jardin du temple, vous trouveriez le moyen de vous en blâmer ! Le fût-il par lui-même, je ne laisserai pas plus longtemps calomnier un homme que je respecte ! »

Josua le dévisagea les yeux écarquillés, comme frappé par la foudre. Le terrible silence fut brisé par le craquement du portail de bois. Une demi-douzaine d'homme armés de lances entrèrent dans l'enclos, menés par Hotvig, l'un de ceux qui les avaient capturés sur les rives de l'Ymstrecca. Il s'avança en parcourant l'enclos des yeux.

« Josua ? Venez avec moi.

« Que voulez-vous ? » demanda calmement le prince.

« Le Thane veut vous voir. Maintenant. » Deux des hommes d'Hotvig s'avancèrent et baissèrent leur lance. Déornoth voulut saisir le regard de Josua, mais le prince fit volte-face et s'éloigna lentement entre les deux hommes des Thrithings. Hotvig referma le haut portail derrière eux. Le lourd verrou de bois se referma en claquant.

« Vous ne pensez pas que... qu'ils vont lui faire du mal, n'est-ce pas, Déornoth ? demanda Strangyeard. Ils ne feraient pas de mal au prince, n'est-ce pas ? »

Déornoth se laissa tomber sur le sol boueux, des larmes glissant doucement sur ses joues.

L'intérieur du chariot de Fikolmij sentait la graisse, la fumée et le cuir huilé. Le Thane leva les yeux de sa pièce de bœuf, fit un signe d'assentiment à Hotvig qui sortit, et rapporta son attention sur son repas, laissant Josua attendre debout. Ils n'étaient pas seuls. L'homme dressé à côté de Fikolmij faisait une demi-tête de plus que Josua, et était à peine moins musclé que l'imposant Thane lui-même. Son visage, rasé de près mais exhibant de longues moustaches, était couvert de balafres trop régulières pour être accidentelles. Il renvoya au prince son regard avec un mépris non dissimulé. L'une de ses mains, cliquetante d'un nombre étonnant de bracelets, s'abaissa pour caresser la poignée d'une longue épée courbée.

Josua soutint son regard un temps, puis laissa nonchalamment ses yeux courir sur l'impressionnant étalage de harnachements et de selles qui pendaient, suspendus sur les parois et le plafond du chariot, leur myriade de boucles d'argent brillant dans la lumière du feu.

« Tu as découvert certains des plaisirs du confort, Fikolmij », dit Josua en observant les tapis et les coussins brodés disséminés sur les lattes du plancher.

Le Thane releva les yeux, puis cracha dans le brasier. « Pfah. Je dors sous les étoiles, comme je l'ai toujours fait. Mais j'ai besoin d'un endroit à l'abri des oreilles indiscrètes. » Il mordit dans son rôti et mâcha vigoureusement. « Je ne suis pas de ces Cages-de-pierre, qui portent sur leur dos une coquille, comme des escargots à la peau fragile. » Un bout d'os crépita dans le brasier.

« Il a passé bien du temps depuis que j'ai moi-même couché sous un toit ou dans un lit, Fikolmij. Tu le vois bien. M'as-tu fait mener ici pour me traiter de faible ? Si c'est le cas, fais-le et laisse-moi retourner vers mes compagnons. Ou m'as-tu fait venir pour me tuer ? Celui que tu as à tes côtés ressemble quelque peu à un coupeur de têtes. »

Fikolmij jeta l'os dénudé dans le feu et sourit voracement, les yeux aussi rouges que ceux d'un ours. « Tu ne le connais pas ? Pourtant, lui te connaît. N'est-ce pas, Utvart ? »

« Je le connais. » Sa voix était grave.

Le Thane était maintenant penché en avant, les yeux fixés sur le prince. « Par les sabots du Grand Étalon, s'esclaffa-t-il, le prince Josua a plus de cheveux gris que le vieux Fikolmij ! La vie dans vos maisons de pierre fait vite vieillir les hommes ! »

Josua sourit faiblement. « J'ai eu un printemps difficile. »

« Je n'en doute pas un seul instant. » Fikolmij s'amusait immensément. Il prit un bol et l'inclina vers sa bouche.

« Que veux-tu de moi, Fikolmij ? »

« Ce n'est pas moi qui veux quelque chose, Josua, malgré le tort que tu m'as fait. C'est Utvart. » Il hocha la tête en direction de son antipathique compagnon. « Nous parlions d'âge. Utvart n'a que quelques années de moins que toi, mais il ne porte pas sa barbe d'homme. Sais-tu pourquoi ? »

Utvart s'agita, frottant ses doigts sur le pommeau de son épée. « Je n'ai pas de femme », gronda-t-il.

Le regard de Josua passait d'un homme à l'autre, mais il ne dit rien.

« Tu es un homme intelligent, prince Josua », dit lentement Fikolmij. Il but une longue gorgée. « Tu comprends le problème. La promise d'Utvart lui a été volée. Il a juré de ne jamais se marier tant que celui qui la lui a prise ne sera pas mort. »

« Mort », répéta Utvart.

La lèvre de Josua se retroussa. « Je n'ai volé la promise de personne. Vorzheva m'a rattrapé après que j'ai quitté ton campement. Elle m'a supplié de la laisser partir avec moi. »

Fikolmij rabattit violemment son bol, projetant une bière sombre jusque dans le brasier, qui siffla comme s'il avait été surpris. « Maudit sois-tu, ton père n'a donc pas eu d'enfant mâle ? Quel genre d'homme se cacherait derrière une femme, ou en laisserait une faire ses choix ? Le prix de l'union était fixé ! Nous étions d'accord ! »

« Vorzheva n'avait pas donné son accord. »

Le Thane se leva de son tabouret, regardant Josua comme s'il se fut agi d'un serpent venimeux. Les bras noueux de Fikolmij tremblèrent. « Les Cages-de-pierre sont une pestilence. Un jour, les hommes des Thrithings vous rejetteront à la mer et brûleront vos cités putrides avec un feu purificateur. »

Josua soutint son regard. « Les hommes des Thrithings ont déjà essayé. C'est d'ailleurs pour cette raison que nous nous sommes rencontrés, toi et moi. À moins que tu n'aies chassé de ton esprit le souvenir malplaisant de notre alliance ? Une alliance contre ton propre peuple ? »

Fikolmij cracha de nouveau, sans se fatiguer cette fois à viser le brasier. « C'était une occasion d'accroître ma puissance. Ça a réussi. Je suis devenu le seigneur incontesté des Hauts Thrithings. » Il dévisagea Josua, comme pour le défier de répondre. « De toute façon, ce traité avait été conclu avec ton père. C'était un homme puissant. Tu n'en es qu'un bien pâle reflet. »

Josua était impavide. « Je suis fatigué de parler. Tue-moi si tu veux, mais ne m'ennuie pas. »

Fikolmij bondit en avant. Son large poing s'écrasa sur le côté du visage de Josua, et le prince tomba à genoux. « Des mots bien audacieux, vermisseau ! Je devrais te tuer de mes propres mains ! » Le Thane surplombait Josua, sa large poitrine se soulevant lourdement. « *Où est ma fille !?* »

« Je ne sais pas. »

Fikolmij attrapa la chemise dépenaillée de Josua et remit violemment le prince sur pied. Utvart les observait en se balançant doucement, les yeux rêveurs. « Et ça ne t'inquiète pas non plus, n'est-ce pas ? Par le galop du Grand Étalon, j'ai rêvé de t'écraser ; j'en ai rêvé ! Dis-moi ce qui est arrivé à Vorzheva, voleur d'enfant. Est-ce qu'au moins, tu l'as épousée ? »

Une écorchure sanglante marbrait la tempe de Josua. Il lui retourna son regard. « Nous n'avons pas souhaité nous marier... »

Un autre coup ébranla la tête du prince. Du sang perla de son nez et de sa lèvre supérieure. « Tu as dû bien rire du vieux Fikolmij quand tu étais assis sur ton trône dans ta maison de pierre, hein ? » siffla le Thane. « Tu voles ma fille, tu en fais ta putain, et tu n'as même pas à payer un seul cheval pour elle ! Ça t'a bien fait rire, n'est-ce pas ? » Il gifla le prince de toute sa force ; des gouttelettes de sang s'envolèrent. « Tu pensais pouvoir me détrousser et t'enfuir. » Le Thane frappa une nouvelle fois ; mais bien que du sang coulât du nez de Josua, le coup avait été moins puissant, asséné avec une sorte d'affection brutale. « Tu es malin, Mainmorte. Malin. Mais Fikolmij n'est pas un hongre. »

« Vorzheva... n'est pas... une putain. »

Fikolmij le projeta contre la porte du chariot. Le prince laissa pendre ses bras, ne faisant même pas mine de se défendre lorsqu'il fut frappé deux nouvelles fois. « Tu as volé ce qui m'appartenait », gronda Fikolmij, son visage si proche de celui de Josua que sa barbe nattée glissa sur la chemise ensanglantée du prince. « Et comment l'appellerais-tu, alors ? Comment t'es-tu servi d'elle ? »

Malgré ses blessures, le visage maculé de rouge de Josua était resté terriblement calme. Il parut soudain se décomposer en une expression d'immense tristesse. « J'en ai fait... mauvais usage... » Il laissa pendre sa tête.

Utvart s'avança, en tirant son épée de son fourreau ouvragé et perlé. La pointe claqua contre une poutre du plafond. « Laisse-moi le tuer », souffla-t-il. « Lentement. »

Fikolmij releva les yeux, les paupières presque closes par la fureur. Des gouttelettes de sueur glissèrent sur son visage tandis que son regard courait d'Utvart à Josua ; puis il leva son poing lourd au-dessus de la tête du prince.

« Laisse-le-moi », implora Utvart.

Le Thane martela trois fois le mur. Les harnachements tremblèrent et cliquetèrent. « Hotvig ! » rugit-il.

La porte du chariot s'ouvrit. Hotvig apparut, poussant une silhouette mince devant lui. Tous deux restèrent dans l'entrebâillement de la porte.

« Tu as tout entendu, barrit Fikolmij. Tu nous as trahis, ton clan et moi... pour *ça !* » Il porta un coup contre l'épaule de Josua. Le prince tomba en arrière contre le mur et glissa jusqu'au sol.

Vorzheva éclata en sanglots. La poigne puissante d'Hotvig la retint lorsqu'elle voulut se pencher pour toucher le prince. Josua releva lentement la tête, la regardant d'un air déjà distrait à travers des paupières assez gonflées pour lui fermer presque entièrement les yeux. « Tu es vivante... » fut tout ce qu'il dit.

Elle tenta d'échapper à son gardien, mais Hotvig la maintenait fermement. Il ignora les ongles qui griffaient son bras, et se contenta d'écarter la tête lorsqu'elle tenta d'atteindre ses yeux.

« Les gardes-rande l'ont capturée dans les pâturages aux limites des marches », gronda Fikolmij. Il lui donna une petite tape, agacé par ses gesticulations. « Arrête de te débattre, infâme traîtresse ! J'aurais dû te noyer dans l'Umstrejha à ta naissance ! Tu es pire que ta mère, qui était déjà la truie la plus vicieuse qui ait jamais existé. Pourquoi gâches-tu tes larmes sur cette bouse insignifiante ? » Il poussa Josua du pied.

Le visage du prince se recomposa une expression. Il observa le Thane avec un intérêt placide avant de se tourner vers Vorzheva. « Je suis heureux que tu ailles bien. »

« Bien ? » s'exclama-t-elle d'une voix stridente. « Celui que j'aime ne veut pas de moi, et celui qui me veut se servirait de moi comme d'une jument poulinière et me battrait si je tentais de me relever ! » Elle eut un geste sec qui ne suffit pas à faire lâcher prise à Hotvig, mais qui lui permit de se tourner pour faire face à Utvart. Il avait rabaissé son épée. « Oh ! je me souviens de toi, Utvart ! Pourquoi me suis-je enfuie, sinon pour t'échapper, violeur d'enfants – et de moutons quand tu n'as pas d'enfant sous la main ! Toi qui aimes plus tes cicatrices que tu ne pourras jamais aimer une femme ! Je préférerais mourir que t'épouser ! »

Utvart ne dit rien, mais Fikolmij eut un grognement ironique. « Par le Grand Étalon, j'avais presque oublié le poignard qui te sert de langue, ma fille. Peut-être bien que Josua préfère encore mes coups de poing, hein ? Quant à ce que toi tu préfères, tue-toi dès le mariage célébré si tu veux. Mon dû et le rétablissement de l'honneur du Clan de l'Étalon me suffisent. »

« Il est de meilleurs moyens d'obtenir cela que de massacrer des prisonniers sans défense », dit une voix nouvelle.

Toutes les têtes se tournèrent, et même celle de Josua, qui bougea cependant plus lentement. Géloé se tenait sur le pas de la porte, les bras levés jusqu'au linteau, sa cape flottant dans le vent.

« Ils se sont échappés de l'enclos ! » hurla Fikolmij, furieux. « Hotvig, à cheval, et ramène les autres. Quelqu'un va payer pour ça ! »

Géloé entra dans le chariot, où la place commençait à se faire rare. En grommelant un juron, Hotvig la bouscula et s'enfonça dans l'obscurité. La femme-sorcière referma calmement la porte derrière lui. « Il va découvrir que les prisonniers n'ont pas bougé, dit-elle. Je suis la seule à pouvoir aller et venir à ma guise. »

Utvart leva sa large épée et la maintint près du cou de Géloé. De sous sa capuche, les yeux jaunes de la femme-sorcière se fixèrent dans ceux du guerrier des Thrithings, qui recula d'un pas en brandissant son arme comme s'il était menacé.

Fikolmij la dévisagea avec un air de surprise et de colère retenue. « Que viens-tu faire ici, vieille femme ? »

Débarrassée d'Hotvig, Vorzheva était tombée à genoux et avait dépassé son père pour aller nettoyer le visage de Josua de sa cape en guenilles. Le prince saisit doucement sa main pour l'écarter tandis que Géloé parlait.

« J'ai dit que j'allais et venais à ma guise. Pour l'instant, j'ai choisi d'être ici. »

« Tu es dans mon chariot, vieille femme. » Le Thane essuya la sueur de son front du revers d'un bras velu.

« Tu pensais retenir Géloé prisonnière, Fikolmij. C'était une folie. Pourtant, je suis venue te donner un conseil, dans l'espoir que tu as plus de bon sens que tu n'en as fait preuve aujourd'hui. »

Il parut se retenir de frapper. Le voyant lutter, réfréner ses pulsions, Géloé hocha la tête et lui adressa un sourire macabre.

« Tu as entendu parler de moi. »

« J'ai entendu parler d'une femme-démon portant ton nom, qui vit dans la forêt et vole les âmes des hommes », grommela Fikolmij. Utvart se tenait près du Thane, mâchoire serrée, ses lèvres ne formant plus qu'une mince ligne ; mais ses yeux écarquillés parcouraient la pièce comme pour s'assurer de l'endroit où se trouvaient les portes et les fenêtres.

« Tu as entendu bien des fausses rumeurs, me semble-t-il, dit Géloé ; mais elles ont souvent un fond de vérité, même lorsque celle-ci a pu être déformée. Et cette vérité se trouve dans les histoires qui racontent qu'il ne fait pas bon m'avoir pour ennemie, Fikolmij. » Elle cligna lentement des yeux, comme le fait un hibou qui aperçoit une proie petite et sans défense. « Je fais un très mauvais ennemi. »

Le Thane joua avec sa barbe. « Je n'ai pas peur de toi, femme, mais je ne me frotte pas aux démons inutilement. Tu ne m'es d'aucune utilité. Tu peux partir, et tu n'auras rien à craindre de moi, mais ne te mêle pas de ce qui ne te regarde pas. »

« Pauvre chef de troupeau ! » Géloé ouvrit grand ses bras, sa cape se soulevant comme une aile noire. La porte s'ouvrit derrière elle. Le vent qui s'engouffra à l'intérieur souffla les lampes et plongea le chariot dans une quasi-obscurité, ne laissant survivre que le feu qui rougeoyait dans le brasier comme une porte ouverte sur l'enfer. Une voix jura craintivement, à peine audible dans la bourrasque. « Je te l'ai déjà dit, s'exclama Géloé, je vais à ma guise ! » La porte se referma d'un coup, bien que Géloé n'eût pas bougé. Le vent retomba. Elle se pencha en avant, si bien que les flammes se réfléchirent dans ses yeux jaunes.

« Ce qui arrive à ces personnes me concerne – et te concerne aussi, même si tu es trop ignorant pour en avoir conscience. Notre ennemi est ton ennemi, et il est plus puissant que tu ne peux le comprendre, Fikolmij. Lorsqu'il viendra, il balayera tes terres comme le feu. »

« Ha ! » Le Thane sourit, mais la pointe de nervosité n'avait pas disparu de sa voix. « Il est inutile de prêcher. Je sais tout de ton ennemi, le roi Élias. Il n'est pas plus homme que Josua. Les hommes des Thrithings n'ont pas peur de lui. »

Avant que Géloé n'eût pu répondre, on frappa à la porte, qui s'ouvrit pour révéler Hotvig, armé de sa lance et d'une expression de surprise. Il était encore très jeune, malgré son épaisse barbe, et regarda la femme-sorcière avec une stupeur non dissimulée tout en parlant à son chef.

« Les prisonniers sont toujours dans l'enclos à taureaux. Aucun des hommes de garde n'a vu celle-ci sortir. La porte est verrouillée, et il n'y a pas de trou dans la clôture. »

Fikolmij gronda et fit un signe de la main. « Je sais. » Le regard du Thane se posa longuement sur Géloé, puis il sourit lentement. « Viens ici », lança-t-il à Hotvig ; puis il chuchota quelque chose au cavalier.

« Cela sera fait », répondit Hotvig, qui jeta un regard nerveux à Géloé avant de sortir.

« Eh bien, dit Fikolmij avec un large sourire qui dévoilait presque toutes ses dents gâtées, tu penses que je devrais laisser ce chien s'enfuir. » Il montra Josua du pied, s'attirant un rapide regard de haine de la part de sa fille. « Et si je ne le fais pas ? » demanda-t-il joyeusement.

Géloé plissa les yeux. « Comme je te l'ai dit, Fikolmij, il ne fait pas bon m'avoir pour ennemie. »

Fikolmij s'esclaffa. « Et que vas-tu me faire, maintenant que j'ai fait dire à mes hommes de tuer les autres prisonniers si je ne viens pas en personne leur ordonner le contraire avant le prochain tour de garde ? » Il se frotta le ventre de satisfaction. « Je ne doute pas que tu connaisses des charmes et des sorts qui peuvent me nuire, mais nous avons maintenant chacun une épée sous la gorge, n'est-ce pas ? »

Dans le coin du chariot, Utvart gronda, comme excité par l'image évoquée.

« Oh, chef de troupeau, puisse le monde être préservé des êtres tels que toi, s'exclama Géloé d'un ton dégoûté. J'avais espéré te convaincre de nous aider, pour ton bien autant que pour le nôtre. » Elle secoua la tête. « Maintenant, comme tu le dis, nos épées sont tirées. Qui sait si elles pourront être rengainées sans causer de nombreuses morts ? »

« Je ne crains pas tes menaces », gronda Fikolmij.

Géloé le dévisagea un temps, puis se tourna vers Josua, qui était toujours assis par terre et observait tout ce qui se passait avec une étrange placidité. Enfin, ses yeux se posèrent sur Utvart. Ce dernier se renfrogna, fort mal à l'aise d'être ainsi scruté. « Je crois qu'il me reste une faveur à t'accorder, Thane Fikolmij. »

« Je n'ai pas besoin... »

« Silence ! » cria Géloé. Le Thane se tut, les poings serrés, les yeux exorbités. « Tu t'apprêtes à violer tes propres lois, dit-elle. Les lois des Hauts Thrithings. Je vais t'aider à éviter cela. »

« De quelle folie parles-tu, femme-démon ?! » hurla-t-il. « Je suis le seigneur des clans ! »

« Le conseil des clans ne reconnaît pas le rang de Thane à celui qui brise leurs anciennes lois, répondit-elle. Je sais cela. Je sais beaucoup de choses. »

D'un geste du bras, Fikolmij envoya un bol posé sur un tabouret voler, et se fracasser contre le mur du chariot. « Quelle loi ? Dis-moi quelle loi ou je t'étranglerai, même si tu me réduis en cendres ! »

« Les lois sur les unions. » Géloé montra Josua d'un geste. « Tu veux tuer cet homme, mais il lui est promis. Si un autre homme – elle indiqua Utvart – la veut, il doit se battre pour elle. N'est-ce pas la vérité, Thane ? »

Fikolmij sourit, une large expression rance qui s'étendait sur son visage comme une tache. « Tu as voulu jouer à la plus fine, diablesse. Ils ne sont pas mariés. Josua l'a admis de sa propre bouche. Je ne briserai aucune loi en le tuant. Utvart est prêt à payer le prix de l'union. »

Géloé le dévisagea d'un regard intense. « Ils ne sont pas mariés et Josua ne l'a pas proposé. C'est vrai. Mais as-tu oublié les coutumes de ton peuple, Fikolmij du Clan de l'Étalon ? Il existe d'autres formes d'union. »

Il cracha. « Aucune autre, sinon la paternité... » Il s'interrompit, son front se plissant sous l'effet d'une pensée soudaine. « Un enfant ? »

Géloé ne dit rien.

Vorzheva ne releva pas les yeux. Son visage était caché par ses cheveux noirs, mais sa main, qui caressait la joue ensanglantée de Josua, s'immobilisa comme un lapin devant un serpent.

« C'est vrai », dit-elle enfin.

Le visage de Josua était un complexe mélange d'émotions, rendu plus difficile à lire encore par les méandres des meurtrissures et des blessures. « Tu es... ? Depuis combien de temps le sais-tu ? Tu n'as rien dit... »

« Je l'ai su juste avant la chute de Naglimund, répondit Vorzheva. J'ai eu peur de te le dire. »

Josua regarda les larmes former de nouvelles crevasses sur les joues maculées de Vorzheva. Il leva la main pour lui toucher le bras, puis la laissa retomber sur ses genoux. Ses yeux coururent de Vorzheva à Géloé. La femme-sorcière soutint longtemps son regard ; ils semblaient communiquer leurs pensées.

« Par le Grand Étalon, gronda enfin Fikolmij, déconcerté. Une promesse validée par un bébé. S'il est de lui, bien sûr. »

« Il est bien de lui, sale porc ! » s'exclama rageusement Vorzheva. « Il ne peut être de personne d'autre. »

Utvart s'avança, faisant cliqueter les boucles de ses bottes. La pointe de son épée frappa les planches du sol, s'enfonçant d'un demi-pouce dans le bois. « Un duel, alors, dit-il. Nous nous battrons jusqu'à la mort. » Il regarda vers Géloé, et son expression se fit circonspecte. « Vorzheva, la fille du Thane, est l'enjeu. » En se retournant vers le prince, il tira son épée. La grande lame incurvée se libéra avec la légèreté d'une plume. « Un duel. »

Le regard de Josua était dur lorsqu'il répondit à travers ses lèvres déchirées. « Que Dieu t'entende. »

Déornoth baissa les yeux vers la forme contusionnée de son prince. « Au matin ! ? » s'exclama-t-il, assez fort pour faire grimacer l'un des gardes. Les hommes des Thrithings, enveloppés dans de lourdes capes de laine pour se protéger du froid, ne semblaient pas heureux d'avoir été affectés à cet enclos venteux. « Pourquoi ne se contentent-ils pas de te tuer proprement ? »

« J'ai une chance », dit Josua ; puis il s'abandonna à une longue quinte de toux.

« Quelle chance ? » lui demanda amèrement Déornoth. « Celle qu'un homme à une seule main qui vient de se faire battre au sang puisse se lever demain matin et vaincre un géant ? Miséricordieux Aédon, si je pouvais seulement mettre la main sur ce serpent de Fikolmij... »

Pour toute réponse, Josua cracha du sang dans la boue.

« Le prince a raison, coupa Géloé. Il a une chance. Cela vaut mieux que rien. »

La femme-sorcière était revenue dans l'enclos pour soigner le prince. Les gardes s'étaient hâtivement écartés pour la laisser entrer : quelque rumeur sur sa nature avait rapidement été propagée à travers le camp par les murmures et chuchotements. La fille de Fikolmij n'était pas venue avec elle. Vorzheva était enfermée dans le chariot de son père, ses larmes de peine et de colère pas encore sèches.

« Mais vous aviez l'avantage, dit Déornoth à la femme-sorcière. Pourquoi n'avez-vous pas frappé ? Pourquoi l'avez-vous laissé envoyer ses gardes ? »

Les yeux jaunes de Géloé brillèrent dans la lumière de la torche. « Il était loin d'être à ma merci. Je vous l'ai déjà dit, Messire Déornoth, je ne fais pas de magie guerrière. Je me suis échappée de cet enclos, c'est vrai, mais le reste n'était qu'intimidation. Maintenant, si vous voulez bien cesser de parler de choses que vous ne connaissez pas, je pourrai peut-être utiliser mes véritables talents à ce à quoi ils sont destinés. » Elle rapporta son attention sur le prince.

Comment s'était-elle échappée de l'enclos ? Déornoth ne pouvait s'empêcher de se poser la question. Une minute, elle errait dans l'ombre à l'autre bout de l'enclos, et la minute suivante elle avait disparu.

Il agita la tête. Il était inutile d'argumenter de la sorte, et il s'était surtout montré inutile, ces temps derniers. Il toucha le mince bras de Josua. « Si je puis vous être d'un quelconque secours, mon prince, il vous suffit de demander. » Il s'agenouilla, puis se tourna brièvement vers la femme-sorcière. « Veuillez excuser mes propos inconsidérés, Valada Géloé. »

Elle acquiesça en grommelant. Déornoth se releva et s'éloigna.

Le reste de leur groupe famélique était assis près de l'autre feu. Les hommes des Thrithings, n'étant pas totalement dénués de pitié, leur avaient donné assez de broussailles et de branchages pour l'alimenter. Ils n'étaient pas impitoyables, pensa Déornoth, mais ils n'étaient pas stupides non plus : ce type de combustible pouvait fournir un peu de chaleur, mais ne pouvait servir d'arme, comme cela aurait été le cas avec une torche enflammée. L'idée d'une arme le rendit songeur, tandis qu'il s'asseyait entre Sangfugol et le père Strangyeard.

« C'est une façon bien misérable de clore les choses, dit-il. Vous avez appris ce qui est arrivé à Josua ? »

Strangyeard agita ses mains délicates. « Ces hommes des prairies sont des barbares païens. Sainte Elysia, je sais que tous les hommes sont égaux devant Dieu, mais ceci est atroce ! Je veux dire, l'ignorance n'est pas une excuse pour ce... » Il préféra ne pas poursuivre.

Sangfugol s'assit, grimaçant sous l'effet de la douleur dans sa jambe.

Tous ceux qui le connaissaient auraient été stupéfaits : le trouvère, qui avait toujours été excessivement méticuleux dans ses soins et sa tenue, ressemblait maintenant par sa crasse, sa barbe en broussaille et ses guenilles, à un véritable vagabond. « Et si Josua meurt ? » dit-il doucement. « C'est mon maître et je l'aime, je suppose, mais s'il meurt, *quel sera notre sort ?* »

« Si nous avons de la chance, nous serons un peu plus que des esclaves », répondit Déornoth en entendant ses propres paroles comme si elles sortaient de la bouche d'un autre. Il ressentait un grand vide. Comment les choses avaient-elles pu en arriver là ? Moins d'un an plus tôt, la vie s'écoulait aussi régulièrement que s'enchaînent la nuit et le jour. « Si nous n'avons *pas* de chance... » poursuivit-il, mais il n'alla pas au bout de ses pensées : ce n'était pas nécessaire.

« Ce sera pire pour les femmes », murmura Sangfugol, les yeux tournés vers la duchesse Gutrun qui gardait Leleth endormie dans ses bras. « Ces hommes sont des brutes impies. Avez-vous vu les cicatrices qu'ils s'infligent volontairement ? »

« Isorn, appela soudain Déornoth. Viens voir, s'il te plaît. »

Le fils du duc Isgrimnur contourna le maigre feu pour venir s'asseoir près d'eux.

« Je pense, dit Déornoth, que nous devons nous préparer à agir demain lorsqu'ils forceront Josua au combat. »

Strangyeard releva les yeux, inquiet. « Mais nous sommes si peu nombreux... Une demi-douzaine, au milieu de milliers d'hommes. »

Isorn acquiesça, son visage rond affichant un sourire grave. « Au moins, nous pourrons choisir notre mort. Je ne les laisserai pas avoir ma mère. » Son sourire s'évanouit. « Par Usires, plutôt la tuer de mes propres mains. »

Sangfugol parcourut l'assemblée du regard, comme s'il espérait que l'un d'eux allait admettre qu'ils plaisantaient. « Mais nous n'avons pas d'armes ! » chuchota-t-il d'un ton pressant. « Êtes-vous devenus fous ? Nous pourrons peut-être survivre si nous ne faisons rien, mais si nous tentons quelque chose, la mort est assurée. »

« Non, trouvère. Si nous ne nous battons pas, nous ne serons plus des hommes, que nous restions en vie ou pas. Nous serons moins que des chiens, qui ont au moins le courage de déchiqueter les entrailles de l'ours pendant qu'il les massacre. » Son regard parcourut tous les visages. « Sangfugol, dit-il enfin, nous devons discuter d'un plan. Ne pourrais-tu pas chanter, au cas où ces gardiens de troupeau se demanderaient pourquoi nous sommes rassemblés et de quoi nous parlons ? »

« Une chanson ? Que voulez-vous dire ? »

« Une chanson. Une longue et ennuyeuse chanson parlant des vertus d'une sage reddition. Si elle s'achève et que nous sommes encore en train de parler, reprends-la au début. »

Le trouvère était outré. « Mais je ne connais pas de telle chanson ! »

« Eh bien fais-en une, roucouleur ! » s'esclaffa Isorn. « Il y a bien longtemps que nous n'avons pas entendu de musique, de toute façon. Si nous mourons demain, autant vivre cette nuit. »

« Vous serez bien aimables d'intégrer dans vos plans, reprit Sangfugol l'idée que je préférerais ne pas mourir du tout. » Il se redressa et commença à fredonner un air, en cherchant des paroles. « J'ai peur », dit-il enfin.

« Nous aussi », répondit Déornoth. « Chante. »

Fikolmij entra en se pavanant dans l'enclos à taureau peu après que l'aube eut touché le ciel gris. Le Thane des Hauts Thrithings était vêtu d'une lourde cape de laine brodée et portait autour du cou une chaîne ornée d'un étalon d'or grossier. Il semblait être d'humeur expansive.

« Ainsi, l'heure est venue », s'esclaffa-t-il, avant de cracher par terre. Ses poignets étaient lourds de bracelets de métal. « Te sens-tu prêt, Josua Mainmorte ? »

« Je ne me suis jamais senti mieux », répondit le prince en tirant sur sa botte. « As-tu mon épée ? »

Fikolmij fit un signe de la main ; Hotvig s'avança, portant Naidel dans son fourreau. Le jeune Thrithing observa le prince avec curiosité lorsque celui-ci ferma adroitement le ceinturon autour de sa taille malgré sa main manquante. Lorsqu'il eut terminé, Josua tira Naidel, pointant la lame fine vers le ciel pour saisir le reflet de la lumière du matin. Hotvig recula respectueusement. « Puis-je avoir une pierre à aiguiser ? » demanda Josua. « Le tranchant est émoussé. »

Le Thane pouffa et tira son propre matériel d'un sachet suspendu à sa large ceinture. « Affûte-la, Cage-de-pierre, affûte-la. Nous voulons le meilleur combat possible, comme vous l'attendez de vos tournois. Mais ce ne sera pas tout à fait comme vos jeux oiseux, n'est-ce pas ? »

Josua haussa les épaules et étala une mince couche d'huile sur le tranchant de Naidel. « Ils ne m'ont jamais vraiment attiré non plus. »

Les yeux de Fikolmij se rétrécirent. « Tu sembles effectivement en pleine forme, après la leçon que je t'ai donnée hier soir. Cette sorcière t'aurait-elle jeté un sort ? Ce ne serait pas honorable. »

Josua haussa de nouveau les épaules pour montrer combien lui importait peu la conception qu'avait Fikolmij de l'honneur, mais Géloé s'avança. « Il n'y a eu ni charme ni sort. »

Fikolmij la dévisagea un instant avec méfiance, puis se retourna vers Josua. « Très bien. Mes hommes te conduiront lorsque tu seras prêt. Je suis heureux de te voir debout. Le combat n'en sera que meilleur. » Le Thane quitta l'enclos, suivi de près par trois de ses gardes.

Déornoth, qui avait assisté à l'intégralité de cet échange, jura doucement. Il savait quel effort avait dû faire le prince pour afficher un tel sang-froid. Lui et Isorn avaient aidé le prince à se mettre sur pied une heure avant le lever du soleil. Même après la potion curative que lui avait donnée Géloé, (une simple concoction non magique qui devait permettre à Josua de reprendre des forces ; Géloé avait amèrement regretté de ne pas disposer d'un brin de persicaire, qui lui aurait donné toute son efficacité), le prince avait eu du mal à s'habiller. La rossée que lui avait infligée Fikolmij avait eu un terrible effet sur son corps sous-alimenté. En son for intérieur, Déornoth doutait fortement que Josua fût capable de rester debout après quelques passes d'arme.

Le père Strangyeard s'approcha du prince. « Votre Majesté, n'y a-t-il vraiment aucun autre moyen ? Je sais que les hommes des Thrithings sont des barbares, mais Dieu ne méprise aucune de Ses créatures. Il a placé le germe de la pitié dans tous les cœurs. Peut-être que... »

« Ce ne sont pas les hommes des Thrithings qui veulent cela, répondit doucement Josua au prêtre borgne. C'est Fikolmij. Il nourrit une vieille haine à mon encontre et à celle de ma famille, une haine que même lui ne serait pas prêt à complètement admettre. »

« Mais je pensais que le Clan de l'Étalon avait combattu du côté de votre père dans la Guerre des Thrithings, dit Isorn. Pourquoi vous haïrait-il ? »

« Parce que c'est avec l'aide de mon père qu'il est devenu chef de guerre des Hauts Thrithings. Il ne peut pardonner le fait que c'est un Cage-de-pierre, comme il nous appelle, qui lui a donné le pouvoir que les siens ne lui auraient pas accordé. Puis sa fille s'est enfuie et je l'ai emmenée avec moi, ce qui lui a fait perdre les chevaux du prix de l'union. Pour notre ami le Thane, c'est un affront terrible. Non, il n'est aucun argument, qu'il vienne d'un prêtre ou de qui que ce soit, qui fera oublier tout cela à Fikolmij. »

Josua jeta un dernier regard à la lame affilée de Naidel, puis la glissa dans son fourreau. Il parcourut l'assemblée du regard. « Têtes hautes », dit-il. Le prince semblait étrangement gai et serein. « La mort n'est pas notre ennemie. Dieu a préparé une place pour nous tous, j'en suis certain. » Il avança vers le portail de l'enclos. Les gardes de Fikolmij l'ouvrirent, puis formèrent une escorte hérissée de lances tandis que Josua s'enfonçait dans la ville-chariots.

Un vent vif et froid soufflait sur les plaines, une main invisible qui agitait l'herbe et sifflait dans les cordages des tentes. Les basses collines étaient parsemées d'animaux qui broutaient. Des dizaines d'enfants crasseux, qui couraient entre les chariots, laissèrent là leurs jeux pour suivre Josua et sa cour de fortune vers l'enclos du Thane.

Déornoth observa le visage des enfants et de leurs parents lorsque ceux-ci se joignirent à la procession. Là où il pensait trouver haine ou goût du sang, il ne vit qu'une profonde impatience, l'impatience qu'il avait lue enfant sur les visages de ses frères et sœurs lorsque la garde du Roi souverain ou le chariot peint d'un colporteur passait dans son Hewenshire natal. Ces gens espéraient juste un peu d'animation. Il était simplement regrettable que cela nécessitât une mort, qui serait probablement celle de son prince adoré.

Des rubans dorés voletaient, accrochés aux piliers de la palissade de Fikolmij, comme s'il s'était agi d'un jour de fête. Le Thane était assis sur un tabouret devant la porte de son chariot. De nombreux autres hommes couverts de bijoux – d'autres chefs de clan, devina Déornoth – étaient assis sur le sol à ses côtés. De nombreuses femmes d'âges variés se tenaient alentour, et l'une d'entre elles était Vorzheva. La fille du Thane n'était plus vêtue des lambeaux de sa robe de cour. Elle portait maintenant des vêtements plus conformes aux traditions du clan, une robe de laine à capuche, serrée par une lourde ceinture sertie de pierres de couleur, et son front était orné d'un bandeau noué à l'arrière de sa capuche. Contrairement aux autres femmes, dont les bandeaux avaient des teintes sombres, Vorzheva portait un ruban blanc, indiquant sans aucun doute, se dit amèrement Déornoth, une épouse à vendre.

Tandis que Josua et son escorte franchissaient le portail, les regards du prince et de Vorzheva se croisèrent. Josua dessina délibérément le signe de l'Arbre sur sa poitrine, puis embrassa sa main et la plaça sur ce point. Vorzheva se détourna comme pour cacher des pleurs.

Fikolmij se leva et commença à parler à la foule, alternant régulièrement le Westerlien et le dialecte guttural des Thrithings en s'adressant aux dignitaires assis et aux autres membres du clan réunis autour des clôtures. Tandis que le Thane poursuivait, Déornoth se glissa entre la demi-douzaine de gardes qui avaient suivi Josua à l'intérieur et se faufila jusqu'à son prince.

« Sire », dit-il doucement en posant la main sur son épaule. Le prince réagit comme s'il avait été tiré d'un rêve.

« Ah ! C'est toi. »

« Je désirais implorer votre pardon, mon prince, avant... avant tout cela. Vous êtes le meilleur seigneur qu'un homme pût espérer. Je n'avais pas le droit de vous parler comme je l'ai fait hier. »

Josua sourit tristement. « Tu en avais tout à fait le droit. Je regrette simplement de ne pas avoir eu assez de temps pour réfléchir à ce que tu m'as dit. Je me suis malheureusement trop abandonné à mes pensées ces temps derniers. C'était le geste d'un ami que de me le faire remarquer. »

Déornoth mit un genou à terre, portant la main de Josua à ses lèvres. « Que le Seigneur vous bénisse,

Josua, dit-il rapidement. Qu'Il vous bénisse. Et n'achevez pas cette brute trop vite. »

Le prince regarda pensivement Déornoth se relever. « Ce sera peut-être nécessaire. Je crains de ne pas avoir la force d'attendre trop longtemps. Si j'entrevois une chance, il me faudra la saisir. »

Déornoth voulut reprendre la parole, mais sa gorge était trop serrée. Il étreignit la main de Josua, puis s'écarta.

Une volée discordante de cris et d'acclamations s'éleva lorsque Utvart franchit la clôture et vint prendre place devant Fikolmij. L'adversaire de Josua ôta sa veste en cuir de vache et exhiba son torse musclé, qui avait été imbibé de graisse jusqu'à en briller. Voyant cela, Déornoth grimaça : Utvart allait pouvoir se déplacer rapidement, et la graisse le protégerait du froid.

L'épée courbée du Thrithing avait été glissée nue dans sa large ceinture, et ses longs cheveux avaient été noués derrière son crâne. Utvart portait un bracelet à chaque bras, et de multiples boucles d'oreilles pendaient contre sa mâchoire. Il avait couvert ses cicatrices de peinture noire et rouge, se donnant l'apparence d'un démon.

Il tira soudain son épée de sa ceinture et la leva audessus de sa tête, provoquant une nouvelle clameur dans la foule. « Viens, Mainmorte, clama-t-il. Utvart t'attend. »

Le père Strangyeard priait à voix haute tandis que Josua s'avançait à travers l'enclos. Déornoth jugea que, loin de le soulager ou le rassurer, la litanie du prêtre lui portait sur les nerfs, et il préféra s'éloigner ; après quelque hésitation, il alla se placer au bord de la clôture, juste à côté de l'un des gardes. Relevant les yeux, il vit qu'Isorn l'observait. Déornoth lui fit un signe de tête presque imperceptible ; Isorn se faufila à son tour vers la barrière, jusqu'à ne plus se trouver qu'à quelques coudées de Déornoth.

Josua avait laissé sa cape à la duchesse Gutrun, qui la conservait comme s'il se fut agi d'un enfant. À côté d'elle se tenait Leleth, ses poings sales serrant la jupe en guenille de la duchesse. Géloé se trouvait un peu plus loin, son regard jaune invisible sous sa capuche.

Tandis que Déornoth parcourait le groupe du regard, d'autres yeux croisèrent les siens et s'enfuirent, comme craignant de maintenir un contact par trop prolongé. Sangfugol commença à doucement chantonner.

« Eh bien ! fils de Jean Presbytère, tu te présentes devant le peuple libre des Thrithings avec moins de superbe que par le passé », sourit Fikolmij. Les hommes de son clan rirent et chuchotèrent.

« Seulement dans mes possessions, répondit calmement Josua. D'ailleurs, je voudrais te proposer un pari, Fikolmij – entre nous deux, toi et moi. »

Le Thane s'esclaffa, surpris. « Des paroles courageuses, Josua ; des mots bien fiers dans la bouche d'un homme qui sait qu'il va bientôt mourir. » Fikolmij le dévisagea d'un air calculateur. « Quel genre de pari ? »

Josua tapa sur le fourreau de son arme. « Je propose de parier sur ceci et sur ma main gauche. »

« Très bien, puisque c'est ta seule main », grimaça Fikolmij. La foule rugit.

« Voilà mon idée. Si Utvart me bat, il gagne Vorzheva et toi le prix de l'union, n'est-ce pas ? »

« Treize chevaux », répondit-il d'un air satisfait. « Et alors ? »

« Simplement ceci. Vorzheva est déjà mienne. Nous sommes unis. Si je survis, je ne gagne rien de plus. » Ses yeux croisèrent ceux de Vorzheva par-dessus la foule, puis revinrent vers le père de celle-ci, auquel il jeta un regard froid.

« Tu y gagnes la vie », cracha Fikolmij. « Et de toute façon, tout cela est ridicule. Tu ne survivras pas. »

Utvart, qui attendait impatiemment, s'autorisa un petit sourire devant la réponse de son Thane.

« C'est pourquoi je voudrais faire ce pari avec toi, répliqua Josua. Avec toi, Fikolmij. Entre hommes. » Certains des hommes du clan gloussèrent en entendant cela ; Fikolmij posa sur l'assemblée un regard noir jusqu'à ce qu'ils se taisent.

« Continue. »

« Ce sera un pari anodin, Fikolmij, le genre de pari que les hommes audacieux de mes cités de pierre font sans hésitation. Si c'est moi qui gagne, tu me donneras la même chose que ce que tu exiges d'Utvart, sourit Josua. Je choisirai treize de tes chevaux. »

Une note de colère sous-tendait la voix rauque de Fikolmij. « Pourquoi devrais-je parier avec toi ? Un pari n'est un pari que si les deux risquent quelque chose. Qu'as-tu que je pourrais vouloir ? » Son expression se fit maligne. « Et que possèdes-tu que je ne pourrais pas simplement prendre lorsque tu seras mort ? »

« L'honneur. »

Fikolmij recula de surprise. Les murmures autour de lui s'intensifièrent. « Par le Grand Étalon, qu'est-ce que cela veut dire ? Je ne me soucie guère de ton honneur de Cage-de-pierre faible et fluet ! »

« Oui, répondit Josua avec un léger sourire ; *mais du tien ?* »

Le prince se tourna soudain pour faire face aux Thrithings penchés sur les barrières du grand enclos de Fikolmij. Un murmure parcourut la foule. « Hommes et femmes libres des Hauts Thrithings, s'exclama-t-il. Vous êtes venus me voir mourir. » Un grand éclat de rire ponctua son affirmation. Une boule de terre vola vers Josua, ne le manquant que de quelques coudées, et roula vers les hommes du clan de Fikolmij, qui observaient attentivement l'assemblée. « J'ai proposé un pari à votre Thane. Je jure que l'Aédon, dieu des Cages-de-pierre, va me sauver, et que je vais battre Utvart. »

« J'aimerai voir ça », hurla une voix dans la foule, dans un westerlien à l'accent marqué. Fikolmij se leva et s'avança vers Josua comme pour le faire taire, mais, après avoir regardé les spectateurs hurlants, parut changer d'idée. En lieu de cela, il croisa les bras sur sa large poitrine et observa d'un air renfrogné. « Et que paries-tu, petit homme ? » cria-t-on depuis la clôture.

« Tout ce qui me reste : mon honneur et l'honneur de mon peuple. » Josua tira Naidel de son fourreau et la leva bien haut. La manche de sa chemise retomba : l'anneau rouillé d'Élias, qu'il portait toujours autour de son poignet gauche, refléta la lumière du matin comme une marque de sang. « Je suis le fils de Jean Presbytère, le Roi souverain dont vous vous souvenez bien. Fikolmij est de vous tous celui qui l'a le mieux connu. » Un murmure parcourut la foule. Le Thane grommela son mécontentement devant cette scène.

« Voici mon pari, cria Josua. Si je tombe devant Utvart, je jure que cela prouvera que notre dieu Usires Aédon est faible, et que Fikolmij dit vrai lorsqu'il prétend être plus fort que les Cages-de-pierre. Vous saurez que le Grand Étalon du Thane est plus puissant que l'Arbre et Dragonnet de la maison de Jean, qui est la plus grande maison de toutes les cités d'Osten Ard. »

Une puissante clameur s'éleva. Josua observa calmement la foule. « Et que parie Fikolmij ? » cria enfin une voix. Utvart, qui ne se trouvait qu'à quelques toises de là, était rouge de rage : il pestait contre la façon dont l'attention de la foule s'était détournée de lui, mais se demandait dans le même temps si le pari de Josua n'allait pas augmenter son prestige une fois massacré ce Cage-de-pierre estropié.

« Autant de chevaux que le prix de l'union de Vorzheva. Et la liberté pour moi et les miens, répondit Josua. Peu de choses, comparé à l'honneur d'un prince d'Erkynée. »

« Un Prince sans même un toit », plaisanta quelqu'un, mais de nombreuses voix rabrouèrent l'importun et engagèrent Fikolmij à prendre le pari, en arguant qu'il serait stupide de laisser ce Cage-de-pierre lui faire honte. Le Thane, dont le visage dissimulait fort mal sa fureur, laissa les exhortations de la foule s'abattre sur lui comme la pluie. Il semblait prêt à saisir Josua par la gorge et à l'étrangler.

« Eh bien ! c'est fait », grimaça-t-il enfin, en levant les bras en signe d'acceptation. Les spectateurs poussèrent des acclamations. « Par les Sabots du Grand Étalon, vous l'avez entendu. Le pari est pris. Mes chevaux contre ses mots creux. Maintenant, il est temps de mettre fin à cette folie. » L'allégresse du Thane semblait avoir en grande partie disparu. Il se pencha en avant, parlant bas pour que seul Josua l'entendît. « Quand tu seras mort, je tuerai tes femmes et tes enfants de mes propres mains. Lentement. Personne ne se moque de moi devant mon clan ni ne vole mes chevaux. » Fikolmij fit volte-face et retourna vers son tabouret, fronçant les sourcils sous les quolibets des gardes-rande.

Lorsque Josua déboucla et ôta le ceinturon qui portait le fourreau de Naidel, Utvart s'avança. Ses bras noueux luisirent lorsqu'il leva sa lourde épée.

« Tu parles et parles et parles, petit homme, grimaça l'homme des plaines. Tu parles trop. »

Aussitôt après, il couvrit la distance qui les séparait en trois longues enjambées, en faisant tourner son épée en un grand arc de cercle. Naidel s'éleva comme un éclair, et détourna le coup avec un faible cliquetis; mais avant que Josua eût pu relever sa lame étroite pour porter son propre coup, Utvart avait déjà tourné sur lui-même et lancé une nouvelle attaque puissante et à deux mains. Josua réussit une nouvelle fois à parer, mais cette fois l'épée courbe porta violemment dans la garde du Prince et manqua lui faire voler Naidel des mains. Il recula de quelques pas vacillants sur le sol boueux avant de pouvoir recouvrer son équilibre. Utvart sourit sauvagement et commença à tourner autour de Josua, forçant le prince à réagir rapidement pour maintenir son épaule gauche en face de l'homme des Thrithings. Utvart feinta, puis se fendit. L'un des talons des bottes de Josua glissa sur le sol déformé par les sabots, le forçant à mettre un genou à terre. Il parvint à détourner le coup d'Utvart, mais celui-ci réussit, lorsqu'il libéra son arme, à entailler le bras utile de Josua, faisant voler un ruban de sang.

Le Prince se releva prudemment. Utvart lui montra ses dents et continua de tourner. Un filet rouge s'écoulait sur la main gauche de Josua. Le Prince l'essuya sur la jambe de ses chausses, puis la releva rapidement pour une autre feinte d'Utvart. Quelques instants plus tard, le sang suintait de nouveau sur le poignet de Josua et sur la poignée de son arme.

Déornoth pensait avoir compris cette étrange histoire de pari Josua espérait provoquer la fureur de Fikolmij et d'Utvart dans l'espoir qu'elle mènerait à quelque erreur exploitable – mais il était malheureusement évident que cela n'avait servi à rien. Le Thane était effectivement furieux, mais Josua ne se battait pas contre Fikolmij, et Utvart n'avait pas le sang aussi chaud que le Prince l'avait probablement espéré. En lieu de cela, l'homme des Thrithings s'avérait être un combattant rusé. Plutôt que de compter aveuglément sur sa force et son allonge supérieures, il épuisait Josua par des coups puissants, puis s'effaçait avant que le prince ne pût contrer.

Devant ce combat inégal, Déornoth sentit sa gorge se serrer. Il avait été ridicule d'espérer que cela eût pu se passer autrement. Josua était une fine lame, mais même au mieux de sa forme, il lui aurait été difficile de vaincre un homme comme Utvart. Et le prince était blessé et épuisé, aussi faible qu'un enfant. Ce n'était plus qu'une question de temps...

Déornoth se tourna vers Isorn. Le jeune Rimmersleute hocha la tête d'un air grave : il comprenait lui aussi que Josua ne pouvait que se défendre et repousser autant que possible une issue inévitable. Isorn fronça les sourcils en un signe interrogateur. *Maintenant*?

Le murmure des prières du père Strangyeard faisait contrepoint aux cris de la foule. Les gardes autour d'eux étaient fascinés par le spectacle, les yeux écarquillés, et ne tenaient plus que négligemment leur lance. Déornoth leva la main. *Pas encore...*

Le sang perlait de deux autres blessures, une coupure sur le poignet gauche de Josua et une entaille sur sa jambe. Le prince essuya la sueur sur son front, tachant de rouge son visage, comme s'il eut voulu faire pendant aux cicatrices peintes d'Utvart.

Josua rompit en titubant, esquivant maladroitement une nouvelle attaque en force d'Utvart, puis se tendit et plongea en avant. Son coup ne put porter, et ne frôla même pas l'estomac huilé d'Utvart. L'homme des Thrithings, qui était jusqu'alors resté silencieux, éclata d'un grand rire rauque puis se fendit une nouvelle fois. Josua para puis contre-attaqua. Les yeux d'Utvart s'agrandirent, et durant un instant, l'enclos résonna du choc du métal sur le métal. La plupart des spectateurs étaient debout et hurlaient. La fine Naidel et la longue épée d'Utvart allaient et venaient en une danse complexe de lumière argentée, ponctuée de claquements sonores.

La bouche de l'homme des Thrithings s'ouvrit en une grimace de joie sauvage, tandis que le visage de Josua était blême, ses lèvres serrées incolores, et ses yeux brillant de ses dernières réserves d'énergie. Deux nouveaux assauts puissants du Thrithing furent bruyamment déviés, puis une fente agile de Josua dessina une ligne rouge écarlate le long des côtes d'Utvart. Certains des membres de l'assistance hurlèrent ou applaudirent, satisfaits de voir que le combat n'était pas encore terminé, mais Utvart plissa les yeux de rage et se rua en avant, assénant une suite de terribles coups comme un forgeron qui frappe une enclume. Ébranlé, Josua ne put que reculer, en s'efforçant de maintenir Naidel devant lui, cette fine bande de métal étant son seul bouclier. Ses piètres tentatives de contre furent balayées, mais l'un des coups de boutoir d'Utvart réussit à franchir sa garde et le frappa à la tête. Josua recula de quelques pas chancelants avant de tomber à genoux, du sang jaillissant d'un point situé juste au-dessus de son oreille. Il tendit Naidel devant lui comme pour se protéger de nouveaux coups, mais ses yeux étaient troubles et l'épée tremblait comme une branche de saule.

Le bruit de la foule devint clameur. Fikolmij était debout, sa barbe volant au vent, les poings tendus vers le ciel comme un dieu en fureur appelant la foudre à s'abattre sur la terre. Utvart s'approcha lentement de Josua, étonnamment prudent, comme s'il s'attendait à quelque ruse de Cage-de-pierre, mais le prince était visiblement défait, et s'efforçait de se relever sur le moignon de son poignet droit qui glissait dans la boue.

Une clameur tout à fait différente s'éleva soudain de l'autre bout de l'enclos. L'attention de la foule se détourna avec réticence vers sa source. Un large mouvement désordonné avait pris naissance près de l'endroit où se trouvaient les prisonniers, et des lances s'y agitaient comme des brins d'herbe. Le hurlement de surprise d'une femme fut suivi par le cri de douleur d'un homme. Un instant plus tard, deux corps se libérèrent de la masse. Déornoth avait maîtrisé l'un des gardes thrithings, et serrait son bras autour de sa gorge. De l'autre main, le chevalier tenait une lance juste sous sa lame et en pressait la pointe sur le ventre de l'homme.

« Dis à tes autres cavaliers de reculer, Thane, ou ces hommes vont mourir. » Déornoth donna un petit coup sur le ventre de son prisonnier, qui grogna mais ne cria pas. Une tache de sang apparut sur sa chemise brun gris.

Fikolmij s'avança, rouge de rage, sa barbe tremblant sur sa mâchoire. « Es-tu fou ? Êtes-vous fous ? Par le Grand Étalon, je vous écraserai tous ! »

« Alors des hommes de ton clan mourront aussi. Nous n'aimons pas tuer de sang-froid, mais nous ne regarderons pas sans rien faire notre prince se faire tuer après que tu l'as assez frappé pour qu'il ne puisse plus se battre. »

La foule se mit à chuchoter, mais Fikolmij, furieux, n'y prêta pas attention. Il leva les bras pour faire signe à ses hommes, mais une voix trancha.

« Non ! » C'était Josua, qui se remettait péniblement sur pied. « Relâche-les, Déornoth. »

Le chevalier le regarda d'un air ébahi. « Mais, Sire... »

« Laisse-les partir. » Il s'interrompit pour reprendre son souffle. « Je mène mes propres batailles. Si tu m'aimes, laisse-les partir. » Josua essuya le sang de ses yeux.

Déornoth se tourna vers Isorn et Sangfugol, qui tenaient en respect trois autres gardes. Ils lui rendirent son regard surpris. « Relâchez-les, dit-il enfin. Notre prince nous demande de les libérer. »

Isorn et Sangfugol baissèrent leurs lances, laissant les gardes libres de s'écarter ; ce qu'ils firent, s'éloignant promptement avant de se souvenir de leur rôle original et de s'immobiliser en échangeant des regards inquiets et furieux. Isorn les ignora. À côté de lui, le trouvère tremblait comme un oiseau blessé. Géloé, qui n'avait pas bougé durant ce tumulte, ramena ses yeux jaunes vers Josua.

« Allez, Utvart », dit le prince d'une voix un peu hésitante, son sourire formant une bande blanche amère au milieu d'un masque de sang. « Oublie-les. Nous n'en avons pas encore terminé. »

Fikolmij, bouche ouverte et mâchoire tremblante comme s'il eut été en train de mâcher, voulut dire quelque chose. Il n'en eut pas le temps.

Utvart bondit en avant, martelant la garde de Josua. L'interruption n'avait pas permis à Josua de reprendre des forces : il fut emporté en arrière par l'attaque du guerrier thrithing, et ne para la lame courbe que d'extrême justesse. Puis un coup tournant franchit sa garde, lui éraflant la poitrine ; dans l'attaque suivante, le plat de la lame d'Utvart frappa le coude de Josua, ce qui envoya voler Naidel. Le Prince se précipita vers son épée mais, tandis que ses doigts se refermaient sur la poignée ensanglantée, ses pieds se dérobèrent sous lui et il s'effondra sur le sol détrempé.

Saisissant sa chance, Utvart se fendit en avant. Josua put lever son épée et détourner le coup vers le bas, mais la précarité de sa position lorsqu'il se releva permit à Utvart de l'agripper de son bras puissant et de tirer le prince vers le tranchant de la lame courbe. Josua ramena ses genoux et son bras droit pour tenter de maintenir son adversaire à distance, puis réussit à relever son autre bras, portant sa lame contre la garde d'Utvart ; mais, par la puissance de son bras, l'homme des Thrithings repoussait lentement Naidel, le tranchant de l'épée courbe s'approchant inexorablement de la gorge de Josua. Les lèvres du Prince se figèrent, reflétant un effort suprême, et tous les muscles se nouèrent dans son bras mince. Un instant, il retint le mouvement de l'arme. Les deux hommes se tenaient poitrine contre poitrine. Sentant les forces de Josua s'épuiser, Utvart resserra son étreinte et sourit, attirant le prince à lui avec une lenteur presque rituelle. Malgré la tension déchirante des muscles du Prince, la lame incurvée poursuivait sa progression implacable, et vint finalement se poser délicatement sur le côté de la gorge de Josua.

La foule se tut. Quelque part dans le ciel, une grue piailla, puis le silence revint.

« Maintenant », exulta le guerrier thrithing, brisant son long silence, « Utvart te tue. »

Josua cessa soudain de résister et poussa dans le sens de l'étreinte de son adversaire, en jetant sa tête sur le côté. La lame courbe glissa le long de son cou, entaillant profondément les chairs, mais le prince profita de cet instant de liberté pour enfoncer violemment son genou dans le bas-ventre d'Utvart.

Tandis qu'Utvart poussait un grognement de surprise et de douleur, Josua plaça son pied contre le mollet du Thrithing et le poussa. Utvart ne put conserver son équilibre et tomba en arrière. Josua tomba avec lui, la lame du Thrithing sifflant près de son épaule. Lorsque Utvart heurta le sol, le souffle coupé, Naidel se libéra. L'instant d'après, sa pointe se glissa sous le menton du Thrithing et s'enfonça de plus de la longueur d'une main à travers la gorge et jusqu'au fond du crâne.

Josua se laissa rouler sur le côté pour se libérer de l'étreinte spasmodique d'Utvart, puis se releva avec grand peine, son sang ruisselant. Il s'immobilisa, les jambes tremblantes, les bras pendants, et observa longuement le corps étendu devant lui.

« Géant, haleta-t-il, c'est... *toi*... qui parles trop. »

Un instant plus tard, ses yeux roulèrent sous ses paupières, et il tomba lourdement en travers de la poitrine du Thrithing. Ils restèrent étendus ainsi, leur sang se mêlant, et pour quelque temps, il sembla que rien dans les plaines ne parlât ni ne bougeât. Puis les cris commencèrent.

TROISIÈME PARTIE

LE CŒUR DE L'ORAGE

18

LE JARDIN PERDU

Après un long séjour dans un néant silencieux et velouté, Simon revint enfin vers les rives qui séparent le sommeil de l'éveil. Il reprit conscience dans l'obscurité, à la frange du rêve, et réalisa qu'une fois de plus, une voix parlait dans ses pensées, à l'instar de sa fuite cauchemardesque de l'abbaye de Skodi. Une porte avait été ouverte à l'intérieur de lui ; il semblait maintenant que n'importe quoi pouvait entrer.

Mais cette fois, le visiteur inopiné n'était pas la chose-flamme sarcastique, laquais du Roi de l'Orage. La voix était aussi différente de son ricanement atroce que le vif l'est du mort. La nouvelle voix ne le raillait ni le menaçait ; de fait, elle ne paraissait même pas s'adresser à lui.

Il s'agissait d'une voix de femme, musicale et pourtant puissante, qui brillait dans le rêve ténébreux de Simon comme un fanal. Bien que ses mots fussent empreints de tristesse, elle lui apportait un étrange réconfort. Même si Simon était conscient de dormir, et savait qu'il suffirait d'un instant pour s'éveiller et revenir à la réalité, la voix le captivait tant qu'il ne désirait tout simplement pas le faire immédiatement. Gardant à l'esprit le visage sage et magnifique qu'il avait vu dans le miroir de Jiriki, il était heureux de flotter à la limite de l'éveil et d'écouter, car c'était la même voix, la même personne. D'une manière ou d'une autre, lorsque cette porte s'était ouverte dans l'esprit de Simon, c'est cette femme qui était entrée. Simon en était extrêmement heureux. Il se souvenait un peu de ce que la Main Rouge lui avait promis, et sentit son sang se glacer même dans l'abri du sommeil.

« *Hakatri adoré, fils magnifique* », dit la femme, « *combien tu me manques ! Je sais que tu ne peux m'entendre ni me répondre, mais je ne puis m'empêcher de te parler comme si tu te trouvais devant moi. La fin d'année a trop souvent été dansée depuis que tu t'en es allé vers l'Ouest. Les cœurs se refroidissent, et le monde devient plus froid encore.* »

Simon réalisa que, bien que la voix chantât dans son rêve, ces mots n'étaient pas destinés à ses oreilles. Il eut l'impression d'être un enfant mendiant observant une famille riche et puissante à travers un défaut d'un mur. Mais tout comme une famille fortunée peut avoir des peines qu'un mendiant ne pourrait comprendre – des peines sans rapport avec la faim, le froid ou la douleur physique – la voix du rêve de Simon, malgré toute sa majesté, était empreinte d'une angoisse sourde.

« *En un sens, j'ai l'impression qu'il ne s'est écoulé qu'une poignée de lunes depuis que les Deux Familles ont quitté Venyha Do'sae, notre terre originelle au-delà de la Grande Mer. Ah !, Hakatri, si seulement tu avais pu voir nos fiers navires alors qu'ils affrontaient les flots ! Ils étaient faits de bois-argent et arboraient des voiles de couleurs vives, aussi braves et beaux que des poissons volants. J'étais une enfant dressée à leur proue, devant les vagues qui s'ouvraient, et je baignais dans un scintillant nuage d'écume ! Lorsque nos bateaux ont touché les rives de cette terre, nous avons pleuré. Nous avions échappé au spectre du néant, et gagné notre liberté.*

« *Mais en fait, Hakatri, nous avons découvert que nous n'avions pas réellement laissé les ténèbres derrière nous : nous en avions simplement échangé une sorte pour une autre, et cette obscurité nouvelle grandissait à l'intérieur de nous.*

« *Bien sûr, il nous a fallu du temps pour le comprendre. Cette ombre-là croissait lentement, d'abord dans nos cœurs, puis dans nos yeux et nos mains ; mais aujourd'hui, le mal qu'elle cause est devenu plus grand que ce que quiconque aurait pu soupçonner. Il s'étend sur ce pays que nous avons adoré, ce pays auquel nous nous sommes offerts comme aux bras d'un amant, ou comme un enfant aux bras de sa mère...*

« *Notre nouvelle terre vit maintenant dans les mêmes ténèbres que l'ancienne, Hakatri, et nous en sommes res-*

ponsables. Ton frère, que l'obscurité a détruit, est aujourd'hui devenu une menace plus sombre encore. Il tend un linceul sur tous ceux qu'il a autrefois aimés.

« *Oh ! par le Jardin qui n'est plus, qu'il est difficile de perdre ses fils !* »

Quelque chose d'autre s'efforçait maintenant d'attirer son attention, mais Simon ne pouvait que rester étendu là, sans pouvoir ou vouloir s'éveiller. Il lui semblait que quelque part à l'extérieur de ce rêve qui n'était pas un rêve, on criait son nom. Avait-il des amis ou de la famille à sa recherche ? Cela n'avait pas d'importance. Il ne pouvait s'éloigner de cette femme. Sa terrible tristesse s'agitait en lui comme un bâton taillé en pointe ou le tesson d'un pot brisé ; il serait cruel de la laisser seule avec sa peine. Les voix qui l'appelaient faiblement finirent par se dissiper.

La présence de la femme resta tangible. Il lui semblait qu'elle pleurait. Simon ne la connaissait pas, et ne pouvait deviner à qui elle s'adressait, mais il pleura avec elle.

Guthwulf était exaspéré et perplexe. Assis, il polissait son bouclier tout en s'efforçant d'écouter le rapport de son châtelain, qui avait chevauché depuis le domaine de Guthwulf à Utanyéate. Aucune de ces deux activités n'était réellement couronnée de succès.

Le marquis cracha du jus de citrile sur la paille du sol. « Répète-moi ça ; ce que tu dis n'a aucun sens. »

Le châtelain, un homme ventripotent aux yeux de fouine, réprima instantanément un signe de lassitude – Guthwulf n'était pas le genre de seigneur devant lequel on pût faire preuve d'une patience imparfaite – et recommença son explication.

« Voilà très simplement ce qui se passe, Monseigneur ; vos places fortes d'Utanyéate sont pour ainsi dire désertes. Il ne reste plus que quelques domestiques à Wulfholt. Presque tous les paysans ont fui. Il n'y aura personne pour rentrer l'avoine ou l'orge, et les moissons ne pourront pas attendre beaucoup plus d'une demi-lune. »

« Mes serfs sont partis ? » Guthwulf laissa courir son regard sur le sanglier sur lances d'argent croisées qui brillait sur son bouclier noir, les pointes des lances étant rehaussées à la nacre. Il avait adoré ces armoiries, à une époque ; il les avait aimées comme on aime un enfant. « Comment ont-ils osé ? Qui a nourri ces affreux lourdauds durant toutes ces années sinon moi ? Eh bien ! engages-en d'autres pour les moissons, mais ne laisse pas ceux qui sont partis revenir. Jamais. »

Cette fois, le châtelain laissa échapper un minuscule bruissement de désespoir. « Monseigneur, Marquis Guthwulf, je crains que vous ne m'ayez pas écouté. Il n'y a personne à engager dans tout Utanyéate. Les barons, vos vassaux, ont leurs propres problèmes et aucun homme de trop. Les champs de l'est et du nord de l'Erkynée grènent sans être moissonnés. L'armée de Skali de Kaldskryke a dévasté toutes les villes frontières aux limites d'Utanyéate et franchira probablement bientôt la rivière, lorsqu'ils auront épuisé le pays de Lluth. »

« Lluth est mort, d'après ce que j'ai entendu », dit lentement Guthwulf. Il s'était lui-même rendu au Taig, la place forte de Lluth. Son sang avait brûlé dans ses veines lorsqu'il avait insulté ce roi bétailler au sein de sa propre cour. Cela ne remontait qu'à quelques mois. Pourquoi se sentait-il si mal, maintenant, si vide ? « Pourquoi tous ces vilains ont-ils quitté la place qui est la leur ? »

Le châtelain le dévisagea étrangement, comme si Guthwulf lui avait soudain demandé de quel côté se trouvait le sol. « Pourquoi ? À cause des guerres, des pillages sur leurs frontières, et du chaos dans les Marches Gelées. Et à cause des Renards Blancs, bien sûr. »

« Les Renards Blancs ? »

« Vous savez certainement ce que sont les Renards Blancs, Monseigneur. » Le châtelain affichait presque ouvertement son scepticisme. « Puisqu'ils sont venus prêter main forte aux armées que vous commandiez à Naglimund. »

Guthwulf releva les yeux, en pinçant par réflexe sa lèvre supérieure. « Les Norns, vous voulez dire ? »

« Oui, Monseigneur. Renards Blancs est le nom que leur donnent les gens du commun, à cause de leurs yeux plissés et de la pâleur cadavérique de leur peau. » Il réfréna un frisson. « Les Renards Blancs. »

« Et qu'en est-il des Renards Blancs ? » demanda le marquis. N'ayant pas obtenu une réponse immédiate, il éleva la voix. « Qu'Aédon secoue ton âme, qu'ont-ils à voir avec mes récoltes ? »

« Eh bien ! ils descendent vers le sud, Marquis Guthwulf, répondit le châtelain, surpris. Ils quittent les ruines de Naglimund. Les gens qui doivent dormir sous les étoiles les voient franchir les collines dans les ténèbres, comme des fantômes. Ils voyagent la nuit, par petits groupes, et se dirigent toujours vers le sud. Ils avancent vers le Hayholt. » Il regarda autour de lui, comme s'il réalisait seulement ce qu'il venait de dire. « Ils viennent *ici* »

Une fois le châtelain parti, Guthwulf resta longtemps assis, à boire du vin dans une coupe. Il ramassa son heaume pour le polir, observa les défenses d'ivoire qui l'ornaient, et le reposa sans l'avoir touché. Son cœur n'était pas à la tâche, alors même que le roi s'attendait à le voir mener la Garde Erkynéenne en campagne dans quelques jours, et que son armure n'avait pas été remise à neuf depuis le siège de Naglimund. Les choses ne se passaient pas bien depuis le siège. Le château semblait peuplé de fantômes, et cette maudite épée grise et ses deux lames-sœurs hantaient ses rêves au point qu'il craignait presque de se coucher, de s'endormir...

Il reposa son vin puis regarda la flamme de sa chandelle, et sa mélancolie se dissipa quelque peu. Au moins, il n'avait pas perdu la tête. Les innombrables étranges bruits nocturnes, les ombres orphelines des couloirs et des communs, les serviteurs d'Élias qui s'évanouissaient dans la nuit... Toutes ces choses, et bien d'autres encore, avaient un temps poussé le Marquis d'Utanyéate à douter de sa santé mentale. Lorsque le roi l'avait forcé à toucher cette maudite épée, Guthwulf avait été convaincu que, peut-être par sorcellerie, quelque faille dans son esprit avait laissé pénétrer une folie qui le perdrait. Mais ce n'était pas des visions, pas des vues de l'esprit. Le châtelain l'avait confirmé. Les Norns venaient au Hayholt. Les Renards Blancs arrivaient.

Guthwulf tira son couteau de son fourreau et le projeta vers la porte. L'arme virevolta et se planta, vibrant dans la lourde masse de chêne. Il traversa la pièce d'un pas traînant et la libéra, puis la lança de nouveau, la projetant d'un vif mouvement du poignet. Dehors, le vent siffla dans les arbres. Guthwulf montra les dents. La lame alla se planter une nouvelle fois dans le bois.

Simon restait suspendu dans son sommeil qui n'était pas le sommeil, et la voix dans sa tête continuait de parler.

« ... *Tu vois, Hakatri, plus calme de mes fils, c'est peut-être en cet instant-là que nos problèmes ont débuté. Je viens de parler des Deux Familles, comme si nous étions les seuls survivants de Venyha Do'sae, mais ce sont les navires du Tinukeda'ya qui nous ont fait traverser la Grande Mer. Ni le Zida'ya ni l'Hikeda'ya n'auraient pu vivre assez longtemps pour voir cette terre sans Ruyan le Navigateur et son peuple – et pourtant, pour notre plus grande honte, nous avons traité les Enfants de l'Océan aussi mal ici que nous le faisions dans le Jardin au-delà de la mer. Lorsque presque tout le peuple de Ruyan se fut enfoncé seul dans cette nouvelle terre... je crois que c'est là que les ténèbres ont commencé à grandir. Oh !, Hakatri, nous avons été fous d'emporter ces vieilles iniquités avec nous en ce nouvel endroit, toutes injustices qui auraient du disparaître avec nos anciennes terres de la pointe de l'Orient...* »

Le masque de pitre se balançait devant les yeux de Tiamak, brillant dans la lumière du feu, recouvert de plumes étranges et décoré de cornes. Durant un instant, le Salanais se sentit perdu. Comment la fête des vents avait-elle pu débuter si tôt ? La célébration de Celui Qui Fait Ployer les Arbres ne devait pourtant bien avoir lieu que dans plusieurs mois ! Mais l'un de ces pitres aquiloniens se trouvait sans conteste devant lui, saluant et dansant ; et quelle autre explication pourrait-on bien trouver au mal de crâne de Tiamak que l'absorption d'une quantité excessive de bière de fougère, ce qui indiquait assurément que les libations de la fête aquilonienne avaient bien débuté ?

Le pitre cliqueta en tirant sur quelque chose que tenait Tiamak. Que pouvait donc bien vouloir faire ce pitre ? Puis il se souvint. Il voulait une pièce, bien sûr : tout le monde devait emporter de la verroterie ou de la petite monnaie pour Celui qui Fait Ployer les Arbres.

Les pitres réunissaient toutes ces offrandes étincelantes dans des jarres d'argile qu'ils secouaient vers le ciel, faisant un bruit qui était la principale musique de la fête, un bruit qui leur valait les bons offices du Ployeur d'Arbres, qui éloignait les crues et les vents mauvais.

Tiamak savait qu'il devait laisser le pitre prendre sa pièce – après tout, c'était bien pour cela qu'il l'avait emmenée ! – mais il y avait quelque chose dans la façon dont le pitre aquilonien agissait qui le mettait mal à l'aise. Le masque du pitre grimaça et lui fit un clin d'œil ; Tiamak, refoulant son inquiétude, serra plus fort son bout de métal. Qu'y avait-il d'anormal... ?

Lorsque sa vision s'éclaircit, ses yeux s'écarquillèrent d'horreur. Le masque de pitre ondulant devint le visage chitineux d'un ghant, se balançant à moins d'une coudée au-dessus de son bateau, suspendu à une plante qui pendait d'une branche surplombant la rivière. Le ghant s'efforçait patiemment d'arracher avec ses pinces d'insecte le couteau de Tiamak de sa main moite de sommeil.

Le petit homme hurla de dégoût et se rejeta en arrière vers la poupe de sa barque à fond plat. Le ghant grinça et fit cliqueter ses mandibules tactiles, agitant une patte crustacée comme pour le tranquilliser et lui assurer qu'il s'était agi d'une erreur. Quelques instants plus tard, Tiamak souleva sa perche et lui fit décrire un grand arc de cercle, frappant le ghant avant qu'il eût pu se mettre hors de portée. On entendit un claquement sec, et le ghant partit voler au-dessus de la rivière, les pattes repliées comme une araignée roussie. Il tomba dans l'eau verdâtre sans presque éclabousser.

Tiamak eut un frisson de répulsion en attendant de le voir remonter à la surface. Un chœur de cliquètements secs se fit entendre au-dessus de sa tête, attirant son regard. Là, il découvrit une demi-douzaine de ghants supplémentaire, chacun aussi gros qu'un singe, qui l'observaient depuis le couvert des hautes branches. Leurs yeux noirs inexpressifs brillaient. Tiamak ne doutait pas un seul instant que, s'ils pouvaient deviner qu'il était incapable de se lever, ils seraient sur lui en un instant ; pourtant, l'idée que des ghants pussent attaquer un humain adulte, même blessé, le laissait encore perplexe. Mais, que cela fût étrange ou pas, il ne pouvait qu'espérer qu'ils ne réaliseraient pas à quel point il était faible, ou ce que signifiait le bandage sanglant sur sa jambe.

« Venez donc, bande d'insectes répugnants ! » cria-t-il en brandissant sa perche et son couteau. Son propre cri lui fit mal au crâne. En grimaçant, il fit une prière muette pour ne pas s'évanouir d'épuisement : il savait que dans ce cas, il ne se réveillerait pas. « Allez, descendez, et je vous donnerai la même leçon qu'à votre ami ! »

Les ghants cliquetèrent avec une malveillance désinvolte, comme pour lui dire que rien ne pressait : si eux ne l'attrapaient pas aujourd'hui, d'autres ghants l'auraient bien assez tôt. Des carapaces crustacées tachetées de lichen frottèrent contre les branches des saules lorsque les ghants se hissèrent plus haut dans les arbres. Réprimant une vague de frissons, Tiamak manœuvra calmement mais délibérément pour amener son embarcation au centre du cours d'eau, loin des branches basses qui surplombaient les rives.

Le soleil, qui n'avait parcouru que la moitié de sa course ascendante la dernière fois qu'il l'avait observé, se trouvait maintenant bien au-delà du méridien. Il avait dû s'assoupir assis, bien qu'il eût été encore tôt. Sa fièvre l'avait épuisé. Elle semblait être retombée, du moins pour l'instant, mais il était encore terriblement faible, et sa jambe blessée le lançait comme si elle eût été en feu.

Tiamak éclata soudain d'un rire rauque et déplaisant. Dire que, deux jours plus tôt, il prenait de grandes décisions quant à l'endroit où il se rendrait, ainsi qu'à ceux des puissants réclamant ses services qui auraient assez de chance pour les obtenir et à ceux qui devraient attendre ! Il se souvint d'avoir choisi d'aller à Nabban comme l'avaient demandé les anciens de sa tribu, et de délaisser Kwanitupul pour l'instant, une décision consécutive à bien des heures de réflexion angoissée. Maintenant, sa résolution soigneusement pesée avait été inversée en un instant, par un événement singulier. Il aurait déjà de la chance s'il parvenait à Kwanitupul vivant ; le long voyage jusqu'à Nabban était tout simplement inconcevable. Il avait perdu du sang et sa plaie s'était abîmée. Aucune des herbes propres à soigner une telle blessure ne poussait dans cette partie du Wran. Enfin, pour parachever sa misère, un essaim de ghants l'avait remarqué et le considérait comme une future proie facile !

Son cœur s'accéléra. La faiblesse s'abattait sur lui comme une nappe de brouillard. Il laissa glisser sa main fine jusqu'au cours d'eau, puis s'aspergea le visage d'eau froide. Cette chose immonde l'avait touché, aussi sournoisement qu'un coupeur de bourse ; elle avait tenté de déloger son couteau pour que ses acolytes puissent s'abattre sur lui sans rencontrer de résistance. Comment pouvait-on penser que les ghants n'étaient que des animaux ? Certains des membres de sa tribu prétendaient qu'ils n'étaient que des insectes géants, ou des crabes, auxquels ils ressemblaient tellement, mais Tiamak avait vu la terrible intelligence qui se cachait derrière ces yeux noirs impitoyables. Les ghants étaient peut-être les créations de Ceux Qui Exhalent l'Obscurité plutôt que de Celle Qui Accoucha de l'Humanité, comme le disait souvent Mogahib le Vieux, mais ils n'en étaient pas pour autant stupides.

Il inspecta rapidement le contenu de sa barque pour s'assurer que rien n'avait été pris par les ghants avant son réveil. Toutes ses maigres possessions – quelques vêtements dépenaillés, le Bâton-requête des anciens de la tribu, quelques ustensiles de cuisine, sa fronde, et le parchemin de Nisses dans sa peau huilée – étaient éparpillées au fond de sa barque. Tout semblait intact.

Dans la coque se trouvaient également les restes squelettiques du poisson dont la capture avait été à l'origine de tous ses derniers problèmes. Il avait dû en manger la plus grande partie durant ces deux derniers jours de frissons et de folie, à moins que les oiseaux ne l'eussent dévoré durant son sommeil. Tiamak tenta de se remémorer cette période de fièvre, mais il ne réussit qu'à évoquer l'image du mouvement incessant de la perche qui toujours faisait avancer la barque le long du cours d'eau, tandis que le ciel et l'eau dégorgeaient des couleurs comme du vernis coulant d'un pot mal cuit. Avait-il pensé à faire bouillir l'eau des marais avant de nettoyer sa blessure ? Il lui semblait vaguement se souvenir d'avoir tenté d'enflammer un peu de petit bois entassé dans son bol de cuisson, mais il était incapable de dire si un quelconque feu avait pris.

Les efforts de concentration de Tiamak lui firent tourner la tête. Il était inutile de se tourmenter avec ce qui s'était ou non passé, se dit-il. Il était évident qu'il était encore malade ; son seul espoir était d'atteindre Kwanitupul avant le retour de la fièvre.

Avec un signe de regret, il rejeta par-dessus bord les restes du poisson – la taille du squelette indiquant qu'il s'était effectivement agi d'une prise magnifique – puis enfila sa chemise tandis qu'un nouveau frisson parcourait son corps. Il s'adossa une nouvelle fois à la poupe de son bateau, puis se pencha vers le chapeau de feuilles de palmier qu'il avait tissé durant la première journée de son voyage. Il s'efforça de l'enfoncer profondément sur son crâne pour protéger ses yeux meurtris des rayons du cruel soleil de midi. Après avoir appliqué un peu plus d'eau sur ses paupières, il commença à pousser sur sa perche, forçant laborieusement l'embarcation le long du large chenal tandis que ses muscles douloureux protestaient devant chaque nouvel effort.

La fièvre revint effectivement durant la nuit. Lorsque Tiamak échappa une nouvelle fois à ses griffes, ce fut pour se trouver encalminé, sa barque formant des cercles lents dans un bras mort marécageux. Sa jambe, bien que gonflée et extraordinairement douloureuse, ne semblait pas avoir empiré. Avec de la chance, et s'il arrivait assez vite à Kwanitupul, il éviterait de la perdre.

Chassant d'un geste de la tête les derniers vestiges de sommeil, il adressa une nouvelle prière à Celui Qui Toujours Marche sur le Sable, dont l'existence, malgré la nature incrédule de Tiamak, paraissait beaucoup moins improbable depuis sa mésaventure avec le crocodile. Que cette défaillance de son scepticisme fût due aux effets exaltants de sa fièvre ou à une résurgence de sa foi provoquée par l'éventualité de la mort n'avait pour Tiamak que bien peu d'importance. Il ne consacra pas non plus bien longtemps à analyser ses sentiments à ce sujet. Le fait était qu'il ne désirait pas être un lettré unijambiste, et encore moins un lettré mort. Si les dieux ne l'aidaient pas, alors il n'avait d'autre espoir au milieu de ces marécages traîtres et hostiles que de compter sur sa propre détermination, qui diminuait à chaque seconde. Confronté à une telle alternative, Tiamak préférait prier.

Reprenant sa perche, il mena son embarcation hors de ce bras mort, et atteignit bientôt un endroit où plusieurs cours d'eau se rejoignaient. Il était difficile de dire exactement comment il était arrivé là, mais il fut capable, grâce aux étoiles qui venaient de s'illuminer, et tout particulièrement le Plongeon et la Loutre aux pattes brillantes, de s'orienter vers Kwanitupul et la mer. Il mania sa perche jusqu'à l'aube, mais ne put ignorer plus longtemps son esprit épuisé et son corps blessé qui imploraient le repos. Luttant pour garder les yeux ouverts, il laissa dériver la barque encore un peu le long du cours d'eau, sondant la rive boueuse de sa perche jusqu'à trouver enfin une grosse pierre qu'il libéra. Il l'attacha à sa ligne de pêche, et la jeta pardessus bord pour qu'elle servît d'ancre, maintenant l'embarcation dans une partie du cours d'eau à ciel ouvert. Il put alors enfin s'abandonner au sommeil dont il avait si désespérément besoin, loin des arbres annonciateurs de ghants et autres visiteurs importuns.

Le fait d'avoir pu s'orienter avait mis fin à ses errances vaines, et il put mettre ses efforts à profit. Il perdit la moitié du lendemain après-midi (le huitième ou le neuvième depuis son départ, supposa-t-il), mais le rattrapa en partie en poursuivant son chemin le soir venu, et même après la tombée de la nuit. Il s'aperçut qu'il y avait beaucoup moins d'insectes piquants ou mordants une fois le soleil disparu dans les marais de l'ouest ; ceci, et la lueur bleutée étonnamment plaisante du crépuscule furent un tel progrès par rapport aux après-midi brûlés par le soleil qu'il décida de célébrer l'événement en mangeant enfin la pomme d'eau maigrichonne qu'il avait cueillie sur une branche surplombant le cours d'eau. Les pommes d'eau avaient généralement disparu à cette époque de l'année, celles qui avaient échappé aux oiseaux étant tombées pour s'éloigner en flottant au gré des eaux tourbillonnantes, rebondissant comme les flotteurs des pêcheurs jusqu'à ce que leurs graines échouent enfin dans quelque barrage boueux ou sur des rives envahies par les racines. Tiamak avait interprété cette découverte comme un signe bénéfique. Il l'avait mise de côté après avoir longuement remercié les déités bienfaisantes, sachant qu'il l'apprécierait mieux s'il en savourait d'abord l'idée quelque temps.

La première bouchée de la pomme d'eau fut amère, mais la chair pâle près du cœur était superbement sucrée. Tiamak, qui se nourrissait depuis des jours de nèpes, de feuilles et de plantes comestibles, fut à ce point enchanté par le goût du fruit qu'il manqua tomber en pâmoison. Il dut en conserver la plus grande partie pour plus tard.

On eût pu dire de Kwanitupul qu'elle occupait la rive septentrionale de la branche supérieure de la baie de Firannos, n'était le fait qu'il n'y avait pas vraiment de rive en cet endroit : Kwanitupul se trouvait à la limite nord du Wran, mais faisait tout de même encore partie des grands marais.

Ce qui avait autrefois été un modeste village commerçant fait de quelques dizaines de maisons suspendues et de huttes sur pilotis avait pris de l'ampleur lorsque les marchands de Nabban, de Perdruin et des Îles du Sud avaient découvert l'étonnante variété de produits de valeur provenant des profondeurs inaccessibles du Wran – inaccessibles pour quiconque excepté les Salanais, bien sûr. Des plumes exotiques pour les parures des dames, des boues séchées pour des teintures, des poudres et des minéraux apothicaires à la rareté et à l'efficacité inégalées, toutes ces choses et bien d'autres faisaient que les bazars de Kwanitupul fourmillaient en tous temps de marchands et de négociants originaires du nord et du sud de la côte. Puisqu'il n'y avait pas de terre digne de ce nom, des piliers avaient été enfoncés profondément dans la boue, puis des bateaux de faible tirant d'eau avaient été remplis de pierres concassées et de mortier, et coulés le long des rives des cours d'eau marécageux. Sur ces fondations avaient poussé d'innombrables huttes et ruelles.

Lorsque Kwanitupul eut commencé à prendre de l'amplcur, de nombreux Nabbanais et Perdruinais vinrent se mêler aux Salanais dans ses quartiers miteux ; la ville occupa bientôt des milles et des milles de canaux et de ponts suspendus, proliférant et se propageant comme des jacinthes d'eau sur toutes les embouchures de cette partie du Wran. Sa masse délabrée dominait maintenant la baie de Firannos comme le faisait la plus ancienne et plus grande Ansis Pelippé sur la baie d'Emettin et la côte centrale d'Osten Ard.

La tête encore lourde de fièvre, Tiamak quitta enfin le cœur sauvage du Wran pour s'enfoncer dans les artères de plus en plus fréquentées de Kwanitupul. Dans un premier temps, il n'y eut que quelques autres barques à fond plat pour partager les eaux vertes avec lui, et celles-ci étaient presque uniquement manœuvrées par des Salanais, souvent revêtus de parures tribales en l'honneur de leur première visite au plus grand village de tous les marais. Plus avant dans Kwanitupul, les canaux se firent plus encombrés, portant une foule d'autres embarcations : des barques semblables à celle de Tiamak, bien sûr, mais aussi des bateaux de toutes tailles et formes, depuis les nacelles à auvent magnifiquement ciselées et décorées des riches marchands jusqu'aux chalands chargés de pierres et aux navires céréaliers qui glissaient le long des canaux, impérieux comme des baleines, forçant les bateaux plus petits à s'écarter pour ne pas risquer d'être entraînés dans leur sillage.

Tiamak était généralement enchanté de voir Kwanitupul, même si, contrairement aux autres membres de sa tribu, il avait vu Ansis Pelippé et les autres ports de Perdruin, à côté desquels Kwanitupul faisait figure de pâle copie. Mais aujourd'hui, la fièvre était revenue. Le clapotis de l'eau et les cris des Kwanitupuliens ne formaient qu'un murmure étonnamment distant ; ces canaux sur lesquels il avait si souvent navigué lui paraissaient aujourd'hui étrangement impénétrables.

Il lutta contre les divagations de la fièvre, à la recherche du nom de l'auberge où il était censé se rendre. Dans sa missive, pour laquelle le vaillant pigeon de Tiamak *Tache-d'encre* avait subi le martyre, le père Dinivan lui avait dit... lui avait dit...

Nous avons cruellement besoin de toi. Oui, il se souvenait de cela. Il était si difficile de réfléchir... *Va à Kwanitupul*, avait écrit Dinivan, *à l'auberge dont nous avons parlé, et attends là jusqu'à ce que je puisse t'en dire plus.* Et que lui avait-il dit d'autre ? *Plus que des vies dépend peut-être de toi.*

Mais de quelle auberge avaient-ils parlé ? Tiamak, surpris par l'apparition d'une tache de couleur dans son champ visuel, reprit ses esprits à temps pour empêcher son embarcation de s'engager dans la trajectoire d'un bateau plus important sur la coque duquel étaient peints deux grands yeux flamboyants. Le propriétaire du navire, dressé en proue, trépignait de rage et dressa le poing en direction de Tiamak au passage. La bouche de l'homme bougeait, mais Tiamak ne perçut qu'un vague ronronnement alors qu'il s'efforçait d'éviter le sillage du navire. Quelle auberge ?

« *La Coupe de Pélippa !* » Le nom le frappa comme la foudre. Il ne s'aperçut pas qu'il avait crié, mais ce manque de discrétion n'eut aucune importance dans le vacarme ambiant.

La Coupe de Pélippa. Une auberge que Dinivan avait mentionnée dans l'une de ses lettres, parce qu'elle était dirigée par une femme qui avait autrefois fait partie de l'ordre de Sainte Pélippa – Tiamak ne parvenait pas à se souvenir de son nom – et qui aimait encore parler théologie et philosophie. Morgénès avait établi ses quartiers dans cette auberge lors de chacun de ses voyages vers le Wran, parce qu'il appréciait sa propriétaire et son esprit irrévérencieux mais réfléchi.

À l'évocation de ces souvenirs, Tiamak sentit ses idées s'éclaircir. Peut-être que Dinivan viendrait le rejoindre à l'auberge ! Ou, mieux encore, peut-être que Morgénès s'y trouvait déjà, ce qui expliquerait pourquoi les derniers messages que Tiamak lui avait adressés dans ses quartiers du Hayholt en Erkynée étaient restés sans réponse. Quoi qu'il en soit, avec les noms des autres Porteurs du Parchemin comme laissez-passer, il était certain de trouver un lit et une oreille attentive à *La Coupe de Pélippa* !

Encore sous l'effet de la fièvre mais ragaillardi, Tiamak poussa une nouvelle fois sur sa perche. Sa frêle embarcation poursuivit son chemin sur les canaux gras et verdâtres de Kwanitupul.

L'étrange présence dans la tête de Simon continua de parler. La magie de cette voix féminine le maintenait prisonnier, doucement enveloppé dans les toiles d'un sort qui n'avait ni texture ni défaut. Il se trouvait dans une obscurité parfaite, semblable à celle de l'instant qui précède immédiatement l'abandon au sommeil, mais ses pensées étaient aussi claires que celles d'un homme qui feint d'être endormi alors que ses ennemis complotent dans la pièce. Il ne s'éveillait pas, mais ne glissait pas non plus vers l'oubli. La voix parlait, et évoquait des images de beauté et d'horreur :

« ... et bien que tu t'en fusses allé, Hakatri, – que ce soit vers la mort ou l'Ouest Ultime, je ne le sais – je dois te dire ces choses ; parce que en vérité, nul ne peut dire comment s'écoule le temps sur la Route des Rêves, ni jusqu'où s'aventurent les pensées qui ont été confiées aux écailles du Grand Ver ou aux autres Témoins. Peut-être qu'il se trouvera un endroit... et une époque... où tu entendras ces mots et sauras ce qu'il est advenu de ton peuple et de ta famille.

« Et il m'est par ailleurs agréable de te parler, mon fils adoré, absent depuis si longtemps...

« Tu sais que ton frère s'est toujours reproché ta terrible blessure. Lorsque tu es finalement parti vers l'Ouest en quête d'apaisement, son caractère a changé pour n'être plus que froideur et insatisfaction.

« Je ne te raconterai pas tous les maraudages de ces humains féroces venus par la mer. Certains signes de l'imminence de leur arrivée étaient déjà perceptibles lorsque tu es parti, et certains disent que ce sont ces Rimmersleutes qui nous ont le plus durement frappés, car ils furent responsables de la chute d'Asu'a, notre plus grande maison, et de l'exil des survivants. Certains pensent que les Rimmersleutes furent nos plus grands ennemis, et d'autres prétendent qu'aucun coup ne fut plus dévastateur que celui que porta ton frère Ineluki à ton père, Iyu'unigato : ton père, mon mari... lorsqu'il l'a frappé dans la grande salle d'Asu'a.

« Pourtant d'autres encore sont convaincus que nos ténèbres ont commencé à grandir dans les profondeurs du temps, à Venyha Do'sae, le Jardin Perdu, et que nous les avons amenés avec nous dans nos cœurs. Ils assurent que même ceux qui, comme toi, mon fils, sont nés ici sur notre nouvelle terre, sont venus au monde avec cette tache au plus profond d'eux-mêmes, si bien qu'il n'y a jamais eu nulle part d'innocence depuis même la jeunesse du monde.

« C'est là que réside le problème des ténèbres, Hakatri. Tout paraît facile à première vue, un simple problème d'obstacle à la lumière. Mais ce qui est ainsi dissimulé à un regard peut sembler rutilant depuis un autre point de vue. Ce qui est recouvert d'ombre un jour peut mourir dans la lumière le lendemain, et le monde en sera d'autant moins riche. Tout ce qui vit dans l'ombre n'est pas mauvais, mon fils... »

La Coupe de Pélippa... La Coupe de Pélippa...

Tiamak avait du mal à penser. Il répéta distraitement ce nom quelques fois de plus, sans se souvenir de sa signification, puis réalisa qu'il avait les yeux fixés sur un panneau de bois qui se balançait, une enseigne illustrée d'une coupe dorée. Hébété, il écarquilla les yeux et l'observa quelque temps, incapable de se souvenir de la façon dont il était arrivé ici, puis il chercha un endroit pour amarrer son bateau.

L'enseigne pendait au-dessus d'une auberge d'assez grande taille quoique plutôt quelconque d'un secteur retiré du quartier des entrepôts de Kwanitupul. Sa structure branlante semblait suspendue entre deux constructions plus imposantes comme un ivrogne soutenu aux coudes par deux acolytes. Une armada de barques petites ou moyennes flottaient en contrebas, amarrées au quai fruste de l'auberge ou directement aux piliers qui maintenaient l'immeuble et ses voisins bancals au-dessus de l'eau. L'auberge était étonnamment calme, comme si tant les clients que les employés dormaient.

La fièvre de Tiamak était revenue dans toute sa puissance et son épuisement le laissait sans forces. Il porta un regard acrimonieux sur l'échelle de corde censée permettre d'atteindre l'embarcadère : elle était à tel point emmêlée que même en s'aidant de sa perche, il lui manquait une bonne coudée pour atteindre le dernier échelon. Il envisagea de bondir, mais même diminué par la fièvre, il réalisa que lorsqu'on était trop faible pour nager, il n'était pas réellement raisonnable de sauter en l'air sur une barque comme la sienne. À court de ressources, il appela à l'aide d'une voix rauque.

Si l'auberge était l'un des endroits de prédilection de Morgénès, se dit-il quelque temps plus tard, alors l'homme devait être tout particulièrement tolérant. Il répéta son braillement, s'étonnant de la douleur qui transparaissait dans sa voix lorsqu'elle se répercuta dans cette partie peu fréquentée de Kwanitupul. Une tête couronnée de cheveux blancs apparut dans l'embrasure de la porte et resta plantée là un long moment, observant Tiamak comme s'il se fut agi d'une énigme étrange mais impénétrable. L'homme se décida finalement à quitter son abri et à s'avancer. Il était âgé, grand et solidement charpenté ; probablement nabbanais ou perdruinais. Bel homme, son visage au teint rose portait l'expression simple d'un enfant. Il s'arrêta au bord de l'embarcadère, et baissa les yeux vers Tiamak en lui adressant un sourire plaisant.

« L'échelle. » Tiamak agita sa perche. « Je ne peux pas atteindre l'échelle. »

Le vieil homme observa Tiamak et l'échelle avec douceur, puis parut se concentrer quelque temps avec gravité sur le problème. Enfin, il acquiesça, son sourire s'élargissant soudain. Tiamak, malgré son épuisement et la douleur lancinante de sa jambe, ne put s'empêcher de rendre faiblement son sourire à cet étrange vieil homme. Après que cet échange se fut poursuivi un certain temps, l'homme fit soudain volte-face et repassa la porte.

Tiamak hurla de désespoir, mais l'homme réapparut quelques instants plus tard, serrant dans sa main aux longs doigts fins une gaffe dont il se servit pour libérer l'échelle ; celle-ci se déroula soudain et son extrémité tomba lourdement dans l'eau verte. Tiamak, l'esprit embrouillé, hésita un instant, puis ramassa ses possessions et commença à grimper. Le Salanais dut faire deux pauses pour escalader ces dix coudées, sa jambe blessée le brûlant comme si elle eut été en feu.

Lorsqu'il atteignit le sommet, sa tête lui tournait plus encore qu'elle ne l'avait fait durant toute la journée. Le vieil homme avait disparu, mais quand Tiamak tira la lourde porte et entra en boitillant, il le trouva assis dans le coin d'une cour fermée, sur une pile de couvertures qui semblait lui servir de lit, entouré de rouleaux de corde et d'autres outils. La plus grande partie de l'espace était occupée par deux coques de bateaux retournées. L'une était fendue comme si elle avait heurté une pierre, et l'autre était à moitié peinte.

Tandis que Tiamak se frayait un chemin à travers les jarres de peinture blanche qui encombraient le chemin, le vieil homme lui sourit à nouveau bêtement, puis se pelotonna dans ses couvertures comme s'il allait s'endormir.

La porte à l'autre bout de la cour menait à l'auberge elle-même. Le rez-de-chaussée ne contenait qu'une médiocre salle commune meublée d'une poignée de tabourets et de quelques longues tables. Une Perdruinaise grimaçante, aux bras lourds et aux cheveux gris, transvasait de la bière d'une cruche à l'autre.

« Qu'est-ce que tu veux? » demanda-t-elle.

Tiamak fit une pause dans l'embrasure de la porte. « Êtes-vous... » Il se souvint enfin du nom de l'ancienne religieuse. « ... Xorastra? »

La femme fit une grimace. « Morte depuis trois ans. C'était ma tante. Complètement folle. Qui es-tu? T'es un homme des marais, n'est-ce pas? On n'accepte pas les plumes et les perles en paiement, ici. »

« J'ai besoin d'un endroit où dormir. Je suis blessé à la jambe. Je suis un ami du Père Dinivan et du Docteur Morgénès Ercestrès. »

« Jamais entendu parler. Sainte Elysia, tu parles bien perdruinais pour un sauvage! Il n'y a plus de chambres. Tu peux dormir avec le vieux Céallio, là-bas. Il est simple d'esprit mais il n'est pas méchant. Six cintis la nuit, neuf si tu veux manger. » Elle se détourna de lui en faisant un vague signe en direction de la cour.

À cet instant, trois enfants dévalèrent les escaliers, en échangeant des coups de bâton en riant et hurlant. Ils manquèrent renverser Tiamak lorsqu'ils le bousculèrent pour se précipiter dans la cour.

« J'ai besoin de faire soigner ma jambe. » Tiamak vacilla, pris d'un nouveau vertige. « Attendez. » Il fouilla dans la poche attachée à sa ceinture et en tira les deux Imperators d'or qu'il conservait précieusement depuis des années. Il les avait emportés avec lui pour ce genre d'urgence, et l'or ne lui serait d'aucune utilité s'il mourait. « S'il vous plaît, j'ai de l'or. »

La nièce de Xorastra se retourna. Ses yeux s'écarquillèrent. « Par Riappa et tous ses pirates! jura-t-elle. Voilà bien quelque chose! »

« S'il vous plaît, ma bonne dame. Je pourrai en apporter bien d'autres. » Ce n'était pas le cas, mais sa collaboration serait bien plus sûre si elle le croyait. « Trouvez-moi un barbier ou un soigneur pour ma jambe, et donnez-moi à manger et un endroit où dormir. »

La bouche de la femme, déjà béante de surprise devant l'apparition des pièces d'or, s'ouvrit plus grande encore lorsque Tiamak tomba à ses pieds, sans connaissance.

« ... *Mais même si tout ce qui vit dans l'ombre n'est pas mauvais, Hakatri, une grande partie de ce qui se cache dans les ténèbres le fait pour dissimuler des intentions infâmes.* »

Simon commençait à s'immerger dans ce rêve étrange, à penser comme si c'était à lui que s'adressait cette voix patiente et attristée ; il se sentait coupable d'avoir été absent si longtemps, d'avoir causé autant de souffrance à une si belle âme.

« *Ton frère a longtemps caché ses plans sous le manteau des ténèbres. La fin d'année a été dansée d'innombrables fois après la chute d'Asu'a avant que nous ayons le moindre indice évoquant la possibilité de sa survie, si l'on peut considérer son existence spectrale comme telle. Il a longtemps comploté dans le noir des centaines d'années de réflexion malveillante avant d'entrer en action. Aujourd'hui son projet commence à se réaliser mais tant de choses sont encore obscures. Je réfléchis et j'observe, je déduis et je devine, mais la subtilité de son dessein échappe à mes yeux trop vieux. J'ai vu tant de choses depuis que j'ai vu pour la première fois tomber les feuilles des arbres d'Osten Ard, mais je ne comprends pas cela. Que prépare-t-il? Qu'a-t-il l'intention de faire... ?* »

Les étoiles paraissaient tout particulièrement nues au-dessus du Pic de l'Orage, aussi blanches et brillantes que de l'os poli, aussi froides que des morceaux de glace. Ingen Jegger les trouvait très belles.

Il se tenait à côté de son cheval, sur la route qui partait de la montagne. Le vent mordant sifflait à travers le museau d'ivoire de son casque à la face de chien menaçant. Même son étalon norn élevé dans les étables les plus noires et les plus froides de la planète cherchait à se protéger de la neige gelée que le vent projetait comme des flèches ; mais Ingen Jegger était exalté. Le hurlement du vent était une chanson, la morsure du froid une caresse. La maîtresse d'Ingen lui avait confié une grande tâche.

« Aucun autre Chasseur de la Reine ne s'est jamais vu confier une telle responsabilité », lui avait-elle dit alors que la lumière indigo du Puits enveloppait la Chambre de la Harpe. Alors qu'elle parlait, les gémissements de la Harpe Vivante – une chose imposante, translucide et toujours changeante que dissimulaient les brumes du Puits – avaient fait trembler la pierre même du Pic de l'Orage. « Nous t'avons ramené des premières terres du Royaume de la Mort. » Le masque d'Utuk'ku reflétait la lumière bleue du Puits avec une telle intensité que son visage en était obscurci, comme si une flamme brûlait entre ses épaules et sa couronne. « Nous t'avons également donné des armes et des connaissances que jamais aucun Chasseur de la Reine n'a possédées. Maintenant, nous t'offrons une tâche d'une incroyable difficulté, une tâche à laquelle personne, mortel ou immortel, n'a jamais été confronté. »

« Je le ferai, Madame », avait-il dit, et son cœur avait battu en lui comme s'il allait exploser de joie.

Debout sur la route royale, Ingen Jegger observa les ruines de l'ancienne cité qui l'entouraient, restes squelettiques échoués sur les contreforts de la grande montagne de glace. À l'époque où les géniteurs du chasseur n'étaient encore à peine plus que des sauvages, pensa-t-il, l'ancienne Nakkiga se dressait sous le ciel nocturne dans toute sa splendeur, forêt d'aiguilles d'albâtre et de bois-sorcier, collier de calcédoine ornant la gorge de la montagne. Avant que le peuple du chasseur n'eût découvert le feu, l'Hikeda'ya avait construit d'immenses salles aux hauts piliers au cœur même de la montagne, chaque salle brillant d'un million de facettes cristallines de la lumière des lampes, une galaxie d'étoiles brûlant dans l'obscurité de la terre.

Et maintenant lui, Ingen Jegger, était celui qu'ils avaient choisi pour instrument ! Il portait une charge qu'aucun mortel n'avait jamais portée ! Même pour quelqu'un qui avait son entraînement, sa terrible discipline, cette pensée était affolante.

Le vent perdit de son intensité. Sa monture, large silhouette pâle dans les bourrasques de neige, fit un bruit d'impatience. Il caressa le cheval de sa main gantée, laissant sa main reposer sur son cou puissant, sentant la palpitation rapide de la vie. Il glissa une botte dans un étrier, monta en selle, puis siffla Niku'a. Un instant plus tard, le grand molosse blanc apparut sur une hauteur proche. Presque aussi grand que le cheval du chasseur, Niku'a emplissait la nuit de son souffle bouillonnant ; le poil court du chien, couvert d'innombrables et minuscules gouttelettes d'eau, brillait comme du marbre dans la lumière de la lune.

« Viens, siffla Ingen Jegger. D'extraordinaires exploits nous attendent ! » La route s'ouvrait devant lui, quittant les hauteurs pour s'aventurer dans les terres des naïfs humains. « La mort est derrière nous. »

Il poussa son cheval en avant. Les sabots claquèrent sur la route gelée comme des marteaux.

« *... Je n'ai donc en fait pas encore réussi à discerner les véritables intentions de ton frère.* » La voix dans la tête de Simon se faisait de plus en plus faible, s'étiolant comme une rose lorsque a passé sa saison. « *Il m'a fallu employer mes propres stratagèmes, qui ne sont que de pauvres palliatifs anémiques face aux puissances de Nakkiga et à la haine incommensurable et féroce de la Main Rouge. Le pire est que je ne sais pas ce que j'affronte, même si je pense maintenant en discerner la forme. Si ce que je crois n'est même qu'un fragment de la vérité, alors c'est horrible. Horrible.*

« *Le jeu d'Ineluki a débuté. Je l'ai porté en moi et lui ai donné vie ; je ne puis nier ma responsabilité. J'ai eu deux fils, Hakatri, et je les ai tous deux perdus.* »

La voix de la femme n'était plus qu'un murmure, un simple souffle, mais Simon en percevait encore toute l'émotion. « *Les plus âgés sont toujours les plus seuls, mon fils tranquille, mais personne ne devrait être abandonné aussi longtemps par ceux qui lui sont chers...* »

Puis elle ne fut plus là.

Simon s'éveilla lentement, s'extirpant des ténèbres qui l'avaient retenu en leur sein. Ses oreilles résonnaient étrangement, comme si la disparition de la voix qu'il avait écoutée si longtemps avait laissé un vide plus grand encore. Lorsqu'il ouvrit les yeux, la lumière jaillit et l'éblouit ; il les referma et de grands cercles de couleurs se dessinèrent sous ses paupières closes. Il entrouvrit les yeux avec plus de circonspection, et découvrit qu'il se trouvait dans un petit vallon de la forêt recouvert de neige fraîche. La pâle lumière du matin donnait une teinte argentée aux branches nues des arbres et mouchetait le sol de la forêt.

Il avait très froid. Il était également totalement seul.

« Binabik ! » cria-t-il. « Qantaqa ! » Puis, après un court instant de réflexion, il ajouta : « Sludig ! » Il n'y eut pas de réponse.

Il démêla rapidement sa cape, puis entreprit de se remettre sur pied en un mouvement assez hésitant. Une fois debout, il brossa la neige poudreuse qui le recouvrait puis se frotta longuement la tête pour en chasser les dernières ombres. Le vallon s'élevait avec une pente assez forte des deux côtés ; à en juger par la quantité de morceaux de branches brisées qui avaient percé sa chemise et ses chausses, il avait dû tomber d'assez haut. Il s'examina avec attention, mais à part la blessure de son dos et quelques marques de morsure sur les jambes, il n'avait que des bleus, des égratignures et une profonde ankylose. Il attrapa une racine qui dépassait du sol et commença à grimper douloureusement le long du flanc du vallon. Lorsqu'il atteignit le sommet, ses jambes tremblaient. Une étendue monotone d'arbres recouverts de neige s'étendait devant lui dans toutes les directions. Il n'y avait aucun signe de ses amis ou de son cheval ; d'ailleurs, il n'y avait aucun signe de quoi que ce soit d'autre qu'une forêt enneigée.

Simon s'efforça de se souvenir de la façon dont il avait pu arriver ici, mais n'extirpa rien d'autre de sa mémoire que d'affreuses images des dernières heures de folie dans l'abbaye de Skodi, d'une voix glaciale et haineuse qui l'avait hanté, et d'une fuite à cheval dans l'obscurité. Ensuite, il n'y avait plus que la voix douce et triste qui lui avait parlé dans ses rêves.

Il chercha autour de lui, espérant découvrir au moins un sac de selle, mais n'eut pas cette chance. Son fourreau vide était noué à sa jambe ; après quelques recherches, il aperçut finalement le couteau en os d'Yiqanuc au fond du vallon. Il s'apitoya longuement sur son sort en jurant de tout son cœur, mais dut finalement redescendre pour le récupérer. Il se sentit un peu mieux d'avoir quelque chose de tranchant dans la main, mais c'était une bien maigre consolation. Lorsqu'il fut revenu au sommet et eut de nouveau observé cette étendue de forêt hivernale inhospitalière, une peur et un désespoir qu'il avait depuis longtemps oubliés montèrent en lui. Il avait tout perdu : tout ! L'épée Épine, la flèche blanche, tout ce qu'il avait gagné : tout était parti. Et ses amis aussi.

« Binabik ! » hurla-t-il. L'écho résonna puis disparut. « Binabik ! Sludig ! À l'aide ! » Pourquoi l'avaient-ils abandonné ? Pourquoi ?

Il continua d'appeler ses amis tout en errant dans tous les sens.

Sa voix cassée, ses cris sans réponse, Simon s'assit lourdement sur une pierre et retint ses larmes. Les hommes ne pleuraient pas simplement de s'être perdus. Les hommes ne faisaient pas ce genre de choses. Le monde brillait un peu, mais c'était simplement le froid qui lui piquait les yeux. Les hommes ne pleuraient pas, quelque terrible que fût la situation...

Il mit ses mains dans les poches de sa cape pour les protéger de la froidure et sentit sous ses doigts les rudes sculptures du miroir de Jiriki. Il le sortit de là. Le ciel gris s'y refléta, comme si le miroir était plein de nuages.

Il tendit l'écaille du Grand Ver devant lui. « Jiriki », murmura-t-il en respirant au-dessus de la surface brillante comme si la chaleur de son souffle pouvait donner vie à l'objet. « J'ai besoin d'aide ! *Aide-moi !* » Le seul visage qui lui rendit son regard était le sien, orné d'une pâle cicatrice et d'une barbe rousse éparse. « Aide-moi. »

La neige se remit à tomber.

19

LES ENFANTS DU NAVIGATEUR

Le réveil de Miriamélé fut lent et déplaisant. Les exécrables palpitations de ses tempes n'étaient pas faites pour s'accommoder des mouvements de va-et-vient du plancher, et tout cela ne lui rappelait que trop un certain repas d'Aédonmansa au palais de Mérémund alors qu'elle avait neuf ans. Un serviteur indulgent lui avait permis de boire trois gobelets de vin ; le vin avait bien été coupé, mais Miriamélé avait néanmoins été très malade et avait rendu sur sa nouvelle robe Aédontide, la saccageant au-delà de tout espoir de réparation.

Les réactions stomacales en question avaient été précédées par un balancement exactement semblable à celui qu'elle ressentait maintenant, comparable au tangage d'un bateau naviguant en plein océan. Le matin qui avait suivi son épopée alcoolique, elle était restée au lit avec un horrible mal de tête, une douleur presque aussi terrible que celle qui l'affligeait en cet instant. Quelle grotesque bêtise avait-elle pu faire, qui l'avait mise dans une telle situation ?

Elle ouvrit les yeux. La pièce était très sombre, et les poutres du plafond étaient lourdes et grossières. Le matelas sur lequel elle était allongée était incroyablement inconfortable, et la pièce refusait de cesser de balancer. Avait-elle été ivre au point de tomber et de se cogner la tête quelque part ? Peut-être s'était-elle fendu le crâne, et était-elle à l'agonie... ?

Cadrach.

Cette pensée s'imposa à elle d'une façon foudroyante. En fait, se souvint-elle, elle n'avait pas bu, ni n'avait fait quoi que ce soit de cette sorte. Elle était en train d'attendre dans l'étude du père Dinivan, et... et...

Et Cadrach l'avait frappée. Il avait dit qu'ils ne pouvaient attendre plus longtemps. Elle avait répondu le contraire. Alors il avait dit autre chose, et l'avait frappée sur le crâne avec un objet lourd. Sa pauvre tête ! Et dire qu'elle avait dans un instant de folie regretté d'avoir tenté de le noyer !

Miriamélé se remit vivement sur pied, tenant sa tête entre ses mains comme pour la conserver en une seule pièce. Elle resta pliée en deux, ce qui était plutôt une bonne chose, étant donné la proximité du plafond. Mais ce balancement ! Elysia mère de Dieu, c'était pire que d'être ivre ! Il lui parut insensé qu'un coup sur la tête pût provoquer un tel mouvement. Elle avait tout à fait l'impression de se trouver sur un bateau...

Elle *était* sur un bateau, et qui plus est un bateau en pleine mer. Elle réalisa soudain ce fait grâce au subtil amalgame de plusieurs indices : le mouvement du sol, le craquement ténu mais discernable de la charpente, l'odeur un peu plus salée de l'air. Comment cela avait-il pu arriver ?

Il était difficile de discerner quoi que ce soit dans la quasi-obscurité, mais autant que Miriamélé eût pu le dire, elle était entourée de tonneaux et de barriques. Elle se trouvait dans les cales d'un navire, c'était évident. Alors qu'elle plissait les yeux pour mieux voir, un autre bruit se fit entendre, un son qui avait toujours été là mais qu'elle ne percevait que maintenant.

Quelqu'un ronflait.

Miriamélé fut immédiatement envahie d'un mélange de rage et de crainte. Si c'était Cadrach, elle allait le trouver et l'étrangler. Si ce n'était pas Cadrach... Miséricordieux Aédon, qui pouvait dire comment elle s'était retrouvée sur ce bateau, ou ce qu'avait pu faire le moine fou qui avait fait d'eux des fugitifs ? Si elle se montrait, cela signifierait peut-être la condamnation à mort des passagers clandestins. Mais si c'était Cadrach... Elle avait tellement envie de sentir sous ses doigts son cou flasque... !

Elle s'accroupit entre deux tonneaux ; ce mouvement soudain la lança comme un coup de poignard dans la nuque. Avec lenteur et calme, elle commença à se glisser vers la source du ronflement. Qui que fût celui qui émettait un tel bruit, il était peu probable qu'il eût le sommeil léger ; mais elle préférait éviter de prendre des risques inutiles.

Un bruit mat provenant du dessus la fit se tapir sur place, tant pour se protéger d'une possible découverte que du bruit lui-même. Lorsque rien ne suivit ce son si ce n'est ses répétitions, Miriamélé décida qu'il ne s'agissait que des conséquences de la marche normale d'un bateau. Elle reprit sa traque en direction de sa proie ronflante entre les rangées de tonneaux serrés.

Lorsqu'elle ne fut plus qu'à quelques coudées du ronfleur, ses derniers doutes s'évanouirent : elle avait assez souvent entendu ce triste grondement aviné pour le reconnaître sans le moindre doute.

Accroupie au-dessus de lui, elle tâtonna et découvrit dans le pli de son bras le cruchon vide qui lui avait permis de s'abrutir ainsi. Un peu plus haut, elle trouva le visage rond caractéristique de Cadrach, son haleine empuantie par le vin s'échappant au rythme de ses ronflements et de ses marmonnements. Ce contact l'emplit de fureur. Il serait tellement facile de lui fracasser le crâne avec le cruchon ou de faire verser sur lui l'une des piles de barriques pour l'écraser comme un insecte. N'avait-il pas été un véritable fléau depuis le jour de leur rencontre ? Il lui avait volé son or, puis l'avait vendue à ses ennemis comme une esclave, avant de la frapper sur la tête et de l'entraîner en dehors de la maison de Dieu. Quoi qu'elle fût d'autre, quoi que son père fût devenu, elle restait une princesse du sang de Jean Presbytère et de la reine Ebekah. Aucun moine ivrogne n'avait le droit de poser la main sur elle ! Aucun homme ! Personne !

Sa colère, qui avait monté en elle et avait grossi comme les flammes d'un feu attisé par le vent, atteignit son apogée puis retomba soudainement. Ses pleurs l'étouffèrent ; ses sanglots soulevèrent sa poitrine convulsivement.

Cadrach cessa de ronfler. Sa voix plaintive et pâteuse s'éleva dans l'obscurité. « Madame ? »

Durant un instant, elle resta paralysée ; puis, inspirant sauvagement une goulée d'air, elle frappa le moine invisible. Elle ne fit que l'effleurer, mais ce contact lui permit de le localiser, et son deuxième coup fit mouche. « Sale putain de traître ! » siffla-t-elle, puis elle frappa encore.

Cadrach laissa échapper un cri de douleur sourd, en s'écartant précipitamment d'elle, si bien que ses doigts ne rencontrèrent plus que les planches humides du sol. « Pourquoi... pourquoi faites-vous... ? Madame, Je vous ai sauvé la vie ! »

« Menteur ! » cracha-t-elle ; puis elle éclata une nouvelle fois en sanglots.

« Non, Princesse. C'est tout simplement la vérité. Je suis désolé de vous avoir frappée, mais je n'avais pas le choix. »

« Maudit menteur ! »

« Non. » Sa voix était étonnamment ferme. « Et faites moins de bruit. Il ne faut pas que nous soyons découverts. Nous devons rester cachés ici et attendre la nuit pour nous esquiver. »

Elle renifla de colère et s'essuya le nez sur le revers de sa manche. « Crétin ! s'exclama-t-elle. Imbécile ! Nous esquiver ? Nous sommes en mer ! »

Il y eut un instant de silence. « Ce n'est pas possible... pépia faiblement le moine, ce n'est pas possible... »

« Vous ne sentez donc pas le tangage ? Vous n'avez jamais rien compris aux bateaux, sale vipère malfaisante. Il ne s'agit pas du mouvement d un navire à quai. Nous sommes en pleine mer. » Elle sentit sa colère fondre, la laissant vide et stupéfaite. Elle s'efforça de la retenir. « Maintenant, si vous ne me dites pas tout de suite comment nous sommes arrivés sur ce bateau et comment nous allons en descendre, je vais vous faire regretter d'avoir un jour quitté Crannhyr, ou le véritable endroit d'où vous venez, quel qu'il soit. »

« Oh, par les dieux de mon peuple, grommela Cadrach, j'ai vraiment été stupide. Ils ont dû prendre la mer pendant que nous dormions... »

« Pendant que vous dormiez, et d'un sommeil d'ivrogne. Moi, j'avais été assommée. »

« Vous ne dites que la vérité, Madame. Je regrette profondément que ce soit vrai. J'ai bu jusqu'à l'hébétude, c'est vrai, mais il y avait beaucoup à oublier. »

« Si vous entendez par là le fait de m'avoir frappée, je m'assurerai que vous ne l'oublierez jamais. »

Il y eut un nouveau silence dans l'obscurité de la cale. La voix du moine, lorsqu'elle reparut enfin, était étrangement mélancolique. « S'il vous plaît, Miriamélé ; Princesse. J'ai fait bien des erreurs, mais ici j'ai agi pour ce que je pensais être le mieux. »

Elle s'empourpra d'indignation. « Pour le mieux? Quelle incroyable arrogance... »

« Le père Dinivan est mort, Madame. » Il parlait avec élan. « Ainsi que Ranéssin, Lecteur de la Sainte Église. Pryrates les a tués tous les deux au cœur du Sancellan Aedonitis. »

Elle voulut parler, mais quelque chose était bloqué dans sa gorge. « Ils sont...? »

« Morts, Princesse. D'ici demain, la nouvelle se répandra dans tout Osten Ard comme un feu de paille. »

Tout cela était difficile à imaginer, difficile à comprendre. Le doux et tranquille père Dinivan, qui avait rougi comme un enfant ! Et le Lecteur, qui allait trouver un moyen de tout arranger. Maintenant, plus rien n'irait mieux. Jamais.

« Dites-vous la vérité? » demanda-t-elle enfin.

« J'aimerais que ce ne soit pas le cas, Madame. J'aimerais que ce ne soit qu'un mensonge de plus dans ma longue liste d'affabulations. Mais ce n'est pas le cas. Pryrates contrôle maintenant la Sainte Église, ou presque. Vos seuls alliés à Nabban sont morts, et c'est pourquoi nous nous trouvons dans les cales d'un navire qui était amarré sur les quais en bas du Sancellan... »

Le moine ne put finir, mais l'étrange douleur dans sa voix acheva de la convaincre. L'obscurité du ventre du navire parut se faire plus dense. Dans le laps de temps indéfini qui s'ensuivit, lorsqu'il lui sembla que toutes les larmes qu'elle avait retenues depuis qu'elle avait quitté son foyer lui montaient aux yeux ensemble, Miriamélé eut l'impression que le noir linceul du désespoir venait de recouvrir le monde entier.

« Mais où sommes-nous? » demanda-t-elle enfin. Serrant ses genoux dans ses bras, elle se balançait en contrepoint du mouvement du bateau.

Le murmure plaintif de Cadrach s'éleva dans l'obscurité. « Je ne le sais pas, Madame. Comme je vous l'ai dit, je vous ai emportée dans un bateau amarré sur les quais en contrebas du Sancellan. Il faisait noir. »

Miriamélé fit tout son possible pour se maîtriser, remerciant silencieusement le ciel que personne ne pût voir son visage rouge de larmes. « Oui, mais quel navire? À quoi ressemblait-il? Quelle était la marque sur sa voile? »

« Je ne sais pour ainsi dire rien des choses de la mer, princesse, comme vous le savez. C'est un bateau, un grand bateau. Ses voiles étaient roulées. Je pense qu'il y avait un oiseau de proie peint à l'avant, mais les lampes ne brûlaient presque plus. »

« Quel oiseau ? » s'empressa-t-elle de demander.

« Une sorte de faucon, un rapace. Noir et or. »

« Un balbuzard. » Miriamélé, assise, redressa le dos, et se mit à se tapoter nerveusement la cuisse. « La Maison Prévéenne. J'aimerais savoir à qui va leur préférence, mais je suis partie d'ici depuis si longtemps ! Peut-être qu'ils étaient du côté de mon oncle, et qu'ils nous mèneront en sûreté. » Elle eut un sourire ironique qui ne s'adressa qu'à elle-même, puisque le moine ne pouvait la voir dans l'obscurité. « Mais un tel endroit existe-t-il ? »

« Croyez-moi, Madame, répondit Cadrach avec ferveur, en cet instant, la plus froide, plus sombre et plus secrète des salles du Pic de l'Orage serait pour nous un endroit plus sûr que le Sancellan Aedonitis. Je vous l'ai dit, le Lecteur Ranéssin a été renversé et assassiné ! Pouvez-vous imaginer à quel point la puissance de Pryrates a dû croître pour qu'il puisse se permettre de tuer le Lecteur au sein même de la maison de Dieu ? »

Les doigts de Miriamélé cessèrent soudain leur martèlement nerveux. « Ce que vous dites est bien étrange. Que savez-vous donc du Pic de l'Orage et de ses salles, Cadrach ? »

La paix précaire que le choc et l'horreur avaient instaurée entre eux parut soudain bien fragile. L'éclat de colère de Miriamélé masquait une peur soudaine. Qui était ce moine, qui savait tant de choses et agissait aussi étrangement ? Une fois encore, elle lui avait accordé sa confiance alors qu'elle se trouvait piégée dans un endroit sombre où lui-même l'avait entraînée. « Je vous ai posé une question. »

« Madame », dit Cadrach d'un ton hésitant, tout en cherchant ses mots. « Il est des choses... »

Il s'interrompit soudain. Un bruit violent résonna à travers la cale. La puissante lumière d'une torche déchira l'obscurité lorsque l'écoutille s'ouvrit. En clignant des yeux, la princesse et Cadrach se précipitèrent au milieu des barriques, rampant vers un abri comme des vers de terre au milieu d'une pelletée. Miriamélé eut le temps d'apercevoir brièvement une silhouette vêtue d'une cape, qui descendait l'échelle à reculons. La princesse se pelotonna contre la paroi de bois et tira ses jambes sur elle, cachant son visage sous sa capuche.

Le nouveau venu faisait très peu de bruit et collectait soigneusement les provisions. Le cœur de Miriamélé battit si fort qu'il sembla vouloir s'échapper de sa poitrine lorsque les pas s'arrêtèrent soudain à quelques coudées d'elle. Elle retint sa respiration dans ses poumons douloureux jusqu'à ce qu'ils menacent d'exploser. Le bruit des vagues lui paraissait aussi puissant que le souffle d'un taureau, mais un étrange bourdonnement musical flottait derrière elles comme un murmure d'abeilles. Soudain, ce son cessa.

« Pourquoi vous cachez-vous ici ? » demanda une voix ; un doigt sec toucha son visage. Le souffle trop longtemps retenu de Miriamélé s'échappa violemment, et ses yeux s'ouvrirent grand. La voix s'exclama : « Oh ! Mais tu n'es qu'une enfant ! »

La personne penchée sur elle avait une pâle peau dorée et de très larges yeux noirs qui l'observaient de sous une frange de cheveux blancs. Elle semblait âgée et fluette : sa robe-cape ne pouvait dissimuler sa fragilité.

« Une Niskie ! » s'exclama Miriamélé, le souffle coupé. Elle porta sa main devant sa bouche.

« En quoi cela serait-il surprenant ? » répondit l'autre, en fronçant ses minces sourcils. Sa peau était recouverte de fines rides, mais ses mouvements étaient précis. « Où a-t-on plus de chances de rencontrer des Niskies que sur des bateaux en pleine mer ? Non ; la question, étrangère, est pourquoi *toi*, tu es ici. » Elle se tourna vers le coin obscur dans lequel le moine se cachait encore. « Et cette question est également valable pour toi. Que faites-vous tous les deux dans cette cale ? »

N'obtenant aucune réponse des deux passagers clandestins, elle agita la tête. « Alors je suppose qu'il me faut appeler le capitaine... »

« Non, s'il vous plaît, dit Miriamélé. Cadrach, sortez de là. Les Niskies ont l'ouïe fine. » Elle sourit d'une façon qu'elle espérait conciliante. « Si nous avions su que c'était vous, nous n'aurions même pas essayé. Il est idiot d'essayer de se cacher d'un Niskie. »

« Oui », sourit celle qui les avait découverts, flattée. « Maintenant, dites-moi : qui êtes-vous ? »

« Malachias... » Miriamélé s'interrompit, réalisant que son sexe avait déjà été identifié. « Marya, je veux dire. C'est moi. Cadrach est mon compagnon. » Le moine, qui s'extrayait d'un épais tas de tissu, grommela.

« Bien. » La Niskie sourit de satisfaction, les lèvres serrées. « Mon nom est Gan Itaï. Le *Nuage de l'Eadne* est mon bateau. Je chante le calme des kilpas. »

Cadrach était stupéfait. « Vous chantez le calme des kilpas ? Qu'est-ce que cela veut dire ? »

« Vous disiez que vous aviez beaucoup voyagé, l'interrompit Miriamélé. Tout le monde sait qu'on ne peut pas emmener un bateau en pleine mer sans un Niskie qui chante les chants qui éloignent les kilpas. Vous savez ce que sont les kilpas, n'est-ce pas ? »

« J'en ai entendu parler, en effet », se contenta de répondre Cadrach. Il ramena son regard plein de curiosité vers Gan Itaï, qui se balançait d'avant en arrière tout en écoutant. « Vous êtes le Tinukeda'ya, n'est-ce pas ? »

La bouche de la Niskie s'entrouvrit en une expression qui ne montrait pas de dents. « Nous sommes les Enfants du Navigateur, en effet. Il y a bien longtemps, nous sommes revenus à la mer, et nous y sommes restés. Maintenant, dites à Gan Itaï ce que vous faites sur ce bateau. »

Miriamélé regarda Cadrach, mais le moine semblait absorbé par ses pensées. La lumière de la torche montrait que son visage était couvert de sueur. Que cela vînt du choc d'avoir été découvert ou de quelque chose d'autre, les brumes de son ivresse semblaient s'être entièrement dissipées. Ses petits yeux étaient troublés mais clairs. « Nous ne pouvons tout dire, répondit la princesse. Nous n'avons rien fait de mal, mais nos vies sont en danger, et c'est pourquoi nous nous cachons. »

Gan Itaï fronça les sourcils et plissa ses lèvres dubitativement. « Je dois dire au capitaine que vous êtes là, dit-elle enfin. Si cela est mal, j'en suis désolée, mais je dois d'abord fidélité au *Nuage de l'Eadne*. Les passagers clandestins sont toujours signalés. Il ne doit rien arriver à mon bateau. »

« Mais nous n'aurions rien fait de mal au bateau », tenta désespérément Miriamélé, mais la Niskie se dirigeait maintenant prestement vers l'échelle de bois, son agilité démentant son apparente fragilité.

« Je le regrette, mais je fais mon devoir. Le Peuple de Ruyan a des lois qui ne peuvent être transgressées. » Elle agita la tête et disparut à travers l'écoutille. Un éclat de ciel éclairé par la lueur de l'aube apparut brièvement avant que la trappe ne se referme une nouvelle fois.

Miriamélé s'adossa à une barrique. « Qu'Elysia soit miséricordieuse ! Qu'allons-nous faire ? Et si ce navire appartient à nos ennemis ? »

« En ce qui me concerne, ce sont les bateaux qui sont l'ennemi. » Cadrach haussa les épaules d'un geste fataliste. « L'idée même de nous cacher sur l'un d'entre eux est d'une bêtise qui défie toute description. Quant au fait d'être découvert... » Il agita la main d'un geste las. « C'était inévitable une fois le bateau en mer, mais rien n'aurait pu être pire que de rester au Sancellan Aedonitis. » Il essuya la sueur de son front. « Ah ! mon pauvre estomac... Comme l'a dit le sage, " il y a trois sortes d'hommes : les vivants, les morts, et ceux qui sont en mer ". » Son expression de dégoût fit place à la contemplation. « Des Niskies ! J'ai rencontré le Tinukeda'ya ! Par les Os d'Anaxos, ce monde est plein d'histoires étranges ! »

Avant que Miriamélé eût pu lui demander ce que cela voulait dire, ils entendirent le son de lourdes bottes sur le pont au-dessus d'eux. Des voix graves parlèrent, puis l'écoutille craqua et l'ouverture fut soudain envahie de lumière et de longues ombres.

Maegwin était assise dans une ancienne arène en ruine, au milieu d'une mystérieuse cité de pierre cachée au plus profond du cœur de la montagne, face à quatre créatures sorties des légendes des temps anciens. Devant elle se dressait une grande pierre brillante qui lui avait parlé comme si elle eût été une personne. Et pourtant, elle était déçue au-delà de toute expression.

« Les Sithis, murmura-t-elle doucement. Je pensais que les Sithis seraient ici. »

Éolair la regarda avec une apparente impassibilité, puis se retourna vers les dwarrows aux yeux en soucoupe. « Tout cela est très étrange. Comment connaissez-vous le nom de Josua Mainmorte ? »

Yis-fidri paraissait mal à l'aise. La tête osseuse du troglodyte se balançait sur son long cou mince comme un tournesol sur sa tige. « Pourquoi cherchez-vous les Sithis ? Qu'avez-vous à voir avec nos anciens maîtres ? »

Maegwin laissa échapper un soupir.

« Ce n'était qu'un espoir ténu, répondit rapidement Éolair. Dame Maegwin pensait qu'ils pourraient nous aider, comme ils l'ont fait dans le passé. Hernystir a été envahi. »

« Et ce Josua Sansmain dont ont parlé les Sithis, est-il l'envahisseur, ou l'un des enfants de Hern, comme vous ? » Yis-fidri et ses compagnons se penchèrent en avant solennellement.

« Josua Mainmorte n'est pas un Hernystiri, mais ce n'est pas non plus un envahisseur. Il est l'un des chefs de la grande guerre qui fait rage à la surface. » Éolair pesait soigneusement ses mots. « Notre peuple a été attaqué par les ennemis de Josua. On peut donc dire que Josua se bat pour nous, s'il vit encore. »

« Josua est mort », dit Maegwin d'une voix lasse. Le poids de la terre et des pierres qui l'entouraient pesait sur elle, et l'empêchait de respirer. Pourquoi ces discussions ? Ces créatures filiformes n'étaient pas les Sithis. Ce n'était pas la cité des bannières et de la douce musique qu'elle avait vue dans ses rêves. Ses plans n'avaient mené à rien.

« Ce n'est peut-être pas le cas, Madame, répondit doucement Éolair. Lors de mon dernier périple, j'ai eu vent des rumeurs qui prétendaient qu'il vivait encore, des rumeurs qui avaient de sérieux accents de vérité. » Il se retourna vers les dwarrows, qui attendaient patiemment. « S'il vous plaît, dites-nous où vous avez entendu le nom de Josua. Nous ne sommes pas vos ennemis. »

Yis-fidri ne se laissa pas si facilement convaincre. « Et ce Josua Sansmain combat-il pour nos anciens maîtres les Sithis, ou se bat-il contre eux ? »

Éolair réfléchit avant de parler. « Nous mortels ne savons rien des Sithis et de leurs batailles. Josua en est probablement tout aussi ignorant que nous. ».

Yis-fidri fit un geste en direction du morceau de pierre brillant qui luisait au centre de l'arène. « Mais c'est la Prime-aïeule du Zida'ya, du Sithi, qui vous a parlé par l'intermédiaire du Têt ! » Il y avait dans son ton une sorte de satisfaction perverse, comme s'il venait de dévoiler un mensonge d'enfant.

« Nous ne savions pas à qui appartenait cette voix. Nous sommes étrangers ici, et nous sommes étrangers à votre... à votre Têt. »

« Ah. » Yis-fidri et les autres se rapprochèrent pour converser dans leur propre langue, les mots volant de l'un à l'autre comme le son de clochettes. Enfin, ils se redressèrent.

« Nous allons vous faire confiance. Nous pensons que vous êtes des êtres honorables, dit Yis-fidri. Et même si ce n'était pas le cas, vous savez maintenant où vivent les derniers dwarrows. Sauf à mettre fin à vos jours, nous ne pouvons qu'espérer que vous ne nous trahirez pas à nos anciens maîtres. » Il rit tristement, ses yeux noirs parcourant nerveusement les ténèbres. « Et nous ne sommes pas peuple à contraindre les autres par la force. Nous sommes faibles, vieux... » Le dwarrow s'efforça de retrouver une expression plus affable. « Et nous n'avons rien à gagner à nous protéger de la connaissance. Donc, tout notre peuple peut revenir ici, au Site du Témoin. »

Yis-hadra, celle que Yis-fidri avait présentée comme son épouse, leva la main. Elle fit un signe vers l'obscurité des hauteurs de l'arène, puis appela dans la langue musicale des dwarrows.

Des lumières apparurent et descendirent en silence le long des allées de l'amphithéâtre, peut-être trois douzaines en tout, chacune une rose de cristal brillante tenue dans la main d'un dwarrow. Leurs grosses têtes et leurs larges yeux solennels les faisaient ressembler à des enfants déformés, grotesques mais nullement effrayants.

Contrairement aux quatre membres du groupe de Yis-fidri, les autres dwarrows semblaient craindre de trop s'approcher de Maegwin et d'Éolair. Ils préférèrent, une fois près de l'arène, se disperser dans les rangées de l'amphithéâtre et s'asseoir ici et là sur ces centaines et ces centaines de bancs, leurs visages tournés vers le Têt brillant, leurs doigts serrés sur leurs cristaux lumineux. Comme une galaxie mourante, le vaste amphithéâtre ténébreux était parsemé de faibles étoiles.

« Ils avaient froid, chuchota Yis-fidri. Ils sont heureux de revenir vers la chaleur. »

Maegwin sursauta, surprise par cette interruption après cette longue pause. Elle réalisa soudain qu'ici, sous la croûte terrestre, il n'y avait aucun chant d'oiseau, aucun bruissement de feuilles ; la cité semblait presque construite de silence.

Éolair observa ces rangées d'yeux solennels avant de se retourner vers Yis-fidri. « Mais vous et votre peuple semblez craindre cet endroit. »

Le dwarrow parut gêné. « Les voix de nos anciens maîtres nous effraient, c'est vrai. Mais le Têt est chaud et les salles et rues de la grande Mezutu'a sont froides. »

Le comte de Nad Mullach prit une longue inspiration. « S'il vous plaît... Puisque vous savez maintenant que nous ne vous voulons aucun mal, pouvez-vous nous expliquer par quelle grâce vous connaissez le nom de Josua Mainmorte ? »

« Par notre Témoin, le Têt, comme nous vous l'avons dit. Les Sithis se sont adressés à nous, ici sur le Site du Témoin, pour nous poser des questions sur ce Josua et sur les Grandes Épées. Le Têt était resté longtemps silencieux, mais, ces derniers temps, il s'est remis à nous parler, pour la première fois depuis très longtemps. »

« À vous parler ? » demanda Éolair. « Comme il nous a parlé ? Mais qu'est donc ce Têt ? »

« Vieux. Il est vieux. L'un des plus anciens de tous les Témoins. » Le trouble revint sur le visage de Yis-fidri. Ses compagnons balançaient la tête, visiblement gênés. « Il est resté très longtemps silencieux. Sans jamais nous parler. »

« Que voulez-vous dire ? » Le comte se tourna vers Maegwin pour voir si elle partageait son incompréhension. Elle évita ses yeux. Le Têt palpitait d'une lumière douce et laiteuse tandis qu'Éolair faisait une nouvelle tentative. « Je crains de ne pas vous comprendre. Qu'est-ce qu'un Témoin ? »

Le dwarrow réfléchit longuement, cherchant les mots qui pourraient expliquer une chose qui n'avait jamais eu besoin d'être expliquée auparavant.

« Il y a bien longtemps, dit-il enfin, nous et les autres Natifs du Jardin parlions à travers ces objets particuliers qui peuvent servir de Témoin : les éclats et les écailles, les bassins d'eau et de feu. À travers ces choses, et à travers d'autres, comme la grande Harpe de Nakkiga, le monde des Natifs du Jardin pouvait être lié par des fétus de pensées et de paroles. Mais nous, Tinukeda'ya, avions déjà cessé d'y prêter attention bien avant la chute d'Asu'a : nous nous étions éloignés de ceux qui vivaient là-bas... ceux que nous avions autrefois servis. »

« Asu'a ? » dit Éolair. « J'ai déjà entendu ce nom... »

Maegwin n'écoutait qu'à moitié et observait les couleurs scintillantes du Têt qui dardaient comme des poissons brillants sous la surface du cristal. Sur les bancs tout autour, les dwarrows regardaient dans la même direction, leurs visages graves comme si leur soif pour cette lueur était honteuse.

« Après la chute d'Asu'a, poursuivit Yis-fidri, ce qui était rares paroles est devenu silence. Le Feu-parlant à Hikehikayo et le Têt ici à Mezutu'a se firent muets. Voyez-vous, nous, les dwarrows, avions perdu l'Art de leur usage. Et donc, lorsque le Zida'ya a cessé de nous parler, nous Tinukeda'ya sommes devenus incapables de maîtriser les Témoins, même pour parler entre nous. »

Éolair considéra ce qu'il venait d'entendre. « Mais comment avez-vous pu oublier l'art de l'usage de ces choses ? » demanda-t-il enfin. « Comment cela a-t-il pu être perdu, même s'il reste si peu des vôtres ? » Il fit un geste du bras en direction des dwarrows silencieux assis autour de l'arène de pierre. « Vous êtes immortels, n'est-ce pas ? »

Yis-hadra, l'épouse de Yis-fidri, rejeta la tête en arrière et gémit, déconcertant Maegwin et le comte. Sho-vennae et Imaï-an, ses deux autres compagnons, se joignirent à elle. Leurs lamentations se muèrent en une sorte de chant étrange et triste qui s'éleva vers le plafond de la caverne et résonna dans l'obscurité des hauteurs. Les autres dwarrows se tournèrent pour regarder, leurs têtes se balançant doucement comme un champ de dents-de-lion gris et blanc.

Yis-fidri abaissa ses lourdes paupières et posa son menton dans ses doigts tremblants réunis en coupe. Lorsque la plainte fut terminée, il releva les yeux.

« Non, Enfant de Hern, dit-il lentement, nous ne sommes pas immortels. Il est vrai que nous vivons beaucoup plus longtemps que vous, à moins que votre race ait beaucoup changé. Mais contrairement au Zida'ya et au Hikeda'ya, nos anciens maîtres, les Sithis et les Norns, nous ne vivons pas pour toujours, aussi éternels que les montagnes. Non, la mort vient nous prendre tout comme elle vous prend vous, comme un voleur et un lâche. » La colère toucha son visage. « Peut-être que nos anciens maîtres étaient d'un sang différent du nôtre depuis même l'époque du Jardin de nos anciennes légendes, l'endroit d'où viennent tous les Aînés; peut-être que nous sommes simplement plus éphémères. Peut-être que la raison est là; à moins qu'un secret ne nous ait été caché, à nous qui n'étions après tout que des serviteurs et des vassaux. » Il se retourna vers sa femme et lui toucha gentiment la joue. Le visage de Yis-hadra vint se réfugier dans son épaule, son long cou aussi gracieux que celui d'un cygne. « Certains d'entre nous sont morts, d'autres sont partis, et l'Art des Témoins nous a échappé. »

Éolair secoua la tête, désorienté. « Je vous écoute avec soin, Yis-fidri, mais je crains de ne toujours pas comprendre toutes les énigmes que contiennent vos paroles. La voix qui nous a parlé depuis la pierre, celle que vous avez appelée la grand-mère des Sithis, a dit que certains étaient à la recherche de grandes épées. Qu'est-ce que Josua a à voir avec tout cela? »

Yis-fidri leva la main. « Venez avec moi, vers un meilleur endroit où parler. Je crains que votre présence n'ait effrayé certains des miens. La plupart d'entre nous n'étaient pas nés la dernière fois que le Sudhoda'ya s'est joint à nous. » Il se redressa dans un craquement de cuir, dépliant ses longues jambes comme une sauterelle grimpant sur un épi de blé. « Nous poursuivrons dans la Salle des Figures. » Son expression se fit contrite. « De plus, Enfants de Hern, je suis fatigué et j'ai faim. » Il secoua la tête. « Je n'ai pas autant parlé depuis très, très longtemps. »

•

Imaï-an et Sho-vennae restèrent en arrière, peut-être pour expliquer à leurs timides compagnons quelles sortes de créatures étaient les mortels. Maegwin les vit rassembler les autres dwarrows en un groupe grave au centre de l'arène, blotti près de la lumière inconstante du Têt. À peine une heure plus tôt, Maegwin tremblait d'excitation et d'anticipation, mais maintenant elle était heureuse de laisser l'amphithéâtre disparaître lentement derrière elle. L'émerveillement s'était mué en gêne. Une structure comme le Site du Témoin devait s'étirer à ciel ouvert sous les étoiles, comme les cirques de Nabban ou le grand théâtre d'Erchester, et non se tasser sous un firmament de sombre basalte mort. De toute façon, il n'y avait rien ici qui pouvait aider Hernystir.

Yis-fidri et Yis-hadra les menèrent à travers les rues désertes de Mezutu'a, leurs bâtons de cristal brillaient dans les ténèbres comme des fantômes de marais alors qu'ils louvoyaient à travers ces passages étroits, traversant parfois de larges places pleines d'échos et des ponts sveltes qui semblaient n'enjamber que l'obscurité.

Les lampes que Maegwin et Éolair avaient apportées dans la cité souterraine s'étaient consumées et étouffées. La douce lueur rosâtre que projetaient les bâtons des dwarrows était leur seule lumière. Les pourtours de la ville semblaient plus doux maintenant qu'ils ne l'avaient été dans la lumière des lampes, sa silhouette plus fine, ses formes plus lisses, comme arrondies par la pluie et le vent. Mais Maegwin savait qu'ici, dans les profondeurs de la terre, jamais de tels éléments n'étaient venus troubler les anciens murs.

Elle s'aperçut que son esprit s'évadait même devant un tel paysage, préférant revenir à la façon dont le sort s'était joué d'elle. Les Sithis n'étaient pas ici. En fait, si les derniers Êtres Paisibles recherchaient l'aide d'une tribu aussi diminuée que les dwarrows, alors ils devaient se trouver dans une situation pire encore que celle du peuple de Maegwin.

C'était donc ici que se terminaient ses rêves de secours ; du moins d'un secours terrestre. Son peuple ne serait sauvé que si elle en trouvait le moyen. Pour quelle raison les dieux lui avaient-ils inspiré de tels rêves, pour ensuite les réduire en pièces ? Brynioch, Mircha, Rhynn et les autres avaient-ils donc réellement tourné le dos aux Hernystiris ? Nombre des siens, tapis dans les grottes qui les surplombaient, pensaient déjà qu'il était dangereux de combattre les troupes de Skali, comme si la volonté des dieux était si manifestement opposée à la tribu de Lluth que résister serait insulter les serviteurs du ciel. Était-ce là que se trouvait le message céleste, tant dans ses rêves des Sithis perdus que dans la réalité du peuple apeuré de Yis-fidri ? Les dieux ne l'avaient-ils amenée ici que pour lui montrer que les Hernystiris allaient à leur tour déchoir et disparaître, à l'instar des fiers Sithis et des dwarrows adroits ?

Maegwin se redressa. Elle ne pouvait laisser de telles appréhensions l'effrayer. Elle était la fille de Lluth... la fille du Roi. Elle allait trouver une solution. Son erreur avait été de se fier aux créatures faillibles de cette terre, humaines ou sithies. Les dieux allaient lui parler. Ils allaient – ils devaient – lui faire signe, lui inspirer un plan, même dans son désespoir.

Son soupir lui attira un étrange regard d'Éolair. « Madame ? Êtes-vous malade ? »

Elle repoussa d'un geste ses inquiétudes.

« Il fut un temps où cette cité était entièrement éclairée, annonça soudain Yis-fidri en agitant sa longue main. Le cœur de la montagne tout entier brillait... »

« Qui vivait ici, Yis-fidri ? » demanda le comte.

« Notre peuple. *Tinukeda'ya.* Mais presque tous ont disparu. Quelques-uns sont ici, et d'autres vivaient à Hikehikayo, dans les montagnes du nord, une cité plus petite que celle-ci. » Son expression changea. « Jusqu'au jour où ils en ont été chassés. »

« Chassés ? Par quoi ? »

Yis-fidri secoua négativement la tête, en tapotant son long menton du doigt. « Ce serait un péché de le dire. Il serait malséant de transmettre nos maux aux innocents Enfants de Hern. Ne craignez rien. Ceux de mon peuple qui se trouvaient là ont fui, laissant cette malédiction derrière eux. »

Son épouse Yis-hadra dit quelque chose dans la langue chantante des dwarrows.

« Oui, c'est vrai », ajouta à regret Yis-fidri. Il cligna de ses grands yeux. « Notre peuple a laissé ces montagnes derrière lui. Nous *espérons* qu'il y a également laissé cette malédiction. »

Éolair adressa à Maegwin un regard qu'elle supposa parlant. Elle s'était maintenue hors de cette discussion, immergée qu'elle était dans le problème plus grave du sort de son peuple exilé. Elle sourit tristement, faisant comprendre au comte de Nad Mullach que ses efforts concernant ces détails futiles étaient remarqués et appréciés, puis revint à sa réflexion silencieuse.

Le regard déconcerté du comte se déplaça de la fille de Lluth vers les dwarrows. « Pouvez-vous me parler de cette malédiction ? »

Yis-fidri le regarda longuement d'un air méditatif. « Non, dit-il enfin. Je n'ai pas le droit de vous faire partager cela, car vous êtes d'estimables représentants de votre espèce. Peut-être que, lorsque j'aurai eu plus de temps pour y penser, je vous en dirai plus. Contentez-vous de ce que vous avez entendu. » Éolair ne put rien obtenir d'autre sur ce sujet.

Sans plus de bruit maintenant que celui des pas, la procession se poursuivit à travers l'ancienne cité, leurs lumières se balançant comme des lucioles.

La Salle des Figures était un dôme à peine plus petit dans sa circonférence que le Site du Témoin, s'étalant au pied d'une forêt de tours, et entouré d'une nuée de pierres sculptées représentant les vagues d'une mer déferlante. Le dôme lui-même avait l'apparence d'un coquillage, construit d'une pierre claire qui ne brillait pas comme les bâtons de cristal rose, mais paraissait néanmoins légèrement luminescente.

« L'Océan Infini et Éternel, dit Yis-fidri en décrivant d'un geste les vagues de pierre. Nous sommes nés sur une île de cette mer qui encercle tout. Nous Tinukeda'ya avons construit les vaisseaux qui ont emporté tous les Natifs du Jardin sur les flots. Ruyan Vé, le plus grand des nôtres, conduisit les navires et nous mena vers cette terre, à l'abri de la destruction. » Une lueur s'alluma dans les yeux en soucoupe du dwarrow, et une note de triomphe habilla sa voix. Il hocha fermement la tête, comme pour souligner l'importance de ce qu'il disait. « Sans nous, il n'y aurait pas eu de bateaux. Tous auraient rejoint le néant, les maîtres comme les serviteurs. » Après un court instant, il cligna des yeux et regarda autour de lui ; l'étincelle dans son regard s'était éteinte. « Venez, Enfants de Hern, dit-il. Hâtons-nous vers le *Banipha-sha-zé*, la Salle des Figures. »

Son épouse Yis-hadra acquiesça d'un geste, puis fit contourner l'océan gelé à Maegwin et au comte, pour les mener vers l'arrière du dôme, décentré sur cette étendue grise comme le jaune d'un œuf. Un escalier circulaire s'enfonçait vers les ténèbres.

« C'est ici que mon mari et moi habitons », dit Yis-hadra. Elle parlait hernystiri avec plus d'hésitation que son époux. « Nous sommes les gardiens de cet endroit. »

L'intérieur de la Salle des Figures était sombre, mais Yis-hadra entra la première : à mesure qu'elle avançait, elle laissait glisser sa main sur le mur. Partout où elle touchait la pierre, celle-ci commençait à briller d'une pâle lumière, plus jaune que celle des bâtons de cristal.

Maegwin vit le profil anguleux d'Éolair flotter à côté d'elle, spectral et irréel. Elle commençait à sentir le poids de sa longue et épuisante journée ; ses genoux se faisaient plus faibles, ses pensées plus nébuleuses. Comment Éolair avait-il pu la laisser s'engager dans une telle folie, se demanda-t-elle. Il aurait dû... aurait dû... aurait dû quoi ? L'assommer ? L'emporter de force sur son épaule malgré ses coups et ses cris ? Elle l'aurait haï s'il avait fait cela. Maegwin passa ses doigts dans ses cheveux emmêlés. Si seulement aucune de ces terribles choses ne s'était produite, si seulement la vie du Taig s'était poursuivie sans éclats ni accrocs, avec son père et Gwythinn encore en vie, avec un hiver qui s'en tient à sa saison...

« Maegwin ! » Le comte la prit par le coude. « Vous avez manqué vous cogner la tête contre le linteau de la porte. »

Elle rejeta sa main d'un geste et se baissa pour passer. « Je l'avais vu. »

La pièce dans laquelle ils avaient pénétré se révéla à mesure que Yis-hadra éveillait à la lumière un nombre croissant de pierres. Les portes elles-mêmes étaient faites de pierre gravée, montées sur des charnières d'un bronze terni. Leurs surfaces étaient recouvertes de runes qui ne ressemblaient à rien que Maegwin ait jamais vu, pas même au grand portail qui l'avait menée à Mezutu'a.

« Asseyez-vous, s'il vous plaît », dit Yis-fidri, en leur indiquant une rangée de tabourets de granit qui se dressaient sur le sol comme des champignons à côté d'une table basse en pierre. « Nous allons préparer à manger. Désirez-vous partager notre repas ? »

Éolair se tourna vers Maegwin, mais elle regardait ostensiblement dans une autre direction. Elle était épuisée, désorientée et pleine de regrets. Ces créatures faibles et voûtées ne seraient d'aucune utilité contre des ennemis comme Skali et le roi Élias. Elle ne pouvait compter sur aucune aide terrestre.

« Vous êtes très aimable, Yis-fidri, répondit le comte. Nous serons heureux de nous asseoir à votre table. »

Un mince tapis de charbon fut cérémonieusement allumé dans un petit bassin creusé dans le sol de pierre. Les soins anxieux que Yis-fidri leur apportait suggéraient qu'un tel combustible était rare et précieux, réservé à des occasions très particulières.

Maegwin ne put s'empêcher de remarquer la surprenante grâce des mouvements des dwarrows, alors qu'ils réunissaient les ingrédients du repas. Malgré la gaucherie et la raideur de leur démarche, ils entraient et sortaient par les deux portes aux deux extrémités de la pièce et contournaient les obstacles avec une étrange fluidité dansante, et semblaient presque se caresser l'un l'autre au passage avec leur langage doux et mélodieux. Elle savait qu'elle avait devant elle deux anciens amants, tous deux amoindris, mais tellement habitués l'un à l'autre qu'ils étaient devenus les deux membres d'un même corps. Maintenant qu'elle s'était habituée à leurs surprenants yeux de hiboux, Maegwin pouvait observer leur tranquille interaction et être certaine qu'ils étaient exactement ce qu'ils paraissaient être : un couple qui avait connu la terreur et la peine, mais dont le bonheur commun traversait les siècles.

« Venez, maintenant », dit enfin Yis-fidri, en versant quelque chose d'une aiguière de pierre dans des bols pour Maegwin et le comte. « Buvez. »

« Qu'est-ce ? » demanda doucement Maegwin. Elle renifla le liquide, mais ne put rien discerner de notable dans son odeur.

« De l'eau, Enfant de Hern », répondit Yis-fidri, visiblement surpris. « Votre peuple ne boit-il donc plus d'eau ? »

« Si », sourit Maegwin en portant le bol à sa bouche. Elle avait oublié combien de temps s'était écoulé depuis la dernière fois qu'elle avait puisé dans son outre, mais cela devait faire des heures. L'eau descendit dans sa gorge en jets aussi froids et doux que du miel glacé. Elle avait un arrière-goût que Maegwin ne put identifier, pierreux mais sain. Si cela avait été une couleur, décida-t-elle, cela aurait été le bleu d'un nouveau matin.

« Superbe ! » Elle laissa Yis-fidri lui remplir de nouveau son bol.

Les dwarrows apportèrent ensuite un plat rempli de lamelles d'un lichen blanc légèrement lumineux, et des bols contenant des choses dont Maegwin avait la désagréable certitude qu'elles faisaient partie de l'une des espèces d'insectes à pattes multiples. Ceux-ci avaient été enveloppés dans des feuilles et grillés au-dessus du feu. Le bien-être que lui avait apporté cette eau délicieuse s'évanouit soudain, et elle succomba une fois de plus à sa terrible nostalgie.

Éolair mangea vaillamment plusieurs bouchées de lichen – ce n'était pas sans raison qu'il était considéré comme le meilleur ambassadeur d'Osten Ard – et mâcha et avala ostensiblement l'une des délicatesses à pattes ; il réorganisa ensuite son bol pour que celui-ci fasse penser qu'il en avait profité. Si Maegwin avait eu besoin d'une preuve, l'expression sur le visage du comte aurait suffi à la convaincre de garder le contenu de son bol éloigné de sa bouche.

« Eh bien, Yis-fidri, pourquoi votre maison est-elle appelée la Salle des Figures ? » demanda le comte de Nad Mullach. Il laissa subrepticement tomber quelques aliments du bout de ses doigts vers le fond de sa cape.

« Nous vous montrerons tout cela lorsque notre repas sera terminé », répondit fièrement Yis-fidri.

« Puis-je me permettre, alors, de vous poser une autre question ? Nous n'avons plus beaucoup de temps. » Éolair fit un signe de la tête. « Je dois ramener cette dame à son peuple, dans nos cavernes. »

Maegwin ravala une remarque cinglante. Ramener cette dame !

« Posez-la, Enfant de Hern. »

« Vous avez parlé d'un mortel, celui que nous appelons Josua Mainmorte. Et la voix dans la pierre a parlé de Grandes Épées. Que sont ces épées, et qu'ont-elles à voir avec Josua ? »

Yis-fidri utilisa ses doigts en cuillère pour chasser un morceau de lichen de son menton. « Je dois commencer avant le commencement, comme on dit chez nous. » Son regard courut entre Éolair et Maegwin. « Dans un passé lointain, notre peuple réalisa pour un roi des hommes du nord une épée. Ce roi manqua à sa parole. Lorsque vint le jour du paiement, le roi mortel contesta l'accord, et tua notre chef. Ce roi s'appelait Elvrit, premier maître de Rimmersgard. À l'épée que les dwarrows avaient forgée pour lui, il donna le nom de Minneyar. »

« J'ai entendu cette légende », dit Éolair.

Yis-fidri leva une main arachnide. « Vous n'en savez pas tout, comte Éolair, si j'ai bien retenu votre nom. Amère fut notre malédiction sur cette épée, que nous avons toujours observée, même si elle était loin de nous. L'art des dwarrows est tel que rien de ce que nous avons forgé n'est jamais réellement éloigné de nos cœurs et de nos yeux. Minneyar a apporté de grands malheurs à Elvrit et à sa tribu, car c'était une arme puissante. »

Il but une gorgée d'eau pour s'éclaircir la gorge. Yis-hadra le regardait tendrement, sa main posée sur la sienne. « Nous vous avons dit que nos Témoins étaient restés muets durant des siècles. Puis, il y a un peu plus d'un an, le Têt nous a parlé ; ou plutôt, quelqu'un nous a parlé à travers le Têt, comme dans l'ancien temps.

« Il s'agissait de quelqu'un ou de quelque chose que nous ne connaissions pas, quelque chose qui utilisait le Feu-parlant de l'ancienne cité dwarrow de Hikehikayo, quelque chose qui nous parlait d'un ton aimable et persuasif. Entendre le Têt et le Feu-parlant deviser comme dans l'ancien temps était déjà en soi étrange, mais nous avions de plus encore en mémoire le souvenir de la malédiction qui avait chassé les nôtres de leur cité, une malédiction que vous mortels n'avez pas besoin de connaître car elle provoquerait chez vous une terrible peur, et nous n'avons donc pas fait confiance à cet étranger. De plus, bien qu'il se soit passé tant de temps depuis notre dernière utilisation des Témoins, certains d'entre nous se souvenaient encore de l'époque ancienne et de ce que nous ressentions lorsque le Zida'ya nous parlait.

« *Ce n'était pas la même chose.* Quoi qui se fût trouvé devant le Feu-parlant dans le nord ressemblait plus au souffle froid du Néant qu'à une créature vivante, malgré tous ses mots aimables. »

Yis-hadra gémissait doucement à côté de lui. Maegwin, fascinée malgré elle par l'histoire du dwarrow, fut parcourue d'un frisson.

« Ce qui parlait, poursuivit Yis-fidri, désirait en savoir plus sur l'épée Minneyar. Il savait que nous l'avions forgée, et savait que nous, les dwarrows, sommes à jamais liés à ce que nous fabriquons, comme quelqu'un qui a perdu une main la sent encore au bout de son bras. La chose qui nous parlait de Témoin à Témoin nous a demandé si le roi nordique Fingil avait effectivement emporté l'épée Minneyar à Asu'a lorsqu'il l'avait conquise, et si l'épée se trouvait toujours là-bas. »

« *Asu'a*, souffla Éolair. Bien sûr, le Hayholt ! »

« C'est son nom mortel, acquiesça Yis-fidri. Nous étions effrayés par cette étrange et terrible voix. Vous devez comprendre que nous avons été des exclus durant plus d'années que votre peuple ne peut en rêver. Il paraissait évident que quelque nouveau pouvoir venait d'émerger dans le monde, mais que celui-ci, pour nouveau qu'il soit, maîtrisait les arts anciens. Néanmoins, nous ne voulions pas qu'un quelconque de nos anciens maîtres nous découvre et nous reprenne sous son joug ; et nous n'avons donc pas répondu. »

Le dwarrow se pencha en avant en s'appuyant sur ses coudes. « Puis, il y a peu – quelques changements de la Femme-lune, comme vous le diriez sous le ciel –, le Têt s'est remis à parler. Cette fois, il s'exprimait avec la voix de l'aînée des Sithis, la voix que vous avez entendue. Elle s'est également enquise de Minneyar. Nous sommes également restés muets. »

« Parce que vous craignez qu'ils fassent de nouveau de vous leurs serviteurs. »

« Oui, Fils de Hern. Si vous n'avez jamais fui les chaînes, vous ne pouvez pas comprendre cette terreur. Nos maîtres ne ressentent pas les affres du temps. Nous si. Ils conservent leur savoir. Nous nous flétrissons. » Yis-fidri se balançait d'avant en arrière sur son tabouret, le cuir ancien de ses vêtements craquant comme des grillons.

« Mais nous savions une chose que tous deux ignoraient », dit-il enfin. Il avait une lueur dans les yeux que les deux Hernystiris n'avaient jamais vue nulle part. « Voyez-vous, nos anciens maîtres pensent que l'épée Minneyar n'a jamais quitté Asu'a, et cela est vrai. Mais celui qui a découvert l'épée sous le château, celui que vous appelez le roi Jean Presbytère, l'a faite reforger et l'a transformée. Sous le nom de Clou-Radieux, il lui a fait faire le tour du monde et l'a ramenée. »

Le comte de Nad Mullach siffla d'étonnement, une longue trille involontaire. « Ainsi, Clou-Radieux était aussi l'ancien Fléau du Nord, l'épée de Fingil Minneyar. C'est fascinant ! Quels autres secrets le roi Jean a-t-il emportés dans sa tombe qui domine le Kynslagh, je me le demande. » Il fit une pause. « Mais, Yis-fidri, nous ne comprenons toujours pas ce que... »

« Patience. » Le dwarrow eut un sourire glacial. « Il vous serait impossible de soigner et cueillir la pierre comme nous le faisons, Enfants au sang trop chaud. Patience. » Il prit une lente inspiration. « La maîtresse du Zida'ya nous a dit que cette épée, l'une des Grandes Épées, était de quelque manière liée à des événements qui transparaissent maintenant, et au sort du prince mortel du nom de Josua Sansmain... »

« Josua Mainmorte. »

« Oui. Mais nous pensons que c'est un piège, car elle a également dit que cette épée pouvait être vitale dans la lutte contre la malédiction qui a chassé les nôtres de Hikehikayo, et que cette même malédiction allait peut-être bientôt menacer tout ce qui vit en surface ou sous terre. Comment le sort d'un simple mortel pourrait-il affecter les luttes des immortels ? » La voix du dwarrow tremblota. « C'est un autre piège, qui veut jouer sur nos craintes. Elle voudrait que nous recherchions son aide, pour nous faire une nouvelle fois tomber entre leurs mains. Ne l'avez-vous pas entendue ? " Venez nous rejoindre à Jao é-Tinukai'i. " Y a-t-il jamais eu appât si froidement manifeste tendu à une proie ? »

« Ainsi, dit pensivement le comte, la survie de Josua est, pour une raison encore inconnue, liée au sort de cette épée ? »

Yis-fidri lui adressa un regard inquiet. « C'est ce qu'elle prétend. Mais comment peut-elle dire que le sort de cet humain est lié à celui de Minneyar alors qu'elle ne sait même pas que l'épée a été reforgée ? Selon elle, nous sommes les seuls à savoir ce qu'il en est advenu, et de nombreuses destinées – peut-être *toutes* les destinées – dépendent des Grandes Épées, Minneyar étant l'une d'elles. »

Yis-fidri se leva, le visage hagard. « Et je vais vous dire quelque chose de terrible, dit-il d'un ton misérable. Même s'il nous est impossible de faire confiance à nos anciens maîtres, nous craignons qu'ils ne disent vrai. Peut-être qu'un terrifiant malheur s'est abattu sur le monde. Et si c'est le cas, nous, les dwarrows, en sommes peut-être responsables. »

Éolair laissa son regard courir autour de lui, en s'efforçant de donner un sens à ce qu'il venait d'entendre. « Mais pourquoi, Yis-fidri ? L'histoire de Clou-Radieux est peut-être un secret grave et capital, mais vous ne l'avez confié à personne. Lorsque le Têt s'est adressé à nous, nous ne l'avons pas non plus trahi, puisque nous ne le connaissions pas. Quel malheur auriez-vous pu apporter au monde ? »

Le dwarrow parut profondément affecté. « Je... je ne vous ai pas tout dit. Une dernière fois avant votre arrivée, le Têt s'est adressé à nous. C'était l'effrayant étranger à Hikehikayo qui voulait encore une fois tout savoir sur Minneyar, cette épée maudite. » Il se laissa mollement retomber sur son tabouret. « Cette fois, il n'y avait qu'un dwarrow au Site du Témoin, le jeune Sho-vennae, que vous avez rencontré. Il était seul et cette voix l'a terrifié. Elle a menacé, puis cajolé, et menacé encore. » Yis-fidri frappa la table de la paume de la main. « Vous devez comprendre. Il avait très peur ! Nous avons tous peur ! Nous ne sommes plus ce que nous avons été ! » Il baissa les yeux, peut-être de honte, puis les releva pour croiser le regard de son épouse. Cela parut lui redonner du courage. « Finalement, la terreur de Sho-vennae a pris le dessus. Il a raconté à l'étranger l'histoire de Minneyar, ainsi que sa refonte et la façon dont elle est devenue Clou-Radieux. » Yis-fidri secoua sa large tête. « Pauvre Sho-vennae. Nous n'aurions jamais dû le laisser veiller seul au Têt. Que le Jardin nous pardonne. Voyez-vous, Enfants de Hern, nos anciens maîtres nous ont peut-être menti, mais nous sommes néanmoins certains que rien de bien ne peut émerger des ténèbres de Hikehikayo. Et si la Prime-aïeule du Sithi a dit vrai, qui sait quelle arme nous avons donnée au mal ? »

Maegwin l'avait à peine entendu. Elle perdait le fil de ce que racontait Yis-fidri, n'en enregistrant que des bribes, tandis que son esprit épuisé s'évadait vers de noires pensées affirmant son échec. Elle avait mal interprété la volonté des dieux. Elle avait besoin d'être libre, d'avoir du temps pour elle-même, du temps pour réfléchir.

Le comte Éolair considérait ce qu'il venait d'entendre ; un silence lourd pesait dans la pièce. Enfin, Yis-fidri se leva.

« Vous avez partagé notre repas, dit-il. Laissez-nous maintenant vous montrer nos trésors, que vous puissiez retourner vers l'air et la lumière de la surface. »

Éolair et Maegwin, toujours silencieux, se laissèrent mener à travers l'une des portes de la pièce ronde. Ils suivirent les dwarrows dans un long couloir descendant qui débouchait dans une pièce dont les parois étaient aussi élaborées qu'un labyrinthe, s'avançant et tournant tant et si bien que partout où put se porter le regard de Maegwin, la surface des murs était recouverte de pierre sculptée.

« Dans cette pièce et dans les autres, en dessous, se trouvent les Figures, énonça Yis-fidri. Les dwarrows ont longtemps modelé la pierre, et partout. Chaque tunnel, chaque salle que nous avons creusés se trouvent ici. Voilà l'histoire de mon peuple ; ma femme et moi en sommes les dépositaires. » Il indiqua les gravures d'un geste fier. « Des cartes de la lumineuse Kementari, du labyrinthe de Jhina-T'senei, des tunnels sous les montagnes que les Rimmersleutes nomment Vestivegg, et de ceux qui s'enchevêtrent dans les montagnes au-dessus de nos têtes : tout est là. Les catacombes de Zae-y'miritha sont depuis bien longtemps enfouies et silencieuses... mais ici elles vivent encore ! »

Éolair tourna lentement sur lui-même, ses yeux courant de surface en surface. L'intérieur de la grande salle était aussi complexe qu'une pierre aux multiples facettes ; chaque facette, chaque angle, chaque niche, tout était couvert de cartes délicates taillées à même le roc. « Et vous dites que vous avez les cartes de tous les tunnels qui courent sous le Grianspog ? » demanda-t-il lentement.

« Bien sûr, comte Éolair », répondit Yis-fidri. Se trouver au milieu des Figures semblait avoir redonné vie à sa silhouette affaissée. « Celles-là et toutes les autres. »

« Si nous pouvions les utiliser, cela nous serait d'une grande utilité dans notre propre combat. »

Maegwin se retourna vers le comte, son irritation se libérant soudain. « Allons-nous donc rapporter mille blocs de pierre dans nos caves ? À moins que vous ne préfériez nous faire redescendre jusqu'ici chaque fois que nous hésitons sur un embranchement ? »

« Non, répondit Éolair. Mais, tout comme les moines Aédonites, nous pouvons les recopier sur des parchemins et les avoir à disposition lorsque nous en avons besoin. » Ses yeux brillaient. « Il doit exister des tunnels dont nous n'avions jamais rêvé ! Nos attaques contre les positions de Skali vont réellement paraître magiques ! Vous voyez, Maegwin, vous avez finalement réussi à aider votre peuple, bien mieux qu'avec des épées ou des lances ! » Il se tourna vers Yis-fidri. « Permettriez-vous une telle chose ? »

Inquiet, le dwarrow se tourna vers sa femme. Tandis que tous deux discutaient dans leur langue mélodieuse, Maegwin observa le comte. Éolair marchait de mur en mur, détaillant chaque surface et leurs minuscules gravures. Elle combattit une nouvelle bouffée de colère.

Pensait-il lui faire une faveur en la complimentant pour sa « découverte » ? Elle était partie en quête de l'aide des légendaires Sithis, pas d'une bande d'épouvantails ou de leurs cartes poussiéreuses. Des tunnels ! Maegwin était celle qui avait la première pensé aux tunnels ! Comment osait-il la traiter de la sorte ?

Alors que son esprit épuisé balançait entre fureur et solitude, une évidence la frappa soudain comme un coup de poignard.

Éolair devait partir.

Elle ne trouverait pas la paix, elle ne pourrait pas saisir la volonté des dieux, tant qu'il serait là. Sa présence faisait d'elle une enfant, une triste petite chose pleurnicharde, incapable de sortir son peuple de cette terrible situation.

Yis-fidri se retourna enfin vers eux. « Ma femme et moi devons parler à notre peuple avant que puisse être prise une décision. Cela serait une chose tout à fait nouvelle, et ne peut être fait avec légèreté. »

« Bien sûr », répondit Éolair. Sa voix était calme, mais Maegwin pouvait percevoir son excitation contenue. « Tout doit être fait pour le bien de votre peuple. Nous allons partir, maintenant, et nous reviendrons dans un jour ou deux, ou quand vous le voudrez. Mais dites aux vôtres que cela sauvera peut-être le peuple de Hern, que les dwarrows ont souvent aidé de par le passé. Les Hernystiris n'ont jamais eu que de bons sentiments pour vous. »

Maegwin eut une autre idée. « Y a-t-il des tunnels près du Hayholt ? »

Yis-fidri acquiesça. « Oui. Asu'a, comme nous l'appelons, s'enfonçait aussi profondément dans le sol qu'elle s'élevait haut vers le ciel. Maintenant, son squelette repose sous le château des rois mortels, mais la terre sous ce château respire toujours de nos tunnels. »

« Et vous en avez également des cartes ? »

« Bien sûr », répondit fièrement le dwarrow.

Avec un hochement de tête satisfait, Maegwin se tourna vers le comte de Nad Mullach. « Voilà, dit-elle, le dernier élément que j'attendais. Une voie s'ouvre à nous ; nous serions des traîtres pour notre propre peuple si nous décidions de ne pas la suivre. » Elle laissa s'instaurer un silence solennel.

Éolair mordit à l'hameçon. « Que voulez-vous dire, Princesse ? »

« Vous devez trouver Josua, comte Éolair », dit-elle brusquement. Elle fut satisfaite de la calme autorité de sa voix. « Vous avez entendu ce qu'a dit Yis-fidri durant le repas. Ces épées sont d'une importance primordiale. Je pensais déjà que le prince Josua devait en être informé, au cas où ces informations pourraient servir à la défaite d'Élias. Vous et moi savons que tant que le Roi souverain n'est pas inquiété, Skali Nez-tranchant restera comme la lame d'un couteau sur notre gorge. Trouvez Josua et racontez-lui le secret de l'épée. Cela sera l'exploit qui sauvera notre peuple. »

En fait, Maegwin était loin d'avoir à l'esprit tous les détails de l'histoire du dwarrow – elle avait presque tout le temps été absorbée par ses sombres pensées – mais elle se souvenait que cela était en rapport avec Josua et l'épée de son père.

Éolair en resta ébahi. « Trouver Josua ?! Que voulez-vous dire, Madame ? Nous ne savons pas où il se trouve, ni même s'il est encore vivant. Me demandez-vous d'abandonner notre peuple dans une période aussi difficile pour me lancer dans une quête insensée ? »

« Vous avez prétendu avoir entendu qu'il était toujours en vie, répondit-elle froidement. Il y a encore peu, vous me faisiez la leçon sur les fortes probabilités de sa survie. Pouvons-nous nous permettre de supposer qu'il est mort ? »

Il était difficile de deviner ses pensées derrière son expression savamment étudiée. Maegwin inspira longuement avant de reprendre. « De toute façon, comte Éolair, vous n'avez pas encore saisi toute l'importance de ce que ces gens viennent de nous dire. Les cartes de nos tunnels sont importantes, bien sûr ; mais nous pouvons maintenant faire parvenir à Josua les plans de la place forte d'Élias, et lui indiquer les entrées secrètes qui pourraient permettre la défaite du Roi souverain. » En s'écoutant parler, elle découvrit soudain que son plan avait un sens. « Vous savez que Skali ne relâchera jamais son emprise sur nos terres tant qu'Élias règne sur le Hayholt et le soutient. »

Éolair agita la tête. « Cela soulève trop de questions, Madame, trop de problèmes. Il y a du mérite dans ce que vous dites, certainement. Nous devons y réfléchir. Il va nous falloir des jours pour simplement nous y retrouver dans toutes ces cartes. Il serait certainement préférable de prendre le temps d'y réfléchir, et d'en parler avec Craobhan et les autres chevaliers. »

Maegwin voulait ferrer maintenant, pendant qu'Éolair était encore hésitant. Elle craignait qu'un délai signifiât pour le comte plus de temps pour imaginer une autre solution, et pour elle une nouvelle condamnation aux affres de l'indécision. En sa présence, son cœur se faisait aussi lourd que la pierre. Il fallait qu'il parte : elle en ressentait maintenant le besoin d'une façon presque physique. Son départ était impératif, si elle voulait mettre fin à sa douleur et à sa confusion. Par quelle magie pouvait-il ainsi la priver de tous ses moyens?

Son expression se fit glaciale. « Je ne goûte pas votre résistance, Comte. En fait, vous semblez avoir bien peu à faire ici, pour avoir le temps de me suivre dans mes incursions au cœur de la montagne. Vous seriez mieux employé au service d'une mission qui pourrait nous tirer de notre situation actuelle. » Maegwin sourit, volontairement moqueuse. Elle était fière de la façon dont elle avait réussi à dissimuler ses sentiments, mais cette cruauté, quelque nécessaire qu'elle fût, la remplissait d'horreur.

Quel genre de créature suis-je en train de devenir? se demanda-t-elle, tout en observant les réactions d'Éolair. *Était-ce donc cela, l'usage du pouvoir?* Elle eut un instant de panique. *Suis-je déraisonnable? Non; il est préférable qu'il s'en aille. Mais si c'est ainsi que les rois et les reines doivent voir leur volonté accomplie, alors, par le troupeau de Bagba, c'est une chose terrible!*

À haute voix, elle ajouta : « Par ailleurs, Comte, vous avez juré allégeance à la maison de mon père, au cas où vous l'auriez oublié. S'il vous plaît de rejeter la première requête que vous ait jamais faite la fille de Lluth, libre à vous; mais les dieux le sauront et jugeront. » Éolair se mit à parler; Maegwin l'interrompit immédiatement d'un geste de la main – une main très sale, ne put-elle s'empêcher de remarquer. « Je ne discuterai pas plus avant, Comte Éolair. Faites ou ne faites pas ce qui vous est demandé. C'est tout. »

Les yeux d'Éolair se plissèrent, comme s'il venait de voir son vrai visage pour la première fois, et n'aimait pas ce qu'il avait découvert. Le mépris qui se lisait sur son visage pesa sur son cœur comme une masse écrasante, mais il n'était plus temps de revenir en arrière.

Le comte attendit longtemps avant de répondre. « Très bien, Madame, dit-il doucement. Je suivrai vos ordres. Je ne sais d'où vous vient ce caprice soudain – caprice ? Cela ressemble plus à une folie ! Si vous aviez demandé mon conseil à ce sujet et m'aviez traité comme un ami de votre famille plutôt que comme un vassal, j'aurais obéi à votre souhait avec joie. En lieu de cela, vous aurez mon obéissance, mais rien d'autre. Vous pensiez agir comme une reine, mais vous ne vous êtes montrée qu'une enfant immature. »

« Silence », lâcha-t-elle sèchement.

Les dwarrows dévisagèrent Éolair et Maegwin avec curiosité, comme s'ils se livraient à une pantomime pittoresque mais incompréhensible. Les lumières de la Salle des Figures baissèrent un temps, allongeant démesurément les ombres au sein des murs de pierre labyrinthiques. Peu après, la pâle lumière éclaira de nouveau les coins les plus sombres, mais l'ombre qui venait de s'installer dans le cœur de Maegwin n'en fut pas pour autant dispersée.

L'équipage du *Nuage de l'Eadne* n'eut pas le moindre égard pour Miriamélé et Cadrach lorsqu'il les délogea des cales, mais ne les brutalisa pas non plus. Les marins semblaient plus qu'un peu amusés par un couple de passagers clandestins aussi excentriques. Lorsque les captifs apparurent sous le ciel, les hommes leur firent une ovation moqueuse, plaisantant sur le vice des moines qui choisissaient des jeunes femmes pour compagnons et sur la vertu de celles qui acceptaient une telle proposition.

Miriamélé répondit à ces quolibets par un regard de défi, nullement intimidée par leurs rudes manières. Malgré la fort célèbre habitude des marins de porter la barbe, de nombreux membres de l'équipage du *Nuage* avaient les joues nues, étant trop jeunes encore pour la laisser pousser ; elle était certaine d'en avoir plus vu en une année qu'eux dans toute leur vie.

Pourtant, il était clair que le *Nuage de l'Eadne* n'était ni un lourd navire marchand, ni une caraque flottant comme un baquet en longeant frileusement la côte, mais bien un véritable bateau de haute mer fier et agile. Fille de Mérémund, que baigne un fleuve et entoure la mer, Miriamélé pouvait dire sa qualité par la simple souplesse avec laquelle le pont roulait sous ses pieds et au son des voiles blanches qui claquaient au-dessus de sa tête en buvant à pleines gorgées le vent du point du jour.

Une heure plus tôt, Miriamélé était au désespoir. Maintenant, elle inspirait à pleins poumons, le cœur rempli d'une vigueur toute nouvelle. Même les coups de fouet que pouvait lui infliger le capitaine lui paraissaient supportables. Elle était en vie et en pleine mer. Le ciel se levait à l'horizon, porteur de nouveaux espoirs.

Un coup d'œil au fanion du grand mât lui confirma que Cadrach avait eu raison. Le balbuzard prévéen flottait là, ocre et noir. Si seulement elle avait pu consacrer plus de temps à parler avec le père Dinivan, pour en apprendre plus sur la situation de Nabban, et les positions des différentes maisons, dont la maison prévéenne...

Elle se tourna dans l'intention de chuchoter un avertissement à Cadrach sur la nécessité du secret, mais fut entraînée d'une main ferme vers un escalier de bois par le marin qui se tenait à ses côtés, et exhalait, malgré le vent puissant, une forte odeur de porc salé.

L'homme sur la plage arrière qui les surplombait se tourna pour regarder vers eux. Miriamélé, surprise, inspira bruyamment une longue goulée d'air. Elle ne connaissait pas son visage, et il ne parut pas non plus la reconnaître. Il était par contre très, très beau. Vêtu des chausses, bottes et veste noires et ornées de passepoils d'or, ainsi que d'une cape en drap d'or qui volait autour de lui, et le vent soulevant ses cheveux blonds, cet étrange noble ressemblait à un dieu-soleil des anciennes légendes.

« À genoux, misérables », siffla l'un des marins. Cadrach obéit immédiatement. Miriamélé, déroutée, prit plus de temps. Elle était incapable de détourner les yeux du visage de l'homme doré.

« Ce sont eux, Seigneur, dit le marin. Ceux que la Niskie a trouvés. Comme vous pouvez le voir, l'un des deux est une jeune fille. »

« Comme je le vois », répondit sèchement l'homme. « Vous deux, restez genoux à terre », ordonna-t-il à Miriamélé et Cadrach. « Les autres retournent au travail. Nous avons besoin de plus de voile si nous voulons passer Grenamman cette nuit. »

« Oui, seigneur. »

Tandis que les marins s'empressaient de rejoindre leur position, celui qu'ils avaient appelé seigneur revint à sa conversation avec un homme barbu de forte carrure que Miriamélé supposa être le capitaine. Le noble jeta un nouveau regard en direction des prisonniers avant de quitter la plage arrière avec une démarche léonine. Miriamélé jugea que ses yeux s'étaient attardés sur elle un peu plus longtemps qu'ils ne l'auraient fait par simple curiosité, et se sentit parcourue d'un frémissement inhabituel – mi-peur, mi-excitation – lorsqu'elle le regarda s'éloigner. Deux serviteurs se précipitèrent à sa suite, s'efforçant d'empêcher sa cape soulevée par le vent de s'accrocher à quoi que ce soit. Puis, durant un bref instant, l'homme aux cheveux d'or regarda en arrière. Croisant le regard de Miriamélé, il sourit.

Le capitaine regarda Cadrach et Miriamélé depuis la plage arrière avec un dégoût mal dissimulé. « Le marquis dit qu'il décidera de votre sort après son repas du matin », grogna-t-il avant de cracher dans le vent. « Des femmes et des moines : peut-il y avoir pire malchance, en particulier à une telle époque? Je vous aurai jetés par-dessus bord si le maître ne s'était pas trouvé à bord. »

« Qui... qui est le maître de ce navire? » demanda doucement Miriamélé.

« Tu n'as pas reconnu les armoiries, catin? Tu n'as pas reconnu Monseigneur lorsqu'il s'est trouvé devant toi? Aspitis Prevès, marquis de Drina et d'Eadne, est le maître de ce navire, et vous feriez mieux d'espérer que vous lui avez fait bonne impression, parce que sinon vous dormirez bientôt dans le lit des kilpas. » Il cracha une nouvelle fois son jus de citrile.

Cadrach, déjà pâle, devint livide à l'écoute des paroles du capitaine, mais Miriamélé les avait à peine entendues. Elle songeait aux cheveux d'or et aux yeux fiers d'Aspitis, et se demanda comment, au milieu de tels dangers, elle pouvait ressentir soudain une fascination aussi inattendue.

20

UN MILLIER DE PAS

« Voilà. Maintenant tu en as été le témoin avec tes yeux. » Binabik fit en direction de Qantaqa un geste d'impuissance dégoûtée. La louve était assise sur son train arrière, les oreilles basses et le poil hérissé, son pelage gris parsemé de flocons de neige. « Par les yeux de Qinkipa ! » jura le troll. « Si je pouvais la forcer à le faire, aie la certaineté que je le ferais ! Elle accepte de revenir à l'abbaye, mais avec la limitation de marcher à mes côtés, et rien d'autre. » Il se tourna une nouvelle fois vers sa monture. « Qantaqa ! Simon *mosoq ! Ummu !* » Il secoua la tête. « Elle ne le fera pas. »

« Qu'est-ce qu'elle a ? » Sludig donna un coup de pied dans le sol, faisant s'élever un nuage de neige dans le vent mordant. « À chaque heure passée, la piste s'amoindrit. Et si le garçon est blessé, chaque heure le rapproche de la mort. »

« Fille des montagnes ! Rimmersleute, cria Binabik, chaque heure de chaque jour nous rapproche tous de la mort. » Il cligna de ses yeux rougis. « Il y a évidence que nous avons besoin d'empressement. As-tu la pensée que je ne m'inquiète pas de Simon ? pour quelle raison foulons-nous cette neige depuis le lever du soleil ? Si je pouvais faire l'échange du nez de Qantaqa contre le mien, je le ferais avec certaineté ! Mais j'ai la pensée qu'elle a été effrayée avec énormité par les horreurs de l'abbaye de Skodi. Regarde : elle n'accepte de nous suivre qu'avec grande indisposition ! »

Qantaqa se dérobait encore. Lorsque Binabik se retourna pour la regarder, elle baissa sa tête massive et gémit, à peine audible dans le vent.

Sludig fit claquer ses mains gantées de cuir contre ses cuisses, produisant un bruit mat. « Malédiction, troll, je le sais bien ! Mais nous avons besoin de son flair ! Nous ne savons même pas où il est parti, ni pourquoi il ne nous répond pas. Cela fait des heures que nous crions ! »

Binabik secoua la tête d'un air morose. « C'est cela qui est la raison de ma plus grande inquiétude. Nous n'avons pas parcouru une grande distance avant de trouver son cheval : moins d'une demi-lieue avec certaineté. Nous sommes allés jusqu'au doublement de cette lointaineté, et nous sommes revenus, mais nous n'avons pas vu signe de Simon. »

Le Rimmersleute plissa les yeux contre les bourrasques de neige. « Viens. S'il est tombé, il sera probablement reparti en arrière en remontant ses traces... tant qu'elles étaient encore visibles. Ramenons la louve un peu plus loin, retournons vers l'abbaye, refaisons tout le chemin. Si elle flaire le garçon à proximité, peut-être qu'elle fera un peu mieux. » Il poussa sa monture et les chevaux de bât en avant. Binabik grimaça et siffla Qantaqa, qui vint à contrecœur.

« J'ai l'aversion de l'orage qui vient », cria le troll ; le Rimmersleute ne le précédait que de quelques foulées, mais il était déjà devenu une silhouette indistincte. « Une très grande aversion. Il est avec certaineté l'éclaireur des ténèbres que nous avons vues se masser près du Pic de l'Orage. Il vient sur nous avec une importante célérité. »

« Je sais », cria Sludig par-dessus son épaule. « Nous allons bientôt devoir nous inquiéter de notre propre sécurité, que nous ayons trouvé le garçon ou non. »

Binabik acquiesça, et frappa violemment de sa main sur sa poitrine une fois, deux fois, puis une troisième fois encore. Sauf à penser que les dieux de son peuple l'observaient, personne ne vit son geste.

L'abbaye, théâtre peu auparavant d'une scène d'horreur sauvage, était maintenant un calme sépulcre recouvert d'un linceul de neige. Le manteau blanc dissimulait en grande partie ce qui était advenu de Skodi et de ses jeunes protégés, mais ne pouvait tout cacher. Qantaqa refusait de s'approcher à moins d'une portée de flèche des murs silencieux; Binabik et Sludig eux-mêmes ne s'aventurèrent dans la cour de l'abbaye que le temps nécessaire pour s'assurer que l'un de ces corps immobiles n'était pas celui de Simon, et s'éclipsèrent précipitamment.

Lorsqu'ils eurent mis un millier de pas entre eux et l'abbaye, ils s'arrêtèrent et restèrent un temps debout à boire en silence de longues gorgées de kangkang en écoutant les hurlements lugubres du vent. Qantaqa, visiblement heureuse de s'éloigner de cet endroit maudit, renifla brièvement l'air avant de se lover aux pieds de Binabik.

« Par le Saint Aédon, troll, dit enfin Sludig, quel genre de sorcière était donc cette Skodi? Je n'avais jamais rien vu de comparable. Faisait-elle partie des serviteurs du Roi de l'Orage? »

« En le seul sens où les gens comme elle suivent les désirs du Roi de l'Orage, qu'ils en aient la conscience ou pas. Elle avait du pouvoir, mais espérait devenir un pouvoir – ce qui, dans mon esprit, est différent avec énormité. Une petite Reine Norn avec sa cour était le rêve et le désir de son esprit. Les temps de guerre et de conflit sont la saison de naissance des nouvelles forces. L'ordre ancien commence sa mue, et ceux du genre de Skodi apparaissent, pour se faire une place. »

« Je ne peux que remercier Dieu très miséricordieux d'avoir éliminé toute cette nichée jusqu'au dernier, dit Sludig en frissonnant et en grimaçant. Il n'y avait rien de bien à attendre d'aucun d'entre eux. »

Binabik le dévisagea curieusement. « L'innocent peut être modelé, comme l'ont été ces enfants, mais parfois la chance donne sa permission de leur rendre leur forme d'origine. Je n'ai pas la croyance en le mal au-delà de toute rédemption, Sludig. »

« Ah oui? » s'esclaffa bruyamment Sludig. « Et que penses-tu de notre Roi de l'Orage? Quel bien attends-tu de ce genre de créature des enfers au cœur noir? »

« Il fut un temps où il aimait son peuple plus que sa propre vie », répondit doucement Binabik.

Le soleil fit un passage d'une brièveté surprenante à travers le ciel pâteux. Lorsqu'ils décidèrent de faire une nouvelle pause, le crépuscule approchait. Ils avaient couvert deux fois de plus la distance qui séparait l'abbaye de la limite qu'ils s'étaient donnée dans les profondeurs de la forêt. Tous leurs cris et toutes leurs fouilles de taillis avaient eu le même résultat : Simon restait introuvable, et la nuit et l'orage approchaient.

« Par le sang d'Aédon ! » jura Sludig en flattant la jument grise de Simon, qui était attachée à la caravane de chevaux de bât. « Au moins, nous n'avons pas perdu cette damnée épée. » Il fit un geste en direction d'Épine, mais ne la toucha pas. Là où l'épée était visible, les flocons de neige se posaient et glissaient, la laissant libre du manteau blanc qui recouvrait tout le reste. « Mais cela rend notre décision plus difficile encore. Si le garçon et l'épée étaient perdus ensemble, nous n'aurions d'autre choix que de les chercher. »

Binabik releva les yeux. « De quelle décision parles-tu ? »

« Nous ne pouvons pas tout abandonner pour le garçon, troll. Notre Seigneur sait à quel point je l'aime, mais nous avons un devoir envers le prince Josua. Toi et les autres lecteurs de livres ne cessez de dire que Josua a besoin de cette épée, sans quoi nous sommes tous perdus. Devons-nous abandonner cette mission pour le garçon ? Alors nous serions plus stupides encore que lui de s'être perdu ainsi. »

« Simon n'est pas stupide. » Binabik enfouit son visage dans le cou de Qantaqa durant un long instant. « Et je suis fatigué de toujours trahir mes serments. J'ai juré de le protéger. » La voix du troll était assourdie par la fourrure de la louve, mais son émotion était indubitable.

« Nous sommes forcés à des choix difficiles, troll. »

Binabik releva les yeux. Son regard, habituellement aimable, s'était durci. « Ne me parle pas de choix. Ne me parle pas de difficulté. Prends l'épée. Sur la tombe de mon maître, j'ai juré de protéger Simon. Pour moi, rien n'a plus d'importance. »

« C'est une folie, gronda Sludig. Nous ne sommes plus que deux, alors que le monde gèle autour de nous. Et tu voudrais m'envoyer seul avec l'épée qui pourrait sauver ton peuple et le mien ? Tout ça pour ne pas briser un serment fait à un maître mort ? »

Binabik se redressa. Ses yeux brillaient de larmes de colère. « N'aie pas l'audace de me parler de mon serment ! Je n'ai pas de conseil à prendre d'un stupide *Croohok* ! »

Sludig leva son poing ganté comme pour frapper le petit homme. Le Rimmersleute regarda sa propre main tremblante, puis fit volte-face et quitta la clairière. Binabik ne leva pas les yeux pour le voir partir, mais continua de caresser Qantaqa. Une larme roula sur sa joue et alla se perdre dans la fourrure de sa capuche.

Plusieurs minutes passèrent sans même un cri d'oiseau.

« Troll ? » Sludig se tenait à l'orée de la clairière, juste derrière les chevaux. Binabik ne relevait toujours pas les yeux. « Écoute-moi, poursuivit Sludig. Il faut que tu m'écoutes. » Le Rimrnersleute ne s'avançait pas, comme un visiteur inattendu attendant d'être invité à l'intérieur. « Un jour, peu après notre première rencontre, je t'ai dit que tu ne connaissais rien à l'honneur. Je voulais aller tuer Storfot, le Thane de Vestvennby, pour ses insultes envers le duc Isgrimnur. Tu m'as dit que je ne devais pas y aller. Tu m'as dit que mon seigneur Isgrimnur m'avait chargé d'une tâche à accomplir, et que mettre cette tâche en péril n'était ni brave ni honorable, mais stupide. »

Le troll continuait de caresser distraitement la fourrure de Qantaqa.

« Binabik, je sais que tu es honorable. Tu sais qu'il en est de même pour moi. Nous avons un choix terrible à faire, mais il n'est pas juste pour des alliés de se battre et de se jeter des insultes au visage les uns des autres comme des pierres. »

Lc troll ne répondait toujours pas, mais ses mains tombèrent de la louve sur ses cuisses. Il resta tapi en silence, le menton contre la poitrine.

« Je me suis disgracié avec honte, Sludig, dit-il enfin. Tu as raison de me renvoyer mes propres mots au visage. Je te demande ton pardon, même si je n'ai rien fait pour le mériter. » Il leva un visage malheureux vers le Rimmersleute, qui avança de quelques pas dans la clairière.

« Nous ne pouvons pas passer notre vie à chercher Simon, dit doucement Sludig. C'est une vérité distincte de l'amitié et de l'affection. »

« Tu n'es pas dans l'erreur », répondit Binabik. Il secoua lentement la tête. « Pas dans l'erreur. » Il se leva et s'avança vers le guerrier barbu, en tendant sa petite main. « Si tu peux faire preuve de clémenceté en ma faveur... »

« Il n'y a rien à pardonner. » Sa large main recouvrit celle de Binabik, l'engloutissant.

Un sourire timide se peignit sur le visage du troll. « Alors il y a une faveur que je vais demander. Faisons un feu cette nuit et la nuit prochaine, et nous appellerons Simon. Si nous ne trouvons pas trace de lui, alors le matin après demain, nous nous mettrons en route vers la Pierre de l'Adieu. Si nous ne faisons pas cela, j'aurai la coupableté de ne pas l'avoir cherché de la façon correcte. »

Sludig acquiesça gravement. « Cela me paraît juste. Maintenant, ramassons du bois pour le feu. La nuit n'est plus très loin. »

« Et le vent froid ne perd pas de sa force, ajouta Binabik en fronçant les sourcils. Une pensée de grande tristesse pour tous ceux qui sont dehors sans abri. »

Frère Hengfisk, le déplaisant échanson du roi, fit un signe en direction de la porte. Le sourire grimaçant du moine était aussi incroyablement fixe qu'à l'habitude, comme s'il se défendait d'un humour monstrueux à peine contrôlé. Le marquis d'Utanyéate franchit la porte, et Hengfisk redescendit prestement les escaliers, laissant le marquis dans la salle des cloches.

Guthwulf eut besoin d'un certain temps pour reprendre sa respiration. La montée des marches était longue, et le marquis n'avait pas très bien dormi ces dernières nuits.

« Vous m'avez fait appeler, Altesse ? » dit-il enfin.

Le Roi était penché sur le rebord de l'une des hautes fenêtres cintrées, sa lourde cape brillant dans la lumière des torches comme le dos verdâtre d'une mouche. Bien que l'après-midi ne fût qu'à moitié écoulé, le ciel avait déjà les couleurs du soir, pourpre et gris. La courbe des épaules d'Élias donna à Guthwulf l'impression de voir un vautour. Le Roi portait sa lourde épée grise dans un fourreau à son côté ; à sa vue, le marquis ne put réprimer un frisson.

« L'orage est presque sur nous, dit Élias sans se retourner. Es-tu déjà monté aussi haut dans la Tour de l'Ange Vert ? »

Guthwulf s'imposa de parler d'un ton désinvolte. « J'étais déjà entré dans la salle du bas, et peut-être aussi dans les quartiers du chapelain, à l'étage. Mais jamais si haut, Sire. »

« C'est un endroit étrange, dit le Roi, son regard toujours fixé sur un point au-delà de la fenêtre nord-ouest. Cet endroit, la Tour de l'Ange Vert, a autrefois été le centre du plus grand royaume qu'Osten Ard ait jamais connu. Savais-tu cela, Guthwulf ? » Élias s'écarta de la fenêtre. Ses yeux brillaient, mais ses traits étaient tirés et ridés, comme si sa couronne de fer était trop serrée autour de son front.

« Voulez-vous dire le royaume de votre père, Votre Altesse ? » demanda le marquis, surpris et plus qu'un peu craintif. Il avait ressenti une certaine angoisse au moment de sa convocation. Cet homme n'était plus son ancien ami. Il arrivait au Roi de paraître presque inchangé, mais Guthwulf ne pouvait ignorer la réalité sous-jacente : l'Élias qu'il avait connu aurait tout aussi bien pu être mort. Cependant, les gibets de la place de la victoire et les piques au sommet de la porte de Nearulagh débordaient des restes mortels de ceux qui avaient d'une manière ou d'une autre déplu à ce nouvel Élias. Guthwulf savait garder sa bouche close et faire ce qu'on lui disait de faire, au moins pour un temps.

« Pas celui de mon père, idiot. Pour l'amour de Dieu, ma main s'étend sur un royaume bien plus réel que le sien ne l'a jamais été. Mon père avait le roi Lluth à sa porte ; maintenant, il n'est d'autre roi que moi. » La bouffée de mauvaise humeur d'Élias s'estompa, alors qu'il décrivait le paysage d'un grand geste du bras. « Non, Guthwulf, il y a bien plus de choses dans ce monde que ce que tu peux imaginer. Ceci fut autrefois la capitale d'un puissant empire, plus vaste que le Grand Rimmersgard de Fingil, plus ancien que le Nabban des empereurs, plus riche en légendes que la Khandie perdue. » Sa voix devint un murmure, qui disparut presque dans le souffle du vent. « Mais avec son aide, je ferai de ce château le centre d'un royaume plus grand encore. »

« Avec l'aide de qui, Votre Altesse ? » ne put s'empêcher de demander Guthwulf. Il ressentit un élan de jalousie froide. « Pryrates ? »

Élias le dévisagea étrangement durant un instant, puis éclata de rire. « Pryrates ? Guthwulf, tu es aussi ingénu qu'un enfant ! »

Le marquis d'Utanyéate se mordit l'intérieur de la joue pour ravaler sa réponse rageuse – et potentiellement fatale. Il serra et desserra ses poings couverts de cicatrices. « Oui, ô mon Roi », dit-il enfin.

Le Roi regardait de nouveau par la fenêtre. Au-dessus de sa tête, les grandes cloches dormaient en grappes sombres. Le tonnerre roula au loin. « Mais le prêtre a ses secrets, dit Élias. Il sait que mon pouvoir croît à mesure qu'augmente ma connaissance, alors il essaie de me cacher des choses. Vois-tu cela, Guthwulf ? » Il lui indiqua une direction à travers la fenêtre. « Eh bien, par les Feux de l'Enfer, comment pourrais-tu voir de là ? lâcha-t-il sèchement. Approche-toi ! As-tu donc peur que le vent te gèle sur place ? » Il rit étrangement.

À contrecœur, Guthwulf s'avança, en pensant à ce qu'Élias avait été, avant que ne débutât toute cette folie : prompt à réagir, oui, mais pas aussi inconstant qu'une brise de printemps ; prompt à rire, mais avec l'humour franc d'un soldat, pas cet esprit moqueur et incompréhensible. Il devenait de plus en plus difficile pour Guthwulf de se souvenir de cet homme-là, son ami. Ironiquement, il semblait que plus Élias devenait fou, plus il ressemblait à son frère Josua.

« Là. » Le Roi fit signe par-dessus les toits humides du Hayholt, en direction de la masse grise de la Tour de Hjeldin, accolée au mur nord de l'enceinte intérieure. « Je l'ai donnée à Pryrates pour qu'il y réalise ses expériences – ses recherches, si tu veux – et maintenant il la garde verrouillée ; il n'en donnerait même pas une clé à son Roi. Pour mon bien, dit-il. » Élias avait les yeux fixés sur la lugubre tour du prêtre, aussi grise que le ciel, les fenêtres du haut fermées d'un épais verre rouge. « Il devient bien fier, cet alchimiste. »

« Bannissez-le, Élias ; ou détruisez-le. » Guthwulf avait parlé sans réfléchir, mais il décida de poursuivre. « Vous savez que je vous ai toujours parlé en tant qu'ami, sans ménagement lorsque cela était nécessaire. Et vous savez que je ne suis pas un lâche ou un peureux qui se met à gémir dès qu'un peu de sang est versé ou quelques os brisés. Mais cet homme est aussi vénéneux qu'un serpent et bien plus dangereux. Il vous poignardera dans le dos. Donnez-m'en simplement l'ordre et je le tuerai. » Lorsqu'il eut terminé, il s'aperçut que son cœur battait comme avant une bataille.

Le Roi le dévisagea un temps, puis rit de nouveau. « Ah, voilà le Loup que je connaissais. Non, non, mon vieil ami ; je te l'ai déjà dit, *j'ai besoin de Pryrates,* et je disposerai de tout ce dont j'ai besoin pour accomplir la tâche qui s'ouvre à moi. Et il ne me poignardera pas non plus dans le dos, car, vois-tu, il a lui aussi besoin de moi. L'alchimiste m'utilise, ou croit le faire. »

Le tonnerre se fit de nouveau entendre au loin, tandis qu'Élias s'écartait de la fenêtre pour aller poser la main sur le bras de Guthwulf. Le marquis pouvait sentir le froid qu'il irradiait à travers sa lourde manche. « Mais je ne veux pas que Pryrates te tue, dit le Roi, et il le ferait, n'en doute pas un seul instant. Son messager est arrivé ce matin de Nabban. La lettre me dit que les négociations avec le Lecteur se passent très bien et que Pryrates sera de retour dans quelques jours. C'est pourquoi c'était une bonne idée de t'envoyer dans les Hauts Thrithings à la tête de mes chevaliers. Le jeune Fengbald a fait tout son possible pour obtenir ce commandement, mais tu as toujours été très efficace et, plus important, à l'écart des menées du prêtre rouge jusqu'à ce qu'il ait fait ce dont j'ai besoin. »

« Je suis heureux d'avoir l'occasion de servir, ô mon Roi », dit lentement Guthwulf, diverses sortes de colères et de craintes montant en lui comme un venin. Dire que le marquis d'Utanyéate en était réduit à tant de flatteries et de courbettes !

Et s'il attrapait Élias, pensa-t-il soudain de façon totalement irraisonnée, s'il attrapait le Roi et l'entraînait avec lui par-dessus le rebord de la fenêtre, plongeant tous deux de cent coudées dans le vide pour s'écraser comme des œufs ? Usires le Rédempteur, quel soulagement il y aurait à mettre fin à cette pestilence contagieuse qui s'était insinuée en lui et dans tout le Hayholt ! La tête lui tournait. Il se contenta de dire à haute voix : « Êtes-vous certain que ces rumeurs concernant votre frère ne sont pas simplement cela, des rumeurs, issues de l'imagination de paysans mécontents ? Il m'est difficile de croire que quoi que ce soit ait pu survivre... ait pu survivre à Naglimund. » Un pas, se dit-il, un seul pas et tous deux fendraient l'air pesant. Tout serait terminé en un instant, et le long sommeil commencerait...

Élias s'écarta de la fenêtre, rompant le charme. Guthwulf sentit des gouttes de sueur se former sur son front. « Je ne tiens pas compte de rumeurs, mon cher Utanyéate. Je suis Élias le Roi souverain, et je *sais.* » Il se pencha sur une fenêtre à l'autre bout de la tour, ouverte sur le sud-est. Ses cheveux s'envolèrent sous l'effet du vent, noirs comme des ailes de corbeau. « Là. » Il indiqua l'horizon indistinct, par-dessus les eaux gris plomb un peu agitées du Kynslagh. Un éclair illumina brièvement les puits noirs et profonds de ses yeux. « Josua est vraiment en vie, et il se trouve *quelque part... Là-bas.* J'en ai reçu la confirmation de source sûre. » Le tonnerre remplaça les éclairs. « Pryrates me dit que mes forces pourraient être mieux utilisées. Il me dit de ne pas m'inquiéter de mon frère. Si je n'avais pas vu un millier de preuves différentes de la noirceur et de la dureté du cœur de Pryrates, je penserais qu'il a pitié de Josua, tant il met d'énergie à me convaincre de ne pas entamer cette mission. Mais je fais ce que je veux. Je suis le roi et je veux la mort de Josua. » Un nouvel éclair illumina son visage, qui était aussi déformé qu'un masque rituel. La voix du roi se tendit ; durant un instant, il sembla que seules ses phalanges blanchies serrées contre le parapet le retenaient de basculer. « Et je veux ma fille. Je veux qu'on me la ramène. Je veux que Miriamélé revienne. Elle a désobéi à son père, a rejoint ses ennemis... *mes* ennemis. Elle doit être *punie.* »

Guthwulf ne trouva rien à dire. Il hocha la tête, cherchant à chasser les terribles pensées qui l'avaient envahi comme un puits se remplissant d'eau noire. Le roi et sa maudite épée ! Même maintenant, la présence de cette arme le rendait malade. Il allait partir pour les Thrithings à la recherche de Josua, puisque tel était le désir d'Élias. Il serait au moins loin de cet horrible château et de ses bruits nocturnes, de ses effrayants serviteurs et de son roi fou. Il aurait de nouveau la possibilité de penser. Le marquis pourrait respirer un air non vicié, et vivre en compagnie de soldats, des hommes dont les pensées et la compagnie lui seyaient.

Le tonnerre roula à travers la salle, faisant vibrer les cloches. « Je ferai ce que vous avez ordonné, ô mon Roi », dit-il.

« Bien sûr, acquiesça Élias, calmé. Bien sûr. »

Le menaçant Guthwulf était parti, mais le Roi resta quelque temps, le regard perdu dans le ciel nuageux, à écouter le vent avec autant d'attention que s'il en comprenait les tristes plaintes. Rachel, l'intendante du château, commençait à se sentir mal à l'aise dans sa minuscule cachette. Mais elle avait appris ce qu'elle désirait savoir. Son esprit était plein d'idées étrangères à ses préoccupations habituelles ces derniers temps, Rachel le Dragon se découvrait capable de pensées qu'elle n'aurait jamais jugées possibles auparavant.

Fronçant le nez sous l'odeur âpre mais familière de l'encaustique, elle regarda furtivement par l'interstice entre la maçonnerie et le bois déformé de la porte. Le Roi était aussi immobile qu'une statue, les yeux perdus dans le vide. Rachel fut de nouveau emplie d'horreur devant une telle faute. Espionner, comme la pire des souillons embauchées en complément un jour de fête sainte ! Et espionner le Roi souverain ! Élias était le fils de son Roi Jean adoré, même s'il ne pouvait espérer jamais se comparer à son père, et Rachel, le dernier bastion de rectitude du Hayholt, l'espionnait.

Cette pensée lui ôta toute force, et l'odeur de l'encaustique ne put qu'ajouter à son malaise. Elle s'appuya au mur du réduit du sonneur, et fut reconnaissante pour son étroitesse. Entre les rouleaux de corde, les perches et les pots de graisse, et entre ces murs de briques si proches l'un de l'autre, elle n'aurait pas pu tomber même si elle l'avait voulu.

Elle n'avait pas eu l'intention d'espionner, en fait ; pas vraiment. Elle avait entendu les voix alors qu'elle examinait les marches scandaleusement sales du deuxième étage de la Tour de l'Ange Vert. Elle s'était discrètement écartée de l'escalier et dissimulée dans une alcôve fermée par un rideau pour ne pas donner l'impression de tendre l'oreille aux affaires du roi, car elle avait reconnu la voix d'Élias presque immédiatement. Le Roi l'avait dépassée en montant, parlant comme s'il s'adressait au moine grimaçant Hengfisk qui l'accompagnait partout, mais ce qu'il disait avait paru à Rachel n'avoir aucun sens. « Murmure de Nakkiga », avait-il dit, et « chant des grands airs ». Il avait parlé « d'écouter l'appel des Témoins », de « l'imminence du marché conclu sur la colline », et de choses encore moins compréhensibles.

Le moine aux yeux écarquillés était sur les talons du Roi, comme toujours ces jours-ci. Les paroles folles d'Élias glissaient sur lui, et le moine ne faisait que hocher continuellement la tête en le suivant pas à pas, véritable ombre grimaçante du Roi.

Fascinée et excitée comme elle ne l'avait pas été depuis longtemps, elle s'était laissée aller à les suivre, restant en retrait de quelques toises alors qu'ils montaient ce qui lui parut être plus de mille marches dans le long escalier de la tour. La longue litanie incompréhensible du roi s'était poursuivie jusqu'à ce qu'enfin, ils disparussent tous deux dans la salle des cloches. Sentant son âge et les lancements de son dos infirme, elle était restée à l'étage en dessous. Adossée au mur de pierre à l'étrange surface et reprenant son souffle, elle s'était une nouvelle fois inquiétée de son audace. Un atelier s'ouvrait devant elle : une grande poulie démontée reposait sur un billot couvert de sciure ; une masse était posée sur le sol non loin, comme si son propriétaire avait disparu au milieu de son travail. Il n'y avait que cette pièce principale et une alcôve fermée par un rideau ; aussi, lorsque le moine était soudain revenu sur ses pas, elle n'avait pas eu d'autre choix que de se précipiter dans l'alcôve.

À l'autre bout de la niche, elle avait découvert une échelle de bois qui menait vers l'obscurité. Se sachant piégée entre le Roi en haut et quiconque le moine pouvait ramener d'en bas, elle avait préféré grimper, à la recherche d'une cachette plus sûre : quiconque serait passé trop près de l'alcôve aurait pu malencontreusement soulever le rideau et la révéler, exposant Rachel à une humiliation, ou bien pire.

Pire. L'idée des têtes qui pourrissaient comme des fruits noirs au sommet de la Porte de Nearulagh propulsa ses vieux os vers l'échelle, qui se révéla mener au réduit du sonneur.

Et donc, ce n'avait pas vraiment été sa faute, n'est-ce pas ? Elle n'avait pas voulu espionner : elle avait virtuellement été forcée d'écouter la conversation déroutante d'Élias avec le marquis d'Utanyéate. La bonne Sainte Rhiapp comprendrait certainement, se dit-elle, et intercéderait en faveur de Rachel lorsque l'heure serait venue de consulter le Grand Parchemin dans l'antichambre du Paradis.

Elle jeta un nouveau coup d'œil dans l'interstice. Le Roi s'était déplacé vers une autre fenêtre – celle-ci donnant sur le nord, vers le cœur noir tourbillonnant de l'orage qui approchait – mais rien ne semblait indiquer la proximité de son départ. Rachel sentit un vent de panique. Les gens disaient qu'Élias passait des nuits entières à s'affairer avec Pryrates dans la Tour de Hjeldin. Le Roi avait-il donc dans ses égarements pris l'habitude de marcher dans des tours jusqu'à ce que pointât l'aube ? Ce n'était que l'après-midi. Rachel sentit sa tête tourner. Serait-elle éternellement piégée ici ?

Ses yeux, qui couraient en tous sens, accrochèrent une inscription gravée sur la face intérieure de la porte fermée, et s'écarquillèrent de surprise.

Quelqu'un avait inscrit le nom *Miriamélé* dans le bois. Les lettres étaient profondément creusées, comme si celui qui avait fait cela avait été longuement piégé ici, comme Rachel, et avait trouvé ce moyen de passer le temps. Mais qui aurait bien pu venir jusque-là et faire une telle chose ?

Un moment, elle pensa à Simon, se souvenant de la façon qu'avait ce garçon de grimper partout et de se plonger dans des problèmes que les autres n'auraient même pas découverts. Il adorait la Tour de l'Ange Vert : n'était-ce pas juste avant la mort du Roi Jean que Simon avait renversé le sacristain Barnabas en bas des escaliers ? Rachel sourit faiblement. Ce garçon avait été un vrai petit diable.

Penser à Simon lui fit se souvenir de ce qu'avait dit Jérémias, l'apprenti chandelier. Son sourire disparut. *Pryrates.* Pryrates avait tué son garçon. Lorsqu'elle pensa à l'alchimiste, Rachel sentit brûler en elle une haine qui bouillonnait comme de la chaux vive, une haine qui ne ressemblait à rien de ce qu'elle avait ressenti durant toute sa vie.

Rachel agita la tête, prise d'un vertige. Il était horrible de penser à Pryrates. Ce que Jérémias lui avait dit au sujet du prêtre glabre lui donnait des idées, des pensées noires qu'elle ne s'était pas crue capable d'abriter.

Effrayée par la puissance de ses émotions, elle força son attention à revenir à l'inscription.

Les yeux plissés devant ces lettres gravées, Rachel décida que, quelles que fussent toutes les autres bêtises qu'eût pu faire Simon, il n'était pas responsable de celle-là. L'inscription était bien trop propre. Malgré l'instruction de Morgénès, l'écriture de Simon vagabondait sur la page comme un scarabée ivre. Ces lettres avaient été tracées par quelqu'un de bien éduqué. Mais qui avait bien pu venir graver le nom de la princesse en un tel endroit ? Barnabas, le sacristain, avait l'usage de ce réduit, sans aucun doute, mais l'idée de ce vieux lézard tanné, avarié et insipide, gravant laborieusement le nom de Miriamélé dans le bois de la porte défiait jusqu'à l'imagination de Rachel, qui était pourtant prompte à supposer les hommes capables de n'importe quel péché ou bêtise lorsqu'ils étaient libérés de la juste influence des femmes. Mais même elle jugeait inconcevable la possibilité du sacristain Barnabas en amoureux béat.

Voilà qu'elle laissait ses pensées dériver, se morigéna-t-elle furieusement. Était-elle effectivement si vieille et si craintive qu'elle devait se distraire en un moment où elle avait tant de choses importantes à considérer ? Un plan se formait dans son esprit depuis la nuit où elle et les autres femmes de chambre avaient sauvé Jérémias, mais une partie d'elle-même voulait l'oublier, voulait que tout continue comme par le passé.

Plus rien ne sera jamais comme avant, vieille folle. Regarde la vérité en face.

Il devenait de plus en plus difficile d'éviter de telles décisions ces jours-ci. Confrontées au problème de l'apprenti chandelier en fuite, Rachel et ses filles avaient finalement réalisé qu'elles n'avaient d'autre choix que de l'aider à s'échapper, et elles l'avaient fait sortir du château subrepticement un soir, déguisé en femme de chambre rentrant chez elle à Erchester. Alors qu'elle regardait ce pauvre garçon boitiller vers la liberté, Rachel avait été frappée par une révélation : le mal qui s'était abattu sur sa maison ne pouvait plus être ignoré. Et, pensait-elle maintenant avec fermeté, lorsque l'intendante du château découvrait une infection, celle-ci devait être nettoyée.

Rachel entendit le claquement de lourdes bottes sur le sol de pierre blanche de la salle des cloches, et risqua un regard à travers l'étroite ouverture. La silhouette à cape verte du roi disparaissait à l'instant à travers la porte. Elle écouta son pas descendre et décroître, puis attendit un peu plus longtemps, que le bruit ait complètement disparu, pour redescendre de l'échelle. Elle franchit le rideau pour sortir dans les escaliers, puis se tapota le front et les joues, qui étaient humides de transpiration malgré la pierre froide. Avec délicatesse et circonspection, elle entama sa descente.

La conversation du Roi lui avait beaucoup appris de ce qu'elle avait besoin de savoir. Maintenant, elle n'avait plus qu'à attendre et réfléchir. Préparer une telle chose n'était sûrement pas moitié aussi compliqué que d'organiser un nettoyage de printemps ! Et c'était en un sens ce qu'elle avait décidé de faire, n'est-ce pas ?

Ses vieux os douloureux mais son visage formant un sourire décidé qui aurait fait trembler les femmes de chambre, Rachel descendit lentement les longs escaliers de la Tour de l'Ange Vert.

Les yeux de Binabik refusaient de croiser ceux de Sludig par-dessus le feu. En lieu de cela, le troll rejeta ses osselets dans leur sachet. Il les avait lancés à plusieurs reprises ce matin. Le résultat semblait ne lui avoir apporté aucun plaisir.

En soupirant, le troll empocha le petit sac, puis fouilla et retourna les cendres du feu avec un bâton, pour en tirer leur premier repas de la journée, une réserve de noisettes qu'il avait localisée et déterrée du sol gelé. Le froid était mordant et leurs sacs de selle ne contenaient plus de nourriture ; dans ces conditions, Binabik ne s'interdisait pas de voler les écureuils.

« Ne parle pas », coupa soudain le troll. Après une heure de silence, Sludig venait d'ouvrir la bouche. « S'il te plaît, Sludig, pour un moment, garde le silence en totalité. La gourde de Kangkang dans ta poche est la seule chose que je te demande. »

Le Rimmersleute tendit tristement la gourde. Binabik en but une longue gorgée, puis passa la manche de sa veste sur sa bouche. La manche fit un autre passage, cette fois sur les yeux du troll.

« J'ai fait une promesse, dit-il doucement. J'ai demandé deux nuits de feu et tu me les as données. Maintenant je dois remplir le serment que j'ai le plus envie de briser. Nous devons emmener l'épée à la Pierre de l'Adieu. »

Sludig voulut parler, mais préféra accepter la gourde que lui tendit Binabik, dont il tira une longue rasade.

Qantaqa revint d'un tour de chasse pour découvrir le troll et le Rimmersleute qui rangeaient en silence leurs maigres possessions dans les sacs de selle. La louve les observa un moment, puis laissa échapper un long hurlement de désespoir, avant de s'éloigner. Elle se roula en boule au bord de la clairière et regarda gravement Sludig et Binabik par-dessus la barrière que formait sa queue à la fourrure épaisse.

Binabik tira la Flèche Blanche du sac de selle et la tint en l'air ; puis il pressa son corps de bois contre sa joue. La flèche brillait d'une lueur plus intense que la neige poudreuse qui les entourait. Il rangea la flèche dans le sac. « Je reviendrai pour toi », dit le petit homme pour aucun des présents. « Je te retrouverai. »

Il appela Qantaqa. Sludig monta en selle, et ils disparurent dans la forêt, suivis par la chaîne des chevaux de bât. La neige qui tombait commença à remplir leurs empreintes. À peine le dernier écho de leurs pas assourdis se fut-il évanoui que toute trace de leur passage dans la clairière avait déjà disparu.

Rester assis en se lamentant sur son sort n'allait pas beaucoup l'aider, décida Simon. De toute façon, le ciel devenait désagréablement sombre pour un milieu de matinée, et la neige tombait de plus en plus fort. Il regarda tristement le miroir. Quoi que cet objet pût être, le prince sithi avait dit vrai lorsqu'il avait expliqué à Simon que cela ne le ferait pas apparaître magiquement à ses côtés. Il le rangea dans sa cape et se leva en se frottant les mains.

Il était possible que Sludig et Binabik fussent encore quelque part dans les environs : peut-être que, comme Simon, ils étaient tombés de leur monture, et avaient besoin d'aide. Il n'avait aucune idée du temps qu'il avait pu passer allongé à la lisière du sommeil, à écouter la femme sithie parler dans ses rêves : cela avait pu être des heures, ou des Jours entiers. Ses compagnons n'étaient peut-être pas loin, comme ils avaient pu abandonner sa recherche et se trouver à des lieues d'ici.

Envisageant ces différentes possibilités, il se mit à marcher en une spirale grandissante, quelque chose qu'il se souvenait vaguement avoir entendu Binabik lui suggérer comme une bonne chose à faire lorsque l'on était perdu. Il lui était néanmoins difficile de savoir si cela s'appliquait réellement à son cas, puisqu'il n'était pas certain de savoir précisément qui était perdu. De plus, il n'avait pas fait spécialement attention lorsque le petit homme lui avait expliqué comment l'on définissait cette spirale : le discours du troll avait inclus le mouvement du soleil, la coloration des écorces et des feuilles, la direction dans laquelle se développaient certaines racines d'arbres dans l'eau courante... Mais lorsque Binabik lui avait exposé tout cela, Simon s'était surtout passionné pour un lézard à trois pattes qui glissait lentement sur le sol de la forêt d'Aldhéorte. Il était dommage que Binabik n'eût pas essayé de rendre son explication un peu plus intéressante, pensa Simon ; mais il était trop tard pour y changer quelque chose.

Il marcha péniblement à travers les chutes de neige de plus en plus épaisses, tandis que le soleil s'élevait sans se montrer, dissimulé derrière la masse des nuages. L'après-midi arriva, et se prépara presque immédiatement à repartir. Le vent soufflait, et la tempête saisissait Aldhéorte dans ses doigts gelés pour la serrer. Le froid mordait Simon à travers sa cape, qui commençait à paraître aussi peu épaisse qu'un voile d'été de dame ; elle lui avait paru adéquate en compagnie de ses amis, mais maintenant qu'il y pensait, il n'arrivait pas à se souvenir de la dernière fois qu'il avait réellement eu chaud.

À mesure qu'avançait cette journée de marche infructueuse, son estomac se rappelait de plus en plus à son souvenir. Il avait mangé pour la dernière fois dans la maison de Skodi – le souvenir de ce repas et de ce qui s'en était suivi débusqua dans son corps les derniers frissons que le vent glacial n'avait pas encore trouvés. Qui pouvait dire combien de temps s'était ensuite écoulé ?

Seigneur Aédon, pria-t-il, *donnez-moi à manger.* Cette pensée devint une litanie qui se répétait dans son esprit, en rythme avec le craquement de la neige sous ses bottes.

Malheureusement, il s'agissait là d'un problème qui ne disparaîtrait pas en pensant simplement à autre chose. Et il n'était pas non plus au plus bas : Simon savait qu'il ne pouvait pas être plus perdu qu'il ne l'était maintenant, mais il pouvait être beaucoup plus affamé.

Durant tout le temps passé avec Binabik et les soldats, il s'était habitué à voir les autres s'occuper de la chasse et de la cueillette ; lorsqu'il avait participé, c'était presque toujours sous la direction de quelqu'un d'autre. Soudain, il se trouvait aussi seul que durant ces horribles premiers jours dans Aldhéorte, qui avaient suivi sa fuite du Hayholt. Il avait alors été affreusement affamé, et avait survécu jusqu'à être découvert par le troll ; mais ce n'était pas l'hiver. Il avait également pu chaparder dans quelques maisons. Aujourd'hui, il errait dans une nature gelée, déserte et désolée, qui faisait ressembler son premier séjour dans la forêt à une promenade d'un après-midi d'été.

Le vent se fit plus bruyant. L'air parut devenir soudain plus froid, provoquant un long frisson dans tout le corps de Simon. Lorsque la forêt commença à très légèrement s'assombrir, avertissant par ce signe que même cette faible lueur du soleil n'allait pas durer toujours, Simon refoula une puissante bouffée de terreur. Toute la journée, il s'était efforcé d'ignorer les légers crissements de ses griffes : parfois, il avait eu l'impression de marcher au bord de l'abîme, un gouffre qui n'avait pas de fond, pas de limite.

Dans une situation comme celle-là, réalisa Simon, il serait extrêmement facile de perdre la raison – pas de se jeter soudain dans la démence des mendiants qui délirent dans le quartier des tavernes, non ; mais plutôt de sombrer progressivement dans une sorte de folie douce. Il ferait un faux pas, sans le savoir, et glisserait doucement vers ce précipice dont la proximité lui semblait en cet instant indéniable. Il tomberait et tomberait, jusqu'à ne plus se souvenir qu'il tombait. Sa vraie vie, ses souvenirs, ses amis, sa maison, tout ce qu'il avait eu s'amenuiserait jusqu'à n'être plus à l'intérieur de sa tête que des petits objets anciens et poussiéreux dans une cabane abandonnée.

Était-ce cela, la mort ? se demanda-t-il soudain. Est-ce qu'une part de vous restait dans votre corps, comme dans la chanson maudite de Skodi ? Est-ce que l'on reposait sous terre en sentant ses pensées s'échapper petit à petit, comme des grains de sable emportés par le vent ? Et maintenant qu'il y pensait, est-ce que cela serait finalement si terrible, de s'étendre dans le noir et de simplement cesser lentement d'exister ? Ne serait-ce pas meilleur que les atroces incertitudes de la vie, que cette lutte impossible contre des difficultés insurmontables, que cette fuite éperdue et inutile devant la victoire certaine de la mort ?

Abandonner. Simplement cesser de résister...

Cela avait un aspect apaisant, comme une chanson triste mais jolie. Cela ressemblait à une douce promesse, à un baiser avant de dormir...

Simon se sentit tomber en avant. Reprenant conscience sous l'effet de la surprise, il tendit vivement la main et se raccrocha au tronc d'un bouleau squelettique. Son cœur battait la chamade.

Il s'aperçut avec stupeur que la neige s'était lourdement amassée sur ses épaules et ses bottes, comme s'il était resté très longtemps immobile – mais cela ne lui avait paru être que quelques secondes ! Il secoua la tête et se gifla de ses mains gantées jusqu'à ramener un peu de vie dans son corps. Il se morigéna. Dormir debout ! Geler sur pied ! Quel genre de tête-creuse était-il ?

Non. Il gronda et secoua la tête. Binabik et Sludig avaient dit qu'il était presque un homme ; il ne leur donnerait pas si facilement tort. Il faisait froid et il avait faim, c'était tout. Il n'allait pas pleurer et abandonner comme un apprenti marmiton enfermé dans la cuisine. Simon avait vu et fait bien des choses. Il avait survécu à pire que cela.

Mais que pouvait-il faire ?

Il ne pouvait résoudre immédiatement le problème de la nourriture, il savait cela ; mais ce n'était pas si grave. L'une des choses qu'avait dites Binabik et dont Simon se souvenait très bien était qu'une personne pouvait tenir très longtemps sans nourriture, mais qu'elle ne survivrait pas une seule nuit sans abri dans le froid. Pour cette raison, disait le troll, le feu était très, très important.

Mais Simon n'avait pas de feu, ni ne pouvait en faire.

Tout en faisant cette triste constatation, il poursuivit sa marche. Malgré l'obscurité grandissante, il espérait trouver un meilleur endroit pour dormir avant de s'arrêter. La neige tombait maintenant plus fort, et il se trouvait au fond d'une longue gorge creuse. Il voulait trouver un endroit un peu plus élevé, dont il n'aurait pas besoin de s'extraire s'il survivait à la nuit. En pensant à cela, Simon sentit un sourire douloureux se former sur ses lèvres craquelées. Avec la malchance qui était actuellement sienne, l'endroit élevé qu'il choisirait serait certainement frappé par la foudre.

Il laissa échapper un rire rauque, et reprit un peu courage au bruit de son hilarité, mais le vent l'emporta avant qu'il eût pu la savourer.

L'endroit qu'il choisit était un bosquet de sapins massés au sommet d'une petite colline comme des sentinelles vêtues de blanc. Il aurait préféré l'abri de grandes pierres, ou, mieux encore, une caverne, mais le sort ne se montra pas si généreux. Il ignora les gargouillements de son estomac vide en inspectant rapidement l'endroit, puis se mit au travail, pressant la neige pour en faire des blocs solides. Il les empila ensuite entre les arbres et face au vent, retravaillant et lissant l'ensemble jusqu'à obtenir un muret utile qui lui arrivait au-dessus du genou.

Tandis que les dernières traces de lumière s'échappaient du ciel, Simon commença à arracher des branches aux sapins environnants. Il les empila près de la base de son rempart de neige jusqu'à avoir un lit d'aiguilles presque aussi haut que le mur. Encore insatisfait, il poursuivit sa moisson à travers la clairière, coupant les branches par poignées en s'aidant de son couteau qanuc, et forma une deuxième pile de même hauteur à côté de la première. Il fit une pause, le souffle court, et sentit le vent froid aspirer toute la chaleur de son visage aussi rapidement que si on lui avait appliqué un masque de glace.

Soudain conscient de l'importance d'un peu de chaleur dans la terrible nuit qui se préparait – et du fait que, s'il faisait une erreur d'estimation, il pouvait très bien ne pas se réveiller le lendemain matin il redoubla d'effort. Il consolida le mur de neige, augmentant un peu sa hauteur et beaucoup son épaisseur, puis construisit un muret plus bas soutenu par des troncs d'arbres de l'autre côté des piles de branchages. Il courut à travers la clairière pour couper des branches jusqu'à ce que les deux piles fussent aussi hautes que le mur coupe-vent ; ses gants étaient si résineux qu'il ne pouvait plus en séparer les doigts, et ne pouvait lâcher son couteau qu'en appuyant d'abord sur la lame. Il faisait maintenant presque trop nuit pour voir ; même les grands arbres n'étaient plus que des masses indistinctes se détachant à peine de la neige presque luminescente.

Il s'allongea sur son lit de branches, pliant les genoux et tirant ses longues jambes contre son corps pour qu'elles bénéficiassent autant que possible de l'avantage de sa cape, puis commença à placer les autres branches par-dessus lui. Il tenta du mieux de ses doigts gluants et maladroits de les arranger les unes par rapport aux autres afin qu'il ne restât aucun espace découvert, et acheva son œuvre en plaçant les dernières branches de sapin au-dessus de sa tête. Il tourna ensuite son visage vers le côté pour qu'il fût enfoncé plus profondément dans sa capuche. Cette position était incroyablement inconfortable et extrêmement peu naturelle, mais il pouvait sentir la chaleur de son souffle dans la poche que formait sa capuche ; durant quelques instants, il cessa de trembler.

Simon se trouvait dans un tel état d'épuisement lorsqu'il s'était couché qu'il s'attendait à trouver immédiatement le sommeil, malgré les démangeaisons des branches sur ses jambes recroquevillées. En lieu de cela, il eut l'impression d'être de plus en plus conscient à mesure que s'écoulait la première heure de la nuit. Le froid, même s'il n'était pas aussi mordant que lorsqu'il marchait à travers la forêt sous l'emprise directe du vent, se faufilait néanmoins dans son maigre abri et s'insinuait dans ses os et sa chair. C'était un froid morne et implacable, aussi patient que la pierre.

Si le froid n'avait pas suffi, et malgré le tonnerre de sa respiration et les battements de tambour de son cœur, il pouvait également entendre d'autres bruits, bien plus étranges. Il avait oublié à quel point la forêt pouvait être différente la nuit, lorsque aucun ami ne dormait à vos côtés. Le vent gémissait douloureusement à travers les arbres ; d'autres bruits paraissaient sournois et menaçants, tout en étant assez puissants pour se faire entendre par-dessus les lamentations du vent. Après toutes les horreurs dont il avait été témoin, il ne doutait plus un seul instant des dangers de la nuit : ce qu'il entendait était certainement le cri terrifiant d'âmes en peine, ou celui de Hunën rôdant dans la forêt en quête de sang chaud !

Tandis que s'avançait la nuit, Simon sentit une nouvelle fois la panique l'envahir. Il était seul ! Il était perdu, un pauvre fou de tête-creuse égaré qui n'aurait jamais dû se mêler des affaires des puissants ! Même s'il survivait à cette nuit, même s'il échappait aux griffes des monstres sans visage qui hantaient la nuit, ce ne serait que pour mourir de faim sous le soleil ! Il pourrait certainement tenir plusieurs jours, peut-être même plusieurs semaines, mais d'après ce que Binabik lui avait dit, il y avait bien des lieues d'ici à la Pierre de l'Adieu, et cela en supposant qu'il en trouverait le chemin et qu'il saurait affronter les profondeurs inamicales d'Aldhéorte. Simon savait qu'il ne possédait pas les talents nécessaires à une longue survie dans un environnement aussi implacable : il n'était pas Jack Mundwode, pas même de loin. Par ailleurs, il était presque impossible que quiconque susceptible de l'aider pût passer par là, dans une partie aussi sauvage du nord-est de la forêt, et par un tel froid.

Pis, ses amis avaient disparu. Au milieu de l'après-midi, il avait soudain été saisi de panique et s'était mis à hurler leurs noms, les répétant jusqu'à ce que sa gorge fût aussi rêche qu'un billot de boucher. À la fin, avant que sa voix ne cédât, il pensait qu'il avait crié les noms des morts. Cette pensée était la plus effrayante de toutes, un chemin qui menait à l'abîme : crier le nom des morts aujourd'hui, leur parler demain, puis les rejoindre ensuite, dans la longue souffrance d'une folie irrémédiable qui serait peut-être pire que la mort.

Il frissonna dans son abri de branchages, mais cela n'était plus uniquement dû au froid. Les ténèbres grandissaient en lui et Simon les combattait. Il ne voulait pas déjà mourir, il le savait. Mais cela avait-il une quelconque importance ? Il n'y avait rien qu'il pût faire à ce sujet.

Mais je ne mourrai pas ici, décida-t-il enfin, prétendant un instant qu'il avait le choix. Il s'inquiéta de son propre désespoir, et commença à le combattre et à le repousser, le calmant comme un cheval effrayé. *J'ai touché le sang du dragon. J'ai gagné une Flèche Blanche sithie. Tout cela veut dire quelque chose, n'est-ce pas ?*

Il ne savait pas si cela avait effectivement une signification, mais il avait soudain une profonde envie de vivre.

Je ne mourrai pas maintenant. Je veux revoir Binabik, et Josua... et Miriamélé. Et je veux voir Élias et Pryrates souffrir pour ce qu'ils ont fait. Je veux avoir de nouveau un toit, un lit chaud... Oh, Miséricordieux Aédon, si vous existez vraiment, faites que j'aie de nouveau une maison ! Ne me laissez pas mourir dans le froid ! Laissez-moi me trouver un toit... une maison... laissez-moi me trouver une maison... !

Le sommeil l'emportait enfin. Il eut l'impression d'entendre sa propre voix résonner dans un puits de pierre. Il échappa enfin au froid et à ses terribles pensées pour rejoindre un endroit plus chaud.

Il survécut à cette nuit et à six autres, chacune suivie d'un matin d'horrible raideur, de solitude et de faim croissante.

Le froid de cet hiver malvenu avait tué dans l'œuf bien des enfants du printemps, mais certaines plantes avaient néanmoins trouvé le moyen de bourgeonner et de fleurir durant la brève et fausse saison de chaleur qui avait précédé le retour irrésistible de l'hiver. Binabik et les Sithis lui avaient déjà donné des fleurs à manger, mais Simon ne savait pas si elles étaient toutes comestibles, ou si certaines étaient bonnes et d'autres mauvaises. Il mangea toutes les rares fleurs qu'il put trouver. Elle ne lui remplirent pas l'estomac, mais ne le tuèrent pas non plus. Quelques touffes d'une herbe jaune amère – très amère – avaient survécu sous la neige, et Simon en fit bon usage. Une fois, alors que la faim avait pris le pas sur la raison, il avait essayé de manger une poignée d'aiguilles de sapin. Leur goût était infect, et la sève et sa propre salive maculèrent sa barbe duveteuse.

Un jour, alors que son besoin d'une nourriture solide était devenu une obsession, un scarabée affaibli par le froid croisa son chemin. Rachel le Dragon s'était toujours montrée d'une totale intransigeance quant à l'incommensurable immondice d'une telle vermine, mais l'estomac de Simon était devenu une force bien plus puissante que même l'éducation de Rachel. Il ne pouvait pas laisser passer une telle opportunité.

Malgré son ventre vide, le premier se révéla extrêmement difficile. Lorsqu'il sentit ses petites pattes bouger dans sa bouche, il s'étouffa et recracha le scarabée dans la neige. Les mouvements désespérés de l'insecte lui donnèrent envie de vomir, mais un instant plus tard, il le ramassa, puis le mâcha et l'avala aussi vite qu'il put. La texture du scarabée était celle d'une noix délicate et un peu molle, mais avec un fort goût de moisi. Lorsqu'une heure eut passé sans qu'aucune des horribles prédictions de Rachel ne se fût réalisée, Simon commença à observer le sol avec plus d'attention, dans l'espoir de découvrir un autre morceau de choix.

Si sa faim était affreuse, le froid continuel était peut-être le pire de ses problèmes : lorsqu'il pouvait trouver et dévorer une touffe d'herbe-lute, sa faim était pour un temps amoindrie, et après la première heure de marche du matin, la douleur de ses muscles s'estompait... mais depuis le court moment où il s'était glissé dans son lit de branchages le premier soir, il n'avait plus jamais ressenti de chaleur. Lorsqu'il arrêtait de marcher, même pour un instant, tout son corps était saisi de frissons irrésistibles. Le froid était à ce point permanent que Simon se mit à penser qu'il le poursuivait comme un ennemi. Il le maudit faiblement, lançant ses bras en l'air comme si ce froid malveillant était quelque chose qu'il pouvait frapper, comme il avait frappé le dragon Igjarjuk ; mais le froid était partout et nulle part, il n'avait pas de sang noir à verser.

Simon ne pouvait rien faire d'autre que de marcher. Alors, durant toutes les heures douloureuses du jour, de l'instant où ses jambes ankylosées le chassaient de son lit de fortune jusqu'à celui où le soleil disparaissait finalement de ce pathétique ciel gris, il marchait sans cesse vers le sud. Le rythme de ses pas devint tout autant une partie du cycle de la vie que le souffle du vent, le passage du soleil, la chute des flocons de neige. Il marchait parce que cela limitait le froid ; il marchait vers le sud parce qu'il se souvenait vaguement que Binabik avait dit que la Pierre de l'Adieu se trouvait dans les prairies au sud d'Aldhéorte. Il savait qu'il ne pourrait pas survivre à la traversée de la forêt, un pays entier d'arbres et de neige, mais il lui fallait avoir une destination : son interminable marche était plus aisée si la seule chose qu'il avait à faire était de regarder le soleil passer de sa gauche à sa droite.

Il marchait également parce que, lorsqu'il s'arrêtait, le froid commençait à lui apporter d'étranges et terrifiantes visions. Parfois, il voyait des visages dans les troncs noueux des arbres et entendait des voix qui appelaient son nom ainsi que d'autres. Il lui arrivait aussi de voir dans la forêt enneigée une boissée de tours ; la rare verdure se transformait en flammes bondissantes et son cœur battait dans ses oreilles comme le glas.

Mais, plus important de tout, Simon marchait parce qu'il n'y avait rien d'autre qu'il pût faire. S'il ne bougeait pas, il mourrait, et Simon n'était pas prêt à mourir.

« *Petit insecte, ne pars pas, ne t'envole pas*
Tu as un goût amer, mais je vais m'y faire
Petit insecte, petit bonheur, reste
Ne te bats pas... »

La matinée se terminait, le septième jour depuis son réveil. Simon était à l'affût. Un scarabée gris à pois bruns – plus gros et peut-être meilleur que la variété noire qui était devenue sa denrée de base avançait sur le tronc d'un cèdre blanc. Simon avait déjà essayé de l'attraper, à quelques toises de là, mais ce scarabée avait des ailes – ce qui prouvait que c'était un morceau de choix, puisqu'il se battait tant pour ne pas être dévoré – et lui avait échappé en s'envolant sans la moindre grâce. Il n'était pas allé très loin. Une deuxième tentative avait été tout aussi infructueuse, et l'insecte s'était finalement posé en ce troisième endroit.

Il chantait pour lui-même, sans savoir s'il le faisait à haute voix. Cela ne semblait faire aucune différence pour le scarabée, et Simon ne s'interrompit donc pas.

« *Dors petit insecte, ne bouge pas*
Dors et attends, bel aliment,
Je suis là pour toi,
Ne pars pas... »

Simon s'accroupit dans la position du chasseur, se mouvant aussi lentement que son corps tremblant et sous-alimenté pouvait le permettre. Il voulait ce scarabée. Il avait *besoin* de ce scarabée. Sentant un frisson naître en lui, un frisson qui allait gâcher son approche circonspecte, il bondit. Ses paumes se refermèrent brutalement sur l'écorce, mais lorsqu'il ramena ses mains en coupe vers son visage pour regarder à l'intérieur, il s'aperçut qu'elles étaient vides.

« Que veux-tu donc en faire ? » demanda quelqu'un. Simon, qui avait soutenu plus d'une conversation avec des voix étranges ces derniers jours, avait déjà ouvert la bouche pour répondre lorsque son cœur se mit soudain à marteler dans sa poitrine. Il fit volte-face, mais il n'y avait personne derrière lui.

Ça a commencé... J'ai mis un pied sur le chemin de la jolie... fut tout ce qu'il eut le temps de penser avant que quelqu'un ne lui tapât sur l'épaule. Il se retourna une nouvelle fois et manqua tomber à la renverse.

« Là. Je l'ai attrapé. » Le scarabée, étonnamment immobile, flottait dans l'air devant ses yeux. Un instant plus tard, il s'aperçut que l'insecte était tenu entre les doigts d'une main gantée de blanc. Le propriétaire de la main s'avança de derrière le cèdre. « Je ne vois pas ce que tu veux en faire. Est-ce que vous mangez ces choses ? Je n'avais jamais entendu dire cela auparavant. »

Durant un bref instant, il pensa que Jiriki était venu : le visage aux yeux dorés était encadré d'un nuage de pâles cheveux lavande, l'étrange teinte de Jiriki, et des nattes emplumées pendaient sur les deux hautes pommettes obliques. Mais après un temps d'observation, il réalisa qu'il ne s'agissait pas de son ami.

Le visage de l'étranger était très fin, mais plus rond que celui de Jiriki. Tout comme pour le prince, sa structure osseuse faisait paraître certaines expressions froides ou cruelles, et même parfois animales, mais étrangement belles. Le nouveau venu – ou plutôt la nouvelle venue, puisque Simon venait de réaliser que l'étranger était une étrangère – semblait plus jeune et plus spontané que Jiriki : son visage courait sous ses yeux d'une expression à l'autre, comme autant de changements de masques subtils. Malgré ce qui ressemblait à l'aisance et à l'énergie de la jeunesse, Simon vit que l'étrangère avait en commun avec Jiriki l'ancienne lumière sithie dans le calme félin de ses yeux dorés.

« Seoman », dit-elle, puis elle rit dans un souffle. Son doigt ganté de blanc toucha son front, aussi léger et puissant que l'aile d'un oiseau. « Seoman Mèche-blanche. »

Simon frémit. « Qu... qu... qui... ? »

« *Aditu.* » Ses yeux étaient un peu moqueurs. « Ma mère m'a appelée Aditu no-Sa'onserei. On m'a envoyée te chercher. »

« En... envoyée ? Qu... qui ? »

Aditu pencha la tête sur le côté, s'étirant le cou, et dévisagea comme on peut regarder un animal dépenaillé mais intéressant qui se serait pelotonné sur le pas de la porte. « Mon frère, enfant d'homme. Jiriki, bien sûr. » Elle observa Simon qui s'était mis à se balancer doucement d'un pied sur l'autre. « Qu'y a-t-il d'aussi étrange ? »

« Étiez-vous... étiez-vous dans mes rêves ? » demanda-t-il d'une voix plaintive.

Elle continua de le regarder avec curiosité lorsqu'il s'assit abruptement à côté de ses pieds nus.

« J'ai des bottes, bien sûr », dit plus tard Aditu. Sans qu'il sût trop comment, elle avait fait un feu, creusant la neige et empilant le bois juste à côté de l'endroit où il s'était effondré, et l'allumant d'un geste rapide de ses doigts fins. Simon fixait intensément les flammes, en essayant de remettre en marche son cerveau. « J'ai juste eu envie de les ôter pour pouvoir m'approcher plus doucement. » Elle le regarda d'un air affable. « Je ne savais pas ce qui pouvait faire un tel bruit ; mais c'était toi, bien évidemment. De toute façon, il y a quelque chose d'agréable dans le contact de la neige sur la peau. »

Simon frissonna, à l'idée de glace apposée sur ses pieds nus. « Comment m'avez-vous trouvé ? »

« Le miroir. Son chant est très puissant. »

« Alors... alors, si j'avais perdu le miroir, vous ne m'auriez pas trouvé ? »

Aditu le regarda d'un air grave. « Oh, j'aurais fini par te trouver Mais les mortels sont des créatures si fragiles... il n'y aurait peut-être plus eu grand-chose d'intéressant à dénicher. » Elle montra ses dents en ce qu'il supposa être un sourire. Elle paraissait à la fois plus et moins humaine que Jiriki : parfois d'une désinvolture puérile, et par ailleurs bien plus étrange et exotique que son frère. Bien des traits que Simon avait souvent observés chez Jiriki, dont la grâce féline et l'impassibilité, semblaient beaucoup plus prononcés chez sa sœur.

Tandis que Simon continuait de se balancer d'avant en arrière, pas encore certain d'être éveillé et sain d'esprit, Aditu fouilla à l'intérieur de son manteau blanc qui, avec ses chausses blanches, l'avait rendue invisible dans la neige, et en tira un paquet enveloppé dans une toile brillante. Elle le lui tendit. Il défit maladroitement l'emballage, pour finalement découvrir son contenu : un pain doré qui semblait sortir du four, et une poignée de grosses baies roses.

Simon dut manger par toutes petites bouchées pour éviter de se rendre malade ; même ainsi, il eut l'impression d'être au paradis.

« Où les avez-vous trouvées ? » demanda-t-il en mâchant des baies.

Aditu le regarda longuement, comme si elle réfléchissait à une importante décision. Lorsqu'elle parla, ce fut avec une apparente négligence. « Tu le verras bientôt. Je vais t'y emmener ; mais une telle chose ne s'est jamais produite auparavant. »

Simon ne chercha pas à comprendre cette dernière remarque énigmatique ; il préféra demander : « Mais où m'emmenez-vous ? »

« Vers mon frère, comme il me l'a demandé », répondit Aditu. Son expression était solennelle, mais avec une lueur allègre dans le regard. « Au cœur des terres de mon peuple. *Jao é-Tinukai'i.* »

Simon acheva de mâcher sa bouchée et l'avala. « J'irai n'importe où là où il y a un feu. »

21

PRINCE DES PRAIRIES

« Ne dis rien, chuchota Hotvig, mais regarde celui à la robe rousse près de la barrière. »

Déornoth suivit du regard le signe discret du Thrithing jusqu'à poser les yeux sur un étalon rouan. Le cheval regarda Déornoth avec méfiance, marchant de côté comme s'il était prêt à s'emballer.

« Ah oui. » Déornoth hocha la tête. « C'est un fier animal. » Il se tourna. « Avez-vous vu celui-ci, ô mon Prince ? »

Josua, qui était appuyé au portail, de l'autre côté de l'enclos, fit un signe de la main. Le crâne du Prince était enveloppé de bandes de toile et il bougeait aussi lentement que si tous ses os étaient brisés, mais il avait insisté pour venir assister au règlement de l'enjeu de son pari. Fikolmij, apoplectique à l'idée de voir Josua enlever treize chevaux thrithings de ses propres enclos, avait délégué le garde-rande Hotvig à sa place. Plutôt que de refléter l'attitude du Thane, Hotvig semblait goûter la présence des visiteurs, et celle du Prince Josua en particulier. Dans les prairies, un homme à une seule main ne tuait pas souvent un adversaire d'une fois et demie sa taille.

« Quel est le nom du cheval roux ? » demanda Josua au responsable des chevaux de Fikolmij, un vieil homme élancé et robuste qui n'avait plus qu'une petite mèche de cheveux sur le sommet du crâne.

« *Vinyafod* », se contenta-t-il de répondre avant de tourner les talons.

« Cela veut dire " Pieds-ailés "... Prince Josua. » Hotvig prononça ce titre d'une façon étrange. Le garde-rande entra dans l'enclos et alla glisser une corde autour du cou de l'étalon, avant d'amener au Prince l'animal récalcitrant.

Josua sourit en observant le cheval, puis tendit la main pour tirer sa lèvre inférieure, exhibant ses dents. L'étalon secoua la tête et se libéra, mais Josua se saisit une nouvelle fois de sa lèvre. Après plusieurs secousses nerveuses, le cheval se laissa enfin examiner, avec pour seuls signes d'anxiété ses clignements d'yeux. « Eh bien, celui-ci devrait faire partie de ceux que nous emmènerons vers l'est, dit Josua. Mais je doute fort que cela fasse plaisir à Fikolmij. »

« Certainement pas », dit gravement Hotvig. « Si son honneur n'était pas en péril devant tous les clans, il vous tuerait pour le seul fait de vous être approché d'eux. Ce Vinyafod était l'un des chevaux que Fikolmij a spécifiquement exigés comme part du butin de Blehmunt lorsqu'il est devenu Thane des clans. »

Josua acquiesça gravement. « Je ne veux pas que le Thane soit si furieux qu'il décide de nous poursuivre pour nous massacrer malgré sa promesse. Déornoth, je te laisse choisir les autres; je fais plus confiance à ton œil qu'au mien. Nous prendrons Vinyafod, c'est certain – d'ailleurs, je pense que je le choisirai pour monture. Je suis fatigué de marcher. Mais, comme je l'ai dit, ne déprécions pas la troupe au point de forcer Fikolmij à se déshonorer. »

« Je choisirai soigneusement, sire. » Déornoth traversa l'enclos. Le gardien le vit arriver et voulut se dérober, mais Déornoth l'attrapa par le coude et commença à lui poser des questions. Il pouvait difficilement prétendre ne pas comprendre.

Josua observa la scène avec un léger sourire, en se balançant d'un pied sur l'autre pour épargner son corps douloureux. Hotvig regarda longtemps le Prince du coin de l'œil avant de parler.

« Vous avez dit que vous partiez vers l'est, Josua. Pourquoi ? »

Le Prince le regarda avec curiosité. « Il y a bien des raisons, et certaines n'ont pas à être exposées. Mais il s'agit surtout de trouver un endroit pour organiser la résistance contre mon frère et le mal qu'il a fait. »

Hotvig acquiesça avec un sérieux exagéré. « Il semble que d'autres partagent votre sentiment. »

L'expression de Josua se mua en surprise. « Que veux-tu dire ? »

« Il y en a d'autres comme vous, d'autres Cages-de-pierre, qui ont commencé à partir s'installer vers l'est. C'est pour cette raison que Fikolmij a choisi de camper à ce point au nord des pâturages habituels en cette saison : pour nous assurer que les nouveaux venus ne pénétraient pas sur nos terres. » Une grimace se dessina sur le visage couturé d'Hotvig. « Notre clan avait d'autres raisons de venir ici. Le Thane des Plaines Thrithings a essayé de voler certains de nos gardes-rande lors de la dernière Réunion de Clans, et Fikolmij préférait voir son peuple le plus loin possible des Plaines Thrithings. Fikolmij est craint, mais pas très aimé. De nombreux chariots ont déjà quitté le Clan de l'Étalon... »

Josua eut un geste d'impatience. Les disputes et querelles des clans des Thrithings étaient légendaires. « Parle-moi plutôt de ces Cages-de-pierre. Qui sont-ils ? »

Hotvig grommela et joua avec sa barbe tressée. « Qui peut le dire ? Ils viennent de l'ouest – des familles entières, qui voyagent parfois en chariot comme nous, ou à pied – mais ils ne font pas partie de notre peuple, ce ne sont pas des Thrithings. Nous avons entendu parler d'eux par nos éclaireurs lors de notre avant-dernière Réunion, mais ils n'ont fait que passer par le nord et disparaître. »

« Combien étaient-ils ? »

Le Thrithing grogna. « On dit qu'ils étaient aussi nombreux que deux ou trois de nos petits clans. »

« Alors peut-être cent ou deux cents. » Le Prince semblait avoir momentanément oublié sa douleur, car son visage s'illumina devant cette nouvelle.

« Mais ce n'est pas tout, Prince Josua, s'empressa de reprendre Hotvig. Ce n'était qu'un groupe. D'autres sont passés depuis. J'en ai moi-même vu à peu près deux fois les doigts des mains. Mais ils sont pauvres et n'ont pas de chevaux, alors nous les laissons quitter nos terres. »

« Vous ne nous avez pas laissés passer alors que nous n'avions pas même un poney à nous tous », dit Josua avec un sourire sardonique.

« C'était parce que Fikolmij savait qu'il s'agissait de

vous. Les gardes-rande vous surveillaient depuis plusieurs jours. »

Déornoth s'approcha, tenant toujours le gardien qui marmonnait. « J'ai choisi, Altesse. Laissez-moi vous montrer. » Il indiqua du doigt un bai aux longs membres. « Puisque Vinyafod va être votre cheval, Prince Josua, j'ai choisi le mien. Il s'appelle *Vildalix* : Éclat-sauvage. »

« Il est splendide, dit Josua en riant. Tu vois, Déornoth, je me souviens de ce que tu as dit au sujet des chevaux thrithings. Et maintenant, tu les as, comme tu as demandé. »

Le regard de Déornoth s'attarda sur les bandages de Josua. « Le prix en fut trop élevé, sire. » Ses yeux étaient tristes.

« Montre-moi le reste de notre nouvelle troupe », dit Josua.

Vorzheva sortit pour accueillir le Prince lorsque lui et les autres revinrent de l'enclos. Hotvig la regarda une seconde et s'effaça.

« Vous êtes fou de vous être levé et d'avoir marché ! » La fille du Thane se tourna vers Déornoth. « Et vous, comment avez-vous pu le garder dehors si longtemps ? Il est très mal ! »

Déornoth ne dit rien, et se contenta de s'incliner. Josua sourit. « Paix, Madame, dit le Prince. Ce n'est pas la faute de Déornoth. Je voulais voir nos montures, puisque j'ai assurément envie de repartir à cheval plutôt qu'à pied. » Il gloussa amèrement. « Ce qui ne veut d'ailleurs pas dire que je serais capable de marcher plus de cent toises même si ma vie en dépendait. Mais je vais reprendre des forces. »

« Pas si vous restez dans le froid. » Vorzheva porta un regard acéré en direction de Déornoth, comme pour le défier de dire un mot. Elle prit le bras de Josua, ajusta son pas aux douloureuses enjambées du Prince, et tous trois retournèrent vers le campement.

Les compagnons du Prince étaient toujours logés dans l'enclos à taureaux. Fikolmij avait lâché avec une grimace haineuse qu'avoir perdu un pari n'était pas une raison pour traiter ces misérables Cages-de-pierre comme des membres du clan, mais de nombreux Thrithings, mieux disposés, leur avaient apporté des couvertures, des cordes et des piquets de tente. Fikolmij n'était pas un roi : si ceux qui apportaient assistance aux anciens prisonniers se tenaient à distance respectueuse du campement du Thane, ils n'en avaient pas pour autant honte ou peur d'aller contre sa volonté.

Sous la direction de la duchesse Gutrun au solide sens pratique, le groupe de Josua avait rapidement, à partir de ces contributions, construit un abri sûr, fermé sur trois côtés et au toit doublé d'épaisses couvertures de laine. Cela les protégeait en grande partie des pluies froides qui semblaient gagner chaque jour en puissance.

Au-dessus des Thrithings, le ciel gris-noir était si bas qu'il en était menaçant, comme si les plaines avaient été soulevées par des mains géantes. Cette période de mauvais temps, qui se poursuivait en continu depuis près d'une semaine et durait de façon plus épisodique depuis un bon mois, aurait été anormale même au début du printemps ; mais nous étions au cœur de l'été, et les membres du Clan de l'Étalon étaient ouvertement inquiets.

« Venez, Madame », dit Josua lorsqu'ils atteignirent la clôture. « Marchons tous les deux un peu plus longtemps. »

« Vous ne devriez plus marcher ! » s'exclama Vorzheva, indignée. « Pas avec de telles blessures ! Il faut vous reposer et boire du vin chaud. »

« Néanmoins, dit fermement Josua, je désirerais que nous marchions. Je boirai mon vin plus tard. Déornoth, si tu veux bien nous excuser... ? »

Déornoth acquiesça et s'inclina, puis franchit la barrière de l'enclos à taureaux. Il observa un temps la marche laborieuse du Prince, puis rentra.

La victoire de Josua sur Utvart avait apporté certains agréments. Tout comme sa dame, le Prince avait abandonné ses haillons pour des vêtements plus neufs, et portait maintenant les chausses de cuir souple, bottes, et chemise de laine à large manche des gardes-rande, un foulard de couleur vive noué autour de sa tête remplaçant son diadème princier. Vorzheva était vêtue d'une volumineuse robe grise, roulée et nouée aux hanches à la manière des Thrithings pour en relever le bas au-dessus de l'herbe humide, laissant voir ses épais bas de laine et ses bottes basses. Elle avait abandonné son bandeau blanc.

« Pourquoi m'emmènes-tu à l'écart pour parler ? » demanda Vorzheva. Son ton méfiant était démenti par son regard inquiet. « Que veux-tu me dire qui doit rester secret ? »

« Pas secret », répondit Josua en glissant son bras sous le sien. « Je voulais simplement te parler en un endroit où nous ne serions pas interrompus. »

« Mon peuple ne se fait pas de cachotteries, dit-elle. C'est impossible, parce que nous vivons trop près les uns des autres. »

Josua hocha la tête. « Je voulais simplement dire que j'étais désolé, Madame. Infiniment désolé. »

« Désolé ? »

« Oui. Je t'ai mal traitée... ce que j'ai admis dans le chariot de ton père. Je ne t'ai pas offert le respect que tu mérites. »

Le visage de Vorzheva se déforma, hésitant entre la joie et l'angoisse. « Ah ! tu ne me comprends donc toujours pas, Prince Josua d'Erkynée. Je me moque de ton respect, du moins si c'est tout ce que tu m'offres. Je veux ton attention. Je veux ton cœur ! Si tu me donnes cela, alors tu peux me donner tout le... le non-respect... »

Doucement : « L'irrespect. »

« ... Tout l'irrespect que tu veux. Ne me traite pas comme tu le fais des fermiers qui viennent te demander justice. Je ne veux pas ta réflexion, ta mesure, tes paroles, tes paroles, tes paroles... » Une larme de rage fut rapidement effacée. « Donne-moi simplement ton cœur, maudit Cage-de-pierre ! »

Ils s'immobilisèrent, l'herbe rabattue par le vent leur arrivant au genou. « J'essaie », dit-il.

« Non, tu n'essaies pas, siffla-t-elle amèrement. Tu as le visage de cette autre femme dans ton cœur, la femme de ton frère. Les hommes ! Vous n'êtes tous que des petits garçons, vous gardez vos anciennes amours dans votre cœur comme des pierres polies que vous avez trouvées. Comment puis-je combattre une morte ! ? Je ne peux pas la saisir, je ne peux pas la gifler, je ne peux pas la chasser, ou te suivre quand tu vas la voir ! » Elle fit une pause pour reprendre son souffle, les jambes solidement campées, comme prête au combat. Ses mains glissèrent vers son estomac et son expression changea. « Mais tu ne lui as pas fait d'enfant. Tu m'en as fait un à moi. »

Josua lui adressa un regard impuissant, observa son visage pâle, le rose dont s'étaient empourprées ses joues, la masse de ses cheveux noirs. Un mouvement attira son attention : un lapin, émergeant d'un fourré d'herbes hautes, s'arrêta un moment et se dressa sur son train arrière pour regarder alentour. Ses yeux ronds et noirs croisèrent les siens. Un instant plus tard, il bondit et disparut, fine ombre grise effleurant la plaine.

« Tu n'as aucun tort, Vorzheva, dit-il, sinon de t'être attachée à un être piètre et mélancolique. » Il sourit tristement, puis rit. « Mais en un sens, je suppose, je viens de renaître à la vie. Il m'a été accordé de survivre alors que j'aurais dû mourir, alors je dois voir cela comme un présage et considérer ma vie différemment. Tu vas porter notre enfant, et nous nous marierons dès que nous atteindrons la Pierre de l'Adieu. »

Une touche d'indignation réapparut dans les yeux de Vorzheva. « Nous nous marierons ici, devant mon peuple », annonça-t-elle d'un ton ferme. « Nous sommes promis ; maintenant ils vont voir le mariage et cesser de parler derrière leurs mains. »

« Mais, Madame, dit-il, nous devons partir au plus vite... »

« N'as-tu aucun honneur ? » demanda-t-elle. « Et si tu es tué avant que nous n'atteignions cet endroit ? L'enfant que je porte sera un bâtard... et je ne serai même pas une veuve. »

Josua voulut parler, mais il se contenta de rire une nouvelle fois. Il passa son bras autour d'elle et l'attira vers lui, oubliant ses blessures. Elle résista un instant, puis se laissa enlacer, mais sans se départir de sa grimace. « Vorzheva, tu as raison, dit le Prince en souriant. Cela ne sera pas retardé. Le père Strangyeard va nous marier, et je serai un bon époux et je te protégerai. Et si je meurs avant que nous n'atteignions notre destination, tu seras la plus belle veuve de toutes les prairies. » Il l'embrassa. Ils restèrent un temps sous la pluie, visage contre visage.

« Tu trembles », dit enfin Vorzheva, mais sa voix parut plus frémissante encore. Elle se libéra des bras de Josua. « Tu es resté trop longtemps dehors. Si tu meurs avant notre mariage, cela va tout gâcher. » Son expression était plus douce, mais il restait des traces d'appréhension, une pointe de peur qui refusait de disparaître.

Josua prit sa main et la porta à ses lèvres. Ils firent demi-tour et retournèrent lentement vers le campement, marchant aussi doucement qu'un très, très vieux couple.

« Je dois partir », annonça Géloé ce soir-là. Le groupe de Josua était pelotonné autour du feu tandis que des vents féroces martelaient les parois de leur abri de fortune.

« J'espère avoir mal compris, dit Josua. Nous avons besoin de votre sagesse. »

Déornoth ressentit à la fois joie et tristesse à l'idée de voir partir la femme-sorcière.

« Nous nous retrouverons bientôt, dit-elle. Je dois partir en éclaireur à la Pierre de l'Adieu. Maintenant que le danger ici est écarté, il est des choses que je dois y faire avant votre arrivée. »

« Quelles choses ? » Déornoth perçut la note de suspicion dans sa propre voix et en fut gêné par son absence de compassion, mais personne d'autre ne parut s'en apercevoir.

« Il y aura... » Géloé cherchait ses mots, « ... des ombres, là-bas. Et des bruits. Et d'infimes traces, comme les rides laissées sur l'eau après la chute d'un caillou. Il est d'une importance vitale que je puisse déchiffrer ces signes avant que vos pas ne viennent les troubler. »

« Et que vont vous apprendre ces signes ? »

Géloé secoua sa tête grisonnante. « Je ne sais pas. Peut-être rien. Mais la Pierre se trouve en un endroit spécial et puissant ; il y a peut-être là des choses à découvrir. Nous affrontons un ennemi immortel ; les clés de sa défaite se trouvent peut-être dans les vestiges laissés par son peuple immortel. » Elle se tourna vers la duchesse Gutrun, qui berçait Leleth endormie dans ses bras. « Pourrez-vous garder cette enfant jusqu'à me revoir ? »

Gutrun acquiesça. « Bien sûr. »

« Pourquoi ne l'emmenez-vous pas ? demanda Déornoth. Vous avez dit qu'elle... qu'elle avait une façon de vous aider à concentrer vos pouvoirs. »

Les flammes se reflétèrent dans les grands yeux de Géloé. « C'est vrai, mais elle ne peut voyager de la façon dont je vais le faire. » La femme-sorcière se leva et enfonça ses chausses dans ses lourdes bottes. « Et je ferais mieux de voyager de nuit. »

« Mais vous allez manquer notre mariage ! » s'exclama Vorzheva. « Le père Strangyeard va nous marier au matin ! »

Ceux qui ne le savaient pas encore les félicitèrent ; Josua répondit avec autant de calme et de grâce que s'il se fût trouvé dans sa salle du trône à Naglimund. Les sourires de Vorzheva cédèrent ensuite le pas à ce qui devait être des larmes de joie, qu'elle épancha sur l'épaule accommodante de Gutrun. Leleth, que le bruit avait éveillée et qui avait quitté le giron de la duchesse pour observer en silence tout ce remue-ménage, se plaça bientôt sous l'aile protectrice du père Strangyeard.

« C'est une excellente nouvelle, Vorzheva, Prince Josua ; mais je ne peux rester, dit Géloé. Je ne pense pas vous manquer. Je n'ai pas le goût des célébrations et libations, et le temps me presse. J'aurais voulu partir hier, mais je suis restée pour m'assurer que vous auriez vos chevaux. » Elle fit un signe du bras en direction de l'obscurité au-delà de leur abri, et de l'enclos dans lequel s'ébrouaient les nouvelles montures du Prince. « Je ne peux pas attendre plus longtemps. »

Après une brève conversation privée avec Josua et Strangyeard et quelques mots murmurés dans l'oreille de Leleth, des mots que la petite fille écouta aussi impassiblement que s'il se fût agi du bruit de l'océan écouté dans un coquillage, Géloé fit rapidement ses adieux et s'enfonça dans la nuit, sa cape râpée claquant dans le vent.

Déornoth, qui était le plus proche de l'ouverture de l'abri, se pencha peu après pour passer la tête à l'extérieur. Il avait entendu l'écho d'une plainte s'élevant dans le ciel balayé par le vent, mais lorsqu'il leva les yeux, il n'entrevit que l'image fugace de quelque sombre créature ailée passant devant la lune glaciale.

Déornoth montait la garde – ils n'avaient pas acquis une telle confiance dans les Thrithings qu'ils en seraient devenus négligents – lorsque Josua vint se joindre à lui en boitillant.

« Les étoiles sont encore à la même place, chuchota

Déornoth. Regardez. La Lampe, là-bas, a à peine bougé. » Il indiqua du doigt une lueur ténue dans le ciel. « Votre tour ne viendra pas avant plusieurs heures, Votre Altesse. Retournez vous coucher. »

« Je n'arrive pas à dormir. »

Déornoth fit confiance à l'obscurité pour masquer son sourire. « Il n'est pas rare d'avoir des doutes et des inquiétudes la nuit qui précède son mariage, sire. »

« Ce n'est pas cela, Déornoth. Mes doutes et mes inquiétudes personnels sont triviaux, comme tu me l'as une fois fait remarquer avec justesse, mon ami. Il est d'autres sujets de réflexion plus importants. »

Déornoth resserra le col de sa cape autour de son cou durant l'instant de silence qui s'ensuivit. La nuit était devenue très fraîche.

« Je suis heureux d'être en vie, dit enfin Josua, mais je me sens un peu comme une souris que le chat aurait laissée se réfugier dans un coin. En vie, oui, mais pour combien de temps ? Au-delà même de tout le mal dont est capable mon frère se profile maintenant la Main du Nord. » Il soupira. « J'ai un temps nourri l'espoir que l'histoire de Jarnauga n'était qu'une invention, malgré toutes les preuves, mais à l'instant où j'ai vu ces visages blancs me regarder devant les murs de Naglimund, quelque chose en moi est mort. Non, ne t'inquiète pas, mon bon Déornoth », s'empressa d'ajouter le Prince, « je ne vais pas commencer à divaguer, comme tu le crains en secret. J'ai pris ton admonestation à cœur. » Il laissa échapper un petit rire amer. « Mais ce n'est pourtant que la vérité. Il est des haines qui courent à travers ce monde comme du sang, chaud et vivant. Tout le temps que j'ai passé à étudier le mal avec les frères Usiréens, toutes leurs considérations réfléchies sur le Diable et ses œuvres, ne pouvaient expliquer tout cela aussi clairement que le fait de se plonger une seule seconde dans ces yeux noirs. Le monde a des entrailles ténébreuses, Déornoth. Je me demande s'il n'est pas préférable de ne pas chercher la connaissance. »

« Mais Dieu a sûrement placé de telles choses sur terre pour éprouver notre foi, Prince Josua, osa Déornoth. Si nul ne pouvait voir le mal, qui craindrait l'Enfer ? »

« Qui, en effet ? » Le ton du Prince changea. « Mais ce n'était pas de cela que j'étais venu te parler. On peut me faire confiance pour détourner n'importe quelle conversation vers un sujet austère et sinistre. » Il rit de nouveau, cette fois un peu plus gaiement. « En fait, j'étais venu te demander d'être mon témoin lorsque Vorzheva et moi nous marierons demain matin. »

« Prince Josua, j'en suis extrêmement honoré. Très heureux... je serai très heureux de le faire. »

« Tu as été le plus loyal des amis, Déornoth. »

« Vous avez été le meilleur seigneur qu'un homme puisse avoir. »

« Je n'ai pas dit " lige " ou " chevalier ", Déornoth. » Josua parlait d'un ton ferme, mais avec une note de bonne humeur dans la voix « J'ai dit " ami ". Mais ne pense surtout pas qu'être mon témoin soit un honneur dénué de responsabilités. Ce n'est pas le cas. » Il redevint sérieux. « Je pourrais difficilement prétendre à une quelconque fiabilité dans la protection de ceux qui me sont chers, Déornoth, mon ami. Tu peux protester, mais c'est tout simplement un fait. Et donc, dans le cas où quelque chose m'arriverait, je veux ta parole que tu protégeras Vorzheva ainsi que notre enfant. »

« Bien sûr, mon Prince. »

« Dis-le. » Puis, plus gentiment : « Jure-le-moi. »

« Je jure sur l'honneur de sainte Elysia de toujours protéger Vorzheva et l'enfant qu'elle porte comme s'ils étaient ma propre famille Je risquerai ma vie sans hésitation si cela était nécessaire. »

Josua serra le poignet du chevalier et le tint un moment. « Bien. Tous mes remerciements. Que le Seigneur te bénisse, Déornoth. »

« Qu'Il vous bénisse aussi, Prince Josua. »

Le Prince soupira. « Ainsi que tous les autres. Savais-tu, Déornoth, que demain est le premier jour d'anitul ? Le jour de Hlafmansa. Il y a de nombreux amis absents qui méritent une pensée ce soir, certains étant sans aucun doute bien plus proches du terrible visage des ténèbres que nous ne le sommes. »

Déornoth vit l'ombre qui se trouvait à ses côtés bouger soudain lorsque le Prince fit le signe de l'Arbre. Il partagèrent un long instant de silence avant que Josua ne parlât de nouveau. « Que Dieu nous protège tous et nous délivre du mal. »

Les hommes étaient debout dès les premières lueurs de l'aube, sellant les chevaux et chargeant les provisions obtenues lorsque Josua avait échangé deux de ses nouvelles montures pour de la nourriture et des vêtements. Étant donné que Leleth monterait avec la duchesse Gutrun et que Towser et Sangfugol partageraient la même monture, il restait quatre chevaux pour porter les provisions.

Lorsque les montures furent prêtes, les hommes revinrent vers l'enclos à taureaux. Ils le découvrirent entouré par des Thrithings trop nombreux pour n'être que quelques curieux.

« Que se passe-t-il ? Aurais-tu fait une annonce publique ? » demanda Josua, contrarié. Vorzheva soutint son regard sans ciller. Elle portait de nouveau son bandeau blanc.

« Crois-tu que les gens de mon peuple auraient pu ne pas remarquer que vous prépariez les chevaux ? » lâcha-t-elle. « Et, de toute façon, pourquoi se marier si c'est pour le faire comme des voleurs œuvrant de nuit ? » Elle s'éloigna d'un pas altier, faisant flotter la large jupe de sa robe de mariée. Elle revint un instant plus tard, amenant avec elle la jeune fille aux grands yeux qui servait Fikolmij le jour où Josua et son groupe étaient arrivés au campement. « Voici Hyara, ma sœur cadette, expliqua Vorzheva. Un jour, elle se mariera. Alors je veux qu'elle sache que cela peut ne pas être une épreuve terrifiante. »

« Je ferai de mon mieux pour ressembler à un bon parti », dit Josua en fronçant les sourcils. Hyara eut un mouvement de recul, aussi anxieuse qu'un faon effarouché.

Vorzheva insista pour qu'ils fussent mariés à ciel ouvert et sous les yeux des membres de son clan. Le petit groupe s'extirpa de sous l'abri de couvertures. Le père Strangyeard marmonnait nerveusement en s'efforçant de se souvenir des passages importants de la cérémonie nuptiale : il n'avait pas, bien sûr, pu emporter de Livre d'Aédon en quittant Naglimund, et n'avait jamais célébré de mariage. Des principaux acteurs de la cérémonie, il était assurément le plus inquiet. La jeune Hyara, sentant chez le prêtre une âme sœur dans l'angoisse, marchait si près de lui qu'elle était presque dans ses jambes, ajoutant ainsi a sa déconfiture.

Ils ne furent pas surpris de découvrir une foule réjouie et curieuse rassemblée autour de l'enclos à taureaux, une foule bien peu différente dans son humeur, remarqua Déornoth en silence, de celle qui s'était réunie pour voir Josua se faire étriper. Il fut un peu déconcertant d'y découvrir la mère et les sœurs de celui qui n'avait pas su fendre Josua en deux, le géant Utvart. Ces femmes, toutes vêtues de robes et de foulards du même bleu sombre des deuils, observaient les Cages-de-pierre d'un œil lugubre, les lèvres serrées en une expression uniformément malveillante.

Si la présence de la famille d'Utvart était une surprise, ce n'était rien en regard de celle de Fikolmij. Le Thane, qui avait virtuellement disparu depuis la victoire de Josua pour ruminer sa rage, s'avançait maintenant à travers le camp en direction de l'enclos à taureaux, suivi par une poignée de gardes-rande couverts de cicatrices. Bien qu'il ne se fût pas encore écoulé une heure depuis l'apparition du soleil, les yeux injectés de sang de Fikolmij laissaient transparaître son ivresse.

« Par le Grand Étalon, s'exclama-t-il, vous ne pensiez tout de même pas que j'allais laisser ma fille et son époux à la riche troupe se marier sans que je vienne partager leur bonheur !? » Il claqua des mains sur son ventre imposant et s'esclaffa bruyamment. « Allez-y, allez-y ! Nous sommes impatients de voir comment se font les mariages dans les labyrinthes des Cages-de-pierre. »

Dès qu'elle entendit le rugissement de son père, la jeune Hyara fit un pas en arrière et regarda précipitamment alentour, se préparant à fuir. Déornoth la saisit gentiment par le coude, la retenant jusqu'à ce qu'elle rassemblât assez de courage pour s'avancer et reprendre sa place au côté de Vorzheva. Le père Strangyeard, paralysé par l'appréhension, reprit le début de la *Mansa Connoyis* – la Prière de l'Union – à plusieurs reprises ; mais chaque fois, il s'emmêlait et bafouillait, pour enfin s'arrêter comme une roue à moudre dont le bœuf renâcle. Chaque échec faisait rire plus fort encore Fikolmij et ses gardes-rande. Le visage du maître des archives, déjà naturellement rose, se faisait de plus en plus rouge. Finalement, Josua se pencha en avant et lui chuchota quelque chose à l'oreille.

« Vous êtes un Porteur du Parchemin maintenant,

mon Père, tout comme l'était votre ami Jarnauga. » Il parlait si doucement que personne d'autre que Strangyeard ne pouvait l'entendre. « Dire une simple *mansa* ne peut être qu'un jeu d'enfant pour vous, quelles que soient les distractions. »

« *Un-œil célèbre le mariage d'Une-main !* » tonna Fikolmij.

Strangyeard porta timidement la main à son bandeau, puis hocha la tête avec gravité. « Vous... vous avez raison, Prince Josua. Pardonnez-moi. Poursuivons. »

Prononçant soigneusement chaque mot, Strangyeard reprit ce long rituel comme s'il s'engageait dans des eaux profondes et traîtres. Le Thane et ses acolytes criaient de plus en plus fort, mais le prêtre ne se laissait plus intimider. Au bout d'un moment, la foule devint nerveuse, s'étant fatiguée du comportement de Fikolmij. Chaque fois qu'une nouvelle raillerie disgracieuse volait au-dessus de l'enclos, le murmure se faisait plus fort.

Alors que Strangyeard s'approchait de la fin de la prière, Hotvig apparut à cheval, venant de l'ouest. Il était essoufflé et ébouriffé, comme s'il avait galopé jusqu'au campement.

Le cavalier observa silencieusement la scène du haut de sa monture, puis sauta de selle et marcha rapidement vers son Thane. Il lui parla rapidement, et indiqua d'un geste du bras la direction dont il venait. Fikolmij acquiesça avec un grand sourire, puis tourna la tête et dit quelque chose aux autres gardes-rande qui les fit s'esclaffer. Une profonde confusion se peignit sur le visage d'Hotvig, confusion qui se mua bientôt en colère. Tandis que Fikolmij et les autres continuaient de rire de la nouvelle qu'il venait de rapporter, le jeune Thrithing partit d'un pas pressé vers la barrière de l'enclos et fit un signe à Isorn pour attirer son attention. Hotvig parla dans l'oreille d'Isorn ; les yeux du Rimmersleute s'agrandirent. Lorsque le père Strangyeard interrompit son monologue un instant et se pencha pour attraper le bol d'eau qu'il avait préalablement rempli et préparé pour cette partie de la prière, le fils d'Isgrimnur s'éloigna de la barrière et se dirigea droit sur le Prince Josua.

« Pardonnez-moi, Josua, souffla Isorn, mais Hotvig dit que cinq douzaines de cavaliers en armes se dirigent vers le campement. Ils sont à moins d'une lieue et ne ménagent pas leurs chevaux. Les armes de leur chef sont un faucon écarlate et argent. »

Surpris, Josua releva les yeux. « Fengbald ! Mais que fait donc ici ce fils de putain ! ? »

« Fengbald ? » répéta Déornoth d'un ton incrédule. Cela ressemblait à un nom tiré d'un lointain passé. « Fengbald ? »

Un murmure de surprise parcourut la foule devant l'étrange tournure que prenait la cérémonie.

« Josua, dit Vorzheva d'une voix tendue, comment peux-tu parler de ces choses-là maintenant ? »

« J'en suis réellement désolé, Madame, mais nous n'avons pas le choix. » Il se tourna vers Strangyeard, qui les regardait les yeux écarquillés, les stances qu'il prononçait avec une confiance croissante une nouvelle fois interrompues. « Passez à la dernière partie », lui ordonna Josua.

« Qu... quoi ? »

« La fin, Strangyeard. Dépêchez-vous ! Nul ne pourra dire que ma dame a vu s'achever cette journée sans le mariage qui lui était promis, mais si nous ne nous pressons pas, elle sera veuve avant la fin de la *mansa...* » Il donna au prêtre une bourrade amicale. « La fin, Strangyeard ! »

L'œil unique de l'archiviste s'écarquilla. « *Que l'amour du Rédempteur, de Sa mère Elysia, et de Son père le Tout-Puissant bénisse cette union. Que... que vos vies soient longues et votre amour plus durable encore. Vous êtes mariés.* » Il agita anxieusement les mains. « C'est... c'est tout. Vous êtes mariés, comme le dit la *mansa.* »

Josua se pencha et embrassa une Vorzheva éberluée avant de la prendre par la main et de l'entraîner vers le portail de l'enclos, tandis que Isorn réunissait le reste de leur groupe.

« Es-tu si pressé d'en arriver à la nuit de noces, Josua ? » lâcha Fikolmij avec un sourire satisfait. Lui et ses gardes-rande s'avançaient vers le portail tandis que le reste de la foule accablait le Thane de questions. « Tu sembles bien pressé de partir. »

« Et tu sais pourquoi », lui cria Déornoth, la main posée sur la poignée de son épée. « Tu savais qu'ils arrivaient, n'est-ce pas ? Chien de traître ! »

« Surveille ta langue, gronda Fikolmij. Je n'ai promis

que de vous laisser partir. J'avais envoyé un message aux hommes du Roi bien plus tôt – dès que vous êtes entrés dans mes Thrithings. » Il rit de bon cœur. « Je n'ai donc trahi aucune promesse. Mais si vous désirez vous battre contre moi et mes hommes avant l'arrivée des Erkynéens, libre à vous. Sinon, vous feriez mieux de grimper sur vos nouveaux poneys et de fuir. »

Vorzheva s'écarta de Josua lorsqu'ils franchirent le portail et se mêlèrent à la masse des Thrithings. Elle rejoignit son père en quelques pas et le gifla violemment.

« Tu as tué ma mère, hurla-t-elle, mais un jour je te tuerai ! » Avant qu'il eût pu l'attraper, elle avait bondi en arrière et était revenue au côté de Josua. Naidel siffla hors de son fourreau et se balança d'un air menaçant, une langue de lumière brillante sous le ciel morne. Fikolmij fixa Josua du regard, les yeux écarquillés, le visage rouge de fureur. Avec un effort manifeste, le Thane réprima sa colère et lui tourna le dos d'un air méprisant.

« Fuyez, essayez de sauver vos vies, gronda-t-il. Je ne trahis pas ma parole pour les petites tapes d'une femme. »

Hotvig les suivit lorsqu'ils se précipitèrent vers l'enclos dans lequel les attendaient leurs chevaux. « Le Thane a raison sur un point, Josua, Vorzheva, dit-il. Vous devez fuir. Vous avez une heure d'avance et vos chevaux sont frais, alors rien n'est perdu. Certains des gardes vont m'aider à les retenir. »

Déornoth en eut le souffle coupé. « Les retenir... ? Mais Fikolmij veut que nous soyons pris ! »

Hotvig secoua violemment la tête. « Tout le monde n'approuve pas le Thane. Où irez-vous ? »

Josua réfléchit un instant. « Assure-toi que nos ennemis ne l'apprennent pas, Hotvig. » Il baissa un peu la voix. « Nous allons au nord de l'endroit où se rejoignent les rivières, vers un endroit appelé la Pierre de l'Adieu. »

Le Thrithing le regarda d'un air étrange. « J'en ai entendu parler, dit-il. Partez vite. Nous nous reverrons peut-être. » Hotvig se retourna et regarda longuement Vorzheva, puis il s'inclina. « Faites savoir à ces gens que les hommes des Thrithings ne ressemblent pas tous à votre père. » Il s'écarta et s'éloigna.

« Il n'y a plus de temps à perdre, cria Josua. À cheval ! »

Les derniers pâturages du campement disparaissaient derrière eux. Malgré les blessés et les cavaliers inexpérimentés, les longs membres de Vinyafod et de ses compagnons dévoraient le terrain. L'herbe s'envolait sous leurs sabots.

« Cela devient une désagréable habitude », cria Josua en direction de Déornoth et d'Isorn.

« Laquelle ? »

« Nous enfuir ! Poursuivis par des forces supérieures en nombre ! » Josua fit un geste du bras. « Je suis fatigué de montrer mon dos, que ce soit à mon frère ou aux laquais du Roi de l'Orage ! »

Déornoth regarda vers le ciel grumeleux, puis pardessus son épaule. Seules quelques vaches éparses étaient visibles à l'horizon : il n'y avait aucun signe de poursuite. « Nous avons besoin de trouver un endroit qui nous servira de bastion, Prince Josua ! » cria-t-il.

« C'est vrai, renchérit Isorn. Les gens se rallieront alors en masse à votre bannière, vous verrez ! »

« Et comment nous trouveront-ils ? » demanda Josua avec un sourire moqueur. « Tous ces gens, comment nous trouveront-ils ? »

« Ils y parviendront, hurla Isorn. Tout le monde y arrive ! » Il éclata de rire. Le Prince et Déornoth se joignirent à lui. Vorzheva et les autres les regardèrent comme s'ils étaient fous.

« Fuyons, cria Josua. Je suis marié et recherché ! »

Le soleil ne se montra pas de la journée. Lorsque la terne lumière commença à faiblir et que l'obscurité s'annonça dans le ciel orageux, le groupe du Prince choisit un endroit et monta le camp.

Ils avaient chevauché vers le nord depuis le campement jusqu'à atteindre l'Ymstrecca au début de l'après-midi, traversant la rivière par un gué boueux dont les rives étaient criblées de marques de sabots. Josua avait décidé qu'il serait plus sage de voyager vers l'est de l'autre côté de l'Ymstrecca, où ils ne seraient qu'à une heure de cheval de la forêt. Si Fengbald continuait de les poursuivre, ils auraient au moins la possibilité de se précipiter vers les arbres sombres et, peut-être, d'échapper à cette force supérieure en nombre dans les profondeurs d'Aldhéorte.

Malgré cette précaution, ils n'avaient vu aucun signe des cavaliers du Roi souverain durant tout l'après-midi. Les gardes de nuit se passèrent sans événement notable. Après avoir déjeuné au lever du soleil de viande séchée et de pain, ils reprirent leur route. Ils gardèrent un rythme alerte, mais la crainte d'une poursuite allait décroissante : si Hotvig et les autres avaient effectivement fait quelque chose pour ralentir Fengbald, alors ils avaient fait ça bien. Leur seule infortune fut les souffrances de ceux qui n'avaient pas l'habitude de chevaucher. Le matin froid et gris s'emplit de soupirs tandis qu'ils avançaient vers l'est.

Durant la deuxième journée de leur périple à travers ces prairies vertes mais inhospitalières, les voyageurs commencèrent à apercevoir les toits de grands chariots fermés et de piteux cabanons de boue et de bois installés le long des rives de l'Ymstrecca. En deux ou trois endroits, quelques huttes s'étaient même rassemblées pour former un semblant de colonie, comme des bêtes se déplaçant lentement qui chercheraient la compagnie les unes des autres sur une plaine sombre. Ces froides prairies étaient embrumées, et les voyageurs ne pouvaient voir loin ni distinguer clairement, mais les habitants de ces agrégats ne paraissaient pas être des Thrithings.

« Hotvig a dit la vérité », dit Josua d'un ton songeur en dépassant l'un de ces villages. Une poignée de silhouettes se détachaient contre la masse grise de l'Ymstrecca qui louvoyait devant ces huttes – les habitants qui tendaient des filets de pêche. « Je pense que ce sont des Erkynéens. Vous voyez ? Cette hutte est peinte sur un flanc du signe de l'Arbre ! Mais que font-ils ici ? Notre peuple n'a jamais vécu sur ces terres ! »

« Les bouleversements, les récoltes détruites, dit Strangyeard. Mon Dieu, que les gens doivent souffrir à Erchester ! C'est terrible ! »

« Ce sont plus probablement des gens respectueux du Seigneur qui savent qu'Élias traite avec les démons », dit Gutrun. Elle serra Leleth contre son ample poitrine, comme pour protéger l'enfant de tout être ayant été en relation avec le Roi souverain.

« Ne devrions-nous pas leur dire qui vous êtes, sire ? » demanda Déornoth. « Il y a une sécurité dans le nombre, et nous sommes très peu depuis très longtemps. De plus, si ce sont des Erkynéens, vous êtes leur prince de droit. »

Josua observa le camp lointain, puis secoua la tête. « Ils sont peut-être venus ici pour échapper à tous les princes, légitimes ou pas. Par ailleurs, si nous sommes suivis, pourquoi mettre la vie d'innocents en danger en leur faisant connaître nos noms et destination ? Non ; comme tu l'as dit, nous nous ferons connaître lorsque nous aurons un bastion. Ils pourront alors nous rejoindre s'ils le désirent, et non nous suivre parce que nous aurons fondu sur eux avec des épées et des chevaux. »

Déornoth conserva une expression parfaitement neutre, mais à l'intérieur, il était déçu. Ils avaient désespérément besoin d'alliés. Pourquoi Josua insistait-il pour se montrer si incroyablement circonspect et respectueux ? Il était évident que certaines choses, chez son prince, ne changeraient jamais.

À mesure que les cavaliers progressaient à travers la morne steppe, le mauvais temps empirait, comme s'ils étaient à la veille de l'hiver plutôt que dans les premiers jours d'anitul, censés être au plus fort de l'été. Des rafales de neige les atteignirent, emportées dans le sillage des vents du nord, et le ciel, incroyablement vaste, avait définitivement viré à un gris aussi maussade que les cendres d'un feu.

Bien que le paysage autour d'eux se fît de plus en plus lugubre et inhospitalier, les voyageurs commencèrent à croiser sur les rives de l'Ymstrecca des colonies plus importantes, qui ne s'étaient pas tant formées qu'accumulées. Tout comme une rivière charrie des ronces, des branchages et du limon qu'elle finit par abandonner agglutinés dans un méandre, la substance de ces colonies, tant humaine que matérielle, semblait être arrivée par hasard en cet étrange endroit à peine accueillant, se déposant dans ce goulot étroit tandis que la force qui les avait portés poursuivait son chemin.

Le groupe de Josua dépassait en silence ces petits hameaux délabrés, ces embryons de villages aussi inamicaux que la steppe elle-même, chacun fait d'une douzaine d'abris rudimentaires. Il était rare de voir des êtres vivants à l'extérieur de ces murs minces, mais des rubans de fumée s'élevaient à travers les toits et flottaient dans le vent.

Les deuxième, troisième et quatrième nuits passées sous les étoiles que dissimulaient les nuages amenèrent les exilés du Prince au bord de la vallée de la rivière Stefflod. La soirée du cinquième jour apporta plus de neige et un froid mordant, mais les ténèbres étaient parsemées de lueurs : des torches et des feux de camp, des centaines de lumières qui faisaient de la vallée un bol rempli de pierres précieuses. Il s'agissait de la plus grande colonie que les voyageurs eussent vue jusqu'ici, une presque-ville d'abris frustes lovée au fond de la vallée dans laquelle se rejoignaient l'Ymstrecca et la Stefflod. Après un long voyage à travers cette plaine interminable, cette vue réchauffait le cœur.

« Une fois encore, nous allons comme des voleurs, Prince Josua », murmura Déornoth, visiblement contrarié. « Vous êtes le fils de Jean Presbytère, seigneur. Et pourtant nous rôdons dans ce cantonnement de paysans avec l'apparence – et les manières – de voleurs. »

Josua sourit. Il n'avait pas quitté ses vêtements thrithings maculés, bien que l'échange des chevaux lui eût rapporté entre autres des vêtements propres. « Tu ne me demandes plus de pardonner ton impertinence comme tu le faisais autrefois, Déornoth. Non, ne t'excuse pas. Nous avons traversé trop d'épreuves ensemble pour que je te désapprouve. Tu as raison, nous ne nous présentons pas dans cet endroit comme un prince et sa cour – et notre cour est bien misérable, de toute façon. Nous allons simplement trouver ce que nous voulons sans faire prendre aux femmes, à la jeune Leleth et aux autres des risques inutiles. » Il se tourna vers Isorn, qui était le troisième membre du trio et, en cet instant, le plus silencieux. « Autant que faire se peut, nous allons nous efforcer de dissiper tout doute sur le fait que nous soyons autre chose que d'ordinaires voyageurs. Isorn, tu parais particulièrement bien nourri : ta taille seule pourrait effrayer ces pauvres gens. » Il gloussa et donna une tape amicale au jeune Rimmersleute musclé. Isorn, pris au dépourvu par la joie soudaine du Prince, trébucha et manqua tomber.

« Je ne peux pas rétrécir, Josua, grommela-t-il. Mais vous pouvez remercier le ciel que je ne sois pas aussi grand que mon père, ou vos pauvres hères pourraient à ma seule vue s'enfuir en hurlant dans la nuit. »

« Ah ! Isgrimnur me manque, dit Josua. Qu'Aédon le protège, cet homme brave, et qu'Il nous le ramène en parfaite santé. »

« Il manque aussi beaucoup à ma mère, et elle a peur pour lui, dit doucement Isorn. Mais elle ne le dit pas. » Son visage débonnaire était grave.

Josua le regarda avec intensité. « Votre famille n'est généralement pas expansive. »

« Cela n'empêche, dit soudain Déornoth. Le duc sait certainement se faire entendre lorsqu'il est mécontent ! Je me souviens, lorsqu'il a appris que Skali serait présent pour les funérailles du Roi Jean. Il a projeté une chaise à travers le paravent de l'évêque Domitis et l'a fracassé ! *Ouch !* Quel spectacle ! » Riant dans le noir, Déornoth trébucha sur un nid-de-poule. La lune embrumée n'était pas généreuse de sa lumière. « Rapproche la torche, Isorn. Et, de toute façon, pourquoi marchons-nous en menant nos chevaux ? »

« Parce que *toi*, si tu te casses une jambe, tu pourras encore monter à cheval, dit sèchement le Prince. Si Vildalix, ta nouvelle monture, s'en casse une, est-ce que tu vas le porter ? »

Déornoth admit cet argument à contrecœur.

Tout en échangeant à voix basse des histoires sur le père d'Isorn et son tempérament légendaire, dont les explosions étaient presque toujours suivies d'excuses horrifiées une fois le duc calmé, ils poursuivirent leur descente des longues pentes herbeuses qui menaient aux lueurs des premiers feux. Le reste de leur groupe avait établi leur campement en lisière de la vallée, le feu qu'entretenait la duchesse Gutrun formant un puissant fanal sur les hauteurs derrière le trio.

Une meute de chiens maigres et tremblants aboya puis se dispersa lorsque les trois hommes arrivèrent à l'approche de la colonie. Quelques silhouettes sombres levèrent les yeux par-dessus leurs feux ou depuis l'entrebâillement des pièces de toile qui servaient de porte aux huttes branlantes ; ils regardèrent les étrangers passer, mais si certains purent penser que Josua et ses camarades n'étaient pas des leurs, personne ne vint le dire. D'après les bribes de conversation qu'ils saisirent au passage, il était clair que la plupart de ces gens étaient effectivement des Erkynéens, qui s'exprimaient en mêlant la vieille langue du pays et le westerlien. Ici et là, un peu d'hernystiri pouvait également être entendu.

Une femme se tenait dans l'espace qui séparait deux maisons ; elle parlait à sa voisine du lapin que son fils avait ramené, et de la façon dont ils l'avaient fait bouillir avec des herbes amères pour Hlafmansa. Il était étrange, pensa Déornoth, d'entendre les gens parler de choses aussi banales ici, au milieu de cette immensité sauvage, un peu comme s'il se trouvait au détour du prochain rocher une église prête à les accueillir pour la prière du matin ou une échoppe dans laquelle ils pourraient acheter de la bière pour accompagner leur ragoût de lapin.

La femme, d'un certain âge, le visage rouge et décharné, se retourna à leur approche et les toisa avec un mélange d'appréhension et d'intérêt. Déornoth et Isorn firent un écart pour la dépasser, mais Josua s'arrêta.

« Nous vous souhaitons une agréable soirée, bonne dame, dit le Prince en la saluant d'un léger mouvement de tête. Savez-vous où nous pourrions trouver un peu de nourriture ? Nous sommes des voyageurs et avons de l'argent pour payer. Quelqu'un a-t-il quelque chose à vendre ? »

La femme le dévisagea scrupuleusement, puis observa ses compagnons. « Il n'y a ni taverne ni auberge ici, dit-elle d'un ton sévère. Chacun garde ce qu'il possède. »

Josua acquiesça lentement, comme s'il recueillait des perles de sagesse dans son discours. « Et quel est le nom de cet endroit ? demanda-t-il. Il n'est sur aucune carte. »

« Ce n'est pas surprenant, lâcha-t-elle. N'y avait rien il y a deux étés. Il n'a pas de nom, pas vraiment, mais certains l'appellent Gadrinsett. »

« Gadrinsett, répéta Josua. *Endroit-de-rassemblement.* »

« Pas que les gens aient une vraie raison de se rassembler, d'ailleurs, dit-elle en grimaçant. On ne peut simplement pas aller plus loin. »

« Et pourquoi cela ? » demanda Josua.

La femme ignora la question, toisant une nouvelle

fois le Prince d'un air calculateur. « Eh ! bien, dit-elle enfin, si vous voulez manger et que vous pouvez payer, je pourrais peut-être faire quelque chose pour vous. Montrez-moi d'abord votre argent. »

Josua tira la poignée de cintis et de quinis qui se trouvaient dans sa bourse lorsqu'il avait fui Naglimund. La femme hocha la tête.

« Je ne peux pas prendre le bronze, mais il y a des gens près de la rivière qui accepteront peut-être l'argent, alors je vais tenter ma chance avec l'une de celles-ci. Avez-vous autre chose à échanger ? Des lanières de cuir récupérées sur une selle cassée ? des boucles de ceinturon ? Des vêtements ? » Elle regarda la façon dont Josua était habillé et grimaça. « Non, je doute que vous ayez des vêtements de rechange. Eh ! bien venez, je vous donnerai de la soupe et vous me raconterez les nouvelles. » Elle fit un signe à son amie, qui était restée à distance respectueuse et avait assisté à la conversation bouche bée, puis les emmena à travers l'agrégat de huttes.

La femme s'appelait Ielda, et bien qu'elle eût mentionné avec insistance et à plusieurs reprises le retour imminent de son mari, Déornoth n'en crut rien : il supposa qu'elle s'efforçait surtout d'empêcher trois étrangers de penser soudain à la détrousser. Elle avait par contre plusieurs enfants, mais la crasse sur leur visage et le manque de lumière empêchaient de dire avec certitude combien étaient des garçons et combien des filles. Ils s'approchèrent pour observer le Prince et ses amis avec la même curiosité craintive que s'il se fût agi d'un serpent en train d'avaler une grenouille.

Après avoir reçu une pièce d'un quinis, qui disparut immédiatement dans les profondeurs de sa robe, Ielda leur versa chacun un bol d'une soupe claire, puis dénicha quelque part une jarre de bière que son mari avait, d'après elle, amenée de Falshire, où ils vivaient autrefois. Cette jarre changea en certitude l'opinion de Déornoth, qui supposait que son mari était mort : quel homme vivrait dans ce trou oublié par Dieu en conservant si longtemps une jarre de bière intacte ?

Josua la remercia d'un ton grave. Tous trois se passèrent la jarre plusieurs fois avant de penser à demander à Ielda si elle désirait en boire un peu. Elle accepta avec un hochement de tête gracieux et but de bon cœur.

Ses enfants se mirent aussitôt à commenter son geste dans un étrange jargon qui leur était propre, mélange de grognements, de quelques mots inintelligibles, et de mouvements répétés des mains vers la tête et la poitrine.

Les plaisirs de la compagnie et de la conversation firent bientôt effet sur Ielda. D'abord réservée, elle se fit rapidement plus éloquente, et se mit à disserter d'une façon assez avisée sur tout ce qu'il y avait à savoir au sujet de Gadrinsett et de ceux qui la peuplaient. Elle n'avait aucune éducation mais sa langue était bien pendue, et bien que le but des voyageurs fût en premier lieu de se faire indiquer le chemin de la Pierre de l'Adieu – les indications de Géloé n'avaient pas été très précises –, ils prirent grand plaisir à voir Ielda imiter ses divers voisins.

Comme nombre des habitants de Gadrinsett, Ielda et sa famille avaient fui Falshire lorsque Fengbald et la garde erkynéenne avaient mis le feu au quartier des lainiers, en représailles contre la résistance de leur guilde devant l'un des édits les plus impopulaires d'Élias. Ielda leur expliqua également que Gadrinsett était encore plus étendue qu'ils ne le pensaient : la colonie se poursuivait bien plus loin dans la vallée, mais les collines étaient assez hautes pour masquer les feux de cette partie de la ville.

La raison pour laquelle tant de gens s'arrêtaient ici, expliqua Ielda, était que le pays qui s'étendait au-delà du point où se rejoignaient la Stefflod et l'Ymstrecca était dangereux et de mauvais augure.

« Cet endroit est rempli de nids-de-sorcières, dit-elle avec emphase, et on y trouve des tertres sur lesquels les esprits dansent la nuit. C'est pour ça que les gens des Thrithings nous laissent en paix : ils ne voudraient pas vivre ici, de toute façon. » Sa voix baissa et ses yeux s'agrandirent. « Il y a là-bas une grande colline où se retrouvent les fées, et où pullulent les pierres-magie, plus encore que sur Thisterborg près d'Erchester, si vous avez entendu parler de cet autre endroit maudit. Un peu plus loin se trouve une ville où vivaient les démons, une ville impie, contre nature. Ces terres au-delà des rivières sont pleines de magie ; des femmes ici ont eu leur enfant volé. L'une a trouvé une créature abandonnée en échange, avec des oreilles pointues et tout ! »

« Cette colline magique paraît être un endroit réellement effrayant », dit Josua avec un sérieux parfait. Lorsque la femme baissa les yeux vers ses cuisses, sur lesquelles elle mélangeait de la farine et de l'eau dans un bol, il croisa le regard de Déornoth et lui fit un clin d'œil. « Où se trouve-t-elle ? »

Ielda fit un signe en direction de l'obscurité. « Tout droit par là, en longeant la Stefflod. Vous seriez sages de l'éviter. » Elle s'interrompit, fronçant les sourcils. « Et où allez-vous, messires ? »

Déornoth enchaîna avant que Josua eût pu répondre. « En fait, nous sommes des chevaliers errants qui espérons mettre notre épée au service d'une grande cause. Nous avons entendu dire que le Prince Josua, le fils cadet du Roi souverain Jean Presbytère, était venu ici dans les terres de l'est, où il se prépare à renverser son frère maudit, le roi Élias. » En s'efforçant de ne pas sourire, Déornoth poursuivit malgré les signes d'irritation de Josua. « Nous sommes venus nous joindre à cette noble cause. »

Ielda, qui avait un temps cessé de malaxer la pâte, eut un grognement méprisant et reprit son travail. « Le Prince Josua ? Ici dans les prairies ? C'est une plaisanterie. Pas que je n'aimerais pas que quelque chose soit fait : rien ne va plus bien depuis que le vieux Jean Presbytère est mort, Dieu ait son âme. » Elle fit une grimace, mais ses yeux parurent s'embuer. « Ça a été dur pour tout le monde, tellement dur... »

Elle se leva soudain et posa les disques de pâte aplatie sur une pierre propre au bord du feu ; ils commencèrent à doucement grésiller. « Je vais juste chez mon amie, dit Ielda, lui demander s'il lui reste un peu de bière. Je ne lui dirai rien de ce que vous avez dit au sujet du Prince, parce qu'elle se contenterait de rire. Surveillez ces gâteaux de près pendant que je serai partie : ce sera le repas du matin pour mes enfants. » Elle se leva et quitta le cercle de lumière, séchant ses yeux du coin de son châle sale.

« Quelle folie est-ce là, Déornoth ? » demanda Josua, furieux.

« Mais avez-vous entendu ? Les gens comme elle attendent que vous fassiez quelque chose. Vous êtes leur prince. » Cela paraissait évident. Josua allait certainement s'en apercevoir.

« Prince de quoi ? Prince de ruines, prince de terres désertes et de prairies ? Je n'ai rien à offrir à ces gens... pas encore. » Il se leva et marcha jusqu'à la limite de l'obscurité. Les enfants de Ielda l'observèrent, comme une rangée d'yeux blancs reflétant la lumière.

« Mais comment ferez-vous quoi que ce soit sans des gens avec vous ? » demanda Isorn. « Déornoth a raison. Si Fengbald sait maintenant où nous sommes, alors ce n'est plus qu'une question de temps avant que toute la rage d'Élias ne s'abatte sur nous. »

« La superstition empêche peut-être ces gens de s'approcher de la Pierre de l'Adieu, mais elle ne retiendra pas le marquis Guthwulf et les armées d'Élias », ajouta Déornoth.

« Si le Roi qui est assis sur le Trône du Dragon décide de dépêcher ses armées contre nous, répondit Josua avec flamme, lançant sa main en l'air en signe de frustration, alors quelques centaines d'habitants de Gadrinsett feront autant de différence que des plumes jetées au vent. Ce n'est qu'une raison de plus pour ne pas les entraîner dans tout cela. Un petit groupe comme le nôtre peut au moins disparaître une nouvelle fois dans Aldhéorte en cas de besoin, mais ces gens en sont incapables. »

« Vous projetez encore une fois de fuir, répondit Déornoth avec colère, alors que vous en êtes vous-même fatigué, comme vous nous l'avez avoué ! »

Tous trois se disputaient encore lorsque Ielda revint. Ils se turent aussitôt honteusement, en se demandant ce qu'elle avait pu entendre de leur conversation. Mais leurs paroles étaient la dernière chose qu'elle avait en tête.

« Mes gâteaux ! » hurla-t-elle, avant de les retirer un à un de la pierre en poussant des petits cris de douleur chaque fois qu'elle se brûlait les doigts. Tous les gâteaux étaient aussi noirs que l'âme de Pryrates. « Espèces de monstres ! Comment avez-vous pu ? Vous racontez toutes vos belles histoires de prince, et vous laissez brûler mes gâteaux ! » Elle se retourna et donna de grands coups inefficaces sur les larges épaules d'Isorn.

« Toutes mes excuses, bonne dame Ielda, dit Josua en sortant une autre pièce d'un quinis. Prenez ceci, s'il vous plaît, et pardonnez-nous... »

« De l'argent ? » s'exclama-t-elle tout en empochant

la pièce. « Et mes gâteaux ? Qu'est-ce que je vais donner à manger à mes enfants demain matin quand ils pleureront ? De l'argent, peut-être ? » Elle attrapa un balai fait de petites branches nouées et le balança sauvagement vers la tête de Déornoth, manquant le faire tomber de la pierre sur laquelle il était assis. Il bondit rapidement hors de portée et rejoignit Josua et Isorn dans leur retraite.

« Ne revenez plus jamais ici ! » hurla-t-elle dans leur direction. « Des chevaliers errants ? Des brûleurs de gâteaux, oui ! Mon amie dit que le Prince est mort, et toutes vos paroles ne le feront pas revenir ! »

Ses cris de colère s'évanouirent tandis que Josua et ses compagnons revinrent précipitamment à leurs chevaux. Ils franchirent rapidement les limites de Gadrinsett.

« Au moins, dit Josua après qu'ils eurent marché sur quelque distance, nous avons maintenant une idée assez précise de l'endroit où se trouve la Pierre de l'Adieu. »

« Nous avons appris plus que cela, Votre Altesse, répondit Déornoth avec un sourire en coin. Nous savons maintenant que votre nom est capable de déchaîner les passions de vos sujets. »

« Vous êtes peut-être le Prince des prairies, Josua, ajouta Isorn, mais vous n'êtes vraiment pas le roi des gâteaux. »

Josua les dévisagea tous deux d'un air dégoûté. « J'apprécierais, dit-il lentement, que nous fassions le reste du chemin en silence. »

22

LA PORTE DE L'ÉTÉ

« Ce n'est pas une route qui nous emmène là-bas, dit Aditu d'une voix grave. C'est une sorte de chanson. »

Simon fronça les sourcils d'irritation. Il avait posé une question simple, et à la manière irritante des Sithis, elle lui avait une fois de plus donné une réponse qui n'en était pas une. Il faisait trop froid pour tenir ce genre de discours insensé. Il essaya une nouvelle fois.

« Mais s'il n'y a pas de route, il doit au moins y avoir une direction. Alors dans quelle direction est-ce ? »

« Vers l'intérieur. Vers le cœur d'Aldhéorte. »

Simon chercha le soleil pour tenter de s'orienter. « Alors c'est... Par là ? » Il indiqua le sud, la direction dans laquelle il avait marché.

« Pas vraiment. Parfois. Mais ce serait surtout lorsque l'on veut entrer par la Porte des Pluies. Cela ne se fait pas en cette saison. Non, c'est la Porte de l'Été que nous cherchons, et c'est un chant totalement différent. »

« Tu parles tout le temps d'un chant. Mais comment peut-on aller quelque part avec une chanson ? »

« Comment... ? » Elle parut considérer longuement la question. Elle toisa Simon. « Tu as une étrange façon de penser. Sais-tu jouer au *Shent* ? »

« Non. Qu'est-ce que ça a à voir avec ce que l'on est en train de dire ? »

« Tu pourrais être un joueur intéressant. Je me demande si quiconque a jamais joué avec un mortel ? Aucun des miens n'aurait eu l'idée de poser une telle question. Il faut vraiment que je t'enseigne les règles de ce jeu. »

Simon grommela de confusion, mais Aditu leva un doigt mince pour interrompre ses questions. Elle s'immobilisa, son lacis de cheveux lavande flottant dans le vent, tout le reste de son corps figé; avec ses vêtements blancs, elle était presque invisible dans les bourrasques de neige. Elle semblait s'être endormie debout, comme une cigogne se balançant sur une patte au milieu des roseaux, mais ses yeux brillants demeuraient ouverts. Enfin, elle se mit à respirer profondément, en expirant par de longs sifflements bruyants. Son souffle se mua doucement en un bourdonnement musical qui paraissait à peine émaner d'Aditu. Le vent, qui pressait sa main glaciale sur la joue de Simon, changea soudain de direction.

Non, réalisa-t-il un instant plus tard, il s'agissait d'autre chose que d'une simple réorientation du vent. Cela ressemblait plutôt à un infime mouvement de la totalité du monde, effrayante sensation qui entraîna un instant de vertige. Lorsqu'il était enfant, il lui était parfois arrivé de tourner longuement sur lui-même; lorsqu'il s'arrêtait, le monde continuait un temps de tourner autour de lui. Ce vertige ressemblait un peu à cela, en plus modéré, comme si le monde qui tournait sous ses pieds se mouvait de façon aussi délibérée qu'une fleur ouvrant ses pétales.

Le chant aérien et sans paroles d'Aditu s'étoffa pour devenir une litanie dans l'impénétrable langue des Sithis, puis s'estompa lentement pour redevenir la simple respiration cadencée d'Aditu. La maigre lumière qui leur parvenait à travers les arbres enneigés semblait avoir pris une couleur un peu plus chaude, une variation infinitésimale qui teintait le gris de bleu et d'or. Le silence s'imposa.

« Est-ce de la magie ? » Simon entendit sa voix briser cet instant de paix comme le braiment d'un âne. Il se sentit immédiatement ridicule. Aditu tourna la tête pour le regarder, mais son visage n'exprimait aucune colère.

« Je ne suis pas certaine de ce que tu veux dire, dit-elle. C'est de cette façon que l'on trouve un endroit caché, ce qu'est effectivement Jao é-Tinukai'i. Mais il n'y a aucun pouvoir dans les mots eux-mêmes, si là était ta question. Ils pourraient être prononcés dans n'importe quelle langue. Ils permettent simplement à celui qui les cherche de se souvenir de certains signes, de certains chemins. Si cela n'est pas ce que tu entendais par " magie ", je suis désolée de te décevoir. »

Elle ne paraissait pas réellement désolée. Son sourire espiègle était revenu sur son visage.

« J'aurais dû me taire, maugréa Simon. Je demandais toujours à mon ami le docteur Morgénès de me montrer de la magie. Il ne l'a jamais fait. » Le souvenir du vieil homme lui ramena à l'esprit des images d'une matinée ensoleillée dans les quartiers poussiéreux du docteur, et la voix de Morgénès qui marmonnait et se parlait à lui-même tandis que Simon balayait. Cette évocation s'accompagna de la morsure féroce du regret. Toutes ces choses étaient à jamais disparues.

« Morgénès... » dit Aditu, d'un air songeur. « Je l'ai vu, une fois, alors qu'il rendait visite à mon oncle dans son pavillon de chasse. C'était un charmant jeune homme. »

« Un jeune homme ? » Simon observa une nouvelle fois la jeunesse et la finesse de ses traits. « Le docteur Morgénès ? »

La Sithie se fit soudain sérieuse. « Il ne faut plus tarder. Cela te ferait-il plaisir que je chante le chant dans ta langue ? Cela ne créerait pas d'autres problèmes que ceux que nous avons déjà. »

« Des problèmes ? » Sa confusion, bien qu'immense, s'accroissait encore, mais Aditu venait de reprendre son étrange position. Il eut soudain le sentiment qu'il devait parler très vite, comme si une porte allait se fermer. « Oui, s'il te plaît, dans ma langue ! »

Elle se campa sur la plante des pieds, avec la grâce d'un grillon sur une branche. Après avoir un temps soufflé d'une façon mesurée, elle se remit à fredonner. Son chant devint lentement reconnaissable. Les accents maladroits et hachés du westerlien s'adoucirent et devinrent fluides, les mots se mêlant ensemble et coulant comme de la cire chaude.

« *L'œil rêveur du Serpent est vert* »,

chanta-t-elle, les yeux fixés sur les glaçons qui pendaient comme des fanions précieux des branches d'un sapin mourant. En leur cœur brillait le feu qui manquait au soleil voilé.

« Et son sillage est argent-de-lune.
Seule la Femme-au-filet peut voir
Les endroits secrets où il se rend... »

La main d'Aditu quitta son flanc et pendit dans l'air un long moment avant que Simon ne réalisât qu'il était censé la prendre. Il attrapa ces doigts fins dans sa main gantée, mais elle se libéra. Un instant, il crut avoir mal deviné, avoir imposé un contact brusque et malvenu à cette créature aux yeux d'or, mais lorsqu'elle contracta nerveusement ses doigts, il réalisa confusément qu'elle désirait qu'il lui offrît sa main nue. Il arracha ses moufles de cuir avec les dents, puis attrapa son poignet svelte avec ses doigts chauds et humides d'être restés longtemps gantés. Elle lui retira lentement son poignet, pour cette fois le prendre par la main ; ses doigts frais se refermèrent sur les siens. Avec le hochement de tête d'un chat qui s'éveille d'un somme, elle répéta les mots qu'elle venait de chanter :

« L'œil rêveur du Serpent est vert
Et son sillage est argent-de-lune
Seule la Femme-au-filet peut voir
Les endroits secrets où il se rend... »

Aditu l'entraîna en avant, en se baissant ici et là pour éviter les branches des sapins et leur charge de glaçons. Le vent âpre porteur de neige qui lui griffait le visage lui fit monter les larmes aux yeux. La forêt devant lui parut soudain se déformer, comme s'il était piégé à l'intérieur de l'un des glaçons et regardait l'extérieur. Il entendit ses bottes mordre dans la neige, mais il lui semblait que cela se passait très loin, comme si sa tête flottait au-dessus de la cime des arbres.

« L'Enfant-aquilon porte une couronne indigo »,

chanta Aditu. Ils marchaient, mais il avait plutôt l'impression de flotter ou de nager.

« Ses bottes sont de fourrure de lapin.
Il est invisible au regard de la Lune-mère
Mais elle entend son souffle furtif... »

Ils tournèrent et s'engagèrent dans ce qui devait être une ravine bordée de conifères ; mais à travers le regard brouillé de Simon, les branches de ces arbres ressemblaient à des bras obscurs qui se tendaient pour se refermer sur les deux voyageurs. Des branches à l'odeur forte et épicée lui cinglaient les flancs au passage. Des épines couvertes de sève perçaient ses chausses. Le vent, qui murmurait dans les branches, était un peu humide, mais toujours d'un froid qui lui donnait des frissons.

« ... *Jaune est la poussière sur la carapace du Chélonien* »,

Aditu s'arrêta devant un bloc de pierre ambre, qui se dressait dans la neige au fond de la ravine comme le mur d'une maison en ruine. Tandis qu'elle chantait devant le rocher, la lumière du soleil qui traversait les hautes branches changea soudain d'angle ; les ombres formées dans les fissures de la pierre s'épaissirent, puis débordèrent de leurs crevasses comme des rivières en crue, glissant sur la surface comme si l'invisible soleil plongeait vers sa destination nocturne.

« *Il se glisse dans les endroits profonds* »,

chanta-t-elle,

« *Couché sous le rocher,*
Il compte ses battements de cœur dans l'ombre calcaire... »

Ils contournèrent cet obstacle massif, et se trouvèrent soudain face à une pente descendante. D'autres blocs de pierre sombres, plus petits, rose pâle et brun sable, se dressaient dans la neige. Les arbres qui s'élevaient vers le ciel étaient d'un vert plus profond, et remplis de chants d'oiseaux. La morsure de l'hiver était notablement moins féroce.

Ils s'étaient déplacés, mais ils semblaient également être passés d'un *type* de journée à un autre, comme s'ils s'étaient de quelque façon éloignés perpendiculairement du monde normal, se déplaçant sans contrainte à la façon des anges, dont Simon avait entendu dire qu'ils volaient ici et là selon la volonté de Dieu. Comment cela était-il possible ?

Le regard tourné vers le morne ciel gris au-delà des arbres, la main d'Aditu serrée dans la sienne, Simon se demanda soudain s'il n'était pas mort. Cette créature solennelle à son côté, dont les yeux semblaient fixés sur des choses qu'il ne pouvait pas voir, n'escortait-elle pas en fait son âme vers quelque destination finale, tandis que son corps mortel demeurait quelque part dans la forêt, disparaissant lentement sous un linceul de neige?

Fait-il chaud au Paradis? se demanda-t-il distraitement.

Il se frotta le visage de sa main libre et ressentit la douleur rassurante de sa peau crevassée. Dans tous les cas, cela avait peu d'importance : il allait là où elle l'emmenait. Son impuissance béate était telle qu'il avait l'impression de ne pas plus pouvoir libérer sa main que de se séparer de sa tête.

« ... *La Nuée-mélodie tient une torche écarlate,*
Un rubis sous une mer grise.
Elle a l'odeur du bois de cèdre,
Et porte de l'ivoire sur sa poitrine... »

La voix d'Aditu s'élevait et retombait, la cadence lente et réfléchie de sa chanson se mêlant au chant des oiseaux comme l'eau d'une rivière peut se mélanger à celle d'une autre sans que plus rien ne pût les distinguer. Chaque vers de ce flux sans fin, chaque cycle de noms et de couleurs, formait une énigme merveilleuse dont Simon pressentait la réponse sans que jamais elle ne se révélât. Dès qu'il pensait lui trouver un sens, quelque chose d'autre dansait dans l'air de la forêt.

Les deux voyageurs laissèrent derrière eux l'étendue rocheuse pour s'enfoncer dans les ténèbres d'un fourré de haies vert sombre parsemées de petites fleurs blanches. Le feuillage était moite, et la neige sous ses pieds molle et instable. Simon serra plus fort la main d'Aditu. Il voulut essuyer ses yeux, qui s'étaient de nouveau troublés. Les petites fleurs blanches sentaient la cire et la cannelle.

« ... *L'œil de la Loutre est brun pierre.*
Elle se glisse sous dix feuilles humides;
Lorsqu'elle danse dans des flots de diamants,
Elle fait rire le Porteur-de-la-Lanterne... »

Soudain vint se joindre aux variations du chant d'Aditu et aux trilles délicats des oiseaux le bruit de l'eau tombant dans des petits bassins, aussi mélodieux qu'un instrument de musique fait de verre fragile. Une lumière brillante faisait étinceler les flocons de neige fondue ; tout en écoutant, émerveillé, Simon vit partout autour de lui la lueur du soleil à travers les gouttelettes d'eau. Les branches des arbres semblaient dégouliner de lumière.

Ils marchèrent à côté d'un torrent étroit mais tumultueux dont le cri joyeux résonnait à travers les layons de la forêt. La neige fondait sur les pierres et un terreau noir et riche s'étendait sous les feuilles humides. La tête de Simon tournait. La mélodie d'Aditu courait à travers ses pensées, tout comme le torrent se glissait entre les pierres polies qui formaient son lit. Depuis combien de temps marchaient-ils ? Il pensait au départ n'avoir fait que quelques pas, mais il lui semblait maintenant qu'ils marchaient depuis des heures – ou des jours ! Et pourquoi la neige fondait-elle ? Il y a seulement quelques instants, elle recouvrait tout !

Le printemps ! pensa-t-il, et il sentit monter en lui un rire nerveux mais plein d'allégresse. *Je crois que nos pas nous mènent vers le printemps !*

Ils suivirent le torrent. La musique d'Aditu allait comme l'eau. Le soleil avait disparu. Le crépuscule flamboyait dans le ciel comme une rose, baignant toutes les feuilles et les branches et les troncs d'Aldhéorte d'une lumière brûlante, et teintant les pierres d'écarlate. Tandis que Simon l'observait, cette lumière brûla et mourut dans le ciel, puis fut supplantée par un pourpre profond, qui laissa lui-même place aux ténèbres. Le monde semblait tourner plus vite sous lui, mais il ne perdait pas pied : un pas suivait l'autre, et la main d'Aditu était fermement repliée sur la sienne.

« ... *Le manteau du Témoin-des-pierres est noir comme le jais,*
Ses bagues brillent comme des étoiles. »

Tandis qu'elle chantait ces mots, une poignée d'étoiles blanches apparut effectivement dans la voûte céleste. Elles naquirent et s'effacèrent en une succession de dispositions changeantes. Des visages esquissés et des formes se dessinèrent, brillèrent dans l'obscurité, puis disparurent tout aussi rapidement.

« *Il en porte neuf; mais son doigt nu*
se lève et tâte la brise du sud... »

Tandis qu'il marchait sous le ciel de velours et les ordonnancements d'étoiles toujours changeants, Simon eut l'impression que le temps d'une vie était en train de s'écouler devant lui à une incroyable vitesse ; et, à la fois, il lui semblait que ce voyage nocturne ne durait en fait qu'un infime instant étiré sur une durée presque infinie. Le temps lui-même paraissait passer à travers lui, laissant dans son sillage un extraordinaire mélange d'odeurs et de bruits.

Aldhéorte était devenue un être vivant unique qui changeait tout autour de lui tandis que le froid s'éloignait et que la chaleur faisait son entrée. Même dans l'obscurité, il pouvait sentir ces altérations immenses, presque convulsives.

Tandis qu'ils marchaient sous la lumière des étoiles, à côté de cette rivière riante et chantante, Simon eut l'impression qu'il pouvait entendre des feuilles vertes bourgeonner sur des buissons décharnés et des fleurs se forçant un chemin à travers le sol gelé, leurs pétales fragiles s'ouvrant comme les ailes d'un papillon. La forêt se débarrassait de l'hiver comme un serpent abandonne son ancienne enveloppe inutile.

La chanson d'Aditu défilait dans l'air ambiant comme un fil d'or dans une tapisserie aux couleurs douces.

« ... *Il y a des ombres violettes dans les oreilles du Lynx.*
Il entend le soleil se lever.
Ses pas font dormir les grillons,
et éveillent la rose blanche... »

La lumière du matin commença à pénétrer Aldhéorte, la baignant uniformément, comme si elle n'avait pas de source. La forêt semblait vivante, chaque feuille et chaque branche dressée, impatiente. L'air vibrait de milliers de bruits et d'innombrables odeurs, avec des chants d'oiseaux et des bourdonnements d'abeilles, le musc de la terre, le fumet délicat des champignons, le charme sec du pollen. Sans le moindre nuage pour le masquer, le soleil s'éleva entre les arbres immenses dans un ciel du plus pur bleu pâle.

> « ... *Une boucle d'or ferme la cape du Chanteur-du-ciel* »,

chanta triomphalement Aditu, et la forêt parut vibrer autour d'eux comme si elle avait un seul pouls, vaste et indivisible.

> « *Ses cheveux sont pleins de plumes de rossignols*
> *Tous les trois pas, une perle se forme derrière lui,*
> *Et des fleurs safran poussent à ses pieds...* »

Elle s'arrêta de marcher et lâcha la main de Simon ; son bras tomba sur le côté, aussi amorphe qu'un poisson mort. Aditu se dressa sur la pointe des pieds et s'étira, levant ses paumes ouvertes vers le soleil. Elle était très mince.

Simon eut besoin de beaucoup de temps avant de pouvoir parler. « Sommes-nous... » tenta-t-il enfin, « ... sommes-nous... »

« Non, mais nous avons parcouru la partie la plus difficile », dit-elle. Puis elle lui adressa un regard étrange. « J'ai cru que tu allais me briser la main ; tu la serrais si fort ! »

Simon se souvint de la façon calme et forte dont elle l'avait tenu, et jugea cette éventualité fort peu probable. Il sourit d'un air abasourdi, et secoua la tête. « Je n'ai jamais... » Il ne parvenait pas à articuler les mots. « Avons-nous fait beaucoup de chemin ? »

Elle parut trouver la question étrange et réfléchit assez longtemps. « Nous nous sommes enfoncés assez profondément dans la forêt, dit-elle enfin. Assez profondément. »

« As-tu chassé l'hiver par magie ? » demanda-t-il en regardant alentour. De tous les côtés, la neige avait disparu. La lumière du matin plongeait à travers les arbres et baignait la couche de feuilles humides qui recouvrait le sol. Une toile d'araignée vibra, paraissant en feu dans une colonne de soleil.

« L'hiver n'est pas parti, dit-elle. Nous nous sommes éloignés de l'hiver. »

« Quoi ? »

« L'hiver dont tu parles est faux, comme tu le sais. Ici, dans le vrai cœur de la forêt, se trouve un endroit que l'orage et le froid n'ont pas envahi. »

Simon pensa avoir compris ce qu'elle venait de dire. « Donc vous empêchez l'hiver d'entrer par magie. »

Aditu fronça les sourcils. « Encore ce mot. Ici, le monde danse sa vraie danse. C'est ce qui *changerait* une telle vérité qui est de la " magie ", et une magie dangereuse ; il me semble, du moins. » Elle se détourna de lui, visiblement lassée de ce sujet. Il y avait peu d'hypocrisie chez Aditu, du moins en ce qui concernait le temps perdu en mondanités. « Nous sommes presque arrivés, maintenant ; ce n'est donc pas la peine de se reposer. As-tu faim ou soif ? »

Simon s'aperçut soudain qu'il était affamé, comme s'il n'avait pas mangé depuis plusieurs jours. « Oui ! Les deux. »

Sans un mot de plus, Aditu se glissa entre les arbres et disparut, laissant Simon seul, debout près du torrent. « Ne bouge pas de là ! » cria-t-elle. Sa voix résonna tant qu'elle parut venir de toutes les directions à la fois. Quelques instants plus tard, elle réapparut en tenant délicatement une sphère rougeâtre dans chaque main. « Des Kraile, dit-elle. Des fruits-soleil. Mange. »

Le premier fruit-soleil se révéla sucré et plein d'un jus jaunâtre, avec un arrière-goût épicé qui le fit rapidement mordre dans le second. Lorsqu'il eut fini les deux, sa faim avait été plaisamment apaisée.

« Viens, maintenant, dit-elle. J'aimerais atteindre Shao Irigu aujourd'hui avant midi. »

« Qu'est-ce que " Shao Irigú " et, de plus, quel jour est aujourd'hui ? »

Aditu parut mécontente, si une expression aussi courante pouvait exister sur un visage aussi exotique. « La Porte de l'Été, bien sûr. Quant à ton autre question, je ne sais pas faire toutes les mesures. Ces choses sont du domaine de la Prime-aïeule. Je crois qu'il y a un cycle lunaire que vous appelez " An'e-hi-toul "... »

« Anitul est un mois, oui. »

« C'est tout ce que je peux te dire. Aujourd'hui est dans ce " mois ", dans votre façon de compter. »

Ce fut le tour de Simon d'être fiché : il aurait pu lui dire cela lui-même – encore qu'il fût aisé de perdre le compte des mois lorsque l'on était sur la route. Ce qu'il avait espéré découvrir, en posant la question de façon détournée, était le temps qu'il leur avait fallu pour arriver jusqu'ici. Il aurait été plus aisé de demander directement, bien sûr, mais il savait déjà que la réponse que lui aurait faite Aditu n'aurait pas été satisfaisante.

La femme sithie se mit en marche. Il partit à sa suite. Malgré son irritation, il avait quelque peu espéré qu'elle lui prendrait de nouveau la main, mais cette partie du voyage semblait achevée. Aditu s'engagea dans la descente qui longeait le torrent sans regarder en arrière s'il la suivait.

Assourdi par la joyeuse cacophonie des oiseaux dans les branches au-dessus de sa tête, et déconcerté par tous les événements qui venaient de se produire, Simon alla pour prendre la parole et se plaindre des dérobades d'Aditu, mais il s'arrêta dans son élan, soudain honteux de son égoïsme. Son épuisement et sa colère s'évanouirent brusquement, comme s'il venait de rejeter une lourde couverture de neige qu'il aurait amenée avec lui depuis l'hiver. Tout cela était bien une forme de magie bizarre, quoi qu'Aditu pût en dire. De s'être trouvé au milieu d'un orage assassin, un orage qui couvrait tout le nord du monde, d'après ce qu'il savait, puis de suivre une chanson vers le soleil et un ciel sans nuages ! Tout cela était aussi grand que n'importe laquelle des histoires que lui avait racontées Shem Palefrenier. C'était une aventure que même Jack Mundwode n'avait jamais vécue. Simon le marmiton allait au royaume des Êtres Paisibles !

Il accéléra le pas derrière elle, en gloussant de plaisir. Aditu tourna la tête et le regarda avec curiosité.

Tout comme le temps, la végétation avait changé durant leur étonnant voyage : les conifères et les arbustes couverts de neige au milieu desquels Simon avait erré et souffert avaient fait place aux chênes, aux bouleaux et aux frênes blancs, leurs branches entrelacées liées par des plantes grimpantes en fleurs, le tout formant un dais aussi coloré que des vitraux, mais beaucoup plus délicat. Les fougères et les oxalides couvraient les pierres et les arbres morts, formant un tapis vert bosselé sur le sol d'Aldhéorte. Certains champignons étaient tapis dans les zones d'ombre comme des déserteurs, tandis que d'autres, pâles mais étrangement beaux, s'accrochaient aux troncs des arbres comme les marches d'un escalier en spirale. Le soleil du matin faisait baigner tout cela dans une lumière qui ressemblait à une fine poussière d'or et d'argent.

Le cours du torrent avait formé une gorge à l'inclinaison modérée qui se jetait vers une vallée recouverte d'une végétation trop dense pour que l'on pût en distinguer le fond. Simon et Aditu entamèrent leur descente, s'engageant prudemment sur les pierres glissantes qui bordaient le torrent, tandis que celui-ci emplissait l'air d'une fine bruine. Le cours d'eau rebondissait en cascade le long de la colline de bassin en bassin, chacun d'entre eux étroit mais plus grand que le précédent, chacun d'entre eux se déversant dans le suivant. Les bassins étaient surplombés de branches de trembles et de saules pleureurs, et les roches alentour étaient couvertes d'une luxuriante mousse verte.

Simon s'assit sur l'une d'entre elles pour offrir un instant de répit à ses chevilles et pour reprendre son souffle.

« Nous n'en avons plus pour longtemps », lui dit Aditu presque gentiment.

« Tout va bien », répondit Simon. Il étira ses jambes droit devant lui, en jetant un regard désapprobateur en direction de ses bottes craquelées. Trop de neige avait détruit le cuir, mais pourquoi devrait-il s'en inquiéter? « Tout va bien », répéta-t-il.

Aditu s'assit sur la pierre à côté de lui et regarda le ciel. Il y avait quelque chose de merveilleux dans son visage, quelque chose qu'il n'avait jamais vu dans celui de son frère, bien que la ressemblance fût frappante : Jiriki était intéressant à regarder, mais Simon trouvait Aditu très belle.

« Magnifique », murmura-t-il.

« Quoi ? » Aditu se tourna vers lui et le regarda d'un air interrogateur, comme si elle ne connaissait pas ce mot.

« Magnifique », répéta Simon. « Tout est magnifique ici. » Il se maudit pour sa lâcheté et prit une grande inspiration. « Tu es magnifique aussi, Aditu », ajouta-t-il finalement.

Aditu resta un moment à le dévisager, ses yeux dorés pleins de surprise, sa bouche fendue en ce qui ressemblait à une légère grimace. Puis elle éclata soudain d'un immense rire un peu sifflant. Simon se sentit rougir.

« N'aie pas l'air fâché, lui dit-elle en riant encore. Tu es un magnifique Mèche-blanche toi aussi, Seoman. Je suis contente que tu sois heureux. » Le rapide contact de ses doigts fut comme de la glace sur son front brûlant. « Viens, dit Aditu. Il faut repartir, maintenant. »

L'eau, indifférente à leurs faits et gestes, poursuivit son chemin, chantant et éclaboussant aux côtés de Simon et d'Aditu, tandis qu'ils descendaient vers la vallée. Tout en escaladant tant bien que mal les rochers et en s'efforçant de ne pas se faire distancer par la trop agile Aditu, Simon se demanda si, pour une fois, il avait dit ce qu'il fallait. Elle n'avait en tout cas pas paru fâchée de son effronterie. Il décida néanmoins de continuer de peser soigneusement ses mots avant de parler. Ces Sithis étaient sacrément imprévisibles !

Lorsqu'ils eurent presque atteint la vallée, ils s'arrêtèrent devant deux immenses sapins-ciguë dont les troncs semblaient assez puissants pour être des piliers soutenant le Paradis. Là où ces deux arbres gigantesques s'élançaient entre des voisins plus modestes vers un ciel sans ombrage, des entrelacs de grimpants fleuris formaient comme une charmille entre les deux troncs, laissant pendre des vrilles épanouies qui touchaient presque le sol et dansaient dans le vent. Le bourdonnement des abeilles était particulièrement intense près des fleurs, mais elles étaient partout dans les grimpants, travailleuses impassibles parées d'or et de noir et dont les ailes luisaient.

« Attends, dit Aditu. Ne franchis pas avec aussi peu de considération la Porte de l'Été. »

Malgré la puissance et la beauté de ces immenses sapins, Simon fut surpris. « C'est *ça* la porte ? Deux arbres ? »

Aditu paraissait extrêmement sérieuse. « Nous avons laissé tous les monuments de pierre derrière nous lorsque nous avons fui Asu'a, Celle qui Regarde vers l'Est, Seoman. Et Jiriki m'a demandé de te dire quelque chose avant que tu ne franchisses Shao Irigú. Mon frère dit que quoi qu'il puisse arriver plus tard, il t'aura été accordé le plus rare de tous les honneurs. Tu as été amené en un endroit où jamais aucun mortel n'a mis le pied. Tu comprends cela ? *Aucun mortel n'a jamais franchi cette porte.* »

« Oh ? » Simon était stupéfait. Il regarda autour de lui, comme s'il pensait découvrir une foule désapprobatrice. « Mais... mais... je voulais juste qu'on m'aide. J'avais faim... »

« Viens, dit-elle. Jiriki nous attend. » Elle avança d'un pas, puis se ravisa et tourna la tête vers lui. « Mais ne t'inquiète pas trop, sourit-elle. C'est un grand honneur, c'est vrai, mais tu es *Hikka Staja*, Porteur de la Flèche. Jiriki ne brise pas nos plus anciennes lois pour n'importe qui. »

Simon se trouvait déjà sous les arbres lorsqu'il réalisa ce qu'Aditu venait de dire. « Briser les lois ? »

Aditu se déplaçait très rapidement, bondissant presque, aussi agile et le pied aussi sûr qu'un chevreuil, maintenant qu'elle suivait le chemin qui descendait depuis la Porte de l'Été. La forêt paraissait tout aussi sauvage, mais plus accommodante que précédemment. Des arbres aussi vieux et imposants que ceux-ci n'avaient jamais connu le fer des haches, et pourtant ils s'arrêtaient au bord du chemin ; leurs branches qui pendaient n'auraient pu frôler la tête que du plus grand des voyageurs.

Ils suivirent assez longtemps ce chemin sinueux, avançant sur une éminence qui ne surplombait que de peu le sol de la vallée. La forêt qui l'entourait était si dense que Simon ne pouvait jamais voir à plus d'un jet de pierre devant lui, et il commença à avoir l'impression qu'il était immobile et que deux masses indistinctes et sans fin, faites de troncs recouverts de mousse, avançaient dans l'autre direction. Il faisait maintenant vraiment chaud. La rivière, qui d'après sa voix bruyante devait longer la vallée à moins d'une centaine de coudées, emplissait l'air de la forêt d'une brume délicate. Le bourdonnement sourd des abeilles et d'autres insectes coulait en Simon comme une gorgée du vin de chasse de Binabik.

Il s'était presque oublié lui-même, et suivait distraitement Aditu par une simple répétition pied gauche, pied droit, pied gauche, lorsque la femme sithie le fit s'arrêter. À leur gauche, le rideau d'arbres disparaissait, révélant la vallée.

« Tourne-toi », dit-elle en s'exprimant soudain à voix basse. « Souviens-toi, Seoman : tu es le premier de ton espèce à voir Jao é-Tinukai'i, le Navire sur un Océan d'Arbres. »

Cela n'avait rien à voir avec un bateau, évidemment, mais Simon comprit immédiatement son nom. Tendues entre les cimes des arbres et le sol, et de tronc en tronc, et de branche en branche, les pièces de tissu qui flottaient en des milliers de couleurs ressemblaient à première vue à de délicates voiles; en fait, le cœur de la vallée évoquait en cet instant un vaste et incroyable vaisseau.

Certaines de ces étendues de toile vives et brillantes avaient été accrochées et tendues de façon à former des toits; d'autres serpentaient entre les arbres ou couraient de branche en branche pour dessiner des murs translucides. Quelques-unes se soulevaient et claquaient dans le vent, simplement nouées aux plus hautes branches des arbres par des cordelettes brillantes pour flotter en liberté. Toute la cité ondulait à chaque souffle de vent, comme une forêt d'algues au fond de la mer qui danserait gracieusement avec le courant.

La toile et les cordes reflétaient avec de subtiles différences les teintes de la forêt, si bien qu'en certains endroits les additions étaient à peine discernables de la végétation naturelle. En fait, Simon, submergé par la beauté subtile et fragile de Jao é-Tinukai'i, vit en y regardant de plus près qu'en de nombreux endroits, la forêt et la cité paraissaient avoir effectivement été formées ensemble, pour se mêler en une harmonie surnaturelle. La rivière qui serpentait au cœur de la vallée y paraissait plus soumise, mais toujours pleine de force et de musique; la lumière qu'elle réfléchissait vers les façades changeantes de la cité ajoutait à l'illusion de profondeur. Simon pensa également discerner la trace argentée d'autres cours d'eau glissant çà et là entre les arbres.

Le sol de la forêt entre les maisons, si c'était bien de cela qu'il s'agissait, était recouvert d'une épaisse verdure, principalement composée de luzerne. Tout cela s'étendait comme un tapis moelleux qui poussait partout sauf sur les chemins de terre noire qui avaient été bordés de pierres blanches chatoyantes. Certains des ponts gracieux jetés ici et là sur la rivière avaient été construits de cette même pierre. Au bord de ces chemins, d'étranges oiseaux, dont les queues en éventail étaient faites de teintes irisées de vert, de bleu et de jaune, se promenaient ou voletaient entre le sol et les branches les plus basses des arbres, tout en laissant échapper des cris rauques et un peu ridicules. D'autres couleurs incandescentes apparaissaient dans les hautes branches, des oiseaux dont le plumage était tout aussi brillant que celui des queues en éventail, mais dont le chant était beaucoup plus mélodieux.

Des vents chauds et aimables portaient des senteurs d'épices, de résine et d'herbe estivale jusqu'au nez de Simon ; le chœur des oiseaux mêlait des milliers de voix qui réussissaient miraculeusement à n'en plus former qu'une seule comme une construction d'une terrifiante beauté. La merveilleuse cité s'étendait devant lui dans cette forêt qu'éclairait le soleil, paradis plus accueillant que tout ce dont il avait jamais pu rêver.

« C'est... magnifique », souffla Simon.

« Viens, dit Aditu. Jiriki t'attend dans sa maison. »

Elle lui fit signe. Comme il ne bougeait pas, elle prit doucement sa main et l'entraîna. Simon regardait autour de lui avec un mélange de stupéfaction et de ravissement tandis qu'ils marchaient. Ils quittèrent l'éminence pour s'engager sur un chemin perpendiculaire qui descendait vers le cœur de la vallée. Le bruissement des feuilles satinées et le murmure de la rivière entrelacèrent leurs mélodies avec le chant des oiseaux pour créer un nouveau son tout à fait différent, mais extrêmement plaisant.

Simon passa beaucoup de temps à regarder, sentir et écouter avant de recommencer à penser. « Où sont tous les autres ? » demanda-t-il enfin. Dans toute la partie de la cité qui s'offrait à sa vue, un espace qui faisait facilement deux fois la taille de la place de la Victoire à Erchester, il n'y avait pas âme qui vive.

« Nous sommes un peuple solitaire, Seoman, lui dit Aditu. Nous restons généralement seuls, sauf en certaines occasions. Par ailleurs, il est midi, une heure à laquelle la plupart des nôtres aiment à quitter la cité et à se promener. Je suis surprise que nous n'ayons vu personne près des bassins. »

Malgré cette explication raisonnable, Simon eut l'impression que quelque chose troublait la Sithie, comme si elle-même n'était pas certaine de dire la vérité. Mais il n'avait aucun moyen de le savoir : les expressions et comportements de ceux au milieu desquels Simon avait grandi formaient des normes presque totalement inutiles pour juger les Sithis qu'il avait rencontrés. Néanmoins, il était assez convaincu du fait que quelque chose troublait son guide, et cela pouvait tout a fait être l'absence de ses congénères que Simon venait de faire remarquer.

Un imposant chat sauvage s'engagea impérieusement sur le chemin devant eux. Le cœur de Simon se mit à battre la chamade. Malgré la taille de l'animal, Aditu poursuivit sa marche sans se troubler continuant comme s'il n'était pas là. Avec un rapide mouvement de sa queue épaisse, le chat sauvage bondit soudain et disparut dans la végétation, ne laissant derrière lui que les dernières oscillations d'une fougère comme preuve qu'il eût jamais été là.

Il était évident, réalisa soudain Simon, que les oiseaux n'étaient pas les seules créatures qui flânaient librement dans Jao é-Tinukai'i. Non loin du chemin, les fourrures des renards, rarement visibles la nuit et encore moins quand le soleil était à son zénith, brillaient comme des flammes dans les taillis épais. Des lièvres et des écureuils regardaient placidement les deux voyageurs au passage. Simon eut la conviction que, s'il se penchait vers n'importe lequel d'entre eux, ils se contenteraient de s'éloigner doucement pour éviter son contact, gênés un instant mais nullement effrayés.

Ils franchirent un pont par-dessus l'un des embranchements de la rivière, puis suivirent le cours d'eau le long d'une allée bordée de saules. Un ruban de tissu blanc courait entre les arbres sur leur gauche, s'enroulant autour des troncs et se glissant entre les branches. Un peu plus bas dans cette rangée de saules sentinelles, le ruban initial en croisa un autre. Tous deux louvoyèrent alors entre les arbres passant l'un sous l'autre ici et là comme s'ils décrivaient une sorte de danse immobile.

D'autres rubans blancs de largeurs différentes vinrent bientôt se mêler à eux, pour tisser ensemble une structure à l'ampleur croissante et aux nœuds délicats. Ces entrelacs ne formaient au départ que des figures simples, mais Simon et Aditu dépassèrent bientôt des dessins de plus en plus complexes encadrés par les troncs des saules : des soleils brûlants, des cieux nuageux surplombant des océans aux vagues agitées, des animaux en mouvement, des silhouettes aux robes flottantes ou aux armures évoquées en filigrane, toutes images créées par ces rubans noués. Tandis que les images devenaient de véritables tapisseries d'ombre et de lumière, Simon réalisa qu'elles avaient une continuité et faisaient partie d'une narration. La tapisserie de tissu noué, d'une complexité toujours croissante, décrivait des êtres qui s'aimaient ou se battaient dans un paysage de jardin incroyablement étrange, un endroit où prospéraient des plantes et des créatures dont les formes, bien que dessinées avec précision par les mains magiques et pleines de talent de l'artiste inconnu, restaient obscures.

Puis, comme le démontrait avec éloquence la tapisserie, quelque chose s'était passé. Bien qu'aucune autre couleur que le blanc ne fût utilisée, Simon commença à ressentir la tache obscure qui peu à peu se propageait et envahissait la vie et le cœur des gens, ainsi que le malaise qu'elle créait en eux. Les frères se retournaient l'un contre l'autre, et ce qui avait été un endroit d'une beauté sans égale fut souillé au-delà de toute rémission. Certains commencèrent à construire des bateaux...

« Voilà », dit Aditu, le faisant sursauter. La tapisserie les avait menés à un tourbillon de toile pâle, une spire ascendante qui semblait mener vers les hauteurs d'une petite colline. Dans la direction où les rubans de la tapisserie bordaient la rivière, les entrelacs de toile décrivaient huit magnifiques navires en mer, sur des vagues toujours en mouvement. La tapisserie s'appuyait ensuite sur les saules et tournait, pour serpenter le long du cours d'eau et repartir dans la direction d'où Simon et Aditu étaient venus, courant d'arbre en arbre jusqu'à perte de vue.

La main d'Aditu toucha son bras et Simon frissonna. À errer dans les rêves d'un autre, il avait perdu contact avec la réalité. Il la suivit à travers la porte et le long de plusieurs marches soigneusement taillées dans le flanc de la colline puis recouvertes de pierres lisses et colorées. Comme tout le reste, le couloir dans lequel ils marchaient était fait de tissu translucide flottant dans le vent : les parois étaient blanches près de l'entrée, puis s'assombrissaient progressivement vers le bleu pâle et le turquoise. Dans ses vêtements blancs, Aditu reflétait les variations de lumière, si bien qu'elle paraissait en marchant changer de couleur.

Simon laissa courir ses doigts sur les parois et s'aperçut qu'elles étaient d'une douceur aussi exquise que leur apparence, mais étonnamment résistantes ; elles glissaient sous ses mains comme du fil d'or, mais étaient aussi chaudes au toucher que le ventre d'un oisillon, et frémissaient à chaque souffle de vent.

Le couloir nu s'ouvrit bientôt sur une large pièce haute de plafond qui, malgré l'instabilité de ses murs, ressemblait beaucoup à n'importe quelle pièce de n'importe quelle belle maison. La teinte turquoise du tissu près de l'entrée évoluait imperceptiblement vers le bleu outremer. Une table basse faite de bois sombre se dressait près d'une paroi, entourée de coussins épars. Sur la table se trouvait un plateau peint de diverses couleurs ; Simon eut d'abord l'impression qu'il s'agissait d'une carte, puis réalisa que cet endroit était destiné au Shent, le jeu qui avait occupé Jiriki dans son pavillon de chasse. Il se souvint des mots d'Aditu. Les pièces, devina-t-il, devaient se trouver dans la boîte de bois délicatement ouvragée posée près du plateau. Le seul autre objet qui occupait la table était un vase de pierre contenant une seule branche d'un pommier en fleur.

« Assieds-toi, Mèche-blanche, s'il te plaît », dit Aditu en accompagnant ses paroles d'un geste de la main. « Je pense que Jiriki a un visiteur. »

Avant que Simon eût pu suivre son conseil, l'une des parois à l'autre bout de la pièce se mit à se gonfler. L'une de ses sections s'envola comme si elle venait de s'arracher. Quelqu'un vêtu de vert vif, formant un contraste violent avec ses cheveux nattés d'un rouge éclatant, entra.

Simon fut surpris de la vitesse à laquelle il reconnut l'oncle de Jiriki, Khendraja'aro. Le Sithi grommelait violemment dans ce qui semblait être une puissante fureur ; semblait, car Simon ne pouvait discerner la moindre émotion sur son visage. Puis Khendraja'aro releva les yeux et vit Simon. Son visage anguleux blêmit, comme si tout son sang avait déserté son corps d'un seul coup.

« *Sudhoda'ya ! Isi-isi'ye-a Sudhoda'ya !* » laissa-t-il échapper d'un air abasourdi, sa voix pleine de colère à ce point surprise qu'elle en semblait soudain changée.

Khendraja'aro passa lentement sa main fine et ornée de bagues sur ses yeux et son visage, comme pour effacer la vision du garçon dégingandé. Ce geste n'ayant pas suffi à le faire disparaître, l'oncle de Jiriki siffla en un geste de défiance presque félin, puis se tourna vers Aditu et s'adressa à elle dans leur langue rapide et fluide, dont la douceur ne faisait que renforcer l'idée d'une rage immense. Aditu resta impassible durant toute sa tirade, ses yeux profonds et dorés grands ouverts mais pas effrayés. Lorsque Khendraja'aro eut terminé, elle lui répondit calmement. Son oncle tourna la tête et regarda Simon une nouvelle fois, faisant une série de gestes étrangement sinueux de ses mains ouvertes tout en écoutant sa réponse sereine.

Khendraja'aro prit une longue inspiration, se laissant doucement envahir par un calme surnaturel jusqu'à être aussi immobile qu'un pilier de pierre. Seuls ses yeux brillants paraissaient encore en vie ; ils brûlaient au milieu de son visage comme deux feux de braises. Après un long instant d'immobilité totale, il quitta la pièce sans un mot ou un regard, descendant lentement le couloir vers la porte de la maison de Jiriki.

Simon avait été ébranlé par la force presque palpable de la rage de Khendraja'aro.

« Tu avais dit quelque chose au sujet de lois anciennes ? » demanda-t-il.

Aditu sourit étrangement. « Courage, Mèche-blanche. Tu es *Hikka Staja.* » Elle passa ses doigts dans ses cheveux, un geste curieusement humain, puis indiqua du doigt le rabat par lequel son oncle était entré. « Allons voir mon frère. »

Ils entrèrent dans la lumière. Cette pièce, elle aussi, était faite de parois de toile flottante, qui avait été roulée et nouée au plafond ; au-delà de cette ouverture, la colline s'abaissait d'une bonne douzaine de pas, pour s'ouvrir sur un bras mort calme et peu profond de la même rivière qui passait devant la porte de Jiriki, une large mare au col étroit entourée de roseaux et de trembles frémissants. De petits oiseaux rouge et brun bondissaient sur les rochers au centre de la mare comme des conquérants arpentant les remparts d'une cité vaincue. En bordure de la mare, des tortues paressaient sous les rayons du soleil qui traversaient le feuillage des arbres.

« Le soir, les grillons y sont superbes. »

Simon se tourna pour découvrir Jiriki, qui s'était apparemment tenu jusque-là dans l'ombre à l'autre bout de la pièce.

« Bienvenue à Jao é-Tinukai'i, Seoman, dit-il. Nous nous rencontrons une fois de plus. »

« Jiriki ! » Simon bondit en avant. Sans plus réfléchir, il serra le mince Sithi dans ses bras. Le Prince se redressa un instant, puis se détendit. Sa main ferme tapota le dos de Simon. « Tu es parti sans dire au revoir », dit Simon, puis il s'écarta, gêné.

« En effet », admit Jiriki. Il portait une longue robe lâche, faite d'un fin tissu bleu, et ceinte à la taille par un large bandeau rouge ; ses pieds étaient nus. Ses cheveux lavande tombaient en nattes derrière chaque oreille, et étaient réunis au sommet de son crâne par un pâle peigne de bois poli.

« Je serais mort dans la forêt si tu ne m'avais pas aidé », dit soudain Simon, qui éclata ensuite d'un rire étrange. « Si Aditu n'était pas venue, je veux dire. » Il se retourna pour la regarder ; la sœur de Jiriki le regardait avec intensité. Elle acquiesça d'un hochement de tête. « Je serais mort. » Il réalisa en le disant que c'était absolument vrai. Il s'était déjà engagé sur le chemin de la mort lorsque Aditu l'avait trouvé, s'éloignant chaque jour un peu plus de tout ce qui faisait la vie.

« Eh bien ! » Jiriki croisa les bras devant lui. « Je suis honoré d'avoir pu t'aider. Mais cela ne me décharge pas pour autant de mes obligations. Je te dois deux fois la vie. Tu es mon *Hikka Staja*, Seoman, et tu le restes. » Il se tourna vers sa sœur. « Les papillons se sont réunis. »

Aditu commença à répondre dans leur langue musicale, mais Jiriki leva la main.

« Parle de façon que Seoman puisse comprendre. Il est mon invité. »

Elle le dévisagea un instant. « Nous avons croisé Khendraja'aro. Il n'est pas heureux. »

« Oncle n'a pas été heureux depuis la chute d'Asu'a. Rien de ce que je puis faire n'y changera quoi que ce soit. »

« C'est plus que cela, Branche-de-saule, et tu le sais bien. » Aditu lui adressa un regard dur, mais son visage resta impassible. Elle se détourna pour regarder brièvement en direction de Simon ; un instant, l'embarras parut colorer ses joues. « Il est étrange de parler cette langue. »

« Cette époque est étrange, Petit-lièvre, et tu le sais bien. » Jiriki tendit la main vers le soleil. « Ah ! quel après-midi ! Mais nous devons y aller, maintenant ; tous les trois. Les papillons se sont réunis, comme je l'ai dit. Je parle avec légèreté de Khendraja'aro, mais mon cœur est mal à l'aise. »

Simon adressa un regard totalement dérouté à Jiriki.

« Laisse-moi d'abord le temps de me débarrasser de ces vêtements ridicules », dit Aditu. Elle disparut à travers une autre porte dissimulée avec une telle célérité qu'elle parut s'évanouir dans l'ombre.

Jiriki mena Simon vers le seuil de sa maison. « Nous l'attendrons en bas. Toi et moi devons parler de beaucoup de choses, Seoman, mais nous devons d'abord aller au Yásira. »

« Pourquoi t'a-t-elle appelé... Branche-de-saule ? » De toutes les innombrables questions qui se posaient à son esprit, c'était la seule qu'il avait réussi à traduire en mots intelligibles.

« Pourquoi t'appelles-tu Mèche-blanche ? » Jiriki scruta plus intensément le visage de Simon, puis il sourit de son sourire fauve et charmant. « C'est bon de te revoir, fils-des-hommes. »

« Nous pouvons y aller », dit Aditu. Elle était arrivée derrière Simon sans le moindre bruit, et il sursauta de surprise. Lorsqu'il se retourna, il resta bouche bée. Aditu avait troqué ses lourds vêtements d'hiver pour une robe qui était à peine plus qu'une volute de tissu blanc chatoyant et presque transparent, ceinte par un ruban d'une teinte d'orange qui rappelait le soleil de l'aube. Ses hanches minces et ses petits seins étaient clairement dessinés par le vêtement ample. Simon sentit son visage se réchauffer. Il avait grandi au milieu des femmes de chambre, mais elles l'avaient bien vite envoyé dormir avec les autres marmitons. Une telle quasi-nudité était plus que déconcertante. Il réalisa qu'il la regardait fixement et tourna précipitamment la tête en rougissant. L'une de ses mains fit involontairement le signe de l'Arbre sur sa poitrine.

Le rire d'Aditu était comme la pluie. « Je suis heureuse de m'être enfin débarrassée de tout ça ! Il faisait froid là où se trouvait le garçon, Jiriki ! Froid ! »

« Tu as raison, Aditu, dit gravement Jiriki. Il est facile d'oublier l'hiver au-dehors quand l'été est au-dessus de nos maisons. Mais maintenant, nous devons nous rendre au Yásira, où certains refusent de croire à l'existence même de l'hiver. »

Jiriki leur ouvrit la route à travers son étrange entrée vers le couloir de saules baigné de soleil qui bordait la rivière. Aditu le suivit. Simon ferma la marche, le visage toujours écarlate, sans autre choix que de regarder sa démarche souple et chaloupée.

Avec la distraction supplémentaire que représentait Aditu dans sa tenue d'été, Simon se désintéressa de tout un certain temps, mais même la sœur agile de Jiriki et la myriade de merveilles de Jao é-Tinukai'i ne pouvaient le distraire éternellement. De nombreuses choses avaient été dites qui commençaient à l'inquiéter : Khendraja'aro était furieux contre lui, apparemment, et Simon avait distinctement entendu Aditu parler de briser des règles. Que se passait-il exactement ?

« Où allons-nous, Jiriki ? » demanda-t-il enfin.

« Au Yásira. » Le Sithi fit un signe vers l'avant. « Là-bas. Tu le vois ? »

Simon chercha à mieux voir, en protégeant d'une main ses yeux du soleil. Il y avait tant de distractions ici, et le soleil était l'une des plus fortes. Quelques jours plus tôt à peine, il se demandait s'il aurait encore chaud une fois dans sa vie. Pourquoi se laissait-il encore une fois mener ailleurs par quelqu'un, alors que tout ce qu'il désirait, c'était de s'allonger sur le dos dans la luzerne et de dormir... ?

À première vue, le Yásira paraissait n'être rien d'autre qu'une tente immense et à la forme bizarre, une tente dont le pilier central s'élevait de cinquante aunes vers le ciel, faite d'une toile plus colorée et plus mouvante que toutes les autres structures magnifiques de Jao é-Tinukai'i. Il fallut qu'il franchît deux douzaines de pas de plus pour que Simon réalisât que le pilier central était un gigantesque frêne aux branches largement déployées et dont la cime s'élevait vers le ciel de la forêt bien au-delà du sommet du Yásira lui-même. Il s'approcha encore de cent pas avant de comprendre pourquoi la toile de l'immense tente était aussi chatoyante.

Des papillons.

Suspendus aux plus larges branches du frêne, des milliers de fils pendaient vers le sol partout autour de l'arbre, si fins qu'ils ressemblaient à des rayons de soleil parallèles séparés chacun de la largeur d'une main. Accrochés à ces fils sur toute leur longueur, déployant paresseusement leurs ailes irisées, serrés à tel point les uns contre les autres qu'ils se superposaient comme les tuiles de quelque impossible toit, se trouvaient... un million de millions de papillons. Ils étaient de toutes les couleurs imaginables, orange et lie-de-vin, rouge sang et mandarine, bleu azur, jaune d'or, noir comme la nuit. Le doux murmure de leurs ailes était partout, comme si l'air chaud de l'été avait trouvé sa voix. Ils bougeaient mollement, comme s'ils étaient proches du sommeil, mais n'étaient retenus d'aucune manière que Simon pût distinguer. Innombrables taches mouvantes aux couleurs vives, les papillons teintaient la lumière du soleil comme un inégalable amoncellement de pierres précieuses.

Au moment précis où Simon le découvrit, le Yásira lui parut être le cœur vivant et battant de la Création. Il s'immobilisa et ne put retenir ses larmes.

Jiriki n'avait pas vu l'irrésistible réaction émotive de Simon. « Les petites ailes sont agitées, dit-il. S'hue Khendraja'aro leur a apporté la nouvelle. »

Simon renifla et essuya ses yeux. Confronté au Yásira, il eut soudain l'impression de pouvoir comprendre l'amertume d'Ineluki, la haine du Roi de l'Orage envers l'humanité stupide et destructrice. Honteux, Simon écouta les mots de Jiriki comme s'ils venaient de très loin. Le Prince sithi lui disait quelque chose au sujet de son oncle ; Khendraja'aro parlait-il aux papillons ? Simon ne s'y intéressait plus. Tout cela était trop pour lui. Il ne voulait pas penser : il voulait s'allonger. Il voulait dormir.

Jiriki avait enfin remarqué sa détresse. Il prit doucement Simon par le coude et l'entraîna vers le Yásira. Au seuil de cette folle et magnifique structure, des fils couverts de papillons pendaient des deux côtés d'une porte de bois, qui n'était qu'un simple cadre gravé autour duquel s'enroulaient des rosiers. Aditu était déjà entrée, et Jiriki mena Simon à l'intérieur.

Si, vus de l'extérieur, les papillons créaient une impression de magnificence chatoyante, l'intérieur était encore totalement différent. Les rayons de soleil multicolores traversaient le plafond vivant comme s'il se fût agi de vitraux devenus instables. L'immense frêne qui formait l'épine dorsale du Yásira baignait dans des milliers de teintes changeantes ; Simon pensa une nouvelle fois à quelque étrange forêt prospérant sous l'océan inconstant. Cette fois, pourtant, il commençait à trouver cette idée insoutenable. Il avait l'impression de se noyer, de s'enfoncer sans rien pouvoir faire dans une opulence qu'il ne pouvait réellement comprendre.

La vaste pièce n'était presque pas meublée. De magnifiques tapis étaient déroulés un peu partout, mais en de nombreux endroits, l'herbe n'était pas recouverte. Quelques mares brillaient ici et là, entourées de buissons et de pierres, tout comme à l'extérieur. Les seules différences étaient les papillons et les Sithis.

La salle était remplie de Sithis, hommes et femmes, vêtus de costumes aussi variés que les ailes des papillons qui vibraient au-dessus d'eux. Un par un d'abord, puis par grappes, ils se retournèrent pour regarder les nouveaux arrivants, des centaines d'yeux calmes et félins brillant dans la lumière changeante. Un léger bourdonnement qui parut malveillant à Simon s'éleva de la multitude. Il voulut s'enfuir, et eut effectivement un bref mouvement de recul, mais Jiriki lui tenait fermement le bras. Il se sentit entraîné vers une éminence au pied de l'arbre. Une haute pierre partiellement recouverte de mousse se dressait là, comme un doigt d'admonestation planté dans le sol. Deux Sithis vêtus de magnifiques robes pâles, un homme et une femme, étaient assis sur des divans bas installés au pied de la pierre.

L'homme, qui était le plus près, leva les yeux à l'approche de Simon et de Jiriki. Ses cheveux, noués haut sur son crâne, étaient noir jais, et il portait une couronne de bois de bouleau blanc sculpté. Il avait les mêmes traits anguleux et dorés que Jiriki, mais il y avait quelque chose de dessiné au coin de ses yeux et de ses lèvres qui suggérait une vie très longue remplie d'une déception immense mais subtile. La femme assise à sa gauche avait des cheveux d'un profond rouge cuivre ; son crâne était lui aussi ceint d'une couronne de bouleau. De longues plumes blanches pendaient de ses nombreuses tresses, et elle portait de nombreux bracelets et bagues aussi noirs et brillants que les cheveux de l'homme assis à côté d'elle. De tous les Sithis que Simon avait vus, son visage était le plus impassible, le plus immobile, et le plus rigidement serein. Tant l'homme que la femme paraissaient âgés, subtils et tranquilles, mais c'était le calme d'un étang obscur dans un bois ténébreux, le silence d'un ciel rempli de nuages d'orage : il paraissait tout à fait possible qu'une telle placidité pût dissimuler quelque chose de dangereux, de dangereux pour un jeune mortel, en particulier.

« Tu dois t'incliner, Seoman », dit doucement Jiriki. Simon, tout autant à cause de ses jambes tremblantes que pour toute autre raison, se mit à genoux. L'odeur du sol était particulièrement forte.

« Seoman Mèche-blanche, fils-des-hommes, sache que tu es en présence de Shima'onari, Roi du Zida'ya, Seigneur de Jao é-Tinukai'i, et de Likimeya, Reine des Enfants de l'Aube, Maîtresse de la Maison de l'Année-dansante. »

Toujours agenouillé, Simon releva les yeux avec une sensation de vertige. Tous les regards étaient tournés vers lui, comme s'il était un cadeau singulièrement inapproprié. Shima'onari parla enfin à Jiriki, avec les accents les plus durs que Simon eût jamais entendus en langue sithie.

« Non, père, répondit Jiriki. Quoi qu'il y ait d'autre, nous ne pouvons aussi aisément tourner le dos à nos traditions. Un invité est un invité. Je vous en prie, parlez de façon que Seoman puisse vous comprendre. »

Le visage de Shima'onari s'assombrit. Lorsqu'il parla enfin, ce fut dans un westerlien bien moins fluide que celui de son fils et de sa fille.

« Tu es le fils-des-hommes qui a sauvé la vie de Jiriki. » Il hocha lentement la tête, mais ne parut pas satisfait. « Je ne sais pas si tu peux comprendre cela, mais mon fils a fait quelque chose de mal. Il t'a amené ici contre toutes les lois de notre peuple, toi, un mortel. » Il se redressa, son regard courant de visage en visage chez les Sithis qui l'entouraient. « Ce qui est fait est fait, mon peuple, ma famille, dit-il d'une voix forte. Aucun mal ne sera fait à ce fils-des-hommes : nous ne sommes pas tombés si bas. Nous lui devons l'honneur dû au *Hikka Staja*, au porteur de la Flèche Blanche. » Il se retourna vers Simon, et une expression de tristesse infinie se dessina sur son visage. « Mais tu ne peux pas non plus partir, fils-des-hommes. Nous ne pouvons te laisser partir. Tu devras donc rester ici pour toujours. Tu vieilliras et mourras avec nous, ici à Jao é-Tinukai'i. »

Les ailes d'un million de papillons bruissèrent et murmurèrent.

« Rester... ? » Simon se tourna sans comprendre vers Jiriki. Le visage habituellement imperturbable du Prince n'était plus qu'un masque blême de commotion et de tristesse.

Simon demeura silencieux lorsqu'ils marchèrent vers la maison de Jiriki. L'après-midi laissait doucement la place au soir ; la vallée, qui se rafraîchissait, était pleine des odeurs et des sons du cœur de l'été.

Le Sithi ne fit rien pour briser le silence, guidant Simon dans l'enchevêtrement de chemins par des signes de tête et de petits gestes. Alors qu'ils approchaient de la rivière qui passait devant la porte de Jiriki, des voix sithies commencèrent un chant depuis les hauteurs des collines. La mélodie qui envahissait la vallée était une série de figures musicales descendantes délicatement construite ; douce, mais parcourue d'une touche de dissonance, comme un renard bondissant entre des haies humides. Il y avait quelque chose d'indiscutablement liquide dans la chanson ; après un temps, Simon réalisa que les musiciens invisibles chantaient en quelque sorte avec le bruit de la rivière elle-même.

Une flûte se joignit à eux, faisant onduler la surface de la mélodie comme le vent sur un cours d'eau. Simon fut soudain douloureusement frappé par l'étrangeté de cet endroit. Un sentiment de solitude monta en lui, un vide déchirant qui ne serait pas rempli par Jiriki ou aucun Sithi. Malgré toute sa beauté, Jao é-Tinukai'i ne valait pas mieux qu'une cage. Les animaux en cage, Simon le savait, dépérissaient bien vite, et mouraient.

« Que vais-je faire ? » demanda-t-il désespérément.

Jiriki regarda la rivière miroitante avec un sourire triste. « Marcher. Penser. Apprendre à jouer au Shent. À Jao é-Tinukai'i, il existe de nombreuses façons de passer le temps. »

Tandis qu'ils avançaient vers la porte de Jiriki, la chanson continua de descendre en cascade des flancs arborés des collines, les faisant baigner dans une musique mélancolique qui paraissait toujours changeante mais jamais pressée, aussi patiente que la rivière elle-même.

23

EN PLEINE MER

« Par Elysia la mère, s'exclama Aspitis Prévès, ce qui vous est arrivé est terrible, Dame Marya ! » Le marquis leva sa coupe pour boire mais s'aperçut qu'elle était vide. Il tapota des doigts sur la nappe tandis que son pâle écuyer s'empressait de lui verser du vin. « Dire que la fille d'un noble pût être si mal traitée dans nos cités ! »

Tous trois étaient assis autour de la table circulaire du marquis, tandis que les restes d'un repas plus qu'adéquat étaient débarrassés par un page. La lumière vacillante des lampes projetait des ombres déformées sur les murs ; dehors, le vent battait dans les gréements. Deux des molosses du marquis se disputaient un os sous la table.

« Votre Seigneurie est trop aimable. » Miriamélé agita la tête. « La baronnie de mon père est minuscule, un simple fief, en fait. C'est l'une des plus petites du Cellodshire. »

« Ah ! alors votre père doit connaître Godwig ? » Le westerlien d'Aspitis était difficile à comprendre, et pas uniquement parce qu'il s'agissait de sa seconde langue : le gobelet qu'il tenait dans sa main avait été rempli et vidé à de nombreuses reprises.

« Bien sûr. C'est le plus puissant de tous les barons de la région, la main armée du Roi dans le Cellodshire. » À la pensée du fruste et méprisable Godwig, Miriamélé eut du mal à conserver une expression plaisante, même en ayant les yeux fixés sur la merveilleuse beauté d'Aspitis. Elle jeta un rapide coup d'œil en direction de

Cadrach, plongé dans quelque sombre humeur, les sourcils froncés comme un ciel d'orage.

Il pense que j'en dis trop, décida Miriamélé. Elle ressentit une pointe de colère. *Mais qui est-il pour faire la tête ? C'est lui qui nous a entraînés dans ce piège ; et maintenant, grâce à moi, au lieu d'avoir été jetés pardessus bord pour nourrir les kilpas, nous sommes assis à la table de maître à boire du vin et manger un bon fromage des Grands Lacs.*

« Mais je reste confondu par votre mauvaise fortune, Madame, dit Aspitis. J'avais entendu dire que ces Danseurs de Feu étaient un problème dans les provinces, et j'ai moi-même vu quelques fous hérétiques prêcher le credo des Danseurs de Feu dans les lieux publics de Nabban, mais je n'aurais jamais imaginé qu'ils oseraient porter la main sur une femme de noble famille ! »

« D'une famille erkynéenne, et de petite noblesse », s'empressa d'ajouter Miriamélé, inquiète d'avoir pu aller trop loin dans son improvisation. « De plus, je portais des vêtements de voyage appropriés au couvent auquel je suis destinée. Ils n'avaient aucune idée de mon rang. »

« Là n'est pas la question. » Aspitis balaya la table d'un grand geste, manquant renverser un chandelier d'un revers de manche. Il avait délaissé les atours qu'il avait portés sur le pont pour une robe longue et simple semblable à celles que portent les chevaliers durant leur vigile. N'était un délicat Arbre d'or porté sur une chaîne autour du cou, sa robe avait pour seul ornement les armes de la Maison Prévéenne brodées sur chaque manche, les ailes du balbuzard enveloppant ses avant-bras comme des flammes. Miriamélé avait été favorablement impressionnée par le fait qu'un riche jeune homme comme Aspitis eût le goût de recevoir ses invités dans une tenue aussi modeste « Là n'est pas la question, répéta-t-il. Ces gens sont des hérétiques, voire pire. De plus, une noble dame d'Erkynée n'a pas à être traitée différemment de n'importe quelle descendante des Cinquante Familles. Notre sang est le même dans tout Osten Ard, et doit être à tout prix protégé pour sa rareté, comme une source d'eau douce dans une contrée aride. » Il se pencha en avant et toucha doucement le bras de Miriamélé à travers sa manche. « Si j'avais été là, Dame Marya, j'aurais donné ma vie pour empêcher n'importe lequel d'entre eux de porter la main sur vous. » Il se reporta en arrière et posa la main sur la poignée de son épée, d'un geste à la désinvolture étudiée. « Mais si j'avais été forcé de faire cet ultime sacrifice, je me serais assuré qu'ils fussent quelques-uns à m'accompagner. »

« Oh ! » dit Miriamélé. « Oh ! » Elle prit une longue inspiration, un peu impressionnée. « Mais vraiment, marquis Aspitis, il n'y a pas lieu de vous inquiéter. Nous leur avons échappé, même s'il nous a fallu pour cela nous cacher sur votre bateau. Il faisait noir, voyez-vous, et père Cadrach... »

« Frère », dit aigrement le moine depuis l'autre bout de la table. Il but une gorgée de vin.

« Frère Cadrach a pensé que ce serait l'endroit le plus sûr. Alors nous nous sommes cachés dans les cales. Nous sommes désolés de nous être imposés de la sorte, marquis, et nous vous remercions de votre bonté. Si vous pouviez simplement nous débarquer au prochain port... »

« Et vous abandonnei quelque part au milieu des îles ? Folie ! » Aspitis se pencha en avant et la fixa de ses yeux bruns. Il avait un sourire dangereux, réalisa Miriamélé, mais elle n'était pas aussi effrayée qu'elle aurait dû l'être. « Vous ferez tout le voyage avec nous, et vous pourrez ainsi atteindre Nabban, en toute sécurité. Cela prendra à peine deux semaines, Madame, et vous serez bien traités, tant vous que votre gardien. » Il dirigea brièvement son sourire vers Cadrach, qui semblait ne pas partager la bonne humeur d'Aspitis. « Je pense même avoir à bord des vetements qui vous conviendront mieux que votre... tenue de voyage. »

« Merveilleux ! » s'exclama Miriamélé, puis elle se souvint de son imposture. « Si bien sûr j'ai la permission de frère Cadrach. »

« Vous avez des vêtements de femme à bord ? » demanda Cadrach, en levant les sourcils.

« Oubliés par ma sœur », répondit Aspitis sans se départir de son sourire.

« Votre sœur, grommela-t-il. Eh bien ! je vais devoir y réfléchir. »

Miriamélé voulut se faire entendre par le moine, puis se souvint de sa situation. Elle s'efforça de paraître soumise, mais le maudit en silence. Pourquoi ne pourrait-elle pas porter des vêtements agréables, pour une fois ?

Alors que le marquis parlait avec entrain de la grande place forte de sa famille au bord du lac Eadne, un fief qu'ironiquement Miriamélé avait visité lorsqu'elle était très jeune, sans en garder le moindre souvenir, on frappa à la porte. L'un des pages d'Aspitis alla répondre.

« Je viens parler au maître du navire », dit une voix un peu essoufflée.

« Entre, mon amie, dit Aspitis. Vous vous connaissez tous, bien sûr. Gan Itaï, tu es celle qui a découvert Dame Marya et son gardien, n'est-ce pas ? »

« C'est exact, marquis Aspitis », acquiesça la Niskie. Ses yeux noirs brillaient en réfléchissant la lumière des lampes.

« Si tu pouvais avoir l'amabilité de revenir un peu plus tard, dit Aspitis à la vigie des mers, alors nous pourrons parler. »

« Non, s'il vous plaît, marquis Aspitis, dit Miriamélé en se levant. Vous avez été très aimable, mais nous ne devrions pas vous retenir plus longtemps. Venez, frère Cadrach. »

« Me retenir ? » Le marquis porta la main à sa poitrine. « Devrais-je me plaindre d'être la victime d'une aussi charmante compagnie ? Dame Marya, je dois vraiment être un benêt à vos yeux. » Il s'inclina et prit sa main pour la porter un court instant à ses lèvres. « J'espère que vous ne me trouvez pas trop direct, gente dame. » Il claqua des doigts pour faire venir un page. « Le jeune Thurès va vous mener à vos lits. J'ai ordonné au capitaine de quitter sa cabine. Vous l'occuperez. »

« Oh ! Mais nous ne pouvons pas prendre la cabine du... »

« Il s'est permis des remarques déplacées et n'a pas fait preuve du respect qui vous était dû, Dame Marya. Il devrait remercier le ciel de ne pas avoir été pendu pour cela – je préfère lui pardonner. C'est un homme simple, qui n'a pas l'habitude de voir des femmes sur les bateaux. Quelques nuits passées à dormir avec l'équipage ne lui feront pas de mal. » Il glissa ses doigts à travers ses cheveux bouclés, puis fit un signe de la main. « Va, Thurès. Montre-leur leurs quartiers. »

Il s'inclina une nouvelle fois devant Miriamélé, puis adressa un sourire poli à Cadrach. Cette fois, le moine lui rendit son sourire, mais il fit à peine plus que découvrir ses dents. Le petit page, tenant soigneusement sa lanterne devant lui, les mena hors de la pièce.

Aspitis resta un temps pensif et silencieux, puis attrapa l'aiguière et remplit une nouvelle fois son gobelet, qu'il vida en une seule longue gorgée. Alors seulement, il parla.

« Eh bien ! Gan Itaï, il est rare que tu viennes ici, et plus rare encore que tu quittes la vigie la nuit. Les eaux sont-elles si calmes que ton chant n'est pas utile ? »

La Niskie agita lentement la tête. « Non, Maître de bord. Les eaux sont très agitées, mais elles sont sûres en cet instant et j'ai voulu venir vous dire que je suis troublée. »

« Troublée ? Par la fille ? Les Niskies ne sont tout de même pas aussi superstitieuses que les marins ! »

« Pas comme les marins, non. » Elle tira sa capuche plus avant, achevant presque de dissimuler son visage dont seuls les yeux brillants étaient encore visibles. « La fille et le moine, même s'ils ne sont pas tout à fait ce qu'ils prétendent, sont le moindre de mes soucis. Une puissante tempête arrive du nord. »

Aspitis regarda Gan Itaï. « Tu as quitté la vigie pour me dire cela ? » demanda-t-il d'un air moqueur. « Je le savais déjà avant même que nous ne prenions la mer. Le capitaine dit que nous aurons quitté la pleine mer avant que la tempête ne nous atteigne. »

« Peut-être, mais de grands bancs de kilpas descendent des mers du nord, comme poussés par la tempête. Leur chant est féroce et glacial, marquis Aspitis ; ils paraissent venir des eaux les plus noires, des abysses les plus profonds. Je n'avais jamais entendu cela. »

Aspitis la regarda longuement, le visage légèrement défait, comme si l'effet du vin commençait à se faire sentir.

« Le *Nuage de l'Eadne* a de nombreuses tâches importantes à remplir pour le duc Bénigaris, dit-il. Tu dois faire ce qui est ton travail et la mission de ta vie. » Il laissa reposer sa tête dans ses mains. « Je suis fatigué, Gan Itaï. Retourne en vigie. J'ai besoin de dormir. »

La Niskie l'observa un instant, pleine d'une gravité impondérable, puis elle s'inclina gracieusement et recula vers la porte, qu'elle laissa se refermer derrière elle avec un bruit mat. Le marquis Aspitis se laissa glisser en avant sur la table, reposant sa tête sur ses avant-bras dans le cercle de lumière.

« Cela fait du bien de retrouver la compagnie d'un noble, dit Miriamélé. Ils sont pleins de suffisance, c'est vrai, mais ils savent faire preuve de respect envers les femmes. »

Cadrach renâcla depuis sa paillasse sur le sol. « Il m'est difficile de croire que vous avez pu trouver un quelconque intérêt dans ce mirliflore bouclé, Princesse. »

« Chut ! » siffla Miriamélé. « Imbécile ! Ne parlez pas si fort ! Et ne m'appelez pas comme ça. Je suis Dame Marya, ne l'oubliez pas. »

Le moine éructa une nouvelle fois son mépris. « Une noble dame pourchassée par des Danseurs de Feu. Quelle histoire ! »

« Cela a marché, non ? »

« Oui, et maintenant nous devons passer tout notre temps avec le marquis Aspitis, qui va enchaîner les questions les unes après les autres. Si vous aviez simplement prétendu être la fille d'un tailleur qui s'était cachée pour protéger sa vertu, ou quelque chose de ce genre, le marquis nous aurait laissés en paix et abandonnés sur la première île habitée. »

« Et il nous aurait fait travailler comme des chiens jusque lors, en supposant qu'on ne nous aurait pas simplement jetés par-dessus bord. J'en ai plus qu'assez de ce déguisement. J'ai déjà été trop longtemps un moine acolyte, et il me faudrait maintenant être la fille d'un tailleur ? »

Bien qu'elle ne pût pas le voir dans l'obscurité de la cabine, Miriamélé savait au son de sa voix que Cadrach agitait la tête en signe de désapprobation. « Non, non, non ! Vous ne comprenez donc rien, Madame ? Nous ne choisissons pas des rôles dans un jeu d'enfants, nous nous battons pour rester en vie. Dinivan, l'homme qui nous a amenés ici, a été tué. Est-ce que vous comprenez ? Votre père et votre oncle sont en guerre, et cette guerre s'étend. Ils ont tué le Lecteur, le premier prêtre du Rédempteur sur toutes les terres d'Osten Ard, et ils ne reculeront devant aucun méfait. Madame ! Ce n'est pas un jeu ! »

Miriamélé ravala une réponse acide, préférant réfléchir à ce que Cadrach venait de dire. « Alors pourquoi le marquis Aspitis n'a-t-il rien dit au sujet du Lecteur ? C'est tout de même un événement dont les gens devraient parler. À moins que ce ne soit aussi l'une de vos inventions ? »

« Madame, Ranéssin n'a été tué que tard la nuit dernière. Nous avons pris la mer très tôt ce matin. » Le moine s'efforçait de ne pas perdre patience. « Le Sancellan Aedonitis et le Conseil Escritorial n'annonceront peut-être pas la nouvelle avant un jour ou deux. S'il vous plaît, croyez bien que je dis la vérité, ou nous pourrions subir un sort funeste. »

« Hum ! » Miriamélé se tourna, remontant la couverture jusqu'à son menton. Le mouvement du bateau était assez apaisant. « Il me semble que sans mon inventivité et les bonnes manières du marquis, nous pourrions déjà avoir subi un sort funeste. »

« Pensez ce que vous voulez, Madame », répondit Cadrach d'un ton pesant. « Mais je vous en supplie, ne soyez pas plus confiante avec les autres que vous ne l'êtes avec moi. »

Il se tut. Miriamélé chercha le sommeil. Une étrange mélodie surnaturelle et entêtante flottait dans l'air, aussi intemporelle et irrégulière que le rugissement de la mer, aussi persistante que les coups de vent contraires. Quelque part, dehors, dans l'obscurité, Gan Itaï chantait le calme des kilpas.

Éolair descendit des hauteurs des Monts Grianspogs pour s'enfoncer dans la pire tempête de neige qu'eût connue cet été. Les sentiers secrets que lui et ses hommes avaient eu tant de mal à tracer dans la forêt à peine quelques semaines plus tôt étaient maintenant recouverts de trois coudées de neige fraîche. Le ciel lugubre était si bas qu'il en devenait oppressant, comme le plafond d'un tombeau. Ses sacs de selle étaient pleins à craquer de cartes soigneusement recopiées, et sa tête de pensées consternantes.

Éolair savait qu'il était inutile de tenter de se convaincre que ce pays ne souffrait que d'un mauvais temps anormal. Une terrible pestilence avait envahi Osten Ard. Peut-être que Josua et l'épée de son père étaient effectivement liés à quelque chose de plus vaste que la guerre des hommes.

Le comte de Nad Mullach se souvint soudain de ses propres mots, prononcés à la Grande Table un an plus tôt – Dieux de la terre et du ciel, pensa-t-il, il semblait s'être écoulé une vie entière depuis ces temps comparativement paisibles ! « *Le Mal profite de cet hiver...* » avait-il dit ce jour-là à l'assemblée des chevaliers. « *Les brigands ne sont pas les seuls à s'attaquer aux voyageurs et à faire disparaître les fermiers isolés. Les gens du Nord ont peur...* »

Les brigands ne sont pas les seuls... Éolair secoua la tête d'un air dégoûté. Il avait été à ce point obnubilé par le combat que menait son peuple pour sa survie quotidienne qu'il n'avait même pas su entendre son propre avertissement. Il y avait effectivement à craindre des menaces plus grandes que Skali de Kaldskryke et son armée d'assassins.

Éolair avait entendu des histoires racontées par des survivants de la chute de Naglimund, des récits déconcertants parlant d'une armée fantôme levée par Élias le Roi souverain. Depuis sa naissance, Éolair avait entendu parler des Renards Blancs, ces démons qui vivaient dans les terres les plus noires et les plus froides du nord du monde, apparaissaient soudain comme la peste, et disparaissaient aussitôt. Durant toute cette dernière année, tous ceux qui s'étaient aventurés dans les Marches Gelées avaient parlé à voix basse au-dessus de leurs feux de tels démons pâles. Entre tous, Éolair était bien celui qui avait le moins d'excuses pour n'avoir pas réalisé qu'il y avait du vrai dans ces histoires : n'était-il pas précisément celui qui en avait parlé à la Grande Table ?

Mais quelle pouvait bien être la signification de tout cela ? S'ils étaient effectivement impliqués, pourquoi des monstres comme ces Renards Blancs s'étaient-ils alliés à Élias ? Cela pouvait-il avoir quelque chose à voir avec ce prêtre monstrueux, Pryrates ?

Le comte de Nad Mullach soupira, puis porta son poids sur le côté pour aider à l'équilibre de son cheval tandis qu'ils s'engageaient dans une partie assez traître de la descente. Peut-être que, malgré le ridicule de ses décisions, Maegwin avait eu raison de lui confier cette mission. Et pourtant, il n'y avait aucune justification à sa conduite. Pourquoi l'avait-elle traité ainsi dans la cité souterraine, après tout ce qu'il avait fait pour sa famille, et malgré la loyauté indicible dont il avait toujours fait preuve envers son père, le Roi Lluth ? L'aspect étrange et terrifiant de leur situation expliquait peut-être sa désobligeance, mais ce n'était pas une excuse.

Un tel manque d'égards était un autre changement inquiétant dans le comportement de Maegwin, le dernier d'une longue liste. Il craignait pour elle, mais ne pouvait imaginer aucune façon de lui venir en aide. Elle méprisait sa sollicitude et semblait penser qu'il n'était qu'un fourbe courtisan, lui qui haïssait l'hypocrisie et ne s'était rompu à la diplomatie que pour servir loyalement le père de Maegwin ! Chaque fois qu'il essayait de l'aider, elle l'insultait et lui tournait le dos : il ne pouvait que l'observer décliner comme déclinaient les terres autour de lui, son esprit s'emplissant d'étranges caprices. Il ne pouvait rien faire.

Éolair descendait depuis deux jours à travers les vallées silencieuses des Grianspogs, avec ses tristes pensées pour seule compagnie.

Il était fascinant de voir à quelle vitesse Skali s'assurait d'une occupation permanente d'Hernystir. Non content d'occuper les maisons et bâtiments encore debout d'Hernysadharc et des villages environnants, le Thane de Kaldskryke avait commencé à en construire d'autres, de longues bâtisses de bois fraîchement coupé. Les abords de la forêt du Circoille rétrécissaient rapidement, pour être remplacés par de véritables champs de souches.

Éolair avançait le long des crêtes, observant les silhouettes ressemblant à des fourmis qui grouillaient dans les plaines. Le bruit des masses s'abattant sur les coins résonnait à travers les collines enneigées.

Il ne comprit pas tout d'abord pourquoi Skali avait besoin de tant de toits : son armée, même si elle était de taille conséquente, n'était pas si vaste que les bâtiments désertés d'Hernystir n'eussent pu suffire à l'abriter. Ce ne fut que lorsque Éolair observa le ciel du nord qu'il réalisa ce qui se passait.

Tous les Rimmersleutes du peuple de Skali doivent descendre du nord pour venir ici; *jeunes et vieux, femmes et enfants.* Il regarda longuement ces minuscules formes industrieuses. *S'il neige sur Hernysadharc à la fin du mois de tiyagar, alors le froid doit être infernal vers Naarved et Skoggey. Que Bagba me morde, quelle folie ! Skali nous a acculés dans les cavernes. Et maintenant, il va amener tous ses Rimmersleutes sur nos terres envahies.*

Malgré toutes les souffrances de son peuple sous le fer des guerriers de Skali Nez-tranchant, malgré le sort du Roi Lluth, malgré les tortures et le démembrement du Prince Gwythinn, et la mort de centaines des propres braves Mullachis d'Éolair sous le ciel gris des plaines de l'ouest, le comte s'aperçut à sa grande surprise qu'il lui restait encore des réserves de colère et de pure haine jusques alors inexplorées. L'entrée des troupes de Skali sur les routes d'Hernysadharc était en soi une catastrophe, mais l'idée qu'ils pussent faire venir leurs femmes et leurs familles pour vivre sur les terres hernystiries emplit Éolair d'une rage plus forte encore que celle qu'il avait ressentie lorsque le premier Hernystiri était tombé à l'Inniscrich. Impuissant sur les hautes crêtes, il maudit les envahisseurs et se jura de voir un jour les chacals de Skali repartir en hurlant vers Kaldskryke ; du moins ceux qui ne seraient pas morts sur les terres hernystiries qu'ils avaient usurpées.

Le comte de Nad Mullach se mit soudain à regretter la pureté d'une bataille. Les forces hernystiries s'étaient à ce point fait massacrer à l'Inniscrich qu'elles n'avaient pu ensuite que livrer des combats d'arrière-garde. Maintenant qu'ils avaient été chassés vers le Grianspog, ils ne pouvaient plus guère que harceler les vainqueurs. Par les Dieux, pensa-t-il, qu'il serait bon de manier l'épée en plein air, de s'affronter face à face, les boucliers brillant sous le soleil, et de sonner la charge ! Le comte savait qu'il s'agissait d'un espoir fou, savait qu'il était un homme prudent qui avait toujours préféré négocier plutôt que combattre, mais, en cet instant, il avait besoin de simplicité. La guerre ouverte, malgré sa violence stupide et ses horreurs, pouvait être une sorte de bêtise magnifique dans laquelle un homme pouvait s'élancer comme dans les bras d'une femme.

Et maintenant, l'appel de cette maîtresse attirante mais dangereuse se faisait plus fort. Des nations entières s'étaient mises en branle, les saisons n'étaient plus à leur place, des fous régnaient, et des légendes prenaient vie ; combien il avait besoin de choses simples !

Mais tout en souhaitant cette délivrance irréfléchie, Éolair savait qu'il détesterait la voir se préciser : les fruits de la violence ne revenaient pas toujours au juste et au sage.

Éolair évita les avant-postes à l'ouest d'Hernysadharc et contourna les plus importants campements des hommes de Skali, qui s'étaient installés dans toutes les plaines autour de la capitale d'Hernystir. Il préféra chevaucher à travers la région vallonnée appelée le Dillathi, qui formait comme un rempart le long de la côte d'Hernystir, qu'il semblait vouloir protéger d'une invasion maritime. De fait, le Dillathi aurait présenté un problème quasi insoluble à un envahisseur venu de la mer ; mais les forces qui avaient défait Hernystir étaient venues d'une autre direction.

Le peuple de cette région était d'un naturel méfiant, mais ces gens s'étaient habitués aux fugitifs et aux réfugiés cette dernière année, et Éolair put se faire accueillir dans certaines maisons. Ceux qui lui ouvrirent leur porte étaient plus intéressés par les nouvelles qu'il apportait que par le fait qu'il était le comte de Nad Mullach : en cette époque troublée, les ragots étaient la première monnaie d'échange.

Si loin des villes, personne ne savait grand-chose du Prince Josua, et encore moins de la possibilité d'un lien entre son combat contre le Roi souverain et le sort d'Hernystir. Personne dans le Dillathi ne savait non plus si le frère du Roi Élias, Josua, était vivant ou mort, ni évidemment où il pouvait se trouver. Par contre, les gens de ces régions avaient appris la blessure mortelle de leur Roi Lluth, de la bouche de guerriers errants, des survivants du combat de l'Inniscrich. Les divers hôtes d'Éolair furent donc plutôt réconfortés d'entendre que la fille de Lluth était encore en vie, et qu'une sorte de cour en exil existait encore. Avant la guerre, ils ne s'étaient pas beaucoup inquiétés de ce que pouvait faire ou dire le Roi dans son Taig, mais celui-ci avait néanmoins fait partie de leur vie. Éolair supposa qu'ils trouvaient rassurant de savoir qu'il subsistait encore au moins une ombre de l'ancien royaume, comme si la persistance de la famille de Lluth signifiait pour eux que les Rimmersleutes seraient un jour chassés.

Au sortir du Dillathi, Éolair obliqua avant Crannhyr, la cité fortifiée la plus étrange et la plus insulaire d'Hernystir, préférant couper vers Abainguéate, à l'embouchure du fleuve Barailléen. Il ne fut pas surpris de découvrir que les Hernystiris d'Abainguéate avaient réussi à s'adapter au joug d'Élias et de Skali ; les Abainguéatis avaient une réputation de flexibilité. Il était de pratique courante, dans le reste du pays, de faire allusion à ce port en l'appelant « l'extrême-nord de Perdruin », à cause des points communs des deux cités : un goût prononcé pour les profits et un dégoût tout aussi marqué pour la politique, du moins le genre de politique qui interférait avec les profits.

C'est également à Abainguéate qu'Éolair découvrit son premier véritable indice sur l'endroit où pouvait se trouver Josua, et cela se passa d'une façon typiquement abainguéatie.

Éolair partageait une table à l'heure du souper avec un prêtre nabbanais dans une auberge du port. Le vent soufflait et la pluie battait sur le toit, faisant résonner la salle commune comme un tambour. Sous le nez de Rimmersleutes barbus et d'Erkynéens hautains, les nouveaux conquérants d'Hernystir, le bon père, qui avait peut-être absorbé une chope de bière de trop, raconta à Éolair une histoire assez décousue, mais fascinante. Il disait arriver du Sancellan Aedonitis à Nabban, où il jurait que quelqu'un lui avait dit, quelqu'un qu'il définissait comme « le prêtre le plus important du Sancellan », que Josua Mainmorte avait survécu à Naglimund. Le Prince, avec sept autres survivants, était parti vers l'est à travers les prairies en quête d'un abri. Ces faits lui avaient été confiés, assura le prêtre, sous le sceau d'un secret absolu.

Immédiatement après avoir raconté son histoire, le compagnon d'Éolair, plein de remords exagérés par l'alcool, l'avait supplié de lui jurer le secret, tout comme, le comte en était certain, il avait précédemment supplié bien d'autres récipiendaires de ce même secret. Éolair accepta avec un flegme remarquable.

Il y avait plusieurs choses qui intéressaient Éolair dans cette histoire. Le nombre exact de survivants dans le groupe de Josua paraissait être une marque d'authenticité, même si cela ressemblait un peu trop au début d'une légende : le Prince Manchot et ses Sept Galants Compagnons. Par ailleurs, les remords du prêtre après qu'il eut raconté son secret semblaient sincères : il n'avait pas parlé pour se donner de l'importance ; il était simplement le genre d'homme qui ne pourrait pas garder un secret même si son âme était en jeu.

Cela, bien sûr, soulevait une interrogation évidente. Pourquoi un homme important dans la Maison de Dieu, comme était censé l'être l'informateur du prêtre, aurait-il confié une information aussi vitale à un benêt qui portait inscrit sur son visage rouge et pataud le fait qu'il ne serait au grand jamais digne de confiance ? Qui aurait l'effronterie de supposer qu'un tel joyeux soûlard pourrait jamais garder un secret, en particulier sur un sujet aussi sensible dans cette région déchirée par la guerre ?

Éolair était perplexe mais intrigué. Tandis que le tonnerre grondait au-dessus des Marches Gelées, le comte de Nad Mullach se mit à envisager la possibilité de partir vers les plaines qui s'étendaient au-delà de l'Erkynée.

Quelque temps plus tard cette même nuit, au retour des étables – Éolair n'avait jamais fait confiance à quiconque pour soigner son cheval, une habitude qui l'avait plus souvent aidé que desservi –, il s'arrêta à l'extérieur de la porte principale de l'auberge. Un vent féroce chargé de neige soufflait dans la rue, faisant claquer les volets des fenêtres. Au-delà des quais, la mer murmurait nerveusement. Tous les habitants d'Abainguéate semblaient s'être évanouis. La cité nocturne était un vaisseau fantôme, flottant sans capitaine sous la lune.

D'étranges lueurs jouaient au-dessus du ciel du nord : des jaunes et indigos et violets, comme l'image qui persiste devant les yeux après le passage d'un éclair. L'horizon vibrait de ces bandes rayonnantes et scintillantes qui ne ressemblaient à rien qu'Éolair eût déjà vu ; elles étaient à la fois glaçantes et pleines d'énergie. Comparé au silence d'Abainguéate, le nord semblait débordant de vie et, durant un court instant, le comte se demanda si poursuivre le combat avait un sens. Le monde qu'il connaissait avait disparu, et rien ne le ferait revenir. Il valait peut-être mieux accepter...

Il fit claquer ses mains gantées l'une contre l'autre. Le bruit résonna faiblement et disparut. Il secoua la tête, s'efforçant de chasser cette masse pesante de ses pensées. Ces lueurs dans le ciel étaient effectivement envoûtantes.

Où allait-il se rendre maintenant ? Il fallait plusieurs semaines de cheval pour atteindre les prairies au-delà d'Hasu Vale dont le prêtre avait parlé. Éolair savait qu'il pouvait suivre la côte, et passer Mérémund et Wentmouth, mais cela voulait dire chevaucher seul à travers une Erkynée qui était maintenant totalement sous la coupe du Roi souverain. Ou alors, il pouvait laisser ces lueurs envoûtantes l'attirer vers le nord, et remonter vers ses terres de Nad Mullach. Sa place forte était occupée par les maraudeurs de Skali, mais ceux de son peuple qui avaient survécu dans le reste du comté l'abriteraient et lui donneraient des nouvelles, ainsi qu'une chance de se reposer et des provisions pour le reste de son long voyage. De là, il pourrait ensuite facilement tourner vers l'est et passer Erchester par le nord, avançant dans l'ombre protectrice de la grande forêt.

Songeur, il regarda la lueur spectrale dans le ciel du nord. Cela valait bien une nuit glaciale.

Les vagues étaient clapotantes, le ciel noir rempli de nuages moutonneux et menaçants. Un éclair déchira le ciel à l'horizon.

Cadrach s'agrippa au bastingage et gémit tandis que le *Nuage de l'Eadne* se soulevait, avant de retomber dans le creux d'une vague. Au-dessus d'eux, les voiles se tendaient dans le vent puissant, lâchant dans l'air des claquements semblables à ceux d'un fouet. « Oh ! Brynioch de Tous les Cieux, implora le moine, débarrassez-nous de cet ouragan ! »

« C'est à peine un coup de vent, dit Miriamélé d'un ton moqueur. Vous n'avez jamais vu de tempête en mer. »

Cadrach avala sa salive. « J'espère bien ne jamais voir cela. »

« Par ailleurs, qu'avez-vous à prier des dieux païens ? Je pensais que vous étiez un moine Aédonite. »

« J'ai prié pour l'intervention d'Usires tout l'après-midi », répondit Cadrach, son visage aussi pâle que la chair d'un poisson. « J'ai pensé qu'il était temps d'essayer autre chose. » Il se leva sur la pointe des pieds et se pencha plus avant par-dessus le bastingage. Miriamélé détourna la tête. Un instant plus tard, le moine se recula en s'essuyant la bouche d'un revers de manche. Une pluie légère éclaboussait le pont.

« Et vous, Madame, dit-il, rien ne vous dérange ? »

Elle ravala une réponse moqueuse. Il avait vraiment l'air pathétique, avec ses rares cheveux collés sur le crâne et ses yeux noircis. « Bien des choses, mais pas le fait d'être sur un navire en mer. »

« Considérez cela comme une bénédiction des dieux », marmonna-t-il, puis il se retourna et voulut s'appuyer une nouvelle fois sur le bastingage, mais en lieu de cela, ses yeux s'écarquillèrent. Il hurla sous le choc et recula en titubant, pour tomber lourdement en arrière sur le pont.

« Par les Os d'Anaxos !, cria-t-il. Sauvez-nous ! Qu'est-ce que c'est ? »

Miriamélé s'avança vers le bastingage et vit une tête grise qui se balançait dans le creux des vagues. C'était vaguement humanoïde, sans poils mais sans écailles, aussi lisse qu'un dauphin, avec une bouche sans dents bordée de rouge et des yeux qui ressemblaient à des mûres pourries. La bouche flexible forma un cercle, comme si la créature allait chanter. Elle laissa échapper un étrange gargouillis, puis disparut dans les vagues, laissant à peine le temps d'apercevoir des pieds palmés aux longs doigts lorsqu'elle plongea. Un instant plus tard, le semblant de tête reparut, un peu plus près du navire. La créature les regardait.

L'estomac de Miriamélé se noua. « Kilpa », murmura-t-elle.

« C'est horrible », dit Cadrach, encore sous le choc. « On dirait une âme damnée. »

Les noirs yeux vides suivirent Miriamélé lorsqu'elle s'éloigna de quelques pas le long du bastingage. Elle comprenait tout à fait les paroles du moine. Le kilpa était bien plus terrifiant que n'importe quel autre animal pourrait jamais l'être, terriblement proche d'un humain et pourtant totalement dénué de tout sentiment ou entendement.

« Je n'en avais pas vu depuis des années », dit-elle lentement, incapable de détourner son regard. « Je ne pense pas en avoir jamais vu un de si près. » Ses pensées la ramenèrent vers son enfance, vers un voyage effectué avec sa mère Hylissa entre Nabban et l'île de Vinitta. Des kilpas avaient nagé dans leur sillage, et la jeune Miriamélé les avait trouvés presque joueurs, comme des marsouins ou des poissons volants. En voyant celui-là de plus près, elle comprenait mieux pourquoi sa mère s'était empressée de l'écarter du bastingage. Elle frissonna.

« Vous dites que vous en avez déjà vu, Madame ? » demanda une voix. Elle fit volte-face, pour découvrir Aspitis debout derrière elle, ses mains posées sur les épaules de la silhouette accroupie de Cadrach. Le moine paraissait vraiment malade.

« Il y a bien longtemps, lors d'un voyage... à Wentmouth, s'empressa-t-elle de répondre. Ils sont terribles, n'est-ce pas ? »

Aspitis acquiesça lentement, regardant Miriamélé plutôt que la chose grise qui montait et descendait par-delà le bastingage de poupe. « Je n'avais pas réalisé que les kilpas voyageaient aussi dans les courants froids du nord », dit-il.

« Gan Itaï ne les tient donc pas à l'écart ? » demanda-t-elle, pour détourner la conversation. « Pourquoi celui-ci est-il venu si près ? »

« Parce que la Niskie est épuisée et qu'elle dort un peu, et parce que les kilpas sont devenus plus hardis. » Aspitis se pencha et ramassa un clou de fer à tête carrée sur le pont, puis il le lança en direction de l'observateur silencieux. Il tomba à un pied de la tête sans nez ni oreilles du kilpa. Les yeux noirs ne cillèrent pas. « Je n'avais jamais entendu dire qu'ils puissent être aussi actifs qu'ils le sont ces jours-ci, dit le marquis. Ils ont infesté plusieurs petits bateaux cet hiver, et même quelques bateaux plus grands. » Il leva aussitôt une main sur laquelle brillaient des bagues d'or. « Mais ne craignez rien, Dame Marya. Il n'est pas de meilleur chanteur que ma Gan Itaï. »

« Cette chose est une horreur et je suis malade. » Cadrach gémit. « Je dois aller m'allonger. » Il ignora la main tendue d'Aspitis et se redressa, puis il s'éloigna d'un pas mal assuré.

Le marquis se retourna et hurla des ordres à l'équipage qui s'affairait dans les gréements ballottés par le vent. « Nous devons prendre un ris dans les voiles, dit-il en guise d'explication. Une tempête très violente approche, et nous ne pouvons que l'étaler. » Comme pour confirmer ses dires, la foudre illumina une nouvelle fois l'horizon. « Peut-être me ferez vous l'honneur de vous joindre à moi pour mon repas du soir. » Le tonnerre roula par-dessus la houle ; la pluie redoubla d'intensité. « Ainsi, votre gardien aura tout loisir de se recomposer en privé, et vous ne resterez pas sans compagnie si la tempête devient effrayante. » Il sourit, découvrant des dents régulières.

Miriamélé hésita entre tentation et prudence. Aspitis dégageait une impression de force cachée, comme si un certain potentiel était dissimulé pour ne pas effrayer. En un sens, il lui rappelait le duc Isgrimnur, qui traitait les femmes avec une affable déférence presque excessive, comme si les excès incontrôlables de son francparler risquaient à tout moment de choquer ou de blesser quelqu'un. Aspitis semblait également vouloir contrôler quelque chose. C'était une caractéristique qui l'intriguait.

« Je remercie votre Seigneurie, dit-elle enfin. J'en serai honorée, mais je vous demanderai de m'excuser si je vais de temps en temps m'assurer que frère Cadrach n'a pas trop besoin d'aide ou de compagne. »

« Si vous ne le faisiez pas, répondit Aspitis en lui prenant doucement le bras, vous ne seriez pas la bonne et gente dame que vous êtes. Je vois bien que vous êtes aussi proches que les membres d'une famille, et que vous respectez frère Cadrach comme s'il était un oncle adoré. »

Miriamélé ne put s'empêcher de regarder par-dessus son épaule tandis qu'Aspitis l'entraînait à travers le pont, sous les hommes d'équipage qui criaient entre eux dans les gréements par-dessus les gémissements du vent. Le kilpa flottait encore dans les eaux vertes agitées, observant avec la gravité d'un prêtre, sa bouche ouverte formant un trou circulaire noir et béant.

L'écuyer du marquis, un mince jeune homme au visage laiteux et renfrogné, dirigeait les deux pages qui disposaient sur la table des fruits, du pain et du fromage. Thurès, le plus petit des pages, ployait sous le poids d'un plateau contenant un rôti de bœuf froid. Le garçon resta pour aider, tendant avec empressement au page les ustensiles dont il pouvait avoir besoin chaque fois que cet artiste faisait un signe de la main. Le petit page semblait malin – ses yeux noirs restaient fixés sur l'écuyer en quête de la moindre indication – mais l'acariâtre serviteur trouva néanmoins le moyen de le rabrouer à plusieurs reprises pour sa lenteur.

« Vous semblez parfaitement à l'aise sur un bateau, Dame Marya », dit Aspitis avec un grand sourire, tout en puisant un gobelet de vin dans une somptueuse aiguière de cuivre. Il en chargea ensuite son deuxième page pour qu'il allât servir Miriamélé, de l'autre côté de la table. « Avez-vous déjà été en mer ? Il y a bien du chemin depuis le Cellodshire jusqu'à celle que nous appelons à Nabban la *Veir Maynis*, la Grande Verte. »

Miriamélé se maudit en silence. Peut-être que Cadrach avait raison. Elle aurait dû inventer une histoire plus simple. « Oui. Je veux dire non, pas vraiment. » Elle but une longue gorgée de vin d'un geste étudié, se forçant à sourire au marquis malgré son amertume. « Nous avons à plusieurs reprises descendu le Gleniwent en bateau. Je suis aussi allée sur le Kynslagh. » Elle but une autre longue gorgée et réalisa qu'elle avait vidé son gobelet. Elle le reposa, gênée. Qu'est-ce que cet homme allait penser d'elle ?

« Qui est ce " nous " ? »

« Je vous demande pardon ? » Elle écarta avec embarras le gobelet vide, mais Aspitis prit cela pour un signe et le lui remplit, le repoussant ensuite doucement vers son côté de la table avec un sourire compréhensif. Sous le mouvement de la cabine, qui se balançait avec le bateau, le vin menaça de déborder du gobelet. Miriamélé s'en saisit avec circonspection.

« Je demandais qui est ce " nous ", Dame Marya, si je puis me permettre ? Vous et votre gardien ? Vous et votre famille ? Vous avez fait mention de votre père, le baron... le baron... » Il fronça les sourcils. « Mille excuses ; j'ai oublié son nom. »

Miriamélé avait elle aussi oublié. Elle dissimula son accès de panique avec une autre gorgée de vin ; la gorgée fut d'autant plus longue qu'elle fouillait les recoins de sa mémoire. Le nom qu'elle avait choisi lui revint enfin. Elle avala.

« Baron Seoman. »

« Bien sûr ! Le baron Seoman. Est-ce lui qui vous a emmenée sur le Gleniwent ? »

Elle acquiesça, espérant que d'autres problèmes de ce genre ne se présenteraient pas.

« Et votre mère ? »

« Morte. »

« Ah ! » Le visage doré d'Aspitis devint aussi sombre qu'un soleil masqué par des nuages. « Pardonnez-moi.

Je n'aurais pas dû poser tant de questions. Je suis terriblement désolé d'apprendre cela. »

Miriamélé eut une inspiration. « Elle a succombé aux épidémies de l'année dernière. »

Le marquis hocha la tête. « Elles ont fait tant de victimes. Dites-moi, Dame Marya, si vous me permettez encore une question très directe, y a-t-il un homme auquel vous seriez promise ? »

« Non », répondit-elle aussitôt ; puis elle se demanda si elle n'aurait pas pu trouver une réponse meilleure et potentiellement moins dangereuse. Elle inspira profondément, en soutenant le regard du marquis. Les sachets aromatiques qui parfumaient la pièce rendaient l'air capiteux. « Non », répéta-t-elle. Il était très beau.

« Ah ! » Aspitis acquiesça gravement. Avec son visage puéril et sa cascade de boucles, il ressemblait presque à un enfant qui jouait le rôle d'un adulte. « Mais regardez, vous n'avez presque rien mangé, Madame. Ces mets vous déplairaient-ils ? »

« Oh ! non, marquis Aspitis ! » s'empressa-t-elle de répondre, en cherchant un endroit pour poser son gobelet et saisir son couteau. Elle remarqua que le gobelet était vide. Aspitis croisa son regard et se pencha aussitôt avec l'aiguière.

Tandis qu'elle mangeait autant que son manque d'appétit le permettait, Aspitis parlait. Comme pour s'excuser de ses interrogations passées, il s'assurait d'une conversation aussi légère qu'une plume de cygne, narrant principalement des anecdotes étranges ou amusantes provenant de la cour de Nabban. À l'entendre parler, il s'agissait d'un endroit brillant. Il racontait bien et la fit bientôt rire. D'ailleurs, avec les mouvements du bateau et les murs de bois oppressants de la petite cabine mal éclairée, elle se demanda bientôt si elle ne riait pas trop. Tout cela ressemblait à un rêve. Elle avait du mal à fixer son attention sur le visage souriant d'Aspitis.

Lorsqu'elle réalisa soudain qu'elle ne pouvait plus voir le marquis du tout, une main vint se poser sur son épaule : Aspitis était derrière elle, et continuait de parler des dames de la cour. À travers les vapeurs de vin qui emplissaient sa tête, elle pouvait sentir le contact de sa main, lourde et chaude.

« Mais bien sûr, leur beauté est plutôt... *arrangée*, si vous voyez ce que je veux dire, Marya. Je ne veux pas être cruel, mais parfois, lorsque la duchesse Nessalanta est prise dans le vent, la poudre s'envole comme la neige d'une montagne ! » La main d'Aspitis serra doucement, puis passa sur son autre épaule tandis qu'il changeait de ton. Au passage, son doigt glissa gentiment sur la courbe de sa nuque. Elle frissonna. « Ne vous méprenez pas, dit-il ; je défendrai jusqu'à la mort l'honneur et la beauté des dames de la cour de Nabban – mais dans mon cœur, il n'est rien d'aussi magnifique que la beauté naturelle d'une fille de nos provinces. » La main du marquis revint sur sa nuque, l'effleurant avec la délicatesse d'un battement d'aile. « Une beauté comme la vôtre, Dame Marya. Je suis tellement heureux de vous avoir rencontrée. J'avais oublié ce qu'était un visage qui n'avait pas besoin d'apprêts... »

La pièce se mit à tourner. Miriamélé se redressa soudain, et son coude renversa le gobelet de vin. Quelques gouttes se répandirent et firent comme une tache de sang sur sa serviette. « Je dois sortir, dit-elle. J'ai besoin d'air. »

« Madame, dit Aspitis d'un ton manifestement préoccupé, seriez-vous malade ? J'espère que ce n'est pas ma misérable table qui est la cause de cette indisposition ? »

Elle leva la main en signe d'apaisement ; elle voulait juste s'éloigner de ces lumières aveuglantes et de cet air chaud et parfumé qui l'étouffait. « Non, non ; je désire simplement sortir. »

« Mais il y a une tempête, Madame. Vous seriez trempée. Je ne puis vous laisser faire cela. »

Elle tituba de quelques pas vers la porte. « S'il vous plaît. Je suis malade. »

Le marquis haussa les épaules en un geste qui trahissait son impuissance. « Permettez-moi au moins de vous trouver une cape épaisse qui vous protégera des embruns. » Il tapa dans ses mains pour faire venir ses pages, qui étaient confinés avec le désagréable écuyer dans le réduit qui faisait office à la fois de cuisine et de cellier. L'un des pages se mit aussitôt à fouiller dans un large coffre, en quête d'un vêtement approprié, tandis que Miriamélé attendait misérablement. Elle fut enfin couverte d'une lourde cape de laine à capuche qui sentait le moisi ; Aspitis, vêtu de façon comparable, la prit par le coude et la guida vers le pont.

Le vent soufflait violemment. Des torrents de pluie tombaient du ciel, pour se changer en cascades de gouttelettes d'or dans la lumière de la lampe, puis redisparaître dans l'obscurité. Le tonnerre tambourinait.

« Asseyons-nous au moins sous l'auvent, Dame Marya, supplia Aspitis ; ou nous allons tous deux attraper quelque terrible fièvre ! » Il la mena vers l'arrière, où une solide toile rayée de rouge était tendue dans la charpente ; elle bruissait en vibrant dans le vent. Le timonier, dont la cape volait, les salua d'un signe de tête lorsqu'ils se précipitèrent sous l'auvent, mais garda les mains fermement serrées sur la barre. Ils s'assirent sur une pile de sacs détrempés.

« Merci, dit Miriamélé. Vous êtes très aimable. Je suis confuse de vous avoir dérangé. »

« Mon seul souci est que le remède risque d'être pire que le mal, dit Aspitis en souriant. Si mon médecin entendait parler de cela, il me ferait apposer des sangsues contre les fièvres du cerveau avant que j'aie pu ouvrir la bouche. »

Miriamélé s'esclaffa, et frissonna immédiatement après. Malgré le froid, l'air âpre de la mer lui avait fait grand bien. Elle n'avait plus l'impression qu'elle allait s'évanouir ; en fait, elle se sentait si bien qu'elle ne fit pas d'objection lorsque le marquis d'Eadne et de Drina glissa un bras plein de sollicitude autour de ses épaules.

« Vous êtes une jeune femme étrange mais fascinante, Dame Marya », chuchota Aspitis, à peine audible par-dessus les gémissements du vent. Son souffle était chaud sur la chair frigorifiée de ses oreilles. « J'ai l'impression qu'il y a quelque mystère en vous. Les filles des provinces sont-elles toutes aussi insaisissables ? »

Miriamélé ne savait que penser du frisson qui la parcourait. La peur et l'excitation paraissaient dangereusement entremêlées. « Non », dit-elle enfin.

« Non quoi, Marya ? » Alors même que la tempête rugissait et se déchaînait, le toucher d'Aspitis était doux et solennel.

Une succession d'images troublantes parut se dérouler dans le vent : le visage froid de son père, le sourire gêné du jeune Simon, les rives de l'Aelfwent défilant à grande vitesse dans un mélange de ténèbres et de lumières. Son sang était chaud et bruyant dans ses oreilles.

« Non », dit-elle en se libérant du bras du marquis. Elle s'avança jusqu'à sortir de sous l'auvent et pouvoir se relever. La pluie frappa son visage.

« Mais Marya... »

« Merci pour ce délicieux souper, marquis Aspitis. Je vous ai créé bien des soucis et j'implore votre pardon. »

« Il n'y a vraiment rien à pardonner, Madame. »

« Alors je vous souhaite une bonne nuit. » Elle se redressa sous les rafales de vent, et rejoignit d'un pas incertain le pont, puis suivit la paroi jusqu'à l'escalier qui la mena à un couloir étroit. Elle franchit la porte de la cabine qu'elle partageait avec Cadrach. Elle resta debout dans l'obscurité, et écouta le souffle régulier et sonore du moine, heureuse qu'il ne s'éveillât pas. Quelques instants plus tard, le bruit des bottes d'Aspitis résonna sur les marches de bois; la porte de sa cabine s'ouvrit, puis se referma derrière lui.

Durant un long moment, Miriamélé resta adossée à la porte. Son cœur battait aussi rapidement que si elle se cachait pour sauver sa vie.

Était-ce de l'amour? De la peur? Quel sort le marquis aux cheveux d'or lui avait-il donc jeté pour qu'elle fût si agitée, si confuse? Elle était aussi essoufflée et mortifiée qu'un lièvre acculé.

La pensée d'être étendue dans son lit à chercher le sommeil pendant que ses idées battaient la campagne et que Cadrach ronflait lui fut intolérable. Elle entrouvrit la porte de la cabine et écouta, puis se glissa dans le couloir et revint sur le pont. Malgré la violence de la pluie, la tempête semblait s'être un peu atténuée. Le pont bougeait encore trop pour qu'elle pût avancer sans se tenir aux haubans, mais la mer semblait s'être calmée.

Les trilles d'une mélodie déroutante mais curieusement séduisante l'attirèrent. Le chant se ramassait et se déroulait, perçant cette nuit de tempête comme un fil vert argenté. Il était tour à tour délicat et joyeux et puissant, mais ses variations venaient si naturellement qu'il était impossible de se souvenir de ce qu'il était un peu plus tôt, ou de comprendre comment quoi que ce soit de différent de ce qui était en cet instant pût même exister.

Gan Itaï était assise en tailleur en gaillard d'avant, la tête rejetée en arrière, si bien que sa capuche pendait sur ses épaules et que ses cheveux blancs flottaient dans le vent. Ses yeux étaient clos. Elle se balançait d'un côté sur l'autre, comme si son chant était une rivière si rapide qu'il exigeait toute sa concentration.

Miriamélé tira sa propre capuche en avant et se pelotonna contre le bois du navire pour mieux écouter.

Le chant de la Niskie se poursuivit durant peut-être une heure, variant doucement de cadence et de tonalité. Parfois, ses mots fluides ressemblaient à des flèches décochées pour briller et piquer, et d'autres fois à des pierres précieuses aux couleurs de braise. L'ensemble sous-tendait une mélodie qui ne cessait jamais vraiment, une mélodie qui paraissait parler de paisibles profondeurs vertes, de sommeil, et de la venue d'un silence lourd et réconfortant.

Miriamélé se réveilla en sursaut. Lorsqu'elle leva la tête, ce fut pour voir Gan Itaï qui la regardait curieusement depuis sa vigie. Maintenant que la Niskie avait cessé de chanter, le rugissement de l'océan paraissait curieusement plat et monocorde.

« Que fais-tu là, jeune fille ? »

Miriamélé se sentit étrangement embarrassée. Elle n'avait jamais approché une Niskie qui chantait auparavant. Elle avait un peu l'impression d'avoir épié quelque chose de très personnel.

« Je suis montée sur le pont pour prendre l'air. J'ai soupé avec le marquis Aspitis et je me suis sentie mal. » Elle prit une inspiration, pour calmer sa voix tremblante. « Vous chantez magnifiquement. »

Gan Itaï eut un sourire espiègle. « Cela est vrai, sinon le *Nuage de l'Eadne* ne serait pas arrivé si souvent à bon port. Viens t'asseoir près de moi, que nous parlions. Je n'aurai pas besoin de chanter avant un moment, et l'on est bien seul, la nuit en vigie. »

Miriamélé grimpa sur le gaillard d'avant et s'assit à côté de la Niskie. « Vous ne vous fatiguez jamais de chanter ? » demanda-t-elle.

Gan Itaï rit doucement. « Est-ce qu'une mère se fatigue d'élever ses enfants ? Bien sûr, mais c'est ce que je fais. »

Miriamélé jeta un regard rapide sur le visage ridé de Gan Itaï. De sous ses sourcils blancs, les yeux de la Niskie restaient fixés sur les embruns et la houle.

« Pourquoi Cadrach vous a-t-il appelée Tinouque... ? » Elle chercha à se souvenir du mot.

« *Tinukeda'ya.* Parce que c'est ce que nous sommes : des Enfants de l'Océan. Ton gardien est érudit. »

« Mais qu'est-ce que cela veut dire ? »

« Cela veut dire que nous avons toujours vécu sur l'océan. Même au temps du lointain Jardin, nous vivions au bord des terres. Ce n'est que depuis que nous sommes venus en cet endroit que certains des Enfants du Navigateur ont changé. Certains ont totalement quitté la mer, ce qu'il m'est aussi difficile à comprendre que d'arrêter de respirer et prétendre que c'est une façon de vivre agréable. » Elle secoua la tête en serrant ses lèvres fines.

« D'où venez-vous ? »

« De très loin. Osten Ard n'est que la plus récente de nos demeures. »

Miriamélé resta un temps songeuse. « J'avais toujours pensé que les Niskies étaient un peu comme les Salanais. Vous ressemblez vraiment beaucoup aux Salanais. »

Gan Itaï laissa échapper un rire sifflant. « J'ai entendu dire, dit-elle, que bien qu'ils soient différents, certains animaux finissent par se ressembler parce qu'ils font la même chose. Peut-être que les Salanais, tout comme les Tinukeda'ya, ont courbé la tête trop longtemps. » Elle rit de nouveau, mais Miriamélé n'eut pas l'impression que ce fût un rire de joie. « Et toi, mon enfant, reprit la Niskie, c'est à ton tour de répondre à mes questions. Pourquoi es-tu ici ? »

Miriamélé resta bouche bée, prise par surprise. « Quoi ? »

« Pourquoi es-tu ici ? J'ai réfléchi à ce que tu as dit, et je ne suis pas certaine de te croire. »

« Le marquis Aspitis me croit », répondit Miriamélé avec une note de défi dans la voix.

« C'est peut-être le cas, mais je suis différente. » Gan Itaï dirigea son regard vers Miriamélé. Même avec si peu de lumière, les yeux de la Niskie brillaient comme l'anthracite. « Parle-moi. »

Miriamélé agita la tête et voulut s'écarter, mais une main mince et puissante se referma sur son bras. « Je suis désolée, dit Gan Itaï. Je t'ai effrayée. Laisse-moi te rassurer. J'ai décidé que vous ne représentiez aucun danger ; du moins aucun danger pour le *Nuage de l'Eadne*, qui est mon seul souci. Je suis considérée comme singulière par mon peuple parce que je juge vite. Lorsque j'aime bien quelque chose ou quelqu'un, je l'aime bien. » Elle eut un petit rire sec. « J'ai décidé que je t'aimais bien, Marya – si c'est vraiment ton nom. Mais ce sera ton nom pour l'instant, si tu le désires. Tu n'auras jamais de raison de me craindre. Pas la vieille Gan Itaï. »

Déconcertée par la nuit, par le vin, et par une réaction qui n'était que la dernière d'une longue liste de sensations inhabituelles, Miriamélé se mit à sangloter.

« Allez, mon enfant, allez... » La main douce et fine de Gan Itaï lui tapotait le dos.

« *Je n'ai nulle part où aller.* » Miriamélé retint ses larmes. Elle se sentait sur le point de dire des choses qu'elle ne devait pas dire, quel que fût son désir de se libérer d'un tel fardeau. « Je suis... une fugitive. »

« Qui te poursuit ? »

Miriamélé secoua négativement la tête. Un paquet d'embruns passa le bastingage tandis que le bateau glissait une nouvelle fois dans une vague. « Je ne peux le dire, mais je cours un terrible danger. C'est pour cela que j'ai dû me cacher sur ce bateau. »

« Et le moine ? Ton gardien érudit ? N'est-il pas lui aussi en danger ? »

Miriamélé fut décontenancée par la question de Gan Itaï. Il y avait bien des choses auxquelles elle n'avait pas eu le temps de penser. « Oui, je suppose qu'il l'est aussi. »

La Niskie acquiesça, comme satisfaite. « Ne crains rien. Je garderai ton secret. »

« Vous ne le direz pas à Aspitis... au marquis ? »

Gan Itaï secoua la tête. « Mes allégeances sont plus complexes que tu ne peux l'imaginer. Mais je ne puis promettre qu'il ne trouvera pas moyen de l'apprendre. Le maître du *Nuage de l'Eadne* est un homme plein de ressources. »

« Je sais. » La réponse de Miriamélé était venue du fond du cœur.

La tempête les gratifia d'une nouvelle gerbe d'eau. Gan Itaï se pencha en avant, et observa la mer déformée par les vents. « Par la Maison de Vé, ils ne restent pas calmes longtemps ! Maudits soient-ils, qu'ils sont forts ! » Elle se tourna vers Miriamélé. « Je pense qu'il est temps pour moi de chanter de nouveau. Il serait probablement préférable que tu rentres t'abriter. »

Miriamélé remercia maladroitement la Niskie pour sa sympathie, puis se leva et redescendit l'escalier glissant du gaillard d'avant. Le tonnerre grondait comme une bête les pourchassant dans l'obscurité. Elle se demanda soudain si elle n'avait pas été folle d'ouvrir son cœur à cette étrange créature.

En franchissant l'écoutille, elle s'arrêta pour regarder par-dessus son épaule. Dans la nuit noire derrière elle, le chant de Gan Itaï s'élevait une nouvelle fois contre la tempête, un mince ruban s'offrant à repousser la mer déchaînée.

24

LES CHIENS D'ERCHESTER

Le groupe de Josua chevaucha vers le nord en longeant les rives de la rivière Stefflod, remontant le courant depuis sa jonction avec l'Ymstrecca à travers des prairies bosselées de basses collines. Bientôt, les hauteurs sur leurs deux flancs commencèrent à prendre de l'ampleur, jusqu'à former une large vallée herbeuse, une vaste étendue de terre avec le cours d'eau en son centre.

La Stefflod serpentait sous le ciel sombre, scintillant faiblement comme une veine d'argent terni. Comme l'Ymstrecca, son chant paraissait au premier abord étouffé, mais Déornoth trouvait qu'il y avait une étrange nuance sous-jacente dans son murmure, comme si elle dissimulait les voix d'une immense foule qui chuchotait. Parfois, le bruit de l'eau formait une mélodie, aussi claire qu'une succession de cloches carillonnantes. Aussitôt, dès que Déornoth cherchait à entendre ce qui avait attiré son attention, il n'entendait plus rien que le murmure et les éclats de l'eau en mouvement.

La lumière qui jouait sur la surface de la Stefflod était tout aussi inconstante. Malgré la nébulosité, l'eau scintillait parfois comme si des étoiles au feu froid roulaient et bondissaient au fond de la rivière. D'autres fois, ces lueurs s'amplifiaient jusqu'à ressembler à un amas de joyaux. Puis, tout aussi soudainement, que le soleil fût visible ou caché, le cours d'eau redevenait aussi sombre et peu réflecteur que le plomb.

« Étrange, n'est-ce pas ? » dit le père Strangyeard. « Malgré tout ce que nous avons vu... Dieu sait que le monde a encore bien des choses à nous faire découvrir, n'est-ce pas ? »

« Il y a quelque chose de... vivant en cela. » Déornoth plissa les yeux. Une boucle de lumière parut danser sur la surface agitée de la rivière, comme un poisson brillant luttant contre le courant.

« Eh bien ! tout... humm... tout est partie de Dieu », dit Strangyeard en faisant le signe de l'Arbre sur sa poitrine. « Et donc elle est effectivement vivante. » Il plissa lui aussi les yeux, et fronça légèrement les sourcils. « Mais je vois ce que vous voulez dire, sire Déornoth. »

La vallée qui s'était progressivement formée autour d'eux semblait tout devoir à la rivière. Des saules se dressaient paresseusement au bord du cours d'eau, frissonnant en penchant leurs branches vers l'eau froide comme des femmes se lavant les cheveux. Plus loin sur leur route, les cavaliers virent la rivière s'élargir et se ralentir. Des buissons de roseaux apparurent le long des rives, éclatant d'oiseaux qui hurlaient de tout leur soûl depuis leur abri de verdure pour avertir toute leur tribu que des étrangers marchaient sur leurs terres.

Des étrangers, pensa Déornoth. *Voilà ce à quoi nous ressemblons maintenant que nous sommes ici. Comme si nous avions quitté les terres qui étaient destinées à notre peuple pour entrer dans le domaine de quelqu'un d'autre.* Il se souvint des mots qu'avait prononcés Géloé, il y avait de cela plusieurs semaines, la nuit où ils l'avaient rencontrée pour la première fois dans la forêt :

« *Vous les hommes êtes parfois comme des lézards se prélassant au soleil sur les pierres d'une maison en ruine, qui se disent : " Quel magnifique reposoir ces gens ont construit pour moi. "* » La femme-sorcière avait froncé les sourcils en disant cela.

Elle nous disait que nous étions en territoire sithi, se souvint-il. *Maintenant, nous pénétrons de nouveau sur leurs terres, c'est tout. C'est pour cela que tout paraît si étrange.*

Cette pensée ne suffit pas à dissiper son malaise.

Ils montèrent le camp dans un pré. L'herbe basse était parsemée ici et là de nids-de-sorcières, comme les avait appelés la femme Ielda ; des cercles parfaits de petits champignons blancs qui brillaient faiblement contre le sol sombre tandis que paraissait le crépuscule.

La duchesse Gutrun n'aimait pas l'idée de dormir près de ces anneaux, mais le père Strangyeard lui fit intelligemment remarquer que les gens de Gadrinsett avaient dit que tout ce pays appartenait aux êtres féeriques, et que la proximité de quelques cercles de champignons n'avait aucune importance. Gutrun, plus inquiète pour la petite Leleth que pour elle-même, accepta sans être pour autant vraiment convaincue.

Un petit feu, alimenté par les branches de saule qu'ils avaient récoltées durant la journée, aida à faire un peu oublier l'étrangeté de l'endroit. Tous mangèrent puis discutèrent tranquillement jusque tard dans la soirée. Le vieux Towser, qui avait tant et si profondément dormi durant toute la journée qu'il ne paraissait plus faire partie de leur groupe mais plutôt des bagages, s'éveilla et resta les yeux fixés sur le ciel nocturne.

« Les étoiles ne sont pas à leur place », dit-il enfin, si doucement que personne ne l'entendit. Il répéta la même chose plus fort. Josua vint s'agenouiller à son côté, et prit la main tremblante du fou dans la sienne.

« Que se passe-t-il, Towser ? »

« Les étoiles : elles ne sont pas à leur place. » Le vieil homme libéra ses doigts de la main du prince et montra le ciel. « Il y a bien la Lampe, mais elle a une étoile de plus qu'elle ne le devrait. Et où est la Houlette ? Elle n'est pas censée disparaître avant l'époque des moissons. Et il y en a d'autres que je n'ai jamais vues. » Sa lèvre trembla. « Nous sommes tous morts. Nous sommes dans la Terre des Ombres dont parlait ma grand-mère. Nous sommes morts. »

« Allez, ne t'inquiète pas, dit aimablement Josua. Nous ne sommes pas morts, nous sommes simplement en un autre endroit, et tu as longtemps cheminé entre l'éveil et le sommeil. »

Towser le fixa d'un regard étonnamment clair. « Nous sommes en anitul, n'est-ce pas ? Ne pensez pas que je sois sénile, malgré tout ce que j'ai traversé. J'ai vu des ciels d'été pendant près de deux fois votre vie, jeune prince. Nous sommes peut-être dans un endroit différent, mais tout Osten Ard partage les mêmes étoiles, n'est-ce pas ? »

Josua resta un temps silencieux. L'écho des conversations leur parvint faiblement depuis le feu derrière lui. « Je n'ai pas voulu dire que tu avais perdu l'esprit, vieil ami. Nous sommes dans un endroit étrange, et qui sait quelles étoiles peuvent briller au-dessus de nous ? De toute façon, il n'y a rien que nous puissions faire à ce sujet. » Il reprit la main du vieil homme. « Pourquoi ne viens-tu pas t'asseoir près du feu ? Je pense qu'il serait bon que nous soyons tous ensemble, au moins pour un temps. »

Towser acquiesça et laissa Josua l'aider à se lever. « Un peu de chaleur ne me ferait pas de mal, mon Prince. Je sens le froid envahir lentement mes os... et je n'aime pas ça. »

« Raison de plus pour t'asseoir près du feu en une nuit aussi humide. » Il ramena le vieux bouffon vers ses compagnons.

Le feu s'était réduit à des braises et les étoiles inconnues de Towser tournaient dans le ciel au-dessus d'eux. Josua leva les yeux lorsqu'une main toucha son épaule. Vorzheva portait une couverture sous son bras.

« Viens, Josua, dit-elle. Allons plutôt faire notre couche près de la rivière. »

Il regarda vers les autres, tous endormis à l'exception de Déornoth et de Strangyeard, qui discutaient à voix basse de l'autre côté du feu. « Je ne pense pas que je devrais les laisser seuls. »

« Les laisser seuls ? » Il y avait une note de colère dans sa voix, mais elle fit bientôt place à un rire franc mais étouffé. Elle secoua la tête et ses cheveux noirs retombèrent sur son visage. « Tu ne changeras jamais. Je suis ta femme, maintenant ; tu n'as pas oublié cela ? Nous avons passé quatre nuits comme si ce mariage n'avait pas existé parce que tu craignais que les soldats du roi soient à notre poursuite et que tu voulais rester près des autres. En as-tu encore peur ? »

Il la dévisagea. Ses lèvres formèrent un sourire. « Pas ce soir. » Il se leva et passa son bras derrière sa taille fine, sentant sous les doigts les puissants muscles de son dos. « Allons près de la rivière. »

Josua laissa ses bottes près du feu, et ils partirent tous deux nu-pieds à travers l'herbe humide jusqu'à ce que la lueur du feu eût disparu derrière eux. Le murmure de la rivière se fit plus fort lorsqu'ils descendirent vers la berge sablonneuse. Vorzheva déplia la couverture et se laissa tomber dessus. Josua la rejoignit, tirant sa lourde cape par-dessus eux. Ils restèrent un temps silencieux au côté de la sombre Stefflod, regardant la lune tenir cour au milieu des étoiles. La tête de Vorzheva reposait sur la poitrine de Josua, ses cheveux baignant la joue du Prince.

« Ne pense pas que, sous prétexte que notre mariage a été raccourci, il a moins d'importance pour moi, dit-il enfin. Je te promets qu'un jour, nos vies redeviendront ce qu'elles devaient être. Tu seras la maîtresse d'une grande maison, pas une exilée dans la steppe. »

« Dieux de mon clan ! Tu n'es qu'un fou, Josua, dit-elle. Penses-tu vraiment que je m'inquiète de la maison dans laquelle je vis ? » Elle se tourna et l'embrassa, se glissant plus près contre son corps. « Un fou, un fou, un fou ! » Son souffle était chaud contre son visage.

Ils se turent. Les étoiles brillaient dans le ciel et la rivière chantait pour eux.

Déornoth s'éveilla juste après l'aurore au son des pleurs de Leleth. Il lui fallut un moment pour réaliser en quoi cela lui paraissait aussi étrange. C'était la première fois qu'il entendait l'enfant émettre le moindre son.

Alors même que s'évanouissaient les dernières traces de son rêve il s'était trouvé devant un grand arbre blanc dont les feuilles étaient des flammes – il portait déjà la main à la poignée de son épée. Il s'assit, pour voir la duchesse Gutrun qui tenait la petite fille contre elle et la berçait doucement. À côté d'elle, le père Strangyeard pointait la tête de sous sa cape comme une tortue qui sort de sa coquille ; les courtes mèches rousses du prêtre étaient couvertes de rosée.

« Que se passe-t-il ? » demanda Déornoth.

Gutrun agita la tête. « Je ne sais pas. Ses pleurs m'ont réveillée. Pauvre petite chose. » La duchesse voulut serrer la petite fille contre sa poitrine, mais celle-ci la repoussa. Elle continuait de pleurer, les yeux grands ouverts, en regardant le ciel. « Qu'est-ce qu'il y a, ma petite ? que se passe-t-il ? » susurra Gutrun.

Leleth libéra une main de l'étreinte de la duchesse et indiqua le ciel du nord d'un doigt tremblant. Déornoth ne distingua rien d'autre que le poing menaçant que formaient les nuages noirs au plus loin de l'horizon. « Il y a quelque chose là-bas ? » demanda-t-il.

Les cris et pleurs de l'enfant firent place à de lourds sanglots qui lui soulevaient la poitrine. Elle indiqua de nouveau l'horizon, puis vint se blottir dans les bras de Gutrun, en y enfouissant son visage.

« Ce n'est rien, petite fille, juste un cauchemar... » dit la duchesse d'un ton apaisant. « Ça va aller, maintenant ; ce n'était qu'un cauchemar. »

Josua apparut soudain entre eux, Naidel en main. Le prince ne portait rien d'autre que ses chausses ; son corps mince paraissait particulièrement pâle dans la lumière de l'aube. « Que se passe-t-il ? » demanda-t-il.

Déornoth indiqua l'horizon menaçant. « La petite a vu quelque chose là-bas qui l'a fait pleurer. »

Josua regarda le ciel sombre avec gravité. « Nous qui avons été témoins des derniers jours de Naglimund serions bien inspirés d'entendre un tel avertissement. Cet amoncellement de nuages est sinistre. » Il observa les prairies alentour. « Nous sommes tous épuisés, dit-il, mais il nous faut progresser plus vite. Je n'aime pas plus que l'enfant ce que je vois à l'horizon. Et je doute que nous trouvions dans ces plaines un quelconque abri avant la Pierre de l'Adieu de Géloé. » Il se tourna et cria en direction d'Isorn et des autres, qui s'éveillaient à peine. « Sellez les chevaux. Nous mangerons en route. Venez ; je ne crois plus en l'existence d'un simple orage. Je ferai tout mon possible pour éviter que nous soyons rattrapés par celui-là. »

La vallée continuait de gagner en profondeur. La végétation se faisait plus épaisse et plus luxuriante, l'immense prairie étant maintenant parsemée de bois de bouleaux et d'aulnes, et de bosquets d'arbres étranges aux feuilles argentées et aux troncs étroits recouverts d'une mousse épaisse.

Le groupe du Prince n'eut pas vraiment le loisir d'observer la végétation. Ils chevauchèrent toute la journée à un rythme soutenu, ne s'accordant qu'une courte pause dans l'après-midi pour remonter aussitôt en selle et poursuivre jusqu'à ce que le soleil fût couché et que le crépuscule eût atténué les couleurs les plus vives du paysage. Les sinistres nuages obscurcissaient maintenant une grande partie du ciel du nord.

Tandis que les autres formaient un cercle de pierres et allumaient un feu – l'approvisionnement en bois ne posait maintenant plus de problème – Déornoth et Isorn menèrent les chevaux à la rivière.

« Au moins, nous ne sommes plus à pied », dit Isorn en déharnachant des sacs de selle qui glissèrent à terre avec un bruit sourd. « C'est une chose qui mérite bien que nous remerciions Aédon. »

« C'est vrai. » Déornoth flatta Vildalix. Les gouttelettes de transpiration sur le cou du cheval s'étaient déjà figées dans la brise froide du soir. Déornoth le brossa avec un tapis de selle avant de passer à Vinyafod, le cheval de Josua. « Nous n'avons pas beaucoup d'autres raisons d'être reconnaissants. »

« Nous sommes en vie », répondit Isorn d'un ton réprobateur. « Ma femme et mes enfants sont en sécurité avec Tonnrud à Skoggey et je suis là pour protéger ma mère. » Il évita ostensiblement de faire allusion à son père, dont il n'avait plus eu aucune nouvelle depuis que le duc avait quitté Naglimund.

Déornoth ne dit rien, conscient de l'inquiétude d'Isorn. Il savait très bien l'amour qui liait au duc son ami rimmersleute. En un sens, il enviait Isorn, et aurait aimé que ses sentiments pour son père fussent aussi admirables. Déornoth était incapable d'obéir au commandement de Dieu qui voulait qu'un fils honorât son père. Malgré ses idéaux chevaleresques, il n'avait jamais pu ressentir plus qu'un respect forcé et pas le moindre amour pour le médiocre tyran qui lui avait rendu la vie insupportable durant toute son enfance.

« Isorn », dit-il enfin, songeur, « plus tard, lorsque tout sera redevenu normal, comme avant, et que nous raconterons tout cela à nos petits-enfants, que dirastu ? » La brise souffla plus fort, faisant claquer les branches des saules.

Son ami ne répondit pas. Après un moment de silence, Déornoth se redressa et regarda par-dessus le dos de Vinyafod, en direction de l'endroit où se dressait Isorn, tenant en main les rênes des chevaux qui buvaient dans la rivière. Le Rimmersleute, à peine distant de quelques coudées, n'était qu'une silhouette dessinée contre le ciel gris pourpre du soir. « Isorn ? »

« Regarde vers le sud, Déornoth, dit-il d'une voix tendue. Il y a des torches. »

Au loin dans la prairie, en suivant la Stefflod dans la direction d'où ils venaient, une nuée de petites lumières se déplaçait.

« Miséricordieux Aédon, gronda Déornoth, c'est Fengbald et ses hommes. Ils ont fini par nous rattraper. » Il se retourna et donna une petite claque sur le flanc de Vinyafod, qui s'écarta de quelques pas. « Tu ne vas pas te reposer tout de suite, mon bon. » Déornoth et Isorn remontèrent du rivage au pas de course vers les flammes balayées par le vent qui indiquaient leur campement.

« ... Et ils sont à moins d'une lieue », termina Isorn, essoufflé. « Depuis la rivière, nous pouvions clairement voir leurs lumières. »

Le visage de Josua n'affichait aucun trouble, mais il était significativement pâle dans la lumière du feu. « Dieu a choisi de nous faire subir une épreuve bien difficile, en nous laissant aller si loin avant que le piège ne se referme... » Il soupira. Tous les yeux étaient sur lui, emplis d'une fascination craintive. « Une chose est sûre, nous devons éteindre ce feu et remonter à cheval. Si nous trouvons un bois assez épais pour nous cacher et s'ils n'ont pas de chiens, ils passeront peut-être sans nous voir. Cela nous donnerait le temps de réfléchir à un plan plus satisfaisant. »

Tandis qu'ils remontaient en selle, Josua se tourna vers Déornoth. « Il y avait bien deux arcs dans ce que nous avons échangé au campement de Fikolmij, n'est-ce pas ? »

Déornoth hocha la tête.

« Bien. Toi et Isorn les prendrez. » Le Prince laissa échapper un petit rire triste en montrant le moignon de son poignet droit. « Je ne suis pas un très bon archer, mais quelques flèches nous seront peut-être utiles. »

Déornoth acquiesça, fatigué.

Ils chevauchèrent promptement, comme si tous savaient qu'ils ne pourraient le faire très longtemps. Les chevaux thrithings avançaient vaillamment, mais l'étape de la journée avait déjà été fort longue. Vinyafod et Vildalix semblaient pouvoir tenir encore plusieurs heures, mais certaines des autres montures étaient à l'évidence épuisées, et leurs cavaliers étaient à peine en meilleure forme. Tandis que son cheval avançait dans ce paysage uniforme faiblement éclairé par la lune, Déornoth pouvait presque sentir sa volonté de résister le quitter, se vider comme du sable dans le col d'un sablier.

Nous sommes allés dix fois plus loin que quiconque aurait pu l'imaginer, pensa-t-il, en s'accrochant aux rênes tandis que Vildalix franchissait le sommet d'une colline et s'engageait dans la descente comme un bateau sur une vague. *Il n'y a aucun déshonneur à échouer maintenant. Que Dieu pourrait-Il espérer que nous n'ayons déjà donné ?* Il regarda par-dessus son épaule. Le reste du groupe commençait à se laisser distancer. Déornoth tira sur les rênes, ralentissant sa monture jusqu'à être de nouveau au sein du groupe. Dieu était peut-être prêt à le récompenser d'une place de héros au Paradis, mais il ne pouvait abandonner le combat tant que des innocents comme la duchesse et l'enfant étaient en péril.

Isorn chevauchait maintenant à côté de Déornoth, tenant Leleth devant lui sur sa selle. Le jeune Rimmersleute n'était qu'une longue tache grise dans la lumière de la lune, mais Déornoth n'avait pas besoin de voir son ami pour savoir la colère et la détermination inscrites sur son large visage.

Il regarda derrière lui. Malgré leurs efforts, les torches avaient gagné sur eux, réduisant dans les deux dernières heures la distance qui les séparait jusqu'à n'être plus qu'à peut-être un mille et demi du groupe du prince.

« Ralentissez ! » cria Josua derrière lui. « Si nous allons plus loin, nous n'aurons plus la force de nous battre. Il y a un bosquet sur cette hauteur ; c'est là que nous prendrons position. »

Ils suivirent le Prince. Un vent froid s'était levé, et faisait plier et bruisser les arbres. Dans l'obscurité, les troncs qui se balançaient ressemblaient à des esprits en robe blanche déplorant sempiternellement quelque terrible événement.

« Ici. » Le Prince les fit entrer en lisière du bosquet. « Où sont ces arcs, sire Déornoth ? » Sa voix était morne.

« À ma selle, Prince Josua. » Déornoth entendit la terrible solennité de sa voix et eut l'impression que tous étaient engagés dans une sorte de rituel. Il libéra les deux arcs et en lança un à Isorn, qui avait confié Leleth à sa mère pour avoir les mains libres. Tandis que Déornoth et le jeune Rimmersleute tendaient le souple bois de frêne, le père Strangyeard accepta la deuxième dague de Sangfugol. Il la souleva misérablement, comme s'il tenait un serpent par la queue. « Que va penser Usires ? » se lamenta-t-il. « Qu'est-ce que mon Dieu va penser de moi ? »

« Il saura que vous vous êtes battu pour sauver la vie de femmes et d'enfants », répondit rapidement Isorn, en engageant l'une de leurs rares flèches sur son arc.

« Maintenant, nous attendons », souffla Josua. « Nous restons groupés, au cas où nous aurions une autre chance de fuir, et nous attendons. »

Les minutes s'allongèrent, aussi tendues que la corde de l'arc sous les doigts de Déornoth. Les oiseaux nocturnes s'étaient tus dans les branches au-dessus d'eux, à l'exception d'un seul, dont le cri bas et glaçant se répétait de façon si lancinante que Déornoth souhaita bientôt décocher une flèche en travers de sa gorge emplumée. Un son qui ressemblait à un martèlement lointain et continu commença à se démarquer du murmure de la Stefflod, et prit de l'ampleur. Déornoth eut l'impression qu'il pouvait sentir le sol trembler sous ses pieds. Il se demanda soudain si le sang avait déjà été versé sur ces terres apparemment inhabitées. Les racines de ces arbres blanchâtres avaient-elles jamais bu autre chose que de l'eau ? On disait que les grands chênes qui entouraient le champ de bataille du Knock s'étaient gorgés de sang jusqu'à ce que leur sève en devînt rose.

Le tonnerre des sabots grandit jusqu'à couvrir dans les oreilles de Déornoth les battements de son propre cœur qui martelaient ses tympans. Il leva son arc mais ne le tendit pas, gardant ses forces pour le moment où il en aurait besoin. Un tourbillon de lumières vacillantes apparut dans la plaine en contrebas. La course des cavaliers se ralentit, comme s'ils sentaient que le Prince et ses compagnons se cachaient dans le bosquet au-dessus d'eux. Lorsqu'ils engagèrent leurs chevaux vers les hauteurs, les flammes de leurs torches reprirent leur balancement régulier, s'épanouissant comme des fleurs d'oranger.

« Ils sont presque deux douzaines », dit tristement Isorn.

« Je prends le premier, murmura Déornoth. Tu prends le deuxième. »

« Attendez, dit doucement Josua. Pas avant mon signal. »

Le cavalier de tête mit pied à terre et se pencha vers le sol, si bien qu'il disparut de la lumière des torches.

Lorsqu'il se redressa, son visage pâle, en partie dissimulé par sa capuche, se tourna vers le haut de la pente, et Déornoth eut presque l'impression qu'il les avait aperçus dans l'obscurité. Il abaissa la pointe de sa flèche jusqu'à ce qu'elle fût dirigée vers la poitrine qui se dessinait sous ce visage lunaire.

« Préparez-vous, murmura Josua. Encore un peu... »

Il y eut un mouvement précipité et un grand bruit dans les branches au-dessus d'eux. Une forme sombre heurta le crâne de Déornoth, le surprenant au point que sa flèche s'envola, et passa bien au-dessus de sa cible. Dans un cri de surprise, Déornoth chancela en arrière, les mains levées pour protéger ses yeux, mais ce qui l'avait frappé avait déjà disparu.

« *Arrêtez!* » hurla une voix depuis les hautes branches, un sifflement crissant et inhumain. « *Arrêtez!* »

Isorn, qui avait observé avec stupéfaction les mouvements de Déornoth qui se battait contre le vide, se retourna et pointa sa flèche vers la cible. « Démons! » gronda-t-il en amenant la corde de son arc à son oreille.

« Josua? » appela quelqu'un d'en bas. « Prince Josua? Êtes-vous là? »

Il y eut un instant de silence. « Qu'Aédon soit loué », souffla Josua. Il se fraya un chemin à travers la végétation et partit à grandes enjambées sous la lumière de la lune, sa cape flottant comme une voile par grand vent. « Je suis là! » cria-t-il.

« Que fait-il? » lâcha Isorn d'une voix basse mais affolée. Vorzheva laissa échapper un petit cri de panique, mais Déornoth, lui aussi, avait reconnu la voix.

« Josua? » cria le premier des cavaliers. « C'est moi, Hotvig, du Clan de l'Étalon. » Il repoussa sa capuche pour exhiber sa barbe et ses cheveux blonds flottant au vent. « Nous vous suivons depuis des jours! »

« Hotvig! » s'exclama Vorzheva avec inquiétude. « Est-ce que mon père est avec vous? »

Le Thrithing s'esclaffa bruyamment. « Non, pas lui, Dame Vorzheva. Le Thane n'est pas plus content de moi qu'il ne l'est de vous ou de votre mari! »

Tandis que le garde-rande et Josua se serraient la main, le reste du groupe du Prince émergea du bosquet, les muscles noués et tremblants, parlant entre eux pour exprimer leur soulagement.

« Nous avons beaucoup de choses à nous raconter, Josua », dit Hotvig tandis que les autres cavaliers montaient la pente pour les rejoindre. « Mais d'abord, il faut faire un feu. Nous avons chevauché tel le Grand Étalon. Nous avons froid, et nous sommes épuisés. »

« C'est vrai, dit Josua en souriant. Il faut faire un feu. »

Déornoth s'avança et prit la main de Hotvig dans la sienne. « Louée soit la miséricorde d'Usires, dit-il. Nous t'avons pris pour Fengbald, l'homme de main du Roi souverain. J'étais à deux doigts de te planter une flèche dans le cœur, mais quelque chose a heurté ma main dans l'obscurité. »

« Tu peux louer Usires, dit une voix sèche, mais cela avait aussi quelque chose à voir avec moi. »

Géloé sortit des arbres derrière eux, et descendit vers le cercle de lumière. La femme-sorcière, réalisa Déornoth dans un sursaut, portait des chausses et une cape tirées de son propre sac de selle. Ses pieds étaient nus.

« Valada Géloé ! » dit Josua avec surprise. « C'est tout à fait inattendu ! »

« Vous ne m'attendiez pas, Prince Josua, mais je suis venue à votre rencontre. Et c'est plutôt une bonne chose, sans quoi cette nuit se serait terminée dans un bain de sang. »

« C'est vous qui m'avez frappé avant que je ne décoche ma flèche ? » dit lentement Déornoth. « Mais comment... »

« Nous aurons le temps de parler plus tard », coupa Géloé, puis elle se pencha alors que Leleth se libérait de l'étreinte de Gutrun pour courir dans les bras de la femme-sage avec un cri de plaisir inarticulé. Tandis qu'elle embrassait l'enfant, les grands yeux jaunes de Géloé soutinrent le regard de Déornoth ; il sentit un frisson parcourir son épine dorsale. « Nous aurons le temps de parler plus tard », répéta-t-elle. « Il faut d'abord faire un feu. La lune est bien avancée dans sa course. Si vous êtes à cheval dès l'aube, vous atteindrez la Pierre de l'Adieu avant la nuit. » Elle observa le ciel du nord. « Et peut-être aussi avant l'orage. »

De lourds nuages menaçants changeaient le ciel en une sombre masse aussi noire que le goudron. La pluie faisait place à la neige fondue. Rachel le Dragon, glacée jusqu'aux os et battue par le vent, chercha un peu de répit à l'abri d'un bâtiment de la rue des quincailliers. Les ruelles d'Erchester étaient désertes, n'étaient les grêlons portés par le vent et une unique silhouette qui ployait sous le poids d'un imposant paquet et avançait dans la boue vers la grand'rue.

Il part probablement vers la campagne, en emportant avec lui toutes ses possessions terrestres, pensa-t-elle amèrement. *Un de plus de parti. Et qui pourrait le blâmer ? C'est comme si la peste s'était abattue sur cette ville.*

En tremblant, elle se remit en route.

Malgré le temps vicieux, de nombreuses portes de la rue des quincailliers n'étaient pas verrouillées : elles s'ouvraient et se refermaient avec les bourrasques de vent, bâillant pour laisser entrevoir un intérieur obscur et désert, avant de claquer violemment avec le bruit d'un os brisé. On eût effectivement dit que la pestilence avait ravagé Erchester, mais c'était une vague de peur plutôt que de maladie qui chassait les habitants de la ville. Et c'était cette désertion qui avait forcé l'intendante du château à parcourir toute la rue des quincailliers avant de trouver quelqu'un qui lui vendrait ce qu'elle cherchait. Elle portait sa nouvelle acquisition sous sa cape et contre sa poitrine, dissimulée à la vue des passants, qui étaient bien peu nombreux, mais peut-être aussi, espérait-elle, un peu cachée aux yeux de Dieu.

L'ironie était qu'elle n'avait aucun besoin d'affronter ces vents féroces et ces rues désertées : une grande partie des centaines d'ustensiles des cuisines du Hayholt auraient pu tout aussi admirablement convenir à ses besoins. Mais c'était son propre plan et sa propre décision. Prendre ce qu'il lui fallait dans les placards de Judith aurait pu mettre l'imposante Maîtresse des Cuisines en péril, et Judith était l'une des rares personnes du château pour lesquelles Rachel avait du respect. Et, plus important, c'était *vraiment* le plan de Rachel. En un sens, elle avait vraiment besoin de marcher une nouvelle fois dans les ruelles hantées d'Erchester : cela l'aidait à réunir le courage nécessaire pour faire ce qui devait être fait.

Un nettoyage de printemps, se dit-elle gravement. Un rire aigu, bien indigne du Dragon, échappa à ses lèvres.

Un nettoyage de printemps au beau milieu de l'été, avec de la neige partout. Elle secoua la tête, ressentant soudain une envie momentanée de s'asseoir dans la ruelle boueuse et de pleurer. *C'est assez, vieille femme,* se dit-elle comme elle le faisait souvent. *Tu as une tâche à accomplir, et le repos n'existe pas de ce côté-ci des portes du Paradis.*

Si elle avait jamais eu le moindre doute de la venue prochaine du Jour de la Bien-Pesée, comme annoncé dans le saint Livre de l'Aédon, Rachel n'avait qu'à se souvenir de la comète qui était apparue dans le ciel au printemps de l'année du règne d'Élias. À l'époque, avec tout l'optimisme de ces temps pas si lointains, beaucoup avaient pensé que c'était le signe d'une nouvelle ère et d'un nouveau début pour Osten Ard. Maintenant, il était clair comme de l'eau de roche qu'elle n'avait fait qu'augurer des derniers jours du Jugement et de la Fin. Et, se morigéna-t-elle, qu'aurait bien pu signifier d'autre une telle blessure maléfique dans le ciel ? Seul un aveuglement stupide avait pu permettre à certains d'imaginer autre chose.

Eh bien ! pensa-t-elle en regardant de dessous sa capuche vers les échoppes désolées de la grand'rue, *nous avons tous fait notre lit de souffrance : maintenant, Dieu veut que nous nous y étendions. Dans Sa colère et Sa sagesse, Il nous a envoyé la pestilence et la sécheresse, et maintenant ces tempêtes surnaturelles. Et qui aurait besoin d'un signe plus clair que la mort atroce de ce pauvre vieux Lecteur ?*

La terrible nouvelle s'était répandue à travers le château et la ville comme un feu de paille. Les gens avaient rarement parlé d'autre chose cette dernière semaine : le Lecteur Ranéssin était mort, assassiné dans son lit par d'abominables païens appelés Danseurs de Feu. Ces monstres impies avaient également incendié une partie du Sancellan Aedonitis. Rachel avait vu le Lecteur lorsqu'il était venu pour les funérailles de Jean, un homme charmant et saint. Maintenant, dans cette année effroyable entre toutes, lui aussi avait soudain disparu.

Que Dieu protège nos âmes. Le saint Lecteur a été assassiné, et des démons et des esprits hantent les nuits, même au Hayholt. Elle frissonna, en pensant à ce qu'elle avait vu une nuit depuis la fenêtre des quartiers des domestiques il n'y avait pas très longtemps. Attirée vers la fenêtre, non pas par un bruit ou une lueur, mais plutôt par un pressentiment, elle s'était silencieusement écartée de ses ouailles endormies et avait grimpé sur un tabouret, s'appuyant sur le rebord de la fenêtre pour regarder vers le jardin d'agrément en contrebas. Là, au milieu des formes sombres des animaux que représentaient les haies, se dressait un cercle de silhouettes silencieuses vêtues de robes noires. Le souffle presque coupé par la terreur, Rachel avait frotté ses yeux vieux et traîtres, mais les silhouettes n'étaient ni un rêve ni une illusion. Alors même qu'elle regardait, l'une des formes encapuchonnées s'était tournée vers elle pour l'observer, ses yeux étaient deux trous noirs dans un visage aussi livide qu'un cadavre. Elle avait couru se cacher dans sa paillasse, tirant la couverture par-dessus son visage pour rester immobile, terrifiée et incapable de dormir jusqu'à l'aube.

Jusqu'à cette année insensée, Rachel avait eu en son jugement une croyance aussi indéfectible qu'en son Dieu, son roi, et l'importance de la propreté. Après le passage de la comète, puis surtout après la mort cruelle de Simon, cette foi avait été gravement ébranlée. Durant les deux jours qui avaient suivi sa vision nocturne, elle avait erré à travers le château en s'inquiétant à peine de sa tâche, encore sous le choc et se demandant si elle n'avait pas fini par devenir ce genre de vieille folle auquel elle s'était toujours juré de préférer la mort.

Elle avait rapidement découvert que, si l'intendante du château était devenue sénile, alors sa folie était contagieuse. De nombreux autres avaient également aperçu ces spectres au visage livide. Le marché de la grand'rue d'Erchester, qui rétrécissait régulièrement, bruissait d'histoires au sujet de ces choses qui marchaient la nuit, tant dans la campagne que dans la ville. Certains prétendaient qu'il s'agissait des fantômes des victimes d'Élias, incapables de trouver le repos tant que leur tête était empalée au-dessus de la Porte de Nearulagh. D'autres disaient que Pryrates et le Roi avaient conclu un marché avec le Diable lui-même, que ces démons mort vivants avaient pris Naglimund pour Élias, et qu'ils attendaient maintenant ses ordres pour s'atteler à de nouvelles tâches impies.

Il avait été un temps où Rachel le Dragon ne croyait en rien qui ne fût inclus dans le catalogue de ce que le père Dréosan énonçait comme acceptable par l'Église, et où elle doutait que le Prince des Démons lui-même pût lui barrer le chemin, puisqu'Usires le Rédempteur et le bon sens étaient tous deux de son côté. Rachel était maintenant tout aussi convaincue que la plus superstitieuse de ses femmes de chambre, *parce qu'elle avait vu.* De ses propres yeux, elle avait vu les hôtes de l'Enfer dans le jardin d'agrément de son château. Il ne pouvait y avoir aucun doute sur le fait que le Jour de la Bien-Pesée était proche.

Rachel fut tirée de ses sombres pensées par un bruit, plus avant dans la rue. Elle leva les yeux, en les protégeant de la main de la neige cinglante. Une meute de chiens se disputaient quelque chose sur la route boueuse, grondant et montrant les dents tout en le tirant de part et d'autre. Elle se rapprocha du bord de la route, préférant longer le mur des bâtiments. Il y avait toujours des chiens en liberté dans les rues d'Erchester, mais avec aussi peu de gens dans la ville, ils étaient devenus plus sauvages qu'ils ne l'avaient jamais été. Le quincaillier lui avait raconté que plusieurs chiens avaient bondi à travers une fenêtre dans l'allée des tonneliers, et avaient attaqué une femme dans son lit, la mordant si profondément qu'elle avait saigné à mort. En pensant à cela, Rachel sentit une vague de peur monter en elle. Elle s'arrêta, se demandant si elle devait contourner les chiens ou non. Elle regarda devant et derrière elle, mais il n'y avait personne à proximité. Deux silhouettes marchaient au bout de la rue, à plusieurs centaines de toises : bien trop loin pour lui être d'une aide quelconque. Elle avala sa salive et avança, les doigts d'une main glissant le long du mur, ceux de l'autre serrant son achat contre son corps. Lorsqu'elle fut proche des chiens, elle regarda alentour, en quête d'une porte ouverte, en cas de besoin.

Il était difficile de dire pour quoi ils se battaient, parce que tant les chiens que leur cible étaient couverts d'une boue sombre. L'un des bâtards sortit la tête de cet amas de croupes décharnées et de ventres maigres, la gueule ouverte en une grimace stupide sur une langue pendante, et regarda Rachel passer. Le museau souillé et la mâchoire béante lui firent soudain penser à quelque pécheur condamné à la fosse ultime, une âme perdue qui avait oublié tout ce qu'elle avait su de la beauté ou du bonheur. La bête l'observa en silence tandis que la grêle creusait la rue boueuse.

Son attention une nouvelle fois attirée par les disputes de ses congénères, le chien tourna enfin la tête. Avec un grondement rauque, il replongea dans la mêlée.

Les larmes lui montant aux yeux, Rachel baissa la tête et affronta le vent, en se pressant vers le Hayholt.

Guthwulf se tenait au côté du Roi, sur le balcon qui surplombait les communs de l'enceinte intérieure. Élias paraissait être d'une inhabituelle bonne humeur, et regardait la maigre foule qui avait été rassemblée dans le Hayholt pour assister au départ de la garde erkynéenne.

Guthwulf avait entendu les rumeurs qui couraient chez ses guerriers, des histoires de terreurs nocturnes qui vidaient les salles du Hayholt et les maisons d'Erchester. Non seulement la foule venue voir le Roi était bien clairsemée, mais elle était en plus rétive : Guthwulf ne pensait pas qu'il eût aimé marcher sans arme au milieu des ces gens en portant l'écharpe qui le proclamait Main du Roi.

« Sale temps, n'est-ce pas ? » dit Élias, ses yeux verts rivés sur la masse des cavaliers qui s'efforçaient de maintenir leurs chevaux en place sous la grêle. « Il fait étonnamment froid pour un mois d'anitul. N'est-ce pas, Loup ? »

Guthwulf se tourna de surprise, en se demandant s'il ne s'agissait pas d'une étrange plaisanterie du Roi. Le temps sens dessus dessous était au cœur des conversations dans tout le château depuis des mois. Il était bien plus que « étonnamment froid ». Un tel temps était effroyablement anormal, et avait beaucoup ajouté à l'impression qu'avait Guthwulf d'un désastre imminent.

« Oui, sire », fut tout ce qu'il répondit. Il n'y avait plus aucun doute dans son esprit. Il allait mener l'expédition de la garde erkynéenne, comme Élias l'avait demandé, mais dès que lui et ses troupes seraient hors de portée du roi, Guthwulf partirait pour toujours. Que d'insouciants idiots criminels comme Fengbald se chargent des volontés du roi. Guthwulf emmènerait les gardes erkynéens qui le souhaiteraient, ainsi que ses loyaux Utanyéates, et il offrirait ses services au frère d'Élias, Josua. Ou, si la survie du Prince se révélait n'être qu'une rumeur, alors le marquis et ceux qui le suivraient iraient vivre dans un endroit où ils pourraient décider de leurs propres règles, loin de cette créature au cerveau enfiévré qui avait autrefois été son ami.

Élias lui tapota l'épaule, puis se pencha sur le balcon et fit un signe d'une main impérieuse. Deux gardes levèrent leur long cor et sonnèrent le rassemblement ; la centaine de gardes redoublèrent d'efforts pour maîtriser leurs montures et les faire s'aligner. La bannière au dragon émeraude du roi claqua dans le vent, menaçant échapper des mains de celui qui en avait la charge. Quelques rares cris d'allégresse fusèrent, presque inaudibles dans le fracas du vent et de la grêle.

« Peut-être que vous devriez me laisser les rejoindre, Majesté, dit doucement Guthwulf. L'orage rend les chevaux nerveux. S'ils s'emballent, ils seront au milieu de la foule en un instant. »

Élias fronça les sourcils. « Quoi, tu t'inquiètes pour un peu de sang sur leurs sabots ? Ils sont entraînés au combat : ça ne leur fera rien. » Il dirigea son regard vers le marquis d'Utanyéate. Ses yeux étaient si inhumains que Guthwulf ne put s'empêcher de tressaillir. « Ainsi va la vie, tu sais », poursuivit Élias, ses lèvres dessinant un sourire. « Tu peux écraser ce qui se trouve devant toi, ou être écrasé. Il n'y a pas d'autre possibilité, ami Guthwulf. »

Le marquis soutint le regard du roi un long moment, puis détourna les yeux, regardant tristement la foule en contrebas. Que voulait-il dire ? Élias se doutait-il de quelque chose ? Tout cela n'était-il qu'une comédie élaborée qui allait permettre au roi de dénoncer la trahison de son vieil ami, et envoyer la tête de Guthwulf rejoindre les autres qui s'entassaient maintenant comme des mûres au sommet de la Porte de Nearulagh ?

« Ah ! mon roi, dit une voix rauque familière, prenez-vous un peu l'air ? Je vous aurais souhaité un meilleur jour pour cela. »

Pryrates se tenait sous la voûte fermée d'une tenture qui ouvrait sur le balcon, les dents découvertes en un sourire vulpin. Le prêtre portait une grande cape à capuche par-dessus son habituelle robe écarlate.

« Je suis heureux de te voir ici, dit Élias. J'espère que tu es reposé, après ton long voyage d'hier. »

« Oui, Majesté. La route fut éprouvante, mais une nuit passée dans mon propre lit de la tour de Hjeldin a fait des merveilles. Je suis prêt à servir votre volonté. » Le prêtre inclina la tête d'un geste moqueur, le sommet de son crâne se montrant un instant comme une pleine lune avant qu'il ne se redressât et ne se tournât vers Guthwulf. « Et le marquis d'Utanyéate. Que cette matinée vous soit agréable, Guthwulf. J'ai appris que vous alliez mener cette expédition au nom du Roi. »

Guthwulf dévisagea le prêtre avec un dégoût placide. « Contre vos conseils, ai-je cru comprendre. »

L'alchimiste haussa les épaules, comme pour montrer que ses réserves avaient peu d'importance. « Je pense effectivement qu'il est des sujets primordiaux auxquels le roi devrait accorder plus d'attention que la recherche de son frère. Les forces de Josua ont été dévastées à Naglimund ; je ne vois pas l'intérêt de le poursuivre. Comme une graine sur un sol de pierre, il ne pourra plus trouver aucune prise, aucun moyen de prendre racine. Personne n'oserait violer la Charte de Suzeraineté en abritant un tel renégat. » Il haussa une nouvelle fois les épaules. « Mais je ne suis qu'un conseiller. Le roi sait ce qu'il veut. »

Élias, les yeux fixés sur le rassemblement silencieux qu'il surplombait, semblait n'avoir pas suivi cet échange. Il passa distraitement la main sur la base de la couronne qui ceignait son front, comme si elle lui causait quelque inconfort. Guthwulf trouva que la peau du roi avait un air translucide assez malsain.

« Étrange époque », dit Élias, moitié pour lui même. « Une bien étrange époque... »

« Étrange époque, en effet », reprit Guthwulf, entraîné dans cette conversation décousue. « Prêtre, j'ai entendu dire que vous vous trouviez au Sancellan la nuit même de l'assassinat du Lecteur. »

Pryrates acquiesça sobrement. « Une chose atroce. Quelque culte hérétique insensé, d'après ce que j'ai compris. J'espère que Velligis, le nouveau Lecteur, le déracinera rapidement. »

« Ranéssin sera regretté, dit lentement Guthwulf. Il était populaire et extrêmement respecté, même par ceux qui ne partagent pas la Vraie Foi. »

« Oui, c'était un homme puissant », dit Pryrates. Ses yeux noirs brillèrent tandis qu'il jetait un regard de côté vers le Roi. Élias ne relevait toujours pas les yeux, mais une expression de douleur paraissait se dessiner sur son visage blême. « Un homme très puissant », répéta le prêtre rouge.

« Mon peuple ne semble pas heureux », murmura le roi en s'appuyant sur le parapet de pierre. Le fourreau de sa lourde épée à double garde frotta la pierre et Guthwulf réprima un frisson. Ces rêves qui le hantaient encore, ces rêves de cette épée maudite et de ses deux lames sœurs !

Pryrates vint se placer au côté du Roi. Le marquis d'Utanyéate s'écarta, réticent à toucher même la cape de l'alchimiste. En se retournant, il vit se dérouler une cascade de mouvements sous l'arche voûtée : des tentures qui s'écartent, un visage livide, le terne reflet du métal nu. L'instant d'après, un hurlement déchirant résonna à travers les communs.

« *Assassin !* »

Pryrates s'écarta du parapet en titubant, le manche d'un couteau dépassant d'entre ses omoplates.

Les instants qui suivirent s'écoulèrent avec une abominable lenteur : la pesanteur des mouvements de Guthwulf et la molle et vaine progression de ses pensées lui donnèrent l'impression que lui et tous ceux qui étaient présents sur le balcon avaient soudain été immergés dans une boue étouffante et gluante. L'alchimiste se retourna pour faire face à son agresseur, une vieille femme aux yeux fous qui avait été jetée au sol par le réflexe convulsif du prêtre. Les lèvres de Pryrates se retroussèrent, découvrant ses dents en une grimace d'agonie et de fureur effroyablement évocatrice d'un chien. Son poing nu se leva dans l'air et se mit à briller d'une étrange lueur gris jaune. De la fumée s'éleva de ses doigts et de la partie de son dos d'où dépassait le couteau ; un instant, la lumière du soleil elle-même parut se voiler. Élias s'était lui aussi retourné, sa bouche béante déformée par la surprise, ses yeux écarquillés en une expression de panique horrifiée que Guthwulf n'aurait jamais imaginée pouvoir un jour voir sur le visage du Roi. La femme sur le sol griffait les dalles de pierre comme si elle nageait dans un fluide épais, et cherchait à s'éloigner du prêtre.

Les yeux noirs de Pryrates semblaient presque s'être enfoncés dans son crâne. Un instant, un squelette funeste en robe écarlate se dressa devant la vieille femme, sa main décharnée devenant incandescente.

Guthwulf ne saurait jamais ce qui motiva sa réaction. Une roturière avait attaqué le conseiller du Roi, et le marquis d'Utanyéate était la Main du Roi ; il se vit néanmoins bondir en avant. Le bruit de la foule, l'orage, ses propres battements de cœur, tout cela devint un unique martèlement tandis que Guthwulf luttait avec Pryrates. Le corps chétif du prêtre était aussi solide que le fer sous ses mains. La tête de Pryrates se tourna avec une lenteur atroce, et son regard brûlant plongea dans celui de Guthwulf. Le marquis se sentit soudain arraché à son propre corps et projeté au fond d'une fosse obscure. Il y eut un éclair de feu et une incroyable explosion de chaleur, comme s'il était tombé dans l'une des fournaises des forges du grand château, puis les ténèbres l'emportèrent.

Lorsque Guthwulf s'éveilla, il se trouvait toujours dans l'obscurité. Son corps n'était qu'une douleur sourde. Des gouttelettes d'eau rance tombaient doucement sur son visage, et l'odeur de la pierre humide emplissait ses narines.

« ... Je ne l'ai même pas vue », disait une voix. Après un instant, Guthwulf réussit à l'identifier comme étant celle du Roi, comme si elle avait une tonalité subtile et carillonnante qu'il n'avait pas su remarquer auparavant. « Par le crâne de Dieu, de penser que je suis devenu si lent et préoccupé ! » Le rire du Roi était mêlé d'anxiété. « J'étais certain qu'elle était venue pour moi. »

Guthwulf voulut répondre à Élias, mais il s'aperçut alors qu'il était incapable de former la moindre syllabe. Il faisait noir, si noir qu'il ne pouvait même pas distinguer la silhouette du Roi. Il se demanda s'il avait été porté dans sa chambre, et combien de temps il était resté inconscient.

« Moi, je l'ai vue », reprit Pryrates d'une voix rauque qui, elle aussi, avait pris de nouvelles tonalités. « Elle m'a peut-être échappé, mais, par l'Éon Noir, cette souillon va payer ! »

Guthwulf, qui cherchait toujours à articuler un mot, fut surpris de découvrir que Pryrates pût parler et même simplement tenir debout alors que lui-même était étendu sur le sol.

« Je suppose que maintenant, je vais être obligé d'attendre le retour de Fengbald pour envoyer la garde erkynéenne en mission, à moins que l'un des jeunes seigneurs ne soit capable de diriger l'expédition », soupira le Roi d'un ton las. « Pauvre Loup. » Il y avait bien peu de commisération dans sa voix étrangement mélodieuse.

« Il n'aurait jamais dû me toucher », répondit Pryrates d'un ton méprisant. « Il est intervenu et la vieille peau a filé ! Peut-être qu'ils étaient de mèche. »

« Non, non ; je ne crois pas. Il a toujours été loyal. Toujours. »

Pauvre Loup ? Pensaient-ils donc qu'il était mort ? Guthwulf s'efforça de faire fonctionner ses muscles. L'avaient-ils emmené dans une pièce aveugle en attendant de l'enterrer ? Il se battit pour reprendre le contrôle de son corps, mais aucun de ses membres ne répondait.

Une pensée horrible lui vint soudain. Peut-être qu'il était effectivement mort – qui, après tout, était revenu pour dire comment cela se passait ? Seul Usires Lui-même, et Il était Fils de Dieu. Oh ! miséricordieux Aédon, allait-il rester prisonnier de son corps dans une cellule obscure, et même lorsqu'ils l'enterreraient pour le livrer aux vers ? Il sentit un hurlement monter en lui. Serait-ce comme le rêve lorsqu'il avait touché l'épée ? Que Dieu le protège. Miséricordieux Aédon...

« Je dois partir, Élias. Je la trouverai, même si je dois pour cela retourner chaque pierre du quartier des domestiques et écorcher vives toutes les femmes de chambre. » Pryrates parlait avec une sorte de volupté dans la voix, comme s'il se délectait de cette pensée comme d'un verre de vin. « Je vais m'assurer que quelqu'un sera puni. »

« Mais tu devrais te reposer, prêtre », dit Élias d'un ton prévenant, comme s'il parlait à un enfant capricieux. « Ta blessure... »

« La douleur que j'infligerai à l'intendante me fera oublier la mienne », lâcha l'alchimiste. « Je vais bien. Je suis devenu fort, Élias. Il faut plus qu'un simple coup de couteau pour se débarrasser de moi. »

« Ah. » La voix du roi n'exprimait aucune émotion. « Bien. C'est bien. »

Guthwulf entendit les talons des bottes de Pryrates claquer sur les dalles de pierre en un bruit décroissant.

Il n'y eut pas d'ouverture ou de fermeture de porte, mais de nouvelles gouttelettes vinrent asperger le visage du marquis d'Utanyéate. Cette fois, il sentit le froid de l'eau.

« L... L... Lias », réussit-il enfin à articuler.

« Guthwulf ! » répondit le roi, aimablement surpris. « Tu es vivant ? »

« Où... Où... ? »

« Où est quoi ? »

« ... Moi. »

« Tu es sur le balcon, là où tu as eu ton... accident. »

Comment cela était-il possible ? Le rassemblement de la garde erkynéenne qu'il avait observé avait pourtant bien eu lieu le matin ? Était-il donc resté évanoui jusqu'au soir ? Pourquoi ne l'avaient-ils pas emmené vers un endroit plus confortable ?

« ... Il a raison, tu sais, dit Élias. Tu n'aurais vraiment pas dû t'en mêler. Qu'est-ce que tu essayais de faire ? » L'étrange tonalité carillonnante commençait à disparaître de sa voix. « C'était stupide. Je t'avais dit de te tenir à distance du prêtre, non ? »

« ... Je ne vois pas... » réussit enfin à dire Guthwulf.

« Ça ne m'étonne pas, répondit calmement Élias. Ton visage est gravement brûlé, en particulier vers les yeux. Ils ont l'air très abîmés. J'étais certain que tu étais mort, mais ce n'est pas le cas. » La voix du roi était distante. « C'est dommage, mon vieux camarade, mais je t'avais dit de te méfier de Pryrates. »

« Aveugle ? » dit Guthwulf d'une voix rauque, la gorge douloureusement nouée par un spasme. « *Aveugle ?!* »

Son rugissement de désespoir retentit à travers les communs, rebondissant de mur en mur jusqu'à donner l'impression que cent Guthwulf hurlaient. Tandis qu'il clamait son agonie, le roi lui tapotait la tête comme s'il apaisait un vieux chien.

La vallée se préparait à l'orage. L'air froid se réchauffa et se fit lourd. La Stefflod murmura anxieusement, et le ciel s'emplit de nuages furieux. Les voyageurs se mirent à parler plus bas, comme s'ils contournaient la forme endormie d'une immense bête qui pourrait être éveillée par un geste ou un éclat inconsidérés.

Hotvig et ses hommes avaient décidé de repartir en arrière vers le reste de leur groupe, qui comptait près de quatre-vingts personnes en tout, hommes, femmes et enfants. Les membres du clan de Hotvig et leurs chariots suivaient aussi vite qu'ils le pouvaient, sans bien évidemment rivaliser avec des cavaliers.

« Je reste surpris de voir que ton peuple peut ainsi se déraciner pour nous suivre vers des contrées inconnues et prétendument maléfiques », dit Josua au moment du départ.

Hotvig sourit, découvrant un trou dans sa dentition gagné dans un combat passé. « Déraciner ? Ce mot est inconnu du Clan de l'Étalon. Nos racines sont dans nos chariots et dans nos selles. »

« Mais ils doivent pourtant être inquiets de s'aventurer dans des terres aussi étranges ? »

Une brève marque d'inquiétude apparut sur le visage du Thrithing, aussitôt remplacée par une expression de fierté dédaigneuse. « Vous oubliez, Prince Josua, qu'ils font partie de mon peuple. Je leur ai dit : " Si des Cages-de-pierre peuvent aller là-bas sans crainte, alors est-ce que les Thrithings doivent avoir peur ? " Ils m'ont suivi. » Il joua avec sa barbe et sourit une nouvelle fois. « De plus, échapper aux griffes de Fikolmij vaut bien de prendre quelques risques. »

« Et tu es certain qu'il ne vous poursuivra pas ? » demanda le Prince.

Hotvig hocha la tête. « Comme je vous l'ai dit hier soir, le Thane a perdu la face à cause de vous. De toute façon, nos clans se séparent souvent en familles-clans plus petites. C'est notre droit, en tant que peuple des Libres Thrithings. La dernière chose que Fikolmij pourrait faire maintenant serait d'essayer de nous empêcher de quitter le clan. Ce serait admettre qu'il a définitivement perdu les rênes. »

Lorsqu'ils s'étaient réunis autour du feu après leur rencontre dans l'obscurité, Hotvig avait expliqué que la façon dont Fikolmij avait traité sa fille et le Prince Josua avait engendré bien des réactions de dégoût dans les chariots du Clan de l'Étalon. Fikolmij n'avait jamais été un chef populaire, mais il était respecté en tant que guerrier puissant et bon stratège. Le voir à ce point tourmenté par la simple présence de Cages-de-pierre qu'il en avait décidé d'aider Fengbald et les autres hommes du Roi souverain sans consulter les autres chefs de clan, avait poussé bien des gens à se demander à haute voix si Fikolmij était encore capable de les diriger en tant que Thane des Hauts Thrithings.

Lorsque le marquis Fengbald était arrivé avec sa cinquantaine d'hommes en armes, se pavanant dans le campement comme des conquérants, Hotvig et d'autres gardes-rande s'étaient présentés avec les hommes de leurs propres familles-clans au chariot de Fikolmij. Le Thane pensait renvoyer aussitôt les Erkynéens sur la trace de Josua, mais Hotvig et les autres s'étaient opposés à leur chef.

« Aucun Cage-de-pierre en armes ne traverse les terres du Clan de l'Étalon sans une réunion des chefs pour les y autoriser », avait tempêté Hotvig, et ses compagnons avaient uni leurs voix à la sienne. Fikolmij avait pesté et menacé, mais les lois des Thrithings étaient le seul élément immuable de la vie nomade du clan. La discussion s'était terminée par l'annonce faite par Hotvig et les autres gardes-rande au marquis Fengbald – que le Thrithing décrivait comme " un homme stupide et dangereux qui a un goût étonnant pour sa propre personne " – de ce que la seule possibilité qu'avaient les hommes du Roi souverain de poursuivre Josua était de contourner le territoire du Clan de l'Étalon. Le marquis de Falshire avait furieusement menacé avant de partir, promettant que les derniers jours de liberté des hommes des prairies étaient comptés, et que le Roi souverain Élias viendrait bientôt briser une fois pour toutes les roues de leurs chariots.

Comme on pouvait s'y attendre, la remise en cause publique de l'autorité de Fikolmij avait entraîné de nombreuses et terribles disputes, qui manquèrent à plusieurs reprises se transformer en bain de sang. La controverse ne cessa que lorsque Hotvig et de nombreux autres gardes-rande partirent avec leur famille à la suite de Josua, laissant à Fikolmij le loisir de les maudire et de panser ses plaies, sa position de Thane affaiblie mais loin d'être mise bas.

« Non, il ne nous suivra pas », répéta Hotvig. « Cela reviendrait à annoncer à tous les clans que le fier et puissant Fikolmij ne peut survivre à la perte de nos quelques chariots, et que les Cages-de-pierre et leurs disputes sont plus importants aux yeux du Thane de tous les Hauts Thrithings que son propre peuple. Maintenant, nos familles-clans vont vivre un temps près de vous à votre Pierre de l'Adieu, et nous discuterons entre nous de ce que nous voulons faire. »

« Je ne puis te dire à quel point je te suis reconnaissant de ton aide, dit solennellement Josua. Tu nous as sauvé la vie. Si Fengbald et ses soldats nous avaient rattrapés, nous serions maintenant leurs prisonniers, en route vers le Hayholt, et il n'y aurait plus personne pour arrêter mon frère. »

Hotvig le dévisagea ardemment. « C'est peut-être votre avis, mais vous ne savez pas la puissance des Thrithings si vous pensez que nous serions si facilement vaincus. » Il leva sa longue lance. « En ce moment même, les hommes des Plaines Thrithings rendent déjà la vie très difficile aux Cages-de-pierre de Nabban. »

Le père Strangyeard, qui écoutait avec attention, fit une grimace anxieuse. « Le Roi n'est pas le seul ennemi que nous craignons, Hotvig. »

Le Thrithing acquiesça. « Vous me l'avez déjà dit. Et j'aimerais en entendre plus, mais il faut maintenant que je retourne vers mon peuple. Si votre destination est aussi proche que l'a dit la femme », il indiqua Géloé d'un geste prudent et respectueux, « alors vous pouvez vous attendre à nous voir demain avant le crépuscule. Les chariots ne pourront pas aller plus vite. »

« Ne perdez pas de temps, dit la femme-sage. Je ne parlais pas à la légère lorsque j'ai dit que nous devions précéder cet orage. »

« Personne ne chevauche plus vite que les cavaliers des prairies, répondit gravement Hotvig, et nos chariots sont à peine moins rapides. Nous vous aurons rejoints demain avant la nuit. » Il s'esclaffa, montrant une nouvelle fois sa dent manquante. « Faites confiance à des gens des villes pour trouver de la pierre au milieu des prairies et pour y construire leur maison ! Pourtant, dit-il en direction du Prince, j'ai su dès que vous avez tué Utvart que rien ne serait plus comme avant pour qui que ce soit. Mon père m'a appris à faire confiance à ma main et à mon cœur. » Il sourit. « Et à ma chance, aussi. J'ai parié un de mes poulains sur vous, Josua. Mes amis avaient honte d'enrichir aussi facilement leur troupe, mais ils ont accepté le pari. » Il s'esclaffa bruyamment. « J'ai gagné quatre solides chevaux grâce à vous ! » Il fit tourner sa monture vers le sud et leur adressa un signe d'adieu. « Nous nous retrouverons très bientôt ! »

« Et sans flèches, cette fois ! » cria Déornoth.

« Que la route vous soit facile », ajouta Josua tandis que Hotvig et ses hommes s'éloignaient à travers la prairie.

Ragaillardis par leur rencontre avec les hommes des Thrithings, les voyageurs chevauchèrent joyeusement durant toute la matinée malgré les cieux menaçants. Lorsqu'ils s'arrêtèrent brièvement pour prendre leur repas de la mi-journée et faire boire les chevaux, Sangfugol réussit même à convaincre le père Strangyeard de chanter avec lui. La voix étonnamment douce du prêtre se mêlait bien à celle du trouvère, et si le père Strangyeard ne comprenait pas tout à fait ce dont parlait la Ballade de Moirah aux Talons Levés, sa joie en était d'autant plus grande, et il fut plus heureux encore des applaudissements hilares qui s'ensuivirent.

Lorsqu'ils furent de nouveau en selle, Déornoth se trouva à chevaucher à côté de Géloé, qui tenait délicatement Leleth devant elle. Elle montait parfaitement, comme quelqu'un ayant une très longue expérience. Une fois de plus, Déornoth se demanda quelle pouvait être l'étrange histoire de la femme-sage. Elle portait toujours les vêtements qu'il avait apportés du campement thrithing, comme si elle était arrivée nue dans ce bosquet fatidique. Après avoir un temps réfléchi à ce qui pourrait expliquer cela, et s'être souvenu de la chose griffue qui l'avait frappé dans l'obscurité, Déornoth décida qu'il existait des choses dont un chevalier craignant le Seigneur se devait de ne pas s'enquérir.

« Pardonnez-moi, Valada Géloé, dit-il, mais vous paraissez bien sombre. Y a-t-il quelque chose d'important dont vous ne nous auriez pas encore parlé ? » Il indiqua Sangfugol et Strangyeard, qui riaient avec la duchesse Gutrun tout en chevauchant. « Serions-nous en train de chanter entre les tombes, comme le dit l'expression ? »

Géloé continua de regarder le ciel. Depuis sa selle, Leleth l'observa comme s'il était un caillou intéressant.

« Je crains bien des choses, sire Déornoth, dit enfin Géloé. Le problème d'être une " femme-sage ", c'est que l'on en sait parfois juste assez pour être effrayée, sans avoir plus de réponses à offrir que la plus ingénue des enfants. Je crains cet orage qui vient. Celui qui est notre véritable ennemi – je ne prononcerai pas son nom sur ces terres, pas sous le ciel – approche du faîte de son pouvoir. Nous avons déjà vu avec cet été glacial comment sa fierté et sa colère s'expriment dans les vents et les nuages. Maintenant, des ténèbres descendent du nord. Je suis certaine que cet orage est sien ; si j'ai raison, il apportera le malheur à tous ceux qui lui résistent. »

Déornoth suivit son regard. Soudain, les nuages menaçants ressemblaient à une main noire qui s'avançait à travers le ciel depuis le nord, cherchant à tâtons mais avec une patience infinie. La pensée d'attendre que cette main les trouvât fit courir en lui une terreur vénéneuse, si bien qu'il dut un temps baisser les yeux et les garder fixés sur sa selle avant de pouvoir affronter le regard jaune de Géloé.

« Je comprends », dit-il.

La lumière du soleil se déversait par intermittence entre les nuages. Le vent tourna, soufflant sur leurs visages, lourd et moite. Alors qu'ils suivaient la vallée, un large coude dans la Stefflod révéla pour la première fois la vieille forêt, Aldhéorte. Elle était bien plus proche que Déornoth eût pu l'imaginer – le retour, à cheval, avait été bien plus rapide que leur difficile progression pédestre à travers les Thrithings. Parce qu'ils étaient descendus dans la vallée, la forêt se trouvait maintenant sur les hauteurs au-dessus d'eux, un mur de végétation dense qui formait comme des falaises noires le long du flanc nord de la vallée.

« Ce n'est plus très loin, maintenant », dit Géloé.

Ils chevauchèrent durant tout l'après-midi, tandis que le soleil traversait le ciel en brillant derrière ces masses grises. Un nouveau coude dans le cours de la rivière les amena devant une poignée de petites collines. Ils s'arrêtèrent net.

« Miséricordieux Aédon », lâcha Déornoth dans un souffle.

« *Sesuad'ra*, dit Géloé. Voici la Pierre de l'Adieu. »

« Ce n'est pas une pierre, dit Sangfugol d'un ton incrédule. C'est une montagne ! »

Une haute colline se dressait devant eux sur le sol de la vallée. Contrairement à ses voisines basses et arrondies, Sesuad'ra se dressait dans la plaine comme la tête d'un géant enterré, avec une barbe faite d'arbres, et couronnée de pierres anguleuses qui suivaient sa ligne de faîte. Au-delà même de ces pierres acérées, une blancheur scintillante recouvrait sa crête. Immense bloc de pierre érodé par le temps et recouvert par la végétation, Sesuad'ra dominait la rivière de quelque cinq cents coudées. La lumière inégale du soleil traçait des bandes mouvantes sur la colline, si bien que sa masse entière parut presque se tourner et les regarder tandis qu'ils descendaient lentement le cours de la rivière.

« Cela ressemble beaucoup à Thisterborg, près du Hayholt », dit Josua d'un air songeur.

« Ce n'est pas une pierre », répéta opiniâtrement Sangfugol en secouant la tête.

Géloé eut un rire sec. « Elle est toute en pierre. Sesuad'ra est une partie des os de la terre, libérée de son corps dans la douleur des Jours de Feu, mais qui s'enfonce toujours jusqu'au centre du monde. »

Le père Strangyeard regardait nerveusement l'immense colline. « Et nous allons... nous allons... rester là ? Vivre là ? »

La femme-sorcière sourit. « Nous en avons la permission. »

Tandis qu'ils s'approchaient, il devint évident que la Pierre n'était pas aussi abrupte que la distance avait pu le laisser supposer. Un chemin, trace plus claire dans les arbres et la végétation, serpentait à partir du pied de la colline, puis réapparaissait plus haut, montant en spirale autour du rocher jusqu'à disparaître près du sommet.

« Comment des arbres peuvent-ils grandir sur une telle pierre, et la recouvrir ? » demanda Déornoth. « Ils peuvent donc pousser sur de la roche ? »

« Sesuad'ra a été fendue et érodée durant les éons de son existence, répondit Géloé, et les plantes trouveront toujours leur voie, avant d'aider elles-mêmes à briser un peu plus la pierre, jusqu'à ce qu'elle s'effondre et forme un terreau à peine moins riche que celui des plaines du Hewenshire. »

Déornoth fronça les sourcils devant cette allusion à sa région de naissance, puis se demanda comment la femme-sorcière pouvait connaître la ferme de son père. Il n'en avait certainement jamais fait mention devant elle.

Ils s'engagèrent bientôt dans le soudain crépuscule formé par l'ombre longue de la colline, fouettés par un vent glacial. Le chemin qui débutait au pied de Sesuad'ra s'ouvrait devant eux, pour ensuite embrasser le flanc de la colline, piste d'herbe et de mousse surplombée par les arbres et les grimpants.

« Et nous allons devoir monter ? » demanda la duchesse Gutrun. « Jusqu'au sommet de cette pierre ? »

« Bien sûr », répondit Géloé, une pointe d'impatience dans sa voix dure. « C'est le point culminant sur des lieues. Nous avons pour l'instant besoin d'un endroit élevé. Par ailleurs, il y a d'autres raisons. Dois-je les répéter une fois encore ? »

« Non, Valada Géloé ; s'il vous plaît, montrez-nous le chemin », dit Josua. Le Prince semblait porté par une flamme intérieure, son visage pâle brillant d'émotion. « Voici l'endroit que nous avons si longtemps cherché. Voici l'endroit d'où débutera notre reconquête. » Son visage se relâcha un peu. « Je me demande néanmoins ce que Hotvig et les siens vont penser de devoir abandonner leurs chariots en bas. Il est dommage qu'il soit impossible de les amener sur la colline. »

La femme-sage agita sa main calleuse. « Vous vous inquiétez trop vite. Avancez un peu et vous aurez une surprise. »

Ils chevauchèrent plus avant. Sous le maigre tapis d'herbe, la piste qui montait à flanc de colline était aussi lisse que les anciens couloirs de Naglimund et assez large pour accueillir n'importe quel chariot.

« Comment cela est-il possible ? » demanda Josua.

« Vous oubliez, répondit Géloé, que ceci est un endroit sithi. Sous cette végétation se trouve une route qu'ils ont construite. Il faut bien des siècles pour détruire l'œuvre du Zida'ya. »

Josua fut loin d'en être réconforté. « Je suis fasciné par cela, mais plus inquiet encore. Qu'est-ce qui empêchera nos ennemis de grimper avec la même facilité que nous ? »

Géloé renifla de dégoût. « D'abord, il est plus facile de défendre un endroit élevé que de le prendre d'en bas. Ensuite, la nature même de l'endroit s'y oppose. Enfin, et c'est peut-être le plus important, la propre rage de notre ennemi lui fera peut-être commettre des erreurs qui assureront notre survie – au moins pour un temps. »

« Comment ? » demanda le Prince.

« Vous verrez. » Géloé poussa son cheval vers le chemin, Leleth rebondissant doucement sur la selle devant elle. Les yeux bruns grands ouverts de la petite fille semblaient tout absorber sans la moindre réaction. Josua haussa les épaules et suivit.

Déornoth se retourna, pour voir Vorzheva dressée sur son cheval, son visage exprimant clairement son effroi. « Que se passe-t-il, Madame, demanda-t-il. Quelque chose ne va pas ? »

Elle lui sourit nerveusement. « Mon peuple hait et craint cette vallée depuis toujours. Hotvig est chef de famille-clan et ne le montrerait jamais, mais il craint cet endroit, lui aussi. » Elle soupira d'un air mal assuré. « Aujourd'hui, je dois suivre mon mari en haut de cette pierre surnaturelle. J'ai peur. »

Pour la première fois depuis que son prince avait amené cette femme étrange pour vivre avec lui au château de Naglimund, Déornoth sentit son cœur s'ouvrir à elle, s'emplissant d'admiration. « Nous sommes tous morts de peur, Madame, dit-il. Les autres ne sont simplement pas aussi honnêtes que vous. »

Il donna un petit coup de talon sur le flanc de Vildalix et suivit Vorzheva sur le chemin.

La route était surplombée de grimpants et de branches d'arbres emmêlées, qui forçaient les voyageurs à passer autant de temps baissés pour les éviter que dressés normalement sur leur selle. Tandis que le chemin les menait lentement hors de l'ombre, comme des fourmis tournant sur le périmètre d'un cadran solaire, la brume qui s'accrochait à la colline ajoutait un scintillement inhabituel à la lumière de l'après-midi.

Déornoth trouva que l'odeur de l'endroit était certainement ce qu'il y avait de plus étrange ici. Sesuad'ra avait les senteurs d'une végétation intemporelle, d'eau et de racines et de terre humide d'un lieu resté depuis très, très longtemps tranquille. Il y avait un air de paix, ici ; un sentiment de recueillement et de méditation, mais aussi la troublante impression d'être observé. De temps en temps, le calme était brisé par les trilles d'oiseaux invisibles dont le chant était aussi grave et hésitant que des murmures d'enfants dans une pièce haute de plafond.

Alors que la plaine verte en contrebas commençait à s'éloigner, les voyageurs croisèrent des blocs de pierre dressés, des silhouettes blanches usées par le temps, hautes comme presque deux fois un homme, qui conservaient dans leur forme indistincte quelques indications de mouvement, de vie. Ils passèrent la première alors que le chemin les amenait enfin dans la lumière du soleil.

« Des colonnes indicatrices », annonça Géloé par-dessus son épaule. « Chacune marque l'une des lunes de l'année. Nous en verrons une douzaine à chaque tour de la colline, jusqu'au sommet. Elles étaient autrefois sculptées pour représenter des animaux et des oiseaux, je pense. »

Déornoth regarda une masse ronde qui avait peut-être été une tête, et se demanda quelle bête elle avait pu représenter. Érodée par le vent et la pluie, elle était maintenant aussi informe que de la cire fondue, aussi anonyme qu'un mort oublié. Il frissonna et fit le signe de l'Arbre sur sa poitrine.

Un peu plus tard, Géloé s'arrêta et montra du bras la partie nord-ouest de la vallée en contrebas, là où la lisière de la vieille forêt atteignait presque les rives de la Stefflod. La rivière n'était plus qu'un petit filet de vif-argent sur le tapis émeraude de la vallée.

« Juste au-delà de la rivière, dit-elle. Vous voyez ? » Elle indiqua de nouveau le front noir de la forêt, qui aurait pu être une vague gelée attendant le printemps pour déferler sur la plaine. « Là, à la limite de la forêt. Ce sont les ruines d'Enki-e-Shao'saye, dont certains disent que ce fut la plus belle cité jamais construite sur Osten Ard depuis la création du monde. »

Tandis que ses compagnons chuchotaient et se couvraient les yeux pour mieux voir, Déornoth s'approcha du bord du chemin en plissant les yeux. Il ne vit rien que ce qui était peut-être un mur de lavande effondré, un éclat d'or.

« Il n'y a pas grand-chose à voir », dit-il doucement.

« Pas à notre époque », répondit Géloé.

Ils continuèrent de monter, tandis que le jour déclinait. À chaque fois qu'ils approchaient du flanc nord de la colline, quittant l'ombre pour la lumière toujours décroissante de l'après-midi, ils pouvaient voir la masse noire grandissante à l'horizon. L'orage approchait rapidement. Il avait maintenant avalé la partie la plus éloignée d'Aldhéorte, si bien que tout le nord était plongé dans une incertitude grise.

Tandis qu'ils achevaient leur douzième tour de la colline, passant leur cent quarante-quatrième colonne indicatrice – une distraction bien légère, mais Déornoth les avait comptées – les voyageurs émergèrent enfin de la végétation ténébreuse, montant une dernière pente jusqu'à se dresser sur le sommet venteux de la colline. Le soleil avait disparu à l'ouest ; seule une trace rouge subsistait.

Le sommet était presque plat et à peine moins large que la base de Sesuad'ra. Tout autour de son périmètre se dressaient des doigts de pierre tendus ; non pas des blocs érodés comme les colonnes indicatrices, mais de fières pierres brutes, hautes chacune comme quatre hommes et faites de la même roche grise veinée de blanc et de rose qui formait la colline.

Au centre du plateau, au cœur d'un champ d'herbe battu par le vent, se dressait un vaste bâtiment bas fait de pierre opalescente, que teintait la lueur rougeâtre du coucher de soleil.

Il ressemblait à première vue à une sorte de temple, comme les immenses constructions anciennes de Nabban de l'époque de l'Empire, mais ses lignes étaient plus simples. Son style sobre mais éloquent donnait l'impression que la construction sortait de terre. Il était évident que cette structure faisait partie de ce sommet venteux, sous ce ciel à l'immensité incroyable. La grandeur et la vanité qu'exprimait chaque pierre des lieux de culte humains, quelle que fût leur beauté, étaient manifestement un langage inconnu de ceux qui avaient construit cela. Le passage d'un nombre inimaginable d'années avait fait s'effondrer certains murs. Livrés à eux-mêmes depuis des siècles, des arbres avaient poussé à travers le toit même du bâtiment, et avaient envahi les ouvertures voûtées comme des visiteurs importuns. Pourtant, la simplicité et la beauté de l'endroit étaient si évidentes – et dans le même temps si inhumaines – que durant longtemps, personne n'osa parler.

« Nous sommes arrivés », dit Josua d'un ton solennel mais exalté. « Après avoir tant souffert et pris tant de risques, nous avons trouvé un endroit où nous pouvons nous arrêter et dire : *nous n'allons pas plus loin.* »

« Ce n'est pas pour toujours, Prince Josua. » Géloé avait parlé doucement, comme pour éviter de gâcher sa joie, mais le Prince avançait déjà d'un pas confiant vers les murs blancs.

« Ça n'a pas besoin de durer toujours », dit-il d'une voix sonore. « Mais pour l'instant, nous sommes en sécurité. » Il se retourna et fit signe aux autres de le suivre, puis continua de tourner sur lui-même pour observer les alentours. « Je retire ce que j'ai dit, cria-t-il à Géloé. Avec quelques hommes solides derrière moi, je pourrais faire de cet endroit une place forte dont sire Camaris lui-même ne saurait me chasser, pas même avec tous les chevaliers de la Grande Table de mon père à ses côtés ! »

Il se dirigea vers les murs pâles qui maintenant se teintaient de bleu. Le soir approchait. Les autres le suivirent, parlant doucement entre eux en arpentant l'herbe haute.

25

DES PÉTALES DANS UNE TEMPÊTE

« Ce jeu est stupide, dit Simon. Ça n'a aucun sens. » Aditu dressa un sourcil.

« C'est vrai, insista-t-il. Je veux dire ; regarde ! Tu pourrais gagner rien qu'en bougeant ici... » Il indiqua le plateau. « Et là... » Il indiqua une autre position. En relevant les yeux, il croisa le regard d'Aditu posé sur lui, riant, moqueur. « Ce n'est pas vrai ? » hésita-t-il.

« Bien sûr, Seoman. » Elle bougea les pierres polies à travers le plateau selon ses indications, les faisant passer d'une île dorée à une autre par-dessus une mer aux vagues bleu saphir. Le faux océan était entouré de flammes écarlates et d'un amoncellement de nuages gris. « Mais alors la partie est terminée et nous n'en avons exploré que les eaux les moins profondes. »

Simon secoua la tête. Il s'était escrimé durant des jours à apprendre les règles complexes du Shent, pour découvrir qu'il n'en avait acquis que les rudiments. Comment pouvait-il apprendre les règles d'un jeu dont le but n'était pas de gagner ? Mais Aditu n'essayait pas non plus de perdre, d'après ce que Simon pouvait comprendre. Il lui semblait que son but était plutôt de rendre la partie intéressante en introduisant des thèmes et des énigmes, qui lui étaient pour la plupart tout aussi indéchiffrables que le fonctionnement des arcs-en-ciel.

« Sans vouloir t'offenser, dit Aditu en souriant, puis-je t'indiquer une autre possibilité ? » Elle remit les pièces dans leur position précédente. « Si j'utilise ces Chants pour construire un Pont ici... », ce qu'elle réalisa en quelques mouvements rapides, « alors tu peux traverser vers les Îles du Nuage d'Exil. »

« Mais pourquoi voudrais-tu m'aider ? » Quelque part, comme si cela venait de la toile même des parois flottantes, un instrument à corde commença à se faire entendre. Si Simon n'avait pas su qu'ils étaient seuls dans les salles nectarine de la maison d'Aditu, il aurait pensé qu'un musicien jouait dans la pièce d'à côté. Il avait cessé de s'interroger sur ce genre de choses, mais il ne pouvait s'empêcher de frissonner par réflexe ; la musique était aussi étrange et délicate qu'un insecte petit et aux trop nombreuses pattes avançant sur sa peau. « Comment peux-tu gagner si tu aides tout le temps ton adversaire ? »

Aditu se pencha en arrière.

Elle était chez elle aussi peu vêtue que sur les chemins de Jao é-Tinukai'i, sinon moins. Simon, qui ne pouvait toujours pas voir ses longues jambes dorées sans ressentir une certaine gêne, se donnait une contenance en se concentrant sur les pièces du jeu.

« Fils-des-hommes, dit-elle, je pense que tu peux apprendre. Je pense que tu es en train d'apprendre. Mais garde en mémoire que nous Zida'ya jouons à ce jeu depuis des temps immémoriaux. La Prime-aïeule dit qu'il est venu avec nous du Jardin qui est Perdu. » Elle posa une main conciliante sur le bras de Simon, le faisant tressaillir. « Le Shent n'est qu'un amusement. J'ai joué à des jeux faits uniquement de persiflages et de sarcasmes amicaux, et toutes les stratégies étaient tournées vers ce but. Dans d'autres jeux, la victoire ne peut être remportée qu'en perdant presque. Je connais même des jeux dans lesquels les adversaires luttent pour perdre ; et il faut des années pour que l'un réussisse. » Des souvenirs dessinèrent un sourire sur son visage. « Ne vois-tu donc pas, Mèche-blanche ? La victoire et la défaite ne sont que les murs au sein desquels le jeu se déroule. Dans la Maison de Shent... » Elle s'interrompit, un froncement de sourcils formant comme une ombre sur son visage versatile. « C'est difficile à exprimer dans ta langue. » L'ombre disparut. « C'est peut-être pour cette raison que cela te semble si difficile. En fait, dans la Maison de Shent, ce sont les mouvements, les visiteurs, tant amis qu'ennemis, les naissances et les morts... ce sont toutes ces choses qui ont réellement de l'importance. » Elle décrivit sa propre maison d'un geste, embrassant du bras le sol recouvert d'une herbe douce et les pièces envahies par les branches d'arbres en fleur. Certaines de ces branches, avait découvert Simon, portaient de petites épines vicieuses. « Comme dans toutes les demeures, dit-elle, que ce fût celles des mortels ou des immortels, ce sont les êtres vivants qui font la maison ; pas les portes, ni les murs. »

Elle se leva et s'étira. Simon l'observa sous cape, s'efforçant de conserver son masque de sérieux alors même que ses mouvements gracieux faisaient douloureusement battre son cœur. « Nous continuerons cette partie demain, dit-elle. Je pense que tu es en train d'apprendre, même si tu ne t'en aperçois pas encore. Le Shent déborde d'enseignements pour tous, et même pour le Sudhoda'ya, Seoman. »

Simon savait qu'elle en avait assez et qu'il était temps pour lui de partir. Ne pas s'imposer était devenu un souci de tous les instants : il détestait ce moment où les Sithis commençaient à le considérer de façon polie et compréhensive, comme s'il était un animal stupide qui ne pouvait pas comprendre.

« Je dois partir, Aditu. »

Elle ne lui demanda pas de rester. La colère et le regret et une sorte de frustration physique se mêlèrent en lui alors qu'il saluait brièvement d'un geste de tête, puis il fit demi-tour et quitta la pièce aux branches fleuries. La lumière de l'après-midi brillait à travers les murs orange et rose, comme s'il se déplaçait à l'intérieur du cœur du soleil.

Il resta un instant à l'extérieur de la maison d'Aditu, à regarder la brume scintillante que projetait la cascade qui jouait à côté de sa porte. La vallée était ambre et or, sur lesquels tranchaient le vert plus sombre des collines arborées et l'émeraude brillant des prairies. À regarder, Jao é-Tinukai'i paraissait aussi naturelle que le soleil et la pluie. Comme dans n'importe quel autre endroit, on y trouvait des pierres et des plantes et des arbres et des maisons ; mais on y trouvait aussi les Sithis, le peuple qui vivait dans ces maisons, et Simon avait acquis la certitude qu'il ne les comprendrait jamais. À l'instar de la vie secrète et minuscule qui grouillait dans la terre noire sous l'herbe placide de la vallée, Simon réalisait maintenant que Jao é-Tinukai'i débordait de choses qui allaient au-delà de son entendement. Il s'était déjà aperçu du peu de compréhension qu'il en avait lorsqu'il avait fait sa tentative de fuite, peu après sa condamnation à l'emprisonnement à vie au milieu de ces aimables geôliers.

Il avait attendu trois jours pleins après que Shima'onari eut annoncé sa décision. Une telle patience, Simon en était convaincu, était la marque d'un sang-froid et d'une subtilité que n'eût pas reniés sire Camaris. En y songeant, presque deux semaines plus tard, il jugeait une telle ignorance risible. Qu'avait-il donc cru faire... ?

•

Le quatrième jour de sa peine, en fin d'après-midi, alors que le Prince était sorti, Simon quitta la maison de Jiriki. Escaladant un pont étroit, il franchit la rivière rapidement mais discrètement – du moins l'espérait-il. Puis il se dirigea vers l'endroit par lequel Aditu l'avait fait entrer dans la vallée. La tapisserie de tissu noué se poursuivait aussi de l'autre côté de la rivière, courant d'arbre en arbre. Les sections que Simon dépassa semblaient décrire les survivants de quelque immense désastre amenant leurs bateaux vers les rives d'une nouvelle terre – les Sithis arrivant à Osten Ard ? – puis construisant de grandes cités, des empires dans les forêts et les montagnes. Il y avait également d'autres détails, des signes tissés dans la tapisserie, qui suggéraient que les dissensions et les peines n'avaient pas été abandonnées en même temps que leurs anciennes terres anéanties, mais Simon était trop pressé pour s'arrêter et s'y intéresser de plus près.

Après avoir suivi assez longtemps la rivière, il tourna enfin et se dirigea vers l'épaisse végétation du pied des collines, dans laquelle il espérait gagner en discrétion ce qu'il perdrait en temps. Il n'y avait pas beaucoup de Sithis alentour, mais il était certain que l'alarme serait immédiatement donnée si quiconque le voyait s'approcher des limites de Jao é-Tinukai'i ; il se glissa donc entre les arbres avec toute la circonspection dont il était capable, évitant soigneusement les chemins les plus fréquentés. Malgré l'excitation de la fuite, il se sentait plus qu'un peu coupable : Jiriki serait sans aucun doute puni pour avoir laissé échapper le mortel prisonnier. Mais Simon avait une dette envers ses autres amis qui dépassait jusque les lois plusieurs fois millénaires des Sithis.

Personne ne le vit, ou du moins personne ne fit la moindre tentative pour l'arrêter. Après plusieurs heures de marche, il se trouvait dans ce qui semblait être une partie plus sauvage de la vieille forêt, et il eut enfin la certitude d'avoir réussi à s'enfuir. Le voyage entier avec Aditu, des Bassins à la porte de Jiriki, avait duré moins de deux heures. Il avait remonté la rivière sur plus de deux fois ce laps de temps.

Mais lorsque Simon quitta l'abri de l'épaisse végétation, ce fut pour découvrir qu'il était encore à Jao é-Tinukai'i, dans une partie qui lui était inconnue.

Il avait pénétré dans une clairière sombre et ombragée. Les arbres qui l'entouraient étaient couverts de grimpants fins et soyeux qui évoquaient des toiles d'araignées ; le soleil de l'après-midi les faisait briller, si bien que l'on eût dit que la forêt était enveloppée dans un filet de feu. Au milieu de la clairière, une porte ovale faite d'un bois blanc recouvert de mousse avait été disposée dans le tronc d'un immense chêne, autour duquel le filet végétal et soyeux était si dense que l'arbre lui-même était à peine visible. Il s'arrêta un instant, se demandant quel petit ermite pouvait bien vivre ici, dans un arbre aux confins de la cité. Comparé aux magnifiques parois voletantes de la maison de Jiriki ou aux autres constructions gracieuses de Jao é-Tinukai'i, sans même parler de la magnificence du Yásira, cet endroit paraissait arriéré, comme si celui qui y habitait se cachait même du rythme lent des Sithis. Mais malgré son aura de vieillesse et d'isolation, la maison à la toile de soie ne semblait en rien menaçante. La clairière était vide et paisible, confortable dans son absence d'importance. L'air était poussiéreux mais agréable, comme les poches d'une vieille tante bien aimée. Ici, le reste de Jao é-Tinukai'i n'était plus qu'un lointain souvenir de vie bouillonnante. Une personne pouvait s'allonger ici sous les arbres drapés de soie tandis que le reste du monde s'effondrait...

Tandis que Simon observait les ondulations de ce filet, une colombe mélancolique cria doucement. Il se souvint soudain de sa mission. Combien de temps était-il resté ici, à regarder béatement devant lui ? Et si le propriétaire de cette étrange maison était sorti, ou revenu de quelque promenade ? Alors ce paysage et ses cris d'oiseaux se seraient envolés, et il aurait été fait comme un rat.

Frustré par cette première erreur de jugement, Simon s'empressa de rejoindre la forêt. Il avait mal jugé le temps écoulé, c'est tout. Une autre heure de marche lui ferait franchir les limites de la cité et la Porte de l'Été. Alors, avec les provisions qu'il avait subtilisées à la table généreuse du Prince, il pourrait marcher plein sud jusqu'à la limite de la forêt. Il mourrait peut-être dans cette tentative, mais c'était ce que faisaient les héros. Il savait cela.

Le fait que Simon acceptât d'être un héros mort parut n'avoir aucun effet sur les subtilités de Jao é-Tinukai'i. Lorsqu'il émergea enfin des buissons denses, le soleil maintenant loin dans le ciel en direction du soir, ce fut pour se trouver debout jusqu'aux genoux dans l'herbe dorée de la prairie qui entourait le puissant Yásira, totalement abasourdi devant les ailes frissonnantes et scintillantes des papillons.

Comment cela était-il possible? Il avait soigneusement suivi la rivière. Elle n'avait jamais été hors de sa vue durant plus de quelques pas, et avait toujours coulé dans la même direction. Le soleil avait paru se déplacer normalement dans le ciel. Le chemin qu'il avait parcouru avec Aditu pour arriver ici resterait toujours gravé dans son cœur; il n'en avait pas oublié un seul détail! Et pourtant, il avait marché durant plus de la moitié de l'après-midi pour ne franchir qu'une distance de quelques centaines de pas.

Lorsqu'il réalisa cela, ses forces quittèrent son corps. Il tomba sur le sol chaud et humide et resta allongé le visage contre le sol comme si un coup l'avait assommé.

La maison de Jiriki avait de nombreuses pièces, dont l'une avait été donnée à Simon pour être sienne, mais le Prince semblait passer la plus grande partie de son temps dans la pièce au mur ouvert dans laquelle Simon l'avait retrouvé le jour de son arrivée à Jao é-Tinukai'i. Tandis que s'écoulaient les premières semaines de sa détention, Simon prit l'habitude d'y passer chaque soirée en compagnie de Jiriki, assis sur la pente douce au-dessus de l'eau tandis que la lumière disparaissait progressivement du ciel, à regarder les ombres s'agrandir et la mare réfléchissante devenir plus sombre. Lorsque disparaissait entre les branches la dernière lueur du crépuscule, la mare devenait un miroir obscur, les étoiles se reflétant dans ses profondeurs violettes.

Simon n'avait jamais réellement écouté les bruits de la nuit naissante, mais la compagnie souvent silencieuse de Jiriki lui donna tout loisir de découvrir le chant des grillons et des grenouilles, de commencer à entendre dans les soupirs du vent dans les arbres autre chose qu'un signal lui intimant de tirer plus avant sa capuche sur ses oreilles. Parfois, lorsqu'il était plongé dans l'intimité du soir, il avait l'impression d'être au bord d'une grande découverte. Le sentiment d'être un peu plus que lui-même l'envahissait, la sensation de comprendre ce que signifiait vivre dans un monde qui ne s'inquiétait pas des cités et des châteaux ou des soucis de ceux qui les avaient construits. Il lui arrivait d'être effrayé par l'étendue de ce monde, par les profondeurs illimitées du ciel du soir parsemé d'étoiles froides.

Mais malgré toutes ces émotions nouvelles, il restait Simon : la plupart du temps, il était simplement frustré.

« Il n'a pas dit cela sérieusement. » Il lécha sur ses doigts le jus d'une poire qu'il venait de dévorer, puis en jeta le trognon par-dessus la bordure d'un geste de mauvaise humeur. À côté de lui, Jiriki jouait avec ce qui restait de la sienne. C'était la quinzième soirée que Simon passait à Jao é-Tinukai'i – ou était-ce la seizième ? « Rester ici jusqu'à ma mort ? C'est de la folie ! » Il n'avait bien sûr pas parlé à Jiriki de sa tentative de fuite, mais ne pouvait pas non plus prétendre être heureux de son emprisonnement.

Jiriki esquissa ce que Simon avait appris à reconnaître comme un signe de tristesse : un subtil rétrécissement des lèvres, un léger voile dans ses yeux félins détournés. « Ce sont mes parents, dit le Sithi. Ce sont Shima'onari et Likimeya, Seigneurs du Zida'ya, et ce qu'ils décident est aussi immuable que la roue des saisons. »

« Mais alors pourquoi m'as-tu amené ici ? Tu as bien brisé cette règle ! »

« Je n'ai pas brisé de règle, pas vraiment. » Jiriki plia la queue de la poire entre ses longs doigts, et la projeta vers la mare. Un petit cercle se forma pour indiquer l'endroit où elle était tombée. « Cela avait toujours été une loi tacite, mais cela est bien différent d'un Mot de Commandement. La tradition chez les Enfants de l'Aube veut que nous fassions ce que nous voulons tant que cela ne va pas à l'encontre d'un Mot de Commandement, mais le fait d'amener un mortel ici touche au plus profond de ce qui divise mon peuple depuis des temps immémoriaux. Je ne puis que te demander de me pardonner, Seoman. J'ai pris un risque, et je n'avais pas le droit de jouer avec ta vie. Par contre, je commence à penser que cette fois – et je veux exactement dire cette *seule* fois – vous mortels avez peut-être raison et nous tort. L'hiver qui s'étend menace bien des choses en plus des royaumes du Sudhoda'ya. »

Simon se laissa aller en arrière, les yeux fixés sur les étoiles brillantes. Il cherchait à atténuer le sentiment de désespoir qui montait en lui. « Est-ce que tes parents peuvent changer d'avis ? »

« Ils le peuvent, répondit lentement Jiriki. Ils sont sages, et ce serait une bonne chose s'ils le faisaient. Mais que cela ne te donne pas pour autant espoir. Nous Zida'ya ne précipitons jamais nos décisions, en particulier lorsqu'elles sont difficiles. Ce qu'ils considéreraient comme un délai normal de réflexion pourrait tout aussi bien se compter en années, et une telle attente est difficilement supportable pour des mortels. »

« Des années ?! » Simon était horrifié. Il comprit soudain pourquoi certaines bêtes pouvaient se ronger la patte prise dans le piège pour lui échapper. « Des années ?! »

« Je suis désolé, Seoman. » La voix de Jiriki était rauque, comme s'il souffrait, mais ses traits dorés n'exprimaient toujours que peu d'émotion. « Il reste un signe positif ; mais n'en attends pas trop. Les papillons sont encore là. »

« Quoi ? »

« Au Yásira. Ils se rassemblent lorsque de grandes décisions doivent être prises. Ils ne se sont pas encore envolés. Donc il reste des points non résolus. »

« Quels points ? » Malgré l'avertissement de Jiriki, Simon sentit monter une bouffée d'espoir.

« Je ne sais pas. » Il secoua la tête. « Il est préférable pour le moment que je reste à l'écart. Je ne suis pas en cet instant la voix favorite de mon père et de ma mère, et je dois donc attendre avant de retourner les voix pour faire entendre mes arguments. Heureusement, la Primeaïeule Amerasu semble s'inquiéter des actes de mes parents, et de ceux de mon père en particulier. » Il sourit malicieusement. « Sa parole a un grand poids. »

Amerasu. Simon connaissait ce nom. Il inspira profondément l'air de la nuit. Soudain, cela lui revint : un visage extraordinairement beau et pourtant indéniablement encore plus ancien que même celui des parents sans âge de Jiriki. Simon s'assit.

« Tu sais, Jiriki, j'ai vu son visage, une fois, dans le miroir ; Amerasu, celle que tu appelles Prime-aïeule. »

« Dans le miroir ? Dans l'écaille de dragon ? »

Simon acquiesça. « Je sais que je n'étais pas censé m'en servir sauf pour demander ton aide, mais ce qui est arrivé... c'était un accident. » Il lui raconta son étrange rencontre avec Amerasu et la terrifiante apparition de Utuk'ku au Masque d'Argent.

Jiriki semblait avoir totalement oublié les grillons, malgré la splendeur de leur chant. « Je ne t'avais pas interdit de te servir du miroir, Seoman, dit-il. Ce qui est surprenant, c'est que tu aies pu y voir autre chose qu'un simple reflet. C'est étrange. » Il fit un geste de la main inhabituel. « Je dois en parler à la Prime-aïeule. Très étrange. »

« Puis-je venir ? »

« Non, Seoman Mèche-blanche, sourit Jiriki. Personne ne se présente devant Amerasu Née-du-Bateau sans y avoir été invité. Même la Racine et la Branche, ceux que tu appellerais sa proche famille, doivent demander très respectueusement une telle faveur. Tu ne sais pas à quel point il est surprenant que tu l'aies vue dans le miroir. Tu es une menace, fils-des-hommes. »

« Une menace ? Moi ? »

Le Sithi rit. « Je parlais de ta présence. » Il toucha doucement Simon sur l'épaule. « Tu es sans précédent, Mèche-blanche. Complètement inconnu et imprévu. » Il se leva. « Je vais agir dès maintenant. J'ai moi-même besoin de quelque chose à faire. »

Simon, qui n'avait jamais su être patient, se retrouva seul avec la mare, les grillons, et les étoiles inaccessibles.

Tout cela paraissait si étrange. Un instant, il se battait pour sa vie, et peut-être même pour la survie de tout Osten Ard, luttant contre l'épuisement et la magie noire dans un combat presque perdu d'avance ; l'instant d'après, il avait été extirpé de l'hiver et projeté la tête la première dans l'été, passant du danger mortel à l'ennui.

Mais, réalisa Simon, les choses n'étaient pas si simples que cela. Le fait qu'il ait quitté le monde ne voulait pas dire que les problèmes qu'il avait laissés derrière lui étaient résolus. Au contraire : quelque part là-bas, vivant ou mort dans la forêt enneigée au-delà de Jao é-Tinukai'i, se trouvaient son cheval Monretour et son terrible fardeau, l'épée Épine, pour laquelle Simon et ses amis avaient franchi des centaines de lieues et versé un sang précieux. Des hommes et des Sithis étaient morts pour trouver cette épée pour Josua. Maintenant, tandis que l'épée était peut-être perdue dans la forêt, Simon avait été emprisonné avec la même désinvolture que lorsque Rachel l'avait enfermé dans l'un des sombres celliers du Hayholt pour quelque tour pendable qu'elle avait à lui reprocher.

Simon avait parlé à Jiriki de l'épée perdue, mais le Sithi n'avait fait que hausser les épaules, avec une placidité exaspérante. Il n'y avait rien à faire.

Simon leva les yeux. Il était remonté assez loin le long de la rivière dans le calme de ce début d'après-midi ; la maison de Jiriki, avec sa tapisserie nouée, n'était déjà plus visible derrière lui. Il s'assit sur une pierre et regarda une aigrette blanche dressée dans l'eau de l'un des bras morts peu profonds de la rivière, ses yeux brillants regardant de côté, feignant l'indifférence pour apaiser les craintes d'un poisson méfiant.

Il était certain qu'au moins trois semaines s'étaient écoulées depuis qu'il était entré dans cette vallée. Ces derniers jours, son emprisonnement avait presque ressemblé à une sorte de triste et fâcheuse plaisanterie, une plaisanterie qui aurait duré trop longtemps et menaçait maintenant de gâcher le plaisir de tous.

Que puis-je faire ? De frustration, il ramassa un bout de bois et l'envoya voler dans l'eau. *Il n'y a aucun moyen de fuir !*

Se remémorant l'échec flagrant de sa première tentative de fuite et des expériences complémentaires qui avaient suivi, Simon émit un bruit de dégoût et jeta un autre bout de bois dans la rivière. Chaque tentative de trouver la sortie l'avait ramené au centre de Jao é-Tinukai'i.

Comment ai-je pu être une telle tête-creuse ? pensa-t-il amèrement. *Comment ai-je pu penser qu'il serait aussi facile de partir d'ici quand Aditu et moi avons du sortir de l'hiver pour y entrer ?* Le bout de bois flotta un instant, tournant comme une girouette, puis il fut entraîné sous l'eau par le courant.

C'est tout moi, pensa-t-il. *Et c'est tout ce que je serai pour ces Sithis. Je serai là un petit moment, puis, avant même qu'ils aient eu le temps de réaliser que je vieillis, je serai mort.* Cette pensée amena un nœud de terreur dans sa gorge. Soudain, rien ne lui importa plus que de se trouver avec des gens de son espèce à la vie si courte, même Rachel le Dragon, plutôt qu'avec ces immortels aux manières délicates et aux yeux de chat.

Son sang bouillant soudain, il bondit et quitta la rive, s'enfonçant en force à travers les roseaux en direction du chemin. Il manqua renverser quelqu'un : un Sithi, simplement vêtu d'une paire de chausses bleues fines et serrées, qui était debout dans la végétation et regardait vers la rivière. Un instant, Simon pensa que cet inconnu était en train de l'espionner, mais le visage aux os fins ne montra pas trace d'expression à l'approche de Simon. Le Sithi continua de regarder dans la même direction tandis que le garçon passait. L'inconnu chantait doucement pour lui-même, une mélodie aérienne faite de sifflements et de pauses. Son attention était concentrée sur un arbre qui poussait sur la rive, à moitié submergé par le courant.

Simon ne put retenir un grognement d'irritation. Qu'est-ce qui n'allait pas chez ces gens ? Ils erraient comme des somnambules, disaient des choses qui n'avaient aucun sens – même Jiriki parlait parfois mystérieusement, d'une façon incompréhensible, et le prince sithi était de loin le plus direct de son peuple – et ils regardaient tous Simon comme s'il se fût agi d'un insecte, du moins lorsqu'ils daignaient remarquer sa présence.

À plusieurs reprises, Simon avait croisé, il en était certain, des Sithis qui ne pouvaient être que Ki'ushapo et Sijandi, les deux immortels qui avaient accompagné le groupe de Simon et de Jiriki depuis Aldhéorte jusqu'au pied d'Urmsheim, mais ils n'avaient pas fait mine de le reconnaître, ni ne l'avaient salué. Simon ne pouvait jurer qu'il s'agissait bien d'eux, mais la façon dont ils avaient soigneusement évité son regard lui avait confirmé qu'il ne s'était pas trompé.

Après la traversée du grand nord, tant le compagnon de Jiriki An'naï que le guerrier erkynéen Grimmric étaient morts sur la montagne-dragon Urmsheim, sous la chute d'eau gelée appelée l'Arbre d'Udun. Ils avaient été enterrés ensemble, mortel et immortel, une chose qui, d'après Jiriki, n'avait pas de précédent, un lien entre les deux races inexistant depuis des siècles. Maintenant, Simon, un mortel, était venu dans la cité interdite de Jao é-Tinukai'i. Ki'ushapo et Sijandi pouvaient ne pas approuver sa présence, mais ils savaient qu'il avait sauvé leur prince, ils savaient qu'il était Hikka Staja, Porteur de la Flèche – alors pourquoi l'évitaient-ils de cette façon ? Même si Simon s'était trompé dans son identification, il était facile pour les deux immortels de le trouver, puisqu'il était le seul de son espèce dans la cité. Étaient-ils si furieux de sa présence ici qu'ils ne pouvaient même pas le saluer ? Étaient-ils gênés pour Jiriki, de savoir que le Prince avait amené une telle créature dans leur vallée secrète ? Alors pourquoi ne le disaient-ils pas, pourquoi ne disaient-ils pas *quelque chose* ? Au moins, l'oncle de Jiriki Khendraja'aro affichait clairement et publiquement son dégoût des mortels.

Penser à ce manque d'égards mit Simon de mauvaise humeur. Il s'éloigna de la berge en pestant. Il lui fallut tout son sang-froid pour ne pas revenir en arrière vers le Sithi qui regardait la rivière et engloutir son visage beau et inhumain dans la boue.

Simon s'enfonça à travers la vallée, sans idée de fuite cette fois, mais avec la simple intention de prendre le temps de se calmer. Ses longues enjambées raides lui firent dépasser plusieurs autres Sithis. La plupart marchaient seuls, mais il leur arrivait d'être deux, sans pour autant parler. Certains le regardèrent imperturbablement, d'autres ne parurent même pas le remarquer. Un groupe de quatre étaient assis et écoutaient le chant d'un cinquième, les yeux fixés sur les délicats mouvements des mains du chanteur.

Miséricordieux Aédon, grommela-t-il pour lui-même, à *quoi pensent-ils durant tout ce temps ? Ils sont pires que le docteur Morgénès !* Le docteur était effectivement enclin à de longs silences que rien ne brisait que son chantonnement distrait, mais au moins, à la fin de la journée, il sortait un pichet de bière et enseignait l'histoire à Simon, ou faisait des suggestions au sujet de l'écriture encore hésitante de son apprenti.

Simon donna un coup de pied dans une pomme de pin et la regarda rouler. Il ne pouvait nier que les Sithis étaient beaux. Leur grâce, la ligne fluide de leurs atours, leur visage serein, tout lui faisait penser qu'il était ici comme un rustre crotté renversant le linge de table de la maison d'un grand seigneur. Même si sa captivité le rendait furieux, une voix cruelle lui murmurait parfois que ce n'était que justice. Il n'avait aucun droit d'être ici ; et, maintenant qu'il était là, un galopin comme lui ne pouvait être autorisé à repartir et salir les immortels en racontant son histoire. Tout comme Osgaël dans l'histoire de Jack Mundwode, il était descendu dans la butte féerique. Le monde ne serait plus jamais comme avant.

Le rythme de la marche de Simon passa progressivement d'un pas fiévreux à celui d'une promenade. Avant longtemps, il entendit le bruit clair et régulier de l'eau sur la pierre. Il leva les yeux de ses bottes humides et découvrit qu'il était allé assez loin dans la vallée pour atteindre presque l'ombre des collines. Un élan d'espoir se fit sentir au fond de lui. Il était près des Bassins, comme les avait appelés Aditu ; la Porte de l'Été ne pouvait pas être loin. Il eut l'impression que ne pas penser à trouver la sortie lui avait permis de réussir ce à quoi il avait précédemment si lamentablement échoué.

Cherchant à retrouver le degré de désintérêt qui l'avait mené si loin, Simon s'écarta du chemin, se dirigeant vers la source du bruit d'eau, regardant les arbres avec ce qu'il espérait être une nonchalance adéquate. En quelques pas, il avait quitté la lumière pour entrer dans l'ombre fraîche des collines. Il escalada une pente herbeuse couverte de giroflées bleu pâle et d'étoilées. Lorsque le chant de l'eau se fit plus fort, il dut se retenir de courir ; au lieu de cela, il s'arrêta un temps pour se reposer contre un arbre, exactement comme s'il se fût agi d'une promenade contemplative. Il observa les rais de lumière qui perçaient le feuillage et écouta son propre souffle décroissant. Puis, lorsqu'il eut presque oublié où il allait – le bruit de l'eau ne venait-il pas de prendre de l'ampleur ? – il se remit à escalader la colline.

Lorsqu'il atteignit le sommet de cette première pente, certain qu'il allait trouver devant lui le dernier des Bassins, il découvrit qu'il arrivait au contraire au bord d'une vallée circulaire. La partie la plus haute des pentes était couverte de bouleaux blancs dont les feuilles se teintaient à peine de leur jaune estival. Elles se balançaient doucement dans le vent, comme des petits bouts de parchemin dorés. Plus bas poussaient un amas dense d'arbres aux feuilles argentées qui frissonnaient tandis que le vent poursuivait son chemin vers le fond de la vallée.

Au cœur de la vallée circulaire, dans les profondeurs qu'entourait un anneau de feuilles d'argent, se trouvait une masse végétale obscure que les yeux de Simon ne pouvaient distinguer. Quelles que fussent les choses qui poussaient là, elles dansaient à leur tour lorsque leur parvenait le vent : une sorte de cliquetis s'élevait des profondeurs ténébreuses de la vallée, un bruissement qui pouvait tout aussi bien être le frottement de feuilles et de branchages portés par le vent que le sifflement de mille petits couteaux tirés de mille gaines délicates.

Simon respira à pleins poumons. L'odeur de la vallée monta en lui, douce-amère et surannée. Il saisit la senteur d'une végétation vivace, proche de l'odeur âcre de l'herbe fraîchement fauchée, mais aussi des arômes épicés profonds et enivrants qui lui rappelaient les bols d'hippocras que Morgénès réchauffait les soirs d'hiver. Il inspira une nouvelle fois et se sentit étrangement soûl. Il y avait encore bien d'autres parfums : une douzaine, une centaine... Il pouvait sentir des roses poussant sur un vieux mur de pierre, l'air corrompu d'une étable, la pluie tombant sur un sol poussiéreux, l'âpreté du sang, et l'odeur similaire mais pas absolument identique de l'air marin. Il frissonna comme un chien mouillé, et ressentit soudain le besoin impérieux de descendre de quelques pas.

« Je suis désolée. Tu ne peux pas aller là. »

Simon fit volte-face, pour découvrir une Sithie dressée au sommet de la colline à côté de lui. Un instant, il pensa qu'il s'agissait d'Aditu. Celle-ci ne portait qu'un ruban de tissu autour des reins, et rien d'autre. Sa peau était rouge doré dans la lumière décroissante.

« Quoi... ? »

« Tu ne peux pas aller là. » Elle parlait sa langue avec application. Il n'y avait aucune mauvaise humeur sur son visage. « Je suis désolée, mais tu ne peux pas. » Elle avança d'un pas et le regarda curieusement. « Tu es le Sudhoda'ya qui a sauvé Jiriki. »

« Et alors? Qui êtes-vous? » demanda-t-il d'un air renfrogné. Il s'efforçait d éviter de regarder ses seins, ses jambes fines mais musclées, mais c'était presque impossible. Il sentit la colère monter en lui.

« Ma mère m'a appelée Maye'sa », dit-elle, en formant chaque mot avec trop de soin, comme si parler le langage de Simon était un exercice qu'elle avait appris mais jamais pratiqué. Ses cheveux blancs étaient rayés d'or et de noir. En regardant ses longues tresses nouées, un endroit sur lequel il pouvait poser les yeux en toute sécurité, Simon réalisa soudain que *tous* les Sithis avaient les cheveux blancs, que les myriades de couleurs de l'arc-en-ciel qui les faisaient ressembler à des oiseaux excentriques n'étaient que des teintures. Même Jiriki, avec son étrange tonalité fleur de bruyère : des teintures ! Des artifices ! Tout comme les femmes de mauvaise vie que le père Dréosan dénonçait durant ses sermons dans la chapelle du Hayholt ! Simon sentit sa colère grandir. Il tourna le dos à la femme sithie et commença à descendre vers la vallée.

« Reviens, Seoman Mèche-blanche », cria-t-elle. « C'est le Bosquet de l'Année-dansante. Tu ne peux aller là. »

« Essaie de m'arrêter », gronda-t-il. Peut-être qu'elle allait lui décocher une flèche dans le dos. Il avait vu l'aisance terrifiante d'Aditu avec un arc quelques jours plus tôt, lorsque la sœur de Jiriki avait aligné quatre flèches sur un tronc d'arbre à cinquante pas. Il ne doutait nullement de la compétence des autres femmes sithies, mais en cet instant, il ne s'en inquiétait pas. « Tue-moi si tu veux », ajouta-t-il, puis il se demanda s'il ne forçait pas sa chance avec une telle remarque.

Rentrant à moitié les épaules, il descendit la pente vers les bouleaux murmurants. Aucune flèche ne siffla, alors il risqua un regard en arrière. Celle que l'on appelait Maye'sa se trouvait toujours là où il l'avait laissée. Son visage étroit semblait surpris.

Il se mit à dévaler la pente, passant de nombreuses rangées de troncs à l'écorce blanc parchemin. Après un moment, il s'aperçut que la descente devenait plate. Lorsqu'il commença à courir vers le haut, il s'arrêta, puis chercha un endroit d'où il pourrait voir alentour et découvrir où il se trouvait. La totalité de l'immense bol s'étendait sous ses yeux : il se trouvait toujours au même niveau que la femme sithie, mais s'était par contre écarté sans savoir comment de l'endroit d'où elle le regardait.

Jurant dans sa fureur, il recommença à courir vers le bas, mais rencontra la même impression de plat, suivi d'une montée. Il ne s'était pas approché du fond. Il se trouvait toujours, autant qu'il pût le dire, dans le premier tiers de la rangée de bouleaux.

Ses tentatives de se détourner de la montée échouèrent tout autant. Le vent soupirait dans les branches, les feuilles de bouleau bruissaient ; Simon eut l'impression de lutter comme dans un rêve, ne réussissant aucune avancée malgré tous ses efforts. Enfin, au paroxysme de la frustration, il ferma les yeux et courut. Sa terreur se mua en un instant d'exaltation lorsqu'il sentit une descente sous ses pieds. Les branches frappaient son visage, mais quelque chance extraordinaire l'empêchait de heurter les centaines de troncs qui devaient se trouver sur sa route.

Lorsqu'il s'arrêta et ouvrit les yeux, il se trouvait une nouvelle fois au sommet de la colline. Maye'sa se tenait à côté de lui, son minuscule semblant de jupe flottant dans la brise agitée.

« Je te l'avais dit, tu ne peux aller dans le Bosquet de l'Année-dansante », dit-elle comme si elle expliquait une vérité douloureuse à un enfant. « Tu pensais que tu le pouvais ? » Étirant son cou sinueux, elle secoua la tête. Ses yeux étaient grands ouverts et interrogatifs. « Étrange créature. »

Elle disparut sur le flanc de la colline en direction de Jao é-Tinukai'i. Quelques instants plus tard, Simon partit dans la même direction. Tête basse, les yeux fixés sur les pointes de ses bottes qui arpentaient l'herbe humide, il se retrouva bientôt debout au milieu du chemin devant la maison de Jiriki. Le soir approchait et les grillons chantaient au bord de la mare.

« Très bien, Seoman », dit Aditu le lendemain. Elle examina le plateau de Shent, en hochant la tête. « Une feinte ! S'éloigner de ce que l'on désire obtenir. Tu fais des progrès. »

« Ça ne marche pas toujours », dit-il d'un ton maussade.

Les yeux d'Aditu brillèrent. « Non. Une stratégie plus élaborée est parfois nécessaire. Mais c'est un début. »

Binabik et Sludig ne s'étaient pas beaucoup enfoncés dans la forêt : uniquement assez profondément pour protéger leur campement du vent féroce qui balayait les plaines, un vent dont la voix était devenue un hurlement incessant. Les chevaux s'ébrouaient au bout de leur longe, et même Qantaqa paraissait agitée. Elle revenait tout juste de sa troisième incursion dans la forêt, et était maintenant assise les oreilles dressées, comme si elle attendait un avertissement prévisible qui n'en serait pas pour autant moins sinistre. Ses yeux brillaient en réfléchissant la lumière du feu.

« Tu crois que nous sommes plus en sécurité ici, petit homme ? » demanda Sludig en affûtant son épée. « Je crois que je préférerais encore affronter les plaines désertes que cette forêt. »

Binabik fronça les sourcils. « Peut-être, mais aurais-tu aussi la préférence d'affronter des géants poilus comme ceux que nous avons vus ? »

La Voie Blanche, la grande route qui longeait le nord d'Aldhéorte, avait enfin fait un coude par-delà la bordure est de la forêt, les menant vers le sud pour la première fois depuis qu'ils avaient quitté la vieille route de Tumet'ai avec Simon bien des jours auparavant. Peu après ce changement de cap, ils avaient repéré un groupe de silhouettes blanches qui se déplaçaient au loin derrière eux, des formes qu'ils avaient reconnues pour ne rien pouvoir être d'autre que des Hunën. Les géants, autrefois peu enclins à quitter leurs terrains de chasse au pied du Pic de l'Orage, semblaient maintenant arpenter les terres du nord en long et en large. Le souvenir des dégâts que leur avaient infligés les géants alors qu'ils voyageaient encore en nombre étant encore frais dans leur mémoire, ni le troll ni le Rimmersleute ne se faisaient la moindre illusion sur les chances qu'ils avaient de survivre à une rencontre avec ces monstruosités hirsutes.

« Qu'est-ce qui te fait penser que nous sommes plus en sécurité pour nous être enfoncés dans les bois de quelques centaines de toises ? » demanda Sludig.

« Il n'y a jamais aucune certaineté, admit Binabik, mais je sais que les petits fouisseurs grouillants ont l'hésitation de creuser sous Aldhéorte. Peut-être que les géants auront une similarité dans leur hésitation. »

Sludig renâcla et fit bruyamment résonner son épée sur sa pierre à aiguiser. « Et le Hunë que Josua a tué près de Naglimund, lorsque Simon a été trouvé? Celui-là était bien dans la forêt, non? »

« Le géant avait été acculé », répondit Binabik avec irritation. Il poussa le second des oiseaux enveloppés de feuilles dans les braises. « Il n'y a pas de promesses de la vie, Sludig. Mais il y a une sagesse à prendre moins de risques. »

Après un court silence, le Rimmersleute reprit la parole. « C'est toi qui as raison, troll. Je suis seulement fatigué. J'aimerais bien être déjà arrivé là où nous allons, à cette Pierre de l'Adieu ! J'ai envie de rendre à Josua sa maudite épée, puis de dormir une semaine dans un lit. »

Binabik sourit. « Avec certaineté. Mais ce n'est pas l'épée de Josua, ou du moins je ne sais pas si elle est destinée pour lui. » Il se leva et prit le long paquet qui était posé contre un arbre. « Je ne sais pas pour quoi elle est destinée du tout. » Les doigts de Binabik déballèrent l'épée, exhibant sa lame nue. La lumière du feu n'en éclaira que la silhouette. « Tu vois? » dit Binabik, soupesant le paquet dans ses bras. « Épine a aujourd'hui la pensée qu'il est acceptable pour un petit troll de la porter. »

« N'en parle pas comme si elle était vivante », dit Sludig en dessinant hâtivement le signe de l'Arbre dans l'air. « C'est contre nature. »

Binabik le dévisagea. « Elle n'est peut-être pas vivante, comme un ours ou un oiseau ou un homme est vivant, mais il y a quelque chose en elle qui est plus que du métal. Tu le sais avec certaineté, Sludig. »

« Peut-être. » Le Rimmersleute fit une grimace. « Pas " peut-être ", malédiction! Je le sais. C'est pour cela que je ne veux pas en parler. Je rêve encore de la cave où nous l'avons trouvée. »

« Il n'y a pas de surprise dans cela pour moi, dit doucement le troll. C'était un endroit de grande effrayance. »

« Mais ce n'est pas simplement l'endroit, ni même le ver, ou la mort de Grimmric. Je rêve de cette maudite épée, petit homme. Elle était étendue là au milieu de ces os comme si elle nous *attendait*. Froide, froide, comme un serpent dans sa tanière... »

Sludig s'interrompit. Binabik le regarda, mais ne dit rien.

Le Rimmersleute soupira. « Et je ne comprends toujours pas ce que Josua pourra en faire. »

« Cette compréhension n'est pas non plus mienne, mais c'est une chose de puissance. Il est bon de se souvenir de cela. » Binabik caressa la surface étincelante comme il l'eût fait du dos d'un chat. « Regarde-la, Sludig. Nous avons été si captivés par nos épreuves et nos pertes que nous avons presque oublié Épine. C'est un objet qui fait les légendes ! C'est peut-être la plus grande arme qui soit apparue sur tout Osten Ard, plus grande que la lance de Hern Oinduth, plus grande que la fronde de Chukku. »

« Elle est peut-être puissante, grommela Sludig, mais je doute qu'elle porte chance. Elle n'a pas sauvé sire Camaris, n'est-ce pas ? »

Binabik afficha un petit sourire malicieux. « Mais il ne l'avait pas avec lui lorsqu'il est passé par-dessus bord dans la baie de Firannos : le bouffon Towser nous a dit cela. Et c'est la raison de notre découverte de l'épée dans la montagne-dragon. Sinon, elle serait au fond de l'océan, comme Camaris. »

Le vent hurla, agitant les branches au-dessus d'eux. Sludig attendit un temps adéquat, puis se rapprocha du feu réconfortant. « Comment un aussi grand chevalier a-t-il pu tomber d'un bateau ? Que Dieu me permette une mort plus honorable, au combat. Cela me prouve, si j'avais le moindre doute, que les bateaux sont des choses dont il vaut mieux ne pas s'approcher. »

Le sourire jaunâtre de Binabik s'élargit. « Entendre de tels mots de la bouche de l'un des descendants des plus grands marins que l'humanité a connus ! » Son expression redevint sérieuse. « Mais il y a honnêteté à signaler que certains ont émis le doute que Camaris aurait été emporté dans l'océan. Des voix disent qu'il s'est jeté à l'eau. »

« Quoi ? Pourquoi, au nom d'Usires, aurait-il fait une telle chose ? » D'indignation, Sludig attisa furieusement le feu.

Le troll haussa les épaules. « Il n'y a qu'une rumeur, mais j'en ai la connaissance. Les écrits de Morgénès sont emplis d'histoires étranges en grand nombre. Qinkipa ! Combien j'ai le regret de ne pas avoir pu consacrer plus de temps à la lecture du livre du docteur ! Une chose que Morgénès raconte dans son histoire de vie de

Jean Presbytère est que sire Camaris était très équivalent à notre Prince Josua : un homme d'étranges humeurs mélancoliques. Il avait aussi une grande admiration pour la reine de Jean, Ebekah. Le roi Jean Presbytère l'avait fait son protecteur. Lorsque la Rose d'Hernysadharc – comme beaucoup l'appelaient – est morte dans la naissance de Josua, on dit que Camaris a été très affecté. Il est devenu abattu et étrange, et vociférait contre Dieu et le Ciel. Il a abandonné l'épée et l'armure et les autres choses, comme quelqu'un qui choisit la vie de religion, ou comme quelqu'un qui sait qu'il va mourir. Il rentrait chez lui à Vinitta après un pèlerinage au Sancellan Aedonitis. Dans une tempête, il fut perdu dans l'océan à la hauteur de l'île Harcha. »

Binabik se pencha en avant et commença à tirer les oiseaux du feu, en faisant attention à ne pas brûler ses petits doigts épais. Le feu craquait et le vent gémissait.

« Eh bien ! dit enfin Sludig, ce que tu dis ne fait que confirmer mon intention d'éviter les puissants autant que possible. À part le duc Isgrimnur, qui a la tête bien sur les épaules, les autres sont aussi extravagants et insensés que des oies. Et ton Prince Josua, si tu veux bien me pardonner, est le premier d'entre eux. »

Le sourire de Binabik revint. « Ce n'est pas mon Prince Josua, et il est avec vérité – quel était ton mot ? – extravagant. Mais pas insensé. Pas insensé du tout. De plus, il est peut-être notre dernier espoir de construire l'échec de l'orage qui approche. » Comme s'il venait d'aborder un sujet inconfortable, le troll s'affaira soudain avec leur souper. Il poussa un oiseau fumant vers le Rimmersleute. « Tiens. Aie quelque chose à manger. Peut-être que si les Hunën ont le plaisir du temps froid, alors ils nous laisseront en paix. Cela nous donnerait le gain d'une bonne nuit de sommeil. »

« Nous en aurions bien besoin. Nous avons une longue route à faire pour pouvoir enfin rendre cette maudite épée. »

« Mais nous le devons à ceux qui sont tombés », dit Binabik en regardant vers les ténèbres de la forêt alentour. « Nous n'avons pas la liberté de subir un échec. »

Alors qu'ils mangeaient, Qantaqa se leva et arpenta le campement, écoutant attentivement les hurlements du vent.

La neige battait sauvagement le désert blanc, projetée avec assez de puissance par le vent hurlant pour arracher l'écorce des arbres de la lisière nord d'Aldhéorte. Le grand molosse, aucunement gêné par ce temps hostile, revint en bondissant avec légèreté à travers les tornades aveuglantes, ses muscles aussi durs que la pierre se tendant et se détendant sous sa courte fourrure. Lorsque le chien rejoignit le côté d'Ingen Jegger, le Chasseur de la Reine fouilla dans sa veste et en tira un morceau de viande séchée noueux qui se terminait à une extrémité par quelque chose qui ressemblait étrangement à un ongle. Le chien blanc le dévora en une seconde, puis tenta de percer l'obscurité, ses petits yeux nébuleux brûlant d'impatience de se remettre en route. Ingen gratta délicatement le chien derrière les oreilles, ses doigts gantés glissant ensuite lentement le long des muscles proéminents d'une mâchoire qui pouvait briser le roc.

« Ouï, Niku'a », chuchota le chasseur, sa voix résonnant dans son heaume. Ses propres yeux avaient la même folle détermination que ceux de son chien. « Tu as l'odeur, maintenant, n'est-ce pas ? Ah ! la Reine sera tellement fière ! Mon nom sera chanté jusqu'à ce que le soleil devienne noir et pourri et tombe du ciel. »

Il souleva son casque et laissa le vent battre son visage. Aussi sûrement qu'il savait que les étoiles gelées brillaient quelque part au-dessus des ténèbres, il savait que sa proie se trouvait toujours devant lui et qu'il s'en rapprochait un peu plus chaque jour qui passait. En cet instant, il ne se représentait pas comme le molosse formidable et infatigable qui était son symbole et dont la gueule menaçante formait son heaume ; il se voyait plutôt comme quelque prédateur plus félin et plus subtil, une créature à la joie féroce mais sereine. Il sentit la nuit glaciale sur son visage et sut que rien de ce qui vivait sous le ciel noir ne pouvait lui échapper très longtemps.

Ingen Jegger tira la dague cristalline de sa manche et la tint devant lui, la regardant comme s'il se fût agi d'un miroir dans lequel il pouvait se voir lui-même, voir le Ingen qui avait craint de mourir dans l'obscurité. Saisissant une rare lueur presque imperceptible venue de la lune ou d'une étoile, la lame translucide brilla d'un feu bleu froid ; ses ciselures parurent onduler comme des serpents sous ses doigts. C'était tout ce dont il avait rêvé, et plus encore. La Reine au Masque d'Argent lui avait confié une lourde tâche, une tâche digne d'engendrer une légende. Bientôt – et il le ressentit avec une certitude qui le fit trembler – bientôt cette tâche serait accomplie. Ingen laissa la dague glisser dans son étui.

« Va, Niku'a », murmura-t-il, comme si les étoiles cachées pouvaient le trahir si elles l'entendaient. « Il est temps de se mettre en chasse. Nous allons courir. » Ingen monta en selle. Sa patiente monture se mit en marche comme si elle s'éveillait.

La neige tourbillonnait, filant dans la nuit vide là où, un instant plus tôt, s'étaient tenus un homme, un cheval et un chien.

La lumière de l'après-midi faiblissait, les murs translucides de la maison de Jiriki s'assombrissant progressivement. Aditu avait apporté un repas de fruits et de pain chaud dans la chambre de Simon, un geste d'amabilité pour lequel il aurait été encore plus reconnaissant si elle n'était pas restée pour l'ennuyer. Ce n'était pas que Simon n'appréciait pas la compagnie d'Aditu ou sa beauté exotique : c'était en fait justement sa beauté et son impudence qui le dérangeaient, l'empêchant de se concentrer sur des tâches aussi simples que manger.

Aditu remonta une nouvelle fois du doigt sa colonne vertébrale. Simon manqua recracher une bouchée de pain.

« Ne fais pas ça ! »

La femme sithie eut une expression intéressée. « Pourquoi pas, est-ce que cela t'est douloureux ? »

« Non ! Bien sûr que non. Ça chatouille. » Il se détourna, l'air fâché, en regrettant intérieurement son manque de politesse – mais pas trop. Comme c'était presque toujours le cas en présence d'Aditu, il perdait tous ses moyens. Jiriki, malgré ses manières impénétrables, n'avait jamais provoqué chez Simon l'impression d'être un mortel stupide ; à côté d'Aditu, Simon avait l'impression d'être un tas de boue.

Elle n'était vêtue aujourd'hui que de perles, de plumes, et de quelques bandes de tissu. Son corps luisait d'huiles odorantes.

« Chatouille ? Est-ce que c'est mauvais ? » demanda-t-elle. « Je ne veux pas te faire de mal ou t'être désagréable, Seoman. C'est juste que tu es si... » Elle chercha le mot exact. « ... si inhabituel, et j'ai rarement eu l'occasion de côtoyer ton espèce. » Elle paraissait amusée de sa déconfiture. « Tu es très large ici... » Elle fit courir un doigt de l'une de ses épaules à l'autre, soupirant lorsque cela occasionna un nouveau cri étouffé. « Il est évident que tu n'es pas fait comme les nôtres. »

Simon, qui s'était esquivé une nouvelle fois, grogna. Il n'était pas à l'aise avec elle, c'était une évidence. Sa présence avait commencé à lui donner l'impression qu'il ressentait une sorte de coupable *désir*, et dans sa solitude il s'était mis à souhaiter et redouter à la fois ses apparitions. Chaque fois qu'il jetait un regard à la dérobée vers son corps mince, affiché avec une indécence qui le choquait encore jusqu'au tréfonds, lui revenaient en mémoire les sermons tempétueux du père Dréosan. Simon était abasourdi de découvrir que le prêtre, qu'il avait toujours pris pour un imbécile, avait en fait eu raison : le démon tendait *effectivement* des pièges à la chair. À la simple vue des souples mouvements félins d'Aditu, Simon ne pouvait s'empêcher d'évoquer le péché. Et celui-ci était encore plus terrible, il le savait, parce que la sœur de Jiriki n'était même pas de son espèce.

Suivant les conseils du prêtre, Simon s'efforça d'évoquer les traits d'Elysia Mère de Dieu dans son esprit à chaque fois qu'il était confronté à la tentation de la chair. À l'époque où il vivait au Hayholt, Simon avait vu ce visage sur des centaines de tableaux et de sculptures, et dans d'innombrables lieux saints illuminés de cierges ; mais il s'inquiétait maintenant des trahisons de sa mémoire. Dans son esprit, les yeux de la sainte mère d'Usires paraissaient maintenant plus enjoués, plus... *félins*... qu'ils n'auraient dû convenablement l'être.

Malgré son inconfort, il restait dans sa solitude reconnaissant à Aditu pour toutes ses attentions, quelque négligentes qu'il lui arrivât de les juger, et malgré l'insouciance dont elle faisait parfois preuve dans ses taquineries. Il était particulièrement reconnaissant pour les repas. Jiriki n'était plus que rarement chez lui ces derniers temps, et Simon ne savait trop ce qui était comestible parmi les fruits, légumes et plantes moins familières qui poussaient dans les grands jardins forestiers du Prince. Il n'y avait personne d'autre que la sœur du Prince sur laquelle il pût compter. Même parmi la première famille, “ la Racine et la Branche ”, comme Jiriki les avait appelés, il semblait ne pas y avoir de serviteurs. Chacun subvenait à ses propres besoins, comme il convenait aux habitudes solitaires des Sithis. Simon savait que les Sithis avaient des animaux, ou, plus exactement, que la vallée regorgeait d'animaux qui venaient lorsqu'ils étaient appelés. Les chèvres et les brebis devaient se laisser traire, puisque les repas que Aditu lui apportait incluaient souvent des fromages parfumés, mais les Sithis semblaient ne pas manger de viande. Simon regardait souvent avec envie tous ces animaux qui erraient en confiance sur les chemins de Jao é-Tinukai'i. Il savait qu'il n'oserait jamais rien faire, mais – Aédon ! – qu'il serait heureux d'avoir en main un cuissot de mouton !

Aditu lui donna un autre petit coup. Simon l'ignora avec flegme. Elle se leva et dépassa le nid de couvertures douces qui formaient le lit de Simon, pour s'arrêter devant la paroi bleue ondulante. Le mur avait été écarlate lorsque Jiriki l'avait fait entrer ici pour la première fois, mais l'hôte sithi de Simon en avait on ne sait comment changé la couleur pour ce céruléen plus apaisant. Lorsque Aditu le toucha de ses longs doigts, le tissu s'écarta comme un rideau qui se tirait, révélant une autre pièce, plus grande.

« Revenons à notre partie, dit-elle. Tu es trop sérieux, fils-des-hommes. »

« Je ne réussirai jamais à apprendre », ronchonna Simon.

« Tu ne t'appliques pas. Jiriki dit que tu es intelligent – même si mon frère n'est pas infaillible. » Aditu plongea les mains dans un pli du mur et en tira une sphère de cristal qui se mit à briller à son contact. Elle la plaça sur un simple tripode de bois, laissant sa lumière se diffuser dans toute la pièce sombre, puis prit une boîte de bois sous le plateau de Shent coloré et en sortit les pierres polies qui servaient de pièces.

« Je crois que je venais juste de prendre possession d'un arpent d'Alouettes. Allez, Seoman. Viens jouer et ne fais pas la moue. Tu avais eu une bonne idée, l'autre jour. Partir à l'opposé de ce que tu désirais obtenir. » Elle lui caressa le bras, faisant se hérisser ses poils, et lui adressa l'un de ses étranges sourires sithis, à la signification incompréhensible.

« Seoman doit jouer à d'autres jeux ce soir. »

Jiriki se tenait dans l'embrasure de la porte, vêtu de ce qui semblait être une tenue d'apparat, une robe aux broderies complexes faites de diverses teintes de jaune et de bleu. Il portait des bottes grises souples. Son épée Indreju pendait à son côté, dans un fourreau du même matériau gris, et trois longues plumes de héron blanc étaient nouées dans ses cheveux. « Sa présence a été sollicitée. »

Aditu plaça soigneusement les pièces sur le plateau. « Alors je vais devoir jouer toute seule – à moins que tu ne restes avec moi, Branche-de-saule. » Elle le regarda de sous ses paupières baissées.

Jiriki agita la tête. « Non, ma sœur. Je dois servir de guide à Seoman. »

« Où va-t-on ? » demanda Simon. « Sollicité par qui ? »

« Par la Prime-aïeule. » Jiriki leva la main et fit un geste bref mais solennel. « Amerasu Née-du-Bateau a demandé à te voir. »

Tout en marchant en silence sous les étoiles, Simon pensa à toutes les choses qu'il avait vues depuis qu'il avait quitté le Hayholt. Dire qu'il lui était arrivé de craindre de passer toute sa vie dans les murs du château sans jamais en sortir ! N'y avait-il aucune fin aux endroits insolites où il devait aller, aux gens surprenants qu'il devait rencontrer ? Amerasu pouvait peut-être l'aider, mais il était néanmoins las de l'inattendu. D'un autre côté, réalisa-t-il dans une vague de panique, si Amerasu ne l'aidait pas, les paysages magnifiques mais limités de Jao é-Tinukai'i risquaient fort d'être tout ce qu'il verrait pour le reste de son existence.

Mais ce qui était le plus étrange, se dit-il soudain, c'était que où qu'il aille et quoi qu'il voie, il semblait toujours rester le même bon vieux Simon – un peu moins tête-creuse, peut-être, mais pas vraiment différent du marmiton maladroit qui vivait au Hayholt. Cette époque distante et paisible semblait définitivement abolie, perdue sans rémission, mais le Simon qui avait vécu cela était encore très présent. Morgénès lui avait un jour dit de faire sa maison dans sa propre tête. De cette façon, on ne pourrait jamais la lui enlever. Était-ce ce que le docteur voulait dire ? Être la même personne où que l'on aille, quelque folie qu'on puisse affronter ? Cela ne paraissait pas vraiment juste.

« Je ne vais pas t'accabler d'instructions », dit soudain Jiriki, le faisant sursauter. « Certains rites particuliers doivent être accomplis avant de rencontrer la Prime-aïeule ; mais tu ne les connais pas, et tu ne pourrais pas tous les exécuter même s'ils t'étaient enseignés. Mais je ne pense pas qu'il y ait à s'en inquiéter. Je pense qu'Amerasu désire te rencontrer pour ce que tu es et ce que tu as vu, et non pas pour te voir t'acquitter des Six Cantiques de Requête Respectueuse. »

« Les six quoi ? »

« Cela n'a pas d'importance. Mais souviens-toi de ceci : la Prime-aïeule est de la même famille qu'Aditu et moi, mais nous sommes des Enfants des Derniers Jours. Amerasu Née-du-Bateau est l'une des premières créatures douées de parole qui aient posé le pied sur Osten Ard. Je ne dis pas cela pour t'effrayer, ajouta-t-il aussitôt en voyant sous la lune l'expression paniquée de Simon, mais uniquement parce qu'il faut que tu saches qu'elle est différente même de mon père et de ma mère. »

Le silence revint et Simon commença à réfléchir à ce qu'il venait d'entendre. Cette belle femme au visage triste qu'il avait vue pouvait-elle vraiment être l'un des êtres vivants les plus anciens de tout Osten Ard ? Il ne doutait pas de ce qu'avait dit Jiriki, mais même en faisant appel à toute son imagination, il ne parvenait pas à saisir tout à fait les mots du Prince.

Le chemin sinueux les mena à un pont de pierre. Passé la rivière, ils s'engagèrent vers la partie la plus densément boisée de la vallée. Simon fit de son mieux pour garder en mémoire les chemins qu'ils prenaient, mais s'aperçut que ses souvenirs se dissolvaient, aussi éthérés et insaisissables que la lumière des étoiles. Il se rappelait simplement avoir traversé plusieurs ruisseaux, chacun plus mélodieux que le précédent, puis être entré dans une partie de la forêt qui semblait plus calme. Au sein de ces épais arbres noueux, même le chant des grillons paraissait assourdi. Les branches se balançaient, mais le vent était silencieux.

Lorsqu'ils s'arrêtèrent enfin, Simon s'aperçut avec surprise qu'ils se trouvaient devant le grand arbre à la végétation arachnide qu'il avait découvert lors de sa première tentative de fuite. De faibles lueurs brillaient à travers l'amas de fil de soie, comme si le grand arbre portait une cape scintillante.

« Je suis déjà venu ici », dit lentement Simon. L'air chaud et calme lui donnait l'impression d'être à la fois engourdi et parfaitement alerte.

Le Prince le dévisagea et ne dit rien, mais le mena vers le chêne. Jiriki posa la main sur la porte recouverte de mousse, qui était enfoncée si profondément dans l'écorce que l'arbre pouvait tout aussi bien avoir poussé autour.

« Nous avons la permission », dit-il doucement. La porte s'ouvrit en silence vers l'intérieur.

Au-delà de l'ouverture se trouvait une chose impossible : un couloir étroit qui s'ouvrait devant lui, tout autant recouvert de soie que la façade de la maison-chêne. De petites lumières pas plus grandes que des lucioles brillaient dans les entrelacs de toile, éclairant le passage de leur lueur vacillante. Simon, qui aurait pu jurer sans le moindre doute sur le saint Arbre qu'il n'y avait rien d'autre derrière le grand chêne que d'autres arbres, recula d'un pas à travers la porte pour voir où un tel couloir pouvait se cacher – pouvait-il s'enfoncer sous terre d'une quelconque manière ? – mais Jiriki le prit par le coude et le ramena gentiment à l'intérieur. La porte se referma derrière eux.

Ils étaient entièrement entourés de lumières et de toile soyeuse, comme s'ils avançaient à travers les nuages et au milieu des étoiles. L'étrange apathie qui avait envahi Simon était toujours sur lui : chaque détail était précis et limpide, mais il n'avait aucune idée du temps qu'il avait passé à marcher dans le couloir scintillant. Ils émergèrent enfin dans un endroit plus large, une pièce qui sentait le cèdre et le prunier en fleur, et d'autres odeurs plus difficiles à identifier. Les lumières minuscules et inconstantes étaient ici moins nombreuses, et la pièce était remplie de longues ombres tremblantes. De temps en temps, les murs craquaient, comme si lui et Jiriki se trouvaient au fond d'un navire, ou dans le tronc d'un arbre bien plus grand que tous ceux que Simon avait vus. Il entendit un bruit d'eau qui coulait lentement, comme les dernières gouttes de pluie s'échappant des branches d'un saule au-dessus d'un bassin. Des silhouettes à demi visibles se dessinaient contre les parois sombres, des formes ressemblant à des gens ; c'était peut-être des statues, tant elles étaient immobiles.

Tandis que Simon s'efforçait de voir, ses yeux pas encore ajustés à la pénombre, quelque chose glissa contre sa jambe. Il sursauta avec un cri de surprise, mais il distingua un instant plus tard le mouvement d'une queue qui ne pouvait appartenir qu'à un chat. La créature disparut rapidement dans la pénombre des murs. Simon reprit son souffle.

Aussi étrange que l'endroit pût être, décida-t-il, il n'avait rien de réellement effrayant. La pièce sombre avait un air de chaleur et de sérénité qui ne ressemblait à rien de ce qu'il avait pu voir dans Jao é-Tinukai'i. Judith, l'imposante maîtresse des cuisines du Hayholt, l'aurait presque trouvée confortable.

« Bienvenue dans ma maison », dit une voix depuis l'obscurité. Les petits points de lumière se firent plus brillants autour de l'une des silhouettes sombres, révélant une tête aux cheveux blancs et le dossier d'un grand fauteuil. « Approche-toi, fils-des-hommes. Moi je peux te voir, mais je doute que tu puisses me distinguer. »

« La Prime-aïeule a une vision perçante », dit Jiriki ; Simon crut déceler une note d'amusement dans la voix du Sithi. Il s'avança. La lumière dorée éclairait le visage ancien et pourtant juvénile qu'il avait vu dans le miroir de Jiriki.

« Tu te trouves en présence d'Amerasu y-Senditu no'e-Sa'onserei Née-du-Bateau », entonna Jiriki derrière lui. « Fais montre de respect, Seoman Mècheblanche. »

Simon n'eut pas à se forcer. Il se mit à genoux sur ses jambes flageolantes et inclina la tête devant elle.

« Relève-toi, enfant mortel », dit-elle doucement. Sa voix était profonde et douce. Elle raviva sa mémoire. Leur court contact à travers le miroir avait-il à ce point imprimé sa marque dans son esprit ? « Humm, murmura-t-elle. Tu es plus grand même que mon jeune Branche-de-saule. Voudrais-tu trouver un tabouret pour le fils-des-hommes, Jiriki, que je n'aie pas tout le temps à le regarder d'en bas ? Et prends-en un pour toi aussi. »

Lorsque Simon fut assis à côté de Jiriki, Amerasu le toisa lentement. Simon eut soudain l'impression d'avoir perdu sa langue, mais la curiosité se mêlait à la timidité. Il lui jeta lui aussi de rapides coups d'œil, mais en évitant soigneusement ses yeux d'une profondeur presque effrayante.

Elle était tout à fait comme dans son souvenir : des cheveux blancs brillants, la peau tendue sur ses os fins. En dehors de l'incommensurable profondeur de son regard, le seul signe effectif de l'âge immense que Jiriki avait évoqué était l'ostensible délicatesse dont elle faisait preuve dans chacun de ses mouvements, comme si son squelette était aussi fragile que du parchemin desséché. Pourtant, elle était très belle. Pris dans les rets de son regard, Simon se dit qu'à l'aube de ce monde, Amerasu avait dû être d'une splendeur aussi terrifiante et aveuglante que le soleil.

« Eh bien ! dit-elle enfin, tu es bien loin de ta rivière, petit poisson. »

Simon hocha la tête.

« Apprécies-tu ta visite à Jao é-Tinukai'i ? Tu es l'un des premiers de ton espèce à venir ici. »

Jiriki se redressa. « L'un des premiers, sage Amerasu ? Pas *le* premier ? »

Elle l'ignora, gardant ses yeux fixés sur Simon. Il se sentit glisser gentiment mais inexorablement sous son contrôle, comme un poisson tiré vers la lumière aveuglante de la surface, malgré ses tortillements. « Parle, fils-des-hommes. Que penses-tu ? »

« Je... je suis honoré d'être là », dit-il enfin ; puis il avala sa salive. « Honoré. Mais... mais je ne veux pas rester dans cette vallée. Pas pour toujours. »

Amerasu se laissa aller en arrière dans son fauteuil. Il eut l'impression que son emprise sur lui se relâchait, même si le pouvoir de sa présence pesait toujours lourdement sur lui. « Je ne suis pas surprise. » Elle inspira longuement, avec un sourire triste. « Mais il faudrait que tu sois prisonnier ici bien longtemps avant d'être aussi las de cette vie que je le suis. »

Jiriki s'agita. « Dois-je vous laisser, Prime-aïeule ? »

Sa question provoqua chez Simon un frisson de terreur. Il pouvait sentir l'immense bonté et la douleur de la femme sithie ; mais elle était si incroyablement forte ! Il savait que, si elle le désirait, elle pouvait le garder ici pour toujours, par le simple pouvoir de sa voix et de ses yeux envoûtants et labyrinthiques.

« Dois-je partir ? » demanda de nouveau Jiriki.

« Je sais que cela te choque de m'entendre parler ainsi, Branche-de-saule, dit Amerasu, mais tu es le plus cher de tous mes petits et tu es fort. Tu peux entendre la vérité. » Elle bougea lentement dans son fauteuil, ses mains venant reposer sur la poitrine de sa robe blanche. « Toi aussi, fils-des-hommes, tu sais ce que c'est que de perdre ce qui t'est cher. C'est inscrit sur ton visage. Mais même si chaque perte est grave, les vies ainsi que les pertes des mortels apparaissent et disparaissent aussi vite que les saisons font changer les feuilles. Je ne veux pas être cruelle. Je ne cherche pas non plus la pitié, mais ni toi ni les autres mortels n'avez vu passer les siècles ni les millénaires, n'avez vu la lumière et la couleur même disparaître de ce monde jusqu'à ce qu'il n'en restât plus rien que des souvenirs desséchés. » Bizarrement, son visage semblait se faire plus jeune alors qu'elle parlait, comme si sa douleur était ce qu'il y avait de plus vital en elle. Maintenant, Simon pouvait voir beaucoup plus qu'une simple indication de sa splendeur passée. Il baissa la tête, incapable de parler.

« Tu ne l'as pas vu », dit-elle avec un léger chevrotement dans la voix. « Moi si. C'est pour cette raison que je suis ici, dans le noir. Ce n'est pas parce que je craindrais la lumière ou que je serais trop faible pour marcher sous le soleil. » Elle rit, un son évoquant le cri lugubre du crapaud volant. « Non, c'est parce que, dans le noir, je revois plus facilement les jours anciens et ses visages du passé. »

Simon leva les yeux. « Vous aviez deux fils », dit-il doucement. Il venait de réaliser pourquoi sa voix lui était si familière. « L'un est parti. »

Le visage d'Amerasu se durcit. « Ils sont partis tous les deux. Que lui as-tu raconté, Jiriki ? Ce ne sont pas des histoires destinées au faible cœur des mortels. »

« Je ne lui ai rien dit, Prime-aïeule. »

Elle se pencha en avant d'un air attentif. « Parle-moi de mes deux fils. Quelles anciennes légendes connais-tu ? »

Simon avala sa salive. « L'un de vos fils fut blessé par un dragon. Il dut partir. Il était brûlé, comme moi. » Il porta la main à sa propre cicatrice. « L'autre... l'autre est le Roi de l'Orage. » Tout en murmurant ce dernier nom, Simon regarda autour de lui, comme si quelque chose allait soudain se jeter sur lui depuis l'obscurité. Les murs craquèrent et l'eau tomba, mais ce fut tout.

« Comment sais-tu cela ? »

« J'ai entendu votre voix dans un rêve. » Simon chercha ses mots. « Vous avez parlé longtemps dans ma tête pendant que je dormais. »

Le magnifique visage de la femme sithie était grave. Elle le dévisagea comme si quelque chose caché au fond de lui la menaçait. « N'aie pas peur, fils-des-hommes », dit-elle enfin en tendant vers lui ses mains fines. « N'aie pas peur. Et pardonne-moi. »

Les doigts secs et frais d'Amerasu touchèrent le visage de Simon. Les lumières se déchirèrent comme des éclairs, puis vacillèrent et disparurent, abandonnant la pièce à une totale obscurité. Son emprise parut se resserrer. Les ténèbres chantèrent.

Ce n'était pas douloureux, mais Amerasu se trouvait de quelque manière à l'intérieur de sa tête, une présence puissante si intimement liée à lui qu'un instant, il eut l'impression d'une terrifiante et choquante mise à nu, sans commune mesure avec une simple nudité physique. Sentant sa terreur, elle l'apaisa, enveloppant délicatement son for intérieur comme un oiseau paniqué jusqu'à ce qu'il n'ait plus peur. La Prime-aïeule commença alors doucement à glisser à travers ses souvenirs, les examinant avec une minutie respectueuse mais résolue.

De vertigineuses bribes de pensées et de souvenirs passèrent alors en lui, flottant comme des pétales dans une tempête : Morgénès et ses livres innombrables, Miriamélé qui chantait, des fragments de conversations apparemment futiles de son époque au Hayholt. La nuit de Thisterborg et la révulsante épée grise formèrent une tache opaque dans son esprit, suivie du visage argenté d'Utuk'ku et des trois épées de sa vision dans la maison de Géloé. La grosse Skodi et la chose qui avait ri dans les flammes de la cour dansèrent et se mêlèrent à la frénésie de l'Arbre d'Udun et aux yeux impavides du grand ver blanc Igjarjuk. Épine était là elle aussi, déchirure noire dans la lumière de ses souvenirs.

Tandis que flottaient ces images, il ressentit de nouveau la douleur brûlante du sang du dragon, ce lien effrayant avec toute la planète, la terrible immensité des espoirs et des douleurs de tous les êtres vivants. Enfin, à l'instar des dernières traces d'un rêve, ces images s'évanouirent.

Les lumières revinrent lentement. La tête de Simon reposait sur les genoux de Jiriki. La cicatrice sur son visage le lançait.

« Pardonnez-moi, Prime-aïeule », dit Jiriki, comme s'il se trouvait très loin, « mais cela était-il nécessaire ? Il vous aurait dit tout ce qu'il savait. »

Amerasu resta longtemps silencieuse. Lorsqu'elle parla, ce fut avec grand peine. Sa voix semblait plus vieille qu'auparavant. « Il n'aurait pas pu tout me dire, Branche-de-saule. Il y a certaines choses qui pour moi font partie des plus importantes, et il n'est même pas conscient de les connaître. » Elle tourna ses yeux vers Simon, son regard plein d'une bonté lasse. « Je suis vraiment désolée, fils-des-hommes. Je n'avais pas le droit de te piller de cette façon, mais je suis vieille et effrayée et il me reste peu de patience. Maintenant, je suis encore plus effrayée. »

Elle fit mine de se lever. Jiriki l'aida immédiatement du bras, et elle quitta d'un pas chancelant son fauteuil pour disparaître dans l'obscurité. Elle revint un instant plus tard avec un bol d'eau, qu'elle porta aux lèvres de Simon de ses propres mains. Il but avec avidité. L'eau était froide et douce, avec juste une légère nuance de bois et de terre, comme si elle avait été puisée dans le tronc d'un arbre creux. Dans sa robe blanche, pensa Simon, Amerasu ressemblait à quelque saint pâle et rayonnant des images de l'église.

« Que... qu'avez-vous fait ? » demanda-t-il en s'asseyant. Ses oreilles bourdonnaient et de petits points lumineux persistants dansaient devant ses yeux.

« J'ai appris ce que j'avais besoin d'apprendre, répondit Amerasu. Je savais que je t'avais vu dans le miroir de Jiriki, mais je pensais qu'il s'agissait d'un hasard, d'un aléa. La Route des Rêves a beaucoup changé ces derniers temps et est devenue aussi obscure et imprévisible, même pour le plus expérimenté des voyageurs, qu'elle ne l'était autrefois pour ceux qui ne s'y aventuraient que dans leur sommeil. Je vois maintenant que notre première rencontre n'était pas due à un coup du sort. »

« Vous voulez dire que votre rencontre avec Simon a été organisée par quelqu'un, Prime-aïeule ? » demanda Jiriki.

« Non. Je veux seulement dire que les limites entre ces mondes et les nôtres commencent à faiblir. Quelqu'un comme ce fils-des-hommes qui a été emporté d'une façon ou d'une autre, qui a été entraîné par le simple hasard ou par quelque inimaginable dessein dans de nombreux liens puissants et dangereux qui unissent le monde des rêves et celui de l'éveil... » Elle s'interrompit, rejoignant avec soin son fauteuil avant de reprendre. « C'est comme s'il vivait au bord d'une grande forêt. Lorsque les arbres commencent à s'étendre, c'est sa maison que les racines envahissent en premier. Lorsque les loups de la forêt ont faim, c'est d'abord sous ses fenêtres qu'ils viennent hurler... »

Simon eut du mal à parler. « Qu'avez-vous appris... de mes souvenirs ? Et de... d'Ineluki ? »

Son visage redevint impassible. « Trop de choses. Je crois que je comprends maintenant le terrible et subtil dessein de mon fils, mais je dois consacrer plus de temps à y réfléchir. Même en une telle heure, Je ne dois pas laisser la peur m'entraîner dans une précipitation dangereuse. » Elle porta la main à son front. « Si je ne me trompe pas, le danger qui menace est plus grave que tout ce que nous avions pu imaginer. Je dois parler à Shima'onari et à Likimeya. J'espère simplement qu'ils m'écouteront – et qu'il n'est pas trop tard. Nous commençons peut-être à creuser des puits quand l'incendie ravage nos maisons. »

Jiriki aida Simon à s'asseoir. « Mon père et ma mère doivent écouter. Tout le monde connaît votre sagesse, Prime-aïeule. »

Amerasu sourit tristement. « Il fut un temps où les femmes de la Maison Sa'onserei étaient les gardiennes de la sagesse. La décision finale appartenait à la plus ancienne de la maison. Lorsque Jenjiyana des Rossignols voyait ce qui était juste, elle parlait et il en était ainsi. Depuis l'Exode, les choses ont changé. » Sa main glissa dans les airs comme un oiseau qui s'envole. « Je suis certaine que ta mère se rendra à mes raisons. Ton père est bon, Jiriki, mais il est en un certain sens plus attaché que moi encore au passé. » Elle secoua la tête. « Pardonne-moi. Je suis épuisée et j'ai beaucoup de choses en tête. Sinon, je n'aurais jamais parlé de façon aussi irréfléchies surtout devant ce garçon. » Elle tendit la main vers Simon, brossant le côté de son visage du bout du doigt. La douleur de son ancienne blessure s'amoindrit. Tout en regardant ce visage solennel et le fardeau qu'il semblait porter, Simon tendit le bras et toucha la main qu'elle retirait.

« Ce que t'a dit Jiriki est vrai, fils-des-hommes, dit-elle. Pour le meilleur et pour le pire, tu as été marqué. J'espère seulement pouvoir te dire quelque chose d'utile pour ton périple. »

Les lumières baissèrent une nouvelle fois. Simon laissa Jiriki le ramener dans l'obscurité.

26

DES YEUX PEINTS

Miriamélé s'appuya sur le bastingage, et observa l'activité grouillante et le va-et-vient incessant des quais. Vinitta n'était pas une grande île, mais la Maison Bénidrivine dont elle était le fief avait donné à Nabban ses deux derniers empereurs et ses trois ducs sous le règne de Jean Presbytère. C'est également là qu'était né le légendaire Camaris, mais même un tel chevalier n'avait qu'une place de moyenne importance dans l'histoire fastueuse et débordante de héros de Vinitta. Le port était très fréquenté : avec Bénigaris sur le trône ducal, la prospérité de Vinitta était assurée.

Aspitis Prévès et son capitaine étaient partis en ville pour régler leurs affaires. Ce qu'elles pouvaient être, Miriamélé n'en avait pas la moindre idée. Le marquis avait laissé entendre qu'il avait quelque importante mission dépendant directement du duc Bénigaris, mais n'avait pas dit un mot de plus à ce sujet. Aspitis avait prié Miriamélé et Cadrach de rester à bord jusqu'à son retour, expliquant que le port n'était pas un endroit approprié pour une noble dame, et qu'il ne disposait pas d'assez d'hommes d'arme pour assurer la bonne tenue de ses affaires tout en détachant deux soldats pour leur protection.

Miriamélé savait ce que cela signifiait. Quoi qu'Aspitis pût penser d'elle, quel que fût son goût pour sa beauté et sa compagnie, il n'avait pas l'intention de lui donner l'occasion de s'échapper. Il nourrissait peut-être quelques doutes au sujet de son histoire, ou redoutait simplement qu'elle se laissât convaincre par Cadrach, qui ne faisait pas grand effort pour dissimuler sa haine grandissante du marquis d'Eadne et de Drina.

Elle soupira en regardant tristement les rangées de baraques de toile alignées sur les quais, festonnées et débordantes de biens à vendre. Les colporteurs vantaient les marchandises qu'ils portaient sur leur dos dans de grands sacs gonflés à craquer. Danseurs et musiciens s'affairaient pour quelques pièces, et les marins de divers navires se mêlaient à la population de Vinitta en une masse dont fusaient les rires, les cris et les jurons. Malgré les cieux sombres et les ondées intermittentes, la foule réunie sur les quais semblait surtout disposée à un joyeux vacarme. Miriamélé brûlait de les rejoindre.

Cadrach était debout à côté d'elle, son visage rosâtre plus pâle qu'à l'habitude. Le moine n'avait pas beaucoup parlé depuis la décision d'Aspitis ; il avait regardé l'expédition du marquis quitter le *Nuage de l'Eadne* avec la même expression amère qu'il arborait maintenant en observant l'activité du port.

« Dieu, dit-il, un homme ne peut qu'être malade au vu d'une telle insouciance. » L'objet de sa remarque n'était pas tout à fait clair, mais Miriamélé s'en offusqua néanmoins.

« Et vous, lâcha-t-elle, valez-vous donc mieux qu'eux ? Un couard et un soûlard ? »

Le visage rond de Cadrach se tourna vers elle, se mouvant avec la pesanteur d'une roue de moulin. « C'est ma propre insouciance qui m'a amené là, Madame. J'ai regardé de trop près. »

« Regardé quoi ? Bah ! Ce n'est pas la peine. Je ne suis pas d'humeur à écouter l'un de vos discours évasifs. » Elle frissonna de colère, mais ne put faire réellement naître l'indignation qu'elle espérait. Cadrach s'était fait plus distant ces derniers jours, l'observant avec une réprobation muette. Cela l'irritait, mais Miriamélé était elle-même gênée par le jeu de séduction qui se poursuivait entre elle et le marquis. Il lui était difficile de prétendre que son irritation était légitime, mais plus impossible encore de supporter les yeux gris de Cadrach qui la regardaient comme si elle était une enfant ou un animal écervelé. « Pourquoi n'allez-vous pas plutôt vous plaindre auprès de certains des marins ? » dit-elle enfin. « Vous verriez comment *eux* vont vous écouter ! »

Le moine croisa les bras. Il parla patiemment, mais sans croiser son regard. « Vous ne m'entendrez donc pas, Madame ? Même une dernière fois ? Mes conseils ne sont pas moitié aussi mauvais que vous le prétendez, et vous le savez très bien. Combien de temps encore allez-vous écouter les paroles mielleuses de ce... ce courtisan ? Vous êtes comme un petit oiseau qu'il sort de sa cage pour s'amuser, avant de l'y remettre. Il ne se soucie nullement de vous. »

« Il est tout de même étrange que ce soit vous qui disiez cela, frère Cadrach. Le marquis nous a donné la cabine du capitaine, il nous reçoit à sa table, et me traite comme il se doit. » Son cœur battit plus fort lorsqu'elle songea au souffle d'Aspitis dans son oreille, à son contact ferme et délicat. « Vous, par contre, m'avez menti ; vous avez vendu ma liberté pour de l'argent, et vous m'avez assommée. Seul un fou pourrait se présenter comme un meilleur ami après cela. »

Cette fois, Cadrach leva les yeux et soutint longuement son regard. Il semblait chercher quelque chose en elle, et son air scrutateur fit monter le rouge aux joues de la Princesse. Elle lui adressa une grimace moqueuse et fit demi-tour.

« Très bien, Madame. » Du coin de l'œil, elle le vit hausser les épaules et s'éloigner. « Il semble que l'on n'enseigne plus grand-chose de la bonté ou du pardon dans l'Église d'Usires, de nos jours », dit-il par-dessus son épaule.

Miriamélé retint des larmes de colère. « C'est vous l'homme d'Église, Cadrach, pas moi. Si ce que vous dites est vrai, vous en êtes le meilleur exemple ! » Elle ne tira pas grand plaisir de sa réplique cruelle.

Lorsqu'elle fut lasse de regarder la foule des quais, Miriamélé redescendit dans sa cabine. Le moine était assis là, le regard perdu dans le vide. Miriamélé n'avait pas envie de lui parler ; elle repartit donc vers le pont, et arpenta de long en large le *Nuage de l'Eadne*. Ceux des marins qui étaient restés à bord préparaient le navire pour la suite du voyage, certains grimpant dans le gréement pour vérifier l'état des voiles, tandis que d'autres effectuaient de petites réparations ici et là sur le pont. Ils ne devaient passer qu'une seule nuit à Vinitta, et les hommes d'équipage se pressaient d'achever leur tâche pour pouvoir mettre pied à terre.

Bientôt, Miriamélé fut de retour devant le bastingage au sommet de la passerelle, les yeux une fois de plus fixés sur la population animée de l'île. Tandis que le vent frais et humide soulevait ses cheveux, ses pensées dérivèrent vers ce qu'avait dit Cadrach. Pouvait-il avoir raison ? Elle savait que la langue d'Aspitis était flatteuse, mais était-il possible qu'il ne se souciât nullement d'elle ? Miriamélé se souvint de la première nuit sur le pont et des autres doux baisers secrets qu'il lui avait volés depuis, et sut que le moine avait tort. Elle ne s'imaginait pas que le marquis l'aimait de toute son âme – elle doutait que son visage pût le tourmenter la nuit comme le sien la hantait elle – mais elle était tout aussi convaincue qu'elle comptait pour lui, ce qui était plus que ce qu'elle pouvait attendre des autres hommes qu'elle connaissait. Son père avait voulu lui faire épouser cet horrible braillard soûl de Fengbald, et son oncle Josua n'avait espéré d'elle qu'une nièce muette et docile qui ne lui causât aucun problème.

Mais il y avait Simon... et cette pensée fut une bouffée de chaleur dans le matin gris. Il avait été gentil, à sa façon maladroite, et pourtant aussi brave que tous les nobles qu'elle avait jamais vus. Mais c'était un marmiton et elle la fille d'un roi... et quelle importance, de toute façon ? Il devait être à l'autre bout du monde. Ils ne se reverraient jamais.

Quelque chose toucha son bras, la faisant sursauter. Elle fit volte-face, pour découvrir le visage ridé de Gan Itaï qui la regardait. L'expression de bonne humeur malicieuse qui habitait habituellement ses traits avait disparu.

« Mon enfant, il faut que je te parle », dit-elle.

« Qu... quoi ? » Il y avait quelque chose d'alarmant dans l'expression de Gan Itaï.

« J'ai fait un rêve. J'ai rêvé de toi – et de mauvaises choses à venir. » Gan Itaï baissa la tête, puis se tourna et regarda la mer, avant de se retourner. « Le rêve disait que tu étais en danger, Miri... »

La Niskie s'interrompit, le regard fixé par-dessus l'épaule de Miriamélé. La Princesse se pencha en avant. Avait-elle mal entendu, ou Gan Itaï avait-elle manqué l'appeler par son vrai nom ? Mais ce n'était pas possible : personne à part Cadrach ne savait qui elle était, et elle doutait que le moine en eût parlé à quiconque sur le navire – ce que provoquerait une telle nouvelle était trop imprévisible, et Cadrach était tout autant qu'elle prisonnier de l'océan. Non, cela ne pouvait provenir que de l'étrange façon de parler de la Niskie.

« Oh ! Belle Dame ! » Une voix joyeuse résonna depuis les quais. « La matinée est bien humide, mais vous seriez peut-être heureuse de voir Vinitta ? » Miriamélé virevolta. Aspitis se tenait au pied de la passerelle avec ses hommes d'arme. Le marquis portait une cape bleue magnifique et des bottes brillantes. Ses cheveux dansaient dans le vent.

« Oh ! oui », dit-elle, ravie et enthousiaste à cette idée. Qu'il serait merveilleux de mettre pied à terre ! « Je descends tout de suite ! »

Lorsqu'elle se retourna, Gan Itaï avait disparu. Miriamélé fronça les sourcils, décontenancée. Elle pensa soudain au moine qui ruminait des pensées sinistres dans la cabine qu'ils partageaient et eut pitié de lui.

« Dois-je appeler frère Cadrach ? » demanda-t-elle.

Aspitis partit d'un grand rire. « Bien sûr ! Il nous sera peut-être utile d'avoir avec nous un saint homme susceptible de nous détourner de la tentation ! Ainsi, il restera peut-être quelques cintis dans nos bourses lorsque nous reviendrons ! »

Miriamélé courut prévenir Cadrach. Il la regarda étrangement, mais mit ses bottes, et choisit soigneusement une lourde cape avant de la suivre vers l'escalier.

Le vent se leva et les ondées se firent plus fortes. Bien que le simple fait de marcher sur les quais animés avec à son côté le beau et agréable marquis eût dans un premier temps suffi à la ravir, le plaisir que Miriamélé ressentait à ne plus se trouver sur le bateau commença bien vite à se dissiper. Malgré la foule pressante, les rues étroites de Vinitta semblaient grises et tristes. Lorsque Aspitis lui acheta un collier de jacinthes et le lui passa tendrement autour du cou, il lui fallut toute sa force pour sourire.

C'est ce temps, se dit-elle. *Ce temps surnaturel qui a transformé l'été en une triste bouillie grise et m'a glacé les os.*

Elle pensa à son père assis seul dans sa chambre, à l'expression froide et distante qu'il arborait parfois comme un masque – un masque qu'il portait de plus en plus fréquemment lors des derniers mois qu'elle avait passés au Hayholt. *Os froids et cœurs gelés*, chantonna-t-elle pour elle seule tandis que le marquis d'Eadne menait son groupe sous la pluie battante à travers les ruelles de Vinitta.

Doigts gourds, os froids et cœurs gelés
Étendus près des lacs troublés
Attendent après la bataille
Qu'Aédon leur ouvre le portail...

Juste avant midi, Aspitis les mena dans une auberge, ce qui eut pour effet de remonter immédiatement le moral de Miriamélé. Le plafond était haut, mais les trois grands feux suffisaient à la garder chaude et réconfortante, tout en emplissant l'air de fumée et de l'odeur de viande grillée. Ils n'étaient pas les seuls à avoir jugé qu'il serait judicieux de se trouver en cet endroit par cette matinée glaciale : les allées résonnaient du tumulte de tous ceux qui mangeaient et buvaient là. L'aubergiste et ses nombreux assistants couraient en tous sens, posant des cruches de bière et des bols de vin sur les tables puis empochant les pièces tendues en un seul mouvement continu.

Une scène rudimentaire avait été montée à l'autre bout de la salle. En ce moment, un garçon jonglait entre des décors de théâtre de marionnettes, et s'efforçait de garder des bâtons en l'air tout en supportant les quolibets des spectateurs éméchés, utilisant ses pieds – ses seules extrémités disponibles – pour arrêter les quelques pièces qui venaient parfois rouler sur la scène.

« Désirez-vous manger, gente Dame ? » demanda Aspitis. Lorsque Miriamélé acquiesça timidement, il dépêcha deux de ses hommes d'arme. Le reste de sa compagnie chassa sans cérémonie une famille nombreuse de l'une des tables encombrées. Bientôt, les deux premiers gardes revinrent les bras chargés d'un cuissot de mouton fumant, de pain, d'oignons, et d'une généreuse provision de vin.

Une bolée suffit presque à faire oublier le froid à Miriamélé, qui découvrit alors que cette matinée de marche lui avait donné un solide appétit. La cloche de midi avait à peine sonné qu'elle avait déjà terminé son repas. Elle se redressa sur son siège, pour éviter un rot bien peu digne d'une dame.

« Regardez, dit-elle, ils préparent les marionnettes. Pouvons-nous regarder le spectacle ? »

« Bien sûr », répondit Aspitis en soulignant ses mots d'un geste généreux. « Bien sûr. Mais vous voudrez bien me pardonner si je n'y assiste pas avec vous. Je n'ai pas terminé mon repas. Par ailleurs, il s'agira probablement d'une historiette usiréenne. Vous ne prendrez pas cela pour une marque d'irrespect si je dis que, vivant au sein de la Sainte Église, je vois ces histoires bien assez fréquemment – et dans toute leur variété, de la plus comique à la plus tragique. » Il se tourna et fit signe à l'un de ses hommes de l'accompagner. « Ce n'est pas une bonne idée pour une gente dame bien vêtue comme vous de s'aventurer dans la foule sans protection. »

« J'ai fini de manger », dit Cadrach en se levant. « Je vais venir avec vous, Dame Marya. » Le moine la flanqua du côté qui n'était pas pris par le garde du marquis.

Le spectacle battait son plein. Les spectateurs, et particulièrement les enfants, hurlaient de plaisir tandis que les marionnettes cabriolaient et se frappaient les unes les autres avec leurs bâtons. Miriamélé rit elle aussi lorsque Usires trompa Crexis et le fit se pencher, pour asséner un grand coup de pied dans le séant du méchant empereur. Mais son sourire s'évanouit rapidement. En lieu de ses cornes habituelles, Crexis portait quelque chose qui ressemblait à une ramure. Sans qu'elle sût pourquoi, cela provoqua chez elle un certain malaise. Il y avait également une note de panique et de désespoir dans la voix aiguë d'Usires, et les yeux renversés peints sur sa marionnette paraissaient incroyablement tristes. Elle se tourna, pour découvrir que Cadrach la regardait d un air sombre.

« Ainsi nous nous efforçons de construire nos propres barrages », dit le moine d'une voix à peine audible pardessus les rires de la foule, « tandis que l'eau monte tout autour de nous. » Il fit le signe de l'Arbre par-dessus ses vêtements gris.

Avant qu'elle eût pu lui demander ce qu'il voulait dire, un hurlement s'éleva de la foule et la fit se retourner vers les marionnettes. Usires venait d'être capturé et accroché tête-bêche sur l'Arbre de l'Exécution, sa tête de bois pendant. Tandis que Crexis la Chèvre aiguillonnait le sauveur sans défense, une autre marionnette apparut, émergeant des ténèbres. Celle-là était entièrement vêtue de haillons rouge et orange ; tandis qu'elle avançait, les chiffons voletaient, comme si la marionnette était couverte de flammes. Sa tête était une boule noire sans visage, et elle portait une petite épée de bois de la couleur de la boue.

« *Voici venir le Danseur de Feu qui va te renvoyer dans la terre noire* », pépia Crexis. L'Empereur entama une petite danse de joie.

« *Je ne vis pas par l'épée,* répondit la marionnette Usires. *Une épée ne peut toucher ce qui est Dieu en moi, ce qui est silence et paix.* » Miriamélé croyait presque voir bouger ses lèvres à mesure qu'il parlait.

« *Tu pourras être silencieux pour l'éternité, et adorer ton Dieu en paix !* » hurla l'Empereur d'une voix triomphale tandis que le Danseur de Feu sans visage commençait à le déchiqueter avec son épée. La foule riante et hurlante se fit plus bruyante, un son proche de molosses à la curée. Miriamélé se sentit légèrement étourdie, comme sous le coup d'un accès de fièvre. La peur montant en elle, elle se détourna de la scène.

Cadrach n'était plus là.

Miriamélé se tourna de l'autre côté, vers le garde. Le soldat, voyant son air interrogateur, fit un tour sur lui-même en quête du moine. Cadrach n'était nulle part.

Aspitis et ses hommes fouillèrent toute l'auberge, sans trouver trace de l'Hernystiri. Le marquis ramena son groupe vers le *Nuage de l'Eadne* à travers les ruelles battues par le vent, son humeur furieuse reflétant la colère des cieux. Il ne dit pas un mot durant tout le chemin qui les mena au bateau.

Sinétris le pêcheur toisa lentement le nouvel arrivant. L'étranger faisait une tête entière de plus que lui. Il était aussi large qu'une porte, et était trempé jusqu'aux os par la pluie qui martelait le toit de son abri à bateau. Sinétris pesa les avantages et les inconvénients de l'éventualité de contourner lentement le nouveau venu jusqu'à pouvoir lui parler depuis l'extérieur du petit abri. Les inconvénients de ce plan étaient évidents : c'était le genre de jour où le plus hardi des marins restait près du feu en remerciant le Seigneur qu'il existât des toits. De plus, l'abri était celui de Sinétris, et il lui paraissait terriblement injuste d'être obligé de sortir alors que l'étranger pouvait gronder et ronchonner et consommait tout son air pendant que lui attendait sous la tempête.

D'un autre côté, les avantages étaient tout aussi clairs. S'il se trouvait à l'extérieur, Sinétris pourrait s'enfuir lorsque ce fou pantelant serait pris d'un accès de folie meurtrière.

« Je ne comprends pas ce que vous dites, mon père. Aucun bateau ne sort aujourd'hui, vous le voyez bien. » Sinétris fit un geste en direction de la pluie battante, qui tombait presque horizontalement tant le vent était fort.

L'homme d'Église le regarda d'un air furieux. Le gigantesque moine, si c'était bien ce qu'il était, avait maintenant un teint rouge et marbré, et les sourcils arqués. Bizarrement, Sinétris eut l'impression que le moine se laissait pousser la barbe : son poil était plus long que ce que même une semaine de voyage sans rasoir pouvait entraîner. Pour ce qu'un pêcheur pouvait en savoir, les moines aédonites ne portaient pas de barbe. D'un autre côté, celui-là devait être un barbare du nord, à en juger par son accent : un Rimmersleute, ou quelque chose comme ça, et Sinétris pensait que tous ceux qui étaient nés au-delà du Gleniwent étaient capables de n'importe quelle excentricité. À mesure qu'il observait les poils épars et la peau rose et irritée qui brillait en dessous, sa mauvaise opinion du moine se faisait plus prononcée. Il s'agissait définitivement d'un homme avec lequel il voulait avoir aussi peu à faire que possible.

« Je ne crois pas que tu m'aies compris, pêcheur », siffla le moine en se penchant en avant et en écarquillant les yeux d'une manière assez effrayante. « J'ai presque dû traverser l'Enfer pour arriver aussi loin. On m'a dit que tu étais le seul capable de sortir ton bateau dans un tel mauvais temps, ce pour la bonne raison que tu faisais payer bien trop cher. » Une main énorme se referma sur le bras de Sinétris, occasionnant un glapissement de terreur. « Splendide. Vole-moi, dépouille-moi, ça ne me gêne pas. Mais je vais à Kwanitupul et j'en ai assez de demander aux gens de m'emmener. Est-ce que tu comprends ? »

« M... mais vous pourriez y aller par voie de terre, pépia Sinétris. Ce n'est pas un temps à sortir un bateau... »

« Et combien de temps me faudrait-il pour y arriver par voie de terre à partir d'ici ? »

« Un jour ! Deux, peut-être ! Pas longtemps ! »

L'étreinte du moine se resserra cruellement. « Tu mens, petit homme. Par ce temps, à travers les marais, il me faudrait deux bonnes semaines. Mais tu espérais que j'allais essayer, n'est-ce pas ? Tu voulais que je m'en aille et que je me noie dans la boue quelque part ? » Un sourire déplaisant se dessina sur le large visage du moine.

« Non, mon père, non ! Je n'aurais jamais pensé une telle chose d'un saint homme ! »

« C'est étrange, parce que tous les autres pêcheurs m'ont dit que tu avais volé tout le monde, et les prêtres et les moines par dizaines ! Eh bien, tu vas avoir une chance d'aider un homme de Dieu, et tu recevras ton dû, juste et bien plus que suffisant. »

Sinétris éclata en sanglots, s'impressionnant même lui-même. « Mais Éminence ! C'est réellement un temps par lequel personne n'ose sortir ! » Tout en disant cela, il réalisa que, pour une fois, il disait la vérité et n'essayait pas d'augmenter ses prix. Seul un fou affronterait un tel temps. Sa supplique y gagna une note de désespoir. « Nous allons nous noyer ! Vous, le plus saint des prêtres de Dieu, et le pauvre Sinétris, mari travailleur et père de sept adorables enfants ! »

Sinétris renifla un peu pour se donner le temps de réfléchir. Le prix normal était d'un quinis – mais lorsque le temps était mauvais, et il n'y avait pas besoin d'exagérer pour dire que c'était le cas aujourd'hui, alors trois à quatre quinis n'étaient pas rares.

« Trois imperators. » Il attendit le beuglement de fureur. Lorsque rien ne vint, il pensa durant un court instant merveilleux qu'il allait gagner son revenu d'un été entier en deux jours. Puis il vit le visage rose s'approcher du sien, jusqu'à sentir le souffle du moine sur ses joues.

« Vermisseau, dit doucement le moine, il y a une différence entre le vol et le pillage. Je pense que je devrais te replier comme une nappe et prendre ton maudit bateau – en laissant un imperator pour ta veuve imaginaire et tes sept gosses inexistants, d'ailleurs bien plus que ce que vaut ta coque de noix. »

« Deux imperators, Éminence ? Un pour ma veuve imag... et un pour offrir une mansa pour ma pauvre âme à l'église ? »

« Un imperator, et tu sais bien que c'est cher payé. C'est uniquement parce que je suis pressé. Et nous partons maintenant. »

« Maintenant ? Mais le bateau n'est pas prêt... ! »

« Je te regarderai faire. » Le moine lâcha le poignet douloureux de Sinétris et croisa les bras sur sa large poitrine. « Allez, mets-toi au travail ! »

« Mais, mon bon père, et ma pièce d'or... ? »

« Lorsque nous serons à Kwanitupul. Ne crains pas d'être volé comme tu as volé les autres. Ne suis-je pas un homme de Dieu ? » L'étrange moine s'esclaffa.

Sinétris, en reniflant doucement, partit chercher ses rames.

« Tu avais dit que tu avais encore de l'or ! » Charystra, la propriétaire de l'auberge appelée *La Coupe de Pélippa*, afficha un air de dégoût étudié. « Je t'ai traité comme un prince – toi, un petit homme des marais – et tu m'as menti ! J'aurais dû réfléchir avant de faire confiance à un sale Salanais ! »

Tiamak lutta pour conserver son sang-froid. « Je pense, bonne dame, que vous n'avez pas tant eu à vous plaindre de moi. Je vous ai donné deux imperators à mon arrivée. »

Elle renifla. « Ils sont dépensés. »

« En deux semaines ? Vous m'accusez de mentir, Charystra, mais cela pourrait tout aussi bien être du vol. »

« Comment oses-tu me parler de cette façon ! Tu as eu ma meilleure chambre, et les services du meilleur guérisseur de tout Kwanitupul ! »

Les douleurs de la blessure de Tiamak ne firent qu'aggraver sa colère. « Si vous faites allusion à cette personne soûle qui est venue tordre ma jambe et me faire du mal, je suis convaincu qu'il n'a pas fallu plus d'une ou deux cruches de bière pour le payer. En fait, il paraissait avoir largement apprécié le paiement de quelques autres victimes avant de venir ici. »

Quelle ironie ! Dire que Tiamak, auteur de la révision bientôt définitive des *Remèdes Souverains des Médecins Salanais*, avait dû être confié aux soins d'un boucher terres-sèches !

« Enfin, j'ai de la chance de ne pas avoir perdu ma jambe », grommela-t-il. « Par ailleurs, vous m'avez bien vite sorti de votre meilleure chambre. » Tiamak décrivit d'un geste du bras le tas de couvertures qu'il partageait maintenant avec Céallio, le portier simple d'esprit de l'auberge.

La grimace de l'aubergiste devint un petit sourire satisfait. « Tu es bien fier et suffisant pour un homme des marais ! Eh bien, à d'autres ! Trouve-toi une autre auberge, et tu verras s'ils traitent un Salanais aussi bien que l'a fait Charystra ! »

Tiamak ravala une réplique acerbe. Il savait qu'il ne devait pas laisser la colère prendre le dessus. Il savait qu'il se faisait honteusement détrousser par cette femme, mais les choses se passaient toujours ainsi lorsque les Salanais mettaient leur sort aux mains des terres-sèches. Il avait déjà failli à son peuple, qu'il avait juré d'aller représenter à Nabban pour le défendre contre un tribut plus élevé. S'il était chassé de *La Coupe de Pélippa*, il faillirait également à Morgénès, qui lui avait explicitement demandé d'attendre dans cette auberge jusqu'à ce que ses services soient requis.

Tiamak fit une courte prière à Celui Qui Toujours Marche sur le Sable en lui demandant de lui accorder la patience nécessaire. S'il était si important pour Morgénès et Dinivan qu'il restât dans cette auberge, n'auraient-ils pas pu au moins lui faire parvenir l'argent nécessaire pour payer son séjour ? Il inspira profondément, détestant devoir s'aplatir devant cette femme rougeaude.

« Il est ridicule de se disputer, bonne dame, dit-il enfin. J'attends toujours l'arrivée de mon ami, qui amènera encore de l'or. » Tiamak se força à sourire. « Jusque lors, je pense qu'il reste encore un tout petit peu de mes deux imperators. Ils ne sont tout de même pas complètement dépensés ? Si je dois partir, alors quelqu'un d'autre gagnera de l'or en offrant sa meilleure chambre à mon ami et à moi. »

Elle le dévisagea un moment, pesant les avantages de son éviction immédiate contre la possibilité de lui extorquer plus d'or. « Eh bien ! dit-elle à contrecœur, peut-être que par pure bonté, je pourrais te garder trois jours de plus. Mais plus de repas, ceci dit. Tu devras les payer, ou te trouver toi-même à manger. La table ouverte à mes clients est opulente et je ne peux me permettre de la tenir pour rien. »

Tiamak savait que la table opulente dont elle parlait était principalement constituée de soupe claire et de pain sec, mais il savait aussi que même un repas aussi médiocre valait mieux que rien. Il lui faudrait trouver un moyen de se nourrir. Il avait l'habitude de vivre longtemps sur de maigres provisions, mais il était encore affaibli par sa blessure et la maladie qui en avait résulté. Combien il lui serait agréable de projeter avec sa fronde une bonne pierre dans le visage moqueur de cette femme !

« Tout à fait honnête, ma bonne dame. » Il serra les dents. « Très honnête. »

« Mes amis disent toujours que je suis trop bonne. » Charystra repartit en se pavanant vers la salle commune, laissant Tiamak se couvrir la tête de sa couverture malodorante et se lamenter sur sa misérable condition.

Tiamak était étendu dans le noir et ne trouvait pas le sommeil. Son esprit bouillonnait, mais il ne pouvait trouver de solution à ses problèmes. Il pouvait à peine marcher. Il était bloqué dans un endroit étrange, sans ressources, au milieu des bandits terres-sèches. Il lui semblait que Ceux qui Observent et Façonnent s'étaient entendus pour le tourmenter.

Le vieux Céallio grogna dans son sommeil et roula sur le côté, son long bras retombant lourdement sur le visage de Tiamak. Durement frappé, le Salanais gémit et s'assit. Il était inutile de se fâcher contre le vieil arriéré : Céallio n'était pas plus responsable de leur désagréable proximité que Tiamak ne l'était lui-même. Le Salanais se demanda si Céallio était ennuyé d'avoir à partager sa couche, mais en un sens il en doutait : le vieil homme, d'humeur égale, était aussi innocent qu'un enfant; il semblait accepter tout ce qui lui arrivait – gifles, coups et insultes compris – comme autant de décisions du destin, aussi insondables et inéluctables que les orages.

À l'évocation du mauvais temps, Tiamak frissonna. L'orage menaçant, qui avait rendu l'air du Wran – et de toute la côte du sud – lourd et accablant, avait enfin éclaté, noyant Kwanitupul sous des trombes d'eau bien peu de saison. Les canaux habituellement placides étaient maintenant agités et imprévisibles. La plupart des bateaux étaient à l'ancre, paralysant presque totalement l'activité du port marchand. L'orage avait également interrompu le flot des nouveaux arrivants, ce qui ajoutait à la mauvaise humeur de Charystra.

Ce soir, la pluie s'était arrêtée pour la première fois en plusieurs jours. Peu de temps après que Tiamak eut rejoint sa médiocre couche, le martèlement constant qui provenait du toit s'était soudain interrompu, imposant un silence si profond qu'il ressemblait à un autre genre de bruit. C'était peut-être ce silence inhabituel, pensa-t-il, qui l'empêchait de dormir.

Saisi d'un nouveau frisson, Tiamak voulut tirer la couverture sur lui, mais le vieil homme à ses côtés la maintenait prisonnière de sa poigne de fer. Malgré son âge avancé, le simple d'esprit semblait bien plus fort que Tiamak qui, blessé ou pas, n'avait jamais réellement été considéré comme robuste, même selon les normes de son peuple aux os fragiles. Le Salanais cessa de lutter pour la couverture ; Céallio gloussa et murmura, pris dans les rets d'un rêve évoquant quelque bonheur passé. Tiamak fronça les sourcils. Pourquoi avait-il quitté sa petite maison dans son banian, au cœur de ses marais chéris et familiers ? Ce n'était pas grand-chose, mais c'était la sienne. Et contrairement à cet abri à bateaux humide et venteux, elle avait toujours été chaude...

Il s'agissait d'autre chose que du simple froid de la nuit, réalisa-t-il soudain tandis que tout son corps était parcouru de nouveaux frissons. Il y avait quelque chose de glaçant dans l'air, qui perçait les poumons comme des dagues. Il engagea une nouvelle lutte désespérée pour l'obtention de la couverture, puis s'assit, tout espoir perdu. La porte était peut-être restée ouverte ?

Donnant voix à un plein grognement d'exaspération, il s'extirpa de son lit et se força à se lever. Sa jambe le lançait et le brûlait. Le guérisseur ivrogne avait dit que ses onguents feraient rapidement disparaître la douleur, mais Tiamak n'accordait que peu de foi aux dires d'un tel soûlard, et ses doutes avaient jusqu'ici été confirmés. Il boitilla lentement sur le sol de bois, faisant de son mieux pour éviter les deux bateaux retournés qui dominaient la pièce. Il s'arrangea pour rester près du mur et ainsi contourner ces deux obstacles imposants, mais un tabouret de bois dur heurta sa bonne jambe. Tiamak s'arrêta et se mordit la lèvre en se frottant le tibia, retenant un cri de douleur et de colère qui, s'il l'avait laissé échappé, n'aurait pas eu de fin. Pourquoi les dieux l'avaient-ils choisi, lui entre tous, pour lui faire subir un tel sort ?

Lorsqu'il fut de nouveau capable de marcher, il reprit son chemin avec tant de soin qu'il lui parut prendre des heures pour rejoindre la porte. Lorsqu'il l'atteignit, il s'aperçut pour sa plus grande déception qu'elle était bien fermée : il n'y avait donc rien qu'il pût faire pour éviter une nuit glaciale et sans sommeil. Lorsqu'il frappa la masse de bois de frustration, la porte s'ouvrit devant lui, pour révéler le quai vide, un rectangle grisâtre sous la lumière de la lune. Une vague d'air froid passa sur lui ; avant qu'il eût pu saisir la poignée cachée dans l'ombre et refermer la porte, quelque chose attira son regard. Éberlué, il franchit le pas de la porte et avança de quelques pas hasardeux. Il y avait quelque chose d'étrange dans la fine bruine qui flottait dans la lumière de la lune.

De longs instants s'écoulèrent avant que Tiamak eût réalisé que ce qui tombait sur sa paume tendue n'était pas de la pluie, mais plutôt de petits flocons blancs. Il n'avait jamais vu cette chose auparavant – aucun Salanais ne l'avait jamais vue – mais il était étonnamment cultivé, et en avait souvent lu des descriptions durant ses études. Il ne lui fallut alors qu'un instant pour comprendre la signification des flocons et de la vapeur qui s'échappait de ses propres lèvres pour s'envoler et se disperser dans l'air de la nuit.

Il neigeait sur Kwanitupul, au cœur de l'été.

Miriamélé était étendue sur son lit dans le noir, et pleurait toutes les larmes de son corps. Elle pleura jusqu'à être trop épuisée pour pleurer. Tandis que le *Nuage de l'Eadne* se balançait à l'ancre dans le port de Vinitta, elle ressentit une solitude qui pesait sur elle comme une énorme masse.

Ce n'était pas tellement la trahison de Cadrach : malgré les instants de faiblesse dont elle avait fait preuve envers lui, le moine avait montré son vrai visage bien longtemps auparavant. C'était plutôt qu'il était son dernier lien avec elle-même, avec sa vie passée. Comme si une attache avait été tranchée, elle avait maintenant l'impression de dériver au milieu d'une mer d'étrangers.

La désertion de Cadrach n'avait pas réellement constitué une surprise. Si peu de choses les liaient encore que seules les circonstances avaient dû l'empêcher de l'abandonner plus tôt. Elle se remémora la froideur délibérée avec laquelle il avait choisi sa cape avant de quitter le bateau, et en conclut qu'il avait visiblement anticipé sa fuite, au moins depuis le moment où on leur avait offert de visiter Vinitta. En un sens, il avait essayé de l'avertir, n'est-ce pas? Sur le pont, il lui avait demandé de l'écouter « une dernière fois ».

La trahison du moine n'avait rien de surprenant, mais la douleur n'en était pas moins pesante. Un coup longtemps anticipé avait fini par s'abattre.

Désertion et indifférence. Cela semblait être les deux constantes de sa vie. Sa mère était morte, son père était devenu quelque chose de froid et d'indifférent, son oncle Josua désirait simplement qu'elle ne lui causât aucun souci – il l'aurait nié, bien sûr, mais c'était évident dans chaque mot et dans chaque geste. Durant un temps, elle avait pensé que Dinivan et son maître la protégeraient, mais ils étaient morts et l'avaient laissée seule. Même si elle savait que ce n'était absolument pas leur faute, elle ne pouvait le pardonner.

Personne ne l'aiderait. Les plus gentils, comme Simon ou le troll ou ce bon vieux duc Isgrimnur, étaient absents ou impuissants. Et maintenant Cadrach l'avait lui aussi abandonnée.

Il devait y avoir quelque chose en elle qui chassait tous ses proches, rumina Miriamélé, quelque marque semblable aux décolorations noires qui teintaient la pierre blanche des canaux de Mérémund, et n'étaient visibles qu'à marée basse. Ou peut-être que ce n'était pas en elle, mais plutôt dans les âmes de ceux qui l'entouraient, ceux qui ne pouvaient se soumettre à leurs obligations, qui ne respectaient pas leurs devoirs envers une jeune femme.

Et qu'en était-il d'Aspitis, le marquis doré? Elle ne nourrissait pas grand espoir de le voir plus responsable que les autres, mais au moins il tenait a elle. Ou il avait une raison de s'intéresser à elle.

Peut-être que lorsque tout serait terminé, lorsque son père aurait remodelé le monde selon son bon plaisir, quelque corrompu qu'il fût, alors elle aurait l'occasion de s'installer quelque part. Une petite maison près de la mer lui suffirait, et elle remiserait bien volontiers cette royauté non désirée, comme un serpent laisse une vieille peau derrière lui. Mais d'ici là, que devait-elle faire ?

Miriamélé roula sur elle-même et enfonça son visage dans la couverture rêche, sentant le lit et tout le bateau se mouvoir dans l'étreinte douce mais insistante de la mer. Tout cela était trop ; trop de pensées, trop de questions. Elle se sentait vidée de ses forces. Elle avait besoin d'être réconfortée, d'être protégée, de laisser le temps s'échapper jusqu'à se réveiller dans un monde meilleur.

Elle pleura silencieusement, longuement, en s'enfonçant doucement vers les frontières du sommeil.

L'après-midi s'écoulait doucement. Miriamélé était étendue dans l'obscurité de sa cabine, émergeant puis replongeant dans ses rêves de façon intermittente.

Quelque part au-dessus d'elle, la vigie annonça le coucher du soleil ; aucun autre bruit ne parvint jusqu'à elle, excepté le clapotis des vagues et le cri assourdi des oiseaux de mer. Le bateau était quasi désert, les hommes se trouvant presque tous à Vinitta.

Miriamélé ne fut pas surprise lorsque la porte s'ouvrit doucement et qu'une masse s'enfonça à côté d'elle dans le lit.

Le doigt d'Aspitis parcourut son visage. Miriamélé se détourna, souhaitant pouvoir tirer l'obscurité à elle, pouvoir être de nouveau une enfant vivant au bord d'un océan sans kilpas, un océan dont les vagues tempétueuses ne s'élevaient que faiblement et disparaissaient avec les premiers rayons du soleil.

« Madame, chuchota-t-il. Ah ! je suis désolé de voir que vous avez été aussi mal traitée... »

Miriamélé ne dit rien, mais la voix du marquis formait comme un baume apaisant sur ses pensées douloureuses. Il continua de parler, évoquant sa beauté et sa gentillesse. Dans sa tristesse fiévreuse, ses mots n'avaient pas réellement de sens, mais sa voix était douce et rassurante. Miriamélé se sentit apaisée par elle, calmée comme un cheval effrayé. Lorsqu'il se glissa sous la couverture, elle sentit sa peau contre la sienne, chaude et douce et ferme. Elle murmura quelques mots de protestation, mais ils étaient faibles, sans conviction ; en un sens, ce geste faisait aussi partie de la douceur de sa voix.

Sa bouche fut sur sa nuque. Ses mains coururent avec un sens tranquille de possession, comme s'il chérissait quelque magnifique objet qui n'appartenait qu'à lui. Rongée par la solitude, elle se laissa attirer dans son étreinte, mais son contact ne lui fut pas indifférent. Tandis qu'une partie d'elle-même brûlait de se laisser aller à cette chaleur rassurante, de trouver un port aussi sûr que celui dans lequel mouillait tranquillement le *Nuage de l'Eadne*, abrité des tempêtes qui balayaient le grand océan, une autre partie d'elle-même voulait se libérer et affronter follement le danger. Par ailleurs, une autre ombre se pelotonnait au plus profond d'elle-même, une sorte de sombre regret, lié à son cœur par des chaînes de fer.

Le rai de lumière qui perçait entre la porte et son cadre fit briller les cheveux d'Aspitis lorsqu'il se pressa contre elle. Et si quelqu'un entrait ? Il n'y avait pas de verrou, pas de verrou sur la porte. Elle se débattit. Se méprenant sur ses craintes, il chuchota des mots apaisants au sujet de sa beauté.

Chacune de ses boucles de cheveux était aussi complexe, fine et différente des autres qu'un arbre. Sa tête ressemblait à une forêt, sa silhouette obscure formant comme le paysage environnant. Elle cria doucement, incapable de résister à un mouvement aussi implacable.

Le temps passa dans l'obscurité et Miriamélé sentit ses pensées se disperser. Aspitis se remit à parler.

Il l'aimait, et adorait sa bonté, son intelligence et sa beauté.

Ses mots, comme des caresses, étaient futiles mais exaltants. Elle n'accordait pas grande importance à ses paroles flatteuses, mais sentit sa résistance fondre devant tant de force et d'assurance. Il se souciait d'elle, au moins un peu. Il pourrait la cacher dans l'ombre, tirer l'obscurité autour d'elle comme un manteau. Elle allait disparaître dans les profondeurs tranquilles d'une forêt jusqu'à ce que ce monde revînt à la normale.

Le bateau se balança doucement dans le berceau des vagues.

Il la protégerait de tous ceux qui lui voulaient du mal, lui dit-il. Il ne l'abandonnerait jamais.

Elle se donna enfin à lui. Il y eut un peu de douleur, mais aussi des promesses. Miriamélé n'avait rien espéré de plus. En un sens, il s'agissait là d'une leçon que la vie lui avait déjà enseignée.

L'esprit envahi de sensations nouvelles dont pas une ne lui était réellement agréable, Miriamélé restait silencieuse, assise face à Aspitis de l'autre côté de la grande table, et poussait sa nourriture de part et d'autre de son assiette. Elle n'arrivait pas à comprendre pourquoi le marquis l'avait forcée à venir s'asseoir dans cette grande pièce éclairée de bougies. Elle n'arrivait pas à comprendre pourquoi elle ne se sentait pas le moins du monde amoureuse.

Un soldat frappa à la porte, puis entra.

« Nous l'avons capturé, Seigneur », dit le garde. Sa satisfaction d'avoir redressé l'erreur antérieure qu'avait constituée la fuite du moine était évidente dans sa voix. Miriamélé se raidit.

Le garde fit un pas de côté et deux de ses compagnons entrèrent en soutenant Cadrach entre eux. Le moine semblait avoir du mal à maintenir sa tête droite. L'avaient-ils frappé ? Miriamélé se sentit envahie par le regret. Elle avait à demi espéré que Cadrach se contenterait de disparaître, qu'elle n'aurait simplement plus jamais à le voir de sa vie. Il était bien plus facile de le haïr lorsqu'il n'était pas là.

« Il est soûl, marquis Aspitis, dit le garde. Comme un cochon. Nous l'avons trouvé à *l'Anguille emplumée*, sur les quais est. Il avait déjà payé son passage sur un navire marchand perdruinais, mais l'imbécile s'est soûlé et a perdu sa place aux dés. »

Cadrach releva des yeux vagues, le visage déformé par le désespoir. Même depuis l'autre bout de la pièce, Miriamélé pouvait sentir la puanteur du vin. « Allais jusse la regagner. C'tait sûr. » Il secoua la tête. « Ou t'êt' pas. La chance est pas bonne. L'eau s'agite... »

Aspitis se leva et contourna rapidement la table. Il tendit le bras et se saisit du menton du moine, le serrant de sa main puissante jusqu'à ce que sa chair flasque apparût entre ses doigts. Il releva le visage rosâtre de Cadrach jusqu'à ce que leurs regards se croisassent.

Le marquis se tourna vers Miriamélé. « S'est-il déjà conduit comme cela auparavant, Dame Marya ? »

Miriamélé acquiesça avec impuissance. Elle aurait aimé se trouver ailleurs. « Plus ou moins. »

Aspitis ramena son attention vers le moine. « Quel homme étrange. Pourquoi ne se contente-t-il pas de quitter le service de votre père, au lieu de s'enfuir comme un voleur ? » Le marquis se tourna vers son page. « Et tu es certain que rien ne manque ? »

Le page hocha la tête. « Rien, Seigneur. »

Cadrach essaya de libérer sa tête de l'emprise des doigts d'Aspitis. « Avais mon or à moi. Rien volé. Devais partir... » Ses yeux se fixèrent vaguement sur Miriamélé, sa voix se faisant soudain plus désespérée encore. « Dangereuse... tempête vient sur nous. Danger. »

Le marquis d'Eadne lâcha le visage du moine et s'essuya les doigts sur la nappe. « Effrayé par une tempête ? Je savais qu'il n'était pas bon marin, mais c'est tout de même très étrange... Si c'était l'un de *mes* hommes liges, il serait fouetté pour ce qu'il a fait. Mais il ne sera de toute façon pas récompensé pour avoir déserté l'innocente dont il était responsable. Et il ne pourra plus non plus partager votre cabine, Dame Marya. » Le sourire du marquis se voulait dur mais rassurant. « Il est peut-être devenu fou, ou aura conçu quelque caprice de soûlard. Il parle de danger, mais c'est lui qui est dangereux, à mon avis. Il sera enfermé sur le *Nuage de l'Eadne* jusqu'à ce que je vous ai ramenée à Nabban, et nous le confierons ensuite à la Sainte Église qui se chargera de sa discipline. »

« Enfermé ? » s'interrogea Miriamélé. « Mais ce n'est pas... »

« Je ne puis le laisser libre de vous déranger ou de vous inquiéter, Dame Marya. » Le marquis se tourna vers ses gardes. « Les cales lui feront du bien. Donnez-lui du pain et de l'eau, mais mettez-lui les fers. »

« Oh ! non ! » Miriamélé était réellement horrifiée. Quel que fût son mépris pour le moine et pour sa lâche trahison, la pensée d'un être vivant forcé de porter une chaîne en fond de cale...

« S'il vous plaît, Madame. » La voix d'Aspitis était douce mais ferme. « L'ordre doit régner sur mon navire. Je vous ai offert l'hospitalité, à vous et à cet homme. Il était votre gardien. Il a trahi votre confiance. Je ne suis pas encore certain qu'il ne m'ait rien volé, ou peut-être entendait-il vendre quelque information sur ma mission à Vinitta. Non, je crains que vous ne deviez me laisser ce genre de décision, belle Marya. » Il fit un signe de la main ; Cadrach fut emporté, titubant entre les deux membres de son escorte.

Miriamélé sentit ses yeux s'emplir de larmes. Elles se mirent à couler, et elle quitta précipitamment sa chaise. « Excusez-moi, marquis Aspitis », grommela-t-elle en se laissant guider vers la porte par le rebord de la table. « Je désire aller m'allonger. »

Il la rattrapa avant qu'elle n'eût pu poser la main sur la poignée de la porte, se saisissant de son bras et lui faisant délicatement faire demi-tour. Sa chaleur était proche. Elle détourna la tête, consciente de l'image ridicule qu'elle devait offrir, les yeux rougis et les joues humides. « S'il vous plaît, mon seigneur, libérez le moine. »

« Je sais à quel point vous devez vous sentir perdue, belle Marya, dit doucement Aspitis. Ne craignez rien. Je vous ai promis que je vous protégerai. »

Elle se sentit prête à céder, à se faire conciliante. Ses forces l'abandonnaient. Elle était épuisée de fuir et de se cacher. Elle voulait simplement que quelqu'un la soutienne, fasse tout disparaître...

Miriamélé frissonna et se libéra. « Non. Ce n'est pas juste. Pas du tout ! Si vous ne le libérez pas, je ne resterai pas sur ce navire ! » Elle poussa la porte et la franchit aveuglément.

Aspitis la rattrapa bien avant qu'elle eût rejoint l'escalier de bois qui menait au pont. Gan Itaï chantait doucement dans l'obscurité au-dessus d'eux.

« Vous êtes énervée, Madame, dit-il. Vous devriez aller vous allonger, comme vous l'avez dit. »

Elle se débattit, mais sa main était trop forte. « J'exige que vous me lâchiez ! Je ne désire pas rester ici plus longtemps. Je vais descendre à terre et quitterai Vinitta par mes propres moyens. »

« Non, Madame, vous ne le ferez pas. »

Elle eut un hoquet de surprise. « Lâchez-moi. Vous me faites mal. »

Quelque part au-dessus d'eux, le chant de Gan Itaï parut s'altérer.

Aspitis se pencha en avant. Son visage fut soudain très proche de celui de Miriamélé. « Je crois que certaines choses devraient être claires entre nous. » Il eut un bref éclat de rire. « En fait, je pense que nous aurons beaucoup de choses à nous dire – plus tard. Vous allez retourner dans votre cabine maintenant. Je vais finir mon souper, puis je viendrai vous voir. »

« Je n'irai pas. »

« Si. »

Il dit cela avec un tel calme et une telle assurance que la réponse de Miriamélé resta bloquée dans sa gorge tandis que la peur l'envahissait. Aspitis la tira vers lui, puis lui fit faire demi-tour et la poussa dans le couloir.

Le chant de la Niskie s'était interrompu. Il reprit, s'élevant et s'effaçant à mesure que Gan Itaï chuchotait à la nuit et à la mer calme.

27

LE TRAÎNEAU NOIR

« Ils se rapprochent, haleta Sludig. Si ta Pierre de l'Adieu est à plus d'une demi-lieue d'ici, petit homme, nous n'aurons plus d'autre choix que de nous battre. »

Chassant l'eau de sa capuche, Binabik se pencha en travers du cou de Qantaqa. La langue de la louve pendait et ses flancs se gonflaient comme un soufflet de forge. Depuis le lever du soleil, ils fuyaient sans répit à travers la forêt battue par la tempête.

« J'aimerais avoir le plaisir d'annoncer sa procheté, Sludig. Mais je ne sais pas la distance de notre séparation et j'ai la crainte qu'elle représente presque une journée de cheval. » Le troll caressa les flancs détrempés de Qantaqa. « Une brave course, mon amie », dit-il. Elle l'ignora, préférant continuer de boire de l'eau de pluie dans une souche creuse.

« Les géants nous poursuivent, dit Sludig d'un air lugubre. Ils ont pris goût à la viande humaine. » Il secoua la tête. « Lorsque nous devrons combattre, certains d'entre eux regretteront cela. »

Binabik fronça les sourcils. « Je n'ai pas atteint la taille d'un morceau satisfaisant, et j'ai donc l'obligation de leur éviter la terrible déception en ne me faisant pas capturer. Ainsi, personne n'aura de regrets. »

Le Rimmersleute mena sa monture vers la souche creuse. Tremblant de froid, assoiffé malgré la pluie battante, le cheval ne s'inquiéta pas de la louve qui se trouvait à un empan de lui.

Tandis que leurs montures buvaient, un long hurlement roulant leur fut apporté par le vent, assez proche pour geler les sangs.

« Malédiction », cracha Sludig en plaquant la paume de sa main sur la poignée de son épée. « Ils ne sont pas plus loin derrière nous qu'ils ne l'étaient il y a une heure ! Courent-ils donc aussi vite que des chevaux ? »

« Il y en a sembleté, dit Binabik. J'ai la pensée que nous devrions nous avancer plus avant dans la forêt. L'épaisseté des arbres va peut-être les ralentir. »

« Tu pensais déjà que quitter les plaines les ralentirait », répondit Sludig en forçant son cheval à s'éloigner de la souche, ce qu'il fit à contrecœur.

« Si nous conservons nos vies, alors tu auras le loisir de me répéter toutes mes incorrectetés », grommela Binabik. Il se tint fermement à la fourrure épaisse qui couvrait le cou de Qantaqa. « Maintenant, si tu n'as pas fait la découverte de la façon de voler, nous devrions chevaucher. »

Le vent apporta un nouveau hurlement guttural.

L'épée de Sludig sifflait d'un côté à l'autre, taillant la broussaille tandis qu'ils descendaient le long d'une interminable pente boisée. « Mon épée sera émoussée lorsque j'en aurai le plus besoin », se plaignit-il.

Binabik, qui menait la chaîne de chevaux récalcitrants, se prit les pieds et tomba sur le sol boueux, glissant sur une courte distance le long de la pente. Les chevaux piaffèrent nerveusement, confinés au chemin que Sludig leur taillait dans l'épaisse végétation. S'efforçant de retrouver son équilibre dans la boue, le troll se releva et ramassa la bride du cheval de tête.

« Qinkipa des Neiges ! Cette tempête est sans fin ! »

Il leur fallut toute l'heure de midi pour franchir la plus grande partie de cette pente. Il semblait que l'idée de Binabik de mettre à profit la densité de la forêt avait été une réussite, au moins en partie. Les hurlements occasionnels des Hunën s'étaient un peu estompés, sans jamais complètement disparaître. La forêt semblait maintenant se faire plus clairsemée. Les arbres étaient toujours immenses, mais pas aussi monumentaux que ceux qui poussaient plus près du centre d'Aldhéorte.

Les arbres – des aulnes, des chênes et des sapins – étaient enguirlandés de grimpants. L'herbe et le sous-bois se faisaient épais, et même en cette saison bizarrement froide, quelques fleurs sauvages jaunes ou bleues réussissaient à émerger de la boue, se balançant sous les terribles pluies. S'il n'y avait eu ces trombes d'eau et le vent mordant, cette partie du bord sud de la forêt aurait été un endroit d'une rare beauté.

Ils atteignirent enfin le bas de la pente, et grimpèrent sur une saillie rocheuse large et basse le temps de débarrasser leurs bottes et leurs vêtements du plus gros de la boue, puis repartirent. Sludig regarda le flanc de colline par-dessus son épaule et leva la main pour indiquer quelque chose du doigt.

« Par la Miséricorde d'Elysia, petit homme, regarde ! »

Très haut sur la pente, mais malgré cela avec une proximité horrifiante, une demi-douzaine de silhouettes blanches se taillaient un chemin dans le feuillage, agitant leurs longs bras blancs comme des singes de Nascadu. L'un d'entre eux releva la tête, son visage un trou noir au milieu de sa pâle fourrure hirsute. Un hurlement menaçant roula le long de la pente boueuse, et la terreur fit faire un écart au cheval de Sludig.

« C'est une course », dit Binabik. Son visage rond et brun était devenu plutôt pâle. « Pour l'instant, ils ont l'avantage. »

Qantaqa bondit de la saillie rocheuse, emportant le troll avec elle. Sludig et sa monture n'étaient pas loin derrière, menant les autres chevaux. Les sabots martelaient le sol boueux.

Dans leur hâte et leur peur mal contrôlée, il leur fallut un certain temps pour remarquer que le sol, toujours couvert d'une végétation dense, était devenu étonnamment plat. Ils longeaient les lits de rivières restées incroyablement longtemps asséchées, et qui étaient maintenant de nouveau écumantes et bouillonnantes grâce aux eaux de pluie. Ici et là, des pierres envahies par les racines se dressaient sur les rives, recouvertes par des siècles de mousse et de grimpants.

« On dirait des ponts, ou la carcasse de bâtiments effondrés », dit Sludig tout en chevauchant.

« C'est ce qu'elles sont, répondit Binabik. Voilà le signal que nous approchons de notre but, je l'espère. Ceci est l'endroit où les Sithis avaient autrefois une grande cité. » Il se pencha en avant et serra le cou de Qantaqa dans ses bras tandis qu'elle bondissait par-dessus un tronc mort.

« Tu penses que ça va empêcher les géants d'approcher ? » demanda Sludig. « Tu disais que les fouisseurs n'aimaient pas les endroits où avaient vécu les Sithis. »

« Ils n'aiment pas la forêt et la forêt ne les aime pas », dit Binabik en faisant doucement s'arrêter Qantaqa. « Les géants Hunën donnent l'impression de ne pas avoir ce problème. Peut-être qu'ils ont moins d'intelligence, ou qu'ils sont moins faciles à effrayer. Peut-être parce qu'ils ne fouissent pas. Je ne sais pas. » Binabik tourna la tête et tendit l'oreille. Il était difficile d'entendre quoi que ce fût par-dessus le bruissement incessant de la pluie sur les feuilles, mais pour l'instant les alentours paraissaient sans danger. « Nous allons suivre le chemin de l'eau. » Il indiqua la rivière nouvellement gorgée d'eau qui coulait non loin d'eux, chargée de branches brisées par l'orage. « Sesuad'ra, la Pierre de l'Adieu, se trouve dans la vallée au bord de l'extrémité de la forêt, en grande procheté de la cité d'Enki-e-Shao'saye, dont nous avons atteint les limites. » Il décrivit les alentours d'un geste de sa main épaisse et gantée. « La rivière doit couler dans la direction de la vallée, et il y a de la logique dans notre accompagnement de son mouvement. »

« Moins de paroles, et plus d'accompagnement », dit Sludig.

« J'ai déjà eu le plaisir, dit Binabik avec une certaine raideur, d'oreilles plus appréciatives. » Avec un geste bougon, il poussa Qantaqa en avant.

Ils dépassèrent d'innombrables vestiges de l'immense et longue cité inhabitée. Des fragments d'anciens murs scintillaient dans le sous-bois, des masses de brique pâle effondrée parsemaient le paysage comme autant de moutons égarés ; en d'autres endroits, les fondations de tours effondrées étaient découvertes, courbes et creuses comme d'anciennes mâchoires remplies de végétation. Contrairement à Da'ai Chikiza, la forêt avait fait plus que pousser dans Enki-e-Shao'saye : il ne restait plus rien de la cité que de très vagues traces. La forêt, semblait-il, avait toujours fait partie de cet endroit, mais durant ces millénaires, elle était devenue destructrice, recouvrant les délicates constructions de pierre sous une masse végétale foisonnante, les infestant de racines et de branches qui défaisaient patiemment les plus magnifiques créations des constructeurs sithis, jusqu'à les rendre à la boue et au sable humide.

Il y avait peu d'inspiration à trouver dans les ruines d'Enki-e-Shao'saye. Elles ne faisaient que démontrer que même les Sithis subissaient l'écoulement du temps ; que toute œuvre réalisée par des mains, quelque talentueuses qu'elles fussent, doit un jour connaître une fin ignoble.

Binabik et Sludig découvrirent un chemin moins dense qui longeait les rives, et ils purent avancer plus vite, poursuivant leur route à travers la forêt détrempée par la pluie. Ils n'entendirent rien que le bruit de leur propre passage et en furent particulièrement heureux. Tout comme le troll l'avait prédit, le sol commença à descendre de façon plus sensible, la pente se dirigeant vers le sud-ouest. Malgré son tracé irrégulier, la rivière semblait elle aussi avancer dans cette direction, l'eau prenant de la vitesse et paraissant soudain chargée d'enthousiasme. Elle se jetait contre ses propres rives, comme si elle désirait être partout à la fois ; les projections qui se formaient à chaque obstruction dans le lit de la rivière semblaient bondir un tout petit peu plus haut qu'elles n'auraient dû le faire, comme si ce cours d'eau, auquel il avait été accordé une vie temporaire, cherchait à prouver à quelque sombre divinité des rivières son aptitude à une survie continue.

« Nous sommes presque sortis de la forêt », haleta Binabik depuis le dos bondissant de Qantaqa. « Tu vois comme les arbres gagnent maintenant de la rareté ? Regarde, la lumière fait son apparition entre eux devant nous. »

Effectivement, le dernier groupe d'arbres qui se dressaient devant eux semblait posé au bord du monde. En lieu d'autre végétation, il n'était suivi que d'une immense masse grise inqualifiable et insondable, comme si les constructeurs du monde avaient soudain manqué d'inspiration.

« Tu as raison, petit homme ! » dit Sludig avec excitation. « C'est la fin de la forêt ! Maintenant, si ton sanctuaire n'est effectivement plus très loin, nous réussirons peut-être finalement à distancer ces fils de putes de géants ! »

« Avec l'exceptation de tous mes parchemins devenus incorrects, répondit Binabik tandis qu'ils franchissaient les dernières longueurs de la pente, il n'y a pas une considérable distance entre la fin de la forêt et la Pierre de l'Adieu. »

Il s'interrompit lorsqu'ils atteignirent la dernière rangée d'arbres. Qantaqa s'arrêta brusquement, tête baissée, reniflant l'air. Sludig amena sa monture au côté du troll. « Miséricordieux Usires », souffla le Rimmersleute.

La pente se brisait soudain devant eux, pour s'enfoncer de façon bien plus abrupte vers la large vallée en contrebas. Sesuad'ra se dressait au centre, noire et secrète dans son suaire d'arbres, une épine de pierre osseuse culminant bien au-dessus du fond de la vallée. Sa hauteur était particulièrement évidente, parce que la pierre était entourée d'une immense plaine plate : de l'eau.

La vallée avait été inondée. La Pierre de l'Adieu, un immense poing qui semblait défier les cieux porteurs de pluie, était devenue une île dans une mer grise et agitée. Binabik et Sludig étaient perchés au bord de la forêt à moins d'une demi-lieue de leur destination, mais chaque coudée de cette distance était recouverte par des brasses et des brasses d'eau.

Alors même qu'ils regardaient, un rugissement résonna à travers la forêt derrière eux, distant mais malgré tout d'une proximité effrayante. La magie que contenait encore Enki-e-Shao'saye était trop faible pour décourager les géants affamés.

« Par l'Aédon, troll, nous sommes pris comme des mouches dans un pot de miel », dit Sludig, une note de peur se glissant dans sa voix pour la première fois. « Nous sommes acculés contre le bout du monde. Même si nous nous battons et que nous repoussons leur première attaque, il n'y a pas de fuite possible ! »

Binabik flatta la tête de Qantaqa. Son poil était hérissé ; elle gémit sous ses caresses, comme si elle brûlait de répondre au défi qui flottait dans le vent. « Du calme, Sludig ; nous devons penser. » Il se tourna vers le précipice. « J'ai la pensée que tu as raison sur un point. Nous avons impossibleté de mener les chevaux en bas de cette pente. »

« Et que ferions-nous en bas, de toute façon ? »

gronda Sludig. La pluie ruisselait de sa barbe tressée. « Ce n'est pas une flaque de boue, c'est un océan ! Est-ce que tes parchemins mentionnaient cela ? »

Binabik agita furieusement la tête. Ses cheveux pendaient dans ses yeux, collés sur son front par la pluie. « Regarde le ciel, Sludig, regarde-le ! Il est plein d'eau, et il la lâche sur nous en cadeau de notre ennemi ! » Il cracha de dégoût. « C'est un océan, mais il y a une semaine, c'était une vallée, comme dans les parchemins. » Une expression d'inquiétude envahit soudain son visage. « J'espère que Josua n'a pas eu la surprise de l'inondation en étant dans le bas des terres. Fille des Neiges, quelle pensée d'horreur ! Si cela était, nous pourrions tout aussi bien faire le dernier combat ici, au bout du monde, comme tu dis. Le voyage d'Épine s'arrêterait ici. »

Sludig mit pied à terre, glissant brièvement dans la boue. Il s'avança vers le premier cheval de bât et détacha la longue masse empaquetée de la grande épée. Il la souleva facilement, et la ramena vers Binabik en la portant d'une seule main. « Ton épée vivante a l'air d'avoir envie de se battre, dit-il d'un ton amer. Je suis un peu tenté de voir ce qu'elle sait faire, même si elle est bien capable de devenir aussi lourde qu'une enclume au milieu d'un coup. »

« Non, répondit brièvement Binabik. Mon peuple n'a pas le goût de toujours fuir devant les combats, mais il n'est pas non plus temps pour nous de chanter des chants de mort Croohok et de partir avec joie vers une défaite glorieuse. Notre quête n'est pas encore terminée. »

Sludig s'empourpra. « Alors que proposes-tu, troll ? De voler jusqu'à cette pierre ? »

Le petit homme siffla de frustration. « Non, mais il faut d'abord chercher un autre moyen de descendre dans le bas. » Il fit un signe de la main en direction du cours d'eau qui se précipitait vers la pente boisée. « Ce n'est pas la seule rivière. Il y a possibilité que les autres nous emmènent par un chemin plus progressif vers la vallée. »

« Et ensuite quoi ? » demanda Sludig. « On nage ? »

« Si il y a nécessité. » Tandis que Binabik répondait, le hurlement de leurs poursuivants résonna de nouveau, faisant piaffer et broncher les chevaux. « Prends les chevaux, Sludig, dit Binabik. Nous avons encore une chance de nous en sortir. »

« Si c'est vrai, alors tu es un troll magicien. Je te nommerai Sithi et tu pourras vivre éternellement. »

« Ne fais pas de plaisanterie ici, répondit Binabik. Ne te moque pas. » Il se laissa glisser du dos de Qantaqa, puis murmura quelque chose dans l'oreille de la louve. D'un bond, elle fila à travers l'épaisse végétation, partant vers l'est sur le bord du précipice. Sludig et le troll la suivirent comme ils purent, taillant un chemin dans la broussaille pour ouvrir la route aux chevaux.

Qantaqa, aussi rapide qu'une ombre maintenant qu'elle avait été déchargée du poids de son cavalier, trouva rapidement un chemin de traverse moins incliné le long du flanc de colline. Malgré le sol boueux et traître, ils réussirent à descendre lentement du haut promontoire, s'approchant progressivement du bord de la forêt, devenu la rive d'une mer agitée par les vents.

La forêt ne s'arrêtait pas, mais s'enfonçait plutôt sous l'eau troublée par la pluie. En certains endroits, la cime d'arbres immergés dépassait encore au-dessus de la surface, formant de petites îles au feuillage dégoulinant. Des branches dépassaient du flot gris à côté d'eux comme les mains tendues d'hommes en train de se noyer.

Le cheval de Sludig s'arrêta au bord de l'eau. Le Rimmersleute bondit puis resta dressé là, dans l'eau boueuse jusqu'aux chevilles. « Je ne suis pas certain de voir un progrès, troll, dit-il en observant alentour. Au moins, avant, nous étions en hauteur. »

« Coupe des branches », dit Binabik en avançant vers lui, marchant avec difficulté dans la boue. « De grande longueur. Et autant que tu peux en trouver. Nous allons construire un radeau. »

« Tu es fou ! » lâcha Sludig.

« Peut-être. Mais c'est toi qui as la force, alors tu dois être le bûcheron. Moi, j'ai des cordes dans les sacs pour lier les morceaux, et j'ai la possibilité de le faire. Fais vite ! »

Sludig renifla, mais il se mit au travail. Aussitôt, son épée commença à résonner mollement sur le bois.

« Si mes haches n'avaient pas été perdues dans cette quête insensée, haleta-t-il, j'aurais pu te construire une maison entière dans le temps qu'il va me falloir pour débiter un arbre avec cette lame. »

Binabik ne dit rien, préférant se concentrer sur sa tâche. Lorsqu'il eut fini de nouer ensemble les morceaux que Sludig avait déjà coupés, il partit à la recherche de branches arrachées. Il découvrit un autre affluent tout proche, qui se jetait dans une gorge avant de rejoindre le lac géant. Des masses de branches brisées s'étaient accumulées à l'endroit le plus étroit. Binabik s'en saisit par brassées, s'affairant en incessants allers-retours entre la rivière et l'endroit où travaillait Sludig.

« Qantaqa ne peut nager si loin », grommela Binabik en apportant la dernière brassée de bois. Son regard avait dérivé vers la distante masse de Sesuad'ra. « Mais j'ai l'impossibilité de la laisser seule trouver son propre chemin. Nous ne pouvons pas savoir combien de temps va durer cet orage. Elle pourrait ne jamais me retrouver. » Il jeta le bois à terre en grimaçant, puis revint une fois de plus à ses nœuds, ses doigts tissant des anneaux et des lacets de corde fine autour du bois humide. « Je n'ai pas la possibilité de faire un radeau assez grand pour nous trois et les possessions que nous devons sauver. Il n'y a pas le temps. »

« Alors nous resterons dans l'eau à tour de rôle », dit Sludig. Il frissonna, regardant la masse d'eau martelée par la pluie. « Elysia, Mère de Dieu, j'en hais la simple idée ! »

« Intelligent Sludig ! Tu as raison. La place pour le repos de l'un de nous est suffisante, quand les deux autres sont dans l'eau. Et nous irons dans l'eau l'un après l'autre. » Binabik s'autorisa un petit sourire. « Les Rimmersleutes n'ont donc pas perdu leur sang de grand marin, et j'en ai eu la preuve ! » Tandis qu'il redoublait d'efforts, un grondement furieux roula à travers la forêt. Ils levèrent les yeux, surpris, pour voir une silhouette blanche massive sur le promontoire, à quelques centaines de toises de là.

« Que Dieu les maudisse ! » gronda Sludig en frappant de toutes ses forces un tronc mince. « Pourquoi nous poursuivent-ils ? Est-ce qu'ils cherchent cette épée ? »

Binabik secoua la tête. « Presque prêt, dit-il. Je n'ai plus le besoin que de deux longs morceaux. »

La silhouette blanche sur les hauteurs au-dessus d'eux devint rapidement plurielle, un groupe de fantômes furieux qui tendaient les bras vers les cieux orageux. Les voix des géants roulaient et tonnaient au-dessus de l'eau, comme s'ils menaçaient non seulement les petites créatures en dessous d'eux, mais aussi la Pierre de l'Adieu elle-même, qui se dressait avec une insolence sereine hors de leur portée.

« Fini », s'exclama Binabik en terminant son dernier nœud. « Maintenant, mettons-le sur l'eau. S'il n'a pas de flottaison, tu auras le combat que tu désires, Sludig. »

Il flotta, une fois qu'ils lui eurent fait dépasser l'enchevêtrement affleurant du sous-bois noyé. Pardessus le bruit de l'orage leur parvenait le craquement sec des branches que brisaient les géants en se frayant un chemin le long de la pente boueuse. Sludig déposa soigneusement Épine sur les rondeaux humides. Binabik retourna rapidement à leurs sacs de selle. Il en tira un sac de cuir fermé et le lança à Sludig, qui était plongé jusqu'à la ceinture dans l'eau boueuse. « Ces choses sont les possessions de Simon, cria-t-il. Elles ne doivent pas être perdues. » Sludig haussa les épaules, mais il plaça le sac à côté de l'épée enveloppée de toile.

« Et les chevaux ? » cria Sludig. Les hurlements de leurs poursuivants gagnaient de l'ampleur.

« Que pouvons-nous faire ? » répondit Binabik d'un ton impuissant. « Nous devons les libérer. » Il tira son couteau et trancha les traits du harnachement de la monture de Sludig, puis les sous-ventrières de tous les chevaux de bât, laissant glisser leur charge au sol.

« Dépêche-toi, troll ! » cria Sludig. « Ils ne sont plus très loin ! »

Binabik regarda autour de lui, les yeux perdus dans un dernier instant de réflexion désespérée. Il se pencha et fourragea dans l'un des sacs de selle, en tirant quelques objets avant de dévaler la pente une dernière fois pour se jeter dans l'eau.

« Monte », gronda Sludig.

« Qantaqa », appela Binabik. « Viens ! »

La louve gronda en faisant face au fracas des géants qui approchaient. Les chevaux erraient un peu dans toutes les directions, en hennissant de peur. Soudain, la monture de Sludig s'élança vers l'est et partit au galop à travers les arbres; les autres suivirent. Les géants étaient maintenant nettement visibles. Ils ne se trouvaient plus qu'à quelques centaines de pas et descendaient rapidement, leurs visages noirs tannés déformés par les cris annonçant leur curée. Les Hunën portaient de grands gourdins qu'ils balançaient devant eux comme des roseaux, se frayant un chemin à travers les arbres et le sous-bois.

« Qantaqa, hurla Binabik d'une voix paniquée. *Ummu ninit! Ummu sosa!* »

La louve fit volte-face et se précipita vers eux, se jetant dans l'eau puis pataugeant furieusement. Sludig poussa, avançant encore de quelques pas le long de la pente inondée avant que ses pieds ne touchent plus le fond. Ils s'étaient à peine éloignés de trente coudées de la rive que déjà, Qantaqa les avait rattrapés. Elle se servit du dos de Sludig pour se hisser sur le radeau, manquant le renverser et noyer le Rimmersleute.

« Non, Qantaqa ! » hurla Binabik.

« Laisse-la, gargouilla Sludig. Monte et rame ! »

Le premier géant émergea de la forêt derrière eux, hurlant de rage. Sa tête hirsute se tournait de part et d'autre comme s'il cherchait un autre moyen de rattraper sa proie. N'en découvrant aucun, il s'avança dans l'eau. Il fit plusieurs pas avant de tomber lourdement en avant en soulevant une grande gerbe d'eau, et de disparaître sous la surface. Lorsqu'il refit surface un instant plus tard, il se débattait follement, sa fourrure blanche sale couverte de branches brisées. Il leva la tête vers le ciel et beugla furieusement en direction de l'orage, comme s'il demandait de l'aide. Ses congénères s'amassèrent sur la rive derrière lui, hululant et tonnant de frustration devant le massacre qui leur échappait.

Le premier géant revint maladroitement et piteusement vers la berge. Il sortit de l'eau, dégoulinant, et brisa d'un bras simiesque une branche aussi épaisse qu'une cuisse d'homme. En grondant, il projeta la branche à travers les airs. Elle retomba près du radeau qu'elle manqua retourner, et souleva des gerbes d'eau, le branchage griffant la joue de Sludig au passage. Sonné, celui-ci glissa lentement vers le fond. Binabik se libéra immédiatement de Qantaqa et se pencha en avant, glissant les pointes de ses bottes entre les pièces de bois du radeau tanguant. Le petit homme attrapa le poignet du Rimmersleute à deux mains, et maintint Sludig à flot jusqu'à ce qu'il reprît ses esprits. Les géants lancèrent d'autres projectiles, mais aucun ne tomba aussi près que le premier. Leurs vagissements contrariés semblaient emplir la vallée inondée.

En maudissant tout autant les géants que les radeaux, Sludig utilisa sa longue lance qanuqe comme une perche, jusqu'à avoir dépassé les dernières branches affleurantes. Il se mit alors à nager, poussant le radeau et son improbable chargement à travers l'eau froide et grise, vers la pierre ténébreuse.

Éolair chevauchait vers l'est depuis ses contrées ancestrales de Nad Mullach, sous des cieux nocturnes scintillant d'étranges lueurs. Les terres qui entouraient sa place forte perdue s'étaient révélées beaucoup moins hospitalières qu'il ne l'avait espéré. Une grande partie de son peuple avait déjà été chassée par les malheurs de la guerre et par le terrible mauvais temps, et ceux qui restaient étaient bien peu enclins à ouvrir leur porte à un étranger, fût-il le comte en titre. Hernystir était bien plus prisonnière de la peur que des troupes qui l'occupaient.

Les chemins étaient peu fréquentés la nuit, seule période durant laquelle il se déplaçait. Même les guerriers de Skali de Kaldskryke, malgré leur aura de conquérants, hésitaient à sortir, comme s'ils prenaient les habitudes de ceux qu'ils avaient envahis. Dans ce lugubre été de neige et d'idéaux brisés, même les vainqueurs s'inclinaient devant un pouvoir bien plus grand.

Éolair était plus que jamais certain qu'il devait trouver Josua, à supposer que le Prince était encore vivant. Maegwin l'avait peut-être chargé de cette quête pour quelque raison obscure ou malveillante, mais il était maintenant plus qu'évident que tout le nord d'Osten Ard avait succombé à des ténèbres d'origine surnaturelle, et que cela était peut-être en rapport avec l'énigme de l'épée Clou-Radieux. Pour quelle autre raison les dieux auraient-ils envoyé Éolair dans cette étrange et monstrueuse cité souterraine, ou auraient provoqué sa rencontre avec ses habitants, plus étranges encore ? Le comte de Nad Mullach était pragmatique par nature. Les longues années passées au service du roi lui avaient appris à se méfier des extravagances, mais son expérience de la diplomatie lui avait dans le même temps enseigné à se méfier des coïncidences excessives. Prétendre qu'il n'y avait rien de surnaturel dans cet été pire qu'un hiver, dans le retour de créatures de légendes, et dans l'importance soudaine d'épées oubliées et quasi mythiques revenait à se fermer les yeux devant une réalité aussi manifeste que les montagnes et la mer.

De plus, malgré les innombrables jours passés dans les cours d'Erkynée, de Nabban et de Perdruin, et malgré tous les discours prudents tenus à Maegwin, Éolair était un Hernystiri. Plus que tous les autres mortels, les Hernystiris *se souvenaient.*

Tandis qu'Éolair entrait en Erkynée, traversant les terres désolées de l'Utanyéate en direction du site de la bataille de Ach Samrath, l'orage se fit plus fort. La neige, même si elle n'était pas de saison, était jusqu'ici tombée modérément, comme c'est parfois le cas dans les premiers jours de novandre. Maintenant, les vents se levaient, emplissant ce paysage plat de montagnes blanches et creuses. Le froid était si féroce qu'il dut pour plusieurs jours abandonner les déplacements nocturnes, mais il ne s'inquiéta guère de la possibilité d'être reconnu : les routes et les champs étaient déserts, même lorsque le soleil était au plus haut dans le ciel gris et les bourrasques de vent. Il remarqua avec une amère satisfaction que l'Utanyéate – les marches de Guthwulf, l'un des favoris du Roi souverain Élias – était tout autant victime de la tempête que n'importe quelle autre partie de l'Erkynée.

Chevauchant interminablement à travers ce désert blanc, il lui arrivait souvent de penser à ceux qu'il avait laissés derrière lui, et plus précisément à Maegwin. Même si elle était devenue à peu près aussi sauvage et intraitable qu'un animal depuis la mort de son père et de son frère, il lui avait toujours porté une immense affection. Son sentiment n'avait pas disparu, mais il était difficile de ne pas se sentir trahi par la façon dont elle l'avait traité, quelque compréhensibles que fussent ses raisons. Pourtant, il ne pouvait se résoudre à la détester. Il avait toujours été son ami et son protecteur depuis qu'elle était une toute petite fille, se faisant un point d'honneur de lui parler à chaque fois qu'il était à la cour, la laissant lui faire découvrir les jardins du Taig et lui montrer les cochons et les poulets auxquels elle donnait des noms, et qu'elle traitait avec la gentillesse agacée dont fait preuve une mère envers des garnements.

Durant les années qui avaient suivi, alors qu'elle devenait aussi grande qu'un homme, tout en restant très jolie, Éolair l'avait vue devenir plus réservée, ne laissant plus que rarement transparaître ses airs de petite fille qui l'avaient tant enchanté auparavant. Elle avait paru se refermer sur elle-même, comme une rose qu'un balcon empêche de s'élever et qui s'enroule sur elle-même jusqu'à ce que ses propres épines déchirent ses pétales. Elle lui réservait toujours des attentions particulières, mais celles-ci étaient de plus en plus déroutantes, principalement faites de silences embarrassés et de récriminations acerbes.

Un temps, il avait pensé qu'elle voyait en lui plus qu'un ami ou un lige. Il s'était demandé si deux êtres aussi solitaires pouvaient cheminer ensemble – Éolair, malgré ses talents oratoires et sa finesse d'esprit, avait toujours considéré que ses plus grandes qualités étaient cachées sous la surface, tout comme sa tranquille place forte de Nad Mullach se dressait à l'écart de l'agitation du Taig. Mais alors même qu'il avait commencé à regarder Maegwin d'une autre manière, alors que son admiration pour la franchise et le mépris des fauxsemblants qu'affichait la Princesse avait mûri en un sentiment plus profond, elle l'avait battu froid. Elle semblait avoir décidé qu'Éolair n'était qu'un autre des fainéants et des flatteurs qui entouraient le Roi Lluth.

Durant un interminable après-midi dans l'est d'Utanyéate, alors que la neige mordait son visage et qu'il était perdu dans ses pensées, il se demanda soudain : *Ai-je eu tort ? Ressentait-elle quelque chose pour moi ?* Cette pensée était terrifiante, parce qu'elle renversait soudain tout ce qu'il savait du monde, et donnait un sens totalement différent à tout ce qui s'était passé entre eux depuis que Maegwin était devenue femme.

Ai-je été aveugle ? Mais, si c'était le cas, pourquoi me traiter comme elle l'a fait ? N'ai-je pas toujours fait preuve envers elle de bonté et de respect ?

Après avoir tourné et retourné cette idée dans sa tête pendant plus d'une heure, il préféra l'écarter. Il lui était trop désagréable d'envisager une telle chose ici, au milieu de nulle part, alors qu'il allait s'écouler des mois avant qu'il n'eût une chance de la revoir.

Et elle était en colère lorsqu'elle avait décidé de cette quête, n'est-ce pas?

Le vent soulevait la neige sans le moindre répit.

Il dépassa Ach Samrath un matin alors que la tempête s'était quelque peu calmée, arrêtant son cheval sur une hauteur qui surplombait le champ de bataille sur lequel le Prince Sinnach et dix mille de ses Hernystiris avaient été massacrés par Fingil de Rimmersgard et la trahison du seigneur des Thrithings Niyunort. Comme à chaque fois qu'il avait eu l'occasion de voir cet endroit, Éolair sentit un frisson le parcourir en regardant cette vaste plaine, mais cette fois son trouble n'était pas dû aux lugubres événements du passé. Avec le vent qui mordait son front et le visage pâle et sinistre du ciel du nord qui le regardait, il réalisa soudain que lorsque cette nouvelle guerre se terminerait, sur un champ de bataille ou sous la vague impitoyable d'un hiver noir, ce serait certainement dans un tel déluge de mort que Ach Samrath ne serait en comparaison qu'une altercation sans importance.

Il reprit son chemin, la colère se faisant glace à l'intérieur de lui. Qui avait déclenché une telle chose? Qui avait libéré une telle cascade d'événements maléfiques? Était ce Élias, ou son venimeux laquais Pryrates? Si c'était le cas, alors un Enfer particulier devait leur être réservé. Éolair espérait simplement voir le jour où ils y seraient envoyés, peut-être par la grâce de Clou-Radieux, si les dwarrows avaient dit vrai.

Lorsque Éolair atteignit la lisière d'Aldhéorte, il se remit à voyager de nuit. La morsure de l'orage semblait moins féroce, ici dans le royaume d'Élias, à peut-être une douzaine de lieues des limites d'Erchester; par ailleurs, il lui semblait préférable de ne plus se fier à la rareté des autres voyageurs : ici, ce rare autre voyageur avait toutes les chances d'appartenir à la garde erkynéenne du Roi souverain.

Depuis la lisière de la grande forêt, les champs silencieux et recouverts de neige semblaient attendre la suite des événements, comme si cet orage n'était que précurseur d'un malheur plus terrible encore. Éolair savait qu'il s'agissait là de ses propres sentiments, mais il ne pouvait s'empêcher de penser qu'ils étaient partagés : une sorte d'angoisse planait sur l'Erkynée, emplissant l'air comme un terrible brouillard écrasant toute volonté. Les rares paysans et bûcherons dont il croisa les chariots ne répondirent pas à son salut sauf pour faire le signe de l'Arbre en le dépassant sur ces routes sans lune, comme si Éolair était quelque démon ou un mort vivant. Mais leurs torches révélaient que c'était leurs propres visages qui étaient devenus pâles et squelettiques comme des masques mortuaires, comme si les vents épouvantables et la neige incessante les avaient vidés de toute leur énergie. Il arriva en vue de Thisterborg. La grande colline n'était située qu'à quelques lieues des portes d'Erchester, mais Éolair n'envisageait pas dans tout son voyage de s'approcher plus que cela du Hayholt : durant certaines des nuits les plus noires, il avait l'impression, en regardant dans la direction du château, de percevoir la perpétuelle malveillance d'Élias qui brûlait comme une torche au sommet d'une haute tour.

Ce n'était que le Roi souverain, se morigéna-t-il, un mortel qu'il avait autrefois respecté, même s'il ne l'avait jamais aimé. Quelque plan fou qu'Élias eût conçu, quelque terrible alliance qu'il eût fomentée, il n'était toujours qu'un homme.

Lorsque le comte s'approcha, il eut l'impression de voir briller le sommet de Thisterborg, comme si de grands feux brûlaient sur la crête de la colline. Éolair se demanda si Élias en avait fait un poste de garde, mais fut dans l'impossibilité d'imaginer une raison à une telle décision. Le Roi souverain craindrait-il une invasion venue de la grande forêt, l'Aldhéorte ? Cela n'avait de toute façon aucune importance. Éolair était fermement décidé à contourner Thisterborg du côté le plus éloigné d'Erchester, et n'avait pas la moindre envie d'aller voir ce que pouvaient être ces lumières mystérieuses. La colline noire avait déjà la réputation d'être maléfique bien avant même l'époque du père d'Élias, le Roi Jean. Les histoires qui parlaient de Thisterborg étaient nombreuses, et pas une n'était plaisante. En une telle époque, Éolair aurait préféré ne pas avoir à s'en approcher à moins d'une lieue, mais la forêt – un autre endroit où il ne faisait pas tout à fait bon se trouver la nuit – et les murs d'Erchester interdisaient de la contourner d'aussi loin.

Il venait de tourner vers l'est pour contourner le flanc nord de la colline, sa monture avançant difficilement à travers la végétation toujours plus dense de la lisière de la forêt, lorsqu'il fut parcouru par une vague de terreur qui ne ressemblait à rien qu'il eût déjà ressenti. Son cœur se mit à marteler dans sa poitrine et la sueur perla sur son front, gelant presque immédiatement. Éolair eut l'impression d'être un mulot qui vient d'apercevoir, bien trop tard pour s'enfuir, l'ombre du faucon. Il dut se retenir pour ne pas talonner sa monture et partir aveuglément au galop droit devant lui. Il regarda vivement en tous sens, cherchant ce qui pouvait être la cause d'une telle terreur, mais ne put rien voir d'anormal.

Finalement, il poussa son cheval un peu plus avant dans les profondeurs protectrices de la forêt. Quoi qui eût pu causer sa frayeur, cela semblait plutôt provenir des neiges désertes que des ténèbres de la forêt.

L'orage était beaucoup moins féroce ici, comme cela avait déjà été le cas lorsqu'il s'était approché de l'orée d'Aldhéorte : il tombait un peu de neige, mais le ciel était clair. Une immense lune jaune brillait à l'est, donnant à tout le paysage une teinte d'os blafarde. Le comte de Nad Mullach regarda vers la masse imposante de Thisterborg, se demandant si là pouvait se trouver la source de sa frayeur soudaine, mais il ne vit ni n'entendit rien d'extraordinaire. Une partie de son esprit suggéra qu'il avait chevauché trop longtemps seul avec ses pensées morbides, mais il l'ignora. Éolair était un Hernystiri. Les Hernystiris se souvenaient.

Un bruit faible, un grattement inidentifiable mais persistant, commença à se faire entendre. Il laissa glisser ses yeux le long de Thisterborg et tourna son attention vers l'ouest, à travers les neiges, dans la direction d'où il était venu. Quelque chose avançait lentement à travers la plaine blanche.

La peur qui le glaçait se fit plus forte, envahissant tout son corps comme un brusque coup de givre. Lorsque son cheval broncha sous lui, Éolair posa une main tremblante sur son cou ; l'animal, comme s'il avait perçu la peur de son cavalier, s'immobilisa soudain. Les volutes de leurs deux souffles devinrent les seules choses mouvantes dans l'ombre des arbres.

Le grattement prit de l'ampleur. Éolair pouvait maintenant distinguer ce qui s'approchait dans la neige, une masse d'un blanc lumineux suivie d'un bloc obscur. Puis, avec l'irréalité sinistre d'un cauchemar, les formes brillantes lui apparurent en toute clarté.

Il s'agissait d'un équipage de boucs blancs, leur fourrure hirsute brillant comme si elle capturait la lumière lunaire. Leurs yeux étaient aussi rouges que des braises, et leurs têtes avaient quelque chose de sérieusement *anormal* : en y repensant plus tard, il ne sut jamais dire quoi, excepté que la forme de leur museau glabre évoquait une certaine forme d'intelligence déplaisante. Les boucs, neuf en tout, tiraient derrière eux un grand traîneau noir ; c'était le bruit de ses patins mordant dans la neige qu'il avait entendu. Une silhouette encapuchonnée se tenait assise sur le traîneau ; même vue d'une distance de plus de cent coudées, elle paraissait bien trop grande. Plusieurs autres silhouettes, plus petites et vêtues de noir, marchaient solennellement sur les côtés, leurs capuches tirées en avant comme celles de moines en méditation.

Un frisson d'horreur presque incontrôlable parcourut la colonne vertébrale d'Éolair. Son cheval s'était changé en pierre sous lui, comme si la frayeur avait arrêté son cœur et l'avait laissé mort sur pied. La procession spectrale le dépassa, atrocement lente, sans autre bruit que celui du traîneau. Au moment où les silhouettes en robe allaient disparaître sur les premières pentes de Thisterborg, l'une d'entre elles se retourna, laissant distinguer à Éolair l'espace d'une seconde ce qu'il imagina être un visage d'un blanc squelettique, avec des trous noirs qui pouvaient être des yeux. La partie de ses pensées terrifiées qui était encore cohérente remercia les dieux de son peuple et de tous les autres pour l'obscurité de la lisière de la forêt. Les yeux encapuchonnés se retournèrent enfin. Le traîneau et son escorte disparurent dans les pentes boisées et enneigées de Thisterborg.

Éolair resta longtemps immobile, se permettant à peine de frissonner, et ne s'écarta de l'endroit où il se trouvait que lorsqu'il fut certain d'être en sécurité. Ses dents étaient restées si fortement serrées que sa mâchoire était douloureuse. Il avait l'impression d'avoir été mis à nu et jeté au fond d'un profond puits noir. Lorsqu'il osa enfin bouger, il se pencha sur le cou de son cheval et galopa vers l'est aussi vite qu'il le pouvait. Sa monture, qui semblait partager son sentiment, n'eut pas besoin d'être talonnée, ni relancée. Ils disparurent dans un nuage de neige.

Tandis qu'Éolair fuyait Thisterborg et ses mystères, chevauchant vers l'est sous la lune moqueuse, il sut que tout ce qu'il craignait était vrai, et qu'il y avait en ce monde des choses pires encore que ce dont il avait peur.

Ingen Jegger se tenait sous les branches déployées d'un sapin noir, indifférent au vent mordant ou au givre qui recouvrait sa barbe courte. N'était la lueur d'impatience dans ses pâles yeux bleus, il aurait tout aussi bien pu être un voyageur malheureux gelé sur place dans l'attente d'une chaleur matinale qui serait venue trop tard.

L'imposant molosse blanc couché à ses pieds s'étira, puis laissa échapper un bruit interrogateur qui ressemblait au crissement de charnières rouillées.

« Tu as faim, Niku'a ? » Une expression presque tendre parcourut les traits tendus d'Ingen Jegger. « Du calme. Bientôt, tu auras ton content. »

Immobile, Ingen observait et écoutait, scrutant la nuit comme un prédateur. La lune passa d'un trou dans le feuillage à un autre. La forêt, à part le bruit du vent, était silencieuse.

« Ah ! » Satisfait, il avança de quelques pas et chassa d'un mouvement la neige de sa cape. « Maintenant, Niku'a. Appelle tes frères et sœurs. Hurle le rassemblement de la meute du Pic de l'Orage ! L'heure de la chasse est venue. »

Niku'a bondit, frissonnant d'excitation. Comme s'il avait compris chaque mot d'Ingen, le grand chien trotta jusqu'au milieu de la clairière, puis se posa sur son train arrière et leva son museau vers le ciel. Les puissants muscles de sa gorge se contractèrent, et un hurlement déchira la nuit. Alors même qu'en mouraient les premiers échos, la voix stridente de Niku'a explosa une nouvelle fois, sèche et vibrante. Les branches des arbres tremblèrent.

Ils attendirent, la main gantée d'Ingen reposant sur le large crâne du chien. Le temps passa. Les yeux blancs nébuleux de Niku'a brillaient tandis que la lune glissait entre les arbres. Enfin, alors qu'approchait l'heure la plus froide de la nuit, les premiers cris des chiens furent apportés par le vent.

L'aboiement grandit jusqu'à emplir la forêt. Un monceau de masses blanches apparut dans l'obscurité, se glissant dans la clairière comme des fantômes à quatre pattes. Les chiens du Pic de l'Orage se faufilaient çà et là entre les racines, leur petite tête de requin cherchant et reniflant. La lumière des étoiles brillait sur des museaux maculés de sang et de bave. Niku'a alla les rejoindre, mordillant, grognant, jusqu'à ce que toute la meute s'accroupît ou se couchât autour d'Ingen Jegger, leur langue rouge pendante.

Le Chasseur de la Reine observa calmement son étrange congrégation, puis ramassa son heaume à la face de chien menaçant sur le sol.

« Vous avez été trop longtemps laissés à vous-mêmes, siffla-t-il, à hanter les abords de la forêt, à voler des bébés comme des chiots au chenil, à poursuivre des voyageurs imprudents pour la joie de la chasse. Maintenant, votre maître est de retour. Maintenant vous devez faire ce pour quoi vous avez été dressés. » Les yeux laiteux le suivirent lorsqu'il se dirigea vers son cheval, qui attendait avec une patience surnaturelle sous le sapin. « Mais cette fois, c'est moi qui mènerai la chasse, pas vous. C'est une chasse étrange, et Ingen seul connaît l'odeur. » Il se mit en selle. « Courez en silence. » Il fit glisser le heaume sur sa tête, pour qu'un chien parlât aux chiens. « Nous portons la mort aux ennemis de la Reine. »

Un grondement bas s'éleva de la meute lorsque les chiens se levèrent et se rassemblèrent, se glissant les uns contre les autres, mordant au hasard sous l'effet de l'excitation. Ingen lança son cheval en avant, puis se tourna par-dessus son épaule. « Suivez-moi vers la mort et le sang ! »

Il disparut rapidement de la clairière. La meute le suivit, sans le moindre grognement, aussi silencieuse et blanche que la neige.

Enfoncé dans sa cape, Isgrimnur était assis à l'arrière du petit bateau et regardait Sinétris qui ramait et reniflait. Le duc affichait une expression immuablement sombre, en partie parce qu'il trouvait la compagnie du marin extrêmement peu plaisante, et surtout parce qu'il haïssait les bateaux, en particulier les petits bateaux comme celui sur lequel il était pour l'instant piégé. Sinétris avait dit la vérité au moins sur une chose : ce n'était pas un temps à sortir en bateau. Une puissante tempête balayait toute la côte. Les eaux furieuses de la baie de Firannos menaçaient à chaque instant de les engloutir, et Sinétris n'avait pas cessé de geindre depuis que leur coque avait touché l'eau, une semaine plus tôt, et à trente lieues au nord de l'endroit où ils se trouvaient maintenant.

Le duc devait admettre que Sinétris était un bon marin, au moins tant qu'il avait à défendre sa propre vie. Le Nabbanais avait superbement manœuvré son bateau dans d'effrayantes conditions. Si seulement il pouvait cesser de pleurnicher! Isgrimnur n'était pas plus heureux des conditions dans lesquelles ils voyageaient que Sinétris, mais il aurait préféré être condamné au cercle le plus noir des Enfers plutôt que de se ridiculiser en l'affichant d'une telle manière.

« À combien sommes-nous de Kwanitupul ? » hurla-t-il par-dessus le bruit du vent et des vagues.

« À une demi-journée, maître moine », répondit Sinétris, les yeux rouges et humides. « Nous allons bientot nous arrêter pour dormir, et nous arriverons demain vers midi. »

« Dormir ! » rugit Isgrimnur. « Tu es fou ? Il ne fait même pas sombre ! De plus, tu vas encore essayer de t'enfuir en douce, et cette fois je ne serai pas aussi miséricordieux. Si tu arrêtes de t'apitoyer sur ton sort et que tu mets un peu de cœur à l'ouvrage, tu pourras dormir dans un lit ce soir ! »

« S'il vous plaît, saint frère ! » Sinétris s'en déchira presque la voix. « Ne me forcez pas à nager dans le noir ! Nous heurterons un rocher. Le seul lit dans lequel nous dormirons sera celui des kilpas ! »

« Ne me parle pas de ces superstitions insensées. Je te paie bien et je suis pressé. Si tu es trop faible ou fatigué, laisse-moi prendre les rames pour un temps. »

Le marin, malgré la pluie et le froid, réussit tout de même à exhiber un air convaincant de fierté blessée. « Vous ? Vous couleriez ce bateau en moins de cinq minutes ! Non, moine cruel, si Sinétris doit mourir, alors que ce soit avec ses rames en main, comme il sied à un marin de Firannos. Si Sinétris doit être arraché à sa maison et à sa famille, et sacrifié aux caprices d'un monstre en robe de prêtre, s'il doit mourir... que ce soit selon les règles de la guilde ! »

Isgrimnur gronda. « Que ce soit en silence, surtout. Et continue de ramer. »

« Nager », répondit Sinétris d'un ton glacial, puis il éclata une nouvelle fois en sanglots.

Il était presque minuit lorsque les premières maisons sur pilotis de Kwanitupul furent en vue. Sinétris, dont les plaintes étaient devenues un murmure pathétique et continuel, mena sa barque à travers l'entrelacs de canaux. Isgrimnur, qui s'était brièvement assoupi, se frotta les yeux et tendit la tête, en regardant alentour. Les auberges et les entrepôts délabrés de Kwanitupul étaient tous recouverts d'une fine couche de neige.

Si j'avais douté que le monde était à l'envers, songea Isgrimnur, *j'en aurais maintenant toutes les preuves : un Rimmersleute qui embarque sur un rafiot percé au milieu d'une tempête, et de la neige dans les terres du sud – au cœur de l'été. Peut-on encore douter que le monde est devenu fou ?*

De la folie. Il se souvint de la mort atroce du Lecteur et sentit son estomac se soulever. De la folie, ou autre chose ? C'était une étrange coïncidence que Pryrates et Bénigaris se fussent tous deux trouvés dans la maison de la sainte Église en une telle nuit. Seul un extraordinaire coup de chance avait permis à Isgrimnur de trouver Dinivan à temps pour entendre ses dernières paroles, lui donnant peut-être une chance de réussir à rattraper quelque chose dans cette mauvaise passe.

Il s'était échappé du Sancellan Aedonitis quelques instants avant que Bénigaris, duc de Nabban, ne donnât l'ordre à ses gardes de verrouiller toutes les issues. Isgrimnur ne pouvait se permettre d'être capturé : même s'il n'avait pas été immédiatement reconnu, son histoire n'aurait pas tenu longtemps. La veille de Hlafmansa, la nuit du meurtre du Lecteur, n'était pas une nuit à être un visiteur inhabituel au Sancellan.

« Connais-tu un endroit ici, appelé *La Coupe de Pélippa* ? » demanda-t-il à haute voix. « Je pense que c'est une auberge ou une taverne. »

« Je n'ai jamais entendu parler de cet endroit, maître moine, répondit gravement Sinétris. Cela ressemble à un établissement peu recommandable, le genre d'endroit dans lequel je ne mettrais jamais les pieds. » Maintenant qu'ils avaient atteint les eaux relativement calmes des canaux, le marin avait retrouvé une partie de sa dignité. Isgrimnur décida qu'il le préférait en pleurnichard.

« Par l'Arbre, nous ne le trouverons jamais au milieu de la nuit. Conduis-moi à une auberge que tu connais, alors. J'en ai assez de me serrer la ceinture. »

Sinétris mena son canot à travers le dédale de canaux, jusqu'au quartier des tavernes. Cette partie de la ville paraissait plus animée, malgré l'heure tardive, les allées étant bordées de lanternes de toiles aux couleurs vives qui se balançaient dans le vent, et remplies de promeneurs ivres.

« Voici une bonne auberge, saint frère », dit Sinétris lorsqu'ils s'immobilisèrent devant les marches qui menaient au quai d'un établissement bien illuminé. « On y trouve du vin, et de la nourriture. » Sinétris, qui s'enhardissait maintenant que leur voyage était terminé, lui adressa un sourire édenté et complice. « Et des femmes, aussi. » Son sourire se fit incertain lorsqu'il dévisagea Isgrimnur. « Ou des garçons, si vous préférez. »

Le duc laissa siffler un important volume d'air entre ses dents. Il mit la main dans sa cape et en tira un imperator, qu'il plaça doucement sur le banc à côté des jambes maigres de Sinétris. Isgrimnur mit ensuite un pied sur la première marche. « Voici ton paiement de détrousseur, comme promis. Maintenant, j'ai une suggestion à faire sur ce que tu peux *toi* faire de ta soirée. »

Sinétris le regarda d'un air circonspect. « Oui ? »

Isgrimnur fronça les sourcils d'une façon terrifiante. « Consacre-la à faire de ton mieux pour que je ne te revoie jamais. Parce que, si je te revois », il leva son poing velu, « je ferai rouler tes yeux dans ta tête vide. C'est compris ? »

Sinétris plongea ses rames dans l'eau et tira avec un tel empressement qu'Isgrimnur dut balancer son autre pied sur la marche. « Alors c'est comme ça que les moines traitent Sinétris après toutes ses faveurs ! ? » s'exclama le marin d'un air indigné, en gonflant sa maigre poitrine comme un pigeon à l'époque des amours. « Pas étonnant que l'Église ait si mauvaise réputation ! Espèce de... de barbare barbu ! » Il disparut dans le canal obscur.

Isgrimnur éclata d'un grand rire, puis grimpa les marches qui le séparaient de l'auberge.

Après plusieurs nuits passées dans les prés – à ne dormir que d'un œil pour surveiller le perfide Sinétris qui avait tenté à plusieurs reprises de filer en laissant Isgrimnur bloqué sur la morne côte battue par les vents de la baie de Firannos – le duc d'Elvritshalla rattrapa son sommeil. Il resta au lit jusqu'à ce que le soleil fût haut dans le ciel puis prit un solide repas de pain et de miel, accompagné d'une bonne cruche de bière. Midi avait presque passé avant que l'aubergiste ne lui eût indiqué comment se rendre à *La Coupe de Pélippa* et qu'il naviguât de nouveau sur les canaux pluvieux. Son guide était cette fois un Salanais qui, malgré le froid mordant, ne portait qu'un pagne de toile et un chapeau aux larges bords orné d'une plume rouge détrempée qui pendait de son ruban. Le mutisme du batelier était une plaisante nouveauté après le geignement incessant de Sinétris. Isgrimnur se laissa aller à jouer avec sa nouvelle barbe, et observa avec plaisir les décors désolés de Kwanitupul, une cité dans laquelle il n'était pas revenu depuis bien des années.

L'orage avait visiblement tendu un lourd linceul sur la ville commerçante. À moins que les choses n'eussent beaucoup changé depuis sa dernière visite, il aurait dû y avoir beaucoup plus de bateaux sur les canaux a midi, beaucoup plus de gens errant dans les allées exotiques de Kwanitupul. Ceux qui s'y aventuraient semblaient se presser vers leur destination. Même les cris de salut et de défi qui s'échangeaient habituellement depuis les canaux semblaient anormalement absents. Comme des insectes, les habitants avaient été réduits à une quasi-immobilité par la neige qui fondait par plaques sur les allées de bois et par celle que portait le vent, qui piquait les membres exposés et formait des milliers de rides circulaires sur la surface des canaux.

Ici et là, au milieu des rares passants, Isgrimnur aperçut de petits groupes de Danseurs de Feu, les maniaques religieux qui s'étaient fait connaître par de nombreuses immolations. Ils étaient devenus une vision familière pour le duc depuis qu'il avait atteint Nabban. Ces pénitents aux yeux écarquillés, insensibles au froid, arpentaient les allées près des intersections fréquentées en hurlant des louanges à leur sombre maître, le Roi de l'Orage. Isgrimnur se demanda où ils avaient entendu ce nom. Il n'avait jamais entendu quiconque le prononcer au sud des Marches Gelées jusques alors, même pour faire peur aux enfants. Ce n'était pas une coïncidence, il le savait, mais il ne pouvait s'empêcher de se demander si ces lunatiques étaient des pions de quelqu'un comme Pryrates ou de vrais visionnaires. Si c'était la seconde solution qui était la bonne, alors la fin dont ils parlaient pouvait être réelle.

Isgrimnur frissonna à cette pensée et fit le signe de l'Arbre sur sa poitrine. Une terrible époque, vraiment. Malgré tous leurs cris, par contre, les Danseurs de Feu ne semblaient pas se livrer ici à leur principale activité, qui était de s'immoler par le feu. Le duc sourit amèrement. Peut-être que le temps était aujourd'hui trop humide.

Le marin s'arrêta enfin devant une construction peu reluisante dans le quartier des entrepôts, loin des parties commerçantes de la ville. Lorsque Isgrimnur l'eut payé, le petit homme tendit sa gaffe en l'air et attrapa l'échelle de corde du quai. Le duc avait à peine atteint la moitié de l'échelle que le batelier avait déjà franchi un coude et disparaissait de sa vue dans un autre canal.

Maugréant et maudissant son gros ventre, Isgrimnur réussit enfin à poser le pied sur le bois plus stable des quais. Il frappa à la porte usée par les embruns, puis attendit longtemps sous la pluie glaciale sans la moindre réponse, perdant de plus en plus son sang-froid. La porte s'ouvrit enfin, révélant le visage grimaçant d'une femme d'un certain âge.

« Je ne sais pas où est le crétin », dit-elle à Isgrimnur comme s'il avait posé la question. « Faut déjà que je fasse tout ici, et en plus maintenant je dois répondre à la porte. »

Un instant, le duc fut si surpris qu'il manqua s'excuser. Il repoussa cette velléité chevaleresque. « Je veux une chambre », dit-il enfin.

« Eh bien ! entrez, alors », répondit la femme d'un air de doute, en ouvrant plus grand la porte. Derrière elle se trouvait un hangar à bateaux improvisé qui sentait le goudron et le poisson pourri. Deux rames étaient posées là comme rendues par la mer après un naufrage. Dans un coin, un bras brun dépassait d'un tas de couvertures. Un instant, Isgrimnur pensa qu'il s'agissait d'un cadavre abandonné là ; lorsque le bras bougea, tirant les couvertures sur lui, il réalisa que ce n'était que quelqu'un qui dormait. Il eut soudain la prémonition que la chambre qu'il trouverait ici ne serait pas d'un confort extraordinaire, mais il repoussa cette idée.

Tu deviens sensible, vieil homme, se morigéna-t-il. *Sur les champs de bataille, tu as dormi dans la boue et le sang et dans des nids de mouches piqueuses.*

Il avait une mission, se répéta-t-il. Son propre confort était secondaire.

« Au fait », dit-il en direction de l'aubergiste, qui avait déjà presque traversé la pièce, « je cherche quelqu'un. » Soudain, il fut incapable de se souvenir du nom que lui avait donné Dinivan. Il s'interrompit, passant ses doigts dans sa barbe humide, puis il se souvint. « Tiamak. Je cherche Tiamak. »

Lorsque la femme se retourna, Son expression déplaisante avait fait place à un sourire avide. « *Vous ?* » s'exclama-t-elle. « C'est vous qui avez l'or ? » Elle ouvrit grand ses bras, comme pour l'embrasser. Malgré la douzaine de coudées qui les séparait, le duc fit un pas en arrière, dégoûté. Le tas de couvertures dans le coin commença à s'agiter comme un nid de cochonnets, puis retomba. Un petit Salanais extrêmement mince s'assit, les yeux encore à demi fermés par le sommeil.

« Je suis Tiamak », dit-il en s'efforçant de réprimer un bâillement. Lorsque le Salanais dévisagea Isgrimnur, son visage parut exprimer une profonde déception, comme s'il s'était attendu à quelque chose de mieux. Le duc sentit son énervement revenir. Ces gens étaient-ils tous fous ? Qui pensaient-ils qu'il était, et qu'attendaient-ils de lui ?

« Je vous apporte des nouvelles », dit sèchement Isgrimnur, incertain de la façon dont il devait procéder. « Mais nous devrions parler en privé. »

« Je vais vous montrer votre chambre, s'empressa de dire la femme. La plus belle de l'auberge. Et le petit homme brun, un autre de mes distingués invités, peut vous y rejoindre. »

Isgrimnur venait de tourner le dos à Tiamak, qui semblait s'efforcer de s'habiller maladroitement sous les couvertures, lorsque la porte intérieure de l'auberge s'ouvrit d'un seul coup, et fut franchie par une horde d'enfants qui bondissaient comme des guerriers thrithings au combat. Ils étaient poursuivis par un solide vieil homme aux cheveux blancs, qui souriait d'une grande grimace en faisant semblant de vouloir les effrayer. Ils se dispersèrent avec des hurlements de joie, et filèrent par la porte qui menait sur les quais. Avant qu'il pût continuer de les poursuivre, la propriétaire se plaça devant lui, les poings serrés sur les hanches.

« Que le Diable emporte le maudit crétin que tu es, Céallio ; tu es ici pour répondre à la porte ! » Le vieil homme, bien que significativement plus grand qu'elle, se ramassa comme s'il s'attendait à être frappé. « Je sais que tu es un simple d'esprit, mais tu n'es pas sourd ! Tu n'as pas entendu qu'on frappait à la porte ? »

Le vieil homme gémit sans répondre. La propriétaire se détourna de lui avec un air dégoûté. « Il est aussi stupide qu'une pierre », commença-t-elle, puis elle s'interrompit, bouche bée, tandis qu'Isgrimnur tombait à genoux.

Le duc sentit le monde tourner autour de lui, comme si les mains d'un géant l'avaient soulevé. Il lui fallut un long moment avant de pouvoir parler, un moment durant lequel l'aubergiste, le petit Salanais et le vieux portier le dévisagèrent en affichant des degrés divers de fascination. Lorsque Isgrimnur parla enfin, ce fut pour s'adresser au vieil homme.

« Mon Seigneur Camaris », dit-il, et il sentit sa voix se briser dans sa gorge. Le monde était vraiment devenu fou : maintenant les morts revenaient parmi les vivants. « Miséricordieuse Elysia, Camaris, tu ne te souviens donc pas de moi ? Je suis Isgrimnur ! Nous nous sommes battus ensemble pour Jean Presbytère, nous sommes amis ! Oh, mon Dieu, tu es vivant ! Comment cela est-il possible ? »

Il tendit la main vers le vieil homme, qui s'en saisit comme un enfant peut prendre quelque chose de coloré ou de brillant qui lui est tendu par un étranger. La main du vieil homme était calleuse, avec une force impressionnante qui était sensible même alors que sa main reposait mollement dans celle d'Isgrimnur. Son beau visage souriant ne reflétait que l'incompréhension.

« Que racontez-vous ? » dit l'aubergiste d'un ton fiché. « C'est le vieux Céallio, le portier. Il est là depuis des années. C'est un simple d'esprit. »

« *Camaris...* » souffla Isgrimnur en portant la main du vieil homme à sa joue, la mouillant de larmes. Il pouvait à peine parler. « Oh, mon Dieu, tu es vivant. »

28

DES ÉTINCELLES TOURBILLONNANTES

Malgré l'incessante beauté de Jao é-Tinukai'i, ou peut-être à cause d'elle, Simon s'ennuyait. Il se sentait aussi extrêmement seul.

Son emprisonnement était chose étrange : les Sithis le laissaient libre de ses mouvements, mais, à l'exception de Jiriki et d'Aditu, continuaient de ne pas s'intéresser à lui non plus. Comme le chien de compagnie d'une reine, il était bien nourri et l'on prenait soin de lui ; il pouvait aller là où il le désirait, mais simplement parce que le monde extérieur était hors de sa portée. Comme un animal de choix, il amusait ses maîtres, mais n'était pas pris au sérieux. Lorsqu'il s'adressait aux Sithis, ils répondaient poliment dans le westerlien de Simon, mais parlaient leur langue fluide entre eux. Quelques mots reconnaissables montaient parfois à ses oreilles, mais des rivières entières de paroles incompréhensibles s'écoulaient autour de lui. L'idée qu'ils parlassent peut-être de lui dans leurs conversations privées l'exaspérait. La possibilité que ce ne fût pas le cas, qu'ils pussent ne pas penser à lui hors de sa présence, créait chez lui un malaise peut-être pire encore : cela lui donnait l'impression d'être aussi intangible qu'un fantôme.

Depuis son entrevue avec Amerasu, les jours avaient commencé à passer encore plus vite. Alors qu'il était allongé dans ses couvertures, une nuit, il réalisa qu'il ne pouvait plus dire avec certitude depuis combien de temps il se trouvait au milieu des Sithis. Aditu, lorsqu'il le lui demanda, prétendit ne plus s'en souvenir. Lorsque Simon vint poser la même question à Jiriki, celui-ci le dévisagea avec un air de grande pitié et lui demanda s'il désirait réellement compter les jours. Glacé par ce qu'impliquait sa réponse, Simon exigea de connaître la vérité. Jiriki lui répondit qu'un peu plus d'un mois s'était écoulé.

C'était il y a quelques jours de cela.

Les nuits étaient les plus difficiles. Couché dans son nid de couvertures dans la maison de Jiriki ou arpentant l'herbe humide et douce sous des étoiles étranges, Simon s'épuisait à échafauder d'impossibles projets de fuite, des plans qui, il le savait, étaient aussi irréalistes que désespérés. Il devint de plus en plus morose. Il savait que Jiriki était inquiet pour lui, et même le rire vif-argent d'Aditu semblait forcé. Simon savait qu'il parlait constamment de son tourment, mais ne pouvait le cacher – de plus, il ne désirait pas le cacher : à qui la faute s'il était piégé ici ?

Ils lui avaient sauvé la vie, bien sûr. Aurait-il vraiment été préférable de mourir de froid et de faim, se morigéna-t-il, plutôt que de vivre comme un invité choyé mais légèrement confiné dans l'une des plus magnifiques cités d'Osten Ard ? Mais même s'il avait un peu honte de son ingratitude, il ne pouvait s'habituer à sa prison dorée.

Tous les jours se ressemblaient. Il errait seul à travers la forêt, ou jetait des cailloux dans l'un des innombrables torrents ou rivières, et pensait à ses amis. Dans l'été préservé de Jao é-Tinukai'i, il était difficile d'imaginer ce que devaient être leurs souffrances dans l'effroyable hiver qui faisait rage à l'extérieur. Où étaient Binabik, Miriamélé, le Prince Josua ? Étaient-ils même encore en vie ? Étaient-ils tombés sous l'orage noir ou résistaient-ils encore ?

De plus en plus désespéré, il supplia Jiriki de le laisser parler une nouvelle fois à Amerasu, pour la supplier d'agir en sa faveur, mais Jiriki refusa.

« Il ne m'appartient pas de donner des instructions à la Prime-aïeule. Elle agira lorsqu'elle le jugera bon, après avoir soigneusement pesé sa décision. Je suis désolé, Seoman, mais ces choses sont trop importantes pour agir dans la précipitation. »

« La précipitation ? » ragea Simon. « Le temps que quelqu'un fasse quelque chose ici, je serai mort ! »

Mais Jiriki, bien que visiblement attristé, ne se laissa pas infléchir.

L'impatience de Simon, systématiquement contrecarrée, se mua lentement en colère. Les Sithis aux manières réservées commencèrent à lui paraître hautains et suffisants au-delà du supportable. Alors que les amis de Simon combattaient et mouraient, engagés dans une guerre sans merci contre le Roi de l'Orage et contre Élias, ces créatures écervelées se promenaient dans leur forêt ensoleillée en chantant et en contemplant les arbres. Et qu'était le Roi de l'Orage, de toute façon, sinon un Sithi ? Il n'y avait donc rien d'étonnant à ce que ses congénères eussent emprisonné Simon tandis que le reste du monde reculait devant la rage froide d'Ineluki.

Et donc les jours passaient, chacun encore plus semblable à celui qui l'avait précédé, chacun ajoutant au mécontentement de Simon. Il cessa bientôt de prendre ses repas du soir avec Jiriki, préférant apprécier de façon plus solitaire le chant des grillons et des rossignols. Plein de ressentiment à l'égard de l'enjouement d'Aditu, il commença à l'éviter. Il en avait assez d'être taquiné et cajolé. Il n'était rien de plus pour elle, il le savait, que l'animal de compagnie d'une reine. Tout cela suffisait. S'il devait être prisonnier, alors il agirait comme tel.

Jiriki le trouva assis dans un bosquet de mélèzes, aussi renfrogné et irascible qu'un hérisson. Les abeilles bourdonnaient dans la luzerne et le soleil brillait à travers les épines, hachurant le sol en croisillons de lumière. Simon mâchait un morceau d'écorce.

« Seoman, dit le Prince, puis-je te parler ? »

Simon fronça les sourcils. L'expérience lui avait enseigné que les Sithis, contrairement aux mortels, repartaient effectivement si cette permission ne leur était pas donnée. Le peuple de Jiriki avait un profond respect pour l'intimité.

« Je suppose », dit enfin Simon.

« J'aimerais que tu viennes avec moi, dit Jiriki. Pour aller au Yásira. »

Simon sentit un espoir grandir en lui, mais ce sentiment lui fut douloureux. « Pourquoi ? »

« Je ne sais pas. Je sais seulement que nous sommes tous conviés à venir, tous ceux qui vivent à Jao é-Tinukai'i. Puisque tu vis ici, je pense qu'il est normal que tu viennes aussi. »

Les espoirs de Simon retombèrent. « Ils n'ont pas demandé à me voir. » Un instant, il avait imaginé ce qui allait se passer : Shima'onari et Likimeya s'excusant pour leur erreur, et le renvoyant vers les siens, les bras chargés de cadeaux et porteur d'informations qui aideraient Josua et les autres. Encore une illusion de tête-creuse ; quand apprendrait-il donc ? « Je ne veux pas y aller », dit-il enfin.

Jiriki s'accroupit à côté de lui, avec la grâce d'un oiseau de proie posé sur une branche. « J'aimerais que tu viennes, Seoman, dit-il. Je ne peux t'y obliger, et je ne te supplierai pas, mais Amerasu sera là. Il est extrêmement rare qu'elle demandât à parler à notre peuple, sauf quand vient le Jour de l'Année-dansante. »

Simon sentit son intérêt croître. Peut-être qu'Amerasu allait parler en son nom, leur ordonner de le laisser partir ! Mais si c'était le cas, pourquoi ne lui avait-on pas demandé de venir ?

Il feignit l'indifférence. Quoi qu'il pût se passer, il s'imprégnait lentement des manières des Sithis. « Voilà que tu reparles de l'Année-dansante, Jiriki, dit-il. Mais tu ne m'as jamais expliqué ce que cela signifiait. J'ai vu le Bosquet de l'Année-dansante, tu sais. »

Jiriki parut réprimer un sourire. « Pas de très près, je suppose. Mais viens, Seoman. Tu joues à un jeu. Un autre jour, je te dirai ce que je peux des responsabilités de ma Maison, mais maintenant il me faut y aller. Toi aussi, si tu envisages de venir. »

Simon jeta le morceau d'écorce mâchonnée par-dessus son épaule. « J'irai si je peux rester près de la sortie. Et si je n'ai pas à prendre la parole. »

« Tu peux t'asseoir où tu veux, Mèche-blanche. Tu es peut-être un prisonnier, mais un prisonnier respecté. Mon peuple s'efforce de rendre ton séjour ici supportable. Pour le reste, je ne puis m'avancer sur les questions qui peuvent être posées. Viens. Tu es presque adulte, fils-des-hommes. N'aie pas peur de te faire entendre. »

Simon fronça les sourcils, et réfléchit un instant. « Montre-moi le chemin », dit-il.

Ils s'arrêtèrent devant l'entrée de la grande tente vivante. Les papillons étaient nerveux, et l'agitation de leurs ailes déployées faisait onduler les formes colorées et changeantes qui baignaient le Yásira comme le vent dans un champ de blé. Le bruissement parcheminé de leur effervescence emplissait tout le vallon. Soudain réfractaire à franchir la porte, Simon recula, en se libérant de l'étreinte amicale du bras de Jiriki.

« Je ne veux pas entendre de mauvaises choses », dit-il. Il sentait une lourdeur glacée dans le fond de son estomac, semblable à celle qui l'envahissait lorsqu'il s'attendait à être puni par Rachel le Dragon ou le Maître des Cuisines. « Je ne veux pas que l'on me crie dessus. »

Jiriki le dévisagea d'un air interrogateur. « Personne ne va crier, Seoman. Cela ne fait pas partie de la voie du Zida'ya. Et tout cela n'a peut-être rien à voir avec toi. »

Simon secoua faiblement la tête, embarrassé. « Désolé. Bien sûr. » Il prit une profonde inspiration et frissonna nerveusement, puis il attendit jusqu'à ce que Jiriki reprît doucement son bras et le menât vers le portail couvert de rosiers qui ouvrait sur le Yásira. Un millier de milliers d'ailes de papillons sifflèrent comme un vent sec lorsque Simon et son compagnon pénétrèrent dans la vaste cuvette aux couleurs infiniment variées.

Likimeya et Shima'onari étaient, comme précédemment, assis au centre de la pièce, sur des couches basses proches du doigt de pierre dressé. Amerasu était assise entre eux sur une couche plus haute, la capuche de sa pâle robe grise rejetée en arrière. Ses cheveux blanc neige, dénoués, flottaient en un doux nuage sur ses épaules. Elle portait une écharpe bleu vif autour de sa taille mince, mais aucun autre accessoire ou bijou.

Tandis que Simon la regardait, les yeux d'Amerasu passèrent brièvement sur lui. S'il avait espéré un sourire serviable ou un signe de tête rassurant, il en fut pour ses frais : son regard glissa sur lui comme s'il n'eût été qu'un arbre banal au milieu d'une forêt. Son cœur se serra. S'il lui restait le moindre espoir de voir Amerasu s'inquiéter du sort de cette tête-creuse de Simon, il était temps pour lui de l'oublier.

À côté d'Amerasu, sur un piédestal de pierre grisâtre, se dressait un objet étrange : un disque de quelque pâle substance glacée, monté sur un large support de bois-sorcier noir et brillant ciselé d'un entrelacs de gravures sithies.

Simon pensa qu'il s'agissait d'un miroir – il savait que certaines dames en possédaient de tels – mais curieusement, l'objet semblait ne rien réfléchir. Les bords du disque étaient aussi aiguisés que des couteaux, comme une confiserie qui aurait été sucée jusqu'à devenir quasi transparente. Sa couleur était la blancheur glacée d'une pleine lune d'hiver, mais d'autres teintes, plus difficilement perceptibles, semblaient se mouvoir au cœur de l'objet. Un large bol vide fait de la même substance translucide était posé devant le disque de pierre, retenu par le support ciselé.

Simon ne pouvait regarder cette chose trop longtemps : les couleurs changeantes le mettaient mal à l'aise : de quelque étrange manière, la pierre inconstante lui rappelait l'épée grise Peine, un souvenir qu'il ne souhaitait pas faire renaître. Il détourna la tête et parcourut lentement la grande pièce du regard.

Comme l'avait laissé entendre Jiriki, tous les habitants de Jao é-Tinukai'i semblaient s'être rassemblés au Yásira cet après-midi. S'ils portaient toujours des vêtements extrêmement colorés rehaussés de leurs traditionnelles plumes d'oiseaux rares, les sithis aux yeux d'or semblaient aujourd'hui inhabituellement réservés, même selon les normes de ce peuple solitaire. De nombreux regards s'étaient tournés vers Simon et Jiriki lorsqu'ils étaient entrés, mais aucun ne s'était attardé : l'attention de tous ceux qui étaient rassemblés ici paraissait fixée sur les trois silhouettes au centre de l'immense pièce que formait l'arbre. Heureux de cet anonymat, Simon choisit un endroit en bordure de la foule silencieuse où Jiriki et lui s'assirent. Il ne vit Aditu nulle part, mais il savait qu'elle serait difficile à retrouver dans une telle assemblée.

Durant un long moment, il n'y eut ni mouvements ni paroles, mais Simon avait l'impression que des courants souterrains glissaient juste au-delà de sa compréhension, qu'une sorte de communication subtile était partagée par tous ici excepté lui. Il n'était néanmoins pas assez obtus pour ne pas percevoir la tension des calmes Sithis, le malaise tangible lié à une anticipation inquiète. Il y avait quelque chose dans l'air, comme dans les instants qui précèdent la foudre.

Il avait commencé à se demander s'ils continueraient comme cela tout l'après-midi, comme des chats rivaux réunis sur un mur qui se toisent en silence, lorsque enfin, Shima'onari se leva et commença à parler. Cette fois, le maître de Jao é-Tinukai'i ne s'embarrassa pas du westerlien de Simon, et s'exprima dans la langue musicale des Sithis. Il parla assez longtemps, accompagnant son discours de gestes gracieux de la main, les manches de sa robe jaune pâle flottant à mesure qu'il soulignait ses dires. Pour Simon, tout cela ne constituait qu'un délicat mélange de confusion et d'incompréhension.

« Mon père parle d'Amerasu et nous demande de l'écouter », chuchota Jiriki. Simon resta dubitatif : Shima'onari semblait avoir parlé bien longtemps pour n'avoir dit que cela. Il jeta un rapide coup d'œil sur le Yásira et sur tous les visages sombres aux yeux félins. Quoi que le père de Jiriki fût en train de dire, il avait la totale attention de tout son peuple, une concentration qui paraissait presque effrayante à Simon.

Lorsque Shima'onari eut conclu, Likimeya se leva, et tous les yeux se tournèrent vers elle. Elle parla elle aussi très longtemps dans la langue fluide du Zida'ya.

« Elle dit qu'Amerasu est très sage », expliqua Jiriki. Simon fronça les sourcils.

Lorsque Likimeya eut terminé, un long et doux soupir s'éleva, comme si toute l'assemblée avait respiré en même temps. Simon soupira aussi, mais de soulagement : à mesure que s'était poursuivi le babil incompréhensible des Sithis, il avait eu de plus en plus de mal à se concentrer. Même les papillons s'agitaient au-dessus d'eux, les teintes colorées données à la lumière du soleil par leurs ailes ondulant à travers toute la pièce.

Enfin, Amerasu se leva. Elle paraissait beaucoup moins frêle que dans sa maison. Simon l'avait alors comparée à un saint martyr, mais il lui découvrait maintenant une note angélique, une force qui brûlait comme la braise et pouvait à tout moment éclater en une aveuglante lumière blanche. Ses longs cheveux blancs se soulevèrent dans une brise qui provenait peut-être du battement d'un million d'ailes.

« Je vois que l'enfant mortel est là, dit-elle, et je vais donc parler d'une façon qu'il pourra comprendre, puisque je tiens de lui une grande partie de ce que je vais dire. Il a le droit de l'entendre. »

De nombreux Sithis tournèrent vers Simon leur regard impassible. Surpris, il baissa la tête et regarda sa poitrine jusqu'à ce qu'ils eussent tous détourné la tête.

« En fait, poursuivit Amerasu, aussi étrange que cela pût paraître, il est possible que certaines des choses que je dois dire fussent plus adaptées au langage du Sudhoda'ya. Les mortels ont toujours vécu sous la menace de ténèbres d'une forme ou d'une autre. C'est une des raisons pour lesquelles nous les avons nommés Enfants du Crépuscule lorsque nous sommes arrivés à Osten Ard. » Elle fit une pause. « Les Enfants-des-hommes, les mortels, ont de nombreuses idées sur ce qui arrive après la mort, et se disputent au sujet de qui a raison et qui a tort à ce sujet. Ces désaccords se terminent souvent dans un bain de sang, comme s'ils désiraient envoyer des messagers qui pourraient découvrir la réponse à leur controverse. Ces messagers, pour ce que je sais de la philosophie des mortels, ne sont jamais revenus porter aux leurs les réponses qu'ils cherchaient. »

« Mais il existe chez les mortels des histoires qui prétendent que certains d'entre eux reviennent effectivement, sous la forme d'esprits intangibles, même s'ils ne sont pas porteurs des réponses désirées. Ces esprits, ces fantômes, sont des symboles muets de l'ombre de la mort. Ceux qui rencontrent de tels esprits égarés se disent " hantés ". » Amerasu prit une longue inspiration ; son calme imposant parut s'effriter. Il fallut un certain temps avant qu'elle ne se remît à parler. « La langue du Zida'ya ne possède pas de tel mot, et peut-être qu'elle le devrait. »

Le silence, à l'exception de quelques bruissements d'ailes, était absolu.

« Nous avons fui l'Est Ultime, en pensant échapper au Néant qui engloutissait notre Jardin. Ces faits sont connus de tous à l'exception du garçon mortel – même ceux de nos enfants qui sont nés après l'Exode d'Asu'a sont nourris de cette histoire tout autant que du lait de leur mère – ils ne seront donc pas répétés ici.

« Lorsque nous avons atteint cette nouvelle terre, nous pensions avoir échappé à cette ombre. Mais nous en avions emporté un morceau avec nous. Cette tache, cette ombre, fait partie intégrante de nous – tout comme les mortels qui ne peuvent échapper à l'ombre de leur propre mort.

« Nous sommes un peuple ancien. Nous ne combattons pas l'inévitable. C'est pour cela que nous avons quitté Venyha Do'sae, plutôt que de nous défaire en un combat inutile. Mais la malédiction de notre race n'est pas dans notre refus de verser notre sang dans une opposition vaine aux ténèbres ; elle est dans le fait que nous étreignions ces ténèbres, que nous les serrions joyeusement dans nos bras, en les couvant comme on le ferait d'un enfant.

« Nous avons amené cette ombre avec nous. Peut-être qu'aucun être vivant, qu'aucun être doué de raison ne peut vivre sans une telle ombre, mais même nous Zida'ya – malgré notre longévité à côté de laquelle la vie des mortels s'écoule comme celle d'une luciole – ne pouvons ignorer l'ombre qu'est la mort. Nous ne pouvons nier l'existence du Néant. Alors nous le portons en nous comme un lourd secret.

« Les mortels doivent mourir, et ils sont effrayés par cela. Nous qui étions autrefois du Jardin devons également mourir, même si notre vie est immensément plus longue, mais nous renfermons en nous notre propre mort depuis le moment où nous ouvrons les yeux ; elle est une partie indissociable de nous-mêmes. Nous aspirons à son étreinte finale, alors même que passent les siècles et qu'autour de nous les mortels qui craignent la mort naissent et meurent comme des souris. Nous faisons de la mort le cœur de notre être, notre amie la plus secrète et la plus chère, laissant la vie s'écouler tandis que nous apprécions la sombre compagnie du Néant.

« Nous avons refusé aux enfants de Ruyan Vé le secret de notre quasi-immortalité, alors que nous étions les branches d'un même arbre. Nous avons refusé la vie éternelle au peuple de Ruyan, le Tinukeda'ya, alors même que nous étreignions la mort de plus en plus fort en notre sein. Nous sommes hantés, mes enfants. Le mot mortel est le seul qui soit juste : nous sommes hantés. »

Simon ne comprenait pas grand-chose à ce que disait la Prime-aïeule, mais sa voix lui faisait l'effet d'une réprimande infligée par un parent affectueux. Il se sentait petit et insignifiant, mais était rassuré parce que la voix était là et qu'elle lui parlait. Les Sithis autour de lui restaient toujours aussi impassibles.

« Puis vinrent des hommes dans des bateaux », dit Amerasu, sa voix se faisant plus grave. « Eux ne se contentaient pas de vivre et de mourir dans les murs d'Osten Ard comme les souris qui les avaient précédés. Ils ne se satisfaisaient pas des restes que nous leur jetions. Nous Zida'ya aurions pu mettre fin à leurs déprédations avant qu'ils ne devinssent puissants, mais nous préférions pleurer les beautés perdues tout en nous réjouissant secrètement. *Notre mort venait !* une fin définitive et glorieuse qui ferait des ténèbres une réalité. Mon époux Iyu'unigato était l'un de ceux-là. Son cœur doux et poétique chérissait la mort plus qu'il n'a jamais aimé sa femme ou ses propres fils. »

Pour la première fois, un léger chuchotement commença à parcourir l'assemblée, un murmure à peine plus fort que le bruissement des ailes des papillons. Amerasu sourit tristement.

« Il est douloureux d'entendre de telles choses, dit-elle. Mais aujourd'hui est un jour où la vérité doit être dite. De tout le Zida'ya, un seul ne désirait pas la douceur du néant. Il s'agissait de mon fils Ineluki, et il *brûlait.* Je ne parle pas de la façon dont il est mort – ce qui fut peut-être une cruelle ironie, ou la marque d'un destin inéluctable. Non, Ineluki brûlait de vie, et sa lumière dispersait les ténèbres – au moins certaines d'entre elles.

« Vous savez tous ce qui est arrivé. Vous savez tous qu'Ineluki a tué son tendre père, et qu'il fut ensuite vaincu, provoquant la destruction d'Asu'a en tentant de survivre et de sauver son peuple de la destruction. Mais le feu qui brûlait en lui était si fort qu'il ne pouvait simplement disparaître dans les ténèbres au-delà de la vie. Je l'ai maudit pour ce qu'il a fait à son père et à son peuple et à lui-même, mais mon cœur de mère reste fier. Par les navires qui nous ont amenés ici, il brûlait et il brûle encore ! *Ineluki ne veut pas mourir !* »

Amerasu leva la main tandis que de nouveaux chuchotements parcouraient le Yásira. « Paix, mes enfants, paix ! » s'exclama-t-elle. « La Prime-aïeule n'a pas choisi ces ténèbres-là. Je ne le loue pas pour ce qu'il est devenu, mais pour la féroce volonté dont il fut le seul à faire preuve à une époque où cette volonté était l'unique chose qui aurait pu nous sauver de nous-mêmes. Et il nous a sauvés, puisque sa résistance et même sa folie ont donné à d'autres le courage de s'enfuir ici, dans les maisons de notre exil. » Elle baissa la main. « Non, mon fils a choisi la haine. Elle l'a empêché de mourir de sa vraie mort, mais il s'agissait d'une flamme plus forte encore que la sienne, et elle l'a consumé. Il ne reste rien du feu brillant qu'était mon fils. » Ses yeux étaient fermés. « Presque rien. »

Lorsqu'elle resta un temps sans parler, Shima'onari fit mine de se lever pour s'avancer vers elle, tout en lui disant doucement quelque chose en langue sithie. Amerasu secoua la tête. « Non, mon petit-fils, laisse-moi parler. » Une note de colère tendit sa voix. « C'est tout ce qu'il me reste, mais si je ne suis pas entendue, une obscurité s'abattra qui n'aura rien de commun avec la mort paisible que nous louons dans nos rêves. Ce sera pire que le Néant qui nous a chassés de notre Jardin au-delà des mers. »

Shima'onari, qui paraissait curieusement ébranlé, s'assit à côté de Likimeya aux yeux de pierre.

« Ineluki a changé, reprit Amerasu. Il est devenu quelque chose que le monde n'avait jamais connu avant, un brasier de désespoir et de haine, qui ne survit que pour redresser ce qui a autrefois été des injustices et des erreurs et de tragiques sous-estimations, mais qui ne sont plus maintenant que des faits. Tout comme nous, Ineluki vit dans le royaume de *ce qui était*. Mais contrairement à ses congénères vivants, Ineluki ne se contente pas de se complaire dans les souvenirs du passé. Il vit – ou existe, c'est un point sur lequel la langue mortelle est inadaptée – pour voir le présent de ce monde anéanti et les torts passés redressés, mais il ne voit que par sa colère. Sa justice sera cruelle, ses méthodes plus horribles encore. »

Elle vint se placer à côté de l'objet qui reposait sur le piédestal de pierre, posant doucement ses doigts fins sur le bord du disque. Simon craignit qu'elle ne se coupât et ressentit une peur anormale à l'idée de voir du sang sur la peau fine et dorée d'Amerasu.

« Je sais depuis très longtemps qu'Ineluki est de retour, comme vous tous. Contrairement à vous, par contre, je n'ai pas choisi de le chasser de mon esprit ou d'en ressasser incessamment l'idée pour le seul plaisir d'en ressentir la douleur comme on joue avec une cicatrice ou un point douloureux. J'ai réfléchi, j'ai médité, et j'en ai parlé avec les rares qui voulaient m'aider, en essayant de comprendre ce qui grandissait dans les ténèbres de l'esprit de mon fils. Le dernier de ceux qui m'ont apporté des informations utiles a été le garçon mortel Seoman, même s'il ne réalisait pas, et ne réalise toujours pas, la moitié de ce qu'il m'a appris. »

Simon sentit de nouveau des regards se poser sur lui, mais ses propres yeux ne pouvaient quitter le visage lumineux d'Amerasu, dans l'écrin que formait le nuage blanc de ses cheveux.

« C'est tout aussi bien, dit-elle. Le fils-des-hommes a été brimbalé par le sort et le hasard de façon bien étrange, mais n'est ni un grand magicien, ni un puissant héros. Il a admirablement rempli ses obligations, et n'a pas besoin de nouvelles charges sur ses jeunes épaules. Mais ce que j'ai appris de lui m'a, je pense, éclairé sur la véritable trame du plan d'Ineluki. » Elle inspira profondément, rassemblant ses forces. « *Son dessein est terrible*. Je pourrais peut-être vous le décrire, mais les mots pourraient ne pas suffire. Je suis la plus ancienne de notre tribu ; je suis Amerasu Née-du-Bateau. Et pourtant, il y en aurait peut-être entre vous qui douteraient secrètement de mes paroles, et d'autres qui continueraient de se voiler la face. Nombre d'entre vous préféreraient vivre dans la beauté d'ombres imaginaires plutôt qu'affronter la noirceur hideuse qui est le cœur de cette ombre-là, de l'ombre que mon fils étend sur nous tous.

« Alors je vais vous montrer ce que j'ai vu, et vous le verrez vous aussi. Si nous pourrons encore détourner la tête, mes enfants, nous ne pourrons plus prétendre ne pas savoir. Nous pourrons un temps encore retenir l'hiver, mais il finira par nous engloutir, nous aussi. » Sa voix s'éleva soudain, plaintive mais puissante. « Si nous marchons joyeusement vers les bras de la mort, alors nous devons au moins admettre que c'est ce que nous sommes en train de faire ! Que cette fois au moins, nous regardions honnêtement au fond de nous-mêmes, même à la fin de toute chose. »

Amerasu laissa son regard retomber, comme si l'épuisement ou la tristesse l'avait envahie. Il y eut un moment de silence puis, à l'instant même où quelques conversations avaient commencé à naître, elle releva son visage vers eux et plaça ses mains sur le pale disque lunaire.

« Voici la Lampe des Brumes, apportée de Tumet'ai par ma mère Senditu alors que le givre rampant engloutissait la grande cité. Tout comme les écailles du Grand Ver, tout comme le Feu-parlant, le Têt chantant, et le Bassin de la majestueuse Asu'a, c'est une porte vers la

Route des Rêves. Elle m'a montré bien des choses. Maintenant, il est temps de partager ces visions. »

Amerasu se pencha, et toucha légèrement le bol, puis le disque de pierre. Une flamme bleu blanc bondit et brûla sans mèche au-dessus du bord pâle du bol. Le disque commença à briller de reflets discrets. Puis, alors même que sa lueur se faisait plus brillante, tout le Yásira commença à s'assombrir, jusqu'à donner l'impression à Simon que l'après-midi s'était enfui et que la lune était tombée du ciel pour briller devant lui.

« De nos jours, le domaine des rêves s'est rapproché du nôtre, dit Amerasu, tout comme l'hiver d'Ineluki a encerclé et effacé l'été. » Sa voix, bien que claire et distincte, paraissait n'être plus qu'un murmure. « Le domaine des rêves est troublé, et il y aura des moments où il sera difficile de se maintenir sur la Route ; vous devrez donc me soutenir de vos pensées et de votre force paisible. Le temps n'est plus depuis bien longtemps où les filles de Jenjiyana pouvaient parler aussi facilement à travers les Témoins que de bouche à oreille. » Elle agita la main par-dessus le disque, et la pièce se fit plus sombre encore. Le tendre frottement des ailes des papillons s'amplifia, comme si les créatures percevaient un changement dans l'air.

Le disque brilla. Une tache bleutée comme le brouillard s'étendit sur sa surface ; lorsqu'elle passa, la Lampe des Brumes était devenue noire. Dans cette noirceur, une poignée d'étoiles froides apparurent, et une pâle forme commença à se dessiner, surgissant du bas du disque. C'était une montagne, aussi blanche et effilée qu'une corne, aussi blême qu'un os.

« *Nakkiga*, dit Amerasu dans l'obscurité. La montagne que les mortels appellent le Pic de l'Orage. Là où vit Utuk'ku, qui cache son âge derrière un masque d'argent, refusant d'admettre que l'ombre de la mort peut la toucher, elle aussi. Elle craint le Néant plus qu'aucun autre de notre race, même si elle est la plus âgée de ceux qui vivent encore, la dernière des Natifs du Jardin. » Amerasu rit doucement. « Oui, mon arrière-grand-mère est bien vaniteuse. » Un instant, il y eut un éclair de métal, mais la Lampe des Brumes se troubla et la montagne réapparut. « Je peux la sentir », dit Amerasu. « Comme une araignée, elle attend. Aucun désir de justice ne brûle en elle qui serait comparable à celui d'Ineluki, quelque fou qu'il eût pu devenir. Elle ne désire que détruire tous ceux qui se souviennent de la façon dont elle a été humiliée dans un très, très lointain passé, lorsque nos peuples se sont séparés. Elle a accueilli l'esprit enragé de mon fils ; ensemble, ils ont alimenté l'un l'autre leurs haines respectives. Maintenant, ils sont prêts à accomplir ce qu'ils préparent depuis tant de siècles. Regardez ! »

La Lampe des Brumes palpita. La montagne blanche se rapprocha, fumant sous les cieux noirs et froids. Puis, soudain, elle commença à s'estomper dans l'obscurité. Un instant plus tard, elle avait disparu, ne laissant que le vide derrière elle.

Un long moment s'écoula. Simon, qui était resté suspendu à chaque mot de la femme sithie, se sentit soudain abandonné. La tension était de nouveau tangible dans l'air, plus forte que jamais.

« Oh ! » s'exclama Amerasu avec un hoquet de surprise.

Tout autour de Simon, les Sithis s'agitaient et murmuraient, tandis que les interrogations se changeaient en malaise et que les graines de la peur commençaient à germer en eux. Un éclair argenté apparut au centre de la Lampe des Brumes, puis se répandit comme de l'huile sur une mare, emplissant la silhouette sombre. L'argent se déforma et s'agita jusqu'à devenir un visage, un visage de femme, immobile à l'exception de ses yeux pâles qui perçaient à travers les fentes obscures.

Simon regarda le masque d'argent sans pouvoir réagir ; ses yeux le brûlaient tout en s'emplissant de larmes de peur. Il ne pouvait détourner son regard. Elle était si ancienne et si forte... si forte...

« *Il s'est passé bien des années, Amerasu no'e-Sa'onserei.* » La voix de la Reine des Norns était étonnamment mélodieuse, mais sa douceur ne pouvait entièrement dissimuler la vaste corruption qu'elle recouvrait. « *Cela fait bien longtemps, ma petite-fille. As-tu à ce point honte de ta famille du nord que tu ne nous as pas invités plus tôt à te rejoindre ?* »

« Ton ironie est inutile, Utuk'ku Seyt-Hamakha. » Il y avait un léger tremblement dans la voix d'Amerasu, une effrayante note de désarroi. « Tous connaissent les raisons de ton exil et de la séparation de nos familles. »

« *Tu as toujours été vertueuse, petite Amerasu.* » Le mépris dans la voix de la Reine des Norns donna à

Simon l'impression que tout son corps était pris de fièvre. « *Mais ceux qui ont le goût de la vertu finissent toujours par se mêler de ce qui ne les regarde pas, comme l'a toujours fait ton clan. Vous refusiez d'anéantir les mortels, alors que cela aurait pu nous sauver. Et même après qu'ils eurent détruit les Natifs du Jardin, vous ne pouvez les abandonner à leur sort.* » Simon entendait le sifflement de la respiration d'Utuk'ku. « *Ah ! Je vois qu'il y en a un parmi vous en cet instant même !* »

Le cœur de Simon parut gonfler, et envahir sa gorge jusqu'à ce qu'il pût à peine respirer. Ces yeux terribles le regardaient lui – pourquoi Amerasu ne la faisait-elle pas partir ?! Il voulait hurler, s'enfuir, mais il en était incapable. Les Sithis autour de lui semblaient tout aussi inertes, changés en pierre.

« Tu simplifies à l'excès, grand-mère, dit enfin Amerasu, quand tu ne te contentes pas de tout simplement mentir. »

Utuk'ku rit, et ce bruit était quelque chose qui était capable de faire pleurer la pierre.

« *Pauvre folle*, s'exclama-t-elle soudain. *Je simplifie ? C'est toi qui as trop présumé de tes forces ! Tu t'es inquiétée très longtemps des affaires des mortels, mais tu n'as pas vu ce qui était important ! Et ce sera ta perte !* »

« Je connais votre plan, répondit Amerasu. Tu m'as peut-être pris ce qui me restait de mon fils, mais même à travers la mort, j'ai discerné son dessein. J'ai vu... »

« *Assez !* » Le hurlement de fureur d'Utuk'ku explosa à travers le Yásira, une rafale de vent froid qui fit plier l'herbe et provoqua un bruissement paniqué chez les papillons. « *Assez ! Tu as parlé pour la dernière fois et tu t'es condamnée par ces mots. C'est la mort !* »

De façon effroyable, Amerasu se mit à trembler dans la faible lueur, luttant contre quelque invisible contrainte, les yeux écarquillés, sa bouche s'agitant sans émettre le moindre son.

« *Et plus aucun d'entre vous ne s'immiscera dans mes affaires !* » La voix de la Reine des Norns devenait suraiguë. « *Notre paix factice est révolue. Révolue ! Nakkiga vous renie !* »

Partout dans le Yásira, les Sithis criaient de surprise et de colère. Likimeya se précipita vers la silhouette assombrie d'Amerasu, alors même que le visage d'Utuk'ku s'estompait et disparaissait de la Lampe des

Brumes. Le Témoin s'obscurcit un moment, mais seulement un moment. Un petit point rouge s'embrasa au centre de la Lampe, une minuscule étincelle qui grandit progressivement jusqu'à devenir un brasier qui dessina les silhouettes ébahies d'Amerasu et des parents de Jiriki dans sa lumière écarlate. Deux trous noirs s'ouvrirent dans la flamme, des yeux obscurs dans un visage de feu. Simon fut saisi par l'horreur, pris dans un tel étau que tous ses muscles en tremblèrent. Une angoisse glacée se dégageait de ce visage oscillant comme la chaleur peut se dégager d'un feu ordinaire. Amerasu cessa de se débattre, s'immobilisant soudain telle une statue de pierre.

Une autre ouverture noire se dessina dans la flamme, sous les yeux vides. Il en jaillit un rire exsangue. Écœuré, Simon fit un effort désespéré pour contraindre son corps à s'enfuir – il avait déjà vu ce masque terrifiant dans le passé.

La Main Rouge ! Il aurait voulu que ce fût un cri, mais la peur qui lui serrait la gorge ne laissa échapper qu'un gargouillis inutile.

Likimeya s'avança, son époux à côté d'elle, aidant à protéger Amerasu. Elle leva les mains devant la Lampe des Brumes et la chose féroce qui brûlait à l'intérieur. Une sorte de lueur argentée l'entoura. « Retourne à ta maîtresse desséchée et à ton maître mort, Être Corrompu, cria-t-elle. Tu n'es plus l'un des nôtres. »

La chose en flammes s'esclaffa de nouveau. « *Non. Nous sommes plus, bien plus que cela ! La Main Rouge et son maître sont devenus forts. Toute la création doit tomber sous l'ombre du Roi de l'Orage. Ceux qui nous ont trahis couineront et trembleront dans ces ténèbres !* »

« Tu n'as aucun pouvoir ici ! » cria Shima'onari, en saisissant la main levée de sa femme. Le halo argenté qui les entourait grandit jusqu'à envelopper également le visage enflammé. « Cet endroit t'est interdit ! Retourne à ta montagne froide et à ton obscurité ! »

« *Vous ne comprenez pas !* » exulta la chose. « *Nous, de tout ce qui a jamais vécu, sommes ceux qui sont revenus du Néant ! Nous sommes devenus puissants ! Incroyablement puissants !* »

Alors même que la voix caverneuse résonnait à travers le Yásira, couvrant les cris de rage et d'alarme des Sithis, la chose dans la Lampe des Brumes tourbillonna soudain *vers l'extérieur*, formant une immense colonne de flamme, sa tête informe rejetée en arrière pour projeter un hurlement de tonnerre. La chose étendit ses bras de feu, comme pour saisir tous ceux qui étaient présents dans une écrasante étreinte enflammée.

Lorsque ces flammes aussi chaudes que le soleil jaillirent vers le ciel, les papillons posés sur les fils de soie commencèrent à s'embraser. Un million d'entre eux prirent leur envol en même temps, formant un immense nuage de feu et d'ailes fumantes. Ils s'envolaient pour retomber comme des braises au milieu de Sithis qui couraient en tous sens, ou pour se désagréger en heurtant le tronc ou les branches du grand frêne. Le Yásira était livré au chaos, plongé dans une obscurité parsemée d'étincelles tournoyantes et tourbillonnantes.

L'immense chose dressée au centre de la pièce s'esclaffa et flamboya, mais sans émettre de lumière. Elle paraissait au contraire aspirer toute lueur et s'en nourrir, s'épaississant et grandissant encore. Un enchevêtrement de corps bondissants et contorsionnés l'entourait, les silhouettes des têtes et des bras des Sithis hurlants se dessinant contre la flamme rouge.

Simon, paniqué, regarda tout autour de lui. Jiriki avait disparu.

Un autre bruit s'élevait maintenant au milieu du chaos, enflant Jusqu'à égaler le terrible rire de la créature de la Main Rouge. C'était les rauques aboiements à gorge déployée d'une meute de chasse.

Une horde de formes pâles envahit le Yásira. Les chiens blancs étaient soudain partout, leurs yeux fendus reflétant la lumière infernale de la chose au centre de la pièce, leurs gueules rouges claquant et grondant bruyamment.

« *Ruakha, ruakha Zida'yei !* » cria Jiriki, non loin de Simon. « *T'si e-isi'ha as-Shao Irigú !* »

Simon gémit, cherchant désespérément une arme à tâtons. Une souple masse blanche fila à côté de lui, portant quelque chose dans sa gueule dégoulinante.

Jingizu.

Un souvenir s'imposa dans la mémoire de Simon. Comme si le brasier à l'extérieur avait déclenché un autre brasier qui serait son pendant à l'intérieur, la langue de feu du souvenir jaillit en lui : les profondeurs noires sous le Hayholt, le rêve d'une tragédie et d'un incendie fantomatique.

Jingizu. Le cœur de toutes les Peines.

Le tourbillon désordonné se fit plus confus et plus sauvage encore, mêlant un millier de gorges hurlant dans l'obscurité parsemée d'étincelles, une masse de bras volant en tous sens et d'yeux terrifiés, et les aboiements affolants de la meute du Pic de l'Orage. Simon essaya de se lever, et replongea aussitôt à terre pour ramper. Les Sithis avaient trouvé leurs arcs : les flèches volaient dans l'air enfumé, simplement visibles sous la forme de traits de lumière.

Un chien tituba en direction de Simon et s'effondra à ses pieds, une flèche empennée de bleu en travers de la gorge. Révulsé, Simon évita le cadavre ; dans sa progression, il sentait l'herbe et les cendres parcheminées des papillons entre ses doigts. Sa main se referma sur une pierre qu'il souleva et agrippa. Il continua d'avancer comme une taupe aveugle en direction de l'endroit où la chaleur et le bruit étaient les plus forts, poussé par une force qu'il n'aurait su décrire, ne pouvant s'empêcher de revivre une scène qu'il avait peut-être déjà vécue dans un rêve, une vision de formes spectrales paniquées qui fuyaient pendant que leur cité était la proie des flammes.

Une bête colossale, le plus gros molosse que Simon eût jamais vu, avait acculé Shima'onari contre le tronc du grand frêne, forçant le seigneur des Sithis à s'adosser à l'écorce noircie et fumante. La robe de Shima'onari était roussie. Le père de Jiriki, n'ayant pas d'arme, retenait à mains nues la puissante tête du chien, luttant pour éloigner les mâchoires claquantes de son visage. D'étranges lueurs luisaient autour d'eux, bleu et rouge écarlate.

Non loin de l'endroit où son père se battait, Jiriki et plusieurs autres avaient encerclé la créature de feu tonitruante. Le Prince n'était qu'une forme minuscule dressée devant la bête de la Main Rouge, son épée de bois-sorcier Indreju une langue noire dressée contre les flammes chatoyantes.

Simon baissa la tête et rampa plus avant, cherchant toujours à atteindre le centre du Yásira. Le fracas était assourdissant. Des corps le bousculaient, certains Sithis se précipitant pour aller aider Jiriki à combattre l'envahisseur, tandis que d'autres fuyaient comme des créatures affolées, leur robe et leurs cheveux en feu.

Un choc soudain projeta Simon au sol. L'un des chiens était sur lui, son museau cadavérique cherchant sa gorge, ses griffes acérées s'accrochant sur ses bras tandis qu'il se tortillait désespérément pour se soustraire à son emprise. Il tâtonna aveuglément jusqu'à trouver la pierre qui lui avait échappé des mains, puis frappa le chien à la tête. L'animal glapit et planta ses crocs dans sa chemise, atteignant son épaule en cherchant sa gorge. Il frappa une deuxième fois, se démena pour libérer son bras gourd, puis abattit la pierre une nouvelle fois. Le chien s'affaissa et glissa sur sa poitrine. Simon roula sur le côté et rejeta le corps au loin.

Un hurlement retentit soudain, couvrant le tumulte, et un vent hivernal mugit à travers le Yásira, une bourrasque glaciale qui parut passer à travers lui. Attisée par ce vent, la forme enflammée au centre de la pièce grandit encore durant un instant, puis se ramassa sur elle-même en un jet de flammes tournoyant. Il v eut un bruit comme le tonnerre, puis Simon sentit un puissant choc dans ses oreilles tandis que la créature de la Main Rouge s'évanouissait en une pluie d'étincelles sifflantes. Une autre bourrasque projeta Simon et bien d'autres à terre, tandis que l'air se précipitait pour emplir l'espace là où s'était trouvée la colonne de feu. Après cela, un calme étrange retomba sur le Yásira.

Étourdi, Simon resta un instant allongé sur le dos à regarder vers le ciel. La lumière du véritable crépuscule revint lentement, brillant à travers les branches du puissant arbre maintenant dénuées de papillons vivants, mais emplies de leurs restes calcinés. En gémissant, Simon se releva sur des jambes encore instables. Tout autour de lui, les habitants de Jao é-Tinukai'i s'agitaient de façon désordonnée, encore sous le choc. Les Sithis qui avaient trouvé des lances et des arcs achevaient les derniers chiens.

Ce terrible cri avait-il été le hurlement d'agonie de la créature de feu ? Jiriki et les autres avaient-ils réussi à la détruire ? Il regarda vers la masse enfumée du milieu de la pièce, cherchant à distinguer qui se trouvait à côté de la Lampe des Brumes. Il plissa les yeux et avança d'un pas. Amerasu était là... et quelqu'un d'autre. Simon sentit son cœur s'arrêter.

Une silhouette portant un heaume en forme de gueule de chien menaçant se tenait au côté de la Prime-aïeule, enveloppée dans les volutes de fumées qui s'élevaient de la terre calcinée. L'un des bras tendus de cuir de l'intrus était glissé autour de la taille d'Amerasu, tenant son corps frêle et affaissé aussi serré que s'il se fût agi de son amante. L'autre main ôta lentement le heaume, révélant le visage tanné d'Ingen Jegger.

« Niku'a ! » cria-t-il. « *Yinva* ! Viens là ! » Les yeux du chasseur brillaient d'une lueur écarlate, reflétant la braise qu'était devenue l'écorce du grand arbre.

Près du tronc du frêne, le grand molosse blanc se releva avec difficulté. Sa fourrure était brûlée et noircie, sa gueule sanguinolente presque édentée. Shima'onari était toujours immobile à l'endroit où la bête avait été couchée ; une flèche ensanglantée était serrée dans la main du seigneur des Sithis. Le chien avança d'un pas, puis tomba lourdement et roula sur le côté. Ses entrailles brillaient à travers la déchirure de son ventre, tandis que la puissante poitrine de Niku'a se soulevait lentement.

Les yeux du chasseur s'écarquillèrent. « Tu l'as tué ! » hurla Ingen. « Ma fierté ! L'orgueil de nos chenils ! » Il porta Amerasu devant lui lorsqu'il fit quelques pas en direction du chien mourant. La tête de la Prime-aïeule se balançait sans résistance. « Niku'a ! » siffla Ingen ; puis il se retourna et regarda lentement le Yásira. Les Sithis étaient partout immobiles, leurs visages tachés de sang et de cendre, et lui retournaient son regard.

La bouche fine d'Ingen Jegger se mua en une expression de tristesse. Il leva les yeux vers les branches calcinées du frêne et vers le ciel au-dessus de lui.

« Assassin ! » hurla-t-il ; puis il y eut un long moment de silence.

« Que veux-tu de la Prime-aïeule, mortel ? »

C'était Likimeya qui avait parlé d'une façon aussi calme. Sa robe blanche était tachée de cendres. Elle était venue s'agenouiller à côté du corps inerte de son époux, et tenait sa main rougie dans la sienne. « Tu as causé assez de malheur. Lâche-la. Quitte cet endroit. Nous ne te poursuivrons pas. »

Ingen la regarda comme un point de repère oublié après un long voyage. Sa grimace devint un sourire affreux, et il agita le corps inerte d'Amerasu jusqu'à ce que sa tête se renversât. Il leva haut son heaume canin – le poing qui le tenait était écarlate – et l'agita en un geste de joie dément.

« La sorcière de la forêt est morte ! » hurla-t-il. « J'ai réussi ! Louez-moi, Maîtresse, j'ai accompli votre volonté ! » Il leva son autre main vers le ciel, laissant Amerasu s'affaisser sur le sol comme un sac abandonné. Du sang brillait d'un éclat terne sur sa robe et sur ses mains dorées. La poignée translucide de la dague de cristal dépassait de son côté. « Je suis immortel ! » hurla le Chasseur de la Reine.

Le halètement d'horreur de Simon résonna dans le terrible silence.

Ingen Jegger se tourna lentement. Reconnaissant Simon, le chasseur lui adressa un sourire de mépris, les lèvres rentrées. « Tu m'as mené à elle, mon garçon. »

Une silhouette noircie par la cendre se dressa de l'amas enfumé aux pieds d'Ingen.

« *Venyha s'anh !* » s'exclama Jiriki, et il enfonça Indreju dans le ventre du chasseur.

Projeté en arrière par l'impact du coup de Jiriki, Ingen finit par s'arrêter, puis se pencha en avant par-dessus la lame plantée qui avait été arrachée de la main de son propriétaire. Il se redressa, puis toussa. Du sang perla de sa bouche et macula sa barbe pâle, mais son sourire ne le quitta pas. « L'époque des Enfants de l'Aube... est révolue », dit-il dans un râle. Il y eut un bourdonnement. Soudain, une demi-douzaine de flèches dépassaient de la large poitrine d'Ingen, comme les pointes d'un hérisson.

« Assassin ! »

C'était Simon qui criait, cette fois. Il bondit sur ses pieds, son cœur résonnant aussi fort dans ses oreilles que des tambours de guerre. Il sentit le souffle et le claquement de la seconde volée de flèches lorsqu'il se précipita vers le chasseur. Il balançait dans sa main la lourde pierre qu'il tenait depuis si longtemps.

« Seoman ! Non ! » hurla Jiriki.

Le chasseur tomba à genoux, mais resta droit. « Ta sorcière... est morte », haleta-t-il. Il leva une main vers Simon. « Le soleil se lève... »

D'autres flèches traversèrent le Yásira et Ingen Jegger s'affaissa lentement.

La haine brûla comme une flamme dans le cœur de Simon lorsqu'il se dressa au-dessus du chasseur ; il leva la pierre haut dans les airs. Le visage d'Ingen Jegger affichait toujours un sourire exultant, et durant le plus court des moments, ses pâles yeux bleus croisèrent ceux de Simon. Un instant plus tard, le visage d'Ingen disparut dans un éclat rouge, et le corps du chasseur fut renversé sur le sol par la force du coup. Simon le poursuivit avec un hurlement de rage, toute sa frustration longtemps retenue déferlant en un seul instant de folie.

Ils m'ont tout pris. Ils ont ri de moi. Ils ont tout pris.

Sa fureur se mua en une sorte de joie sauvage. Il sentit sa force l'envahir. Enfin ! Il abattit la pierre sur le crâne d'Ingen, puis la souleva et l'abattit encore, et continua sans plus pouvoir s'arrêter jusqu'à ce que des mains l'écartassent du cadavre et qu'il glissât dans sa propre obscurité rougeâtre.

Khendraja'aro le mena à Jiriki. L'oncle du Prince, comme tous les autres habitants de Jao é-Tinukai'i, était vêtu du gris sombre du deuil. Simon, lui aussi, portait des vêtements de cette couleur, qui lui avaient été apportés par Aditu le lendemain de l'incendie du Yásira.

Jiriki demeurait dans une maison qui n'était pas la sienne, un ensemble de tentes circulaires rose, jaune et brun pâle qui, dans l'œil de Simon, ressemblaient aux alvéoles d'une ruche géante. La femme sithie qui vivait là était une guérisseuse, lui avait expliqué Aditu. La guérisseuse s'assurait que Jiriki recevait pour ses brûlures des soins appropriés.

Khendraja'aro, son visage au masque raide et pesant, laissa Simon devant l'entrée de la maison qui flottait dans le vent, et le quitta sans dire un mot. Simon entra et, suivant les indications qu'Aditu lui avait données, alla jusqu'à une pièce sombre éclairée par la seule lueur d'un globe posé sur un piédestal de bois. Jiriki était assis dans un grand lit. Ses mains reposaient sur sa poitrine, couvertes de bandages faits d'un tissu soyeux. Le visage du Sithi brillait d'une substance huileuse, qui ne faisait qu'accentuer son aspect surnaturel. La peau de Jiriki était noircie en de nombreux endroits ; ses sourcils et une partie de ses longs cheveux avaient été calcinés, mais Simon fut soulagé de voir que le Prince ne semblait pas trop profondément marqué.

« Seoman », dit Jiriki, et son visage dessina une esquisse de sourire.

« Comment vas-tu ? » demanda timidement Simon. « Est-ce que tu as mal ? »

Le Prince agita la tête. « Je ne souffre pas trop, en tout cas de ces brûlures, Seoman. Nous sommes assez robustes dans ma famille, comme tu as pu le voir lors de notre première rencontre. » Jiriki l'observa des pieds à la tête. « Et comment va ta propre santé ? »

Simon se sentit gêné. « Je vais bien. » Il fit une pause. « Je suis terriblement désolé. » Confronté à cet être calme, il avait honte de sa propre bestialité, honte d'être devenu une brute hurlante devant tous les autres. Ce souvenir l'avait accablé durant les jours qui venaient de s'écouler. « Tout est de ma faute. »

Jiriki s'empressa de lever une main, qu'il reposa aussitôt en ne concédant qu'une légère grimace à la douleur. « Non, Seoman, non. Tu n'as rien fait qui ne t'imposât de présenter des excuses. C'était un jour de terreur, comme tu en as déjà vécu beaucoup trop. »

« Ce n'est pas ça », dit Simon d'un air misérable. « Il m'a suivi ! Ingen Jegger a dit qu'il m'avait suivi pour trouver la Prime-aïeule ! J'ai amené son meurtrier ici. »

Jiriki secoua la tête. « Tout cela était prévu de longue date, Seoman. Crois-moi, la Main Rouge n'a pas pu envoyer l'un des siens dans le bastion qu'est Jao é-Tinukai'i à la légère, même pour les quelques instants que cela a duré. Ineluki n'a pas encore une telle force. C'était une attaque bien conçue, mûrement réfléchie. Il a fallu tout le pouvoir d'Utuk'ku et du Roi de l'Orage pour accomplir cela. »

« Crois-tu que le fait qu'Amerasu ait été réduite au silence par Utuk'ku à l'instant où elle allait révéler les plans d'Ineluki soit une coïncidence ? Que l'attaque de la créature de la Main Rouge, qui a nécessité des sorts d'une puissance vertigineuse, ait justement eu lieu à ce moment-là ? Et penses-tu que le chasseur Ingen se promenait dans les bois et ait soudain décidé de tuer Amerasu Née-du-Bateau ? Non, je ne le pense pas moi non plus, même s'il est vrai qu'il a pu croiser ta trace avant qu'Aditu ne t'amène ici. Ingen Jegger n'était pas stupide, et il lui était plus facile de suivre un mortel que l'un d'entre nous, mais il aurait de toute façon trouvé le chemin de Jao é-Tinukai'i. Qui peut dire combien de temps il a patienté devant la Porte de l'Été une fois qu'il l'a découverte, attendant que sa maîtresse le lâche sur ses ennemis à un moment précis ? Il s'agissait d'un acte de guerre parfaitement planifié, Seoman. Précis, et plus qu'un peu désespéré. Ils devaient avoir une peur panique de la sagesse de la Prime-aïeule. »

Jiriki porta sa main bandée à son visage, touchant un moment son front. « Ne crois pas être responsable de tout cela, Seoman. La mort d'Amerasu a été ordonnée dans les fosses noires de Nakkiga – ou peut-être même lorsque les deux familles se sont séparées à Sesuad'ra, il y a des milliers d'années. Notre race panse longtemps ses plaies en silence. Ce n'était pas ta faute. »

« Mais pourquoi ? » Simon voulait croire ce qu'avait dit Jiriki, mais le terrible sentiment de perte qui avait menacé de l'engloutir à plusieurs reprises déjà ce matin ne pouvait disparaître aussi aisément.

« Pourquoi ? Parce qu'Amerasu avait su lire au plus profond du cœur d'Ineluki, et qui mieux qu'elle aurait pu le faire ? Elle avait enfin découvert son dessein et allait le révéler à son peuple. Maintenant, nous ne saurons peut-être jamais ce qu'elle allait dire, ou peut-être que nous ne le comprendrons que lorsque Ineluki jugera qu'il est temps de le proclamer dans toute son inéluctabilité. » Une grande lassitude parut l'envahir. « Par notre Bosquet, Seoman, notre perte est si grande ! Nous sommes privés de la sagesse d'Amerasu, qui était immense, mais nous avons également perdu notre dernier lien avec le Jardin. Nous avons perdu nos racines. » Il leva les yeux vers le plafond flottant, si bien que son visage anguleux fut baigné d'une pâle lumière jaune. « Les Hernystiris avaient une chanson qui parlait d'elle, tu sais :

« Poitrine à la blancheur de neige
Maîtresse des flots écumeux
Elle est la lumière qui brille la nuit
Lorsque même les étoiles sont ivres... »

Jiriki inspira prudemment pour préserver sa gorge brûlée. Une surprenante expression de fureur envahit son visage habituellement placide. « Même de l'endroit où vit Ineluki, bien au-delà de la mort, *comment a-t-il pu dépêcher un étranger pour assassiner sa mère ! ?* »

« Qu'allons-nous faire ? Comment allons-nous le combattre ? »

« Ce n'est pas à toi de t'en inquiéter, Seoman Mèche-blanche. »

« Que veux-tu dire ? » Simon retint sa colère. « Comment peux-tu me parler comme cela, après tout ce que nous avons vu ? »

« Ce n'est pas ce que je voulais dire, Seoman. » Le Sithi parut se moquer de lui-même avec un sourire gêné. « J'ai oublié jusqu'aux fondements les plus simples de la courtoisie. Pardonne-moi. »

Simon vit qu'il attendait effectivement son pardon. « Bien sûr, Jiriki. C'est oublié. »

« Je voulais simplement dire que le Zida'ya a ses propres conseils à tenir. Mon père Shima'onari est gravement blessé et Likimeya, ma mère, doit réunir notre peuple – mais pas au Yásira. Je pense que nous ne nous réunirons plus jamais en cet endroit. Savais-tu, Seoman, que le grand arbre a brûlé jusqu'à être aussi blanc que la neige ? N'avais-tu pas rêvé de quelque chose comme cela ? » Jiriki baissa la tête, son regard plein d'une subtile lumière. « Oh, pardonne-moi une fois encore. Je laisse errer mes pensées et j'oublie ce qui est important. T'a-t-on prévenu ? Likimeya a décrété que tu pouvais partir. »

« Partir ? Quitter Jao é-Tinukai'i ? » Sa joie indicible s'accompagna curieusement d'une note inattendue de regret et de colère. « Pourquoi maintenant ? »

« Parce que ce fut le dernier souhait d'Amerasu. Elle en avait parlé à mes parents avant que le rassemblement ne commence. Mais pourquoi sembles-tu si troublé ? Tu vas rejoindre ton peuple. C'est une excellente chose, et pour plusieurs raisons. Nous Zida'ya devons porter le deuil de notre doyenne, de la meilleure d'entre nous. Ce n'est pas un endroit pour un mortel, pas maintenant. Et c'est ce que tu voulais, n'est-ce pas ? Retourner vers les tiens ? »

« Mais vous ne pouvez pas simplement vous refermer sur vous-mêmes et détourner les yeux, pas cette fois ! N'avez-vous pas entendu Amerasu ? Nous devons combattre le Roi de l'Orage ! C'est lâcheté de ne pas le faire ! » Le visage doux et grave de la Sithie était de nouveau devant ses yeux, au moins dans son souvenir. Ses yeux magnifiques pleins de sagesse...

« Calme-toi, mon jeune ami », dit Jiriki avec un sourire tendu. « Tu es plein de bonnes intentions, mais tu n'en sais pas assez pour parler avec un tel aplomb. » Son expression s'adoucit. « Ne crains rien, Seoman. Les choses changent. L'Hikeda'ya a tué notre aînée, l'a frappée dans le sanctuaire de notre propre maison. Ils ont franchi un point au-delà duquel il n'est plus de retour. Peut-être qu'ils ont choisi de le faire, mais cela a moins d'importance que le fait qu'il ait effectivement été franchi. C'est une autre bonne raison à ton départ, fils-des-hommes. Tu n'as pas ta place dans le conseil de guerre du Zida'ya. »

« Alors vous allez vous battre ? » Simon sentit soudain l'espoir envahir son cœur.

Jiriki haussa les épaules. « Je le pense, mais je ne peux dire ni comment ni quand. »

« Tout va trop vite, murmura Simon. Tout va trop vite pour moi. »

« Tu dois partir, mon jeune ami. Aditu en aura bientôt terminé avec mes parents. Elle va t'emmener là où tu pourras retrouver les tiens. Il vaut mieux agir vite, parce que Shima'onari et Likimeya ne défont que très rarement l'un de leurs propres Mots de Décret. Tu peux partir. Ma sœur te rejoindra dans ma maison près de la rivière. » Jiriki se pencha sur le côté et ramassa quelque chose sur le sol recouvert de mousse. « Et n'oublie pas d'emporter ton miroir, mon ami. » Il eut un sourire espiègle. « Tu auras peut-être encore besoin de m'appeler, et je te dois toujours une vie. »

Simon prit l'objet brillant et le glissa dans sa poche. Il hésita, puis se pencha en avant et glissa prudemment ses bras autour de Jiriki, s'efforçant de ne pas toucher ses brûlures en l'étreignant doucement. Le prince Sithi toucha la joue de Simon de ses lèvres fraîches.

« Tu peux partir en paix, Seoman Mèche-blanche. Nous nous reverrons. C'est une promesse. »

« Au revoir, Jiriki. » Il se détourna et marcha rapidement vers la porte sans se retourner. Il ralentit après avoir trébuché une fois dans le couloir, un long tunnel de la couleur du sable, qui flottait dans le vent.

Une fois dehors, alors qu'il était submergé par un tourbillon de pensées confuses, Simon réalisa soudain qu'il faisait un peu frais. Levant les yeux, il vit que les cieux estivaux de Jao é-Tinukai'i s'étaient légèrement assombris. La brise était la plus fraîche qu'il eût jamais sentie ici.

L'été s'en va, pensa-t-il, et la peur se fit de nouveau sentir. *Je ne suis pas certain qu'il reviendra jamais.*

Soudain, toutes ses médiocres récriminations à l'encontre des Sithis disparurent, et il ressentit une immense tristesse à leur égard. Quoi qu'il y eût d'autre ici, s'y trouvait aussi une beauté disparue depuis que le monde était jeune, et qui avait été préservée ici contre les ravages glacés du temps. Maintenant, ces murs s'effondraient sous l'effet d'un terrible vent hivernal. Bien des choses exquises allaient disparaître, qui seraient à tout jamais perdues.

Il se pressa le long de la rivière vers la maison de Jiriki.

Le voyage qui l'emmena hors de Jao é-Tinukai'i passa rapidement pour Simon, aussi vague et fluide qu'un rêve. Aditu chantait dans la langue de sa famille et Simon serrait sa main, tandis que la forêt étincelait et changeait autour d'eux. Ils quittèrent les cieux gris bleu et se glissèrent dans les mâchoires de l'hiver, qui les avait patiemment attendus comme une bête aux aguets.

La neige recouvrait le sol de la forêt, en une couche si épaisse et froide qu'il était difficile pour Simon de se souvenir que Jao é-Tinukai'i n'avait pas été touché par elle, qu'il existait un endroit où l'hiver n'entrait pas encore : ici, hors du cercle magique du Zida'ya, l'œuvre du Roi de l'Orage était terriblement réelle. Mais maintenant, réalisa-t-il, même ce cercle avait été brisé. Le sang avait été versé au cœur de l'été.

Ils marchèrent à travers la matinée et tout le début de l'après-midi, abandonnant progressivement les parties les plus denses de la forêt pour s'approcher de sa lisière. Aditu répondit aux quelques questions de Simon, mais aucun d'entre eux n'avait réellement la force de beaucoup parler, comme si le froid terrifiant avait flétri l'affection qui avait autrefois éclos entre eux. Quelque gêne que sa présence eût parfois provoquée chez lui, Simon se sentait triste ; mais le monde avait changé, et il n'avait plus la force de lutter. Il laissa l'hiver l'envahir comme un rêve, et cessa de penser.

Ils longèrent durant plusieurs heures une rivière agile, la suivant jusqu'à ce qu'elle atteignît une longue et douce pente. Devant eux s'étalait une immense étendue d'eau, aussi grise et mystérieuse que le creuset d'un alchimiste. Une colline ombragée et couverte d'arbres se dressait en son milieu comme un noir pilon.

« Voici ta destination, Seoman », dit soudain Aditu. « Voici Sesuad'ra. »

« La Pierre de l'Adieu ? »

Aditu acquiesça. « La Pierre de la Séparation. »

L'abstraction devenue réelle, Simon eut soudain l'impression de passer d'un rêve à un autre. « Mais comment vais-je l'atteindre ? Est-ce que je suis censé nager ? »

Aditu ne dit rien, mais lui fit descendre la pente jusqu'à l'endroit où la rivière se jetait dans l'eau grise, en se déversant des rochers dans un rugissement puissant. À une courte distance de là, à l'écart du flot turbulent de la rivière, un petit bateau argenté se balançait, à l'ancre. « Tout les cent hivers ou à peu près, dit-elle, lorsque les pluies sont particulièrement violentes, les terres qui entourent Sesuad'ra sont inondées – même si c'est bien la première fois que cela arrive lorsque Reniku la Lanterne-estivale est encore dans le ciel. » Elle se détourna, préférant éviter de partager des pensées inscrites sur son visage d'une façon si évidente qu'un mortel n'aurait eu aucune difficulté à les lire. « Nous conservons ces *Hiyanha* – ces bateaux – ici et là, pour que Sesuad'ra ne soit jamais interdite à ceux qui désirent s'y rendre. »

Simon posa la main sur le petit bateau, sentant le grain fin du bois sous ses doigts. Une pagaie de la même matière argentée était posée au fond de la coque. « Et tu es certaine que c'est l'endroit où je vais ? » demanda-t-il, soudain peu désireux de faire ses adieux.

Aditu acquiesça. « Oui, Seoman. » Elle fit glisser le sac qu'elle portait sur son épaule et le tendit à Simon. « Ceci est pour toi – non, se reprit-elle aussitôt – c'est quelque chose que tu dois apporter à ton Prince Josua de la part d'Amerasu. Elle a dit qu'elle pensait qu'il saurait ce qu'il devait en faire, que ce soit maintenant ou plus tard. »

« Amerasu ? Elle a envoyé cela... ? »

Aditu posa la main sur sa joue. « Pas exactement, Seoman. La Prime-aïeule m'avait demandé de le lui apporter dans le cas où le décret de ton emprisonnement ne serait pas brisé. Puisque tu as été libéré, c'est à toi que je le donne. » Elle caressa son visage. « Je suis heureuse pour toi que tu sois libre. J'étais désolée de te savoir malheureux. J'ai été contente de faire ta connaissance – une chose rare. » Elle se pencha en avant et l'embrassa. Malgré tout ce qui était arrivé, il sentit son cœur battre lorsque ses lèvres touchèrent les siennes. Elles étaient chaudes et sèches et avaient un goût de menthe.

Aditu s'éloigna. « Au revoir, Mèche-blanche. Je dois rentrer et porter le deuil. »

Avant qu'il eût pu même lever la main pour lui faire signe, elle s'était retournée et avait disparu entre les arbres. Il garda les yeux fixés dans cette direction durant quelque temps, espérant apercevoir un signe de sa silhouette agile, mais elle était partie. Il se retourna et avança lentement vers le bateau, dans lequel il posa le sac qu'elle lui avait donné. Il faisait un bon poids, mais Simon était trop las et trop affligé pour regarder ce qu'il contenait. Il pensa un instant au plaisir qu'il aurait à s'endormir ici sur le bateau, en lisière de la grande forêt. Ce serait une bénédiction que de dormir et de ne pas s'éveiller pour un an et un jour. En lieu de cela, il prit sa pagaie et s'engagea sur les eaux tranquilles.

L'après-midi s'acheva et fut remplacé par le froid du soir. Tandis que Simon avançait vers l'ombre grandissante de Sesuad'ra, il sentit le silence du monde hivernal l'envelopper, jusqu'à penser qu'il était le seul être vivant, le seul élément mobile de tout Osten Ard.

Il resta longtemps sans remarquer que des torches s'agitaient sur la rive qu'éclairait le crépuscule. Lorsqu'il les vit enfin, il était déjà assez près du rivage pour entendre les voix. Ses bras étaient froids et engourdis. Il avait l'impression de ne plus pouvoir pagayer, mais réussit néanmoins à se forcer à continuer, jusqu'à ce qu'une large silhouette échappée de la berge rocheuse – Sludig ? – se jetât dans l'eau et le tirât jusqu'à la rive. Il fut soulevé du bateau et à moitié porté jusqu'à terre, puis se trouva entouré par une armée de torches et de visages hilares. Ceux-ci lui semblaient familiers, mais il avait de nouveau l'impression de se trouver dans un rêve. Ce ne fut que lorsqu'il vit la plus petite de ces silhouettes qu'il se souvint de l'endroit où il se trouvait. Il tituba jusques à lui et prit Binabik dans ses bras, pleurant sans retenue.

« Ami-Simon ! » gloussa Binabik en le frappant dans le dos de ses petites mains. « Qinkipa est bonne ! Réjouissances ! Ceci est un moment de grande réjouissance ! Depuis les jours de mon arrivée ici, j'avais presque perdu l'espoir de te revoir ! »

Simon sanglota, incapable de parler. Enfin, lorsqu'il n'eut plus de larmes, il reposa le petit homme. « Binabik, dit-il d'une voix rauque. Oh ! Binabik, j'ai vu des choses terribles. »

« Pas maintenant, Simon. Pas maintenant. » Le troll le prit fermement par la main. « Viens. Viens sur le sommet. Des feux brûlent et j'ai la certaineté que de la nourriture s'en sert pour cuire. Viens. »

Le petit homme l'emmena. La foule des étrangers familiers les suivit, parlant et riant entre eux. Les flammes des torches sifflaient sous la neige qui tombait et des étincelles s'élevèrent dans le ciel pour briller et disparaître. Bientôt, l'un d'entre eux se mit à chanter, un son agréable et réconfortant. Tandis que l'obscurité s'abattait sur la vallée inondée, la voix douce et claire s'éleva entre les arbres et résonna par-dessus les eaux noires.

APPENDICE

PERSONNAGES

ERKYNÉENS

Barnabas : sacristain de la chapelle du Hayholt
Béornoth : membre de la bande mythique de Jack Mundwode
Breyugar : comte de Westfold, Connétable du Hayholt sous le règne d'Élias
Caleb : apprenti de Shem Palefrenier
Colmund : écuyer de Camaris, puis baron de Rodstanby
Déorhelm : soldat au *Dragon et le Pêcheur*
Déornoth (Sire) : chevalier de Josua, parfois appelé « La Main Droite du Prince »
Dréosan (Père) : chapelain du Hayholt
Eadgram (Sire) : seigneur connétable de Naglimund
Eahlferend : pêcheur, mari de Susanna, père de Simon
Eahlstan Fiskerne : Roi Pêcheur, premier Erkynéen maître du Hayholt
Ebekah : nom erkynéen d'Efiathe, Reine d'Erkynée, épouse du Roi Jean
Églaf (Frère) : moine de Naglimund, ami de Strangyeard
Élias : fils aîné de Jean Presbytère, Prince, puis Roi Souverain
Elispeth : sage-femme du Hayholt
Ethelbearn : soldat, compagnon de Simon lors du voyage entrepris depuis Naglimund
Ethelferth : seigneur de Tinsett
Fengbald : marquis de Falshire
Firsfram de Runchester : père d'Ostraël
Fréawaru : aubergiste, propriétaire de la taverne *Le Dragon et le Pêcheur* à Flett
Gamwold : soldat tué lors de l'attaque des Norns dans Aldhéorte
Godstan : soldat au *Dragon et le Pêcheur*
Godwig : baron de Cellodshire

Grimmric : soldat, compagnon de Simon lors du voyage entrepris depuis Naglimund
Grimstede (Sire) : noble erkynéen, rallié à la cause de Josua
Guthwulf : marquis d'Utanyéate, Main du Roi
Haestan : garde de Naglimund compagnon de Simon
Heahferth : baron de Woodsall
Heanfax : employé au *Dragon et le Pêcheur*
Helfcène (Père) : chancelier du Hayholt
Helmfest : soldat, faisait partie du groupe s'étant échappé de Naglimund
Hepzibah : servante au château
Hruse : femme de Jack Mundwode dans la chanson
Ielda : femme originaire de Falshire, habitant Gadrinsett
Inch : maître de la fonderie, autrefois assistant du docteur Morgénès
Isaak : page
Jack Mundwode : bandit mythique ayant vécu dans la forêt
Jael : servante au château
Jakob : chandelier du château
Jean : le Roi Jean Presbytère, Souverain de tous les royaumes d'Osten Ard
Jérémias : apprenti chandelier
Josua : Prince, dit Josua Mainmorte, fils cadet de Jean Presbytère, seigneur de Naglimund
Judith : cuisinière et Maîtresse des Cuisines
Langrian : moine Hodérundien
Leleth : servante de Miriamélé
Lofsunu : soldat, promis de Hepzibah
Lucuman : maître des étables à Naglimund
Maître des Cuisines : autrefois responsable de Simon au Hayholt
Malachias : l'un des noms d'emprunt de Miriamélé
Marya : l'un des noms d'emprunt de Miriamélé
Miriamélé : Princesse, fille unique d'Élias
Morgénès (docteur) : Porteur du Parchemin, docteur du château du Roi Jean, ami de Simon
Noah : écuyer du Roi Jean
Ordmaer : baron d'Utersall
Osgaël : membre de la bande mythique de Jack Mundwode
Ostraël : piquier à Naglimund, fils de Firsfram de Runchester
Pierre Tête-d'Or : sénéchal du Hayholt
Rachel : intendante du château, dite « le Dragon »
Rebah : servante aux cuisines du château
Ruben l'Ours : forgeron du château
Sangfugol : trouvère de Josua
Sarrah : servante au château
Scénéséfa : moine Hodérundien
Shem Palefrenier : responsable des écuries du Hayholt
Simon : jeune domestique, appelé « Seoman » à sa naissance

Sophrona : responsable du linge au château
Strangyeard (Père) : archiviste de Naglimund
Susanna : servante au château, mère de Simon
Tobas : maître du chenil du château
Towser : fou du Roi. Son vrai nom est Cruinh
Wuldorcene : baron de Caldsae

HERNYSTIRIS

Arnoran : ménestrel hernystiri
Arthpréas : comte de Cuimhne
Bagba : Dieu du bétail
Brynioch de Tous les Cieux : Dieu du Ciel
Cadrach-ec-Crannhyr (Frère) : moine d'un ordre indéterminé
Cifgha : jeune fille du Taig
Craobhan : vieux chevalier, conseiller de Lluth
Cryunnos : un Dieu d'Hernystir
Cuamh le Chien-terrier : Dieu de la Terre hernysiri, patron des mineurs
Dochais : moine Hodérundien
Efiathe : vrai nom de la reine Ebekah d'Erkynée ; surnommée « la Rose d'Hernystir »
Eoin-ec-Cluias : poète de légende
Éolair : comte de Nad Mullach, émissaire du Roi Lluth
Fiathna : mère de Gwythinn, deuxième femme de Lluth
Gealsgiath : capitaine d'un bateau ; surnommé « le vieux »
Gormhbata : chef légendaire
Gwelan : jeune fille du Taig
Gwythinn : Prince, fils de Lluth, demi-frère de Maegwin
Hathrayhinn le Roux : personnage d'une histoire de Cadrach
Hern : fondateur d'Hernystir
Inahwen : troisième femme de Lluth
Lluth-ubh-Llythinn : Roi d'Hernystir
Maegwin : Princesse, fille de Lluth, demi-sœur de Gwythinn
Mircha : Déesse de la Pluie, femme de Brynioch
Mullachi : hommes d'arme de la place forte d'Éolair, Nad Mullach
Murhagh Un-bras : un Dieu d'Hernystir
Penemhwye : mère de Maegwin, première femme de Lluth
Rhynn du Chaudron : un Dieu d'Hernystir
Sinnach : Prince, chef des armées d'Hernystir lors de la bataille du Knock et lors de celle d'Ach Samrath
Tethtain : Roi, seul Hernystiri maître du Hayholt, dit « Le Saint Roi »
Tuilleth : jeune chevalier hernystiri

RIMMERSLEUTES

Bindesekk : espion d'Isgrimnur
Dror : Dieu Ancien de la Guerre

Einskaldir : chef de tribu de Rimmersgard
Elvrit : premier Roi des Rimmersleutes d'Osten Ard
Endë : enfant vivant chez Skodi
Fingil : Roi, premier maître du Hayholt, dit « Le Roi Sanglant »
Frayja : Déesse Ancienne des Moissons
Frekke : vieux soldat
Gutrun : duchesse d'Elvritshalla, femme d'Isgrimnur, mère d'Isorn
Hani : jeune soldat tué par les Bukken
Hengfisk : prêtre Hodérundien
Hjeldin : Roi, fils de Fingil, dit « Le Roi Fou »
Hove : jeune soldat de la famille d'Isgrimnur
Ikferdig : lieutenant de Hjeldin, Roi, dit « Le Roi Brûlé »
Isbéorn : père d'Isgrimnur, premier duc de Rimmersleute sous le règne de Jean ; par ailleurs pseudonyme de son fils
Isgrimnur : duc de Elvritshalla, époux de Gutrun
Isorn : fils d'Isgrimnur et de Gutrun
Ithineg le Trouvère : personnage d'une histoire de Cadrach
Jarnauga : Porteur du Parchemin, ayant vécu à Tungoldyr
Jormgrun : Roi de Rimmersgard, tué par Jean à Naarved
Löken : Dieu Ancien du Feu
Mémur : Dieu Ancien de la Sagesse
Nisse : (Nisses), prêtre et conseiller de Hjeldin, auteur de *Du Svardenvyrd*
Saint Hodérund : prêtre de la bataille du Knock
Sigmar : jeune femme rimmersleute courtisée par Towser
Skali : Thane de Kaldskryke, dit « Nez-tranchant »
Skendi : saint, fondateur d'une abbaye
Skodi : jeune femme à Grinsaby
Sludig : jeune soldat, compagnon de Simon
Storfot : Thane de Vestvennby
Thrinin : soldat tué par les Bukken
Tonnrud : Thane de Skoggey, oncle de la duchesse Gutrun
Udun : Dieu Ancien du Ciel
Utë : de Saegard, soldat tué par les Bukken

NABBANAIS

Aeswides (probablement une nabbanisation d'un nom erkynéen) : premier seigneur de Naglimund
Anitulles : ancien empereur
Antippa : fille de Léobardis et de Nessalanta
Ardrivis : dernier Empereur de Nabban, oncle de Camaris
Aspitis Prévès : marquis de Drina et d'Eadne
Bénidrivis-sà-Vinitta : premier duc sous le règne de Jean, père de Léobardis et de Camaris
Bénigaris : duc de Nabban, fils du duc Léobardis et de Nessalanta

Camaris-sà-Vinitta : frère de Léobardis, ami de Jean Presbytère
Claves : ancien Empereur
Crexis La Chèvre : ancien Empereur
Dendinis : architecte de Naglimund
Devasalles : baron, promis à Dame Antippa
Dinivan : secrétaire du Lecteur Ranéssin
Domitis : évêque de la cathédrale Saint Sutrin à Erchester
Elysia : mère d'Usires
Émettin : chevalier légendaire
Enfortis : empereur à l'époque de la chute d'Asu'a
Fluiren (Sire) : célèbre chevalier de l'époque de Jean, de la maison Sulienne
Géllès : soldat au marché
Hylissa : mère de Miriamélé, femme d'Élias, sœur de Nessalanta
Larexès III : ancien Lecteur de la Sainte Église
Léobardis : duc de Nabban, père de Bénigaris, de Varellan et d'Antippa
Maison Benidrivine : noble Maison nabbanaise ; ses armoiries sont le Martin-pêcheur
Maison Clavéenne : noble Maison nabbanaise ; ses armoiries sont le Pélican
Maison Ingadarienne : noble Maison nabbanaise ; ses armoiries sont l'Albatros
Maison Prévéenne : noble Maison nabbanaise ; ses armoiries sont le Balbuzard (noir et ocre)
Maison Sulienne : noble Maison nabbanaise, tombée en disgrâce
Mylin-sà-Ingadaris : marquis, maître de la maison Ingadarienne, frère de Nessalanta
Nessalanta : duchesse de Nabban, mère de Bénigaris, tante de Miriamélé
Neylin : compagnon de Septès
Nuanni (Nuannis) : Dieu Ancien de la Mer
Plesinnen Myrmenis (Plesinnen de Myrme) : philosophe
Pryrates (père) : prêtre, alchimiste, sorcier, et conseiller d'Élias
Quincinès : abbé de l'abbaye de Saint Hodérund
Ranéssin : Lecteur, né Oswine de Stanshire, en Erkynée, Souverain Père de la Sainte Église
Rhiappa : sainte, appelée Rhiap en Erkynée
Rovallès : compagnon de Septès
Sainte Pélippa : noble femme du Livre d'Aédon, dite : « de l'Isle »
Septès : moine d'une abbaye proche du lac Myrme
Sulis : noble nabbanais, ancien maître du Hayholt, dit : « Roi héron », également connu sous le nom de Sulis l'Apostat ; fondateur de la maison Sulienne, dont sire Fluiren est le plus célèbre descendant

Thurès : jeune page d'Aspitis
Tiyagaris : premier empereur
Turis : soldat au marché
Usires Aédon : Fils de Dieu dans la religion Aédonite
Varellan : fils cadet du duc Léobardis
Velligis : Escritor
Vilderivis : saint
Yuvenis : Ancien Dieu Suprême de Nabban

SITHIS :

Aditu (no-Sa'onserei) : fille de Likimeya et Shima'oneri, sœur de Jiriki
Amerasu (y-Senditu no'e-Sa'onserei) : mère d'Ineluki et de Hakatri, également appelée « Amerasu Née-du-Bateau », et « Prime-aïeule »
An'nai : lieutenant de Jiriki, compagnon de chasse
Branche-de-saule : nom que donne Aditu à Jiriki
Chanteur-du-ciel : personnage de la chanson d'Aditu
Dame Masque d'Argent et Seigneur Yeux Rouges : noms donnés par Skodi à Utuk'ku et Ineluki
Drukhi : bien-aimé de Nenais'u
Enfant-aquilon : personnage de la chanson d'Aditu
Femme-au-filet : personnage de la chanson d'Aditu (probablement Mezumiiru)
Finaju : femme sithie dans une histoire de Cadrach
Hakatri : frère aîné d'Ineluki, gravement blessé par Hidohebhi; a disparu dans l'ouest
Ineluki : Prince, maintenant Seigneur de l'Orage
Isiki : nom sithi de Kikkasut (Dieu des Oiseaux)
Iyu'unigato : Erl-Roi, père d'Ineluki
Jenjiyana des Rossignols : Sithie des temps anciens
Jiriki (i-Sa'onserei) : Prince, fils de Shima'onari et de Likimeya
Khendraja'aro : oncle de Jiriki
Ki'ushapo : compagnon de Simon et de Jiriki durant le voyage vers Urmsheim
Likimeya (y-Briseyu no'e-Sa'onserei) : Reine des Enfants de l'Aube, Maîtresse de la Maison de l'Année-dansante
Maison de l'Année-dansante : clan sithi
Maye'sa : femme sithie
Mezumiiru : nom sithi de Sedda (Déesse de la Lune)
Natifs du Jardin : tous ceux dont les racines remontent à Venyha Do'sae, le « Jardin »
Nenais'u : femme sithie de la chanson d'An'naï, qui vivait à Enki e-Shao'saye
Nuée-mélodie : personnage de la chanson d'Aditu
Petit-lièvre : nom que donne Jiriki à Aditu
Porteur de la Lanteme : personnage de la chanson d'Aditu

Senditu : mère d'Amerasu
Shima'onari : Roi du Zida'ya, Seigneur de Jao é-Tinukai'i
Sijandi : compagnon de Simon et de Jiriki durant le voyage vers Urmsheim
Témoin-des-pierres : personnage de la chanson d'Aditu
Utuk'ku (Seyt-Hamakha) : Reine des Noms, maîtresse de Nakkiga
Vindaomeyo le Flécheur : ancien fabricant de flèches sithi de Tumet'ai

QANUC :

Binabik (Binbiniqegabenik) : apprenti d'Ookequk, ami de Simon
Chukku : héros légendaire troll
Kikkasut : Dieu des Oiseaux, époux de Sedda
Lingit : fils légendaire de Sedda, père des Qanucs et de tous les humains
Makuhkuya : Déesse des Avalanches
Morag l'Aveugle : Dieu de la Mort
Nunuuika : La Chasseresse
Ookequk : Homme Chantant de la tribu de Mintahoq, maître de Binabik
Piqipeg : héros légendaire troll
Qangolik : Mandeur des Esprits
Qinkipa des Neiges : Déesse de la Neige et du Froid
Sedda, la Mère Noire : Déesse de la Lune, épouse de Kikkasut
Sisqi (Sisqinanamook) : fille cadette du Pâtre et de la Chasseresse, promise de Binabik
Snenneq : chef-pâtre du Bas-Chugik, fait partie du groupe de Sisqi
Tohuq : Dieu du Ciel
Uammannaq : le Pâtre
Yana : fille légendaire de Sedda, mère des Sithis

THRITHINGS :

Blehmunt : chef que Fikolmij a tué pour devenir Thane
Clan Mehrdon : clan de Vorzheva (Clan de l'Étalon)
Fikolmij : père de Vorzheva, Thane du clan Mehrdon et de tous les Hauts-Thrithings
Hotvig : garde-rande des Hauts-Thrithings
Hyara : sœur cadette de Vorzheva
Kunret : homme des Hauts-Thrithings
Niyunort : seigneur des Thrithings à l'époque de la bataille d'Ach Samrath
Ozhbern : homme des Hauts-Thrithings
Utvart : homme des Thrithings désirant épouser Vorzheva
Vorzheva : compagne de Josua, fille de Fikolmij

SALANAIS :

Celle Qui Accoucha de l'Humanité : déesse
Celle Qui Attend pour Tout Reprendre : déesse de la Mort
Celui Qui Fait Ployer les Arbres : dieu
Celui Qui Toujours Marche sur le Sable : dieu
Ceux Qui Exhalent l'Obscurité : dieux du Wran
Ceux qui Observent et Façonnent : dieux du Wran
Mogahib le Vieux : ancien
Roahog : potier, ancien
Tiamak : lettré, correspondant de Morgénès
Tugumak : père de Tiamak

PERDRUINAIS :

Alespo : serviteur de Streàwe
Céallio : portier de l'auberge appelée *La Coupe de Pélippa*
Charystra : nièce de Xorastra, tenancière de *La Coupe de Pélippa*
Lenti : serviteur de Streàwe, dit « Avi Stetto »
Middastri : marchand, ami de Tiamak
Sinétris : marin vivant sur la côte près du Wran
Streàwe : comte, seigneur d'Ansis Pelippé et de tout Perdruin
Tallistro (Sire) : célèbre chevalier de la Grande Table
Xorastra : propriétaire de *La Coupe de Pélippa*

AUTRES :

Gan Itaï : Niskie, chante le calme des Kilpas sur le *Nuage de l'Eadne*
Géloé : femme-sage, appelée « Valada Géloé »
Honsa : fillette hyrka, vivant chez Skodi
Imaï-an : dwarrow
Ingen Jegger : Rimmersleute Noir, Chasseur de la Reine, maître de la meute du Pic de l'Orage
Nin Reisu : Niskie du *Joyau d'Émettin*
Ruyan Vé : également connu sous le nom de Ruyan le Navigateur, mena Tinukeda'ya (et d'autres) à Osten Ard
Sho-vennae : dwarrow
Vren : garçon hyrka
Yis-fidri : dwarrow
Yis-hadra : dwarrow

GÉOGRAPHIE

Abaingueáte : port hernystiri, à l'embouchure du fleuve Barailléen
Aldhéorte : immense forêt couvrant la plus grande partie du centre d'Osten Ard

Anguille emplumée : taverne de Vinitta
Ansis Pelippé : capitale et principale ville de Perdruin
Asu'a : nom sithi du Hayholt
Bacea-sà-Repra : port de pêche sur la côte nord de Nabban, sur la Baie d'Émettin ; veut dire « embouchure »
Baie d'Émettin : baie au nord de Nabban
Baie de Firannos : baie au sud de Nabban, dans laquelle se trouvent les Îles du Sud
Banipha-sha-zé : salle des Figures de Mezutu'a
Barailléen : fleuve séparant Hernystir de l'Erkynée ; appelé Greenwade en Erkynée
Celle qui Regarde vers l'Est : nom sithi du Hayholt
Cellodshire : baronnie d'Erkynée à l'ouest de Gleniwent
Chidsik ub Lingit : « Maison de l'Ancêtre » du Qanuc, sur Mintahoq à Yiqanuc
Col Onestrien : col reliant deux vallées nabbanaises, site de nombreuses batailles
Colline Sancelline : plus haute colline de Nabban, emplacement des deux Sancellans
Coupe de Pélippa (La) : auberge à Kwanitupul
Crannhyr : cité fortifiée sur la côte de Hernystir
Da'ai Chikiza (sithi : Arbre du Vent Chantant))) : cité sithie abandonnée à l'est du Wealdhelm, dans Aldhéorte
Dauphin Rouge : taverne à Ansis Pellipé
Dillathi : région d'Hernystir, au sud-ouest d'Hernysadharc
Drina : autrefois baronnie de Devasalles, donnée à Aspitis Prévès par Bénigaris
Eirgid Ramh (hernystiri) : taverne d'Abainguéate, lieu de prédilection du vieux Gealsgiath
Elvritshalla : siège ducal d'Isgrimnur à Rimmersgard
Enki-e-Shao'saye (sithi : Cité de l'Été) : cité à l'est d'Aldhéorte, depuis longtemps en ruines
Ereb Irigù (sithi : Porte de l'Ouest) : le Knock, Du Knokkegard en Rimmerspakk
Escaliers de Tan'ja (les) : grands escaliers d'Asu'a, autrefois pièce maîtresse du château
Falshire : cité d'Erkynée ravagée par Fengbald
Féluwelt : limite des Hauts-Thrithings, en bordure d'Aldhéorte
Gadrinsett : ville improvisée près de la jonction de la Stefflod et de l'Ymstrecca, réunissant des réfugiés d'Erkynée
Gouffre d'Ogohak : site des exécutions à Mintahoq
Granis Sacrana : ville nabbanaise dans la vallée Commeis
Gratuvask : rivière rimmersleute qui coule près d'Elvritshalla
Grenamman : île au sud de Nabban
Grinsaby : village du Désert Blanc au nord d'Aldhéorte
Harcha : île de la Baie de Firannos
Hasu Vale : vallée d'Erkynée
Hewenshire : ville du nord de l'Erkynée, à l'ouest de Naglimund

Hikehikayo : cité dwarrow abandonnée, sous les Monts Vestivveg de Rimmersgard ; l'une des Neuf Cités sithies
Huelheim : mythique terre des morts dans l'ancienne religion rimmersleute
Hullnir : village de l'est de Rimmersgard, sur la rive nord-est de Drorshullvenn
Jao é-Tinukai'i (sithi : Navire sur un Océan d'Arbres) : seule colonie sithie existant encore, se trouve dans Aldhéorte
Jardin qui n'est plus : voir Venyha Do'sae
Jhina-T'senei (sithi) : l'une des Neuf Cités sithies, maintenant recouverte par l'océan
Kementari : l'une des Neuf Cités sithies, apparemment proche de ou sur l'île de Warinsten
Khandie : ancien empire mythique du sud lointain
Kwanitupul : grande cité aux limites du Wran
Lac Boue-bleue : lac situé à la base est des Monts-Trolls, résidence d'été du Qanuc
Lac Clodu : lac nabbanais, site de la Bataille des grands Lacs durant la Guerre des Thrithings
Lac Eadne : lac nabbanais, appartenant au fief de la maison Prévéenne
Lac Myrme : lac nabbanais
Mezutu'a : l'une des Neuf Cités sithies, sous les Monts Grianspogs, occupée par les dwarrows
Moir Brach (hernystiri) : longue arête rocheuse en forme de doigt dans les Monts Grianspog
Naarved : cité de Rimmersgard
Nakkiga (sithi : Masque de Pleurs) : cité norn abandonnée près du Pic de l'Orage ; par ailleurs, nom de la cité norn reconstruite à l'intérieur de la montagne. La première de ces cités était l'une des Neuf Cités sithies
Naraxi : île dans la Baie de Firannos
Petit-nez : montagne d'Yiqanuc sur laquelle sont morts les parents de Binabik
Pic de l'Orage : montagne dans laquelle habitent les Norns, appelée Sturmspeik en Rimmerspakk ; également appelée Nakkiga
Pierre-havre : promontoire rocheux perdruinais, à Ansis Pelippé
Point des Échos : endroit sacré sur Mintahoq
Porte de l'Été : entrée de Jao é-Tinukai'i, également appelée *Shao Irigù*
Porte des Pluies : entrée de Jao é-Tinukai'i
Qilakitsoq (qanuc : la Forêt-ombre) : nom troll de Dimmerskog
Re Suri'eni : nom sithi de la rivière qui traverse Shisae'ron
Risa : île dans la Baie de Firannos
Route Anitulléenne : principale route menant à Nabban depuis l'est, à travers la vallée Commeis

Route de Tumet'ai : ancienne route menant au sud du Désert Blanc depuis Tumet'ai
Runchester : ville du nord de l'Erkynée, dans les Marches Gelées
Salle des Figures : endroit où les dwarrows conservent tous leurs plans, gravés dans la pierre
Sancellan Aedonitis : palais du Lecteur et siège de l'Église Aédonite
Sancellan Mahistrevis : ancien palais impérial, maintenant palais des ducs de Nabban
Seni Anzi'in (sithi : la Tour de l'Aube en Marche) : grande tour de Tumet'ai
Sení Ojhisà (sithi) : cité dans la chanson d'An'naï
Sesuad'ra : Pierre de l'Adieu, lieu de la séparation des Norns et des Sithis
Shao Irigù : nom sithi de la Porte de l'Été
Shisae'ron : nom sithi de la partie sud-ouest de la forêt d'Aldhéorte
Site du Témoin : arène de Mezutu'a dans laquelle se dresse le Têt
Skoggey : place forte du centre de Rimmersgard, à l'est d'Elvritshalla
Sovebek : village abandonné du Désert Blanc, à l'est du monastère St Skendi
Sta Mirore : montagne centrale de Perdruin, également appelée « le Clocher de Streàwe »
Stefflod : rivière courant le long d'Aldhéorte, affluent de l'Ymstrecca
T'si Suhyasei (sithi : Elle au sang frais) : rivière traversant Da'ai Chikiza ; Aelfwent en erkynéen
Téligure : cité vinicole du nord de Nabban
Tumet'ai : cité sithi du nord, à l'est de Yiqanuc, disparue sous la glace ; l'une des Neuf Cités sithies
Ujin e-d'a Sikhunae (sithi : Piège qui Attrape le Chasseur) : nom sithi de Naglimund
Urmsheim : montagne-dragon au nord du Désert Blanc
Utanyéate : marquisat du nord-ouest de l'Erkynée
Vallée Commeis : accès à Nabban
Venyha Do'sae : le Jardin, légendaire terre originelle du Zida'ya (Sithis), de l'Hikeda'ya (Norns) et du Tinukeda'ya (dwarrows et niskies)
Vihyuyaq : nom qanuc du Pic de l'Orage
Vinitta : île du sud, lieu de naissance de Camaris, et origine de la Maison Bénidrivine
Voie Blanche : route longeant le nord de la forêt d'Aldhéorte, dans le Désert Blanc
Voie des Fontaines : l'un des hauts-lieux de Nabban
Warinsten : île au large des côtes d'Erkynée, lieu de naissance de Jean Presbytère

Wealdhelm : chaîne de collines erkynéenne
Woodsall : baronnie située entre le Hayholt et le sud-ouest d'Aldhéorte
Wulfholt : fief de Guthwulf en Utanyéate
Yàsira : lieu de rassemblement des Sithis à Jao é-Tinukai'i
Yijarjuk : nom qanuc d'Urmsheim
Ymstrecca : rivière traversant l'Erkynée et les Hauts-Thrithings d'est en ouest
Zae-y'miritha (catacombes de) : cavernes apparemment construites ou modifiées par les dwarrows

CRÉATURES

Aeghonwye : truie reproductrice du troupeau de Maegwin
Atarin : cheval de Camaris
Bukken : nom des fouisseurs en Rimmerspakk ; également appelés « Boghanik » en Qanuc
Crachemouche : petit insecte désagréable des marais
Croich-ma-Feareg : légendaire géant hernystiri
Drochnathair : nom hernystiri du dragon Hidohebhi, tué par Ineluki et Hakatri
Folle-de-Miel : l'un des pigeons de Tiamak
Fouisseurs : petites créatures souterraines d'apparence humaine
Géants : créatures humanoïdes géantes et hirsutes
Ghants : animal salanais désagréable et chitineux, apparemment semi-intelligent
Grand Ver : mythe sithi, premier dragon dont descendent tous les autres
Hidohebhi : Ver Noir, mère de Shurakaï et d'Igjarjuk, tuée par Ineluki ; à Hernystir : Drochnathair
Hunën : nom rimmersleute des géants
Igjarjuk : Ver de Glace d'Urmsheim
Khaerukama'o le Doré : dragon, père d'Hidohebhi
Kilpa : créatures marines humanoïdes
Meute du Pic de l'Orage : chiens de chasse norns
Monretour : jument de Simon
Niku'a : chef de la meute d'Ingen Jegger
Œil-rouge : l'un des pigeons de Tiamak
Patte-de-Crabe : l'un des pigeons de Tiamak
Qantaqa : louve amie de Binabik
Rim : cheval de trait
Shurakaï : dragon tué sous le Hayholt, dont les os forment le trône du Dragon
Si-rapide : l'un des pigeons de Tiamak
Tache-d'encre : l'un des pigeons de Tiamak
Un-œil : bélier d'Ookequk

Vildalix : cheval de Déornoth, arraché à Fikolmij
Vinyafod : cheval de Josua, arraché à Fikolmij

CHOSES ET OBJETS

Arbre : l'Arbre de l'Exécution, sur lequel Usires fut suspendu tête en bas, situé devant le temple de Yuvénis à Nabban, maintenant symbole sacré de la religion Aédonite
Arbre et Dragonnet : emblème du Roi Jean
Arbre et Statue : emblème de la Sainte Église
Ballade de Moirah aux Talons Levés : chanson d'un goût douteux chantée par Sangfugol et le père Strangyeard
Bassin : apparemment, Témoin de l'ancienne Asu'a
Bataille des Grands Lacs : bataille décisive dans la guerre des Thrithings, ayant eu lieu près du lac Clodu
Bâton de Lu'yasa : trois étoiles alignées dans le quadrant nord-est du ciel au début yuven
Bois-argent : bois préféré des constructeurs sithis
Chapelle Élysiane : célèbre chapelle de l'église Saint Sutrin à Erchester
Charte de Suzeraineté : tutelle du Roi souverain sur les terres d'Osten Ard
Chaudron de Rhynn : appel à la guerre des Hernystiris
Cinquante Familles : l'ensemble des nobles Maisons de Nabban
Cintis : pièce nabbanaise valant un centième d'imperator
Citrile : racine aromatique amère à mâcher
Clou-Radieux : épée de Jean Presbytère, contenant un clou de l'Arbre et les os d'un doigt de Saint Eahlstan Fiskerne
Conquérant : jeu de dés populaire chez les soldats
Du Svardenvyrd : livre de prophéties quasi-mythique écrit par Nisses
En Semblis Aedonitis : célèbre ouvrage religieux traitant des bases de la religion Aédonite et de la vie d'Usires Aédon
Enfants de Hern : nom dwarrow des Hernystiris
Enfants du Navigateur : nom que se donne à lui-même le Tinukeda'ya
Épine : épée de Camaris
Étoile du Conquérant : recueil de faits occultes ; en nabbanais : « Sa Asdridan Condiquilles »
Étoilée : petite fleur blanche
Feu-parlant : Témoin de Hikehikayo
Filet de Mezumiiru : constellation ; appelée la Couverture de Sedda par les Qanucs
Grande Table : assemblée des chevaliers et des héros du Roi Jean
Grandes Épées : Minneyar, Épine et Peine
Harpe Vivante : maître-Témoin du Pic de l'Orage

Herbe vive : épice
Herbe-lute : longue herbe
Houlette : constellation (peut-être équivalente au Bâton de Lu'yasa des Sithis)
Ilénite : métal brillant coûteux
Indreju : épée de Jiriki, en bois-sorcier
Jour de la Bien-Pesée : jour de la justice finale et de la fin du monde mortel dans la religion Aédonite
Kangkang : alcool qanuc
Kraile : nom sithi des « fruits-soleil »
Kvalnir : épée d'Isgrimnur
Lampe : constellation (peut-être équivalente au Reniku des Sithis)
Lampe des Brumes : Témoin de Tumet'ai
Loutre, Plongeon : noms salanais de constellations
Maison de Glace : endroit sacré pour les Qanucs, où sont célébrés les rituels qui permettent l'arrivée du printemps
Maison de l'Année-Dansante : traduction en westerlien du nom de famille de Jiriki
Mansa Connoyis : la « prière de l'union », célébration des mariages
Minneyar : épée de fer du roi Fingil, héritée en droite ligne d'Elvrit
Minog : plante comestible aux larges feuilles, poussant dans le Wran
Naidel : épée de Josua
Nuage de l'Eadne : navire d'Aspitis Prévès
Océan Infini et Éternel : nom niskie de l'océan traversé par les Natifs du Jardin
Oinduth : lance noire de Hern
Peine : épée de fer et de bois-sorcier, forgée par Ineluki et offerte à Élias. Son nom sithi est « Jingizu »
Pierre de la Séparation : chanson hernystiri parlant de la Pierre de l'Adieu
Racine-gutte : herbe commune utilisée pour faire le thé dans le Wran (et dans d'autres régions du sud)
Reniku la Lanterne-estivale : nom sithi de l'étoile qui signale la fin de l'été
Rite de la Vivification : rituels qanucs qui permettent l'arrivée du printemps
River-apple : pomme d'eau
Sanglier sur lances croisées : emblème de Guthwulf d'Utanyéate
Shent : jeu de réflexion sithi
Six Cantiques de Requête Respectueuse : rituel sithi
Sotfengsel : navire d'Elvrit, enterré à Skipphavven
Têt : Témoin de Mezutu'a
Ti-tuno : célèbre corne sithie
Vin de Chasse : alcool quanuc (réservé à certaines occasions, et principalement à l'usage des femmes)

Wind Festival : la fête des vents, la fête aquilonienne
Yrmansol : arbre de la célébration de maya en Erkynée

Les osselets :
Oiseau sans Ailes
Harpon
La Route Ténébreuse
Torche à l'Entrée de la Caverne
Bélier Refusant l'Obstacle
Bélier sans Maître
Nuages dans le Col
Noire Crevasse
Fléchette Déballée
Cercle de Pierres

Fêtes :
2 fayevère : Les Flambeaux
25 marris : Elysiamansa, la fête des Dames
1er avrel : Le Jour des Fous
30 avrel : la Nuit des Pierres
1er maia : Le Jour de Belthainn
23 yuven : veille de la mi-été
15 tiyagar : Saint Sutrin
1er anitul : Hlafmansa
20 septandre : Saint Granis
1er novandre : Jour des Âmes
21 dersandre : Saint Tunath
24 dersandre : Aédonmansa

Mois :
jonœvre, fayevère, marris, avrel, maia, yuven, tiyagar, anitul, septandre, octandre, novandre. dersandre

Jours :
Lunaedi, Tiasdi, Udundi, Iordi, Frayedi, Satrinndi, Soleydi

PRONONCIATION

ERKYNÉEN :
Les noms erkynéens se divisent en deux groupes : l'Erkynéen Ancien (E.A.) et le Warinsteni. Les noms construits à la mode de Warinsten, l'île natale de Jean Presbytère (principalement les noms des domestiques du château et ceux des membres de la famille de Jean), sont représentés comme des variantes bibliques (Élias : Elijah, Ebekah : Rebecca, etc.). Les noms écrits en Erkynéen Ancien se prononcent comme en français, à l'exception des règles suivantes :

a : toujours le " a " de " bas "
ae : se prononce " é "
c : " k " dur
e : n'est jamais muet, et suit les règles d'accentuation
ea : se prononce " a ", sauf au début d'un mot, où il se prononce comme " ae "
g : se prononce toujours comme s'il était suivi d'un " u ", sauf devant un " e "
h : " h " expiré, ronflant devant une consonne
i : toujours fortement accentué
o : long mais doux, jamais trop accentué
sh : se prononce " ch "
th : se prononce " t "

HERNYSTIRI :
L'hernystiri se prononce comme l'E.A., sauf pour quelques exceptions :
ch : se prononce " k "
y : se prononce " i ", mais *ye* se prononce " aille "
h : muet
e : se prononce toujours, sauf après " th "
ll : même chose que " l "

RIMMERSPAKK :
Le rimmerspakk ne diffère de l'E.A. que pour les sons suivants :
j : se prononce " y ", Jarnauga : Yarnauga
ei : se prononce " aïe "
ë : se prononce " i "
ö : se prononce " ou "
au : " o " long

NABBANAIS :
Le nabbanais est une langue dans laquelle toutes les lettres se prononcent. Il y a quelques exceptions :
i : la plupart des noms nabbanais sont accentués sur la deuxième syllabe. Lorsque cette syllabe contient un " i ", celui-ci devient un " i " long, à moins d'être placé devant une consonne doublée.

QANUC :
La langue des trolls est considérablement différente des autres langues humaines. Il existe trois sortes de " k ", représentées par les lettres c, q, et k. La seule différence intelligible pour un non-Qanuc est un léger claquement de langue sur le " q ", mais il est déconseillé aux débutants de tenter de le reproduire. Tous trois seront donc prononcés comme un " k " dur. De plus, le " u " se prononce " euh. " Pour le reste, le lecteur ne s'éloignera pas beaucoup de la réalité en prononçant les noms phonétiquement.

SITHI :
La langue du peuple Zida'ya est plus imprononçable encore pour une personne non entraînée que la langue de Yiqanuc. Le plus simple est donc de la prononcer phonétiquement, d'autant que la probabilité que l'un d'entre nous se voit contredit par des experts est faible (mais pas inexistante, comme peut en témoigner Binabik). Il est néanmoins préférable de suivre les règles suivantes :
i : si le " i " est inclus dans la première syllabe d'un mot, il s'agit d'un " i " court. Le reste du temps, c'est un " i " long.
ai : se prononce " aille "
(apostrophe) : représente un son particulier qui ne peut être reproduit par les gorges des mortels.

VOCABULAIRE

HERNYSTIRI :
Brynioch na ferth ub strocinh... : " Brynioch nous a abandonnés... "
Domhaini : " dwarrows "
E gundhain sluith, ma connalbehn... : " Nous avons bien combattu, très cher... "
Feir : " Frère ", ou " Camarade "
Goirach : " fou ", " sauvage "
Isgbahta : " bateau de pêche "
Sithi : " Être Paisible "

NABBANAIS :
Aedonis Fiyellis extulanin mei ! : " Seigneur Aédon, sauvez-moi ! "
Cansim Falis : " Chant de Joie "
Cenit : " chien "
Cuelos : " Mort "
Duos Onenpondensis, Feata Vorum Lexeran ! : " Dieu Tout-Puissant, que ceci soit Votre loi ! "
Duos Wulstei : " Si Dieu le veut "
En Semblis Aedonitis : " À l'image de l'Aédon "
Hué fauge ? : " Que se passe-t-il ? "
Mansa sea Cuelossan : " Messe des Morts "
Mulveiz-nei cenit drenisend : " Ne réveille pas le chien qui dort "
Oveiz mei : " Entends-moi "
Sa Asdridan Condiquilles : " L'Étoile du Conquérant "
Tambana Leobardis eis : " Léobardis est tombé "
Timior cuelos exaltat mei ! : " Que la peur de la mort m'exalte ! "
Vasir Sombris, feata concordin : " Père des Ombres, accepte cette offrande "

PERDRUINAIS :
Avi stetto : “ J’ai un couteau ”
Ohé, vo stetto : “ Oui, il a un couteau ”

QANUC :
Aia : “ en arrière ” (Hinik aia : “ recule ! ”)
Bhodujik Mo qunquc (idiome) : “ Si les ours ne t’y mangent pas, tu es chez toi ”
Binbiniqegabenik ea sikka ! Uc sikkan mohinaq da Yijarjuk ! : “ Je suis Binabik ! Nous allons à Urmsheim ! ”
Boghanik : “ fouisseurs ” (Bukken)
Chash : “ vrai ”, “ exact ”
Chok : “ cours ”
Croohok : “ Rimmersleute ”
Croohokuq : pluriel de “ Croohok ”
Guyop : “ Merci ”
Hinik : “ Va ”, ou “ va-t’en ”
Ko muhuhok na mik aqa nop : “ Quand ça te tombe sur la tête, tu sais que c’est une pierre ”
Mikmok hanno so gijiq ! (idiome) : “ Si tu désires porter une belette affamée dans ta poche, c’est ton choix ! ”
Mosoq ! : “ cherche ! ”
Muqang : “ assez ”
Nihut ! : “ attaque ! ”
Ninit : “ venir ”
Sosa ! : “ viens ! ”
Ummu ! : “ maintenant ! ”
Utku : “ Basse-Terre ”
Yah aqonik mij-ayah nu tutusiq, henimaatuq : “ Ho !, mes frères, arrêtez-vous et parlez-moi ”

RIMMERSPAKK :
Dverning : “ dwarrow ”
Gjal es, künden ! : approx. “ Laissez ça tranquille, les enfants ! ”
Haja : “ oui ”
Halad, künde ! : “ Arrête-toi, enfant ! ”
Im tosdten-grukker ! : “ Un pilleur de tombes ! ”
Kundë-mannë : “ enfant-homme ”
Rimmersmannë : “ Rimmersleute ”
Vaer ! : “ Attention ! ”
Vawer es do kunde ? : “ Qui est cet enfant ? ”
Vjer sommen marroven : “ Nous sommes des amis ”

SITHI :
Ai Samu’sitech’a ! : “ Salut à toi, Samu’sitech’a ! ”
Ai, Nakkiga, o’do ’tke stazho (norn) : “ Ah !, Nakkiga, j’ai échoué ”
Asu’a : “ Qui regarde vers l’est ”

Hei ma'akajao-zha ! : " Faites qu'il tombe ! (le château) "
Hikeda'ya (Enfants des Nuages) : Norns
Hikeda'yei : pluriel à la deuxième personne de " Hikeda'ya " : " vous, Hikeda'yas "
Hikka : " Porteur "
Hikka Staja : " Porteur de la Flèche "
Hiyanha : " bateaux de pèlerinage "
Im sheyis tsi-keo'su d'a Yana o Lingit : " Par le sang commun de nos ancêtres (Yana et Lingit) "
Ine : " C'est "
Isi-isi'ye : " C'est (effectivement) ça "
Isi-isi'ye-a Sudhoda'ya ! : " C'est réellement un mortel ! "
J'asu pra-peroihin ! : " Honte de ma maison ! "
Ras : terme de respect : " Sire ", " Messire "
Ruakha : " mourant "
S'hue : " Seigneur "
Ske'i : " Arrêtez "
Staja Ame : " Flèche Blanche "
Sudhoda'ya (Enfants du Crépuscule) : mortels
T'si anh pra Ineluki : " Par le sang d'Ineluki "
T'si e-isi'ha as-irigù ! : " Il y a du sang à la Porte de l'Est ! "
T'si im t'si : " Le sang pour le sang "
Tinukeda'ya : " Enfants de l'Océan " (dwarrows et niskies)
Ua'kiza Tumet'ai nei-R'i'anis : " Chant de la Chute de Tumet'ai "
Venyha s'anh ! : " Par le Jardin ! "
Yinva ! : " Viens ! "
Zida'ya (Enfants de l'Aube) : Sithi

Achevé d'imprimer sur les presses de

BUSSIÈRE

GROUPE CPI

à Saint-Amand-Montrond (Cher)
en avril 2001

POCKET - 12, avenue d'Italie - 75627 Paris Cedex 13
Tél. : 01-44-16-05-00

— N° d'imp. 12261. —
Dépôt légal : octobre 1999.

Imprimé en France